A SENHORA DE
AVALON

2ª reimpressão

MARION ZIMMER BRADLEY

A SENHORA DE AVALON

Tradução
Marina Della Valle

Planeta minotauro

Copyright © Marion Zimmer Bradley, 1997
Copyright © Editora Planeta do Brasil, 2019
Todos os direitos reservados.
Título original: *Lady of Avalon*

Preparação: Luiza Del Monaco
Revisão: Barbara Prince e Andréa Bruno
Diagramação: Márcia Matos
Capa: departamento de criação Editora Planeta do Brasil
Ilustração de capa: Marc Simonetti

Dados Internacionais de Catalogação na Publicação (CIP)
Angélica Ilacqua CRB-8/7057

> Bradley, Marion Zimmer
>   A senhora de Avalon / Marion Zimmer Bradley; tradução Marina Della Valle. – São Paulo: Planeta, 2019.
>   392 p.
>
> ISBN: 978-85-422-1819-0
> Tradução de: The lady of Avalon
>
> 1. Ficção inglesa I. Título II. Della Valle, Marina
>
> 19-2241   CDD 823

Ao escolher este livro, você está apoiando o manejo responsável das florestas do mundo

2024
Todos os direitos desta edição reservados à
EDITORA PLANETA DO BRASIL LTDA.
Rua Bela Cintra, 986 – 4º andar – Consolação
01415-002 – São Paulo-SP
www.planetadelivros.com.br
faleconosco@editoraplaneta.com.br

A Diana L. Paxon,
sem a qual este livro não teria sido escrito,
e ao Darkmoon Circle, as sacerdotisas de Avalon.

pessoas na história

* = figura histórica
( ) = morto antes do início da história

{Parte 1}
Sacerdotes e sacerdotisas de Avalon
Caillean, grã-sacerdotisa, anteriormente da Casa da Floresta
(Eilan, grã-sacerdotisa anterior da Casa da Floresta, mãe de Gawen)
Gawen, filho de Eilan e de Gaius Macellius
Eiluned, Kea, Marged e Riannon, sacerdotisas avançadas
Beryan, Breaca, Dica, Lunet e Lysanda, sacerdotisas iniciantes e donzelas em treinamento
Sianna, filha da rainha das fadas
Bendeigid, arquidruida anterior, avô britânico de Gawen
Brannos, velho druida e bardo
Cunomaglos, grão-sacerdote
Tuarim e Ambios, jovens druidas

Os monges cristãos de Inis Witrin
Padre José de Arimateia, líder da comunidade cristã
Padre Paulus, seu sucessor
Alanus e Bron, monges

Romanos e outros
Arius, amigo de Gaius no exército
Gaius Macellius Severus Sênior, avô romano de Gawen
(Gaius Macellius Severus Siluricus, pai de Gawen, que foi sacrificado como o Rei do Ano britânico)
Lucius Rufinus, centurião encarregado dos recrutas da Nona Legião
Quintus Macrinius Donatus, comandante da Nona Legião
Salvius Bufo, comandante da coorte à qual Gawen foi designado
Andarilho da Água, homem do povo do brejo que movimenta a barca de Avalon

{Parte 2}
Sacerdotes e sacerdotisas de Avalon
Dierna, grã-sacerdotisa e Senhora de Avalon
(Becca, irmã mais nova de Dierna)

Teleri, uma princesa dos durotriges
Cigfolla, Crida, Erdufylla e Ildeg, sacerdotisas avançadas
Adwen e Lina, moças sendo treinadas em Avalon
Ceridachos, arquidruida
Conec, um jovem druida
Lewal, o curandeiro

Romanos e bretões
Aelius, capitão do *Hércules*
* Allectus, filho do duúnviro de Venta, depois parte da equipe de Carausius
* Constâncio Cloro, comandante romano, depois César
* Diocleciano Augusto, imperador sênior
Eiddin Mynoc, príncipe dos durotriges
Gaius Martinus, um optio de Vindolanda
Gnaeus Claudius Pollio, um magistrado de Durnovaria
Vitruvia, mulher de Pollio
* Marcus Aurelius Musaeus Carausius, almirante da frota britânica, depois imperador da Britânia
* Maximiano Augusto, imperador júnior
Menecrates, comandante da nau almirante de Carausius, a *Órion*
Quintus Julius Cerialis, duúnviro de Venta Belgarum
Trebellius, fabricante de artefatos de bronze

Bárbaros
Aedfrid e Theudibert, guerreiros da guarda menápia de Carausius
Hlodovic, chefe franco do clã Salian
Wulfhere, um chefe dos anglos
Radbod, chefe frísio

{Parte 3}
Sacerdotes e sacerdotisas de Avalon
Ana, grã-sacerdotisa e Senhora de Avalon
(Anara e Idris, segunda e primeira filhas de Ana)
Viviane, sua terceira filha
Igraine, sua quarta filha
Morgause, sua quinta filha
Claudia, Elen e Julia, sacerdotisas avançadas
Aelia, Fianna, Mandua, Nella, Rowan, Silvia, noviças da Casa das Donzelas, depois sacerdotisas
Taliesin, chefe bardo

Nectan, arquidruida
Talenos, um druida mais jovem

Bretões
* Ambrósio Aureliano, imperador da Bretanha
Bethoc, mãe adotiva de Viviane
* Categirn, filho mais velho de Vortigern
Ennius Claudianus, um dos comandantes de Vortimer
Fortunatus, padre cristão, seguidor de Pelágio
* Bispo Germanus de Auxerre, promotor da ortodoxia
Garça, um dos homens do brejo
Neithen, pai adotivo de Viviane
Uther, um dos guerreiros de Ambrósio
* Vortigern, grande rei da Britânia
* Vortimer, seu segundo filho

Saxões
Hengest, líder da migração saxã
Horsa, seu irmão

Figuras mitológicas e históricas
* (Agrícola, governador da Britânia, 78-84 d.C.)
Arianrhod, deusa britânica associada à lua e ao mar
* (Boudicca, rainha dos icenos, que liderou a Grande Rebelião em 61 d.C.)
Briga/Brigantia, deusa da cura, da poesia e da arte dos ferreiros, Parteira Divina e deusa territorial da Britânia
* (Calgacus, líder britânico que foi derrotado por Agrícola em 81 d.C.)
Camulos, um deus dos guerreiros
* (Caratacus, líder da resistência britânica no século I)
Cathubodva, Senhora dos Corvos, deusa dos corvos, da guerra, relacionada a Morrigan
Ceridwen, deusa britânica do tipo "mãe terrível", dona do caldeirão da sabedoria
A rainha das fadas
O Cornífero, Cerunnos, senhor dos animais e da metade escura do ano
Lugos, deus inteligente de todos os talentos
Maponus/Mabon, o jovem deus, Filho da Grande Mãe
Minerva, deusa romana da sabedoria e da cura, identificada com Atenas, Sulis e Briga
Modron, deusa mãe

Nealênia, deusa territorial da Holanda
Nemetona, deusa do bosque
Nodens, deus das nuvens, da soberania e da cura, possivelmente relacionado a Nuada
* (Pelágio, líder religioso britânico do século IV)
Rigantona, Grande Rainha, deusa dos pássaros
Rigisamus, senhor do bosque
Sulis, deusa das fontes curativas
Tanarus, deus do trovão
Teutates, deus tribal

Locais na História

Aquae Sulis – Bath
Armórica – Bretanha continental
Branodunum – Brancaster, Norfolk
Britânia – Grã-Bretanha
Caesarodunum – Tours, França
Calleva – Silchester
Cantium – Kent
Clausentum – Bitterne, no Ictis, perto de Southampton
Corinium – Cirencester, Gloucester
Corstopitum – Corbridge, Nortúmbria
Demetia – Dyfed, País de Gales
Deva – Chester
Dubris – Dover
Durnovaria – Dorchester, Dorset
Durobrivae – Rochester
Durovernum Cantiacorum – Canterbury
Eburacum – York
Gália – França
Gariannonum – Burgh Castle, Norfolk
Gesoriacum – Bolougne, França
Glevum – Gloucester
Ictis – rio que deságua na baía em Portsmouth
Inis Witrin – Glastonbury, Somerset
Lindinis – Ilchester, Somerset
Londinium – Londres

Luguvalium – Carlisle
Colinas Mendip – colinas ao norte de Glastonbury
Mona – ilha de Anglesey
Mons Graupius – montanha na Escócia, lugar da batalha em que Agrícola destruiu a última resistência britânica a Roma
Othona – Bradwell, Essex
Portus Adurni – Portchester (Portsmouth)
Portus Lemana – Lymne, Kent
Rutupiae – Richborough, Kent
Sabrina Fluvia – o rio Severn e estuário
Siluria – as terras tribais dos siluros no sul do País de Gales
Segedunum – Wallsend, Nortúmbria
Segontium – Caernavon, País de Gales
Sorviodunum – Old Sarum, perto de Salisbury
Rio Stour – rio que atravessa Dorchester e deságua em Weymouth
Tamesis Fluvivus – rio Tâmisa
Tanatus Insula – ilha de Thanet, em Kent
Vale de Avalon – planícies e áreas alagadas de Glastonbury
Vectis Insula – ilha de Wight
Venta Belgarum – Winchester
Venta Icenorum – Caistor, Norfolk
Venta Silurum – Caerwent, País de Gales
Vercovicium – forte Housesteads, Nortúmbria
Vernemeton (bosque mais sagrado) – a Casa da Floresta
Vindolanda – Chesterholm, perto de Corbridge
Viroconium – Wroxeter

A rainha das fadas fala:

No mundo da humanidade, as marés de poder estão virando... Para mim, as estações dos homens passam em instantes, mas, de tempos em tempos, uma centelha atrai minha atenção.

Os mortais dizem que nada jamais muda no país das fadas. Mas não é assim. Há lugares em que os mundos ficam juntos como dobras em uma coberta. Uma dessas pontes está no lugar que os homens chamam de Avalon. Quando as mães da humanidade chegaram a esta terra, meu povo, que jamais teve corpos, fez para nós formas à sua imagem e semelhança. O novo povo construiu suas casas em palafitas na margem do lago e caçava nos brejos, e caminhamos e brincamos juntos, pois era a manhã do mundo.

O tempo passou, e mestres da sabedoria ancestral cruzaram o mar, fugindo da destruição de Atlântida, sua própria Ilha Sagrada. Moveram grandes pedras para marcar as linhas de poder que enlaçavam a terra. Foram eles que reforçaram a fonte sagrada com pedras e esculpiram o caminho espiral em torno do Tor, eles que encontraram nos contornos do campo os emblemas de sua filosofia.

Eram grandes mestres da magia, que cantavam feitiços pelos quais um homem mortal poderia alcançar outros mundos. Entretanto, eram mortais, e com o tempo sua raça diminuiu, enquanto nós permanecemos.

Depois vieram outros, crianças de cabelos brilhantes e risonhas, com espadas polidas. Mas não podíamos suportar o toque do ferro frio, e daquele tempo em diante o país das fadas começou a se separar do mundo humano. No entanto, os velhos magos ensinaram sabedoria aos humanos, e seu povo sábio, os druidas, foi atraído para o poder na Ilha Sagrada. Quando as legiões de Roma marcharam pela terra, amarrando-a com estradas pavimentadas com pedras e assassinando os que resistiam, a ilha se tornou um refúgio para o druidismo.

Isso foi há um momento, pelas minhas contas. Acolhi em minha cama um guerreiro de cabelos dourados que vagou sem rumo até o país das fadas. Ele se lamentou e o enviei de volta, mas ele me deixou uma criança como presente. Nossa filha é loira e dourada como ele era, e curiosa sobre seu legado humano.

E agora as marés estão mudando, e no mundo mortal uma sacerdotisa quer atravessar até o Tor. Eu senti o poder nela ontem mesmo, quando a encontrei em outra margem. Como ela ficou subitamente tão velha? E desta vez traz consigo um menino cujo espírito já conheci antes.

Muitos fluxos do destino agora fluem para seu encontro. Essa mulher, minha filha e o menino estão ligados em um padrão ancestral. Para o bem ou para o mal? Sinto que virá um tempo em que caberá a mim prendê-los, de corpo e alma, a esse lugar que chamam de Avalon.

parte 1
A sábia
97-118 d.C.

1

O pôr do sol se aproximava e as águas quietas do vale de Avalon estavam revestidas de ouro. Aqui e ali tufos verdes e marrons levantavam a cabeça sobre as águas calmas, anuviados pela cerração brilhante com a qual o fim do outono velava os pântanos, mesmo quando o céu estava limpo. No centro do vale, uma colina pontuda se erguia acima das outras, coroada por pedras eretas.

Caillean observou, através da água, a veste azul que a identificava como sacerdotisa veterana, pendendo em dobras imóveis ao seu redor, e sentiu a quietude dissolvendo a fadiga dos cinco dias na estrada. Certamente a jornada das cinzas da pira em Vernemeton até o coração do País do Verão levara uma vida.

Minha vida..., pensou Caillean. *Não deixarei a Casa das Sacerdotisas novamente*. Seis meses antes, trouxera seu pequeno grupo de mulheres da Casa da Floresta para fundar uma comunidade de sacerdotisas na ilha. Havia seis semanas voltara, sozinha, tarde demais para salvar a Casa da Floresta da destruição. Mas, ao menos, conseguira salvar o garoto.

— Aquela é a Ilha de Avalon?

A voz de Gawen a trouxe de volta ao presente. Ele piscou, como se ofuscado pela luz, e ela sorriu.

— É — disse —, e em algum momento vou chamar a barca que nos levará até lá.

— Ainda não, por favor. — Ele se virou para ela.

O menino tinha crescido. Era alto para um rapaz de dez, mas parecia desconjuntado, como se o resto do corpo ainda não tivesse alcançado suas mãos e pés. A luz do sol iluminava os fios de seu cabelo castanho clareado pelo verão.

— Você me prometeu que responderia algumas de minhas perguntas antes que eu chegasse ao Tor. O que direi quando me perguntarem o que faço aqui? Não tenho certeza nem de meu próprio nome!

Naquele momento, os grandes olhos acinzentados do menino pareciam tanto os da mãe dele que o coração de Caillean se revirou. Era verdade, pensou. Prometera falar com ele, mas durante a jornada mal falara com ninguém, exausta como estava pelo esforço e pela tristeza.

— Você é Gawen — disse gentilmente. — Foi com esse nome que sua mãe conheceu seu pai, e então ela o batizou assim.

— Mas meu pai era romano! — A voz dele vacilou, como se ele não soubesse se deveria sentir orgulho ou vergonha.

— Isso é verdade, e, já que ele não teve nenhum outro filho, imagino que, de acordo com o costume dos romanos de registrar tais coisas, você seria chamado Gaius Macellius Severus, assim como ele e o pai. Esse é um nome respeitado entre os romanos. Tampouco jamais ouvi nada sobre seu avô além de que era um homem bom e honrado. Mas sua avó era uma princesa dos siluros, e Gawen foi o nome que ela deu ao filho, então não precisa sentir vergonha de carregá-lo!

Gawen a fitou.

— Muito bem. Mas não é o nome de meu pai que vão cochichar nessa ilha de druidas. É verdade... — Ele engoliu em seco e tentou novamente. — Antes de partir, as pessoas da Casa da Floresta diziam... É verdade que *ela*, a Senhora de Vernemeton, era minha mãe?

Caillean o olhou com firmeza, lembrando-se do sofrimento de Eilan para guardar aquele segredo.

— É verdade.

O menino assentiu, e um pouco da tensão saiu dele em um longo suspiro.

— Eu imaginava. Costumava sonhar acordado... Todas as crianças criadas em Vernemeton contavam vantagem dizendo que suas mães eram rainhas e seus pais eram príncipes que um dia viriam para levá-las embora. Eu também contei histórias, mas a Senhora sempre foi bondosa comigo, e, quando eu sonhava à noite, a mãe que vinha até mim era sempre *ela*...

— Ela o amava — disse Caillean ainda mais baixo.

— Então por que ela nunca me reconheceu? Se meu pai era um homem tão conhecido e honrado, por que não se casou com ela?

Caillean suspirou.

— Ele era romano, e as sacerdotisas da Casa da Floresta eram proibidas de se casar e ter filhos até mesmo com os homens das tribos. Talvez possamos mudar isso aqui, mas em Vernemeton... a revelação de sua existência seria a morte dela.

— E foi — sussurrou ele, de repente parecendo mais velho. — Eles descobriram e a mataram, não mataram? Ela morreu por minha causa!

— Ah, Gawen... — Contorcida pela dor, Caillean estendeu os braços para o menino, mas ele se virou. — Há muitas razões. Política, entre outras coisas, que você vai entender mais quando for adulto.

Ela mordeu o lábio por medo de dizer mais, pois a revelação da existência da criança de fato fora a centelha que acendera o fogo, e, naquele sentido, o que ele dissera era verdade.

— Eilan o amava, Gawen. Depois de seu nascimento, ela poderia ter enviado você para ser criado por outras pessoas, mas não conseguiu se separar do filho. Ela desafiou o próprio avô, o arquidruida, para que você ficasse com ela, e ele concordou, com a condição de que a relação entre vocês se mantivesse em segredo.

— Isso não foi justo!

— Justo! — ela explodiu. — A vida raramente é justa! Você teve sorte, Gawen. Agradeça aos deuses e não reclame.

O rosto de Gawen ficou vermelho e depois pálido, mas ele não respondeu. Caillean sentiu sua raiva desaparecer tão rápido quanto surgira.

— Não importa agora, pois está feito, e você está aqui.

— Mas você não me quer — sussurrou ele. — Ninguém quer.

Por um momento, ela o analisou.

— Imagino que você deveria saber que Macellius, seu avô romano, desejava mantê-lo em Deva e criá-lo como se fosse seu pai.

— Por que, então, você não me deixou com ele?

Caillean o fitou sem sorrir.

— Quer ser um romano?

— Claro que não! Quem iria querer? — exclamou ele, enrubescendo furiosamente, e Caillean assentiu. Os druidas que tutelavam os meninos da Casa da Floresta lhe ensinaram que deveria odiar Roma. — Mas você deveria ter me contado! Deveria ter me deixado escolher!

— Eu contei! — Ela perdeu a paciência. — Você escolheu vir para cá!

O menino pareceu deixar de lado a resistência enquanto virava o olhar para a água mais uma vez.

— Isso é verdade. O que não entendo é por que você me quis...

— Ah, Gawen — disse Caillean, sentindo a raiva subitamente sair de seu corpo. — Até uma sacerdotisa nem sempre entende as forças que a movem. Em parte, porque você é tudo o que me restou de Eilan, que eu amava como se fosse minha filha.

A garganta dela fechou com a dor daquelas palavras. Levou alguns momentos até que pudesse falar com calma de novo. Então ela continuou, em uma voz fria como pedra:

— E em parte porque me pareceu que seu destino está entre nós...

O olhar de Gawen ainda estava sobre as águas douradas. Por alguns momentos, a batida gentil das ondas contra os juncos foi o único som do ambiente. Então ele a olhou.

— Muito bem. — A voz dele falhava com o esforço para manter o controle. — Você será minha mãe, para que eu tenha alguma família?

Caillean olhou para ele, incapaz de falar por um momento. *Deveria dizer não ou um dia ele vai partir meu coração.*

— Sou uma sacerdotisa — disse, por fim. — Assim como sua mãe. Os votos que fiz aos deuses nos prendem e, às vezes, isso vai contra nossos desejos... — ... *do contrário, eu teria ficado na Casa da Floresta e estaria lá para proteger Eilan*, continuou em pensamento. — Entende isso, Gawen? Entende que, embora eu o ame, às vezes tenho de fazer coisas que podem lhe causar dor?

Ele assentiu vigorosamente, e foi o coração dela que sentiu a pontada.

— Mãe de criação, o que vai me acontecer na Ilha de Avalon?

Caillean pensou por um momento.

— Você já é grande demais para ficar com as mulheres. Será acomodado entre os jovens aprendizes de sacerdote e bardo. Seu avô era um cantor notável, e pode ser que você tenha herdado alguns dos talentos dele. Gostaria de estudar as artes dos bardos?

Gawen piscou como se o pensamento o assustasse.

— Ainda não, por favor, não sei...

— Então deixe para lá. De qualquer modo, os sacerdotes precisam de algum tempo para conhecê-lo. Ainda é muito jovem, e não precisamos decidir todo o seu futuro neste instante. — *E, quando o tempo chegar, não serão Cunomaglos e seus druidas que decidirão o que ele deve ser*, pensou, soturnamente. *Não pude salvar Eilan, mas ao menos consigo proteger o filho dela até que ele possa escolher por si mesmo...*

— Então — disse ela bruscamente —, tenho muitas tarefas me aguardando. Deixe-me chamar a barca para levar você até a ilha. Por esta noite não haverá nada diante de você, prometo, além de jantar e cama. Isso o deixaria contente?

— Tem que deixar... — ele sussurrou, parecendo duvidar tanto dela como de si.

O sol havia se posto. No oeste, o céu se esmaecia em luminosos tons de rosa, mas as névoas que se prendiam à água haviam esfriado para prateado. O Tor estava quase invisível, como se, ela pensou de repente, alguma magia o separasse do mundo. Pensou em seu outro nome, Inis Witrin, a Ilha de Vidro. A fantasia tinha um estranho apelo. Ficaria feliz em deixar para trás um mundo em que Eilan queimara com seu amante romano na pira dos druidas. Chacoalhou-se um pouco e tirou um apito de osso da bolsa que pendia em seu flanco. O objeto produziu um som fino e agudo que, embora não parecesse alto, se propagou claramente sobre as águas.

Gawen se sobressaltou, olhando em torno, e Caillean apontou. A água era rodeada por touceiras de junco e brejos, cortados por uma centena de canais retorcidos. Uma embarcação baixa de proa quadrada emergia de um deles, empurrando os juncos para o lado. Gawen franziu o cenho, pois o homem que a impulsionava com o auxílio de uma vara não devia ser maior que ele. Só quando a barca se aproximou ele viu as rugas no rosto desgastado do barqueiro e os fios brancos que salpicavam em seu cabelo escuro. Quando o barqueiro viu Caillean, fez uma saudação, levantando a vara para que a frente da barca seguisse até a margem.

— Esse é Andarilho da Água — disse Caillean em voz baixa. — O povo dele estava aqui antes dos romanos, antes mesmo que os britânicos chegassem a estas margens. Nenhum de nós esteve aqui o suficiente para ser capaz de pronunciar a língua deles, mas ele conhece a nossa e me disse que esse é o significado do nome dele. Levam uma vida muito pobre nos brejos e ficam felizes com a comida extra que podemos lhes dar e, quando estão doentes, com nossos remédios.

O menino continuou a franzir o cenho enquanto tomava seu lugar na popa do barco. Sentou-se, deslizando a mão pela água e observando as ondulações passando, enquanto o barqueiro partia novamente para levá-los em direção ao Tor. Caillean suspirou, mas não tentou falar com ele e fazer com que desemburrasse. Ambos haviam passado pelo choque e pela perda na última lua, e, se Gawen tinha menos consciência do significado do que acontecera na Casa da Floresta, também seria menos capaz de lidar com isso.

Caillean puxou o manto em torno de si e voltou o rosto para o Tor. *Não posso ajudá-lo. Ele terá de aguentar sua tristeza e sua confusão... assim como eu terei*, pensou, soturnamente, *como eu terei...*

A névoa rodopiou em torno deles e então enfraqueceu enquanto o Tor se assomava à frente. O chamado oco de uma corneta ecoou de cima. O barqueiro ergueu a vara uma última vez e a quilha raspou na margem. Ele se levantou e empurrou a barca mais adiante, e, quando ela parou, Caillean saiu.

Meia dúzia de sacerdotisas desciam a trilha, seus cabelos trançados nas costas, vestidas de linho sem tingimento com cintos verdes. Fizeram uma linha diante de Caillean. Marged, a mais velha, se curvou de maneira reverente.

— Bem-vinda de volta a nós, Senhora de Avalon.

Ela parou, os olhos pousados na forma esbelta de Gawen. Por um momento, ficou sem palavras. Caillean quase podia ouvir a pergunta que se formava nos lábios da moça.

— Este é Gawen. Ele vai morar aqui. Poderia falar com os druidas e encontrar um lugar para ele esta noite?

— Com prazer, Senhora — ela disse em um sussurro, sem tirar os olhos de Gawen, que corava furiosamente.

Caillean suspirou. Se a mera visão de uma criança do sexo masculino – pois, mesmo agora, simplesmente não conseguia pensar em Gawen como um jovem homem – teve aquele efeito sobre as tuteladas mais jovens, suas tentativas de neutralizar os preconceitos que trouxeram com elas da Casa da Floresta ainda tinham muito caminho a percorrer. A presença dele entre as moças poderia ser boa para elas.

Alguém mais estava de pé atrás das moças. Por um momento, ela pensou que uma das sacerdotisas mais velhas, talvez Eiluned ou Riannon, tivesse vindo dar-lhe as boas-vindas. Mas a recém-chegada era muito pequena. Caillean vislumbrou mechas de cabelos escuros; então a figura se moveu adiante até ficar em plena vista.

Caillean piscou. *Uma estranha*, pensou, e então piscou mais uma vez, pois a mulher de repente parecia totalmente à vontade e extremamente familiar, como se Caillean a conhecesse desde o começo do mundo. No entanto, ela não conseguia se lembrar da ocasião exata em que a vira antes, se é que a tinha visto, ou quem ela deveria ser.

A novata não olhava para Caillean. Seus olhos, escuros e limpos, estavam presos a Gawen. Caillean se perguntou subitamente por que havia pensado que a mulher estranha era pequena, pois ela mesma era uma mulher alta, e agora a outra parecia ainda mais alta. Seu cabelo, longo e escuro, estava preso do mesmo modo que o das sacerdotisas, em uma única trança nas costas, mas ela vestia uma roupa de pele de cervo, e uma guirlanda fina de bagos vermelhos estava presa na altura de suas têmporas.

Ela olhou para Gawen e se curvou em direção ao chão.

— Filho de Mil Reis — disse ela —, seja bem-vindo a Avalon...

Gawen a olhou estupefato.

Caillean limpou a garganta, lutando para encontrar palavras.

— Quem é você e o que quer de mim? — perguntou, de forma brusca.

— De você, nada agora — disse a mulher, também sucintamente —, e não precisa saber meu nome. Meu negócio é com Gawen. Mas você me conhece há muito tempo, Melro, embora não se lembre.

Melro... "Lon-dubh" na língua hibérnica. Ao som do nome que fora dela quando criança, no qual não havia nem ao menos pensado por quase quarenta anos, Caillean ficou abruptamente em silêncio.

Uma vez mais podia sentir a aflição causada pelos hematomas e a dor entre as coxas e, ainda pior, a sensação de sujeira e de vergonha. O homem que a estuprara havia ameaçado matá-la se contasse o que ele fizera. Na época, ela tivera a sensação de que apenas o mar poderia deixá-la limpa novamente. Passara pelos espinheiros na beira do penhasco, sem prestar atenção aos espinhos que rasgavam sua pele, com a intenção de se jogar nas ondas que espumavam em torno das rochas dentadas abaixo.

E, de repente, a sombra entre as urzes havia se transformado em uma mulher, não mais alta que ela, mas incomparavelmente mais forte, que a abraçou, murmurando com uma ternura que sua própria mãe jamais tivera a energia de demonstrar, chamando-a por seu nome de infância. Deve ter adormecido por fim, ainda aninhada nos braços da Senhora. Quando acordou, seu corpo fora limpo, o pior dos ferimentos se tornara uma dor distante, e a memória do terror, um sonho ruim.

— Senhora — ela sussurrou.

Anos depois, seus estudos com os druidas permitiram que desse um nome ao ser que a salvara. Mas a atenção da mulher das fadas estava fixa em Gawen.

— Meu senhor, vou guiá-lo a seu destino. Espere por mim na beira da água e um dia, em breve, virei buscá-lo.

Ela se curvou de novo, desta vez não tão profundamente e, de repente, como se jamais tivesse estado ali, desapareceu.

Caillean fechou os olhos. O instinto que a levara a trazer Gawen a Avalon fora bom. Se a Senhora do povo das fadas o honrava, ele deveria de fato ter um propósito ali. Eilan encontrara o Merlim uma vez em visão. O que ele havia prometido a ela? Mesmo que fosse romano, o pai daquele garoto morrera como o rei do ano, para salvar o povo. O que aquilo significava? Por um momento, ela quase chegou a compreender o sacrifício de Eilan.

Um som engasgado de Gawen a trouxe de volta ao presente. Ele estava branco como giz.

— Quem era ela? Por que ela falou comigo?

Marged olhou de Caillean para o rapaz, levantando as sobrancelhas, e a sacerdotisa de repente se perguntou se as outras haviam visto algo.

Caillean disse:

— Ela é a Senhora do Povo Antigo, chamado de povo das fadas. Salvou minha vida, há muito tempo. O Povo Antigo não se mistura muitas vezes com a humanidade nos dias de hoje, e ela não teria aparecido aqui sem razão. Mas, quanto ao motivo, não sei.

— Ela se curvou para mim. — Ele engoliu em seco e então perguntou em um sussurro baixo: — Vai permitir que eu vá, mãe de criação?

— Permitir? Não ousaria impedir. Precisa estar pronto quando ela vier buscá-lo.

Ele a olhou, e o brilho em seus limpos olhos acinzentados a fez lembrar subitamente de Eilan.

— Então não tenho escolha. Mas não vou com ela a não ser que ela me responda!

***

— Senhora, jamais questionaria sua decisão — disse Eiluned —, mas o que estava pensando ao trazer um menino daquela idade para cá?

Caillean deu um gole na água de sua caneca de madeira e a pousou na mesa de jantar com um suspiro. Nas seis luas desde que as sacerdotisas haviam chegado a Avalon, às vezes ela tinha a impressão de que a jovem não fizera nada além de questionar suas decisões. Ela se perguntava se Eiluned enganava até a si mesma com sua demonstração de humildade. Tinha apenas trinta anos, mas parecia mais velha, magra, de cenho fechado e sempre ocupada com os assuntos das outras pessoas. Ainda assim, era meticulosa e se tornara uma substituta útil.

Ao reconhecer seu tom de voz, as outras mulheres desviaram o olhar e voltaram a suas refeições. O longo salão ao pé do Tor parecera amplo quando os druidas o construíram para elas no começo do verão. Mas, assim que a notícia sobre a nova Casa das Donzelas se espalhara, mais garotas vieram, e Caillean achava que poderiam precisar ampliar o salão antes que outro verão passasse.

— Os druidas recebem garotos até mais jovens do que ele para serem treinados — ela disse, de modo uniforme.

A luz do fogo bruxuleava nos planos macios do rosto de Gawen, fazendo-o parecer momentaneamente mais velho.

— Que eles o acolham então! Aqui não é o lugar certo para ele...

Ela fitou o menino, que olhou para Caillean à procura de conforto antes de comer outra colherada de milheto e feijões. Dica e Lysanda, as mais jovens das moças, riram até que Gawen ficasse vermelho e desviasse os olhos.

— No momento combinei com Cunomaglos para que ele seja alojado com o velho Brannos, o bardo. Isso a deixará contente? — perguntou, acidamente.

— Uma ideia ótima! — assentiu Eiluned. — O velho está ficando debilitado. Vivo com medo de que uma noite ele caia no fogo da lareira ou vá parar dentro do lago...

O que a moça disse era verdade, embora fosse a bondade do velho, não sua fraqueza, que tivesse levado Marged a escolhê-lo.

— *Quem* é o menino? — perguntou Riannon, sentada do outro lado dela, os cachos ruivos balançando. — Não era uma das crianças criadas em Vernemeton? E o que aconteceu quando voltou para a visita? Os rumores mais espantosos voam pelo interior...

Ela olhou sua grã-sacerdotisa na expectativa.

— Ele é um órfão — suspirou Caillean. — Não sei o que podem ter escutado, mas é verdade que a Senhora de Vernemeton está morta. Houve uma rebelião. Os sacerdotes druidas do norte se espalharam e várias das sacerdotisas mais antigas morreram. Dieda foi uma delas. Na verdade, não sei se a Casa da Floresta vai sobreviver, e, se isso não acontecer, seremos as únicas que restarão para guardar a velha sabedoria e passá-la adiante.

Será que Eilan tivera uma premonição de seu destino e soubera que apenas a nova comunidade em Avalon sobreviveria?

As outras sacerdotisas se recostaram, arregalando os olhos. Se pensassem que quem matou Eilan e os outros foram os romanos, melhor assim. Caillean não tinha afeto por Bendeigid, que agora era arquidruida, mas, embora ele pudesse estar louco, ainda era um dos deles.

— Dieda está morta? — A voz doce de Kea enfraqueceu, e ela apertou o braço de Riannon. — Mas eu deveria visitá-la neste inverno para mais aulas. Como vou ensinar as canções sagradas às mais novas? É uma grande perda! — Ela se recostou, lágrimas brotando em seus sérios olhos cinzentos.

Uma grande perda de fato, pensou Caillean, com tristeza, não só por conta da sabedoria e das habilidades de Dieda, mas da sacerdotisa que ela poderia ter sido se não tivesse escolhido o ódio em vez do amor. Aquilo também era uma lição para ela, e uma da qual deveria se lembrar quando a amargura ameaçasse subjugá-la.

— Eu a treinarei... — ela disse baixo. — Nunca estudei os segredos dos bardos de Eriu, mas as canções e os ofícios sagrados das sacerdotisas druidas vêm de Vernemeton, e conheço bem todos.

— Oh! Não quis dizer... — Kea parou de falar, corando bruscamente. — Sei que canta, e que também toca harpa. Toque para nós agora, Caillean. Parece que faz tanto tempo desde que fez música para nós em torno do fogo!

— É uma *creuth*, não uma harpa — começou Caillean, de forma automática. Então suspirou. — Não na noite de hoje, criança. Estou muito cansada. É você quem deveria cantar para nós e aliviar nossa tristeza.

Ela forçou um sorriso e viu Kea se animar. A jovem sacerdotisa não tinha a habilidade inspirada de Dieda, mas sua voz, embora leve, era doce e legítima, e ela amava as velhas canções.

Riannon deu um tapinha no ombro da amiga.

— Esta noite vamos todas cantar para a Deusa, e Ela nos confortará. Ao menos você voltou para nós.

Ela se voltou para Caillean.

— Tivemos medo de que não voltasse a tempo para a lua cheia.

— Com certeza treinei vocês melhor do que isso! — exclamou Caillean. — Não precisam de mim para o ritual.

— Talvez não. — Riannon sorriu. — Mas não seria a mesma coisa sem a senhora.

***

Estava totalmente escuro e frio quando deixaram o salão, mas o vento que chegara com o cair da noite levara a névoa embora. Atrás da massa negra do Tor, o céu da noite brilhava estrelado. Caillean olhou para o oeste e notou os céus ficando luminosos com o nascer da lua, embora ela ainda estivesse invisível atrás da colina.

— Vamos nos apressar — disse às outras, fechando com firmeza o manto quente. — Nossa Senhora já busca os céus.

Começou a subir o caminho, e as outras se colocaram atrás, suas respirações formando pequenas baforadas brancas no ar frio.

Somente quando chegaram à primeira volta ela olhou para trás. A porta do salão continuava aberta, e ela podia distinguir a forma escura de Gawen contra a luz da lamparina. Até em sua silhueta era possível perceber uma solidão avassaladora na maneira como ele ficava ali, observando as mulheres que o deixavam. Por um momento, Caillean quis chamá-lo para se juntar a elas, mas aquilo teria realmente escandalizado Eiluned. Ao menos ele estava ali, na Ilha Sagrada. Então, a porta se fechou e o menino desapareceu. Caillean respirou fundo e se preparou para subir o resto do caminho até o topo da colina.

Passara uma lua fora, e estava sem condições para esforços como aquele. Quando chegou ao topo, aguardou ofegante enquanto as outras se juntavam a ela, resistindo ao impulso de se apoiar em uma das pedras eretas. Aos poucos, sua cabeça foi parando de girar e ela tomou seu lugar ao lado da pedra do altar. Uma por uma, as sacerdotisas entraram no círculo, movendo-se da esquerda para a direita até o altar. Os pequenos espelhos de prata polida que pendiam em seus cintos brilhavam enquanto elas se dirigiam para seus lugares. Kea colocou a vasilha de prata sobre a pedra, e Beryan, que tinha acabado de fazer seus votos no solstício de verão, a encheu de água do poço sagrado.

Não havia necessidade de formar um círculo ali. O lugar já era sagrado e não deveria ser visto por olhos não iniciados. Mas, quando o círculo de mulheres se completou, o ar dentro dele pareceu se tornar mais pesado, e totalmente imóvel. Até mesmo o vento que a fizera tremer havia desaparecido.

— Saudamos os céus gloriosos, cintilantes de luz. — Caillean levantou as mãos e as outras a imitaram. — Saudamos a terra sagrada da qual brotamos. — Ela se curvou e tocou a grama congelada. — Guardiões dos Quatro Quadrantes, nós os saudamos.

Juntas, elas se viraram para cada uma das direções, olhando até terem a impressão de ver os Poderes cujos nomes e formas estavam ocultos nos corações dos sábios que brilhavam diante delas.

Caillean se virou mais uma vez para o oeste.

— Honramos nossos ancestrais que se foram antes. Zelem por nossas crianças, sagrados.

Eilan, minha amada, zele por mim... Zele por seu filho. Fechou os olhos e, por um minuto, teve a impressão de ter sentido algo, como um toque gentil em seu cabelo.

Caillean se voltou para o leste, onde as estrelas esmaeciam no brilho da lua. O ar em torno dela ficava cada vez mais tenso com a antecipação enquanto as outras faziam o mesmo, esperando que a primeira borda brilhante se erguesse sobre as colinas. Houve uma centelha; Caillean perdeu o fôlego em um longo suspiro quando a silhueta do pinheiro alto no cume distante subitamente surgiu por completo. E de pronto a lua estava ali, imensa e tingida de dourado. A cada momento, ela subia mais alto e, enquanto deixava a terra para trás, ficava ainda mais pálida e brilhante, até flutuar livre em pureza imaculada. Como uma só, as sacerdotisas levantaram os braços em adoração.

Com um esforço, Caillean firmou a voz, desejando se afundar no ritmo familiar do ritual.

— No leste, nossa Senhora Lua se levanta — cantou.

— Joia da orientação, joia da noite — responderam as outras em coro.

— Sagrada seja cada coisa em que brilha Tua luz...

Conforme a voz de Caillean ficava mais forte, o mesmo acontecia com o coro que a apoiava, sua energia amplificada pela das outras sacerdotisas, as delas se levantando enquanto a sua inspiração aumentava.

— Joia da orientação, joia da noite...

— Justo seja cada ato que Tua luz revela... — Cada verso vinha com mais facilidade, o poder refletindo de volta da reação das outras mulheres ao seu. Enquanto a energia subia, percebeu que também ficava mais quente.

— Clara seja Tua luz sobre o cume das colinas... — Agora, conforme Caillean terminava um verso, achava a força para manter a nota durante a resposta, e as outras, segurando suas últimas notas, apoiavam as dela em doce harmonia.

— Clara seja Tua luz sobre campo e floresta...

A lua já se encontrava bem acima do topo das árvores. Ela via o Vale de Avalon estendido diante dela com suas sete ilhas sagradas e, enquanto olhava, a visão parecia se expandir até que ela vislumbrasse toda a Britânia.

— Clara seja Tua luz sobre todas as estradas e todos os andarilhos...
— Caillean abriu os braços em bênção e ouviu a voz clara de soprano de Kea subir de repente, destacando-se sobre o coro.

— Clara seja Tua luz sobre as ondas do mar... — A visão dela disparou através das águas. Agora perdia a consciência de seu corpo.

— Clara seja Tua luz entre as estrelas do céu... — O brilho da lua a tomava, a música a levantava. Flutuava entre a terra e o céu, vendo tudo, a alma derramada em um êxtase de bênção.

— Mãe da Luz, lua clara das estações... — Caillean sentiu a percepção se estreitar até que a lua era tudo o que podia ver.

— Vem a nós, Senhora! Deixa que sejamos Teu espelho!

— Joia da orientação, joia da noite...

Caillean manteve a nota final durante o coro e depois, e as outras, sentindo a energia crescer, a sustentaram com suas próprias harmonias. O grande acorde pulsava quando as cantoras tomavam fôlego, mas foi sustentado.

As sacerdotisas montavam o poder. Percebiam, sem a necessidade de um sinal, que era chegado o momento de trazer à luz seus espelhos. Agora, ainda cantando, as mulheres se juntavam até formar um semicírculo de frente para a lua. Caillean, ainda ao lado leste do altar, se virou para elas. A música se tornara um murmúrio baixo.

— Senhora, desce até nós! Senhora, está conosco! Senhora, vem a nós agora!

Ela baixou as mãos.

Treze espelhos de prata faiscaram fogo branco enquanto as sacerdotisas os colocavam no ângulo para refletir o luar. Círculos de lua pálidos dançavam na grama enquanto eles eram virados para o altar. Uma luz brilhava da superfície prateada da vasilha, enviando centelhas brilhantes através das formas imóveis das sacerdotisas e das pedras eretas. Então, quando os espelhos estavam focados, os raios de luar refletidos se encontraram subitamente na superfície da água dentro da vasilha. Treze luazinhas trêmulas se juntaram como mercúrio e se tornaram uma só.

— Senhora, Tu que não tens nome e ainda assim és chamada por muitos nomes — murmurou Caillean —, Tu que não tens forma e ainda assim tens muitas faces, como as luas refletidas em nossos espelhos se tornam uma única imagem, assim seja com Teu reflexo em nossos corações. Senhora, nós Te invocamos! Desce até nós, está conosco aqui!

Ela soltou o fôlego em um longo suspiro. O murmúrio se transformou em silêncio que pulsava com a expectativa. Visão, atenção, toda a existência estava focada no brilho de luz dentro da vasilha. Sentiu a familiar mudança de consciência enquanto o transe se aprofundava, como se sua carne estivesse se dissolvendo, e nenhum sentido além da visão permanecesse.

Até mesmo sua visão se embotava nesse instante, obscurecendo o reflexo da lua na água da vasilha de prata. Ou talvez não fosse a imagem, mas o brilho refletido que mudava, ficando mais forte até que a lua e sua imagem fossem unidas por um facho de luz. Partículas de brilho se moveram no raio de luar, formaram uma figura, suavemente luminosa, que olhava de volta para ela com olhos brilhantes.

— Senhora — chamou seu coração —, perdi minha amada. Como vou sobreviver sozinha?

— Não estará sozinha. Tem irmãs e filhas — veio a resposta, mordaz e, talvez, um pouco divertida. — E você também tem um filho... e tem a Mim.

Caillean tinha uma leve consciência de que suas pernas haviam arriado e que agora estava de joelhos. Não importava. Sua alma foi para a Deusa, que sorria de volta para ela, e no momento seguinte o amor que ela oferecera voltou para Caillean em tal medida que, por um instante, não sabia de mais nada.

A lua estava além do ponto central do céu na hora em que Caillean voltou a si. A Presença que as abençoara tinha ido embora, e o ar estava frio. Em volta dela, as outras mulheres começavam a se mexer. Forçou os músculos endurecidos ao trabalho e ficou de pé, tremendo. Fragmentos da visão ainda cintilavam em sua memória. A Senhora falara através dela e dissera as coisas que ela precisava saber, mas elas esmaeciam a cada instante.

— Senhora, assim como Tu nos abençoastes, nós Te agradecemos... — murmurou. — Que possamos levar aquela bênção para o mundo.

Juntas, murmuraram seus agradecimentos aos Guardiões. Kea foi para a frente para pegar a vasilha de prata e derramou a água em um fluxo brilhante sobre a pedra. Então, em sentido anti-horário, elas circularam o altar e foram para a trilha. Apenas Caillean ficou parada ao lado do altar de pedra.

— Caillean, está vindo? Ficou frio aqui! — Eiluned, no fim da fila, esperava.

— Ainda não. Há coisas em que preciso pensar. Ficarei aqui mais um pouco. Não se preocupe, meu manto vai me manter aquecida — acrescentou, embora, na verdade, estivesse tremendo. — Sigam vocês.

— Muito bem.

A outra mulher parecia em dúvida, mas havia comando no tom de voz de Caillean. Depois de um momento, ela também se virou e desapareceu na borda do morro.

Quando todas haviam ido embora, Caillean se ajoelhou ao lado do altar, abraçando-o como se assim pudesse tocar a Deusa que estivera ali.

— Senhora, fala! Diz claramente o que queres que eu faça!

Mas não houve resposta. Havia poder na pedra, uma comichão sutil que Caillean sentiu nos ossos, mas a Senhora já se retirara e a rocha estava fria. Depois de um tempo, sentou-se novamente, com um suspiro.

Enquanto a lua se movia, o círculo ganhava uma barra de sombras das pedras eretas. Caillean, com a atenção ainda voltada para dentro, notava as rochas sem, no entanto, vê-las de verdade. Apenas ao se levantar percebeu que seu olhar havia se fixado em uma das pedras maiores.

O círculo no cume do Tor era de tamanho moderado, a maioria das pedras chegando a uma altura entre a cintura e os ombros de Caillean. Mas aquela rocha em específico aparentava ser uma cabeça mais alta do que as outras. Quando notou aquilo, ela se moveu, e uma figura escura pareceu emergir da pedra.

— Quem... — começou a sacerdotisa, mas ao falar já sabia, com a mesma certeza que tivera naquela tarde, quem deveria ser. Ouviu uma onda de riso baixo e a mulher das fadas saiu totalmente à luz da lua, usando, como antes, seu manto de pele de cervo e sua coroa de bagos, parecendo não sentir o frio.

— Senhora das fadas, eu a saúdo — disse Caillean, em voz baixa.

— Saudações, Melro — respondeu a mulher das fadas, rindo mais uma vez. — Mas não, é um cisne o que você se tornou, flutuando no lago com seus filhotes em volta.

— O que faz aqui?

— Onde mais eu deveria estar, criança? O Além-Mundo toca o seu em muitos lugares, embora agora não existam tantos quanto antes. Os círculos de pedra são portais, em certas horas, assim como todas as bordas da terra: cumes de montanhas, cavernas, a praia onde a água encontra a terra... Mas há alguns lugares que sempre existem em ambos os mundos e, entre eles, este Tor é um dos mais poderosos.

— Senti isso — disse Caillean em voz baixa. — Era assim às vezes na Colina das Donzelas também, perto da Casa da Floresta.

A mulher das fadas suspirou.

— Aquela colina é um lugar sagrado, e agora ainda mais, mas o sangue que foi derramado lá fechou o portal.

Caillean mordeu o lábio, vendo mais uma vez as cinzas mortas sob um céu choroso. Será que seu luto por Eilan jamais terminaria?

— Fez bem em deixá-lo — continuou a mulher das fadas. — E fez bem em trazer o menino.

— O que quer com ele?

O temor por Gawen aguçou seu tom.

— Prepará-lo para seu destino... O que *você* quer para ele, sacerdotisa, pode dizer?

Caillean piscou, tentando recuperar o controle da conversa.

— Qual é o destino dele? Ele vai nos liderar contra os romanos e trazer de volta os velhos costumes?

— Esse não é o único tipo de vitória possível — respondeu a Senhora. — Por que acha que Eilan arriscou-se tanto para dar à luz o menino e mantê-lo em segurança?

— Ela era mãe dele — começou Caillean, mas suas palavras se perderam na resposta da mulher das fadas.

— Ela era grã-sacerdotisa e grandiosa. Era filha do sangue que trouxe o conhecimento humano mais alto para esta costa. Aos olhos humanos, ela falhou, e seu amante romano morreu em vergonha. Mas você sabe que não é assim.

Caillean a mirou, cicatrizes de zombarias que pensara ter esquecido despertando com renovada dor em sua memória.

— Não nasci nesta terra, nem venho de linhagem nobre — disse, nervosamente. — Está me dizendo que não tenho o direito de estar aqui ou de criar o menino?

— Melro — a mulher balançou a cabeça —, escute com atenção o que lhe digo. O que era de Eilan por herança é seu por treinamento, trabalho e o dom da Senhora da Vida. A própria Eilan lhe confiou essa tarefa. No entanto, Gawen é o último da linhagem dos Sábios, e o pai dele era filho do Dragão por parte de mãe, ligado à terra pelo sangue.

— Foi isso o que quis dizer quando o chamou de Filho de Mil Reis... — sussurrou Caillean. — Mas qual é a utilidade disso para nós agora? Os romanos governam.

— Não sei dizer. Foi-me permitido saber apenas que ele deve ser preparado. Você e os sacerdotes druidas mostrarão a ele o mais alto conhecimento da humanidade. E eu, se você pagar meu preço, mostrarei a ele os mistérios desta terra que chamam de Britânia.

— Seu preço — repetiu Caillean, engolindo em seco.

— É tempo para construir pontes — disse a rainha. — Tenho uma filha, Sianna, gerada por um homem da sua espécie. Ela tem a mesma idade do garoto. Quero que a receba em sua Casa das Donzelas para ser criada. Ensine a ela seus costumes e sua sabedoria, Senhora de Avalon, e ensinarei os meus a Gawen...

2

— Veio, então, entrar para nossa ordem? — perguntou o velho.

Gawen olhou para ele surpreso. Quando a sacerdotisa Kea o trouxera a Brannos na noite anterior, o rapaz tivera a impressão de que o velho bardo havia ultrapassado seu juízo, assim como sua música. Seu cabelo era branco, as mãos, tão paralisadas com a idade que não conseguiam mais puxar as cordas da harpa, e, quando Gawen fora apresentado, ele se agitara em sua cama apenas o suficiente para apontar uma pilha de peles de ovelha onde o menino poderia deitar e, então, voltara a dormir.

O bardo não parecera muito promissor como mentor naquele lugar estranho, mas as peles de ovelha eram quentes e não tinham pulgas, e o menino estava muito cansado. Antes que pudesse terminar de repassar todas as coisas estranhas que haviam lhe acontecido durante a última lua, o sono o levou. Entretanto, pela manhã, Brannos estava muito diferente da criatura confusa da noite anterior. Os olhos remelentos estavam surpreendentemente atentos, e Gawen sentiu que corava sob aquele olhar acinzentado.

— Não tenho certeza — respondeu, com cautela. — Minha mãe de criação não me disse o que devo fazer aqui. Ela perguntou se eu gostaria de ser um bardo, mas aprendi apenas as canções mais simples que as crianças criadas na Casa da Floresta cantavam. Gosto de cantar, mas sei muito bem que é preciso mais que isso para ser um bardo...

Aquilo não era exatamente a verdade. Gawen amava cantar, mas o arquidruida Ardanos, que era o mais notável dos bardos entre os druidas de seu tempo, o detestava e jamais permitira que ele sequer tentasse. Agora que sabia que Ardanos fora seu bisavô e que quisera matar Eilan ao descobrir que ela estava grávida, ele entendia o motivo, mas ainda tinha cautela em demonstrar seu interesse.

— Se eu tivesse vocação para esse caminho — disse com cuidado —, não saberia a esta altura?

O velho cuspiu no fogo.

— O que gosta de fazer?

— Na Casa da Floresta eu ajudava com as cabras, e às vezes trabalhava no jardim. Quando havia tempo, jogava bola com as outras crianças.

— Gosta de se ocupar aqui e ali, então, em vez de estudar?

Os olhos argutos voltaram a se fixar nele.

— Gosto de fazer coisas — disse Gawen, lentamente —, mas também gosto de aprender coisas, se são interessantes. Amava as histórias de heróis que os druidas costumavam contar. — Ele se perguntou que tipo de histórias as crianças romanas aprendiam, mas sabia que era melhor não perguntar ali.

— Se gosta de histórias, então vamos nos dar bem — disse Brannos, sorrindo. — Quer ficar?

Gawen desviou os olhos.

— Acho que houve bardos em minha família. Talvez seja por isso que a senhora Caillean me enviou para você. Ainda vai querer que eu fique, mesmo se eu não tiver nenhum talento para a música?

— É de seus braços e pernas fortes que preciso, ai de mim, não de música. — O velho suspirou, então suas sobrancelhas fartas desceram. — "Acha" que havia bardos em sua família? Não sabe? Quem eram seus pais?

O menino o olhou com cautela. Caillean não havia *dito* que ele devia manter a identidade dos pais em segredo, mas o conhecimento era tão recente para ele que não parecia real. Porém, talvez Brannos tivesse vivido tanto que nem mesmo isso fosse parecer estranho.

— Acredita que até esta lua não sabia nem ao menos seus nomes? Agora estão mortos, e creio que não lhes fará mais mal se as pessoas souberem a meu respeito... — Ele ouviu com surpresa o ressentimento nas próprias palavras. — Dizem que minha mãe era a grã-sacerdotisa de Vernemeton, a senhora Eilan. — Ele se recordou da voz doce dela e da fragrância que sempre se prendia a seus véus, e piscou para evitar lágrimas. — Mas meu pai era um romano, então você pode perceber que eu provavelmente jamais deveria ter nascido.

O velho druida não podia mais cantar, mas não havia nada de errado com seus ouvidos. Escutou o tom sombrio na voz do rapaz e suspirou.

— Nesta casa não importa quem eram seus pais. O próprio Cunomaglos, que governa a irmandade druida aqui como a senhora Caillean governa as sacerdotisas, veio de uma família de oleiros de perto de Londinium. Nenhum de nós nesta terra sabe, a não ser por rumor, quem poderia ser a mãe ou o pai dele. Diante dos deuses não importa nada além do que você pode criar para si mesmo.

Isso não é totalmente verdade, pensou Gawen. *Caillean diz que me viu nascer, então ela sabe quem era minha mãe. Mas imagino que isso seja rumor, pois preciso confiar que ela esteja dizendo a verdade. Posso confiar nela?*, perguntou-se de repente. *Ou neste velho, ou em qualquer um aqui?* Estranhamente, o rosto que lhe veio à mente naquele momento foi o da rainha das fadas. Confiava nela, pensou, e aquilo era estranho, pois nem mesmo tinha certeza de que ela fosse real.

— Entre os druidas de nossa ordem — disse o velho —, nascimento não importa. Todos os homens vêm a esta vida igualmente sem nada, e seja o filho do arquidruida ou de um andarilho sem lar, cada homem começa como um bebê nu e chorando: eu, assim como você, o filho de um mendigo ou de um rei ou de mil reis; todos os homens começam assim e terminam da mesma maneira, em uma mortalha.

Gawen o fitou. A Senhora do povo das fadas havia usado a mesma frase – "Filho de Mil Reis". Fez com que ele sentisse calor e frio ao mesmo tempo. Ela prometera vir buscá-lo e talvez, então, poderia lhe dizer o que significava aquele título. Ele sentiu o coração disparar subitamente e não sabia se era por antecipação ou medo.

***

Enquanto a lua que a recebera de volta a Avalon minguava, Caillean se viu de volta à rotina como se jamais tivesse estado fora. Nas manhãs, quando os druidas subiam o Tor para saudar o amanhecer, as sacerdotisas faziam as próprias devoções no fogo da lareira. À tardinha, quando as marés distantes do mar levantavam o nível das águas nos charcos, elas se viravam para o oeste para honrar o sol poente. À noite, o Tor pertencia às sacerdotisas; a lua nova, a lua cheia e a escuridão tinham seus próprios rituais.

Era espantoso, pensou, enquanto seguia Eiluned ao barracão de armazenamento, o quão rapidamente as tradições podiam surgir. A comunidade de sacerdotisas na Ilha Sagrada ainda não havia celebrado seu primeiro ano, mas Eiluned já tratava as maneiras de fazer as coisas que Caillean sugerira como se tivessem a força da lei e mil anos de tradição.

— Sabe que quando Andarilho da Água veio pela primeira vez nos trouxe um saco de cevada. Mas, dessa vez, quando veio para seus remédios, não trouxe nada. — Eiluned descia o caminho até o armazém, ainda falando. — Precisa entender, Senhora, que isso não vai dar certo. Temos poucas sacerdotisas treinadas aqui para cuidar daqueles que podem nos dar algo em troca e, se insistir em acolher cada órfão que encontra, como vamos esticar nossas provisões para alimentar todos durante o inverno é algo que foge de meu conhecimento!

Por um momento, Caillean ficou sem palavras; então se apressou para alcançá-la.

— Ele não é apenas um órfão... é filho de Eilan!

— Que Bendeigid fique com ele, então! Afinal, ele é o pai dela.

Caillean balançou a cabeça, lembrando aquela última conversa. Bendeigid estava louco. Se dependesse dela, ele jamais saberia que Gawen ainda estava vivo.

Eiluned puxava a barra que segurava a porta do galpão de armazenamento. Quando as portas se abriram, algo pequeno e cinzento fugiu pelos arbustos.

Eiluned deu um gritinho e se jogou para trás, nos braços de Caillean.

— Maldito seja, essa besta imunda! Maldito...

— Fique em silêncio! — explodiu Caillean. — Não há necessidade nenhuma de amaldiçoar uma criatura que tem tanto direito quanto nós de procurar comida. Nem de negar nossa ajuda a quem vem pedir, especialmente Andarilho da Água, que nos leva para lá e para cá pelas águas sem mais que uma bênção como pagamento!

Eiluned se virou, o rosto arroxeando de modo ameaçador.

— Estou apenas fazendo a tarefa que me deu! — exclamou. — Como pode falar assim comigo?

Caillean a soltou e suspirou.

— Não quis ferir seus sentimentos ou dar a entender que não faz bem suas tarefas. Ainda somos novas aqui, ainda estamos aprendendo o que podemos fazer e do que precisamos. Mas sei que não há razão em estar aqui se só podemos fazer isso ficando tão duras e gananciosas quanto os romanos! Estamos aqui para servir à Senhora. Não podemos confiar que Ela nos proverá?

Eiluned balançou a cabeça, mas seu rosto estava voltando à coloração normal.

— Morrer de fome servirá aos propósitos da Senhora? Veja aqui — ela puxou a laje de pedra do poço de armazenamento e apontou —, o fosso está vazio até a metade e o meio do inverno ainda demora mais uma lua!

O fosso está cheio até a metade, Caillean quis responder, mas fora apenas por essa compulsão em se preocupar com coisas assim que escolhera Eiluned para cuidar dos depósitos.

— Ainda há mais dois fossos cheios — disse calmamente —, mas faz bem em me mostrar isso.

— Havia grãos o suficiente para vários invernos nos depósitos de Vernemeton, e agora há menos bocas para consumi-los — falou então Eiluned. — Poderíamos mandar alguém até lá para buscar mais suprimentos?

Caillean fechou os olhos, vendo mais uma vez a pilha de cinzas na Colina das Donzelas. De fato, Eilan e muitos outros não precisariam ser alimentados neste inverno, ou nunca mais. Disse a si mesma que era uma sugestão prática, que Eiluned não quisera lhe causar dor.

— Vou perguntar — disse, forçando a voz a se acalmar. — Mas se, como estão dizendo, a comunidade de mulheres da Casa da Floresta será desfeita, não podemos depender delas para nos sustentar por mais um ano. De qualquer modo, pode ser melhor que o povo de Deva nos esqueça. Ardanos se meteu nos assuntos dos romanos e quase nos levou ao desastre. Acho que deveríamos ficar menos visíveis e, assim, teremos de encontrar um jeito de nos alimentar aqui.

— Isso é uma questão sua, Senhora. Lidar com os depósitos que já temos é minha — disse Eiluned.

Ela empurrou a laje de pedra para seu lugar novamente. *Não, é questão da Senhora*, pensou Caillean, enquanto continuavam com a contagem de sacas e barris. *É por causa Dela que estamos aqui, e não podemos nos esquecer.*

Era verdade que ela e muitas das mulheres mais velhas jamais conheceram nenhum lar além do das sacerdotisas, mas tinham habilidades que as tornariam bem-vindas ao salão de qualquer chefe britânico. Seria difícil ir embora, mas nenhuma delas passaria fome. Vieram servir à Deusa porque Ela as chamara, e, se a Deusa queria sacerdotisas, Caillean pensou com um início de sorriso, cabia a ela arrumar meios de alimentá-las.

— ... e não posso fazer isso tudo sozinha — disse Eiluned.

Com um susto, Caillean percebeu que os comentários da outra mulher tinham se tornado um zumbido de barulho de fundo. Ela levantou as sobrancelhas, interrogativamente.

— Não pode esperar que eu saiba de cada grama de cevada e de nabo. Faça algumas daquelas garotas ganharem o sustento me ajudando!

Caillean franziu o cenho, uma ideia subitamente brotando. *Um presente da Senhora*, pensou, *minha resposta*. As garotas que estudavam com elas eram bem treinadas e poderiam encontrar um lugar em qualquer casa na terra. Por que não acolher as filhas de homens ambiciosos e ensiná-las por um tempo antes que se casassem? Os romanos não se importavam com o que as mulheres faziam, nem precisavam saber.

— Terá suas ajudantes — disse a Eiluned. — Deverá ensiná-las como abastecer uma casa, e Kea vai ensinar as velhas lendas de nosso povo e a cultura dos druidas. Que histórias acha que contarão aos filhos? E que músicas cantarão aos bebês que darão à luz?

— As nossas, imagino, mas...

— As nossas — concordou Caillean —, e os pais romanos que veem os filhos somente uma vez por dia, durante a hora do jantar, não pensarão em questionar isso. Os romanos acreditam que o que uma mulher faz não tem importância. Mas toda esta ilha pode ser conquistada de volta das mãos deles pelos filhos das mulheres treinadas em Avalon!

Eiluned deu de ombros e sorriu, sem entender tudo. Mas, enquanto Caillean a seguia para o resto da inspeção, sua própria mente trabalhava rápido. Já havia uma garota entre elas, a pequena Alia, que não estava destinada à vida de sacerdotisa. Quando voltasse para casa, poderia espalhar a palavra entre as mulheres, e os druidas poderiam avisar os homens das casas nobres que ainda se importavam com os antigos costumes.

Nem os romanos com seus exércitos nem os cristãos com sua conversa de danação poderiam prevalecer contra as primeiras palavras que um bebê ouvia nos braços da mãe. Roma poderia governar os corpos dos homens, mas era Avalon, pensou, seu entusiasmo em uma crescente, a Ilha Sagrada, segura em seus charcos, que moldaria suas almas.

***

Gawen acordou muito cedo e ficou deitado, a mente ativa demais para dormir de novo, embora o pedaço de céu que podia ver através da rachadura na taipa apenas começasse a clarear com o início do dia. Brannos ainda roncava de leve na outra cama, mas Gawen ouviu alguém tossir atrás da janela e o farfalhar de túnicas. Espiou lá fora. O céu ainda estava escuro, mas um fluxo mais claro rosado ao leste mostrava onde surgiria a aurora.

Na semana desde que chegara a Avalon, havia começado a aprender os costumes deles. Os homens se reuniam na frente do salão dos druidas, os noviços vestindo cinza e os mais velhos de branco, preparando-se para os serviços do alvorecer. A procissão era totalmente silenciosa; Gawen sabia que não falariam até que o disco do sol se mostrasse claro e brilhante sobre as colinas. Seria um belo dia; não vivera a vida toda em um templo druida sem saber ao menos isso sobre o clima.

Depois de deslizar da cama, se vestiu sem perturbar o sacerdote idoso – ao menos não o tinham destinado à Casa das Donzelas, onde seria protegido como uma menininha – e saiu da cabana. Havia pouca luz antes do nascer do sol, mas o cheiro fresco da manhãzinha perfumava o ar úmido, e ele respirou fundo.

Como se respondesse a um sinal sem palavras, a procissão do nascer do sol começou a subir pela trilha. Gawen esperou na escuridão mais profunda debaixo do excedente do teto de sapé da cabana até que os druidas fossem embora e, então, foi silenciosamente para as margens do lago. A mulher das fadas lhe dissera para esperar ali. Fora à beira da água todos os dias desde que chegara. Ele se perguntava agora se ela algum dia viria buscá-lo, mas havia começado a amar o lento nascer do dia sobre os brejos por si só.

O céu começava a se tingir com a primeira luz rosada da aurora. Às suas costas, as luzes aumentando lhe mostravam as construções aglomeradas abaixo do declive do Tor. Havia o longo cimo do salão de encontros, construído em um retângulo à maneira romana. Os tetos de sapé das casas redondas atrás dele brilhavam palidamente, a maior sendo destinada ao uso das sacerdotisas e a menor às moças; havia ainda uma outra pequena construção um pouco afastada para a grã-sacerdotisa. Galpões para cozinhar e fiar e um estábulo para as cabras ficavam além. Podia apenas vislumbrar os tetos mais gastos dos salões dos druidas do outro lado da colina. Sabia que mais adiante na encosta se encontrava a fonte sagrada, e depois dos pastos estavam as cabanas de pedra dos cristãos, amontoadas em torno do espinheiro que crescera do cajado de padre José.

Mas ele ainda não estivera lá. As sacerdotisas, depois de algum debate sobre quais tarefas eram adequadas para um menino, tinham-no encarregado de ajudar a pastorear as cabras que lhes davam leite. Se ele tivesse ido para seu avô romano, pensou, não teria de pastorear cabras. Mas elas não eram má companhia. Olhando o céu que se iluminava, percebeu que as sacerdotisas logo começariam a se agitar e esperariam que ele fosse ao salão para o pão e a cerveja matinais. E, então, as cabras começariam a berrar, ansiosas para serem soltas nos pastos da encosta. O único tempo que tinha para si era agora.

Mais uma vez podia ouvir em sua mente as palavras da Senhora: "Filho de Mil Reis". O que ela quisera dizer? Por que ele? Sua mente não deixava esses pensamentos de lado. Muitos dias haviam se passado desde aquele estranho cumprimento. Quando ela viria buscá-lo?

Sentou-se por um longo tempo na margem, olhando para a grande extensão de águas que se transformava em uma lâmina de prata, refletindo o céu pálido de outono. O ar estava fresco, mas Gawen estava acostumado com o frio, e a pele de carneiro que Brannos lhe dera como capa afastava o clima gelado. O mundo estava quieto, mas não totalmente silencioso; enquanto ele ficava cada vez mais imóvel, flagrou-se ouvindo o sussurro do vento nas árvores, o suspiro das ondas ao beijarem a margem.

Fechou os olhos e sentiu seu fôlego se esvair quando, por um momento, todos aqueles pequenos sons que vinham do mundo ao redor se transformaram em música. Percebeu uma música – não sabia se vinha de fora ou se algo em seu espírito cantava, mas podia ouvir a melodia de modo ainda mais doce. Sem abrir os olhos, tirou do bolso a flauta de salgueiro que Brannos lhe dera e começou a tocar.

As primeiras notas soaram tão semelhantes a um grasnado que quase jogou a flauta na água; então, por um momento, a nota se tornou mais clara. Gawen respirou fundo, centrou-se e tentou mais uma vez. De novo ouviu aquele fio puro de som. Com cuidado, mudou os dedos e começou a formar uma melodia. Enquanto relaxava, sua respiração se tornou profunda, controlada, e ele se afundou no som que emergia.

Perdido na música, a princípio não percebeu que a Senhora havia aparecido. Gradualmente o brilho da luz sobre o lago foi cortado por sombras, que se tornaram uma forma, movendo-se como mágica na superfície até se aproximar o suficiente para que ele pudesse ver a proa do barco na qual ela estava de pé e a vara esguia.

O barco era como aquele em que Andarilho da Água os trouxera para a ilha, embora fosse mais esguio. A Senhora o impulsionava com golpes longos e eficientes. Gawen a observava cuidadosamente. Ficara confuso demais para olhar bem para ela quando se encontraram antes. Seus braços esguios e musculosos estavam nus até os ombros, apesar do frio; seu cabelo escuro estava preso acima da testa, que era alta e sem rugas, cruzada por sobrancelhas escuras e alinhadas. Seus olhos também eram escuros e brilhantes. Estava acompanhada de uma jovem garota, de porte robusto, com covinhas fundas em um rosto branco e rosado, macio como creme de leite, e cabelo fino, dourado como cobre polido, da mesma cor que os da senhora Eilan, sua mãe, tinham sido. Ela penteara o cabelo como as sacerdotisas, em uma única trança longa. A jovem sorriu rapidamente para ele, vincando as bochechas rosadas.

— Esta é minha filha Sianna — disse a Senhora, fixando nele olhos brilhantes e argutos como os de um pássaro. — Que nome lhe deram então, meu senhor?

— Minha mãe me chamou de Gawen — respondeu. — Por que...

As palavras da Senhora cortaram sua pergunta.

— Sabe manejar um barco a vara, Gawen?

— Não sei, Senhora. Jamais me ensinaram nada sobre a água. Mas antes de irmos...

— Que bom. Não tem nada para desaprender, e ao menos isso poderei ensinar a você. — Novamente as palavras dela atropelaram as suas. — Mas, no momento, será suficiente entrar no barco sem agitá-lo. Pise com cuidado. Nesta época do ano a água é gelada demais para um banho.

Ela estendeu a pequena mão, dura como rocha, e o equilibrou enquanto ele subia no barco. Gawen sentou-se, apertando as bordas enquanto a embarcação balançava, mas na verdade era sua própria resposta à ordem dela, em vez do movimento, que o perturbava.

Sianna riu e a Senhora a mirou com seus olhos escuros.

— Se tivessem lhe ensinado, também não saberia nada. É bom zombar da ignorância?

E quanto a minha *ignorância?*, ele se perguntou. Mas não tentou repetir sua pergunta. Talvez ela o escutasse mais tarde, quando chegassem aonde quer que ela o estivesse levando.

Sianna murmurou:

— Foi apenas a imagem de um banho inesperado num dia como esse...

Ela tentava parecer séria, mas riu de novo, e a Senhora sorriu de modo indulgente, afundando a vara e impulsionando a barca pela superfície do lago.

Gawen olhou de volta para a garota. Não sabia se Sianna tinha zombado dele, mas gostava do modo como seus olhos se apertavam quando ela sorria e, por isso, decidiu que não se importava que o provocasse. Ela era a coisa mais iluminada em toda a extensão de água e no céu pálido; poderia aquecer as mãos em seus cabelos. Ele sorriu de modo hesitante. O brilho do sorriso que veio como resposta atravessou a concha com a qual ele tentara blindar seus sentimentos. Apenas muito tempo depois lhe foi possível perceber que, naquele momento, seu coração se abrira a ela para sempre.

No entanto, agora sabia apenas que se sentia mais aquecido, e soltou o fecho que prendia sua pele de carneiro. O barco se movia suavemente sobre a água enquanto o sol subia. Gawen sentou-se quieto, observando Sianna sob os cílios. A Senhora parecia não ter necessidade de falar, e a menina seguia seu exemplo. Gawen não ousava quebrar o silêncio, e no momento se via prestando atenção no grito ocasional de uma ave e no suave agito na água.

A água estava calma, eriçada apenas por pequenas ondulações quando era tocada pela brisa ou pelos vincos deslizantes que a Senhora lhe dissera que assinalavam obstáculos ou barreiras. O outono fora chuvoso e a água estava alta; Gawen olhou para o mato no lago e imaginou campos alagados. Colinas e montes atravessavam a superfície, ligados em alguns lugares por junco grosso. Passava do meio-dia quando, por fim, a Senhora deslizou o barco sobre a margem cheia de pedregulhos de uma ilha que — ao menos para Gawen — não parecia diferente de qualquer outra. Então, ela pisou em terra firme e fez um gesto para que as crianças a seguissem.

Ela perguntou:

— Sabe fazer fogo?

— Sinto muito, Senhora. Também nunca me ensinaram. — Ele sentiu o rosto corar. — Sei como manter uma boa fogueira, mas os druidas consideravam o fogo sagrado. Só era permitido que ele se apagasse em ocasiões especiais, e apenas os sacerdotes eram responsáveis por reavivá-lo.

— É próprio do homem transformar em mistério algo que qualquer mulher de fazenda sabe fazer — disse Sianna, com desdém. A Senhora, no entanto, balançou a cabeça.

— O fogo é um mistério. Como qualquer poder, pode ser um perigo, ou um servo, ou um deus. O que importa é como é usado.

— E que tipo de chama é essa que faremos aqui? — perguntou ele, com firmeza.

— Apenas um fogo de viajante, que servirá para cozinhar a refeição do dia. Sianna, leve-o com você e mostre a ele como encontrar combustível para o fogo.

Sianna estendeu a mão para Gawen, fechando seus dedinhos mornos sobre os dele.

— Aqui, precisamos achar grama seca e folhas mortas; qualquer coisa que queime rapidamente e pegue fogo com facilidade; pequenos gravetos e madeira caída, como estes.

Ela soltou a mão dele e pegou um punhado de gravetos. Juntos colocaram coisas secas, folhas empilhadas e gravetos em um pequeno monte em uma cova chamuscada no chão úmido. Havia galhos maiores em uma pilha próxima. Aquele claramente era um lugar que elas já tinham usado antes.

Quando achou que a pilha estava grande o suficiente, a Senhora mostrou-lhe como acender fogo com sílex e aço que ela tinha em uma bolsa de couro presa à cintura, e a chama subiu. Parecia estranho a Gawen que ela o obrigasse a fazer trabalho de servo após saudá-lo como um rei. Mas, olhando para o fogo, lembrou-se do que ela dissera sobre ele, e por um momento foi capaz de entender. Até o fogo de cozinhar era algo sagrado, e talvez, nesses dias em que os romanos governavam o mundo externo, um rei sagrado precisasse servir de modos pequenos e secretos.

Depois de uns momentos, uma fogueirinha animada soltava pequenas labaredas, que a Senhora alimentou com galhos cada vez maiores. Quando estava queimando bem, ela foi até o barco e tirou de um saco o cadáver sem cabeça de uma lebre. Com uma faquinha de pedra, tirou a pele e as entranhas do animal e o prendeu em galhos verdes sobre o fogo, que se assentava em uma chama firme enquanto alguns galhos viravam brasa. Dentro de instantes o sumo da carne começou a cair, chiando sobre o fogo. O estômago de Gawen roncava de antecipação com o aroma saboroso, ficando de repente muito ciente de que não tomara café da manhã.

Quando a carne estava pronta, a Senhora a dividiu com a faca e deu uma porção a cada criança, sem, no entanto, pegar nada para si. Gawen comeu com avidez. Quando tinham terminado, ela mostrou a eles onde enterrar a pele e os ossos.

— Senhora — disse Gawen, limpando as mãos na túnica —, obrigado pela refeição. Mas ainda não sei o que quer de mim. Agora que comemos, vai me dizer?

Ela o analisou por um longo momento.

— Você pensa que sabe quem é, mas não sabe de nada. Eu lhe falei, sou uma guia. Vou ajudá-lo a encontrar o que está destinado a fazer.

Ela voltou para o barco, fazendo um gesto para que entrassem.

E quanto aos mil reis?, ele queria perguntar. Mas não encontrou coragem.

Dessa vez, a mulher das fadas levou a barca pela água aberta, onde os fluxos do rio cortavam um canal entre os charcos; ela se curvava bastante para impulsionar a vara no fundo. A ilha para a qual se dirigiam era grande, separada apenas por um canal estreito das terras mais altas a oeste.

— Ande em silêncio — ela disse assim que chegaram à margem, guiando-os por entre as árvores.

Até no começo do inverno, quando as folhas começam a cair, passar entre os troncos e sob galhos baixos não era uma tarefa fácil, e as folhas secas estalavam debaixo de qualquer passo descuidado. Por um tempo, Gawen ficou absorto demais no ato de se mover para sequer questionar aonde iam. A mulher das fadas passou sem um som, e Sianna se movia quase tão silenciosamente quanto ela. Elas o fizeram sentir-se como um grande touro desajeitado.

A mão levantada da Senhora os levou a uma grata parada. Ela lentamente puxou um galho de aveleira para o lado. Diante dele estava um pequeno gramado onde cervos-vermelhos pastavam na grama murcha.

— Observe os cervos, Gawen. Precisa aprender os costumes deles — ela disse baixo. — Não vai encontrá-los aqui durante o verão. Nessa época, eles se deitam durante o calor do dia e saem para comer apenas no anoitecer. Mas, agora, sabem que precisam comer o máximo que puderem antes que chegue o inverno. Uma das primeiras obrigações de um caçador é aprender os costumes de cada animal que segue.

Gawen se aventurou a perguntar em um tom baixo:

— Então serei um caçador, Senhora?

Ela fez uma pausa antes de responder.

— Não importa o que você vai *fazer* — disse ela, tão baixo quanto ele. — O que você *é* se trata de algo diferente. Isso é o que precisa aprender.

Sianna estendeu sua mão pequena e o puxou para uma pequena cavidade na grama.

— Vamos observar os cervos daqui — sussurrou. — Assim, podemos ver tudo.

Gawen ficou quieto ao lado dela, tão próximo que subitamente se deu conta de que Sianna era uma garota de sua idade. Mal tinha visto, quanto mais tocado, uma jovem garota antes; Eilan e Caillean, que ele conhecera a vida toda, não pareciam mulheres para ele. De repente, as coisas que sempre ouvira sem jamais entender caíram sobre ele. Quase tomado por esse novo conhecimento, sentiu as bochechas ficando vermelhas. Consciente disso, escondeu o rosto na grama fria. Podia sentir o odor suado e úmido do cabelo de Sianna e o cheiro mais forte da pele grosseiramente curtida da saia dela.

Após um momento, Sianna o cutucou e sussurrou:

— Olhe!

Pisando alto e com ar elegante vinha uma corça, equilibrada levemente em cascos que pareciam quase pequenos demais para suportar seu peso. Poucos passos atrás vinha um filhote meio crescido, as manchas de bebê desaparecendo em uma pelagem desgrenhada de inverno. A criatura seguia os passos da mãe, mas, em comparação com a elegância segura dela, seus passos se alternavam entre desajeitados e graciosos. *Como eu...*, ele pensou, sorrindo.

Gawen observou enquanto eles se moviam em sincronia, devagar, parando para farejar o vento. Então, talvez assustada por algum pequeno som que Gawen não ouviu, a corça jogou a cabeça para trás e saiu correndo. Deixado sozinho na pequena clareira, o filhote a princípio ficou paralisado e, então, ricocheteou abruptamente atrás dela.

Gawen soltou a respiração. Até então não tinha percebido que a prendia. *Eilan, minha mãe*, pensou, tentando novamente alinhar o pensamento, *era como aquela corça. Estava tão ocupada sendo grã-sacerdotisa que não sabia de fato que eu estava ali, muito menos quem ou o que eu era.*

Mas, àquela altura, já estava quase acostumado com aquela dor. Mais real que a memória era a consciência de Sianna estirada ao seu lado. Ainda podia sentir a lembrança de seus pequenos dedos úmidos presos nos dele. Começou a se agitar, mas ela apontava para a beira da floresta. Paralisado, ele tentou segurar a respiração e, então, na beirada da clareira, viu uma sombra. Mal ouviu o arquejo involuntário de Sianna quando, devagar, um gamo magnífico, a cabeça amplamente coroada de chifres, desfilou pelo espaço aberto. A cabeça dele estava ereta; movia-se com uma grande e sutil dignidade.

Gawen observou sem se mover enquanto o gamo balançou a cabeça, fazendo uma pausa por um momento quase como se pudesse ver Gawen através das folhas.

A seu lado, Gawen ouviu Sianna sussurrar um pouco mais alto:

— O Gamo-Rei! Ele deve ter vindo para recebê-lo! Cheguei a observar os cervos por mais de um mês sem vê-lo!

Sem ter desejado, Gawen se levantou. Por um longo momento, seus olhos se encontraram com os do gamo. Então, os olhos do animal se agitaram e ele se preparou para saltar. Gawen mordeu o lábio, certo de que havia assustado o animal, mas, no minuto seguinte, uma flecha com penas negras fez um arco no ar e se enterrou na terra onde o gamo estivera. Outra a seguiu, mas naquela altura todos os cervos já estavam novamente entre as árvores, e não havia nada a ser visto além de galhos que tremiam.

Gawen olhou do local de onde o gamo desaparecera para o ponto de onde as flechas tinham vindo. Dois homens saíram das árvores, espiando sob as mãos contra o sol da tarde.

— Parem! — Os lábios da Senhora se moveram, mas a voz parecia vir de todos os lados. Os caçadores pararam de súbito, olhando em volta. — Esta caça não é para vocês!

— Quem proíbe... — começou o mais alto dos dois, enquanto seu companheiro fazia um sinal contra o mal e sussurrava para que ele ficasse quieto.

— A floresta em si proíbe, e a Deusa que dá vida a tudo. Podem caçar outros cervos nesta estação, mas não aquele. É o Gamo-Rei que ousam ameaçar. Vão e procurem outra trilha.

Agora ambos os homens tremiam. Sem ousarem nem buscar as flechas, eles se viraram e entraram de volta na vegetação rasteira de onde tinham saído.

A Senhora saiu da sombra de um grande carvalho e fez um sinal para que as duas crianças se levantassem.

— Precisamos voltar — disse ela. — A maior parte do dia já passou. Fico feliz que tenha visto o Gamo-Rei. É o que eu queria que visse, Gawen, foi por essa razão que o trouxe até aqui.

Gawen começou a falar e então pensou melhor. Mas a rainha perguntou:

— O que é? Pode sempre me dizer o que está em sua mente. Talvez eu nem sempre consiga fazer ou lhe dizer tudo, mas deve sempre perguntar, e, se é algo que não posso fazer ou permitir, sempre explicarei os motivos.

— Impediu os homens de caçarem o gamo. Por quê? E por que eles obedeceram?

— São homens deste país e sabem que não devem me desobedecer. Mas, quanto ao gamo, nenhum caçador dos povos antigos o tocaria conscientemente. O Gamo-Rei só pode ser morto pelo rei...

— Mas não temos rei — sussurrou ele, sabendo que agora se aproximava de uma resposta que não tinha certeza se queria ouvir.

— Não agora — concordou ela. — Venha.

Ela começou a voltar pelo caminho que tinham tomado para vir.

Gawen disse pesadamente:

— Gostaria de não precisar voltar. Não sou nada além de um fardo indesejado para o povo do Tor.

Um tanto para a surpresa de Gawen, a Senhora nem uma vez o reassegurou das boas intenções de seus guardiões. Estava acostumado com a maneira como os adultos sempre reforçavam o que outros adultos diziam.

Em vez disso, a Senhora hesitou. Então disse lentamente:

— Também gostaria que você não tivesse de retornar; não quero que fique infeliz. Mas todo adulto precisa fazer, mais cedo ou mais tarde na vida, coisas de que não gosta e para as quais não tem talento. E, embora eu fosse considerar um privilégio criar um membro de sua linhagem e sempre tenha desejado um filho para criar com a minha filha, é preciso que fique no templo pelo tempo necessário para se tornar um druida. Esse aprendizado é necessário também para minha filha.

Gawen pensou naquilo por um momento. E, então, disse:

— Mas eu não desejo realmente me tornar um druida.

— Mas não foi isso o que eu falei. Apenas que precisa receber o treinamento para cumprir seu destino.

— *Qual* é meu destino? — ele soltou de repente.

— Não posso lhe dizer.

— Não pode ou não *quer*? — gritou ele e observou enquanto Sianna empalidecia. Não queria brigar com a mãe da menina na frente dela, mas precisava saber.

Por um longo momento, a mulher das fadas apenas olhou para ele.

— Quando vê as nuvens avermelhadas e nervosas, sabe que é provável que o dia seja chuvoso, não é? No entanto, não consegue dizer exatamente quando a chuva vai cair ou quanto vai chover. É assim com o tempo dos mundos internos. Conheço suas marés e seus ciclos. Conheço seus sinais e posso ver seus poderes. Vejo poder em você, criança; as marés astrais ondulam em torno de você como as águas se abrem sobre uma árvore escondida. Embora não lhe seja um conforto, sei que você está aqui para algum propósito.

Ela continuou:

— Mas não sei qual propósito exato é esse e, se soubesse, não teria permissão para falar sobre isso; pois com frequência é no trabalho para evitar uma profecia que as pessoas fazem precisamente o que não deveriam.

Gawen ouviu aquilo sem muita esperança, mas, quando ela terminou, perguntou:

— Eu a verei de novo, então, Senhora?

— Certamente. Minha própria filha não vai viver entre as moças de Avalon? Quando eu for vê-la, visitarei você também. Vai cuidar dela entre os druidas como ela cuidou de você na floresta?

Gawen olhou para ela estupefato; Sianna não se encaixava no padrão de uma sacerdotisa druida, para a qual seu modelo era Eilan e, talvez, Caillean.

Então Sianna também seria uma? Ela também tinha um destino?

3

Com a aproximação do solstício de inverno, o tempo ficou escuro, úmido e frio. Até mesmo as cabras perderam o interesse em perambular. Cada vez mais Gawen se flagrava perto das casas de pedra onde o pasto se estendia para longe do sopé do Tor. No começo, quando ouviu o som dos cantos vindo da grande estrutura redonda que os cristãos chamavam de santuário, ficou no campo, mas o que conseguia ouvir da música o deixou fascinado e, por isso, a cada dia ele chegava mais perto.

Disse a si mesmo que era apenas porque chovia, ou porque o vento estava frio, e queria observar as cabras em um abrigo. Poderia ter sido diferente se tivesse uma companhia de sua idade, mas a rainha do povo das fadas ainda não cumprira a promessa de trazer Sianna para viver em Avalon, e ele sentia-se solitário. Escondia-se toda vez que um dos monges estava por ali, mas o avanço longo e lento da música deles o comovia tanto quanto a dos bardos druidas, embora de maneira diferente.

Um dia, pouco antes do solstício, o abrigo do muro parecia especialmente atraente, pois seu sono fora perturbado por pesadelos nos quais sua mãe, cercada de chamas, chamava o filho para salvá-la. Gawen sentiu o coração afundar enquanto observava, mas em seu sonho não sabia que era ele quem ela chamava, e então nada fez. Foi apenas ao acordar que se lembrou de que era filho dela e, então, chorou, porque era tarde demais para salvá-la, ou até para dizer a ela que a teria amado se tivesse tido a chance.

Ele se recostou na taipa do muro, ajeitando a pele de carneiro em torno de si. A música hoje era particularmente bela, cheia de alegria, pensou, embora não entendesse as palavras. Ela dissipou a angústia da noite enquanto os primeiros raios de sol derretiam o gelo. Seu olhar se fixou na luz que formava as cores do arco-íris nos cristais de gelo, e aos poucos suas pálpebras foram ficando pesadas até que ele dormiu sem aviso.

Não foi o som, mas a falta dele, que o trouxe de volta a si. O canto havia terminado e a porta se abria. Saíram doze homens, velhos, ou ao menos assim lhe pareceram, vestidos com túnicas cinza. Com o coração disparado, Gawen se afundou em sua pele, quieto como um camundongo quando a coruja voa. No final da fila vinha um velhinho, encurvado pela idade, com os cabelos totalmente brancos. Ele fez uma pausa, o olhar arguto lampejando em torno de si, e em seguida fixo na forma trêmula de Gawen. Deu alguns passos em direção a ele e assentiu com a cabeça.

— Não o conheço. Você é, então, um jovem druida?

O último monge antes do velho na fila, um homem alto com cabelo ralo e pele manchada, tinha se virado para observá-los, fitando-o. Mas o velho levantou uma mão, em reprovação ou bênção, e o outro, ainda franzindo o cenho, virou-se e foi, como seus irmãos, para a própria casinha de pedra.

Gawen se levantou, tranquilizado pela gentileza do velho.

— Não sou, senhor. Sou um órfão, trazido para cá por minha mãe de criação porque não tinha nenhum outro parente. Mas minha mãe era uma deles, então imagino que também serei.

O velho o observou um pouco surpreso.

— É mesmo? Pensava que as sacerdotisas dos druidas faziam voto de virgindade, como nossas moças, e não podiam se casar nem ter filhos.

— Não podem — disse Gawen, recordando-se de algumas observações que Eiluned fizera quando pensava que ele não conseguia escutar. — Há quem pense que eu não deveria ter nascido. Ou que eu e minha mãe deveríamos ter morrido.

O velho sacerdote o olhou com bondade.

— O Mestre, quando viveu entre nós, teve compaixão mesmo pela mulher que cometeu adultério. E sobre as criancinhas, Ele falou que é delas o reino dos céus. Mas não me lembro se Ele algum dia perguntou sobre o nascimento das crianças, dentro ou fora da lei.

Gawen franziu a testa. Até mesmo sua alma tinha valor na visão daquele velho sacerdote? Depois de um momento, hesitantemente, ousou perguntar.

— Todos os homens têm alma de valor igual na visão do verdadeiro Deus, irmãozinho. Você e qualquer outro.

— O verdadeiro deus? — ecoou Gawen. — O seu deus, seja qual for, considera minha alma dele, mesmo que eu não seja um de seus seguidores?

O sacerdote disse gentilmente:

— A primeira verdade de sua fé, assim como da minha, é que os deuses, não importa como possam ser chamados, são apenas um. Na verdade, há apenas uma Fonte; e Ele governa nazarenos e druidas da mesma maneira.

Ele sorriu e se moveu com rigidez até um banco que fora colocado ao lado do pequeno espinheiro.

— Falamos de almas imortais, e ainda não sabemos o nome um do outro! Meus irmãos que conduzem o canto são Bron, que foi casado com minha irmã, e Alanus. Irmão Paulus foi o último a chegar a nossa companhia. Sou José, e as pessoas de nossa congregação me chamam de "pai". Se seu pai terreno não se opuser, ficaria feliz se me chamasse assim.

Gawen olhou para ele.

— Jamais pus os olhos em meu pai terreno, e agora ele está morto, então não há como saber o que ele poderia dizer! E, quanto a minha mãe, eu a conheci, mas não sabia — ele engoliu em seco, recordando-se do sonho — que ela tinha qualquer parentesco comigo.

O velho sacerdote o observou por alguns momentos. Então suspirou.

— Você disse que era órfão, mas não é assim. Você tem um Pai e uma Mãe também...

— No Além-Mundo — começou Gawen, mas padre José o interrompeu.

— Em toda a sua volta. Deus é seu Pai e sua Mãe. Mas você tem uma mãe neste mundo também, pois é criado pela jovem sacerdotisa Caillean.

— Caillean? Jovem? — Gawen reprimiu uma gargalhada.

— Para mim, que sou realmente velho, Caillean não passa de uma criança — respondeu padre José, com compostura.

O menino então perguntou, desconfiado:

— Então ela já lhe falou sobre mim?

Ele já sabia que Eiluned e as outras fofocavam sobre ele. A ideia de que pudessem falar até com os cristãos era enfurecedora.

Mas o velho sacerdote apenas sorriu para ele.

— Sua mãe de criação e eu conversamos de tempos em tempos. Em nome do Mestre que disse que todas as crianças são igualmente filhas de Deus, serei um pai para você.

Gawen balançou a cabeça, lembrando-se da conversa que ouvira sobre os cristãos.

— Você não iria me querer. Tenho uma segunda mãe de criação, a Senhora do Povo Antigo, que é chamado de povo das fadas. O senhor a conhece?

O velho balançou a cabeça.

— Sinto dizer que não tive o privilégio, mas tenho certeza de que é uma pessoa admirável.

Gawen respirou com mais facilidade, mas ainda não estava pronto para confiar no homem.

— Ouvi dizer que os cristãos falam que todas as mulheres são malignas...

— Mas eu não falo — respondeu padre José —, pois até o Mestre, quando viveu entre nós, teve muitas amigas mulheres: Maria de Betânia, que teria sido sua esposa caso ele tivesse vivido o suficiente; e aquela outra Maria, a da cidade de Magdala, que Ele disse que foi muito perdoada por ter muito amado. Então é claro que as mulheres não são malignas. Sua própria mãe de criação, Caillean, é uma mulher louvável. Não se trata de as mulheres serem malignas, mas de que às vezes estão enganadas, erradas, como os homens. E, se algumas delas fazem o mal, isso não significa que todas as mulheres façam o mesmo.

— Então a Senhora do Povo Antigo não é maligna, nem sua filha?

O velho não parecia uma ameaça, mas Gawen precisava ter certeza.

— Não conheço a Senhora, então não sei. Há muitas histórias sobre o Povo Antigo. Alguns dizem que são anjos menores, que não lutaram nem por Deus nem pelo Maligno quando ele se rebelou, e então foram condenados a viver aqui eternamente. Outros dizem que Eva, envergonhada por ter tido muitos filhos, escondeu alguns deles, que não foram agraciados com almas por Deus. — Ele continuou: — Meus mestres ensinam que o Povo das Fadas é feito de espíritos, que falam por tudo na natureza que não tem voz própria. Mas certamente Deus os criou. E, assim como os homens que vão viver na terra das fadas nunca morrem, os membros do Povo Antigo que se juntam aos homens se tornam mortais, e, se viverem bem, o Todo-Poderoso lhes dará uma alma. Quanto à filha dela, é só uma criança. E, se ela é parte da raça mortal, então com certeza já tem uma alma. As crianças podem ser más? O Mestre disse que delas é o reino dos céus.

Padre José olhou para Gawen e sorriu.

— Você nos ouve cantar com frequência, não? Gostaria de nos ouvir lá dentro?

Gawen o olhou desconfiado. Seu coração era atraído pelo velho, mas estava cansado de adultos dizendo quem ele era e o que deveria fazer.

— Não precisa ir — completou padre José —, mas soa melhor lá... — Ele falara com seriedade, mas o rapaz viu o brilho em seus olhos e começou a rir. — Depois do festival do solstício de inverno, quando haverá mais tempo livre, você poderia até aprender a cantar, se desejar...

Gawen ficou subitamente imóvel.

— Como você sabia? Como sabia que eu gostaria disso mais do que tudo? Mas será que Caillean vai permitir?

Padre José apenas sorriu.

— Deixe Caillean comigo.

***

O grande salão de reunião estava perfumado com o cheiro aromático de galhos de pinheiro. Os druidas foram cortá-los das árvores que cresciam na próxima colina ao longo da linha de Ley que vinha de Avalon. A linha passava através do Tor pelo noroeste, indo até o ponto mais distante, onde a Britânia se sobressaía nos mares do oeste. Outras linhas de poder passavam pelo Tor vindas do noroeste e do norte, marcadas por pedras eretas, lagos ou colinas, a maior parte delas coroadas por pinheiros. Caillean não as explorara em carne, mas as vira enquanto viajava em espírito. Tinha a impressão de que hoje todas pulsavam com poder.

De acordo com os cálculos dos druidas, aquela noite era o ponto de maior escuridão do ano. No dia seguinte, o sol começaria a voltar dos céus austrais, e, embora o pior do inverno ainda estivesse por vir, era possível ousar esperar que o verão voltasse. *O que fazemos aqui neste nó de poder*, pensou Caillean, enquanto orientava Lysanda a prender a ponta de uma guirlanda em um poste, *enviará ecos de energia através da terra*.

Aquela era uma verdade que se refletia em todas as ações delas, não apenas no ritual daquela noite. Sentia com cada vez mais força que aquele refúgio nos charcos era o centro secreto da Britânia. Os romanos poderiam governar a cabeça em Londinium, dirigindo tudo o que acontecia no plano exterior. Mas, apenas por estarem ali, as sacerdotisas de Avalon conseguiam falar com a alma do lugar.

Houve um guincho do outro lado do salão e Dica, de rosto vermelho, se virou para Gawen e começou a bater nele com um galho de pinheiro. Eiluned correu em direção a eles, franzindo o cenho em fúria, mas Caillean se adiantou.

— Eu não encostei em você! — exclamou o menino, esquivando-se atrás de Caillean. De canto de olho, a sacerdotisa viu Lysanda escapando de fininho e a pegou.

— A primeira obrigação de uma sacerdotisa é ser verdadeira — disse Caillean, severamente. — Se contarmos a verdade aqui, haverá verdade na terra.

A moça olhou de Caillean para Gawen e corou.

— Ela se mexeu... — murmurou Lysanda. — Queria cutucar *ele*.

Caillean achou melhor não perguntar o motivo. Naquela idade, meninos e meninas eram como cães e gatos, o tipo de criatura que alterna entre a hostilidade e a fascinação por suas diferenças.

— Não está aqui para brincar, você sabe — disse brandamente. — Acha que estamos montando esses galhos apenas pelo cheiro bom? São sagrados, uma promessa de vida contínua quando todos os outros galhos estão nus.

— Como o azevinho? — perguntou Dica, a indignação substituída por curiosidade.

— E o visco, nascido do relâmpago, que vive sem tocar a terra. Amanhã os druidas vão cortá-los com as foices douradas que usam em sua magia. — Caillean fez uma pausa, olhando ao redor. — Estamos quase lá. Vão se aquecer, pois em breve o pôr do sol chegará e apagaremos todos os fogos.

Dica, que era uma mocinha magra e estava sempre com frio, correu para o fogo que ardia, à moda romana, em um braseiro de ferro fundido no centro do cômodo, e Lysanda foi atrás dela.

— Precisa me contar se elas zombarem demais de você — Caillean disse a Gawen. — Elas são jovens, e você é o único menino da idade delas por perto. Aproveite a companhia delas por enquanto, pois, quando fizerem a passagem para a vida adulta, não poderão correr por aí com tanta liberdade. — Ela fez uma pausa. — Não importa — completou, vendo a confusão dele. — Por que não pergunta a Riannon se algum daqueles bolos doces que ela estava fazendo para o festival se estragou ao assar? Nós que fizemos votos precisamos jejuar, mas não há razão para que vocês jovens fiquem com fome.

Ele ainda era jovem o suficiente para que aquilo colocasse um sorriso em seu rosto, e, enquanto ele corria, Caillean sorriu.

***

Sem luz, o salão das sacerdotisas parecia imenso, uma extensão cavernosa de escuridão fria na qual os humanos que ali se reuniam podiam se perder. Gawen se aninhou perto de Caillean, que estava sentada no meio deles em sua grande cadeira. Podia sentir o calor do corpo dela através das roupas e sentia-se reconfortado.

— E assim a Dança dos Gigantes foi erguida — disse Kea, em sua vez para contar uma história —, e nem todos os poderes do mal puderam impedir isso.

Estavam agrupados no salão desde o anoitecer, e as sacerdotisas tinham contado histórias sobre vento e árvore, terra e sol, os espíritos dos mortos e os feitos dos vivos, e seres estranhos que não são nenhum dos dois e assombram o lugar ermo entre os mundos. A história de Kea era sobre a construção do grande círculo de pedras na planície central, fustigada pelo vento. Ficava ao leste do País do Verão. Gawen já ouvira falar dele, mas jamais estivera lá. Parecia-lhe que o mundo era cheio de maravilhas que ele não tinha visto, e jamais veria se Caillean o mantivesse ali.

Mas, naquele momento, estava feliz por estar ali. O vento no sapé sussurrava juntamente com a voz de Kea, e às vezes Gawen tinha a impressão de discernir algumas palavras. As sacerdotisas diziam que os poderes obscuros que caminhavam não tinham apreço pela humanidade naquela hora de escuridão, e, ao ouvir aquele sussurro, ele era capaz de acreditar.

— Então os ogros não fizeram nada? — perguntou Lysanda.

— Não exatamente — respondeu Kea, tentando segurar o riso. — O maior deles, cujo nome não direi em voz alta numa noite como esta, jurou que enterraria o círculo de pedras onde adoramos a Mãe, aquele que fica a noroeste daqui. Uma das linhas de poder que corre através da terra nos conecta, e o povo que vive lá vai acender uma fogueira na pedra central esta noite.

— Mas o que o ogro fez? — perguntou Gawen, por fim.

— Ah... bem, me disseram que ele pegou uma grande carga de terra e a levou para o círculo, mas a Senhora se levantou e o impediu. Então, ele jogou toda a carga em uma grande pilha e fugiu. E, se não acredita em mim, pode ir e ver a colina. É bem a oeste do círculo de pedras. Enviamos um sacerdote e sacerdotisas lá para conduzir os ritos do equinócio de primavera.

Uma rajada mais forte de vento fez as paredes tremerem. Gawen colocou a mão no chão de terra batida, tendo a certeza, por alguns instantes, de que a própria terra estremecia sob passos pesados e ancestrais. Então imaginou o que seria do povo das fadas. E Sianna e a rainha? Elas cavalgavam o vento ou faziam o festival em algum lugar sagrado subterrâneo? Desde aquele dia no lago, havia pensado nelas com frequência.

— Estamos seguros aqui?

Gawen ficou feliz por ter sido a pequena Dica a perguntar.

— A Ilha de Avalon é solo sagrado — respondeu Caillean. — Enquanto servirmos aos deuses, nenhum mal pode entrar aqui.

Houve um silêncio, e Gawen ouviu o vento gemer em torno do topo do telhado e esmaecer.

— Quanto tempo? — sussurrou Dica. — Quanto tempo até a luz voltar?

— O mesmo tempo que levaria para subir ao topo do Tor e voltar — disse Riannon, que, como as outras sacerdotisas, tinha uma habilidade para medir a passagem do tempo que parecia sobrenatural.

— Então os druidas que trarão o fogo estão lá em cima agora — falou Gawen, lembrando-se do que Brannos lhe dissera.

Foi Caillean quem respondeu:

— Eles esperam até a meia-noite, enfrentando o frio e os perigos da escuridão. Fiquem quietas agora, minhas crianças, e rezem para a Senhora acender uma chama dentro de suas próprias escuridões, pois, embora possam pensar que não, suas escuridões são mais profundas e perigosas do que esta noite que envolve o mundo.

Ela ficou em silêncio. Por um longo momento, ninguém pareceu se mover. Gawen recostou a cabeça no joelho de Caillean. Não se ouvia nenhum som além do suspiro suave das respirações; até o vento havia diminuído, como se todo o mundo esperasse com as almas humanas que se agrupavam ali. Ele se assustou quando algo o tocou, e então percebeu que era a mão de Caillean, que acariciava seu cabelo. Ficou imóvel, pasmo, e algo dentro dele que estava tão congelado quanto o duro inverno começou a ceder. Enquanto aquele carinho gentil e regular continuava, Gawen virou o rosto de encontro à coxa dela, feliz por estar escuro demais para que qualquer um visse as lágrimas em seu rosto.

Não foi um som, mas alguma outra mudança, talvez no próprio ar, que o trouxe de volta à plena consciência. Ainda estava muito escuro, mas as sombras que o cercavam pareciam menos pesadas. Alguém se mexeu, e ele ouviu passos que iam em direção à porta.

— Ouçam!

A porta foi aberta, revelando um retângulo do azul-escuro da meia-noite salpicado de estrelas e, remota como se fossem os próprios astros cantando, veio a lufada de uma canção.

A luz vem da escuridão;
De nossa cegueira, visão;
Que as sombras desapareçam!
Agora na hora sagrada
a palavra de poder é falada;
e a noite é quebrada...

Gawen se retesou, esforçando-se para entender as palavras. Alguém arquejou e ele olhou para cima. No topo do Tor uma luz desabrochava, uma ponta de chama pequena, bruxuleante, que foi logo seguida por outra, e então uma terceira. As moças murmuraram, apontando, mas Gawen esperava pelo verso seguinte da canção.

> O ano vai girar,
> E a terra fria se libertará,
> E o que foi perdido será achado!
>
> Agora na hora sagrada
> a palavra de poder é falada;
> o gelo será quebrado...

A linha de luzes fluía para baixo, espiralando em torno do Tor. As vozes sumiram enquanto a luz contornava o lado mais afastado da colina, e então retornou, mais forte. Como quando havia ansiado pela música dos cristãos, Gawen estremecia ouvindo aquelas harmonias. No entanto, enquanto as liturgias dos monges eram majestosas afirmações de ordem, a melodia dos druidas se encontrava e partia, aumentando e diminuindo com a harmonia simultaneamente livre e inevitável dos pássaros canoros.

> Quando a perda se torna ganho.
> A alegria a dor transformando,
> A tristeza lutará em vão.
>
> Agora na hora sagrada
> a palavra de poder é falada
> e a morte é quebrada...

Estavam perto o suficiente para que ele pudesse ver, sob a luz das tochas, os homens que as carregavam, uma fila de druidas com mantos brancos que desciam a colina em círculos. Gawen se balançou no lugar, desejando ser parte daquela música.

> Trazem as sagradas marés
> Do inverno a primavera
> Eis a verdade que cantamos.
>
> Agora na hora sagrada
> a palavra de poder é falada;
> e o medo é quebrado...

Os cantores, liderados pela barba branca de Cunomaglos, se aproximaram do salão. As mulheres se afastaram para deixar que os homens entrassem. As feições envelhecidas de Brannos pareciam luminosas com o êxtase da música. Ele viu o olhar ardente de Gawen e sorriu.

Serei um bardo, pensou o menino. *Serei! Vou pedir a Brannos para me ensinar tudo o que for preciso.*

Empurrado para trás do salão, atrás dos outros, ele piscou, confuso pela luz depois de tanto tempo no escuro. Uma dúzia de tochas acesas jogavam sua luz sobre rostos sorridentes, mas, enquanto a visão de Gawen se aguçava, seu olhar se fixou em uma pessoa, cujos cabelos flutuavam em torno de um rosto brilhante como o dia; os olhos faiscavam. Muito devagar um nome tomou forma em sua mente – *Sianna* –, mas aquela não era a garota tão humana com quem ele havia caminhado e falado em um dia de outono. Naquela noite, ela parecia totalmente filha das fadas.

Alguém lhe deu um bolo de sementes e ele começou a comer, sem tirar os olhos da menina. A nutrição fez os sentidos humanos gradualmente voltarem a ele. Agora podia ver as sardas que salpicavam as bochechas dela e a mancha na barra do vestido. Mas, talvez por causa das horas que havia passado na escuridão, aquela primeira imagem reteve a força de sua revelação.

Lembre-se!, disse Gawen a si mesmo. *Aconteça o que acontecer, esta é a verdade sobre ela. Lembre-se!*

***

Sempre, pensou Caillean, não importava quantas noites do solstício de inverno esperasse pela volta da luz, chegava um momento em que se perguntava se daquela vez isso não aconteceria, se o fogo não acenderia e a escuridão tomaria o mundo. Naquela noite, como sempre, sua reação imediata quando a primeira centelha de luz aparecera no topo da colina fora de alívio. Naquele ano, talvez, tinha mais motivos que de costume para estar grata. Depois de tantas tragédias, a promessa de renovação era especialmente bem-vinda.

·A madeira no braseiro no centro do salão fora acesa; o calor das tochas fazia a temperatura subir depressa. Caillean deixou o manto se abrir e olhou ao redor. Estava cercada por sorrisos. Até mesmo Eiluned se permitira ficar contente por uma vez.

Padre José, tendo completado seus próprios serviços da meia-noite, aceitara seu convite com um de seus monges, não o irmão Paulus, de cara amarrada, mas um homem mais jovem, Alanus, que estava a seu lado.

Em que outros corpos, em que outras vidas e terras esperamos juntos para saudar a volta da luz?, ela se perguntou. Com frequência, encontrar padre José enviava seus pensamentos para tais caminhos. Havia um conforto curioso na ideia de que, apesar das confusões e tristezas de suas vidas presentes, algo eterno permaneceria.

Ela abriu caminho em meio à multidão para cumprimentá-lo.

— Em nome da Luz retorno suas bênçãos. Que a paz esteja em tudo que estas paredes abrigam — respondeu ele. — Preciso falar com a senhora a respeito do treinamento do menino Gawen.

Caillean se virou, procurando-o. O menino, com o rosto corado e os olhos como estrelas, observava o fogo. Ela sentiu o coração se torcer. Eilan tivera a mesma aparência antes de sua iniciação, quando saíra do lago. Então, Caillean seguiu a direção do olhar dele e viu uma moça loira, luminosa e com o rosto feliz como se tivesse nascido das chamas, e, como uma sombra atrás dela, a rainha do povo das fadas.

Caillean olhou do menino esbelto para a garota luminosa e *sentiu*, de um jeito que às vezes acontecia com pessoas treinadas como ela fora, a compleição de um padrão. Depois da noite em que falara com a Senhora das fadas, Caillean pensara bastante sobre a criança que prometera receber e seu possível futuro ali. Ensinar meninas que vinham da terra dos homens era difícil o suficiente. Como lidaria com uma criança criada em parte na terra das fadas? Mas Sianna não viera, e depois de um tempo aquela preocupação fora recoberta pelas demandas do dia a dia.

— Padre, falarei com o senhor sobre o menino, mas há alguém que preciso receber — disse Caillean de modo apressado. O olhar dele seguiu o dela, e seus olhos se arregalaram.

— De fato, compreendo. O rapaz falou delas, mas não acreditei muito. O mundo certamente ainda é um lugar de maravilhas — disse.

Enquanto Caillean se aproximava, a mulher das fadas saiu das sombras para encontrá-la. Ela tinha o dom de atrair toda a atenção quando desejava, e a conversa parou quando ela subitamente foi vista por aqueles cuja visão antes passara reto por ela.

— Venho, Senhora de Avalon, reclamar a dádiva que me prometeu — a voz baixa da Senhora correu pelo salão. — Esta é minha filha. Peço que a acolha para treiná-la aqui, como sacerdotisa.

— Eu a vejo e lhe dou boas-vindas — respondeu Caillean —, mas, quanto ao treinamento, a decisão precisa ser tomada pela própria criança, e por ninguém mais.

A mulher das fadas murmurou algo e Sianna deu um passo adiante, ficando de frente para Caillean, de cabeça baixa. A luz do fogo brilhava em seu cabelo claro.

— Sei que está aqui com o consentimento de sua família. Mas veio até nós por sua própria vontade, sem ameaças ou qualquer tipo de coerção? — perguntou Caillean.

— Vim, Senhora — foi a resposta, dita em voz baixa, mas com clareza, embora ela devesse saber que todos a olhavam.

— Promete que viverá em paz com todas as mulheres deste templo e tratará cada uma delas como mãe ou como irmã de seu próprio sangue?

Por um momento, Sianna olhou para cima. Parecia mais com o pai desconhecido, embora tivesse o mesmo olhar profundo de sua mãe.

— Se a Deusa me ajudar, viverei.

— Durante o período de aprendizado, as moças que treinamos pertencem à Senhora e não podem se entregar a nenhum homem, a não ser quando a Deusa assim exigir. Vai cumprir essa regra?

— Vou.

Sianna sorriu timidamente e olhou para o chão.

— Então a recebo entre nossas moças. Quando crescer poderá, se a Deusa a convocar, assumir as obrigações de uma sacerdotisa entre nós, mas, por enquanto, esses são seus únicos compromissos conosco. — Ela abriu os braços e tomou a criança em seu abraço, por um momento entorpecida pelo cheiro doce daquele cabelo brilhante.

Então deu um passo para trás, e uma a uma as outras vieram dar boas-vindas à nova irmã, as dúvidas sumindo e as caras feias desaparecendo, mesmo a de Eiluned, quando elas tocavam a moça. Caillean olhou para a mãe dela e vislumbrou um sorriso espreitando nos olhos escuros da mulher das fadas.

Ela colocou um encantamento na garota para que a aceitássemos, pensou Caillean. *Isso precisará acabar. Sianna precisa conquistar seu lugar aqui. Caso contrário, não traremos nada de bom para ela.* Mas haveria problemas suficientes a ser enfrentados pela garota, que precisava aprender a lidar com a disciplina do templo assim como com a estranheza do mundo humano. Um pequeno feitiço para ajudá-la a começar com sucesso certamente não era um grande erro.

— Esta é Dica, e esta é Lysanda. — Ela apresentou as últimas da fila para Sianna. — Vocês três vão dividir a cabana pequena perto dos galpões de cozinha. Sua cama a espera, e elas vão lhe mostrar onde deve colocar seus pertences.

Observou a túnica de Sianna, de lã natural bordada com uma profusão de folhas e flores, e sorriu.

— Vá agora e pegue algo para comer. Pela manhã encontraremos para você um vestido como os que as outras moças vestem.

Ela fez um pequeno gesto para mandá-las embora e Lysanda, sempre a mais ousada, esticou o braço para pegar a mão de Sianna. As três moças saíram. Em um momento Caillean ouviu o murmúrio da voz de Dica e uma onda de riso de Sianna em resposta.

— Trate-a bem, e ela será uma bênção para você. Você conquistou minha gratidão hoje...

Caillean só percebeu que aquelas palavras não foram ditas em voz alta quando se virou e viu que a rainha das fadas fora embora. Subitamente o cômodo estava cheio de conversa e riso, à medida que as pessoas que haviam jejuado o dia inteiro atacavam o banquete servido. Para os romanos aquilo teria parecido um tanto simples, mas o povo do templo estava acostumado com os mais simples grãos cozidos, verduras e queijos, por isso os bolos adoçados com fruta e mel, as lebres cozidas e a carne de veado assada eram quase arrebatadores.

— Então aquela é a filha da senhora do Povo Antigo, de quem Gawen me falou? — perguntou padre José, vindo para seu lado.

— É.

— E está contente com a chegada dela?

— Se não estivesse, jamais teria permitido que fizesse votos aqui.

— Ela não é parte de seu rebanho...

— Nem é — disse Caillean lentamente — parte do seu, padre. Não se engane sobre isso.

Ela pegou uma maçã de um cesto e a mordeu.

Padre José assentiu.

— É por isso que me espantei ao ver a mãe dela aqui. Ela é uma das pessoas que estavam aqui antes dos bretões, até mesmo antes da humanidade, alguns vão dizer. Certamente estava aqui quando o povo sábio veio das Terras Submersas para estas costas.

— Não sei ao certo quem ou o que a senhora do povo da floresta pode ser — declarou Caillean. — Mas ela uma vez me ajudou quando tive muita necessidade. Há uma sabedoria na espécie dela que acredito que a nossa tenha perdido. Gostaria de trazer o Povo Antigo, e seu conhecimento, para o meio de nós, e ela prometeu ensinar meu filho adotivo, Gawen.

— É sobre Gawen que eu gostaria de falar — respondeu padre José. — Ele é órfão, não é?

— É — respondeu Caillean.

— Então, em nome do Professor que disse "Deixai as crianças e não as impeçais de vir a mim", deixe que seu filho de criação Gawen seja também meu filho. Ele pediu para estudar nossa música. Se a menina também desejar aprender, será minha filha e irmã de Gawen em Cristo.

— Não o incomoda que eles sejam comprometidos com os antigos deuses? — perguntou Caillean.

Um dos druidas trouxera sua harpa e começava a tocar. Gawen ficou ao lado dele, observando a cintilação da luz nas cordas.

— Não faço nenhuma objeção ao fato de que ela tenha feito seus votos entre vocês — suspirou padre José —, embora irmão Paulus possa não gostar. Ele é recém-chegado entre nós e pensa que precisamos converter cada um que encontramos até mesmo aqui, no fim do mundo.

— Eu o ouvi — disse Caillean, com um pouco de tristeza. — Ele não acredita que, se permitir que qualquer pessoa no mundo todo permaneça pagã, vai falhar em sua obrigação? Devo, então, proibir Gawen de ter qualquer contato com vocês? Não quero que ele se torne nazareno.

— Essa é a crença de Paulus — respondeu padre José. — Não falei que era a minha. Um homem que repudia sua primeira fé provavelmente será um apóstata também em sua segunda, e acho que isso é verdade também sobre as mulheres. — Ele sorriu com uma doçura singular. — Tenho grande respeito pelos que professam sua fé.

Caillean suspirou e relaxou; sabia que poderia confiar qualquer um de seus jovens a padre José.

— Mas não ouvi agora mesmo que exige que a moça faça sua própria escolha? No fim, a fé que o menino seguirá é algo que deve ser escolhido por ele.

Por um momento, ela o fitou e, então, balançou a cabeça e riu.

— Está certo, como sempre. É difícil lembrar que a escolha deve ser feita de ambos os lados, e que não é apenas minha vontade que importa, mas a dos deuses...

Ela deu a mão ao velho.

— Preciso ir verificar se Sianna está se acomodando. Muito obrigada por sua bondade com Gawen; ele é muito importante para nós.

— É um privilégio ser bom para ele. — Padre José a tranquilizou. — Também preciso ir agora, pois vamos nos levantar ao alvorecer para adorar nosso Senhor, e então terei de justificar minha decisão para irmão Paulus, que acha que sou tolerante demais com pagãos. Mas meu Mestre me ensinou que a Verdade de Deus é mais importante que as palavras dos homens, e que, em suas fundações, todas as fés são uma só.

Caillean olhou para José e sua visão ondulou como se mirasse através do fogo. Então, por um momento, ela o viu mais alto, um homem em seu auge, com uma barba escura solta. Vestia uma túnica branca, mas o símbolo em torno do pescoço não era uma cruz. Ela mesma parecia também mais jovem, envolta em véus escuros.

— E essa é a primeira das grandes verdades. — As palavras vinham das profundezas de sua memória. — Que todos os deuses são Um, e que não há religião maior que a Verdade...

Padre José apenas respondeu:

— Que a Verdade prevaleça.

E os dois iniciados nos Mistérios sorriram.

4

No inverno do segundo ano de Gawen em Avalon, o fogo se alastrou pela colina. Ninguém sabia dizer ao certo o que iniciara o incêndio. Eiluned jurava que uma das moças devia ter sido descuidada ao cobrir as cinzas do grande salão na noite anterior, mas não havia como ter certeza. Ninguém dormia ali, e, quando a luz acordou as sacerdotisas, o prédio estava em chamas. Um vento vivo as disseminou, enviando brasas pelo ar para incendiar o teto de sapé da Casa das Donzelas.

Dali, o fogo se espalhou colina abaixo para as cabanas dos druidas. Gawen acordou com o som do velho Brannos tossindo. No começo pensou que o velho estava tendo uma noite pior que de costume; então, percebeu o cheiro de fumaça e começou ele mesmo a tossir. Pulou da cama e foi até a porta.

Figuras escuras corriam freneticamente contra a luz de um incêndio, gritando. Uma rajada de ar quente levantou os cabelos de sua testa quando o vento mudou. Faíscas caíam chiando sobre a grama congelada.

— Brannos! — gritou, virando-se. — Levante! Fogo!

Gawen não possuía nada de que fosse sentir falta, a não ser o manto de pele de carneiro. Ele o colocou sobre a cabeça com uma mão e puxou o velho para cima com a outra.

— Vamos, calce suas botas. — Ele as enfiou nos pés de Brannos e pegou a túnica de dormir para envolver os ombros magros dele. O velho bardo ficou de pé, balançando, mas resistiu aos esforços de Gawen para puxá-lo em direção à porta.

— Minha harpa... — O menino conseguiu, por fim, entender os murmúrios dele.

— Você nunca a toca — começou Gawen, e então tossiu. O fogo devia ter atingido o teto deles, pois o cômodo começava a se encher de fumaça. — Vá — ofegou, empurrando o velho em direção à porta. — Vou salvá-la para você.

Um rosto apareceu na porta; alguém agarrou Brannos e o puxou para fora, gritando; Gawen, no entanto, já havia se virado. Um riacho de chamas apareceu subitamente sobre ele, alimentado pela corrente de ar que vinha da porta. Ele correu para o canto onde o instrumento era guardado sob uma pilha de peles, recuou quando uma explosão de faíscas se espalhou pelo chão, e então se jogou para a frente, espalhando os pedacinhos de sapé em chamas como se fossem moscas.

A harpa era pesada e quase do tamanho dele, mas naquele momento Gawen se encheu de forças, arrastou-a através da explosão de calor enquanto o fogo pulsava para baixo e se jogou pela porta.

— Menino estúpido! — gritou Eiluned, com o rosto sujo e o cabelo bagunçado. — Não pensou nos sentimentos de Caillean se você tivesse se queimado?

Gawen, com as pernas doendo por causa do contato com o chão frio, embora ainda transpirasse devido ao calor do fogo, olhou-a de boca aberta, mudo de estupefação pelas palavras raivosas dela. Então, viu o terror nos olhos de Eiluned e entendeu que acusá-lo fora um disfarce para o próprio medo da moça. Ele se perguntou quantas outras coisas que o haviam irritado antes eram, na verdade, apenas mecanismos de defesa das pessoas, como um porco-espinho que se ouriça quando está com medo.

Vou pensar nela como um porco-espinho, disse a si mesmo, *e, quando ela me irritar, vou me lembrar do bichinho tímido que ela realmente é.*

Alguns druidas tentavam molhar com água do poço sagrado os telhados de sapé das construções que ainda não haviam queimado, mas os baldes eram escassos, e naquele momento a maior parte da comunidade estava parada olhando o fogo consumir tudo. O longo salão fora contornado pelo fogo, e chamas se levantavam para lamber o céu através do teto da Casa das Donzelas. O salão dos druidas também pegara fogo, assim como algumas das construções menores. Os animais foram soltos dos galpões, gritando furiosamente, mas talvez aquelas construções estivessem longe o suficiente para escapar das chamas.

Mulheres soluçavam ou sentavam-se em um silêncio chocado, observando as chamas.

— Como vamos viver? — sussurravam. — Para onde vamos?

Brannos sentou-se chorando, aninhando a harpa nos braços magros.

Por que havia arriscado a vida para salvá-la, perguntou-se Gawen, e então, ao considerar o tamanho do instrumento, passou também a se perguntar *como* fizera aquilo.

E, como uma resposta, palavras chegaram até ele: "Sempre encontrará a força para o que precisa fazer...".

Brannos olhou para cima, os olhos luminosos na luz bruxuleante.

— Venha — grasnou o velho.

Ignorando Eiluned, o menino ficou de pé e se juntou a ele. O velho bardo estendeu o braço, pegou a mão dele e a colocou na coluna da harpa.

— Sua... Você a salvou. Ela é sua.

Gawen engoliu em seco. O fogo salpicava dourado nos fios incrustrados na madeira polida e nas cordas de bronze. As vozes ao redor se borraram em um rugido baixo, como o som do fogo. Cuidadosamente, ele estendeu a mão e tirou uma única nota das cordas brilhantes.

Não queria fazer a corda soar alto, mas a nota parecia pairar no ar. Os que estavam mais próximos se viraram, e outros, vendo o movimento, olharam também. Gawen olhou de volta para eles, o olhar indo de um para o outro, vendo como o som havia, por alguns instantes, os distraído de seu pânico e desespero. Entre as figuras escuras encontrou Caillean, embrulhada em um xale. O rosto dela, na luz do fogo, estava vincado e sulcado de angústia. Parecia tão velha. Um dia ela lhe contara sobre a pira em que seus pais queimaram. Estaria pensando naquilo agora? Seus olhos arderam de pena de si mesmo, porque não conhecera o que havia perdido, e dela, pois conhecera sua mãe tão bem.

E, agora, ambos perdiam tudo uma segunda vez.

A nota da harpa se dissipou. Caillean viu o olhar abalado de Gawen. Por um momento, franziu o cenho, como se estivesse se perguntando como ele fora parar ali. Então o olhar dela mudou. Mais tarde, em sua memória, a única palavra em que ele poderia pensar para descrever o que vira nos olhos dela era "assombro". Enquanto ele observava, ela se endireitou, visivelmente retomando mais uma vez a majestade da Senhora de Avalon.

— Senhora — Eiluned falou por todos eles —, o que será de nós? Vamos voltar para a Casa da Floresta agora?

Caillean olhou ao redor. Os druidas também a olhavam, até Cunomaglos, o líder deles, que viera ao Tor para uma vida de contemplação pacífica e vinha ficando cada vez mais infeliz enquanto a comunidade crescia.

— Você está, como sempre, livre. O que deseja fazer? — A voz da grã-sacerdotisa era fria.

O rosto de Eiluned se contorceu, e pela primeira vez Gawen teve pena dela também.

— Diga-nos! — Ela soluçou.

— Apenas posso dizer o que *eu* vou fazer — disse Caillean, de modo mais gentil. Olhando de volta para as chamas, ela continuou: — Jurei que faria um centro de sabedoria ancestral nesta colina sagrada. O fogo pode queimar apenas o que é visível aos olhos humanos, o que é feito por mãos humanas. A Avalon do coração permanece... — Ela olhou novamente para Gawen. — Assim como o espírito se levanta em triunfo do corpo que queima na pira, a verdadeira Avalon não pode ser contida pelo mundo humano. — Fez uma pausa, como se aquelas palavras tivessem sido uma surpresa tão grande para ela quanto para aqueles que a ouviam. — Decidam de acordo com seu coração. Ficarei e servirei a Deusa nesta colina sagrada.

Gawen desviou o olhar dela para os outros e viu espinhas se endireitando, uma nova luz nos olhos das pessoas. O olhar de Caillean voltou-se para ele, que ficou de pé, como se ela o tivesse desafiado.

— Vou ficar — disse.

— E eu também. — Veio uma voz de trás dele.

Gawen deu um pulo e viu Sianna, que tinha o mesmo dom de se mover silenciosamente que sua mãe. Outros falavam agora, prometendo reconstruir o lugar. Ele estendeu o braço e apertou a mão de Sianna.

***

O inverno não era a estação mais fácil para construir. Gawen assoprou os dedos para aquecê-los, esticou o braço de cima do teto da Casa das Donzelas até o pedaço de corda de palha que Sianna lhe estendia e começou a prender o próximo feixe de sapé na estrutura. Ela tremia; suas bochechas, normalmente tão rosadas, estavam arroxeadas de frio. No mundo das fadas, ela lhe dissera, o clima ia do frio revigorante do outono ao calor doce da primavera. Ela deveria estar se perguntando por que concordara em viver em terras mortais.

Mas ela não tinha reclamado, e ele também não reclamaria, nem para se lamentar de que seu peso leve o tornava a escolha óbvia para subir no telhado, exposto a cada rajada gelada de vento. Ele sorriu para ela enquanto um dos druidas levantava outra meada de palha. Ao menos o novo prédio não precisava ser tão grande quanto o antigo. Algumas das sacerdotisas estavam abrigadas com Andarilho da Água e seus parentes, mas outras haviam voltado para suas famílias. Os druidas mais velhos e os meninos estavam na pequena igreja de pedras de padre José. Alguns dos homens também haviam partido. Mesmo Cunomaglos, líder dos druidas, fora embora, buscando um eremitério nas colinas. Uma casa para os homens e outra para as mulheres seria o suficiente para abrigá-los até o verão. Ao menos, as fossas de alimentos e os animais não tinham sido atingidos.

Ele imaginava que isso significava que Caillean estava no comando. Ao menos ninguém viera de Vernemeton para dizer o contrário. Se a grã-sacerdotisa estava desapontada com os que fugiram, nada disse. Gawen teve a impressão de que ela olhava para as perdas como um julgamento necessário, que deixaria todos mais fortes. Acontecia o mesmo no mundo além do Vale de Avalon, ele ouvira, onde Trajano fora o vencedor nas guerras civis e colocava seu império em ordem.

O vento aumentava. Ele tremeu violentamente e cruzou os braços, escondendo as mãos frias nos flancos.

— Desça — disse Sianna — e me deixe fazer isso por um tempo. Sou até mais leve que você.

Gawen balançou a cabeça.

— Sou mais forte — começou.

Ela olhou para ele, sua cor mudando enquanto o calor da raiva lutava contra o frio.

— Deixe que ela faça isso — disse uma nova voz.

Gawen piscou ao perceber que Caillean estava de pé ali.

— Ela não pode! — exclamou ele. — Está frio demais aqui!

— Ela escolheu viver entre nós, e poupá-la seria falhar em meu dever — disse a sacerdotisa, sombriamente.

Sianna olhou de um para o outro, o olhar se avivando como se não pudesse decidir o que a magoava mais, as palavras duras de Caillean ou a proteção de Gawen. Então, ela se esticou para pegar o tornozelo dele e puxou. Gawen soltou um gritinho quando começou a deslizar, mas em um segundo descera a metade do telhado que já fora coberta com o sapé e não havia nada em que pudesse segurar-se. Ele caiu amontoado aos pés de Caillean.

Sianna pulou e engatinhou, rápida como um esquilo, para cima do telhado. Ele olhou para cima com raiva, mas não conseguiu resistir ao riso dela. Balançando a cabeça, Gawen se levantou e começou a puxar as meadas de corda, e Caillean foi embora, ainda de cara feia.

Naquela noite, enquanto ouvia Brannos e padre José discutirem teorias de música, Gawen percebeu que jamais fora tão feliz. Por fim aquecido e com a barriga cheia de mingau, aconchegou-se em suas cobertas. Não entendia tudo da discussão deles, mas a alternância de frases sonoras cantadas com música de harpa ondulante alimentou sua alma.

***

O inverno passou, e também o verão depois dele. As construções queimadas foram substituídas por outras ainda melhores, e as sacerdotisas começavam a falar sobre construir com pedras.

As primeiras vezes desajeitadas e incertas com as cordas da harpa se transformaram no princípio de uma habilidade real. Ele continuava, também, a cantar com padre José e os cristãos, seu soprano de menino elevando-se sobre o zumbido mais profundo deles.

Enquanto as estações passavam, Gawen percebeu que a incerteza que sempre sentira em torno de Caillean desaparecera. Havia parado de esperar que ela fosse uma mãe para ele, e, na verdade, enquanto ficava mais alto, já não desejava mais isso. Não tinha certeza do que ela pensava dele, mas, à medida que a comunidade de Avalon se tornava mais segura, muitos buscavam se juntar a eles, e ela estava ocupada demais ensinando os recém-chegados para prestar muita atenção nele.

Conforme ficavam mais velhos, os jovens e as donzelas confiados ao treinamento dos druidas do Tor passavam seus dias separadamente, reunindo-se em algumas ocasiões, quando era um ensinamento necessário a ambos, ou para os festivais. E assim passaram-se seis anos.

***

— Tenho certeza de que todos vocês podem nomear as sete ilhas de Avalon, mas sabem dizer por que cada uma delas é solo sagrado?

Alertado pela pergunta na voz de Caillean, Gawen piscou e ficou ereto. Era alto verão, e a terra estava envolta em uma paz sonolenta. Naquela estação, o povo de Avalon vivia ao ar livre a maior parte do tempo, e a Senhora reunira seus estudantes sob um carvalho perto da margem. Ele se perguntou por quê. Aquilo fazia parte da sabedoria popular que todos aprenderam quando eram crianças. Por que a grã-sacerdotisa voltava a isso agora?

Depois de um momento de silêncio surpreso, Dica levantou a mão. Outrora uma criança magrela e linguaruda, ela se tornara uma jovem esguia, cujo rosto bonito via-se coroado por uma nuvem de cabelos ruivos. Sua língua ainda podia ferir, mas estava claramente em seu melhor comportamento agora.

— A primeira é Inis Witrin, a Ilha de Vidro, na qual está o santo Tor — ela respondeu, modestamente.

— E por que é chamada assim? — perguntou Caillean.

— Por que... dizem que, quando é vista no Além-Mundo, brilha como uma luz através do vidro romano.

Aquilo era verdade? Os estudos de Gawen haviam progredido para incluir um pouco de busca interior, como um sonho acordado, mas ele ainda não recebera permissão para sair de seu corpo e olhar para o mundo real com visão de espírito.

— Muito bem — disse Caillean. — E a próxima?

Seu olhar se fixou em uma das garotas mais jovens, uma criança de cabelos escuros da Dumnônia chamada Breaca.

— A segunda é a Ilha de Brigantia, que é grande em espírito, embora baixa em altura. Aqui é onde a Deusa vem até nós como Mãe, carregando o sol recém-nascido. — A menina corava, mas sua resposta veio com clareza.

Gawen limpou a garganta.

— A terceira é a ilha do deus alado, perto da grande vila do povo do brejo. As aves aquáticas são sagradas para ele, e nenhum homem deve matá-las perto de seu santuário. Como retribuição, nenhuma ave suja seu teto.

Ele estivera lá várias vezes com a Senhora do povo das fadas e vira que era verdade. Ao pensar nisso, olhou para Sianna, sentada atrás das outras, como fazia sempre quando a grã-sacerdotisa os ensinava. O olhar de Caillean havia se suavizado enquanto ele respondia, mas, quando viu para onde ele olhava, franziu o cenho.

— E a quarta? — perguntou, incisivamente.

Tuarim, um menino robusto, de cabelos escuros, que fora aceito para ser treinado pelos druidas no ano anterior e parecia ver Gawen como seu modelo, respondeu.

— A quarta é a ilha nos pântanos, que defende o Vale de Avalon de todos os poderes malignos.

— A quinta é a ilha do lago, onde fica outra vila do povo do brejo. — Aquele era Ambios, dezessete invernos de idade e prestes a fazer sua iniciação entre os druidas. Na maior parte do tempo, ele ficava à parte dos mais jovens, mas claramente havia decidido que estava na hora de demonstrar sua superioridade. Ele continuou: — Há uma fonte sagrada naquela ilha, sob um poderoso carvalho, e todos os anos penduramos oferendas em seus galhos.

Gawen olhou uma vez mais para Sianna, imaginando por que não respondia, ela que sabia aquilo tudo quase desde que começara a falar. Mas talvez, ele pensou, ao notar os olhos baixos e suas mãos cuidadosamente postas, fosse por isso que mantinha silêncio. Não seria justo. Uma brisa suave agitou os galhos do carvalho e o sol bruxuleou entre as folhas, avivando o cabelo loiro de Sianna.

Não vi luz brilhando através desta ilha, pensou de súbito, *mas a vejo agora brilhando em você...* Naquele momento, a beleza de Sianna não tinha implicações. De fato, Gawen mal a ligava com a menina humana que ele provocara e com quem brincara nos anos antes que se tornasse adulta e fosse proibida de estar com um homem sem supervisão. Era um fato, suficiente em si mesmo, como a elegância de uma garça subindo do lago no amanhecer. Ele mal ouvira Dica respondendo à pergunta seguinte.

— A sexta ilha é lar do deus selvagem das colinas a quem os romanos chamam de Pã. Ele traz loucura ou êxtase, assim como o fruto das videiras plantadas naquele lugar, que fazem um vinho poderoso.

— A sétima é uma colina alta — Ambios falou novamente —, a torre de vigilância e portões para Avalon. A vila de Andarilho da Água fica lá, e seu povo sempre remou as barcas para os sacerdotes do Tor.

— Foi bem respondido — disse Caillean. — Pois você, que está prestes a fazer votos entre eles, deveria saber que os druidas não foram os primeiros sacerdotes a buscar sabedoria neste Tor.

Ela olhou de forma severa para Ambios e então para Gawen, que retribuiu o olhar limpamente. Restavam ainda dois anos antes que ele pudesse ser considerado para sua iniciação, e Gawen se ressentia da presunção de que fosse escolher isso. Estava fazendo um progresso firme na harpa, bom o suficiente para que buscasse, caso quisesse, emprego em uma das famílias nobres britânicas que se aliavam agora a Roma, mas ainda davam valor aos velhos costumes. Ou poderia ir atrás de seu avô — o outro — e reclamar seu legado romano. Jamais vira uma cidade romana. Eram lugares sujos e barulhentos, lhe disseram. Havia rumores de que, após anos de paz, as tribos do norte estavam agitando-se novamente. Mas em dias como aquele, quando a paz sonhadora de Avalon era tão intensa que parecia sufocante, até a perspectiva de guerra o atraía.

— A Ilha de Vidro, a Ilha de Brigantia, a Ilha das Asas, a Ilha dos Brejos, a Ilha do Carvalho, a Ilha de Pã e a Colina da Vigia. Foram chamadas de outros nomes por outras pessoas, mas essa é a essência delas, conforme fomos ensinados pelos sábios que vieram do mar das Terras Submersas. E por que essas ilhas, e não outras, são consideradas sagradas, quando, como podem ver, não são as mais altas ou as mais impressionantes de se ver?

Os jovens olhavam para ela, silenciosos. Jamais havia lhes ocorrido perguntar isso.

Assim que Caillean abrira a boca para falar de novo, a voz de Sianna veio de baixo da árvore.

— Eu sei...

As sobrancelhas de Caillean se levantaram, mas Sianna, vindo para a beira do lago, parecia não ter consciência de que caminhava em mistérios ancestrais. E para ela, talvez, não fosse nenhum mistério.

— É muito fácil, quando se sabe como olhar — continuou ela, pegando uma pedra triangular e a colocando de pé no chão macio. — Aqui está Inis Witrin, e aqui — pegou uma pedra menor, arredondada — é a ilha da Deusa. A Ilha das Asas e a Ilha do Carvalho estão aqui — colocou uma pedra menor e outra maior um pouco mais longe uma da outra para formar um retângulo levemente enviesado com as duas primeiras —, e aqui temos a Ilha de Pã e a Ilha dos Brejos — uma pedrinha pequena e uma pontuda foram colocadas juntas à esquerda e acima da Ilha das Asas — e o Portão — mais à esquerda, uma pedra ainda maior foi colocada.

Esquecendo-se de Caillean, os jovens e as moças se reuniram em torno de Sianna. Gawen concordou que, do ar, aquela bem poderia ser a aparência da terra, mas o que aquilo significava?

— Não percebem? — Sianna franziu o cenho. — Pensem nas noites em que a velha Rhys os fez olhar para as estrelas.

Meninas de um lado da colina e meninos no outro, lembrou-se Gawen, sorrindo.

— É a Ursa! — exclamou Dica de repente. — As colinas formam o mesmo padrão que as estrelas na Ursa Maior!

Os outros assentiram enquanto a semelhança se tornava clara para eles. E então, enfim, se voltaram para Caillean.

— Mas o que — perguntou Ambios — isso significa?

— Então quer sabedoria, no fim das contas? — perguntou a grã-sacerdotisa, sarcástica.

Sianna corou, sentindo a reprimenda sem compreendê-la, e, em sua defesa, Gawen sentiu um jorro rápido de raiva.

— A cauda da Ursa Maior aponta para seu guardião, a estrela mais brilhante do céu setentrional; a estrela que é nosso Tor está no centro dos céus. Isso é o que os sábios ancestrais viam quando olhavam para os céus, e colocaram templos na terra para que não nos esquecêssemos de honrar o Poder que protege este lugar.

Gawen podia sentir o olhar dela sobre ele, mas continuou a mirar o brejo. Subitamente, sentiu frio.

Quando a grã-sacerdotisa os dispensou, ficou para trás e aguardou na sombra dos salgueiros, esperando poder falar com Sianna.

— Não se atreva a tomar o ensino de novo! — Caillean falava rispidamente, e Gawen espiava por entre as folhas. Sianna estava olhando para a mulher mais velha, o rosto mostrando seu espanto.

— Mas você nos fazia perguntas...

— Usava as perguntas para levá-los a analisar os mistérios dos céus, não jogos de criança!

— Você perguntou. Eu respondi — murmurou Sianna, olhando para o chão. — Por que me aceitar para o treinamento se não dá valor ao que tenho para acrescentar?

— Você sabia mais sobre a sabedoria antiga que a maioria dos que fazem seus votos finais quando chegou aqui. Poderia ser tão mais que eles. — Caillean parou, como se tivesse dito mais do que gostaria. — Devo ensinar-lhe as coisas que não sabe! — completou, de modo repressivo. Então, se virou e foi embora.

Depois que a sacerdotisa saiu, Gawen deslizou de seu esconderijo e passou o braço em torno da moça, que soluçava em silêncio. Ele sentia raiva e pena, mas não podia deixar de sentir consciência da maciez do corpo dela e do cheiro doce de seu cabelo loiro.

— Por quê? — exclamou Sianna, quando conseguiu falar de novo. — Por que ela não gosta de mim? E, se ela não me quer aqui, por que não me deixa partir?

— *Eu* quero você aqui — ele murmurou ferozmente. — Não se importe com Caillean. Ela tem muitas preocupações, e às vezes é mais ríspida do que deseja. Tente evitá-la.

— Eu tento, mas é um lugar pequeno, e não consigo ficar o tempo todo fora do caminho dela. — Sianna suspirou e acariciou a mão dele. — Mas obrigada. Sem sua amizade eu fugiria, não importa o que minha mãe fosse dizer!

— Daqui a um ano ou dois você será uma sacerdotisa jurada — ele disse com alegria. — Então, ela terá de respeitá-la como uma adulta.

— E você vai passar o primeiro posto de seu treinamento como druida...

Ela segurou a mão dele por mais um momento. As mãos dela estavam frias quando ele as tomou, mas um calor começava a crescer entre elas. De repente, ele se recordou da outra iniciação que vinha com a vida adulta e viu, por seu rubor, que ela pensava naquilo também. Abruptamente, ela se afastou.

Mas, naquela noite, enquanto ele repassava o dia antes que o sono chegasse, teve a impressão de que o que havia entre eles certamente era mais que amizade, e de que uma promessa fora feita.

***

Um ano se passou, e então outro inverno veio, tão úmido que todo o Vale de Avalon se transformou em um mar barrento, e as águas chegavam nos soalhos das casas de palafita do povo do brejo. Gawen, indo visitar padre José, reprimiu uma blasfêmia ao escorregar no barro e quase cair. Desde que sua voz engrossara, não cantava com frequência nas cerimônias deles, mas padre José viajara bastante na juventude, e sabia não só a tradição musical judaica mas também as teorias dos filósofos gregos, e tanto ele como o menino achavam prazeroso compará-las com a tradição druida.

Mas, quando Gawen foi para a igrejinha, padre José não estava.

— Ele está rezando em sua cabana — disse irmão Paulus, o rosto ainda mais mal-humorado com desaprovação. — Deus enviou a ele uma febre para mortificar a carne, mas com rezas e jejum ele será purificado.

— Posso vê-lo? — perguntou Gawen, a garganta doendo com o início da preocupação.

— Ele não precisa de nada de um descrente — respondeu o monge. — Vá até ele como filho em Cristo e será bem recebido.

Gawen balançou a cabeça. Se o próprio padre José não havia insistido que ele se tornasse um nazareno, não era provável que fosse persuadido pelo irmão Paulus.

— Imagino que não transmitiria a ele a bênção de um "descrente" — disse, tensa —, mas espero que tenha compaixão o suficiente para dizer a ele que sinto muito que esteja doente, e para dar-lhe minhas estimas.

***

Depois de um inverno tão difícil, todo o povo de Avalon estava magro, mas nada menos que pura inanição impediria um menino da idade de Gawen de crescer, pensou Caillean, ao observá-lo nas cerimônias que marcavam a Virada da Primavera. Ele tinha dezessete anos agora e era alto como os membros da família da mãe. Seu cabelo, no entanto, depois de um inverno sem sol, escurecera para um castanho romano. A mandíbula crescera tanto que os dentes já não estavam mais desproporcionais, e havia também uma sugestão da águia no nariz e no queixo enérgicos.

De corpo, Gawen era um homem, e um belo homem, embora ainda não parecesse se dar conta disso. Ele tocava a harpa nas cerimônias, e seus dedos longos lampejavam com a certeza da prática entre as cordas. Mas seus olhos eram vigilantes, como se temesse fazer algo errado.

É parte de ter essa idade, perguntou-se a sacerdotisa, *ou é algo que fiz a ele, esperando demais da criança?*

Depois, ela o chamou.

— Você cresceu — disse, sentindo-se inesperadamente sem jeito ao ver seu olhar claro. — Conquistou muita habilidade com a harpa. Ainda está estudando música com padre José também?

Gawen balançou a cabeça.

— Ele ficou doente um pouco depois do solstício de inverno. Fui lá várias vezes, mas não permitem que eu entre para vê-lo. Dizem que ele não sai mais da cama.

— Não vão negar a *mim*! — exclamou ela. — Vou agora, e você vai me acompanhar. — Enquanto desciam a colina, ela perguntou: — Por que não me disse que padre José estava doente?

— Você é tão ocupada... — Ele parou quando viu o rosto dela. — Pensei que deveria saber.

Caillean suspirou.

— Perdoe-me, não devo descontar minhas ansiedades em você. Ou culpá-lo por me dizer a verdade... — continuou ela. — Às vezes parece que há alguém querendo minha atenção a cada minuto do dia, mas espero sempre encontrar tempo para os que verdadeiramente precisam. Sei que faz muito tempo desde que falei com você pela última vez, e agora está quase na hora de fazer seus votos entre os druidas. Como o tempo passa rápido!

Eles passaram pela cabana redonda que fora construída para as sacerdotisas que zelavam pela Fonte de Sangue e pelo jardim que plantaram ali, e continuaram pelo caminho que seguia para o alto. Ao lado das cabanas dos irmãos que a cercavam, a capela que os cristãos construíram, de sapé como as outras, mas com um segundo nível com formato de cone sobre o primeiro, de modo que parecia ter dois andares, parecia uma galinha choca com seus pintinhos. Um dos monges mais jovens varria as folhas que o vento da noite anterior trouxera para a passagem. Ele os olhou quando se aproximaram e veio encontrá-los.

— Trouxe conservas de frutas e bolos doces para padre José — Caillean fez um gesto para a cesta. — Pode me levar até ele?

— Irmão Paulus pode não gostar — começou o homem, franzindo o cenho, e então balançou a cabeça. — Deixe para lá. Talvez suas iguarias tentem padre José, já que nossa comida grosseira não consegue mais. Se puder persuadi-lo a comer terá nossa gratidão, pois lhe digo que, desde o festival do nascimento de Cristo, ele mal comeu o suficiente para manter um passarinho vivo.

Ele os guiou até uma de suas cabanas redondas, do mesmo tamanho que as outras, embora o caminho fosse ladeado por pedras pintadas de branco, e puxou de lado a cobertura de pele da porta.

— Padre, a Senhora de Avalon está aqui para vê-lo. Vai recebê-la?

Caillean piscou, esforçando-se para ajustar sua visão às sombras depois da claridade do dia de primavera. Padre José estava deitado em uma cama de palha no chão, uma lamparina de junco bruxuleando ao seu lado. O outro monge colocou algumas almofadas atrás das costas do velho para levantá-lo e trouxe um banquinho de três pernas para Caillean.

Ele era de fato como um passarinho, pensou a sacerdotisa, ao esticar o braço para pegar a mão do velho. Seu peito magro mal se mexia; toda a vida que lhe restava brilhava em seus olhos.

— Meu velho amigo! — ela disse em voz baixa. — Como vai você?

Algo que poderia ser um riso sussurrou no ar.

— Certamente a Senhora tem o treinamento para ver! — Padre José leu nos olhos dela as palavras que Caillean não ousava dizer e sorriu. — Também não é permitido aos de sua ordem saber a própria hora? A minha logo chega, e estou contente. Verei o Mestre mais uma vez... — Por um instante, ele ficou em silêncio, olhando para dentro e sorrindo com o que via ali.

Então, ele suspirou e seus olhos focaram Caillean.

— Mas vou sentir falta de nossas conversas. A não ser que um velho em seu leito de morte consiga convencê-la a aceitar o Christos, apenas no fim de todas as coisas nos encontraremos novamente.

— Também vou sentir falta de falar com o senhor — disse Caillean, piscando para conter as lágrimas. — E talvez em outra vida eu possa seguir seu caminho. Mas, por esta, meus votos foram feitos em outro lugar.

— É verdade que nenhum homem conhece seu caminho até chegar ao fim... — sussurrou padre José. — Quando minha vida mudou, não era muito mais jovem que você... Me daria conforto contar a história, se quiser ouvir.

Caillean sorriu e tomou a mão que ele estendia na dela. Era tão frágil que a luz parecia brilhar através dela. Eiluned e Riannon a aguardavam de volta para falar sobre as garotas que tinham se candidatado para entrar na comunidade, mas podiam esperar. Havia sempre algo a ser aprendido quando os homens falavam de como viram a Luz, e padre José tinha pouco tempo.

— Eu era um mercador da Judeia, de uma cidade chamada Arimateia, na parte leste do império. Meus navios iam para todos os lugares, até a Dumnônia, para negociar estanho, e uma grande riqueza veio para mim. — A voz dele juntou forças enquanto ele continuava. — Naqueles dias, jamais pensava além da contabilidade do dia seguinte, e, se em meus sonhos às vezes me recordava da terra que agora está sob as ondas e ansiava por sua sabedoria, ao amanhecer já havia me esquecido. Trazia à minha mesa os notáveis em todo tipo de habilidade, e, quando o novo professor da Galileia, a quem os homens chamavam de Yeshua, começou a ser muito falado, eu o convidei também.

— Sabia então que ele era um dos Filhos da Luz? — perguntou Caillean. Os deuses estavam sempre falando, na árvore, na colina e no silêncio do coração dos homens, mas em cada era, dizia-se, enviavam um Iluminado para falar ao mundo em palavras humanas. Porém, em qualquer época, como também ouvira, apenas alguns poucos podiam escutar.

Padre José balançou a cabeça.

— Ouvi as palavras do Mestre e o achei agradável, mas não O conhecia bem. Os velhos ensinamentos ainda estavam escondidos de mim, mas vi que Ele trazia esperança para as pessoas e dei dinheiro quando os seguidores Dele precisaram, e permiti que celebrassem o banquete pascoal em uma casa que eu possuía. Estava fora de Jerusalém quando Ele foi preso. Quando voltei, Ele já estava na cruz. Fui à colina da execução, pois ouvira que a mãe Dele estava lá e eu desejava oferecer minha assistência.

Ele parou, relembrando, e ela viu seus olhos ficarem luminosos com lágrimas. Foi Gawen, sentindo o peso da emoção sem entender, quem quebrou o silêncio.

— Como ela era, a mãe Dele?

José fixou o olhar no garoto.

— Era como sua deusa, quando chora na colheita pela morte do deus. Era jovem e velha, frágil e resistente como pedra. Vi suas lágrimas e comecei a me recordar dos meus sonhos. E, então, fiquei ao pé da cruz e olhei para o Filho dela.

"Àquela altura, a agonia Dele havia consumido a maior parte do disfarce humano. O conhecimento de Sua verdadeira natureza veio e se foi. Às vezes Ele gritava em desespero, e em outros instantes dizia palavras de conforto aos que esperavam abaixo. Mas, quando Ele olhou para mim, fui ofuscado por Sua Luz, e naquele momento me recordei de quem eu havia sido, em tempos passados, e dos juramentos que fizera."

O velho respirou fundo. Claramente estava se cansando, mas ninguém tentaria pará-lo agora.

— Dizem que a terra estremeceu quando Ele morreu. Não sei, pois estremeci em meu âmago. Depois, quando O feriram com a lança para terem certeza de que estava morto, peguei um pouco do sangue Dele no cantil que levava comigo. E usei minha influência com os romanos para conseguir o corpo Dele e o coloquei na tumba de minha própria família.

— Mas ele não ficou lá… — disse Gawen. Caillean o olhou e se lembrou do quanto ele estudara música com os nazarenos. Devia conhecer bem as lendas deles.

— *Ele* jamais esteve lá — respondeu padre José, com um pequeno sorriso. — Apenas a carne que Ele havia usado… O Mestre a levou de volta para mostrar o poder do espírito àqueles que pensam que a vida do corpo é tudo o que existe, mas não precisei vê-Lo. Eu *sabia*.

— Mas por que veio para cá, para a Britânia? — perguntou, então, Gawen.

O olhar de José se entristeceu; ele falava mais lentamente agora.

— Os seguidores que o Mestre deixou começaram a brigar sobre quem deveria ser o líder e quem deveria interpretar o significado das palavras Dele. Não quiseram me escutar, e me recusei a ser arrastado para desentendimentos… Então, me lembrei desta terra verde atrás das ondas onde ainda existiam aqueles que, de certo modo, seguiam a sabedoria ancestral… E assim busquei refúgio aqui, e seus druidas me receberam como um companheiro que buscava a Verdade por trás de todos os mistérios.

Ele tossiu, e seus olhos se fecharam enquanto lutava para respirar. Caillean murmurou de modo confortador, mentalizando a própria energia através das mãos ligadas.

— Não tente falar — ela disse quando ele abriu os lábios e tossiu mais uma vez.

— Eu... preciso... lhe dizer... — Ele se forçou a respirar fundo e aos poucos se acalmou, embora estivesse perceptivelmente mais fraco agora. — O frasco com o sangue sagrado...

— Seus irmãos aqui não estão encarregados dele? — perguntou Caillean.

Ele balançou a cabeça.

— A mãe Dele me disse... uma mulher deve guardá-lo. Eu o prendi no velho anel, no nicho... no poço sagrado.

Os olhos de Caillean se arregalaram. A água rica em ferro do poço deixava uma mancha parecida com sangue, embora fosse pura e fria como gelo. Os sábios dos velhos tempos tinham construído, com suas artes, uma estrutura em torno do poço, cortada de uma só pedra imensa. Até ali, qualquer um podia ver. Mas a existência do nicho no poço, alto o suficiente para abrigar um homem, era um segredo conhecido apenas pelos iniciados. Um lugar adequado para abrigar o sangue do sacrifício, ela pensou, pois sem dúvida fora usado para aquele propósito em tempos ancestrais.

— Entendo... — ela disse, lentamente — e vou guardá-lo bem.

— Ah... — Padre José voltou a se acomodar. A promessa dela parecia deixá-lo aliviado.

— E você? — O olhar dele se voltou para Gawen. — Quer se juntar à minha irmandade e conectar a velha sabedoria com a nova?

O menino se recostou, os olhos arregalados como os de um cervo assustado. Por um momento, olhou para Caillean, não em um apelo, como ela tinha esperado, mas com apreensão. A sacerdotisa piscou. O menino *queria* se juntar aos nazarenos?

— Criança, criança — disse José, compreendendo. — Não quis pressioná-lo. Quando for a hora certa, vai escolher...

Uma centena de respostas surgiu na mente de Caillean, mas ela nada disse. Não discutiria religião com um homem tão perto da morte, mas não acreditava que a existência árida de um monge era o que os deuses desejavam para aquela criança, a quem a própria Senhora das fadas havia chamado de "Filho de Mil Reis"!

Os olhos de padre José haviam se fechado. Caillean sentiu que ele adormecia e soltou sua mão.

Quando emergiram da cabana, ela olhou ao redor, à procura do irmão que os trouxera; entretanto, era o irmão Paulus quem esperava, e, pelo ultraje nos olhos dele, Caillean soube que apenas o respeito pelo moribundo o impedia de lhe dirigir impropérios.

O olhar dele se suavizou um pouco quando Gawen se aproximou atrás dela.

— Irmão Alanus escreveu um novo hino. Virá amanhã, quando vamos aprendê-lo?

Gawen assentiu, e Paulus saiu, a barra rasgada de sua túnica cinza sibilando pelas pedras.

***

Nos dias que se seguiram à visita a padre José, Gawen esperou com medo a notícia de que o velho havia morrido. Mas, surpreendentemente, nenhuma palavra veio. Padre José resistia, e, como o festival de Beltane se aproximava, outras questões distraíam Gawen de sua preocupação. Estava sendo preparado, junto com outros dois meninos, para a iniciação na noite do festival, e sentia medo, embora não soubesse como expressar seus sentimentos. Ninguém jamais lhe perguntara se ele queria se tornar um druida; apenas pensaram que, como ele completara o primeiro estágio de treinamento, iria continuar. Só padre José chegara a sugerir que poderia haver outra escolha, e, embora Gawen admirasse a pureza da devoção dos nazarenos e achasse que havia muito de bom em seus ensinamentos, a vida deles parecia ainda mais estreita que a dos druidas no Tor. Os druidas, ao menos, não estavam completamente isolados da humanidade.

A comunidade de Avalon herdara as tradições da Casa da Floresta, mas Caillean não os fez manter as regras que foram impostas em deferência aos preconceitos romanos. Na maior parte do tempo, os sacerdotes e sacerdotisas do Tor viviam em castidade, mas a regra era relaxada em Beltane e no solstício de verão, quando o poder obtido com a junção de homem e mulher dava vida à terra. Mas apenas os que tinham feito seus votos podiam participar desses ritos.

Sianna se tornara sacerdotisa no outono anterior. Aquele seria seu primeiro ritual de Beltane. Em sonhos, Gawen via o corpo dela brilhando na luz das fogueiras e despertava, gemendo de frustração com sua reação evidente.

Houve um tempo, antes que as demandas da carne se tornassem tão perturbadoras, em que queria a sabedoria ao final da trajetória dos druidas. Agora, mal conseguia se lembrar daquele anseio puro. Os nazarenos diziam que se deitar com uma mulher era o pior dos pecados. Os deuses o derrubariam por impiedade se fosse o desejo por Sianna que o motivasse a fazer os votos druidas? Não era apenas luxúria que o impulsionava, disse a si mesmo. Certamente era amor o que sentia por ela. Mas, desde a iniciação dela, não ficavam a sós. A amizade que ela sempre lhe demonstrara era apenas afeição de irmã ou sentia o mesmo que ele?

Com os sentimentos em turbilhão, ele olhou através dos charcos para a linha distante das colinas, como um pássaro preso olha pela rede da gaiola.

Com certeza, pensou, tornar-se um homem deveria ser mais simples nas terras romanas. Como teria sido sua vida caso tivesse sido criado por seu avô Macellius em vez de Caillean? Às vezes a paz de Avalon era uma prisão, e Gawen ficava tão cansado de ver os mesmos rostos todos os dias que tinha vontade de gritar. Mas um romano era um cidadão do mundo todo.

Gawen pensou que, se tivesse sido deixado com Macellius, poderia ter se tornado um soldado como o pai. Soldados apenas tinham de cumprir ordens, não tomar decisões como aquelas. Às vezes aquilo parecia muito atraente. Mas, em outros momentos, era como se todos que conhecesse tentassem lhe dar ordens, todas elas diferentes, e tudo o que ele queria era ser livre.

Então, em uma manhã, quando saiu para se juntar à procissão do nascer do sol, ouviu o som de lamentos vindo de baixo. Começou a descer a colina, mas sabia, mesmo antes de ver os monges parados como crianças perdidas, o que havia de errado.

— Ai de nós — disse irmão Alanus, o rosto pálido marcado por lágrimas —, nosso padre José se foi para longe de nós. Estava já endurecido e frio quando irmão Paulus entrou nos aposentos dele de manhã. Eu não deveria chorar — continuou —, pois sei que ele está com nosso Mestre no céu. Mas é difícil que ele tenha partido sozinho, no escuro, sem o conforto de seus filhos em torno dele, e ainda mais difícil não termos recebido seu último adeus. Mesmo quando estava doente, era um conforto saber que ele estava ali. Ele era nosso pai. Não sei o que faremos agora!

Gawen assentiu, a garganta fechando ao se lembrar daquela estranha tarde em que o velho contara como viera para Avalon. Ele não tinha visto a Luz da qual falara padre José, mas vira seus reflexos nos olhos do velho, e não achava que ele tivesse morrido sozinho.

— Ele era um pai para mim também. Devo voltar para o topo da colina para contar a eles.

Mas era em Caillean que ele pensava ao voltar correndo.

***

Naquela tarde, a Senhora de Avalon desceu do Tor para expressar suas condolências, recrutando Gawen para se juntar à sua escolta como antes. A confusão da manhã havia terminado. De dentro da igreja redonda vinha o som de canto. A procissão druida parou do lado de fora, e Gawen foi para a porta.

O corpo do velho jazia em um esquife diante do altar, com lamparinas acesas em torno. O incenso que rodopiava em nuvens pesadas obscurecia as formas indistintas dos monges, mas por um momento Gawen pensou ter vislumbrado formas brilhantes flutuando acima deles, como se os anjos de que padre José falava com frequência zelassem por ele. Então, como se consciente do toque de olhos pagãos, uma das sombras se levantou e irmão Paulus veio até ele.

Gawen se afastou quando o nazareno passou pela porta. Os olhos de Paulus estavam vermelhos de chorar, mas sua expressão não ficara mais gentil com a tristeza. Seu olhar se fixou em Caillean com desdém.

— O que fazem aqui?

— Viemos compartilhar sua dor — disse a grã-sacerdotisa, com gentileza — e honrar a passagem de um bom homem, pois José, na verdade, era como um pai para todos nós.

— Então ele não era um homem tão bom quanto parecia, ou um cristão tão bom, ou vocês pagãos estariam se rejubilando — respondeu Paulus, tensamente. — Mas agora sou o líder aqui, e vou impor uma fé mais pura sobre meus irmãos. E minha primeira ação vai ser colocar um fim nas idas e vindas entre nossa irmandade e o sacerdócio amaldiçoado de vocês. Fora, mulher. Nem sua simpatia nem sua presença são bem-vindas aqui.

Gawen deu um passo instintivo para a frente, como se buscasse se colocar entre eles. Alguns dos druidas murmuravam raivosamente, mas Caillean parecia ao mesmo tempo pasma e divertida.

— Não são bem-vindas? Mas não fomos nós quem deu ao seu povo permissão para construir sua igreja aqui?

— É verdade — respondeu padre Paulus, com amargura —, mas a terra era de Deus, não sua. Não reconhecemos nenhuma dívida com adoradores do diabo e falsos deuses.

Caillean balançou a cabeça com tristeza.

— Trai padre José antes mesmo que ele seja enterrado? Ele disse que a verdadeira religião proibiria blasfemar o nome pelo qual qualquer homem chama seu deus, pois são todos nomes para o Uno.

Padre Paulus fez o sinal da cruz.

— Abominação! Jamais o ouvi dizer tamanha heresia! Saiam daqui ou vou juntar meus irmãos para expulsá-los!

O rosto dele ficara alarmantemente vermelho e pedaços de espuma se prenderam à sua barba.

O rosto de Caillean se endureceu como pedra. Ela fez um gesto para que os druidas fossem embora. Quando Gawen se virou para segui-los, Paulus se esticou e puxou sua manga.

— Meu filho, não vá com eles! Padre José o amava. Não entregue sua alma à idolatria e seu corpo à vergonha! Vão invocar a Grande Meretriz a quem chamam de Deusa lá em cima naquele círculo de pedras. Você é um nazareno em tudo a não ser no nome! Você se ajoelhou no altar e ergueu a voz nos cantos sagrados de louvor. Fique, Gawen, fique!

Por um momento, o assombro deixou Gawen imóvel. Então, foi substituído pela raiva. Ele se soltou, olhando de Paulus para Caillean, que estendera a mão como se para puxá-lo atrás dela.

— Não! — Ofegou. — Não vou ser motivo de briga como um osso entre cães!

— Venha, então — disse Caillean, mas Gawen balançou a cabeça. Ele não podia se juntar a padre Paulus, mas as palavras do sacerdote haviam manchado também os costumes druidas. Seu coração ansiava por Sianna, mas como ousaria tocá-la agora? Toda a sua confusão e seu anseio se transformaram subitamente em certeza. Não havia como permanecer ali de maneira nenhuma.

Dando um passo de cada vez, ele começou a se afastar.

— Vocês dois querem me possuir, mas minha alma é minha! Briguem por causa de Avalon, se quiserem, mas não por minha causa! Estou partindo — a decisão veio a ele com as palavras — para buscar minha família de Roma!

⤮ 5 ⤮

Gawen se movia com agilidade pelos charcos, usando as habilidades que aprendera com a Senhora das fadas. De fato, ela era a única que poderia tê-lo impedido quando tomou seu caminho, e durante o primeiro dia de sua jornada teve medo de que Caillean a enviasse atrás dele. Mas seja porque a Senhora houvesse se recusado, seja porque sua mãe de criação não tivesse pensado em pedir ajuda a ela, ou, como ele imaginava agora, simplesmente não se importasse, Gawen não viu nada além das aves aquáticas barulhentas, uma família de lontras e um tímido cervo-vermelho.

Por sete anos não deixara o Vale de Avalon, mas sua educação incluíra as fronteiras dos territórios tribais da Britânia e a localização de cidades e fortes romanos, assim como um mapa da rede de linhas pelas quais o poder fluía através da terra. Sabia o suficiente para encontrar a estrada ao norte, e suas habilidades na mata o impediram de morrer de fome ao longo do caminho. Duas semanas de viagem o levaram aos portões de Deva.

Seu primeiro pensamento foi o de que jamais tinha visto tantas pessoas em um só lugar, fazendo tantas coisas. Grandes carroças puxadas por bois, cheias de arenito vermelho, gemiam ao longo da estrada em direção ao forte atrás da cidade. Partes do muro com paliçada tinham sido derrubadas, e um muro de pedras estava sendo erguido no lugar. Não havia sensação de urgência – aquela terra estava pacificada por completo –, mas era igualmente claro que os romanos queriam que as coisas permanecessem daquela maneira.

Aquilo o fez estremecer. Os druidas zombavam da preocupação romana com o poder temporal. Mas havia um espírito ali também, e o forte de pedras vermelhas era seu santuário. Não havia como voltar para trás agora. Gawen preparou os ombros, tentando se lembrar do latim que jamais pensara que teria utilidade, e seguiu uma fileira de burros carregados de sacas de cerâmica sob o arco da portaria e para dentro do mundo de Roma.

***

— Você é igual a seu pai e, ainda assim, um estranho... — Macellius Severus olhou para Gawen e então desviou os olhos. O velho fazia aquilo, pensou o menino, desde que ele chegara, como se não soubesse se ficava feliz ou consternado por ter um neto afinal. *Foi assim que me senti*, pensou Gawen, *quando descobri quem eram meus pais...*

— Não espero que me reconheça — disse em voz alta. — Tenho algumas habilidades. Posso encontrar meu caminho.

Macellius se endireitou, e pela primeira vez Gawen vislumbrou o oficial romano que ele fora. Seu porte grande agora estava encarquilhado pela idade, e ele tinha poucas mechas de cabelo branco, mas devia ter sido um homem poderoso. A tristeza marcava seu rosto, mas ele parecia estar em pleno juízo, fato pelo qual Gawen agradecia.

— Teme me envergonhar? — Macellius balançou a cabeça. — Sou velho demais para dar importância a isso, e todas as suas meias-irmãs estão casadas ou comprometidas, então isso não afetará o futuro delas. Ainda assim, adoção seria a maneira mais simples de lhe dar meu nome, se é o que quer. Mas, primeiro, precisa me dizer por que, depois de todos esses anos, veio me procurar.

Gawen se viu na mira do olhar de águia que sem dúvida fizera muitos recrutas tremerem e olhou para as mãos juntas.

— A senhora Caillean me disse que o senhor tinha perguntado por mim... Ela não mentiu para o senhor — completou o menino, rapidamente. — Quando se encontraram, ela ainda não sabia onde eu estava.

— E onde estava você?

A pergunta veio de modo muito suave, e Gawen sentiu um toque de perigo. Mas tudo estava no passado então, e que mal causaria deixar que o velho soubesse?

— Uma das moças mais velhas que ajudava a cuidar das crianças na Casa da Floresta me escondeu quando meu outro avô, o arquidruida, aprisionou meu pai e minha mãe. E então, quando tudo havia acabado, Caillean me levou com ela para Avalon.

— Todos se foram agora, os druidas da Casa da Floresta... — disse Macellius distraidamente. — Bendeigid, seu "outro avô", morreu no ano passado, dizem que ainda balbuciando sobre reis sagrados. Não sei de nenhum druida que tenha permanecido no sul da Britânia... Onde é "Avalon"?

A pergunta veio de modo tão súbito que Gawen a respondeu antes de se perguntar por que o velho queria saber.

— É só um lugar pequeno — ele então gaguejou —, uma casa de mulheres e alguns velhos, com uma comunidade de nazarenos no pé da colina.

— Então entendo por que um jovem forte como você gostaria de partir. — Macellius se levantou, e Gawen começou a relaxar. — Sabe ler?

— Sei ler e escrever em latim, tão bem quanto falo, o que não é muito bem — respondeu Gawen.

Aquele não era o momento de se gabar de que os druidas o treinaram para memorizar vastas quantidades de tradições.

— Sei tocar harpa. Mas, na verdade — completou, lembrando-se do treinamento que recebera da Senhora das fadas —, caça e técnicas na floresta são, provavelmente, minhas habilidades mais úteis.

— Imagino que sim. É algo para começar. Os Macellii sempre estiveram no exército — completou Macellius, com um súbito acanhamento. — Gostaria de ser um soldado?

Vendo a esperança nos olhos do velho, Gawen tentou sorrir. *Até meia lua atrás*, pensou, *ia me tornar um sacerdote druida*. Juntar-se ao exército seria uma rejeição total daquela parte de seu legado.

Macellius continuou:

— Vou procurar um lugar para você. É uma vida interessante, e um homem inteligente pode subir das fileiras para uma posição de certa autoridade. É claro, a promoção não é tão fácil em um país pacífico como a Britânia se tornou, mas quem sabe, quando tiver mais experiência, você possa ir em missão para uma das fronteiras. Até lá, vamos ver se conseguimos fazer com que soe mais romano.

Gawen assentiu, e seu avô sorriu.

Ele passou o mês seguinte com Macellius, acompanhando o velho pela cidade durante o dia, e à noite lendo para ele em voz alta os discursos de Cícero ou os relatos que Tácito escrevera sobre as guerras de Agrícola. Sua adoção foi devidamente testemunhada diante dos magistrados, e ele recebeu as primeiras aulas sobre como usar a toga, uma veste cujas dobras faziam as túnicas dos druidas parecerem modelos de simplicidade.

Durante suas horas acordado, o mundo de Roma o absorvia. Era apenas no sono que seu espírito ansiava por Avalon. Em sonhos, viu Caillean ensinando as moças. Novas rugas haviam aparecido em sua testa, e de tempos em tempos ela olhava para o norte. Queria dizer a ela que estava bem, mas, quando acordou, sabia que não havia como enviar um recado que não fosse comprometer Avalon.

Na noite de Beltane, caiu em um cochilo inquieto, no qual viu o Tor iluminado pelas fogueiras sagradas. Mas não conseguia ver Sianna. Seu espírito vagou mais amplamente, balançando como um ímã ao procurar o dela. Não foi no Tor, mas no banco de pedra atrás do poço sagrado, que a encontrou.

"Sem você, não tive desejo de dançar em torno das fogueiras. Por que me deixou? Não me ama?", a imagem em sonho dela perguntou com tristeza.

"Eu te amo", respondeu ele, "mas todos servem ao Senhor e à Senhora em Beltane…".

"Não a donzela que guarda o poço", respondeu ela, com um certo orgulho amargurado. "O padre Paulus governa os nazarenos agora e não permite que eles tenham nenhuma comunicação com Avalon. Mas eles não têm mulheres sagradas e mesmo ele não pôde negar o desejo de padre José nisso, então a fonte sagrada é guardada por uma donzela de Avalon. Enquanto mantiver este encargo, posso permanecer donzela e esperar por você…" Ela sorriu para ele. "Se não se lembrar de mais nada do sonho desta noite, que seu coração se lembre de meu amor…"

Quando Gawen acordou, seu rosto estava molhado de lágrimas. Ele ansiava por Sianna, mas nada havia mudado. Tinha se afastado dos druidas e era apenas como sacerdote que poderia ter ido até ela.

**

Por volta do solstício de verão, os romanos celebravam o festival de Júpiter. Macellius, um magistrado, havia arcado com parte do custo das festividades. Ele se sentou com outros beneméritos em uma plataforma de frente para o campo de jogos, com Gawen ao seu lado. Um dia, ele disse com orgulho, construiriam uma arena, e os administradores veriam os jogos de um camarote, como o imperador em Roma.

Gawen assentiu. Seu latim tinha melhorado rapidamente e se tornado um tanto gramatical, embora falado com a inflexão da Britânia. No entanto, ainda precisava pensar antes de dizer qualquer coisa e, não importava quanto estudasse Tácito e Cícero, não conseguia se juntar à conversa leve dos outros jovens que acompanhavam os pais naquele dia.

A maioria deles era muito mais jovem. Gawen podia ver que os que não o conheciam se perguntavam por que não estava no exército na sua idade, e aqueles que o conheciam contavam aos outros sobre o bastardo mestiço que Macellius adotara de modo tão inesperado. Quando pensavam que ninguém estava ouvindo, riam, mas os ouvidos treinados para a caça de Gawen capturavam o som.

Mas não teria encontrado amigos entre eles, pensou Gawen, sombriamente, mesmo se não o desprezassem. Não entendia a maior parte de suas brincadeiras, e as que entendia, não considerava muito engraçadas. Havia escolhido Roma, mas não podia desprezar o povo britânico do qual vinha.

Assistiu aos gladiadores que batalhavam abaixo e, embora admirasse suas habilidades, lamentou suas vidas desperdiçadas. *Não pertenço a este lugar...*, pensou, infeliz, *mais do que pertencia a Avalon. Eiluned estava certa. Eu jamais deveria ter nascido!*

Mas, ao menos, o treinamento druida lhe dera autocontrole para não mostrar seu desespero, e, quando ele e Macellius voltaram para casa, o velho, contente com o sucesso da celebração, jamais teria imaginado. Macellius, repassando os eventos do dia, estava radiante.

— Aquilo, rapaz, é como o festival deve ser feito! Vai levar um bom tempo até que Junius Varo ou algum dos outros falastrões consiga igualar este dia.

Ele mexeu em uma pilha de mensagens em sua mesa de trabalho, parou em uma delas e a desenrolou.

— Fico feliz que esteja aqui, rapaz, para ver...

Gawen, que tirara as dobras sufocantes de sua toga com um suspiro, olhou para cima, sentindo uma mudança de tom.

— O que é? — perguntou.

— Boas notícias, ao menos creio que pensará assim. Encontrei um lugar para você no exército. A mensagem deve ter chegado enquanto estávamos nos jogos. Vai se reportar à Nona Legião, a Hispânica, em Eburacum.

Uma legião! Agora que havia acontecido, Gawen não sabia se ficava ansioso ou com medo. Ao menos aquilo o deixaria longe dos filhotes arrogantes que desdenhavam dele ali, e talvez o exército o mantivesse ocupado demais para sentir saudade de Avalon...

— Ah, rapaz, isso é o certo para você. Todos os Macellii são soldados, mas os deuses sabem quanto sentirei sua falta!

O rosto de Macellius mostrava claramente seus sentimentos contraditórios. Ele estendeu os braços.

Enquanto Gawen o abraçava, um pensamento veio com clareza através de sua confusão: ele também sentiria falta do velho.

***

A palavra romana para exército era derivada do termo para exercício de treinamento, *exercitio*, e, conforme Gawen descobriu em seus primeiros dias de serviço, aquilo era aparentemente o que todos haviam entrado no exército para fazer. Os recrutas eram todos jovens, selecionados por sua boa forma e inteligência, mas marchar vinte milhas romanas em cinco horas com bagagem completa exigia esforço. Quando não estavam marchando, praticavam luta com armaduras de peso duplo, com espada ou pilo, ou treinavam exercícios ou levantavam fortificações temporárias.

Gawen tinha uma vaga noção de que as terras em torno de Eburacum eram mais duras que suas próprias colinas, mas além daquele conhecimento, que veio tanto dos pés e coxas doloridos como dos olhos, os arredores do lugar eram indistintos. Os recrutas viam pouco dos soldados regulares, exceto quando algum veterano bronzeado zombava deles ao avistar a fila suada passar trotando. Era difícil, mas não mais estranho que sua primeira introdução à vida romana em Deva. Estranhamente, era seu treinamento druida que lhe dava o autocontrole para aguentar a disciplina do exército, enquanto rapazes de boas famílias desmaiavam e eram mandados para casa.

Conforme a educação militar deles progredia, os recrutas recebiam dias de folga ocasionais, quando podiam descansar, consertar os equipamentos ou até visitar a cidade que crescia além das muralhas do forte. Ouvir a entonação da fala britânica depois de tantas semanas de latim de acampamento foi um choque que o fez lembrar que ainda era Gawen, e que "Gaius Macellius Severus" era seu nome apenas por adoção. Mas os lojistas e condutores de mulas britânicos que falavam tão livremente diante dele jamais teriam adivinhado que o jovem com traços romanos e túnica de legionário entendia cada palavra.

O mercado em Eburacum fazia um belo comércio de rumores. O povo das fazendas locais se reunia na cidade para vender seus produtos, e vendedores mascateavam mercadorias de toda parte do império, mas os jovens brigantes, que em outros tempos teriam vindo olhar os soldados, saltavam à vista pela ausência. Havia sussurros de dissidências, especulações sobre uma aliança com as tribos do norte.

Gawen se sentia inquieto ao ouvir tais rumores, mas se mantinha em silêncio, pois as conversas dentro do forte eram ainda mais perturbadoras do que as ouvidas fora de seus muros. Quintus Macrinius Donatus, o *legatus legionis* deles, devia seu posto ao apoio do governador, que era seu primo, e o tribuno senatorial abaixo dele no comando era visto como um molecote frívolo que jamais deveria ter saído de Roma. Normalmente isso não teria importância, mas, embora Lucius Rufinus, o centurião encarregado dos recrutas, fosse um camarada decente, dizia-se que havia um número acima do normal de homens cruéis e ferozes entre os oficiais comandando as coortes. Gawen suspeitava de que fora apenas por sua decência que Rufinus recebera a tarefa nada invejável de transformar um bando de grosseirões na espinha dorsal do império.

***

— Só falta uma semana — disse Arius, oferecendo a concha para Gawen. Até o norte da Britânia ficava quente no fim do verão, e, depois de uma manhã de marcha, a água do poço onde haviam parado, feito apenas de algumas pedras colocadas em torno de uma fonte que jorrava de um buraco na encosta, tinha um sabor melhor que o do vinho. Sobre eles, a estrada serpenteava pela urze coberta de flores roxas contra a grama seca. Abaixo, a terra descia em um enovelado de campos e pastos, velados pela névoa de agosto.

— Ficarei feliz em enfim fazer meu juramento — disse Arius. — A armadura comum vai ser como uma túnica de verão depois disso, e estou cansado de ouvir os soldados regulares gritando tolices quando passamos!

Gawen limpou a boca e devolveu a concha ao outro rapaz. Arius era de Londinium, esguio, rápido e irremediavelmente sociável. Para Gawen, sem experiência em fazer amigos, ele fora um presente dos deuses.

— Será que seremos enviados à mesma coorte?

Enquanto chegavam ao fim do treinamento, Gawen começava a se preocupar sobre o que viria depois. Se as histórias que os homens mais velhos contavam nas tendas de vinho não eram ditas apenas para assustá-los, a vida no exército podia ser pior que o treinamento. Mas não era aquilo que o mantinha acordado.

Tinha passado metade da vida preparando-se para se comprometer com os druidas e então fugira. Como um simples verão poderia empenhá-lo em um juramento que podia ser menos sagrado, mas teria o mesmo poder de vínculo?

— Prometi um galo vermelho para Marte se ele me colocar na quinta, com o velho Hanno — disse Arius. — Ele é uma velha raposa ardilosa, dizem, que sempre consegue o melhor para seus homens.

— Também ouvi isso — comentou Gawen, tomando outro gole. Ele, que abandonara seus próprios deuses, não ousava rezar para os de Roma.

A fileira seguinte desceu para beber. Gawen entregou a concha e voltou para a fila. Enquanto os homens entravam em formação novamente, olhou para o norte, onde a estrada branca serpenteava entre as colinas. Parecia uma barreira frágil; até o forte miliário que ele podia ver a distância parecia pequeno como um brinquedo de criança em meio à expansão de colinas ondeantes. Mas a estrada, com a vala profunda do *vallum* atrás, marcava o *limes*, o limite do império. Alguns sonhadores entre os engenheiros do exército disseram que não era o suficiente, que a única maneira de manter o sul da Britânia em segurança seria construir um muro de fato. Mas, até o momento, havia funcionado. Era uma ideia, como o império em si, pensou Gawen de súbito, uma linha mágica que as tribos selvagens eram proibidas de cruzar.

— Um lado não parece muito diferente do outro — disse Arius, ecoando seus pensamentos. — O que há lá?

— Ainda temos alguns postos de observação lá, e há algumas vilas nativas — falou um dos outros homens.

— Então é isso — respondeu Arius.

— O que quer dizer?

— Vê aquela fumaça? Os homens da tribo devem estar queimando o que restou de seus campos.

— Melhor reportarmos isso. O comandante vai querer enviar uma patrulha — disse Gawen, mas o centurião já dava ordens para formação. Sem dúvidas Rufinus também vira a fumaça e gostaria de saber o que fazer a respeito. Gawen colocou a bagagem no ombro e tomou seu lugar na fila.

***

A noite no forte fervilhava com histórias. Fumaça fora vista em outro lugar ao longo da fronteira, e algumas pessoas disseram que a flecha de guerra fora vista entre as tribos. Mas o comando legionário não fez mais do que enviar uma coorte para reforçar os fortes auxiliares ao longo do *limes*. Estavam recebendo irmãos oficiais de Deva que vieram para caçar. Rumores eram abundantes na fronteira, e não havia necessidade de deixar todos em alerta apenas porque alguns fazendeiros queimavam seus campos.

Gawen, lembrando-se do relato de Tácito sobre a rebelião de Boudicca, tinha dúvidas. Mas não ocorrera nenhum incidente recente para inflamar as tribos; apenas, pensou, os passos sempre presentes de sandálias de tachas metálicas na estrada romana.

Duas noites depois, quando o grupo de caça já tomara seu caminho, o fogo brotou subitamente nas colinas acima da cidade. Os homens no forte receberam ordens para pegar suas armas, mas o segundo no comando dos legionários estava sempre com o comandante, e o prefeito do acampamento não tinha autoridade suficiente para ordenar que os soldados marchassem. Depois de uma noite sem sono, os soldados receberam ordens para se retirar, deixando apenas os que estavam de guarda para observar as colunas de fumaça pairando no céu da alvorada.

Os recrutas da coorte de Gawen tiveram dificuldade para dormir, mas nem mesmo os veteranos receberam permissão para dormir muito. Os batedores que o prefeito enviara estavam voltando, e as notícias eram ruins. A "ideia" de uma barreira não fora suficiente, no fim das contas. Os guerreiros nóvantas e sélgovas tinham rompido a fronteira, e os primos brigantes se erguiam para se juntar a eles. Ao meio-dia, o sol subia sangrento em um céu coberto de fumaça.

Quintus Macrinius Donatus chegou tarde naquela noite, coberto de poeira e corado de entusiasmo, ou, talvez, de raiva por ter perdido a caçada. O homem é uma presa mais nobre, pensou Gawen, que estava de guarda quando o comandante chegou. Mas, considerando a quantidade de homens da tribo que diziam estar por aí, talvez os caçadores logo se transformassem na caça.

— Agora — disseram os homens — veremos alguma ação. Aqueles camaradas pintados de azul jamais saberão o que os atingiu. A legião vai fazê-los fugir correndo como coelhos assustados de volta para seus buracos nas colinas!

Mas, por mais um dia, nada aconteceu. O comandante esperava por mais informações, de acordo com os rumores. Alguém disse que ele esperava ordens de Londinium, mas era difícil acreditar naquilo. Se a Nona não estava lá para guardar a fronteira, por que estava acantonada em Eburacum?

No terceiro dia após o rompimento da fronteira, por fim soaram as trombetas legionárias. Embora não tivesse feito o juramento ao exército, a coorte dos recrutas foi dividida entre os veteranos. Gawen, por causa de suas habilidades na floresta, e Arius, por alguma razão que apenas os deuses do exército sabiam, foram empregados como batedores na coorte de Salvius Bufo. Ainda que houvesse tempo para aquilo, nenhum deles reclamou. Bufo não era nem o melhor nem o pior dos centuriões, e tinha servido na Germânia por muitos anos. Fosse qual fosse a proteção que poderia vir daquela experiência, eles a aceitavam.

Houve uns poucos lamentos dos soldados regulares quando os recrutas se juntaram a eles, mas, para alívio de Gawen, a ordem incisiva de Bufo para "guardarem aquilo para o inimigo" os calou. Por volta do meio-dia saíram, e Gawen começou a bendizer as longas marchas de treinamento que o endureceram para o peso de sua bagagem e para a marcha contínua pela estrada romana.

Naquela noite, construíram um acampamento fortificado na beira da charneca. Depois de três meses de quartel, Gawen achou estranhamente perturbador dormir fora. Aquele acampamento de marcha era cercado por um fosso e paliçadas, e ele se deitou em uma tenda de couro abarrotada de homens, mas podia ouvir os sons da noite sobre o ronco deles, e a corrente de ar que se esgueirava pelo lado da tenda trazia o cheiro da charneca.

Talvez tenha sido por isso que sonhou com Avalon.

Em seu sonho, os druidas, sacerdotes e sacerdotisas haviam se reunido no círculo de pedras no cume do Tor. Tochas foram colocadas em estacas do lado de fora do círculo; sombras negras borboleteavam pelas pedras. No altar, uma fogueira pequena ardia. Enquanto ele observava, Caillean jogou ervas sobre o fogo. A fumaça subiu, rodopiando para o norte, e os druidas levantaram os braços em saudação. Ele podia ver os lábios deles se movendo, embora não conseguisse entender as palavras que diziam.

A fumaça da fogueira ficou mais densa, a luz das tochas fazendo-a brilhar cada vez mais avermelhada, e seu assombro cresceu quando ela tomou a forma de uma mulher armada com espada e lança. Rosto e corpo se transformaram de uma bruxa velha a uma deusa e depois de volta, embora os cabelos fossem sempre feitos daquela mesma fumaça que rodopiava para cima. Rapidamente, a figura cresceu; os sacerdotes ergueram as mãos com um grito final, e uma rajada de vento a carregou do círculo para o norte, seguida de um bando de sombras aladas, enquanto as tochas brilhavam e se apagavam. No último momento de iluminação, Gawen vislumbrou o rosto de Caillean. Os braços dela estavam estendidos, e ele pensou que ela chamava seu nome.

Tremendo, Gawen acordou. Um lampejo de luz pálida se mostrava em torno da cobertura da entrada. Ele se levantou, caminhou por entre as pernas de seus colegas de tenda e saiu pela porta. Havia uma névoa pesada sobre a charneca, mas a luz que aumentava estava enchendo o céu. Estava muito quieto. Um sentinela se virou e, levantando uma das sobrancelhas como se questionasse algo, apontou para a trincheira das latrinas. A grama molhada ensopou seus pés descalços enquanto ele ia para a área cercada.

Quando voltou, um crocitar alto rasgou o silêncio. Em um momento a névoa foi escurecida por asas negras. Uma quantidade de corvos maior do que qualquer outra que ele já houvesse visto voava do sul para circular a colina. Os pássaros negros voaram três vezes sobre o acampamento romano; então foram para o oeste, mas, mesmo após terem desaparecido, era possível ouvi-los gritando.

O sentinela esticou os dedos em um sinal contra o mal, e Gawen não sentiu necessidade de se desculpar por tremer. Sabia agora o nome da Deusa Corvo a quem os sacerdotes de Avalon haviam rezado, e não precisava de treinamento druida para interpretar o agouro. Enfrentariam os guerreiros das tribos em batalha naquele dia.

***

O som nítido de um galho se quebrando atrás de Gawen o trouxe de volta, o coração disparado. Arius olhou ao redor, o rosto ardendo, e fez um gesto de desculpas. Gawen assentiu e, ainda sem palavras, tentou demonstrar mais uma vez como passar pelo emaranhado de juníperos e samambaias sem barulho. Até agora, jamais tinha percebido de fato quanto aprendera com a Senhora das fadas. A razão lhe dizia que uns poucos momentos de instrução não podiam fazer muito para um rapaz criado na cidade como seu amigo, e, se os brigantes estivessem em grande número, os batedores romanos os ouviriam antes de serem ouvidos. Mas ele ainda pulava a cada vez que Arius fazia um barulho.

Até então, haviam rastreado um emaranhado de pegadas de cascos até as ruínas fumegantes de uma fazenda isolada. Aquele fora um lugar próspero; entre as cinzas, encontraram fragmentos de talheres e utensílios de cozinha feitos de cerâmica vermelha sâmia e contas espalhadas. Havia também vários corpos, um deles sem cabeça. Virando uma quina, se encolheram com o olhar vítreo da cabeça que fora pendurada pelos cabelos em uma adaga enfiada na porta. Era óbvio que o fazendeiro se saíra bem sob o governo romano e, consequentemente, fora tratado como um inimigo.

Arius parecia um pouco esverdeado, perturbado tanto pela habilidade de Gawen de interpretar a cena tão rapidamente como pela evidência. Mas os brigantes haviam seguido, e eles também precisavam fazê-lo. O inimigo se erguera primeiro perto de Luguvalium e se movia em direção a Eburacum, ao longo do *limes*. Caso fossem em direção ao sul, os batedores enviados para outras direções soariam o alarme.

As ordens de Bufo foram claras. Se Gawen e Arius não avistassem o inimigo até a metade da manhã, deveriam pressupor que os brigantes iam para o leste, ao longo da rota natural até Eburacum. O que precisavam agora era de um ponto de vantagem do qual pudessem vê-los chegando, a fim de avisar os romanos que já tomavam suas posições para defender a cidade. Gawen lançou um olhar experiente sobre o terreno e liderou o caminho subindo a colina, onde algum tormento ancestral da terra havia empurrado o solo para cima. As pedras se sobressaíam do penhasco como ossos expostos.

Quando alcançaram os pinheiros retorcidos no topo do rochedo, limparam o suor do rosto com seus lenços legionários, pois o dia havia ficado quente, e começaram a pegar madeira para uma fogueira de sinalização.

Atrás deles, um vale gramado servia de estrada natural para quem buscava as terras férteis perto do mar. Estava muito silencioso. Silencioso demais, pensou Gawen, enquanto olhava pelo vale. Sua pele estremecia. Os rebeldes teriam de passar por aquele caminho, fosse para seguir com os saques, fosse para fazer o caminho de volta para casa. Talvez eles também tivessem batedores, pensou, recuando para trás de uma árvore. Talvez já estivessem rindo, planejando como matar aqueles romanos que se aventuraram de modo tão tolo para longe da segurança de seus muros.

Além, a terra se estendia ao norte em campinas pantanosas, veladas pela névoa. Aquele cenário fazia Gawen se lembrar da maneira como a terra mais além às vezes era escondida pelas brumas que cercavam Avalon, como se a ilha tivesse se retirado do mundo. Terras fronteiriças também podiam ser daquele jeito. Por meio ano ele vivera inteiramente no mundo de seu pai, mas naquele lugar, que não pertencia por completo nem à Britânia nem a Roma, Gawen ficava desconfortavelmente consciente de suas lealdades conflitantes e se questionava se existia algum lugar ao qual pertencesse de verdade.

— Eu me pergunto se o novo imperador fará algo sobre a rebelião. — A voz de Arius veio de trás dele. — Esse espanhol, Adriano...

— Nenhum imperador visitou a Britânia desde Claudio — respondeu Gawen, ainda olhando para as terras. Aquilo era uma nuvem de poeira ou fumaça de um fogo que se apagava? Por um momento, ele começou a se levantar, apertando os olhos, e então sentou-se novamente.

— Os brigantes teriam de fazer uma demonstração muito boa para merecer a atenção dele...

— Isso é verdade. Os britânicos não conseguem coordenar nada. Eles perderam até mesmo quando tinham um líder na batalha de Mons Graupius. Aquela foi a última resistência das tribos.

— Isso foi o que meu pai pensou — disse Gawen, lembrando-se do orgulho com que seu avô falava da carreira militar do filho. — Ele estava lá.

— Você nunca me contou isso! — Arius se virou para ele.

Gawen encolheu os ombros. Achava difícil pensar no Gaius mais velho como seu pai, embora tivesse apenas precisado comparar o retrato que Macellius tinha em seu escritório com um espelho de bronze para saber que devia ser verdade. Seu pai lutara corajosamente em Mons Graupius. Apesar do treinamento, quando se tratava de seu próprio desafio, Gawen se perguntava como se sairia.

— A não ser que tenham encontrado um novo líder do mesmo calibre que Calgacus, não acho que serão perigosos por muito tempo — disse em voz alta.

Arius suspirou.

— Sem dúvida isso tudo acabará assim que a Nona alcançar os brigantes. Isso será reportado a Adriano como nada além de uma escaramuça na fronteira, se chegar a ser reportado. A batalha nem terá um nome.

Sem dúvida..., pensou Gawen. Nos últimos três meses, tornara-se intimamente familiarizado com a disciplina e a força do exército romano. Apesar da coragem individual deles, seria preciso um milagre para que os homens da tribo resistissem. Por um momento, seu sonho da Senhora dos Corvos bruxuleou na memória, mas aquilo com certeza fora apenas uma fantasia noturna. O passo de ferro das legiões era a realidade do dia.

— E então todos vamos voltar para o quartel — continuou Arius. — E exercícios... Que chatice!

— *Fizeram um deserto e o chamaram de paz...* — citou Gawen, em voz baixa. — Tácito disse isso sobre a pacificação do norte após Mons Graupius. Depois disto, poderemos ficar felizes com o tédio.

— Você está irrequieto por causa da espera. — Arius riu subitamente. — Eu sei. Também estou nervoso.

Devia ser isso. Suas dúvidas eram os pensamentos que um homem tem antes da batalha, era apenas isso. Gawen conseguiu rir, de repente muito feliz por Arius estar com ele, e voltou para seu exame das colinas ao norte.

***

Foi Arius quem avistou o inimigo primeiro. Ele veio correndo do matagal onde fora se aliviar, agitando os braços em entusiasmo, e Gawen, voltando pelo emaranhado de pinheiros, viu a nuvem de poeira a oeste, onde o sol já deslizava para trás das colinas, tornando-se uma massa de homens e cavalos em movimento.

O avanço dos brigantes era atrasado pelas carroças capturadas cheias de espólios. *Um erro*, pensou Gaius, já que um dos grandes pontos fortes das tribos era a mobilidade. Mas havia mais homens do que ele esperara, milhares deles. Olhou para o sul, onde a legião devia estar esperando, calculando o tempo e a distância.

— Vamos esperar até que o grupo principal de inimigos passe e então acendemos a fogueira.

— E depois? — perguntou Arius. — Se ficarmos isolados de nossas fileiras, vamos perder toda a diversão.

— Se esperarmos, a batalha virá até nós.

Gawen não sabia se deveria ter esperança ou medo de que aquilo fosse verdade. O perigo, então lhe ocorreu, estaria nos momentos entre acender a fogueira e a aparição do exército romano, *caso* alcançassem a posição e vissem seu sinal.

O inimigo estava quase abaixo deles agora; a julgar pelos equipamentos, eram brigantes, embora ele pudesse ver alguns homens das tribos mais selvagens do norte cavalgando com o grupo. Arius viu seus olhos e então, franzindo o cenho sombriamente, pegou aço e sílex. Foram necessárias várias tentativas para conseguir uma faísca, mas logo uma nuvem de fumaça se desprendeu da madeira, fortalecendo-se à medida que eles colocavam materiais inflamáveis, até explodir em vigorosas chamas. A aplicação prudente de material verde transformou a fumaça branca em cinza; a coluna balançou e então se fortaleceu, manchando o céu.

Os romanos podiam vê-la? Gawen se retesou, olhando. Subitamente uma luz faiscou na beira da colina distante. Ele reconheceu o brilho prateado das pontas das lanças, e um brilho dourado. *A Águia...* Mudo, apontou para o estandarte legionário, e Arius assentiu. Uma mancha de sombra cresceu sob ele, se aprofundou e desceu pela encosta, inexorável como a maré. Doces com a distância, trombetas soaram, e a massa em movimento se transformou em três colunas, o centro mais atrás enquanto os dois flancos avançavam no chão mais alto de cada lado.

Os brigantes também os tinham visto. Vacilaram por um instante; então, um som discordante soou dos instrumentos de chifre deles. Uma onda de movimento passou através da multidão de homens, enquanto escudos eram colocados nos braços e lanças iam para a frente. Gawen e Arius, descendo até a ponta mais extrema do penhasco, pausaram quando a gritaria se intensificou, puxando uma barreira de juníperos para ver.

A formação romana avançou com a regularidade implacável de uma de suas máquinas de guerra, blocos de homens se movendo em linhas retas em passo constante, os flancos se curvando para proteger o centro. O ataque celta pulsava com a energia de um fogo selvagem, rugindo na direção do inimigo.

Os britânicos podiam ver o plano romano, mas ninguém, nem seus próprios líderes, podia ter certeza do que os guerreiros celtas fariam. E, no momento em que parecia que toda a força brigante seria cercada e massacrada pela base romana, vários grupos das tribos mais selvagens que cavalgavam com eles se afastaram subitamente.

— Estão correndo! — exclamou Arius, mas Gawen nada disse.

Não pareciam em pânico, mas sim furiosos, e em instantes ficou claro que não estavam fugindo: faziam um contorno para atacar o flanco romano. Subitamente o terreno mais alto, que havia permitido que os romanos fossem além do centro do inimigo, se tornou uma desvantagem, pois os cavaleiros celtas estavam ainda mais alto. Gritando, fizeram os pôneis de patas certeiras dispararem colina abaixo.

Naquele terreno, nenhuma infantaria podia enfrentá-los. Os legionários se esparramaram, pisados por cavalos ou uns pelos outros ao tentarem sair da frente. A confusão se espalhou pelas fileiras. De cima, era possível ver o padrão ordenado se desmanchar e os flancos recuarem sobre o centro assim que a primeira fileira encontrou o grupo principal de guerreiros brigantes desmontados.

Os dois batedores observaram a massa furiosa de homens com uma fascinação horrorizada. Gawen de repente se lembrou de quando havia derrubado um esquilo com uma pedrada e o animal caíra em uma colmeia de abelhas. Em alguns momentos o pobre animal desaparecera sob hordas de agressores. Por mais inacreditável que fosse, era o que ele via naquele momento. Observando, retraía-se a cada golpe. Era mais horrível estar no calor da batalha, perguntou-se, ou ali, onde poderia morrer mil vezes em conformidade?

Mas os romanos, com armaduras melhores contra as ferroadas daqueles inimigos, não foram totalmente subjugados. Muitos morreram onde estavam, mas aqueles que podiam correram. O comandante e toda a sua equipe tinham se posicionado sobre uma pequena elevação. Os mantos brilhantes começaram a se mover quando a primeira onda de soldados em retirada os alcançou. Donatus os poderia mobilizar?

Gawen nunca soube se o comandante ao menos tentou. Observou os mantos vermelhos recuarem, sendo engolfados pela confusão, e então o brilho de espadas sangrentas quando os britânicos os alcançaram. A Águia Legionária sacudiu sobre a rixa por mais alguns momentos desesperados e então veio abaixo.

— Júpiter Fides — sussurrou Arius, o rosto cor de queijo. Mas Gawen, vendo o bando de corvos que rodopiava sobre a batalha, sabia que a deidade que ali governava não era nenhum deus de Roma, mas sim a Grande Rainha, a Senhora dos Corvos, Cathubodva.

— Vamos — sussurrou. — Não podemos ajudá-los agora.

Arius cambaleou enquanto tomavam o caminho para o lado mais afastado da colina. Mas Gawen, que também não se sentia muito firme, não tinha tempo para solidariedade. Seus sentidos estavam forçados ao limite, procurando perigo, e quando ouviu, acima do tumulto do campo de batalha, o som do metal contra pedra, empurrou o outro rapaz para dentro das samambaias, ao lado de um pequeno riacho, sibilando para que ele ficasse quieto.

Deitaram-se como coelhos a serem caçados enquanto os sons ficavam mais fortes. Gawen pensou na cabeça decepada que tinham visto na fazenda. Os homens das tribos costumavam, por vezes, pegar cabeças como troféus. Por um momento, ele teve uma visão horrível da própria cabeça e da de Arius rindo em postes do lado de fora da porta de algum guerreiro do norte. Sentiu ânsia e engoliu em seco, temendo ser ouvido caso vomitasse.

Através das samambaias, Gawen viu pernas nuas arranhadas e ouviu homens cantando. Riam, cantando frases desconexas que se tornariam uma canção de vitória. Ouviu a fala confusa do norte e tentou identificar palavras.

Olhou para cima, perplexo com um movimento convulsivo a seu lado. Sobre a cabeça dos homens das tribos balançava a Águia Legionária. Ele sentiu Arius se levantar e estendeu o braço para impedi-lo, mas o amigo já estava de pé, puxando seu gládio. O brilho do sol no metal parou a cantoria. Gawen rolou até ficar agachado, sua própria lâmina pronta, quando os brigantes começaram a rir. Alarmado, percebeu que eram quase duas dúzias.

— Me dê a águia! — disse Arius, com voz rouca.

— Me dê sua espada! — retrucou o mais alto, em latim com sotaque. — E talvez o deixemos vivo.

— Como escravo entre as mulheres — disse outro, um homem grande de cabelos ruivos.

— Ah, ele vai diverti-las!

— Vão adorar esses cachos. Quem sabe, na verdade, ele é uma garota, seguindo seu homem à guerra!

De seus companheiros veio uma enxurrada de especulações na língua britânica a respeito do que as mulheres fariam com Arius. Por um instante, Gawen, entre o medo por seu amigo e uma sensação de pânico que o impulsionava a fugir, não conseguiu se mover. Então foi se levantando.

— Este homem é um louco — respondeu Gawen na mesma língua, puxando a ponta da túnica de Arius para pará-lo. — Os deuses o protegem.

— Somos todos loucos. — O chefe brigante o observou com cautela, tentando reconciliar a língua britânica e as roupas romanas. — E os deuses nos deram a vitória.

Verdade, pensou Gawen, *e sou o mais louco de todos*. Mas não podia ficar de lado e deixar que o amigo fosse morto. Aquela memória seria suficiente para deixá-lo louco de fato.

— Os deuses de nosso povo foram bons — respondeu Gawen, balbuciando — e não vão gostar de vê-los desonrando os deuses do inimigo derrotado. Este é um sacerdote deles. Dê-lhe a águia e deixe-o ir.

— E quem é você para nos dar ordens? — perguntou o chefe, o rosto escurecendo.

— Sou um Filho de Avalon — respondeu Gawen — e vi Cathubodva cavalgando o vento!

Um murmúrio inquieto cresceu entre os homens da tribo, e por um instante Gawen teve a esperança de escapar dessa. Então o homem ruivo cuspiu e levantou a lança.

— Então são um traidor e um idiota viajando juntos!

Com aquele movimento, Arius se soltou. Poucos segundos separaram o momento em que ele se desvencilhou e o instante em que Gawen conseguiu segurá-lo novamente, mas ele pôde ver, com uma clareza lancinante, o arco que a lança brigante fez no céu.

Uma armadura peitoral poderia tê-la repelido, mas os batedores usavam apenas uma túnica pesada de pele. Arius cambaleou quando a lança perfurou seu peito, os olhos arregalados de surpresa. Antes mesmo de o amigo cair, Gawen soube que a ferida seria fatal. Mas aquele foi o último pensamento coerente que teve por algum tempo. O rosto de Cathubodva se levantou diante dele, e, gritando, Gawen atacou.

Sentiu o impacto quando sua lâmina atingiu carne. Sem pensar, aparou um golpe e se abaixou sob o braço do homem. De perto, os celtas não conseguiam girar suas longas lâminas. Sua espada mais curta subia, entrando na carne, raspando ossos. As longas horas gastas no treinamento com a espada dirigiam seus golpes, mas eram pragas druidas que ele gritava e, para seus inimigos, elas eram mais mortais que sua arma.

Gawen sentiu primeiro uma hesitação, e depois, de repente, ninguém o atacava. Ele pisou, arquejando como um cavalo sobrecarregado.

Viu guerreiros brigantes desaparecendo na subida. Oito corpos estavam esparramados no chão sangrento. Cambaleando um pouco, Gawen foi até Arius. Seu amigo jazia imóvel, o olhar vazio fixo no céu. Mas perto dali, onde fora jogada por um dos brigantes que fugiram, estava a águia da Nona.

Deveria enterrar o amigo, pensou Gawen, sombriamente. Deveria colocar Arius em um monte funerário de herói, com os inimigos em torno dele e a águia como monumento. Mas sabia que não tinha forças, e não faria diferença. Arius ainda estaria morto, como todos os outros. Mesmo a águia não era nada para ele naquele momento, a não ser uma razão para que os homens matassem.

Não pertenço a este lugar..., pensou, atordoado. A espada escorregou de sua mão. Com dedos desajeitados, puxou as amarras da túnica de couro. Embora se sentisse melhor sem a roupagem pesada, ainda fedia a sangue. No silêncio, o som da água do pequeno regato o chamava. Ele tropeçou de volta através das samambaias e enfiou o rosto na água fria onde o riacho cavara um poço fundo, lavou o sangue dos braços e das pernas e bebeu de novo. Para sua surpresa, apenas um pouco do sangue era seu. A água o fez sentir-se melhor, mas a mancha do sangue, do sangue do seu próprio povo, continuava em sua alma.

Não fiz juramento ao imperador, pensou. *Não tenho de ficar no exército e ser um açougueiro!* Poderiam segurá-lo caso voltasse para Eburacum? Não sabia, e com certeza a desgraça mataria o avô. Melhor que o velho pensasse que ele estava morto do que acreditar que o horror da batalha o fizera fugir. Seu medo era de se tornar um assassino, pensou, olhando para os homens que jaziam no chão, e não de ser morto.

Finalmente, ficou de pé. Entre os corpos, as asas douradas da águia brilhavam de modo sinistro na luz do sol poente.

— Você, ao menos, não destruirá mais nenhum homem! — murmurou, levantando-a, e a jogou de volta ao riacho. As águas do poço se fecharam sobre seu brilho, assim como já tinham escondido o brilho de muitos outros tesouros oferecidos aos deuses pelo povo de sua mãe.

Os homens poderiam ainda estar lutando e morrendo do outro lado do riacho, mas ali estava silencioso. Gawen tentou pensar no que fazer. Não podia voltar para as legiões, mas seus traços romanos o condenariam entre as tribos. Existia apenas um lugar, na verdade, onde não haviam se importado se ele era romano ou britânico, mas apenas com o que estava em sua alma. Subitamente, com uma intensidade dolorosa, ele queria ir para casa, para Avalon.

6

A paz da colheita envolvia o vale de Avalon. A luz dourada atravessava as folhas da macieira, brilhando na fumaça perfumada que saía do fogareiro e iluminando suavemente os véus das sacerdotisas e o cabelo loiro da moça sentada entre elas. No alguidar de prata diante dela, a água estremecia com o toque da respiração e então se aquietava. Com os dedos pousados nos ombros de Sianna, Caillean podia sentir a tensão que saía deles enquanto o transe da moça se aprofundava e assentiu. Havia esperado um longo tempo por aquele dia.

— Solte, certo — murmurou. — Inspire... e expire... e olhe para a superfície da água.

Sentiu sua própria visão piscando ao aspirar a mágica das ervas que ardiam e olhou rapidamente para o outro lado, ancorando a consciência no presente com firmeza.

Sianna suspirou e balançou para a frente, e Caillean a segurou. Ela tinha certeza de que a garota teria aptidão para a Visão, mas até que Sianna fizesse votos como sacerdotisa não era certo usá-la daquela maneira. Quando Gawen fugiu, a menina se deprimiu e ficou tão magra que Caillean a proibiu de fazer qualquer tipo de mágica. Somente nos últimos meses ela começava a recuperar o ânimo. A filha da rainha das fadas era a mais talentosa das jovens garotas enviadas para ser treinadas, e, com seu legado, não era de surpreender. A grã-sacerdotisa fora mais dura com ela que com as outras, e ela não se deixara abater. Ela, se alguém, era a moça que seria capaz de aprender todas as magias sagradas ancestrais e brandi-las quando Caillean tivesse partido.

— A água é um espelho — disse Caillean, baixo — no qual você pode ver coisas que estão longe em tempo e distância. Busque agora o cume do Tor e me diga o que vê...

A respiração de Sianna ficou mais profunda. Caillean a acompanhou, relaxando um pouco o próprio controle para poder compartilhar a visão, enquanto mantinha a conexão com o mundo exterior.

— Vejo... as pedras do círculo brilhando sob o sol... o vale se estende abaixo... vejo padrões... caminhos brilhantes que passam pelas ilhas, a estrada cintilante que vem de Dumnônia e passa pelo mar do leste...

Através das pálpebras semicerradas, Caillean vislumbrou o padrão da superfície de colinas, florestas e campos e, debaixo, as linhas brilhantes de poder. Como havia esperado, Sianna podia ver o mundo interno tão bem quanto o externo.

— Isso é bom, muito bom — começou, mas Sianna continuava.

— Sigo o caminho brilhante; ao norte, vai para Alba. A fumaça sobe; as fronteiras estão ensopadas de sangue. Houve uma batalha, e os corvos se banqueteiam nos mortos...

— Os romanos — bufou Caillean.

Quando a notícia do levante chegara a eles, os druidas concordaram em auxiliar com seu poder, e as sacerdotisas, animadas pelo entusiasmo deles, ficaram ansiosas por tomar parte. Caillean se recordou da primeira onda de júbilo com a perspectiva de finalmente expulsar os odiados romanos e, então, a dúvida: seria aquela a maneira certa de usar o poder de Avalon?

— Vejo romanos e bretões, os corpos emaranhados juntos no campo de batalha. — A voz de Sianna estremeceu.

— Quem venceu a batalha? — perguntou Caillean.

Eles enviaram seu poder; souberam que houve luta. E então mais nada. Se os próprios romanos sabiam o que estava acontecendo, não permitiram que a notícia se espalhasse.

— Os corvos se banqueteiam tanto nos amigos como nos inimigos. Casas estão em ruínas, bandos de fugitivos vagam pela terra.

A grã-sacerdotisa se endireitou, franzindo o cenho. Se os rebeldes tivessem sido derrotados com facilidade, Roma não pensaria mais nesses problemas do que em qualquer crise. Se os homens das tribos tivessem destruído por completo a força romana, o império poderia desistir da Britânia, mas aquele desastre incompleto serviria apenas para enraivecê-los.

— Gawen, onde está você? — sussurrou Sianna, estremecendo.

Caillean se retesou. Ainda tinha algumas conexões em Deva que a informaram que o menino procurara o avô e, então, fora enviado para a Nona Legião em Eburacum. Desde então, vivia com medo de que Gawen pudesse ter estado na batalha. Mas como a garota poderia saber? Ela não pensara em fazer Sianna procurá-lo, mas sabia da força da ligação entre eles, e não pôde resistir à oportunidade de usá-la para descobrir o que ela também queria desesperadamente saber.

— Deixe sua visão se expandir — disse em voz baixa. — Deixe seu coração levá-la para onde deve ir.

Como se fosse possível, Sianna ficou ainda mais imóvel, seus olhos fixos no redemoinho de luz e cor na vasilha.

— Ele está fugindo... — por fim disse —, tentando encontrar o caminho para casa. Mas a terra está cheia de inimigos. Senhora, use sua magia para protegê-lo!

— Não posso — respondeu Caillean. — Minha própria força não consegue ir além deste vale. Precisamos rezar aos deuses.

— Se não pode ajudá-lo, há apenas uma pessoa que pode, mais próxima da Deusa, e tão poderosa quanto.

Sianna se endireitou com um suspiro trêmulo e a superfície da água subitamente se tornou vazia.

— Mãe! — gritou ela. — Eu o amo! Traga Gawen para casa!

***

Gawen se ergueu num pulo, ouvindo, enquanto um sussurro de som atravessava a urze. O som aumentava. No rosto, sentiu o toque gelado do ar frio e voltou a se ajeitar. Era apenas o vento subindo, como sempre fazia no anoitecer. Era apenas o vento, daquela vez. Tinha a impressão de que, nos três dias que se sucederam à batalha, não fizera nada além de correr e se esconder. Os bandos de brigantes saqueadores e unidades desorganizadas dos legionários eram igualmente perigosos para ele, e qualquer pastor poderia traí-lo. Podia sobreviver prendendo pequenas caças em armadilhas e roubando dos galpões de armazenamento dos fazendeiros, mas o tempo estava ficando mais frio. Enquanto permanecesse no norte, seria apenas mais um dos muitos que fugiram da batalha, em perigo de ambos os lados. Mas, quando se deslocasse para o sul, seria um fugitivo óbvio. Tecnicamente não era um desertor, mas os romanos, ainda feridos pela derrota, deviam estar procurando por bodes expiatórios.

Estremeceu e apertou o manto em torno de si. Para onde poderia ir? Havia algum lugar, mesmo Avalon, em que um homem com seu legado dividido poderia sentir-se em casa? Ele observou o resto de luz desaparecer no oeste e sentiu a esperança morrendo em sua alma.

Naquela noite, sonhou com Avalon. Era noite lá também, e no Tor as moças dançavam, balançando-se entre as pedras. Havia mais delas do que se recordava; procurou o cabelo brilhante de Sianna. Através da sombra e do luar, as figuras teciam seu padrão, e, enquanto se moviam, a grama do Tor parecia brilhar com uma luz em resposta, como se a dança delas tivesse despertado um poder que dormia dentro da colina.

— *Sianna!* — gritou, sabendo que ela não podia escutá-lo. E ainda assim, quando o nome dela deixou seus lábios, uma das figuras fez uma pausa, virou-se e estendeu os braços. Era Sianna; ele reconheceu seu porte esbelto, a inclinação da cabeça, o brilho do cabelo. E atrás dela, como uma sombra, viu a figura da mãe, a rainha das fadas. Enquanto observava, a sombra cresceu até se tornar uma porta para a escuridão. Ele se encolheu, com medo de ser engolfado por ela, e algum sentido além da audição percebeu as palavras dela: "*O caminho para todos que ama é por Mim...*".

Gawen acordou ao amanhecer e, embora estivesse frio e enrijecido, se sentia estranhamente um pouco mais esperançoso. Sua armadilha havia capturado uma jovem lebre, cuja carne aliviou sua fome. Era meio-dia quando se aventurou a descer para beber em uma pequena fonte, e sua sorte piorou mais uma vez. Deveria ter saído dali assim que aliviou a sede, mas a tarde ficara quente, e ele estava muito cansado. Sentado com as costas em um salgueiro, permitiu que seus olhos se fechassem.

Acordou de súbito, consciente de um som que não era o vento nas árvores ou o gorgolejo do riacho. Ouviu vozes de homens e os passos de sandálias de tacha de ferro — agora podia vê-los através da fachada de folhas —, soldados romanos, e não os retardatários desmoralizados que vinha encontrando. Era um destacamento regular sob o comando de um centurião.

Reconheceriam sua túnica como a dada aos legionários, pensou, olhando instintivamente ao redor em busca de cobertura. Atrás dele havia uma colina, a encosta encoberta por árvores emaranhadas. Agachando, ele se moveu em direção a ela, colocando de lado os galhos do salgueiro. Estava na parte mais baixa da encosta quando o viram.

— Alto!

Por um momento, a autoridade naquela voz o deteve. Então seguiu empurrando, e um pilo atirado cortou o arbusto ao seu lado e fez barulho sobre a pedra. Gawen o pegou e automaticamente o jogou de volta. Ouviu alguém xingar e correu para a frente, percebendo tarde demais que, se não tinham a intenção de segui-lo antes, agora com certeza o fariam.

Havia começado a acreditar que escaparia quando a encosta terminou de forma abrupta onde alguma convulsão ancestral da terra afastara duas rochas. Ele cambaleou pela beira do precipício, olhando de cima das pedras de pontas afiadas para as armas dos que o perseguiam lá embaixo. Melhor cair lutando, pensou, desesperado, do que ser arrastado de volta, acorrentado e julgado por deserção.

Gawen podia ver os rostos deles agora, vermelhos com o esforço, mas terrivelmente determinados. Puxou o punhal longo, arrependendo-se de ter jogado a lança de volta. E, então, alguém chamou seu nome.

Ele se retesou. Mesmo que os legionários soubessem quem era, não teriam fôlego para chamá-lo. Devia ser o fluxo de sangue em seus ouvidos que o enganava ou o vento nas pedras.

— *Gawen, venha até Mim!* — Era uma voz de mulher. Ele se virou involuntariamente. As sombras velavam as profundezas abaixo, intensificando-se enquanto ele olhava. — *Lembre-se: o caminho para a segurança é por Mim...*

O desespero me deixou louco, pensou, mas agora parecia enxergar olhos escuros luminosos em um rosto angular emoldurado por cachos de cabelos escuros. O medo o deixou em um pequeno suspiro. Quando o primeiro legionário alcançou a pedra saliente onde ele estava, Gawen sorriu e pisou no vazio.

***

Para os romanos, ele parecera cair na escuridão. Um vento frio se seguiu, como o hálito do inverno sobre suas almas, e nem o mais corajoso deles se importou em procurar no abismo o corpo do homem que haviam perseguido. Se fosse um inimigo, estava morto, e, se fosse amigo, era um tolo. Subiram de novo a colina, curiosamente sem disposição para discutir o que tinham visto, e, na hora em que se juntaram ao resto do grupo, o incidente já recuara para a parte da alma em que alguém se recorda dos pesadelos. Nem mesmo o centurião pensou em incluí-lo no relato que fez.

Certamente tinham outras questões, mais prementes, com que se preocupar. O restante da Nona Legião, que fora destruída, voltava lentamente para Eburacum, onde a Sexta, vinda de Deva, os recebeu com um desdém mal contido. Dizia-se que o novo imperador, Adriano, estava furioso, e havia uma conversa de que ele poderia de fato vir em pessoa à Britânia para cuidar da situação. Os sobreviventes da Nona estavam sendo transferidos para outras unidades, em outros lugares do império. Não seria surpreendente se respondessem com um silêncio amuado a qualquer questionamento.

Apenas o centurião Rufinus, que tinha mesmo se preocupado com os recrutas sob seu comando, tinha uma palavra para o velho senhor com ares de soldado que também viera de Deva. Ele de fato se recordava do jovem Macellius. O rapaz fora enviado como batedor e bem poderia ter perdido a grande batalha. Mas ninguém o tinha visto desde aquele dia.

Então, a Sexta saiu marchando para começar a longa e brutal tarefa de repacificação do norte, e Macellius voltou para casa em Deva, ainda se perguntando sobre o destino do menino que em poucos meses aprendera a amar.

***

O inverno chegou pesado e úmido naquele ano. Tempestades assolavam o norte, e chuvas pesadas fizeram o Vale de Avalon se tornar um mar cinza que transformou suas colinas em verdadeiras ilhas, nas quais o povo se amontoava e rezava pela primavera.

Na manhã do equinócio, Caillean acordou cedo, tremendo. Estava envolta em cobertores de lã, e o colchão de palha no qual se deitava estava coberto por peles de carneiro, mas o frio úmido do inverno se entranhara em tudo, inclusive seus ossos. Era saudável e vigorosa desde que seu sangue da lua deixara de correr; naquela manhã, no entanto, recordando-se como suas juntas tinham doído durante o inverno, sentiu-se muito velha. Seu coração disparou com um pânico súbito. Não podia se dar ao luxo de envelhecer! Avalon prosperava, mesmo depois de uma estação como aquela, mas havia ainda tão poucas sacerdotisas treinadas em quem ela podia confiar. Avalon não sobreviveria se ela partisse.

Ela respirou fundo, fazendo o coração se estabilizar, forçando os músculos tensos a relaxar novamente. *Você é uma sacerdotisa? O que aconteceu com sua fé?* Caillean sorriu, percebendo que ralhava consigo mesma como se fosse uma de suas moças. *Não pode confiar na Deusa para tomar conta dos Seus?*

O pensamento a relaxou, mas em sua experiência a Senhora era mais disposta a ajudar aqueles que já tinham tentado se ajudar. Ainda era sua obrigação treinar uma sucessora. Sem Gawen, as linhas de sangue sagradas que Eilan dera a vida para preservar estavam perdidas, mas aquilo era ainda mais uma razão para que Avalon, que preservava seu trabalho e seus ensinamentos, resistisse.

Sianna..., pensou então. *É ela quem deve me seguir.*

A garota tinha feito votos de sacerdotisa, mas estava doente no festival de Beltane e não fora às fogueiras. Então, se tornara guardiã do poço. Mas aquilo poderia ser feito por uma das garotas mais jovens. Fora difícil para algumas das sacerdotisas que conheceram a castidade imposta na Casa da Floresta enxergar o valor de permitir que sacerdotes e sacerdotisas se deitassem juntos no ritual. Aqueles que assim procediam não faziam amor para seu próprio prazer, ou não inteiramente, mas como representantes das poderosas forças masculinas e femininas que os homens chamavam de deuses. A futura grã-sacerdotisa de Avalon precisava fazer aquela oferenda.

Não aceitarei desculpas este ano. Ela precisa completar sua consagração e se entregar ao deus.

Alguém arranhou sua porta e ela se sentou ereta, encolhendo-se com o frio.

— Senhora! — Era a voz de Lunet, sem fôlego de entusiasmo. — O barco de Andarilho da Água está chegando no atracadouro. Alguém está com ele. Parece Gawen! Senhora, precisa vir!

Mas Caillean já estava em movimento, calçando as botas de pele de carneiro com a lã ainda dentro e vestindo seu manto quente. A luz do dia fez com que piscasse ao abrir a porta, mas o ar, que momentos antes era tão frio, parecia agora revigorante como vinho.

Eles se encontraram no caminho. Lá embaixo, Andarilho da Água já afastava seu barco da costa barrenta. Lunet e as outras sacerdotisas que foram acordadas por seus gritos ficaram para trás, olhando para Gawen como se ele voltasse dos mortos.

Examinando-o, Caillean entendeu a incerteza delas. Gawen tinha mudado. Parecia mais alto e mais magro, mas havia músculos rígidos naquele porte longo, e o rosto de ossos fortes que ele virou para ela era inconfundivelmente o de um homem. Mas o espanto enchia os olhos dele.

Ela balançou a cabeça e fez um sinal para que as outras fossem embora.

— Garotas bobas, hoje não é Samhain, quando os mortos voltam, e ele não é fantasma, é um homem vivo. Vão pegar algo quente para ele beber e roupas secas, se não podem pensar em algo mais útil. Vão!

Gawen parou, olhando em torno. Suavemente, Caillean disse o nome dele.

— O que aconteceu? — perguntou ele, por fim a olhando. — Há tanta água, mas não vi chuva, e como os brotos que estavam perdendo suas folhas podem estar saindo nos galhos?

— É o equinócio — disse ela, sem entender.

Ele assentiu.

— A batalha foi uma lua atrás, e então vaguei por alguns dias...

— Gawen — interrompeu ela —, a grande batalha no norte foi na última maré da colheita, meio ano atrás!

Ele balançou e, por um instante, ela teve a impressão de que o rapaz iria cair.

— Mais de seis luas? Mas desde que a Senhora das fadas me salvou se passaram apenas seis dias!

Caillean o pegou pelo braço, começando a entender.

— O tempo corre de modo diferente no Além-Mundo. Sabíamos que você estava em perigo, mas não o que havia acontecido com você. Vejo que precisamos agradecer à Senhora das fadas por preservá-lo. Não reclame, criança. Perdeu o inverno, e foi um muito duro. Mas está em casa agora, e precisamos decidir o que será feito com você!

Um pouco abalado, Gawen suspirou e conseguiu sorrir.

— Casa... Foi apenas depois da batalha que entendi que não tenho lugar em terras romanas ou britânicas. Apenas aqui, nesta ilha que não está totalmente no mundo dos homens.

— Não vou forçar sua escolha — disse Caillean, cuidadosamente, reprimindo o entusiasmo. Que líder ele seria para os druidas! — Mas, se não fez outros votos, a dedicação que faria antes de nos deixar ainda está aberta.

— Em mais uma semana eu teria feito meu juramento de lealdade ao imperador, mas os brigantes vieram e fomos enviados sem os votos — respondeu Gawen. — Irmão Paulus ficará lívido. — Ele sorriu de repente. — Eu o encontrei enquanto subia a colina e ele me implorou para me juntar a sua irmandade. Eu me recusei, e ele gritou algo. O que aconteceu com os nazarenos desde que padre José morreu? Paulus parece ainda mais louco do que era antes!

— Ele é padre Paulus agora — respondeu Caillean. — Foi escolhido como líder e parece determinado a deixar todos tão fanáticos quanto ele. É uma pena depois de tantos anos vividos lado a lado em paz nesta colina, mas ele não quer nada com uma comunidade governada por uma mulher. Ninguém do nosso pessoal fala com eles há muitas luas. Mas ele não importa — continuou ela. — É você quem deve decidir o que fará agora.

Gawen assentiu.

— Parece que passei seis luas no Além-Mundo pensando, por mais que o tempo parecesse tão curto. Estou pronto — fez uma pausa, olhando ao redor para as cabanas desgastadas e o Tor coroado com pedras — para enfrentar qualquer destino que os deuses me deem agora.

Caillean piscou. Por um momento, ela o vira incandescente de ouro, como um rei, ou seria fogo?

— Seu destino pode ser mais grandioso do que imagina... — disse ela, em uma voz que não era sua.

Então, o momento de visão passou. Ela olhou para ver a reação dele, mas Gawen olhava para além dela, e toda a fadiga desaparecera de seu rosto. Caillean não precisava se virar para saber que Sianna estava ali.

***

A nova lua estava se pondo. Através da entrada baixa da cabana de vegetação rasteira na qual o colocaram, Gawen podia ver sua foice frágil tocando a extremidade da colina. Pobre lua bebê, indo apressada para a cama; mais alguns instantes e ela o deixaria na escuridão. Mudou de posição desconfortavelmente e se ajeitou mais uma vez. Era a noite anterior à de Beltane. Desde o pôr do sol, quando a lua nova já estava alta, ele estava ali. Era um tempo para que ele meditasse, lhe disseram, para preparar sua alma. Aquilo era tão desconfortável quanto aquelas longas horas que ele e Arius esperaram pelo começo da batalha entre romanos e brigantes.

Nada além de sua própria vontade o mantinha ali. Seria muito fácil se esgueirar pela escuridão. Não que o povo de Avalon fosse expulsá-lo caso mudasse de ideia; haviam perguntado repetidamente se buscava a iniciação por sua vontade. Mas, se tivesse se recusado a isso, e ficado, sempre veria o desapontamento nos olhos de Caillean, e quanto a Sianna... teria enfrentado muito mais do que quer que fosse que planejavam fazer com ele pelo direito de reivindicar o amor dela.

Olhou para fora mais uma vez. A lua já havia desaparecido. Um olhar treinado para as posições das estrelas lhe disse que a meia-noite se aproximava. *Logo virão, e estarei esperando. Por quê?* Era apenas seu desejo por Sianna que o segurava ou alguma compulsão mais profunda da alma?

Gawen tentara fugir e descobrira que não podia escapar de sua natureza dividida. Agora, tinha a impressão de que escolher algo para servir e se dedicar completamente a isso era a única maneira de conseguir sua unidade.

Algo farfalhou do lado de fora; ele olhou para cima e viu que as estrelas haviam se movido. Os druidas, com suas túnicas brancas fantasmagóricas sob a luz das estrelas, se reuniam.

— Gawen, filho de Eilan, eu o chamo agora, na hora da meia-noite. Ainda é seu desejo ser admitido aos mistérios sagrados? — A voz era a de Brannos, e, ao ouvi-la, Gawen sentiu seu coração se aquecer. O velho parecia ancestral como as colinas, os dedos agora tão torcidos pela dor nas juntas que já não podia mais tocar harpa, mas ele ainda conseguia agir nos rituais com o poder de um sacerdote.

— É. — Sua própria voz pareceu rouca em seus ouvidos.

— Então aproxime-se, e que o teste comece.

Eles o levaram, ainda na escuridão, para o poço sagrado. Havia algo de diferente no som da água. Olhando para baixo, Gawen percebeu que o fluxo fora desviado. Podia ver degraus descendo para o poço e o nicho ao lado.

— Para renascer em espírito, primeiro você precisa ser purificado — disse Brannos. — Entre no poço.

Estremecendo, Gawen despiu a túnica e desceu. Tuarim, que tinha feito seus votos no ano anterior, o seguiu. Ele se assustou quando o jovem se ajoelhou e colocou algemas de ferro em seus tornozelos. Fora avisado para esperar por aquilo, e sabia que poderia se soltar caso sua coragem falhasse, mas o peso gelado do metal em sua carne o encheu de um medo inesperado. Ainda assim, nada disse ao ouvir o ruído da água, agora solta, voltando a encher o poço.

A água subiu de repente. Estava extremamente fria, e por um tempo ele não conseguiu pensar em mais nada. Mas cada um daqueles sacerdotes de quem se lembrara com desdém quando estava sendo treinado como soldado devia ter passado por aquilo; ele não poderia fugir do que tinham aguentado. Tentou se distrair imaginando se o recipiente sagrado do qual padre José falara ainda estava ali, ou se Caillean o retirara para guardá-lo em segurança. Se tentava, ele pensava conseguir sentir algo, um eco de alegria além da dor, mas as águas estavam subindo.

Quando a água alcançou seu peito, Gawen mal podia sentir as partes inferiores do corpo. Ele se perguntava se seus músculos seriam obedientes o suficiente para escapar, se tentasse. Tudo tinha sido um truque para levá-lo à morte sem protestos? *Lembre-se!*, disse a si mesmo. *Lembre-se do que Caillean lhe ensinou! Convoque o fogo interior!*

A água fria envolveu seu pescoço; seus dentes batiam. Buscou desesperadamente a lembrança de uma chama – uma centelha na escuridão da mente que brilhou enquanto ele aspirou o ar e que explodiu através de cada veia. Luz! Ele se recusava a saber de qualquer outra coisa além daquele brilho. Por um momento, então, pareceu ver um tumulto de sombra partido por um único golpe de relâmpago que dividiu a luz da escuridão e, em uma reação em cadeia, enviou padrões, ordens e significados ao mundo.

A consciência de seu corpo voltou, mas em um novo nível. Gawen descobriu que podia ver, pois a escuridão em torno dele era iluminada por uma radiância que vinha de dentro. Não sentia mais frio. Em um breve momento, pensou, seu calor interior transformaria a água em vapor. Quando ela tocou seus lábios, ele riu.

Foi naquele momento que o nível da água começou a descer novamente. Não levou muito tempo para que o poço, com seu fluxo bloqueado e saídas abertas, esvaziasse o suficiente para que os druidas o soltassem. Gawen mal notou. Ele era luz! Aquele novo conhecimento era a única coisa em que conseguia pensar agora.

Abaixo do poço, uma grande fogueira fora acesa; se tivesse falhado, talvez ela o teria aquecido. Disseram-lhe que deveria atravessá-la para continuar, e Gawen riu mais uma vez. Se ele era fogo, por que deveria temer a chama? E, nu como estava, andou pelas brasas, e, embora o calor secasse a água em seu corpo, nem um dedo de seus pés se queimou.

Brannos o esperava do outro lado.

— Você atravessou a água e o fogo, dois dos elementos dos quais, conforme fomos ensinados pelos antigos sábios, o mundo é feito. Faltam terra e ar. Para completar seu teste, precisa encontrar seu caminho até o topo do Tor. Se conseguir...

Enquanto o velho falava, outros haviam trazido potes de argila na qual ervas fumegavam e os colocaram em torno dele. A fumaça subia, doce e sufocante; ele reconheceu o aroma agridoce das ervas que usavam para causar visões, mas jamais as vira em tamanha concentração. Respirou involuntariamente, tossiu e se forçou a respirar de novo, preparando-se para a onda de vertigem que viria.

Aceite-a, monte-a, ele se lembrou das velhas lições. A fumaça podia ser um grande auxílio para desconectar a mente da alma, mas o espírito indisciplinado poderia se perder em pesadelos. Ele, porém, vindo já cheio de fogo sagrado, não precisava de ajuda para transcender a percepção comum. A cada respiração sentia que a fumaça o empurrava além da consciência ordinária; olhou para os druidas e os viu com um halo de luz.

— Suba a colina sagrada e receba as bênçãos dos deuses... — A voz de Brannos ressoava através de todos os mundos.

Gawen piscou para a encosta diante dele. Aquilo deveria ser fácil, mesmo quando seu espírito voava. Em sete anos havia subido o Tor com tanta frequência que seus pés deveriam saber o caminho àquela altura. Deu um passo e sentiu o pé afundar no solo. Outro – era como vadear águas profundas. Ele espiou para a frente; o que pensara que fosse luz do fogo na névoa do chão agora parecia ser um brilho que vinha da própria terra, e a colina tinha a transparência luminosa de vidro romano. A pedra que marcava o começo do caminho era um pilar de fogo.

Era como a luz que vira saindo de seu próprio corpo, como as auras que via em torno dos outros. *Não sou apenas eu!*, soube então. *Tudo é feito de Luz!*

Mas as coisas reveladas por aquela iluminação não eram as mesmas que apareciam à luz de cada dia. Agora ficava claro que o caminho labiríntico que conhecia tão bem não seguia em torno do Tor, mas para *dentro* dele. Sentiu um instante de medo. E se sua visão o abandonasse e ele se visse preso debaixo da terra? Mas essa nova percepção era tão *interessante*; não conseguia resistir ao desejo de descobrir o que jazia dentro da colina sagrada.

Gawen respirou fundo, e desta vez a fumaça, em vez de desorientá-lo, apenas tornou sua visão mais afiada. O caminho era claro. Ele foi para a frente corajosamente.

Do ponto mais a oeste do Tor, a passagem levava direto para dentro da colina. Ele se viu andando em uma longa curva através de algum tipo de meio transparente que resistia como água e ardia como fogo, embora não fosse nenhum dos dois. A sensação, percebeu ao fazer a curva afastada e começar a voltar, era a de que a substância de seu corpo se tornara menos sólida; ele fluía, em vez de empurrar, através do solo, e apenas o comando sobre o corpo de luz permitia que ele mantivesse sua identidade.

Agora se aproximava do ponto de entrada, mas, em vez de espiralar, o caminho fazia a volta sobre si mesmo. Mais uma vez Gawen seguiu de volta e em torno da colina. Aquela curva era mais longa; ele tinha a sensação de que se afastava do centro, em vez de seguir para mais perto. Mas a mesma compulsão o impeliu mais uma vez, tão perto da superfície que conseguia ver o mundo lá fora, como se obscurecido por um cristal.

Estava em uma grande profundidade agora. O poder que pulsava do coração da colina era tão forte que ele mal conseguia ficar de pé. Forçou o caminho pela passagem, tentando alcançá-lo, e sentiu começar a primeira desintegração extasiada de seu ser ao tocar as barreiras. *O caminho está vedado*, veio uma voz da profundeza de seu interior; *ainda não completou sua transformação*.

Gawen foi para trás. Podia ver que o único jeito era seguir para a frente, mas a dor de se afastar do centro era quase insuportável. Entretanto, aquela virada do labirinto era mais apertada que as demais; ele fez uma curva acentuada e cambaleou quando a corrente de poder que fluía através do Tor o pegou e o jogou para o coração da colina.

De algum lugar além dos círculos do mundo, uma voz proclamou: *O Pendragon anda pelo Caminho do Dragão...*

Era como a luz do sol cintilando nos galhos encobertos pelo gelo na floresta de inverno; era como o soar de trombetas, o reluzir de notas de todas as harpas do mundo; era puro êxtase, pura beleza. Ele era a Cabeça do Dragão e flutuava naquele ponto incandescente que era o centro do mundo.

Mas, depois de uma eternidade além do tempo, teve a impressão de que alguém chamava seu nome terreno.

— Gawen. — O chamado vinha de uma grande distância, uma voz de mulher que ele devia conhecer. — Gawen, filho de Eilan, volte para nós! Saia da caverna de cristal!

Por que deveria, se perguntou, se ali era o fim de todos os desejos?

Conseguiria?, pensou, imerso naquela chama de beleza que não tinha começo nem fim. Mas a voz insistia, às vezes separando-se em três para depois juntar-se novamente em um único chamado. Não podia ignorá-la. Vieram-lhe imagens de uma beleza que era menos perfeita, mas mais real. Lembrou-se do sabor de uma maçã, o flexionar dos músculos quando corria, e a pura doçura humana da mão de uma moça tocando a sua.

E, com aquela lembrança, veio o rosto dela. *Sianna*...

Preciso ir até ela, pensou, abrindo os braços para a radiância. Mas não podia sair se não conseguia ver nenhum lugar para onde ir.

Este é o teste do Ar, veio outra lembrança. *Deve pronunciar a Palavra de Poder*.

Mas não lhe disseram qual palavra poderia ser.

Fragmentos de velhas histórias brilhavam em sua consciência, histórias que o velho Brannos lhe contara, trechos da tradição dos bardos. Nomes eram mágicos, recordou-se, mas, antes que se possa dar nome a outro, é preciso primeiro nomear a si mesmo.

— Sou o filho de Eilan, filha de Bendeigid... — ele sussurrou e, com mais relutância: — Sou o filho de Gaius Macellius Severus.

Havia uma sensação de antecipação na presença que o cercava.

— Sou um bardo, um guerreiro e um druida treinado em magia. Sou um filho da Ilha Sagrada... — O que mais poderia dizer? — Sou um bretão e sou um romano, e... — Outra memória lhe veio: — Sou o Filho de Mil Reis.

Aquilo parecia ter significado ali, pois o brilho tremeluziu, permitindo que ele vislumbrasse o caminho por um breve momento. Mas ainda não conseguia se mover. Ele gemeu, vasculhando a mente em busca de outro nome. Quem ele era? Quem ele era *ali*?

— Sou Gawen — respondeu, e então, recordando-se da força que o jogara para dentro —, o Pendragon...

E, com aquela palavra, sentiu-se erguido, impulsionado através de um túnel de luz por alguma força além da compreensão que o levou ao topo do Tor e o jogou, arquejando, na grama úmida no interior do círculo de pedras.

Por um longo tempo, Gawen permaneceu deitado, arfando. Seus ouvidos zuniam; apenas gradualmente foi percebendo que em algum lugar a distância pássaros começavam a ensaiar os gorjeios que saudariam o dia. A grama debaixo dele estava molhada. Ele tinha dedos... Apertou a grama, sentindo sua força, respirando o aroma rico da terra molhada. Percebeu, com uma pontada de perda, que voltara a ser um mero humano.

Parecia haver muita gente reunida em torno dele. Sentou-se, esfregando os olhos, e percebeu que nem tudo havia voltado ao normal, pois, apesar de o sol ainda não ter nascido, todos pareciam ter um halo de luz. O brilho mais forte vinha de três figuras diante dele; três mulheres usando túnicas e véus, com os ornamentos da Deusa no peito e na cabeça.

— Gawen, filho de Eilan, eu o chamei para este círculo sagrado...

Falavam em uníssono, e ele sentiu os pelos de sua cabeça e de seus braços se arrepiarem. Conseguiu ficar de pé, por um momento envergonhado por ainda estar nu. Diante *delas* – diante *Dela* – pensou que estaria nu mesmo se vestisse roupas.

— Senhora — disse, rouco —, estou aqui.

— Você passou pelos testes que os druidas lhe deram e aguentou as provações. Está pronto para fazer seu juramento para Mim?

Gawen conseguiu emitir algum som de consentimento, e uma das figuras se aproximou. Parecia mais alta e mais esguia que as outras, embora instantes atrás elas fossem iguais. Sobre o véu branco, uma guirlanda de espinheiro-branco formava uma coroa estrelada.

— Sou a Donzela, eternamente Virgem, a Noiva sagrada. — A voz dela era baixa, doce.

Gawen se esforçou para distinguir as feições sob o véu. Com certeza era Sianna, que ele amava, e mesmo assim seu rosto e sua forma mudavam, e o amor que sentia por ela era às vezes o de um pai, e às vezes a afeição forte de um irmão, e às vezes o do amante que ele desejava ser. Apenas uma coisa estava clara para ele; havia amado aquela moça muitas vezes antes, de muitas maneiras.

— Sou todos os começos — continuou ela. — Sou a renovação da alma. Sou a Verdade que não pode ser manchada ou comprometida. Jura para sempre ajudar o que é bom a chegar ao Nascimento? Gawen, jura isso para mim?

Ele respirou fundo, deixando o ar doce do amanhecer entrar.

— Juro.

Ela foi até ele, levantando o véu. Foi Sianna quem ele viu ao se curvar para beijar os lábios dela, Sianna e algo mais, cujo toque era como fogo branco.

E então ela se moveu para longe dele. Estremecendo, Gawen endireitou-se enquanto a figura do meio vinha até ele. Uma coroa de espigas de trigo coroava seu véu vermelho. Quem, perguntava-se, haviam encontrado para aquele papel no ritual? Sozinha, ela pareceu menor por um momento, e depois gigantesca, uma figura maciça cujo trono era o mundo todo.

— Sou a Mãe, eternamente fértil, Senhora da Terra. Sou o crescimento e a força, nutrindo tudo o que vive. Mudo, mas jamais morro. Vai servir a causa da Vida, Gawen, jura para mim?

Certamente conhecia aquela voz! Olhando através do véu, Gawen se encolheu com o vislumbre de olhos escuros. Mas reconheceu, com um sentido que não era a visão, a Senhora das fadas, que o resgatara.

— Você é a Porta para tudo o que desejo — ele disse em voz baixa.

— Não a entendo, mas a servirei.

Ela riu.

— A semente precisa entender o poder que a faz irromper da escuridão para o dia, ou a criança, a força que a empurra da segurança do útero? Que esteja disposto é tudo o que exijo...

Ela abriu os braços, e ele tropeçou até eles. Quando a conheceu como rainha das fadas, sempre houvera uma distância entre eles. Mas agora, na suavidade do peito no qual se apoiava, havia uma totalidade de recepção que o fez chorar. Sentiu-se uma criancinha, aninhado em braços suaves, confortado por uma canção de ninar antiga. Sua mãe de verdade o segurava. Uma memória que ele tinha reprimido desde a infância voltava agora à sua mente, e Gawen conseguia relembrar a pele branca e o cabelo loiro dela e, pela primeira vez em sua vida consciente, soube que ela o amava...

E então estava mais uma vez de pé, de frente para a Deusa, e Sua terceira forma foi para a frente com dificuldade para confrontá-lo. Sua coroa era feita de ossos.

— Sou a Anciã — disse, rispidamente —, a Ancestral, a Senhora da Sabedoria. Vi tudo, resisti a tudo, dei tudo. Sou a Morte, Gawen, sem a qual nada pode ser transformado. Fará seus votos para mim?

Sei sobre a Morte, pensou Gawen, relembrando os olhares vazios e acusatórios dos homens que matara. Naquele dia, a morte havia derrubado homens como um ceifador corta a colheita. Que bem poderia vir daquilo? Mas, enquanto ele se recordava, a imagem de feixes de grãos no campo de milho lhe veio à mente.

— Se há algum significado — falou devagar —, até a Morte servirei.

— Abrace-me — disse a Anciã, enquanto ele ficava parado olhando.

Nada naquela figura encurvada o atraía. Mas havia jurado, e então forçou pés de chumbo a levá-lo até ela e ali ficar enquanto os véus negros dela roubavam a visão, e seus braços ossudos o envolviam.

E não sentiu mais nada, apenas flutuou em uma escuridão na qual, no momento, começava a ver estrelas. Estava no vazio, e em sua frente viu a mulher, os véus flutuando em torno dela, em seus olhos uma beleza além da juventude. Era Caillean, e era algo mais, a quem, em eras passadas, ele servira e amara. Curvando-se profundamente, a saudou.

E então, como antes, era ele mesmo de novo, tremendo em reação ao ver as sacerdotisas preta, branca e vermelha. No leste, o céu começava a brilhar com a primeira pincelada da aurora que chegava.

— Fez a promessa, e seu juramento foi aceito — novamente falavam em uníssono. — Resta apenas uma coisa. Invocar o espírito do Merlim, para que ele o torne um sacerdote e um druida, servo dos Mistérios.

Gawen se ajoelhou de cabeça baixa, esperando, enquanto elas começavam a cantar. Primeiro era uma música sem palavras, nota sobre nota até que ele sentiu a pele formigar com as vibrações daquele som. Então vieram as palavras e, embora não fossem de nenhuma língua que conhecia, o anseio e a súplica estavam claros.

Sábio, rezou, *venha até nós se for sua vontade, venha através de mim. Nós precisamos muito de sua sabedoria aqui!*

Um som sufocado de alguém no círculo o fez levantar, piscando no brilho da luz. No início, pensou que o sol havia nascido e o Mestre da Sabedoria não viera. Mas não era o sol.

Um pilar de radiância brilhava no centro do círculo. Gawen invocou a própria luz para protegê-lo e, com a visão alterada, viu o Espírito que invocaram, ancestral e ainda assim em sua melhor forma, apoiado no cajado de sua posição, com a barba branca da sabedoria espalhada em seu peito e um diadema com uma pedra brilhante na testa.

— Mestre, ele fez o juramento — gritou Brannos. — Não vai aceitá-lo?

O Merlim olhou em torno do círculo.

— Eu o aceitarei, mas ainda não é a hora de vir para estar entre vocês. — O olhar dele se virou para Gawen, e ele sorriu. — Você fez o juramento e assumiu o sacerdócio, e ainda assim não é nenhum mago. Deu um Nome a si mesmo na caverna de cristal. Diga, então, meu filho, com que Palavras foi libertado?

Gawen o olhou. Sempre lhe disseram que o que acontecia em momentos como aquele deveria ser um segredo eterno entre um homem e seus deuses. Mas, enquanto se recordava do que havia dito, começou a ver por que tais nomes, diferentemente de todos os outros, deveriam ser pronunciados.

— Sou o Pendragon... — sussurrou. — Sou o Filho de Mil Reis.

Um murmúrio de assombro passou pelo círculo. O ar ficou mais claro. O céu ao leste brilhava com faixas douradas e o fogo do sol delineava as colinas. Mas não era para aquilo que olhavam. Gawen sentiu o peso brilhante de um diadema dourado sobre a testa e viu seu corpo envolto em uma túnica real, bordada e coberta de pedras preciosas como nenhum artista hoje vivo no mundo poderia fazer.

— Pendragon! Pendragon! — gritaram os druidas, dando-lhe o título de rei sagrado, que governa pelo espírito, não pela espada, a ligação viva entre o povo e a terra em que vivem.

Gawen levantou os braços em aceitação e em saudação. O sol se levantou diante dele e a glória encheu o mundo.

7

Os dragões tatuados nos antebraços de Gawen coçavam no calor do sol da tarde. Ele os olhou com um assombro que não o deixara desde a aparição do Merlim. As linhas sinuosas se curvavam, serpenteando pelo músculo duro e então de volta. Foram feitas em sua pele com espinhos e pintadas de azul com ísatis por um velho do pequeno povo do brejo. Gawen ainda estava meio em transe quando o trabalho teve início e, quando começou a sentir a dor, afastou a consciência novamente. A tatuagem ardia no começo, mas agora apenas uma pontada ocasional o fazia se lembrar dela.

Disseram-lhe para descansar, mas deitar em uma cama de peles de ovelhas, banhado e vestido em uma túnica de linho bordado, parecia pouco mais real do que a provação que ele havia atravessado. Gawen não podia negar o que lhe acontecera, mas não começara a entender. Os druidas o chamaram de Pendragon, saudando-o como um sacerdote-rei, como aqueles que haviam governado as terras hoje sob o mar. Mas ele tinha a impressão de que o Vale de Avalon era um reino pequeno. Ele teria, como o Christos a quem padre José chamava de rei, um reino que não era deste mundo?

Talvez, pensou enquanto bebia vinho aguado da taça que haviam colocado ao seu lado, quando aquela noite tivesse acabado e ele e Sianna fossem reinar como rei e rainha no país das fadas. O pensamento fez seu coração disparar. Não a tinha visto desde o ritual, ao amanhecer. Naquela noite, entretanto, ela dançaria em torno das fogueiras de Beltane e, como rei, ele andaria entre os que festejavam, com o poder de escolher qualquer mulher que pudesse chamar sua atenção. Já sabia qual desejava. Apesar de seu tempo no exército, desde que vira Sianna pela primeira vez, nunca houve outra garota que ele teria escolhido para sua primeira experiência do amor de uma mulher.

Ele se viu ficando pronto apenas de pensar nisso. Se as coisas tivessem ido de acordo com o planejado, eles teriam se unido há um ano, mas ele a abandonara. Ela tinha esperado? Ele sonhou que sim, mas conhecia as pressões sobre as sacerdotisas para participar do rito e não ousara perguntar. Não tinha importância. Em espírito, ela era dele. Do outro lado das águas dos pântanos vinha um tremor baixo de tambores. Gawen sentiu o coração batendo com eles e sorriu quando suas pálpebras novamente se fecharam. Logo, seria logo.

***

No próximo ano, pensou Caillean, ao observar os dançarinos, poderiam precisar mover as celebrações para o gramado ao pé do Tor. Mal havia espaço para os druidas e as jovens sacerdotisas no espaço aberto além do círculo de pedras, e o povo do pântano ainda estava chegando, observando da beira da fogueira com olhos escuros assombrados. Era mesmo espantoso como a palavra se espalhara rapidamente, mas era claro que o velho caçador que fora chamado para tatuar os dragões de Gawen teria dito a eles.

As sacerdotisas, é claro, sabiam o que acontecera desde a manhã, quando os druidas desceram a colina com a glória nos olhos. Ela pensou ter sentido um certo aumento da antecipação natural ao festejo, uma intensidade que não estava lá antes. Com certeza tinham tomado cuidado com cabelos e ornamentos. O rei andaria entre eles naquela noite. Quem ele escolheria?

Caillean não precisava olhar para uma vasilha prateada de água para saber a resposta. Mesmo se ele não tivesse amado Sianna desde que ambos eram crianças, desde que a vira como Noiva Donzela naquela manhã, seu coração estaria cheio da graça e da beleza dela. Sacerdotes e sacerdotisas de Avalon não se casavam do modo humano, mas, quando se uniam no Grande Rito, eram veículos pelos quais o Senhor e a Senhora se uniam. O que aconteceria ali naquela noite seria um casamento real, e a união de Gawen com Sianna abençoaria a terra.

Ela sabia que Gawen tinha nascido para um grande destino, mas quem teria imaginado aquilo? Caillean sorriu com entusiasmo. De sua própria maneira, estava tão deslumbrada quanto qualquer uma das jovens sacerdotisas, sonhando com Gawen e Sianna como rei e rainha sagrados, que governariam a alma da Britânia de Avalon, com ela própria por trás deles.

Dois bois tinham sido comprados para o festival e assados em espetos no pé da colina. A carne estava sendo levada para cima em cestos, e o povo do brejo trouxera carne de veado e de aves aquáticas, e peixes secos também. Cerveja de urze em sacos de couro e hidromel em jarras de barro traziam sua própria contribuição para a alegria. E, no espaço entre a crescente de banqueteadores e o círculo de pedras, ardia a fogueira de Beltane.

Se olhasse para o sudoeste, Caillean poderia ver o brilho do fogo que fora aceso na Colina do Dragão. Sabia que outra fogueira ficaria visível daquele lugar, seguida por outra, até o Fim da Terra, como a linha de Ley que levava ao noroeste do grande círculo de pedras na colina sagrada naquela noite estava marcada em fogo.

Esta noite, disse a si mesma com satisfação, *esta noite toda a Britânia está coberta com a luz que até os que não têm visão espiritual, que nascem só uma vez, podem ver!*

Uma moça do povo do brejo, a nuvem de cabelo escuro presa com uma guirlanda de rosas silvestres, ajoelhou-se diante da sacerdotisa com uma graça tímida, oferecendo um cesto de frutas silvestres secas conservadas em mel. Caillean tirou o véu azul do rosto e pegou algumas, sorrindo. A moça, vislumbrando a crescente prateada que brilhava sobre a meia-lua menor tatuada na testa da sacerdotisa, fez um sinal de reverência e rapidamente desviou o olhar.

Quando ela se fora, a grã-sacerdotisa deixou o rosto descoberto. Era a noite do festival, quando as portas se abriam entre os mundos e os espíritos balançavam livres. Não havia necessidade de mistério. De qualquer modo, o véu era apenas um símbolo, pois Caillean sabia como conjurar a ilusão de sombra sobre seus traços quando era necessário. As moças que elas treinavam estavam convencidas de que ela, como a rainha das fadas, podia aparecer do nada.

Ao som do tambor, que agora pulsava como a batida de um coração sob os sons de celebração, foi subitamente adicionada uma onda de música de harpa. Um dos druidas mais jovens carregara sua harpa portátil ao topo do Tor. Agora, sentava-se de pernas cruzadas ao lado do pequeno tocador de tambor moreno, a cabeça loura pendida para um lado enquanto ele ouvia o ritmo. Em mais um momento, o zurro agridoce de uma gaita de chifre de vaca se juntou à música, saltando sobre os acordes da harpa como um jovem bezerro em um campo de flores.

A garota com a coroa de rosas silvestres começou a se mexer com a música, unindo os braços, os quadris esguios se mexendo sob o vestido de pele de corça que usava. Dica e Lysanda se juntaram a ela, no começo com hesitação, depois com mais desembaraço. A batida do tambor ficou mais rápida, e logo suas testas brilhavam com o suor, e o tecido fino e azul de suas túnicas grudava. Como eram belas, pensou Caillean, observando. Até ela mesma se viu balançar ao som da música, e fazia muitos anos desde que dançara em um festival.

Foi uma mudança no padrão da dança que a alertou, uma onda de movimento como o deslocamento na corrente quando um homem entra em um riacho. Dançarinos foram para o lado, virando-se, e Caillean vislumbrou Gawen. Ele vestia o kilt branco de um rei, com um cinto de ouro. Um medalhão real de artesanato ancestral pendia em seu peito, e folhas verdes de carvalho formavam sua coroa.

Além disso, apenas as serpentes azuis desenhadas nos antebraços o adornavam. Mas ele não precisava de mais nada. Aqueles meses de treinamento romano haviam esculpido a parte superior de seu corpo e colocado músculos rígidos em suas coxas e panturrilhas. Mais que isso, o resto da suavidade da juventude fora tirado de seus traços; agora, os bons ossos definiam e davam equilíbrio a seu rosto. O menino que ela amara e por quem temera se fora. Aquele era um homem.

E, ela pensou, vendo a radiância que brilhava em torno dele, aquele era um rei. Ela o desejava? Caillean sabia que ainda tinha o poder de se envolver em um glamour ao lado do qual até mesmo a juventude radiante de Sianna empalideceria. Mas se, como ela suspeitava, o laço entre eles fosse uma coisa da alma forjada em eras passadas, Gawen escolheria sua verdadeira companheira mesmo se ela aparecesse como uma bruxa velha. De qualquer modo, Sianna era jovem e podia dar um filho a Gawen, enquanto Caillean, com toda sua sabedoria e sua mágica, já não poderia mais fazê-lo.

Ele não é o amado de minha alma, pensou, com um toque de tristeza. *A alma do homem que deveria ser meu companheiro não está encarnada em um corpo agora.* Sua atração era apenas uma resposta natural ao irresistível magnetismo masculino do rei e ao poder das fogueiras de Beltane. Naquela noite, Gawen era o amado de todos, homem ou mulher, velho ou jovem.

Fora assim que Eilan vira o pai do menino quando ele a encontrara ao lado da fogueira de Beltane? Gawen era mais alto do que fora Gaius, e, embora o arco orgulhoso de seu nariz fosse totalmente romano, ela tinha a impressão de que ele possuía algo de Eilan nos olhos. Mas, na verdade, naquele momento, Gawen não se parecia com nenhum dos pais, mas com alguém que ela conhecera em outras vidas, há muito tempo.

— O rei do ano — correu o sussurro, enquanto ele se movia entre os dançarinos, e Caillean reprimiu uma pontada de pressentimento. O pai do menino reclamara aquele título antes de morrer. Mas Gawen trazia em seu braço as serpentes sagradas. Não era apenas o rei do ano, a quem um ciclo de estações é honrado, e que então, se for necessário, é sacrificado, mas o Pendragon, que serve a terra enquanto viver.

As moças se reuniram em torno dele e o puxaram para dançar. Ela o viu rindo, tomando uma garota pela mão e a girando, e então a deixando sem fôlego e risonha enquanto se movia para outra, prendendo-a em um breve abraço e girando-a para os braços de um dos outros jovens. Dançaram até que todos estivessem ofegantes, com exceção de Gawen, que parecia pronto para continuar a noite toda. Então ele permitiu que o levassem a um assento, coberto de peles suaves de veado como as que serviam de assento para Caillean, do outro lado da fogueira.

Trouxeram-lhe comida e vinho. O toque do tambor cessou, e apenas o trinado doce de uma flauta de osso continuou a ornamentar o balbucio de conversa e riso. Caillean bebeu vinho aguado e observou a reunião com um sorriso bondoso.

Foi a volta do tambor, suave e constante como a batida de um coração, que a fez se virar.

O tocador de tambor, ele mesmo um homem do brejo, deve ter sabido o que vinha, mas Caillean franziu o cenho, perguntando-se o que Andarilho da Água e o velho que caminhava com ele tinham a intenção de fazer agora. Nada hostil, pois, à exceção das facas embainhadas nos cintos, não traziam armas, mas algo mais sério, ou talvez ela quisesse dizer solene, do que a sofreguidão brincalhona do festival. Três homens mais jovens os acompanhavam, observando Gawen com olhos brilhantes. O que carregavam? Ela ficou de pé e se moveu suavemente em torno da fogueira, de modo que pudesse enxergar.

— Você é rei. — Nos tons guturais de Andarilho da Água, aquilo era uma declaração, não uma pergunta. Seu olhar passou pelos dragões nos braços de Gawen. — Como os antigos que vêm do mar. Nós nos recordamos. — Os velhos assentiram. — Nós nos recordamos das velhas histórias.

— É verdade — disse Gawen, e Caillean soube que ele via vidas anteriores das quais sua iniciação lhe permitira recordar. — Vim mais uma vez.

— Então lhe entregamos isto — falou o velho. — Nossos primeiros ferreiros a forjam de uma estrela caída, ah, há muito tempo. E, quando se quebra, um feiticeiro de seu povo a une novamente. Nesse meio-tempo, senhor, você a usa para nos proteger e, quando morrer, nós a escondemos. — Ele estendeu o embrulho que carregava, uma forma longa envolta em peles pintadas.

Fez-se um silêncio quando Gawen o aceitou. Caillean podia ouvir o bater de seu coração, pesado e lento. Dentro dos embrulhos, como suas próprias memórias que retornavam lhe disseram que deveria ser, havia uma espada.

Era uma lâmina longa, escura, do tamanho da espada usada pela cavalaria romana, com a forma de folha que ele se recordava das armas de bronze que os druidas usavam em ritual. Mas nenhum bronze teria aquele brilho espelhado. *Metal de estrela...* Caillean ouvira falar dessas armas, mas jamais vira uma. Quem imaginaria que o povo do brejo guardava um tesouro daqueles? Não se devia esquecer de que, apesar de humilde, a tribo era muito antiga.

— Eu me lembro... — disse Gawen, baixo. O punho se encaixava em sua mão como se tivesse sido feito para ela. Ele levantou a espada, e centelhas de luzes refletidas da fogueira dançaram no rosto dos que estavam reunidos em torno.

— Então a receba para nos defender — falou Andarilho da Água. — Jure!

A espada foi para cima com leve facilidade. O menino Gawen a teria derrubado. Um golpe hábil do punho a fez cortar o ar. Que estranho, pensou Caillean, que os romanos o tenham treinado para se tornar o protetor daqueles que eles mesmos oprimiam.

— Jurei servir a Senhora — disse Gawen, baixo. — Agora também juro a vocês, e à nossa Terra.

Ele virou a lâmina e passou o fio pela parte carnuda da mão. Não foi preciso apertar muito, pois a coisa era afiadíssima. Em um momento, sangue escuro se empoçou no corte e começou a pingar no chão.

— Durante esta vida, neste corpo — continuou ele. — Quanto a meu espírito, renovo o juramento que já fiz antes...

Caillean estremeceu. *Quais* memórias o rapaz tinha recuperado enquanto estava na colina? Com sorte se perderiam com o passar do tempo. Podia ser difícil viver normalmente se a pessoa se lembrasse bem demais das vidas passadas.

— Na vida e na morte, o servimos.

Andarilho da Água tocou com o dedo o sangue no chão e o levou à testa, deixando uma mancha vermelha na pele. Os outros jovens fizeram o mesmo e então se colocaram em torno de Gawen como guardas de honra, de ambos os lados. Os jovens druidas que observavam pareciam um tanto entretidos, como bem deveriam, tentando entender aquela transformação de alguém que, até o ano anterior, fora apenas mais um rapaz entre eles.

Caillean olhou para cima. As estrelas se moviam para a meia-noite, e a fogueira perdera a intensidade. As marés astrais mudavam; a hora de fazer as magias mais profundas se aproximava.

— Onde está Sianna? — perguntou Gawen em voz baixa. Caillean percebera que, ainda antes de lhe trazerem a espada, ele procurava na multidão.

— Vá para o círculo. Chame sua noiva e ela virá.

Os olhos dele de repente brilharam com uma luz que não vinha do fogo. Sem outra palavra, ele foi para o círculo de pedras. Seus acompanhantes o seguiram, mas, quando ele passou pelos dois pilares que ladeavam a entrada, colocaram-se em posição diante deles. Por um instante, Gawen olhou o altar e então levantou a espada e a colocou como uma oferenda diante da pedra. De mãos vazias, se virou para olhar para a direção pela qual viera.

— Sianna! Sianna! Sianna! — gritou, e o desejo naquele grito o levou através de todos os mundos.

Por um momento, todo o Tor ficou em silêncio, esperando.

E então, de uma longa distância, ouviram um som como sinos de prata, seguido por batidas rápidas e dançantes no tambor que faziam o coração saltar de alegria. Caillean olhou para baixo da colina e viu luzes balançando. Logo podia ver rostos – o resto do povo do brejo, e outros, que não eram exatamente humanos, capazes de andar entre os homens naquela noite em que os portões entre os mundos se abriam.

Um brilho branco se moveu entre eles, uma meada de um material diáfano colocado como uma cobertura sobre quem acompanhavam. A música ficou mais alta, vozes se levantaram na canção nupcial, e os participantes da festa se afastaram de ambos os lados enquanto a procissão chegava ao topo da colina.

Um rei em sua coroação, um noivo em seu casamento, um sacerdote em sua iniciação – todos em seu momento de glória divina. E Gawen, observando enquanto lhe traziam sua noiva, era os três.

Mas Sianna... por maior que fosse a beleza do Deus, a da Deusa a superava. Quando levantaram a cobertura e a moça atravessou os pilares para encontrá-lo, coroada com espinheiro-branco, Caillean reconheceu que, mesmo com toda sua mágica, jamais poderia tê-la igualado. Pois, enquanto Gawen dormia, Sianna voltara ao reino da mãe, e eram as joias do Além-Mundo que adornavam a filha da rainha das fadas.

***

O corpo todo de Gawen estremecia com o bater de seu coração. Estava feliz por ter largado a espada; do jeito que tremia, com certeza teria se cortado. Os portadores de tochas que escoltavam Sianna estavam agora em torno do círculo. Enquanto Sianna atravessava os pilares e ia em sua direção, a luz parecia aumentar, e o mundo fora do círculo desapareceu.

Naquele momento, ele não seria capaz de dizer se ela era bela. Aquela era uma palavra humana e, apesar de ser treinado como bardo, nenhuma palavra a seu dispor poderia expressar o que ele sentia. Queria se curvar e beijar o chão sobre o qual ela caminhava, e, ainda assim, algo igualmente divino dentro dele se levantava para encontrá-la. Ele viu seu reflexo nos olhos dela.

— Você me chamou, meu amado, e aqui estou...

A voz dela era suave, e havia um brilho em seus olhos que lembrava a garota humana com quem Gawen caçara ninhos tanto tempo atrás. Isso tornava mais fácil aguentar o poder divino que pulsava dentro dele.

— Nossa união — disse ele, sem dificuldade — servirá a terra e o povo. Mas eu lhe pergunto, Sianna, deitar-se comigo agora servirá a *você*?

— E o que fará se disser que não? — Havia uma zombaria gentil em seu sorriso.

— Tomaria outra, não importa quem, e tentaria cumprir meu dever. Mas seria um ato apenas de meu corpo, não de meu coração ou de minha alma. Você é uma sacerdotisa. Quero que saiba que entendo se você... — Ele a olhou, querendo que entendesse o que ele não conseguia dizer em voz alta.

— Mas não vou — respondeu ela —, nem você irá.

Sianna se aproximou e colocou as mãos sobre seus ombros, inclinando a cabeça para trás para receber seu beijo, e Gawen, com as mãos ainda abertas dos lados, se curvou para tomar o que ela oferecia. E, quando seus lábios tocaram os dela, sentiu o Deus entrar nele totalmente.

Era como o fogo que o tomara na noite anterior, só que mais calmo, mais dourado. Reconhecia a si mesmo, Gawen, mas também tinha consciência daquele Outro que sabia, ao contrário dele, como desatar o complicado nó do cinturão da Donzela e tirar os broches que seguravam seu vestido. Em alguns instantes, ela estava diante dele, as doces curvas de seu corpo mais belas que as joias que há pouco usava.

Ela então se moveu, abrindo o cinto dourado e puxando as amarras do kilt dele até que ele, também, estivesse livre. Encantado, tocou os seios dela, e então, apertando-se um contra o outro como se pudessem se tornar um só ser, beijaram-se mais uma vez.

— Onde vamos nos deitar, meu amor? — ele sussurrou, quando conseguiu respirar de novo.

Sianna foi para trás e se deitou sobre a pedra. Gawen ficou de pé diante dela, sentindo a grande corrente que atravessava o Tor subir do âmago da colina através das solas dos pés, percorrendo toda sua espinha e fazendo-o estremecer de poder. Cuidadosamente, como se fosse se estilhaçar com qualquer movimento súbito, curvou-se, afundando entre as coxas abertas enquanto moldava o corpo no dela.

Naquele momento da união, sentiu a barreira da virgindade dela e soube que Sianna não tinha mentido, mas aquilo já não tinha importância. Ele voltava para casa, com uma doçura que o homem nele não esperava, e uma certeza que o deus nele reconhecia com júbilo. Pelo tempo de uma respiração, ficaram imóveis, mas o poder que os unira não podia ser negado.

Enquanto Sianna o prendia, Gawen viu que se movia nos ritmos da dança mais antiga de todas, e soube que era apenas um canal para o poder que explodia dentro dele, que o fazia dar toda a força dentro dele à mulher em cujos braços se deitava. Sentiu a vez dela de arder sob ele, abrindo ainda mais, e se pressionou contra ela como se, através daquele corpo humano, pudesse alcançar algo além da humanidade.

No momento final, quando imaginava estar além do pensamento consciente, a ouviu sussurrar:

— Sou o altar...

Ele respondeu:

— ... e eu o sacrifício — e, na resposta, por fim encontrou alívio para a paixão do homem e o poder do deus.

***

O fluxo jorrante de energia, magnificado pela união de Deus e Deusa, voltou através do Tor. Grande demais para seu canal principal, avançava por todas as passagens disponíveis, pulsando nas linhas de Ley menores que cruzavam o Tor para abençoar toda a terra. Caillean, esperando do lado de fora do círculo, o sentiu e se recostou com um suspiro. Outros, sentindo de suas próprias maneiras o que acontecera, ficaram parados, os olhos brilhando. Os tambores, que tinham continuado sua batida regular desde que Sianna se juntara a Gawen no círculo, explodiram com um trovão súbito de exultação, e primeiro uma voz, depois outra, começaram a gritar até que toda a colina ressoava com seu júbilo.

— O Deus se uniu à Deusa — proclamou Caillean —, o Senhor, com a Terra!

Depois do primeiro tumulto, os tocadores de tambor passaram a uma batida dançante animada. Rindo, as pessoas ficaram de pé. Todos, até os druidas mais velhos, sentiram a liberação da tensão. Com ela se foi a fadiga e, ao que parecia, a inibição. Os que haviam antes assistido à dança de lado começaram a balançar. Uma moça jovem do povo do brejo puxou o velho Brannos para o espaço diante da fogueira, e ele balançava e fazia círculos mais lepidamente do que Caillean teria achado possível.

Embora o fogo estivesse mais baixo, o calor era mais forte do que estivera antes. Logo, todos os dançarinos pingavam de suor. Para a surpresa de Caillean, foi uma das sacerdotisas, Lysanda, que primeiro tirou a túnica, mas outros logo seguiram seu exemplo. Um homem e uma mulher jovens do povo do brejo, libertados dos perigos das roupas esvoaçantes, deram as mãos e pularam sobre a fogueira para ter sorte.

Observando-os, Caillean pensou que havia anos não via tamanho júbilo em um festejo de Beltane. Talvez nunca tivesse visto, pois os ritos de Vernemeton foram inibidos pelo medo da desaprovação dos romanos, e ainda estavam aprendendo os costumes da terra em Avalon. Mas aquilo fora remediado pela união do filho de linhagem druida a uma filha do povo das fadas. Podiam todos, pensou, ao observar os dançarinos saltitantes, ficar satisfeitos com as cerimônias da noite.

Mas nenhuma noite, por mais jubilosa que fosse, poderia durar para sempre. De dois em dois, homens e mulheres foram celebrar seus próprios ritos na encosta. Outros se embrulharam em seus mantos e se deitaram para dormir ao lado do fogo até que o efeito da cerveja de urze passasse. As tochas dos que guardavam o círculo haviam queimado até o fim havia muito tempo, mas as próprias pedras formavam uma barreira de sombras que assegurava a privacidade dos que se deitavam dentro.

Um pouco antes do alvorecer, alguns jovens saíram para cortar a árvore de Beltane e colher plantas para decorar os prédios no pé do Tor. A dança que honrava a árvore durante o dia, embora fosse tão alegre quanto, era mais decorosa que as celebrações noturnas nas fogueiras e daria às moças não iniciadas e às crianças mais jovens que ficaram lá embaixo a oportunidade de participar do festival.

Caillean, que dançara e bebera menos que os outros e estava acostumada a manter vigília, observava a noite, ainda sentada em sua grande cadeira perto da fogueira. Mas mesmo ela caiu em um sono exausto assim que as sombras da noite foram expulsas pela aurora.

***

Era um belo dia. Através da barreira de galhos folhosos com que haviam construído uma choupana para garantir um pouco de privacidade, Gawen olhou, do topo do Tor, para a colcha de retalhos de água, florestas e campos que desfrutavam do sol da manhã de Beltane. Tinha certeza de que pensaria assim mesmo se não estivesse tão feliz. É verdade que sentia dores em locais estranhos e as linhas de suas novas tatuagens haviam descamado e repuxavam quando os músculos se flexionavam debaixo delas, mas aquelas eram apenas dores superficiais, que mal seriam notadas quando comparadas ao sentimento maravilhoso de bem-estar que cantava através de cada veia.

— Vire-se — disse Ambios. — Esfregarei suas costas.

Ele derramou água sobre o pano. Do outro lado da divisão, onde Sianna era banhada, vinha o som doce de risos de menina.

— Obrigado — falou Gawen.

Um novo iniciado poderia esperar ser mimado, mas havia uma deferência no modo como Ambios o servia que o surpreendera. Seria sempre assim? Estava tudo muito bem em sentir-se como um rei no êxtase do ritual, mas ele se perguntava como aquilo seria dia após dia.

Uma pontada em seus antebraços levou seu olhar de volta aos dragões. Algumas coisas, ao menos, haviam mudado para sempre. Aquelas tatuagens não desapareceriam. E Sianna era sua para sempre.

Terminou de se banhar e colocou a túnica sem mangas que haviam lhe trazido, de linho tingido de um verde vívido e bordada com ouro. Não imaginava que os druidas tinham uma coisa tão esplêndida em seus depósitos. Ele amarrou o cinto e, então, pendurou a espada. Embora a lâmina não mostrasse sinais do tempo, o couro da bainha que viera com ela estava esfarelando, e parte da costura começara a se desfazer. Teria de arranjar, pensou, ao sair do abrigo de folhas, para que uma nova fosse feita.

Todos os pensamentos sobre a espada saíram de sua mente quando ele viu Sianna. Ela estava vestida, como ele, de verde primaveril, e acabava de ajeitar uma coroa nova de espinheiro-branco na testa. Sob o sol, o cabelo dela brilhava como ouro avermelhado.

— Senhora... — Ele tomou a mão que ela havia lhe estendido e a beijou. *Está tão feliz quanto eu?*, perguntava seu toque.

— Meu amor... — *Mais feliz*, os olhos dela respondiam. Subitamente ele ansiava pela noite, quando poderiam ficar sozinhos de novo. Ela era apenas uma mulher humana agora, mas, para ele, a Deusa que viera encontrá-lo na noite anterior não era mais bela.

— Gawen, meu senhor — gaguejou Lysanda. — Temos comida para você.

— É melhor comermos — murmurou Sianna. — O banquete que estão preparando lá embaixo não ficará pronto até que dancem em torno da árvore, às três da tarde.

— Eu comi — disse Gawen, apertando a mão dela —, mas logo sentirei fome de novo...

Sianna corou, e então riu e o puxou em direção à mesa onde colocavam carnes frias, pão e cerveja.

Estavam prestes a se sentar quando ouviram gritos vindo de baixo.

— Já querem que desçamos? — começou Sianna, mas havia uma urgência naqueles gritos que não soava certa para um festival.

— Corram! — As palavras agora chegavam claramente. — Estão vindo. Precisa ir embora agora!

— É Tuarim! — exclamou Lysanda, olhando para baixo da colina. — O que pode estar errado?

O treinamento que Gawen pensara ter deixado para trás o levou a ficar de pé, mãos se movendo em direção ao punho da espada. Sianna começou a falar, e então, quando o olhou nos olhos, calou-se e se levantou para ficar a seu lado.

— Me conte.

Ele foi para a frente enquanto o jovem druida cambaleava os últimos passos até o cume plano do Tor.

— Padre Paulus e seus monges — ofegou Tuarim. — Eles têm cordas e martelos. Diz que vão derrubar as pedras sagradas do Tor!

— Eles são velhos — disse Gawen, de modo tranquilizador. — Ficaremos entre eles e o círculo. Não serão capazes de nos mover, muito menos as pedras, por mais enlouquecidos que possam estar.

Achou difícil acreditar que os monges gentis com quem fizera música poderiam ter se tornado tão fanáticos, mesmo depois de um ano ouvindo as fulminações do padre Paulus.

— Não é isso. — Tuarim engoliu em seco. — São os soldados. Gawen, precisamos tirar você daqui. Padre Paulus chamou os romanos de Deva!

Gawen respirou fundo, o coração batendo de uma maneira que esperava que não percebessem. Sabia o que os romanos faziam com desertores. Por um breve momento, considerou fugir. Mas já fizera aquilo, e, se a vergonha de abandonar uma guerra que não era sua e um exército com o qual não havia se comprometido ainda queimava em seu estômago, como poderia viver consigo mesmo se abandonasse o povo que o saudara como o Pendragon do Tor Sagrado?

— Que bom! — Ele se forçou a sorrir. — Os romanos são homens razoáveis e têm ordens de proteger todas as religiões. Explicarei a questão para eles, e impedirão que os nazarenos danifiquem as pedras.

A expressão de Tuarim começou a clarear e Gawen soltou a respiração, esperando que o que dissera fosse verdade. E então era tarde demais para mudar de ideia, pois o próprio padre Paulus, o rosto vermelho de esforço e fúria, subia pela beirada da colina.

— Gawen! Meu filho, meu filho, o que fizeram com você? — O padre deu um passo para a frente, torcendo as mãos, e três membros de sua irmandade apareceram atrás dele. — Eles o forçaram a se curvar diante dos ídolos deles? Essa prostituta o seduziu ao pecado e à vergonha?

O divertimento de Gawen subitamente se transformou em raiva, e ele se colocou entre Sianna e o velho.

— Não fui "forçado" a nada, nem serei! E esta mulher é minha noiva, então mantenha sua língua imunda entre os dentes no que diz respeito a ela!

O resto dos nazarenos havia alcançado o topo do Tor, e eles de fato tinham marretas e cordas de couro cru. Ele fez um gesto para que Tuarim tirasse Sianna do caminho.

— Ela é um demônio, uma armadilha do grande Sedutor que, por meio da tentadora Eva, traiu toda a humanidade ao pecado! — respondeu o padre Paulus. — Mas não é tarde demais, rapaz. Até o abençoado Agostinho foi capaz de se arrepender, e ele passou toda sua juventude em pecado. Se fizer penitência, essa falha única não será contada contra você. Saia de perto dela, Gawen. — Ele estendeu a mão. — Venha comigo agora!

Gawen o olhou assombrado.

— O padre José era um homem santo, um espírito abençoado que pregava um evangelho de amor. Eu poderia ter escutado o que ele dizia, mas sei que ele jamais pronunciaria tais palavras. Você, velho, ficou totalmente louco.

Gawen olhou para os outros, e havia algo em sua expressão que fez com que eles dessem um passo para trás.

— Agora é minha vez de dar ordens! — disse ele, sentindo a presença astral de um manto real que o envolvia. — Vocês vieram como suplicantes, e nós lhes demos refúgio, deixando que construíssem sua igreja ao lado de nossa colina sagrada. Mas este Tor pertence aos velhos deuses que protegem esta terra. Vocês não têm o direito de estar aqui; seus pés profanam este chão sagrado. E assim eu lhes digo: vão embora, para que as forças poderosas que vocês chamaram de demônios não os atinjam onde estão!

Ele levantou a mão e, embora estivesse vazia, os monges se retraíram como se ele tivesse brandido uma espada. Gawen sorriu de modo sombrio. Em mais um momento, sairiam correndo. Então, ele ouviu o barulho de sandálias de tachas de metal contra a pedra. Os romanos haviam chegado.

Havia dez deles, sob o comando de um decurião suado, com uma pequena lança que chamavam de pilo em cada mão. Recuperando o fôlego, observaram os nazarenos raivosos e os druidas indignados com olhos igualmente preconceituosos.

O decurião observou os bordados de ouro de Gawen e, parecendo decidir que aquela era uma marca de posição, falou com ele.

— Procuro por Gaius Macellius Severus. Estes monges avisaram que vocês podem estar com ele em seu poder.

Alguém atrás de Gawen arquejou e então ficou quieto. Ele balançou a cabeça, esperando que o homem não estivesse na Britânia por tempo suficiente para perceber quão claramente o selo de Roma estava estampado em seus próprios traços.

— Estamos celebrando um ritual de nossa religião — ele disse em voz baixa. — Não prendemos ninguém.

— E quem é você para dizer isso? — O decurião franziu o cenho dentro do capacete.

— Meu nome é Gawen, filho de Eilan...

— Tolo! — gritou o padre Paulus. — É o próprio Gaius que fala com você!

Os olhos do romano se arregalaram.

— Senhor — começou ele —, seu avô nos mandou...

— Peguem-no! — interrompeu Paulus mais uma vez. — Ele é um desertor de seu exército.

Um momento convulsivo atravessou os soldados e, enquanto os druidas os observavam, o padre Paulus empurrou um de seus irmãos em direção ao círculo de pedras.

— Você é o jovem Macellius? — O decurião o olhou, incerto.

Gawen soltou o fôlego. Se seu avô em Deva desejava falar com ele, no fim das contas poderia sair dessa.

— É meu nome romano, mas...

— Você esteve no exército? — perguntou rispidamente o romano.

Gawen se virou ao ouvir o som de um martelo atingindo pedra. Dois dos monges colocaram cordas em torno de uma das pedras da coluna e a puxavam, enquanto um terceiro brandia contra outra.

— Endireite-se, soldado, e responda-me!

Por três longos meses, Gawen fora condicionado a responder àquele tom. Antes que pudesse pensar, seu corpo se colocou naquela posição de atenção rígida que apenas o treinamento legionário podia produzir. Ele tentou relaxar no momento seguinte, mas o dano já fora feito.

— Jamais fiz o juramento! — gritou ele.

— Outros julgarão isso — disse o decurião. — Terá de vir conosco agora.

Do círculo veio um "crac" e o grito torturado de rocha despedaçada quando a marreta fez uma falha na pedra. Uma das mulheres gritou, e Gawen se virou para ver o pilar de pedra caindo em dois pedaços no chão.

— Senhor, faça-os parar! — gritou ele. — É proibido profanar um templo, e este solo é sagrado!

— São druidas, soldado! — vociferou o nazareno. — Acha que Paulinus e Agrícola pegaram todos? Roma não tolera quem usa mágica contra ela. Os druidas e seus ritos são proibidos. É seu dever destruir o que resta!

Ele correu para o segundo pilar, que começava a balançar de modo alarmante, e começou a empurrar. Encorajados pelo sucesso, os monges tinham começado a golpear outra pedra com os martelos.

Gawen o olhou, todas as memórias de Roma e do perigo que ele próprio corria levadas por uma maré real de raiva. Ignorando os comandos do decurião, ele foi até o círculo.

— Paulus, este local pertence aos meus deuses, não aos seus. Afaste-se desta pedra!

A voz não era a dele; vibrava nas pedras. Os outros monges empalideceram e se afastaram, mas Paulus começou a rir.

— Demônios, eu os nego! *Satanas, retro me!* — Ele puxou a pedra.

As mãos de Gawen se fecharam nos ombros ossudos do padre; ele deu um puxão no homem e o jogou estirado no chão. Ao se endireitar, ouviu o som inconfundível de um gládio sendo retirado da bainha e se virou, a mão indo para o punho de sua própria arma.

Os legionários tinham as lanças posicionadas, mas Gawen forçou os dedos a se abrirem. Pensamentos giravam loucamente. *Não vou derramar* sangue neste solo sagrado! Não me consagraram líder de guerra, mas sim um rei sagrado.

— Gaius Macellius Severus, eu o prendo em nome do imperador. Baixe as armas! — A voz do decurião ressoou no espaço entre eles enquanto ele fazia um gesto com a espada.

— Só se *eles* também forem presos! — Gawen fez um gesto em direção aos monges.

— Sua religião é ilegal e você é um renegado — rosnou o oficial. — Solte a espada ou ordenarei que meus homens o atinjam com lanças onde está.

É minha culpa, pensou Gawen, entorpecido. *Se eu não tivesse buscado Roma, jamais teriam descoberto que Avalon estava aqui!*

Mas sabem agora, alguma parte rebelde de sua alma respondeu. *Por que desperdiçar a vida por causa de umas poucas pedras?*

Gawen olhou para as rochas. Onde estava a magia que irrompia de pedra a pedra quando o Merlim aparecera? Eram apenas rochas, parecendo estranhamente nuas em plena luz do dia, e ele fora um tolo ao se imaginar um rei. Mas, seja lá o que pudesse ser verdade, fora naquele altar de pedra que Sianna lhe dera seu amor, e ele não poderia permitir que aquela pedra fosse manchada pelas mãos não consagradas do padre Paulus. Além da linha de soldados, viu Sianna e tentou sorrir, e então, para que seu desespero não o abatesse, desviou depressa os olhos.

— Jamais fiz o juramento para o imperador, mas jurei proteger esta colina sagrada — ele disse, em voz baixa, e a espada ancestral que o povo do brejo lhe dera na noite anterior veio docemente para sua mão.

O decurião fez um gesto. A ponta afiadíssima de um pilo que se levantava refletiu o sol. Então, de repente, uma pedra arremessada soou contra um capacete de ferro, e o pilo foi solto cedo demais, errando o alvo.

Os outros druidas estavam desarmados, mas havia muitas pedras no topo do Tor. Uma chuva de mísseis bombardeou os legionários. Eles responderam. Gawen viu Tuarim ser atravessado por um pilo arremessado e cair. As outras sacerdotisas, graças aos deuses, puxavam Sianna para longe.

Três soldados correram em direção a ele, com os escudos para cima e as espadas em posição. Gawen se agachou em um movimento defensivo, aparando a primeira estocada com a defesa cuidadosa que Rufinus lhe ensinara e continuando com um golpe que, cortando as alças que prendiam a parte da frente e de trás da armadura, entrou no flanco do homem. O soldado gritou e caiu para trás, e Gawen girou para golpear o próximo homem, o aço esplêndido de sua espada *atravessando* a armadura peitoral. O olhar de surpresa no rosto dele teria sido cômico se Gawen tivesse tempo para apreciá-lo, mas o terceiro homem já avançava sobre ele.

Gawen pulou para dentro da guarda do homem e, enquanto a lâmina do inimigo, descendo, raspava em suas costas, enfiou a sua sob a armadura dele, até o coração.

O corpo que caía quase levou a espada consigo, mas Gawen conseguiu soltar a arma. Quatro dos jovens druidas jaziam no chão. Alguns homens do povo do brejo tinham vindo ajudar, mas seus dardos e flechas tinham pouco efeito contra armaduras romanas.

— Corram. — Ele acenou para eles. Por que os tolos não fugiam enquanto ainda havia tempo? Mas o restante dos druidas tentava alcançá-lo, gritando seu nome.

O ataque de Gawen pegou os romanos de surpresa. Um caiu com seu primeiro golpe; o segundo levantou o escudo em tempo e o atacou de volta. O golpe cortou o braço de Gawen, mas ele não sentiu dor. Uma pancada em suas costas fez com que tropeçasse, mas ele logo se recuperou, e o golpe que devolveu no momento seguinte arrancou a mão do camarada. Restavam cinco deles, mais o decurião, e começavam a aprender a ser cautelosos. Ele poderia conseguir, no fim das contas. Sorrindo de modo selvagem, afastou, com golpes rápidos que arrancaram pedaços de seu escudo, o próximo homem que veio atacá-lo.

Os dragões azuis dos braços de Gawen agora estavam vermelhos e, embora ele ainda não sentisse nada, muito do sangue era dele mesmo. Ele piscou enquanto uma onda de sombra passou sobre ele e então dançou de lado, um pouco mais devagar, com outro golpe. Não era perda de sangue, ele decidiu, arriscando um olhar para cima, onde uma névoa escura se espalhava rapidamente sobre o que fora um céu limpo.

Caillean e Sianna, ele pensou, sombriamente. *Elas vão afugentá-los. Só preciso aguentar.*

Mas ainda tinha cinco inimigos. Sua espada brilhava enquanto ele a girava. O legionário que enfrentava pulou para trás, e Gawen riu. Então, como um raio vindo dos céus, algo o atingiu entre as escápulas. Gawen foi para a frente e caiu de joelhos, perguntando-se o que o arrastava para baixo e por que, de repente, se tornara tão difícil respirar.

Então olhou para baixo e viu a cabeça maligna do pilo saindo de seu peito. Ele balançou a cabeça, ainda sem acreditar. Estava escurecendo rápido agora, mas não o suficiente para impedir as espadas romanas de golpearem costas, pernas e ombros.

E agora Gawen já não conseguia ver mais nada. A espada de estrelas escapou de uma mão sem nervos.

— Sianna — ele sussurrou, e afundou no solo sagrado de Avalon, suspirando como fizera na noite anterior, quando derramara a vida nos braços dela.

8

— Ele está morto? Muito gentilmente, Caillean soltou a mão de Gawen. Seus sentidos interiores, buscando a força vital, conseguiam encontrar apenas uma centelha. Fora necessário procurar o pulso para ter certeza.

— Está vivo — a voz dela falhou —, embora apenas os deuses saibam por quê.

Havia tanto sangue! A terra sagrada do Tor estava empapada dele. Quantos anos de chuva, ela se perguntou, seriam necessários para lavá-lo dali?

— É o poder do rei que o mantém vivo — disse Riannon.

— Nem a coragem de um rei pode superar tais condições — respondeu Ambios. Ele também estava ferido, mas sem gravidade. Vários de seus companheiros morreram, mas os romanos também haviam morrido quando a escuridão mágica veio e apenas os que tinham visão espiritual podiam distinguir amigo de inimigo.

— Eu deveria ter estado aqui — sussurrou Caillean.

— Você nos salvou. Você trouxe a sombra... — disse Riannon.

— Tarde demais... — Ela prendeu a respiração. A escuridão se fora agora. Se ela não podia ver, era porque seus olhos estavam turvados pelas lágrimas. — Tarde demais para *salvá-lo*...

Ela estava em sua casa quando os romanos chegaram, descansando para se preparar para as celebrações mais tarde naquele dia. Não havia culpa naquilo, todos disseram. Como ela poderia saber?

Mas nenhuma desculpa poderia mudar o fato de que Eilan morrera porque Caillean não chegara a Vernemeton dez anos atrás. E agora o filho de Eilan, que ela aprendera a amar, jazia moribundo porque ela não estivera ali quando ele mais precisara.

— Ele pode ser movido? — perguntou Riannon.

— Talvez — respondeu Marged, a coisa mais próxima que tinham de um curandeiro. — Mas não para longe. Seria melhor construir um abrigo sobre ele. Se cortarmos a haste da lança, podemos deitá-lo de costas. Ele ficará aliviado.

— Não pode arrancá-la? — perguntou Ambios, em um fio de voz.

— Se fizermos isso, ele morrerá agora.

Rápido, e sem saber o que está acontecendo com ele, pensou Caillean, *em vez de mais tarde, com mais dor.* Sabia que os homens atingidos no pulmão morriam. Seria muito mais bondoso tirar o pilo imediatamente. Mas, por mais que fosse por um tempo curto, Gawen fora o Pendragon, e a morte dos reis, assim como a das grã-sacerdotisas, não era como a de outros homens.

Sianna deveria poder se despedir, Caillean disse a si mesma, mas em seu coração ela sabia que era sua própria necessidade de uma palavra final de seu filho de criação que impelia sua decisão.

— Ergam o abrigo de galhos que construíram para ele nesta manhã e tragam para cá. Vamos cortar a haste do pilo e cuidar dele da melhor forma que pudermos.

Devagar, Caillean andou em torno do círculo. Enquanto Gawen lutava com os romanos, os monges nazarenos continuaram seu trabalho de destruição. Os dois pilares foram derrubados, junto com mais três pedras menores, e havia uma grande rachadura no altar de pedra. Por conta do hábito, ela se movia em sentido horário, mas o poder que deveria ter despertado enquanto ela passava, fluindo suavemente de pedra para pedra, agora brotava de modo letárgico, sem força ou direção definida. Como Gawen, o Tor fora ferido, e seu poder sangrava através das pedras destroçadas.

Os passos de Caillean se tornaram lentos, como se seu coração já não tivesse força para bombear o sangue através das veias. Podia sentir seu palpitar errático. *Talvez eu morra também.* Naquele momento, o pensamento era bem-vindo.

Fora do círculo, Gawen jazia limpo e cheio de curativos em sua cama improvisada, com Sianna ao lado. Haviam estancado o sangramento de suas outras feridas, mas a ponta da lança continuava em seu peito, e seu espírito ainda vagava na fronteira entre morte e sonho. Caillean se proibiu de virar para ver se algo mudara. Alguém a chamaria caso ele despertasse; não tiraria de Sianna qualquer conforto que ela pudesse encontrar ao ficar sozinha com ele naquele momento.

A última luz do dia cobriu a terra de ouro, brilhando na névoa que começava a se juntar em torno das colinas mais baixas. Caillean não podia ver nenhum movimento nos juncos ou na água aberta, ou nas trilhas de madeira que os cruzavam. Nada se mexia nos campos alagados ou nas ilhas formadas por colinas cobertas de árvores. Para onde olhasse, o campo estava em paz. *É uma ilusão*, disse a si mesma. *A terra deveria explodir em tempestade e fogo em um dia como este!*

A onda de ódio que a sacudiu quando seu olhar se moveu para as cabanas de taipa que circulavam a igreja de pedra do padre José a tomou de surpresa. Paulus matara o sonho do velho de ver as duas comunidades viverem lado a lado, seguindo seus caminhos separados em direção ao objetivo que ela e José compartilhavam. Mas mesmo ali ela não via ninguém. O povo do brejo disse que tinham fugido quando a escuridão veio, rezando desesperadamente pela libertação dos demônios que eles mesmos haviam invocado.

Além da igreja, a estrada Aquae Sulis seguia para o norte. Estava branca e vazia agora, mas quanto tempo levaria, ela se perguntava, até que o velho Macellius começasse a se preocupar com seus soldados e enviasse outro destacamento para descobrir o que acontecera com eles?

Gawen matara cinco e, quando a escuridão caiu, as faquinhas malignas dos homens do brejo deram conta do restante. Depois, levaram os corpos e os afundaram em pântanos, para que não poluíssem ainda mais o Tor. Mas, sem sombra de dúvidas, os monges deveriam estar a caminho para dizer aos romanos que os soldados tinham vindo, e o exército faria um ajuste de contas pesado.

Eles virão e vão terminar o que começou com o massacre na Ilha de Mona, quando eu era criança. A ordem dos druidas e o serviço a nossa Deusa serão enfim obliterados..., pensou Caillean, sombriamente. Naquele momento, achava difícil se importar. Ficou onde estava, olhando para as terras enquanto o sol se punha e a luz refluía para fora do mundo.

***

Estava totalmente escuro quando um toque em seu braço trouxe Caillean de volta à consciência. Não estava mais esperançosa, mas sua abstração ao menos lhe dera um pouco de paz.

— O que é? É Gawen...

Riannon meneou a cabeça.

— Ele ainda está dormindo. É o resto de nós que precisa da Senhora. Todos os druidas e sacerdotisas iniciados estão aqui. Estão assustados; alguns querem fugir antes que os romanos voltem, outros querem ficar e lutar. Fale com eles. Diga-nos o que fazer!

— Dizer a vocês? — Caillean balançou a cabeça. — Acha que minha magia é tão grande que só preciso sussurrar uma invocação e tudo ficará bem? Não pude salvar Gawen. O que a faz pensar que posso salvá-los?

Na penumbra, ela viu a dor no rosto de Riannon e parou de falar.

— A senhora é a Senhora de Avalon! Não pode simplesmente recuar porque perdeu a esperança. Sentimos o mesmo desespero que a senhora, mas sempre nos ensinou que não devemos permitir que nossos sentimentos determinem nossas ações, mas sim buscar a calma e permitir que o espírito eterno dentro de nós decida...

Caillean suspirou. Sentia-se como se seu próprio espírito tivesse morrido quando Paulus derrubou as pedras sagradas, mas as ações da mulher que tinha sido ainda a prendiam. *É verdade*, pensou, *que as correntes mais fortes são as que forjamos para nós mesmos.*

— Muito bem — disse, por fim. — Essa decisão vai afetar todas as nossas vidas. Não posso tomá-la por vocês, mas irei, e falaremos sobre o que fazer.

Um por um, os druidas coxearam até o círculo destruído. Ambios trouxe a cadeira de Caillean, e a sacerdotisa afundou nela, percebendo dolorosamente quanto tempo permanecera em pé. Havia aprendido a ignorar as demandas do corpo, mas agora sentia cada um de seus sessenta anos.

Várias lamparinas a óleo foram colocadas no chão. Na luz bruxuleante, Caillean viu um reflexo de sua própria angústia e de seu medo.

— Não podemos ficar aqui. Não sei muito sobre os romanos — disse Ambios —, mas todos sabem como eles punem aqueles que atacam seus soldados. Se for em uma guerra, os prisioneiros são vendidos como escravos, mas, quando membros da população civil se rebelam e atacam seus mestres, são crucificados...

— Nós bretões não temos permissão para ter armas, para que não sejam usadas contra eles — disse outro.

— Estão surpresos? — perguntou Riannon, com um orgulho amargo. — Vejam quanto estrago Gawen fez com a dele!

Todos se viraram para olhar por um minuto para as figuras imóveis no abrigo de folhas.

— É certo que conosco não terão misericórdia, de qualquer modo — falou Eiluned. — Ouvi histórias sobre o que fizeram com as mulheres de Mona. A Casa da Floresta foi fundada para proteger as que restaram. Jamais deveríamos ter saído de lá.

— Vernemeton está em ruínas — disse Caillean, de modo exausto. — Ela só durou tanto tempo porque o velho arquidruida Ardanos se tornou amigo pessoal de vários romanos importantes. Desde então, vivemos em paz porque as autoridades não tinham percebido que estamos aqui.

— Se ficarmos aqui seremos massacrados, ou pior. Mas para onde podemos ir? — perguntou Marged. — Nem as montanhas da Demetia nos esconderiam. Deveríamos pedir ao povo do brejo que nos construam barquinhos e navegar até as ilhas além do mar do oeste?

— Ai de nós — disse Riannon —, é mais provável que o pobre Gawen chegue àquelas ilhas antes de nós.

— Poderíamos fugir para o norte — sugeriu Ambios. — Os caledônios não se curvam a Roma.

— Eles se curvavam nos tempos de Agrícola — respondeu Brannos. — Quem pode saber se algum imperador ambicioso não tentará de novo? Além disso, o povo do norte tem seus próprios sacerdote e pode não nos receber bem.

— Então a ordem dos druidas na Britânia está acabada — concluiu Riannon, duramente. — Precisamos enviar as crianças que recebemos para treinar de volta para suas famílias, e nós mesmos precisamos fugir separados para encontrar o caminho da melhor maneira que pudermos.

Brannos balançou a cabeça.

— Sou velho demais para caminhadas do tipo. Ficarei aqui. Os romanos são bem-vindos para qualquer esporte que possam tirar de meus velhos ossos.

— E eu ficarei também — disse Caillean. — A Senhora Eilan me enviou para servir a Deusa nesta colina sagrada, e não vou quebrar a promessa que fiz a ela.

— Mãe Caillean! — começou Lysanda. — Não podemos ir embora. — Mas outro som a interrompeu. Sianna tinha se levantado um pouco e os chamava.

— Gawen está acordado! — gritou. — Vocês precisam vir!

Estranho, pensou Caillean, como seu cansaço de repente não desaparecera, mas se tornara insignificante. Foi a primeira a alcançar Gawen, ajoelhando-se do outro lado, movendo as mãos sobre o corpo dele para sentir a força vital ali. Era mais firme do que ela tinha esperado, e lembrou-se de que ele estava no ápice de sua juventude e também em boas condições físicas. Aquele corpo não renunciaria facilmente ao espírito que carregava.

— Contei a ele o que aconteceu depois que ele perdeu a consciência — disse Sianna, em voz baixa, enquanto os outros se juntavam a eles. — Mas o que vocês decidiram fazer?

— Não há refúgio para a ordem — falou Ambios. Ele olhou para o rosto pálido de Gawen e rapidamente desviou os olhos. — Devemos nos espalhar e esperar que os romanos não achem que valemos o esforço de nos caçar.

— Gawen não pode ser movido e não vou deixá-lo! — exclamou Sianna.

Caillean viu o movimento convulsivo de Gawen e pousou a mão sobre a dele.

— Fique quieto! Precisa poupar sua força!

— Para quê? — Gawen formou as palavras com os lábios. Espantosamente, havia uma centelha de humor em seus olhos. Então, seu olhar se moveu para Sianna. — Ela não pode se arriscar... por minha causa...

— Você não profanou as pedras sagradas — disse Caillean.

Ele tentou respirar fundo e se contraiu.

— Naquele momento, havia algo... para defender. Agora eu... estou acabado.

— E o que há neste mundo para mim se você não está nele? — gritou Sianna, curvando-se mais uma vez sobre ele. Seu cabelo brilhante velava o corpo ferido dele, e a força de seu choro balançava seus ombros. O rosto de Gawen se contorceu ao perceber que não tinha forças nem para levantar o braço que não estava ferido e confortá-la.

Caillean, os olhos ardendo com lágrimas, levantou a mão e a pousou no ombro de Sianna, sentindo subitamente sua carne formigar. Olhou para cima e viu o brilho de ar deslocado, e dentro dele a figura esguia da rainha das fadas.

— Se as sacerdotisas não podem protegê-la, minha filha, então deve voltar para o país das fadas, e o homem também. Ele não vai morrer se ficar sob meus cuidados no Além-Mundo.

Sianna se endireitou, esperança e desespero aparentes em seu olhar.

— E ficará curado?

O olhar escuro da mulher das fadas se voltou para Gawen, com compaixão e tristeza infinitas.

— Não sei. Talvez com o tempo, um tempo muito longo, conforme vocês contam essas coisas entre os homens.

— Ah, Senhora — sussurrou Gawen —, foi boa comigo, mas não entende o que pede. Ofereceria a mim a imortalidade do Povo Antigo, mas o que isso me traria? Sofrimento sem fim para meu corpo quebrado, e sofrimento para meu espírito quando pensasse no povo de Avalon e nas pedras profanadas. Sianna, minha querida, nosso amor é grande, mas não sobreviveria a isso. Pediria isso a mim?

Ele tossiu e, nos curativos em seu peito, a mancha vermelha aumentou. Soluçando, ela balançou a cabeça.

— Eu poderia tirar de você até essas memórias — disse, então, a mãe dela.

Gawen estendeu o braço, onde o dragão real se espiralava, as linhas sinuosas espantosamente escuras contra sua pele exangue.

— Pode tirar isso? — perguntou. — Então eu estaria morto, pois o que teriam não seria mais eu. Não aceito um resgate que não inclua os druidas e as pedras sagradas.

O pai dele teve essa sabedoria no final?, perguntou-se Caillean. *Se teve, então Eilan viu com mais clareza que eu, e fui injusta com o julgamento dela por todos esses anos.* Era irônico que chegasse a esse entendimento apenas naquele momento.

A rainha os observou com tristeza pesarosa.

— Tenho observado e estudado a humanidade desde antes da chegada do povo alto pelo mar. Mesmo assim, ainda não entendo vocês.

Mandei minha filha para aprender sua sabedoria, e com isso ela adquiriu suas fragilidades. Mas vejo que são determinados, e então lhes direi uma maneira pela qual as sacerdotisas e os druidas de Avalon podem ser salvos. Será difícil, até perigoso, e não posso garantir que vá acontecer, pois só ouvi que algo assim tinha sido tentado uma ou duas vezes em minha longa existência, e nem sempre com sucesso.

— Outra maneira de fazer o quê? Mãe, o que quer dizer?

Caillean sentou-se sobre os calcanhares, estreitando os olhos, pois tinha a impressão de que aquilo era algo de que também ouvira falar em histórias, uma vez.

— Uma maneira de separar esta Avalon em que vocês vivem do resto do mundo humano. Os romanos verão apenas a ilha de Inis Witrin, onde os nazarenos têm sua igreja. Mas haverá uma segunda Avalon para vocês, deslocada apenas o suficiente para que seu tempo corra em uma linha diferente, nem totalmente no país das fadas nem no mundo humano. Para a visão mortal, será coberta por uma névoa, que só poderá ser atravessada por aqueles que foram treinados para moldar o poder. — O olhar sombreado dela se moveu para Caillean. — Entende, Senhora de Avalon? Está disposta a ousar esse trabalho para o bem daqueles que ama?

— Estou — respondeu ela, rouca —, mesmo que ele me consuma. Ousaria mais que isso para o bem do encargo ao qual fiz meu juramento.

— Isso só pode ser feito quando as marés de poder estão em seu pico. Se esperarem até o solstício de verão, seus inimigos podem vir atrás de vocês, e eu não acho que Gawen possa durar tanto tempo.

— Mas as marés de Beltane estão começando a fluir, e o ritual que foi celebrado aqui na noite passada levantou um grande poder — disse Caillean, rapidamente. — Faremos agora.

Já era muito tarde quando ficaram prontos para começar. Não seria possível transportar todo o Vale de Avalon; mesmo afetar as sete ilhas sagradas era uma tarefa quase além da imaginação. Caillean enviara seu pessoal em pares, sacerdotes e sacerdotisas, para marcar os pontos com fogueiras reavivadas das chamas de Beltane. Os outros estavam reunidos no Tor.

No momento em que as estrelas ficaram imóveis para a meia-noite, Brannos pisou no cume do Tor, colocou a corneta de chifre nos lábios e soprou. Seus dedos podiam ser retorcidos demais para a harpa, mas não havia nada errado com seus pulmões. Em tom baixo no começo, o chamado da corneta viajou pelo ar escurecido, ganhando volume como se tirasse forças da própria noite, enchendo a escuridão com uma música tão profunda que Caillean pensou que uma vibração em resposta deveria estar ecoando das estrelas.

Sentindo a pele tremer com o calafrio de um transe iminente, Caillean soube que o que ouvia não era totalmente físico, pois qual som produzido por um corpo humano poderia encher o mundo? E por quais sentidos da carne ele poderia ser percebido? O que seu espírito ouvira era uma manifestação da velha vontade treinada dos druidas.

Olhou em torno do círculo. Tinham-no consertado da melhor forma que puderam, levantando as pedras caídas e juntando os pedaços estilhaçados; mas, naquela noite, o círculo real era construído de carne e espírito humanos. O povo de Avalon fora posicionado em torno dele, um círculo dentro e outro fora, extensões vivas dos pontos de poder que eram as pedras. A dança que não tiveram tempo de fazer naquela tarde seria feita naquele momento. Caillean fez um sinal para que Riannon começasse a música.

O que ela tocou era um ar grandioso, vivaz, como uma garça que rondava pelos juncos antigos quando os druidas chegaram àquela ilha. As duas linhas de dançarinos começaram a se mover em sentido horário em torno do círculo, separando-se para passar pelas pedras, cruzando-se entre elas, e separando-se em torno da próxima, de modo que as rochas eram emolduradas por meandros de luz. Para dentro e de novo para fora, para fora e para dentro teciam os dançarinos, a melodia acelerando a cada circuito.

Caillean sentiu o fluxo de energia ficando mais forte, a luz visível uma manifestação do poder que girava em torno do perímetro do círculo. Tremulava um pouco ao tocar as pedras quebradas, como a água que encontra um obstáculo no leito de um rio. Mas a água é irracional e segue o caminho de menor resistência. A determinação dos dançarinos faria aquele fluxo de força atravessar.

Enquanto os dançarinos se moviam mais rápido, energia rodopiava da circunferência, afinando ao irradiar para fora. Mas o poder que se movia para dentro era contido, sustentado por seu próprio momento e por seu próprio rodopiar; embora fosse mais lento e irregular onde as pedras haviam sido danificadas, ainda era forte.

A grã-sacerdotisa enviou uma gavinha de espírito para baixo, ancorando-se na terra do Tor. Por mais vezes que tivesse feito isso, sempre havia um momento de surpresa quando o poder começava a fluir de fato.

O ar dentro do círculo engrossava. Ela piscou; pedras e dançarinos estavam velados por uma névoa dourada ondulante. Em uma dimensão a apenas um fôlego daquela, a rainha das fadas esperava. Se os druidas conseguissem levantar poder suficiente, e se Caillean fosse forte o bastante para focá-lo, a mulher das fadas poderia usá-lo para puxar Avalon entre os mundos.

A energia se levantava em vertiginosas ondas, a distorção das pedras quebradas aumentando enquanto ela crescia. Caillean se esforçou para manter o equilíbrio, lembrando-se da noite em que voltara ao Tor através das águas durante uma tempestade, o barco saltando debaixo deles enquanto Andarilho da Água lutava para trazê-la. Mãos amigas esperavam para puxá-los para um abrigo apenas se Caillean pudesse jogar a corda até a margem. Havia se esforçado para fazê-lo, arremessando a corda até que quase caísse pelo lado. Mas fora um alívio momentâneo do vento que a salvara então.

Era como aquilo agora. Cambaleou, atingida pela energia que se avolumava, e não conseguiu recuperar o equilíbrio; podia recuperar a energia, mas não via como fazer com que se direcionasse.

— *Solte!*

Caillean não sabia se a voz vinha de dentro ou de fora; mas, de qualquer modo, não poderia ter continuado por muito mais tempo. Quando a vontade que a sustentara falhou, a energia explodiu para fora, e ela caiu.

***

— Sinto muito... Não fui forte o suficiente... — Caillean sabia que balbuciava. Piscou, sem ter certeza se estava consciente ou se era tudo uma espécie de sonho. Aos poucos o mundo se firmou. Ela estava sentada com as costas para a pedra do altar, rostos pálidos entrando e saindo de foco em torno dela.

— Sinto muito — disse de novo, com mais força. — Não quis assustá-los. Ajudem-me a ficar de pé.

Por fim, pensou sombriamente ao olhar em torno de si, tinha mantido o suficiente de sua velha disciplina para aterrar o recuo do poder em vez de permitir que ele devastasse o círculo. Embora parecessem abalados, estavam todos de pé. Ela mesma sentia-se como se tivesse sido pisoteada por uma manada de cavalos, mas a batida dolorosa de seu coração começava a se aliviar.

Uma movimentação além do círculo chamou sua atenção. O que estavam fazendo? Quatro dos membros mais jovens haviam colocado Gawen em uma liteira e o traziam para dentro do círculo de pedras.

— Foi a vontade dele, Senhora — disse Ambios, com uma entonação que completava: *Mesmo morrendo, ele é o rei...* Trouxeram bancos e colocaram a liteira sobre eles. Os músculos rígidos do rosto de Gawen relaxaram quando o balanço terminou, e depois de um momento ele abriu os olhos.

Caillean olhou para ele.

— Por quê...?

— Para lhe dar a ajuda que puder quando tentar de novo... — respondeu Gawen.

— De novo? — Caillean balançou a cabeça. — Fiz tudo o que sabia...

— Precisamos tentar de outra maneira — falou, então, Sianna. — Você não nos ensinou o poder de uma tríade em trabalhos como este? Três pontos são sempre muito mais equilibrados que apenas um.

— Quer dizer Gawen, você e eu? Mesmo ficar dentro do círculo seria um perigo para ele. Canalizar um poder assim poderia matá-lo!

— Vou morrer de qualquer maneira, por causa dos meus ferimentos, ou quando os romanos chegarem — Gawen disse baixo. — Ouvi que há uma grande magia na morte de um rei. Acho que, morrendo, terei ainda mais poder do que tive há uma semana, em plena saúde. Percebe, agora *lembro* o que sou e quem fui. A vida que me resta é um preço pequeno a pagar por tal vitória.

— Sianna também acha isso? — perguntou Caillean, com amargura.

— Este é o homem que amo... — A voz de Sianna oscilou apenas um pouco. — Como posso negar-lhe isso? Ele sempre foi um rei para mim.

— Nós nos encontraremos novamente. — Ele olhou para ela, e então para Caillean. — Não foi você mesma que nos ensinou que esta vida não é tudo?

Caillean o encarou, sentindo que seu coração ia se partir. Naquele momento não era apenas Gawen que via com clareza, mas também Sianna, e Caillean sabia que o espírito que brilhava pelos olhos da moça era um que ela às vezes amara, e com quem às vezes brigara, antes.

— Que assim seja — disse, pesadamente. — Vamos correr riscos juntos, então, pois acho que nós três estamos presos pela mesma corrente.

Ela se endireitou e olhou para os outros.

— Se vocês também continuam determinados a ousar fazer isso, então devem voltar aos seus lugares e ficar com as mãos dadas em torno das pedras. Mas não vamos dançar desta vez. As pedras danificadas não podem ancorar a energia. Devem enviá-la em sentido horário através das mãos dadas enquanto cantamos...

Uma vez mais o silêncio caiu sobre o Tor. Respirando fundo, Caillean enraizou seu ser na terra e começou a vibrar a primeira nota do acorde sagrado. Começou suavemente, intensificando-se enquanto mais vozes se juntavam, até que Caillean começou a *ver* a vibração, como uma névoa no ar. Depois que a nota se estabilizou, ela parou de cantar. Sianna e Gawen também estavam em silêncio, mas ela podia senti-los usando o som para centrar e focar sua energia.

Aquilo era encorajador, ou talvez ela estivesse apenas começando a deslizar para um estado mais profundo em que podia ver tudo o que acontecia com um olho imparcial. Aprofundando seu foco, ela começou a segunda nota do acorde.

Enquanto a harmonia ficava mais complexa, a luminescência enevoada se tornava mais brilhante. Se a energia levantada pela dança fora mais vigorosa, aquela luz parecia mais estável. Os druidas mais experientes haviam tomado suas posições ao lado das pedras danificadas, e sua força balanceava a dos outros.

Mais uma vez, Caillean reuniu suas próprias forças e soltou a terceira nota no ar pesado.

Aquilo com certeza devia estar funcionando, pensou enquanto as vozes mais altas das mulheres jovens completavam o acorde, pois agora podia discernir na luz um brilho de arco-íris, que começava aos poucos seu giro em sentido horário. Aquele era um poder não para ser controlado, e sim montado, levantado gentilmente por seu fluxo que se fortalecia. Agora, só precisava de direção.

— Eu canto as pedras sagradas de Avalon — ela entoou em uma quarta nota apoiada no acorde.

— Eu canto o círculo de luz e música... — Sianna a ecoou.

— Eu canto o espírito que além da dor se levanta... — A voz de Gawen era surpreendentemente forte.

— Sagrado o lugar alto que nos contém...

— Grama em suas encostas crescendo verde...

— Flores que sopram ao vento...

Vozes harmonizando em sequência continuaram o encantamento. Na luz de arco-íris, Caillean viu imagens de Avalon: névoas velando o brilho rosado do lago no alvorecer, o brilho de luz prateada à tarde, cacos de chamas entre os juncos no fim do dia. Invocaram a beleza do Tor na primavera, com uma guirlanda de flores de macieira, na força verde do verão, e velado nas brumas acinzentadas silenciosas do outono. A música se voltou para ilhas verdes, carvalhos, indo para o céu e a doçura das bagas guardadas pelas roseiras bravas.

Não havia nada da empolgação da primeira tentativa, apenas uma certeza crescente de que eles eram levantados pela música. Regularmente, o poder contido dentro do círculo se intensificava, irradiando aos poucos até o perímetro de território que os druidas tinham reivindicado. Mas o eixo da grande roda que girava devagar era a tríade na pedra do altar. Caillean tinha consciência do coração amoroso de Sianna e da alma corajosa de Gawen, e de si mesma, movendo-se entre homem e mulher para uma sabedoria que era ambos e nenhum deles, mudando o foco de um para o outro enquanto cantavam.

E então teve a impressão de conseguir ouvir outra voz, doce com a distância, uma voz do Além-Mundo. Sua música também era sobre Avalon, mas as belezas que cantava eram transcendentes e eternas, pertencendo àquela Avalon do coração que existe entre os mundos.

Nada mortal poderia ter resistido àquele chamado. O espírito de Caillean voejava como um passarinho buscando os céus. Um tremor balançou o chão; ela balançou para a frente, segurando-se na pedra do altar. A terra sob seus pés não era mais estável, mas sua ligação com os outros dois era uma corda de salvamento à qual ela se agarrava enquanto ondas de vibração a levantavam cada vez mais da realidade comum.

Não podia mais ver a pedra ou o círculo, apenas seus dois companheiros flutuando em uma névoa de luz. Sabia que não estavam mais em seus corpos, pois Gawen estava radiantemente inteiro, como estivera na noite anterior, com Sianna a seu lado. Caillean estendeu os braços e eles juntaram as mãos, e o contato foi como um lampejo momentâneo de poder lancinante, e então uma grande paz.

— Está consumado... — disse uma voz acima deles. Eles olharam e viram a rainha das fadas como ela é do outro lado, brilhando com um esplendor cuja beleza que ela às vezes usa entre os homens é apenas uma sugestão e um disfarce. — Fizeram bem. Falta apenas a tarefa de conjurar as nuvens para esconder a Ilha de Avalon do mundo. Vocês, minhas crianças, devem retornar a seus corpos. Será suficiente que a Senhora de Avalon, que está acostumada a ficar longe do corpo por mais tempo, seja testemunha e aprenda o encanto pelo qual será possível atravessar as brumas até o mundo externo.

Caillean se afastou dos outros. Sorrindo, Sianna começou a se virar, mas Gawen balançou a cabeça.

— A corda que me prendia àquela forma se partiu.

Os olhos de Sianna se arregalaram.

— Você está morto?

Surpreendentemente, Gawen sorriu.

— Pareço morto? É apenas meu corpo que desistiu. Agora estou livre.

E perdido para mim..., pensou Caillean. *Ah, meu doce menino, meu filho!* Ela começou a estender os braços para ele e então deixou as mãos caírem. Ele fora para além dela agora.

— Então ficarei aqui com você! — Sianna o apertou com força.

— Este local é apenas um limiar — disse a mãe dela —; logo vai desaparecer. Gawen precisa seguir, e você deve voltar ao mundo humano.

— Avalon está segura! — exclamou ela. — Por que eu deveria voltar agora?

— Se não se importa com a vida que ainda não viveu, então volte pelo bem da criança que carrega...

Os olhos de Sianna se arregalaram ainda mais, e Caillean sentiu o próprio espírito saltar com uma esperança que não sabia que havia perdido. Mas era o brilho de Gawen que crescia, como se a cada instante que passasse as convenções da carne tivessem menos importância.

— Viva, minha amada, viva e crie nosso filho, para que algo de mim permaneça no mundo.

— Viva, Sianna — gritou Caillean —, pois é jovem e forte, e eu precisarei muito de sua ajuda nos tempos que virão.

Gawen, tão brilhante agora que sua luz brilhava através de Sianna também, a tomou nos braços.

— Não parecerá tanto tempo. E quando sua hora chegar, caminharemos juntos mais uma vez!

— Promete?

Gawen riu.

— Só a verdade pode ser dita aqui...

E com aquelas palavras a luz se tornou ofuscante.

Caillean fechou os olhos, mas o ouviu dizer: *Eu te amo...* E, embora aquelas palavras pudessem ter sido ditas para Sianna, foi sua alma que as escutou, e pôde perceber que elas também tinham sido para ela.

***

Quando ela abriu os olhos, estava na margem larga e barrenta do pântano, onde as águas do Sabrina eram devolvidas em um fluxo contrário salobro pela maré. Ao seu lado estava a rainha das fadas, mais uma vez em seu disfarce da floresta, embora um sinal do glamour do Além-Mundo ainda se prendesse a ela. A noite havia acabado, e o ar clareava a cada instante. Sobre suas cabeças, gaivotas arremetiam, gritando, e o ar úmido estava pesado com o cheiro do mar distante.

— Está feito? — sussurrou Caillean.

— Olhe para trás — veio a resposta. Caillean se virou. Por um instante pensou que nada havia mudado. Então, viu que as pedras do círculo do Tor estavam inteiras e eretas, como se jamais tivessem sido profanadas, e a encosta além da fonte sagrada onde ficavam as cabanas redondas do padre José e seus monges estava vazia e verde.

— As brumas vão protegê-la... Chame-as agora...

Mais uma vez Caillean olhou para o oeste. Uma névoa fina saía das águas, aprofundando-se quanto mais longe olhava até se fundir na parede sólida de brumas do mar que viera com o amanhecer.

— Com que feitiço devo invocá-las?

A Senhora pegou da bolsa de seu cinto algo envolto em linho amarelo. Era uma tabuleta de ouro com estranhos caracteres inscritos, e, ao vê-los, a memória distante despertou e Caillean soube que tinham sido escritos pelos homens vindos das terras poderosas que agora jaziam sob o mar. Embora jamais tivesse ouvido aquela língua com seus ouvidos mortais, sabia quais palavras deveria dizer no instante que tocou a tabuleta.

Na distância, as brumas grossas se acumulavam e começavam a fluir. Elas vieram ondulando, seguindo seu chamado; rolaram sobre árvores, juncos e água até a planície de barro da margem, rodopiando em torno dela em um abraço fresco que aliviou o resto de sua dor.

Com um gesto, ela mandou as brumas para cada lado. *Envolvam-nos, cerquem-nos, levem-nos mais longe para dentro das brumas onde nenhum fanático pode gritar suas maldições ou jogar seus feitiços e apenas os deuses podem nos encontrar. Cerquem Avalon com brumas, onde estaremos para sempre e eternamente seguros!*

No momento, começou a sentir frio. No limite da visão, a névoa pendia pesada sobre a água, e Caillean sentiu que a paisagem familiar pela qual um dia viajara de Deva não estava mais diante dela, mas, em vez disso, uma estranheza, algo assombroso e apenas parcialmente visível aos olhos mortais.

Estivera ali por minutos ou horas? Sentia-se dolorida e rija, como se tivesse carregado toda Avalon sobre suas costas e ombros por um longo e exaustivo caminho.

— Está feito. — A voz da rainha tremulou. Ela parecia menor, como se também estivesse exausta do trabalho daquela noite. — Sua ilha está entre o mundo dos homens e o das fadas. Se alguém agora procurar Avalon, encontrará apenas a Ilha Sagrada dos nazarenos, a não ser que a pessoa tenha aprendido a magia ancestral. Pode ensinar o feitiço a algumas pessoas do povo do brejo, se forem merecedores, mas, além disso, o caminho só poderá ser passado por seus iniciados.

Caillean assentiu. O ar úmido parecia fresco e novo. Dali em diante, viveriam em uma terra limpa, sem dever nenhum serviço a príncipe ou imperador, sendo guiados apenas pelos deuses...

༺༻

Caillean fala:

Desde o momento em que as brumas das fadas rodopiaram em torno de nós pela primeira vez, o tempo de Avalon passou a correr em um curso diferente do tempo do mundo externo. De Beltane a Samhain, e de Samhain a Beltane novamente, os anos circularam, e daquele dia até hoje nenhum pé não santificado andou pelo Tor. Quando olho para trás, parece que faz tão pouco tempo; mas, por sua vez, a filha que Sianna deu a Gawen é agora uma mulher adulta e fez seu juramento à Deusa. E a própria Sianna é Senhora de Avalon em tudo, a não ser no nome.

Conforme envelheço, percebo meus pensamentos se voltando para o interior. As moças cuidam de mim com cuidado e fingem não notar quando chamo uma delas pelo nome da mãe. Não sinto dor, mas é verdade que as coisas do passado frequentemente são mais vívidas para mim do que as do presente. Dizem que é concedido a uma grã-sacerdotisa saber sua hora, e acho que não ficarei muito tempo neste corpo.

De tempos em tempos novas meninas vêm para ser treinadas, trazidas pelo povo do brejo, que conhece o encantamento, ou encontradas por nossas sacerdotisas, quando elas saem para o mundo. Algumas ficam um ano ou dois, e outras permanecem e fazem votos como sacerdotisas. Ainda assim, as mudanças aqui são pequenas comparadas com os eventos além de nosso vale. Três anos depois da morte de Gawen, o imperador Adriano veio em pessoa para a Britânia e fez seus exércitos construírem um grande muro através das terras do norte. Mas será esse muro o suficiente para manter as tribos selvagens presas em suas charnecas e montanhas para sempre?

Eu me pergunto. Os muros somente são tão fortes quanto os homens que o guarnecem.

É claro, o mesmo é verdade sobre Avalon.

Durante o dia penso no passado, mas na noite passada sonhei que comandava os ritos da lua cheia no topo do Tor. Olhei dentro da vasilha de prata e vi imagens do futuro refletidas ali. Vi um imperador que chamavam de Antonino marchando para o norte do muro de Adriano para construir outro em Alba. Mas os romanos não puderam mantê-lo e, alguns anos depois, botaram abaixo seus fortes e marcharam de volta. No futuro que vi na vasilha, tempos de paz eram sucedidos por estações de guerra. Uma nova confederação de tribos do norte ultrapassou o muro, e outro imperador, Severo, veio à Britânia para reprimi-la e voltou a Eburacum para morrer.

Em minhas visões, quase duzentos anos se passaram, e em todo esse tempo as brumas guardaram Avalon. No sul da Britânia, britânicos e romanos estão se tornando um só povo. Um novo imperador surgiu, chamado Diocleciano, e se ocupou de curar o império de suas últimas guerras civis.

Em meio aos vislumbres dos conflitos romanos, vi minhas sacerdotisas, geração após geração, adorando a Deusa no Tor Sagrado ou saindo para se tornarem esposas de príncipes e manter um pouco da velha sabedoria viva no mundo. E algumas vezes me pareceu que uma tinha a aparência de Gawen, e em outras haveria uma moça com a beleza de Eilan, ou uma menininha morena parecida com a rainha das fadas.

Mas não me vi renascida em Avalon. De acordo com os ensinamentos druidas, a santidade de algumas pessoas é tamanha que, quando a morte as libera do corpo, vão para sempre além dos círculos do mundo. Não acho que sou uma alma tão brilhante. Talvez, se a Deusa for misericordiosa, permitirá que meu espírito zele por minhas crianças até que seja necessário, para mim, viver mais uma vez na carne.

E, quando eu o fizer, pode ser que Gawen e Sianna também voltem. Reconheceremos uns aos outros?, eu me pergunto. Talvez não, mas acho que levaremos para aquelas novas vidas um pouco da memória de nosso amor anterior. Talvez, da próxima vez, Sianna seja a professora e seja minha vez de aprender. Mas, quanto a Gawen, ele sempre será o rei sagrado.

parte 2

A GRÃ-SACERDOTISA
285-293 d.C.

9

Desde o meio da manhã caía um chuvisco fino que encharcava e pesava sobre os mantos dos viajantes e desenhava véus finos de névoa pelas colinas. Os quatro homens libertos que foram contratados para acompanhar a Senhora de Avalon até Durnovaria cavalgavam encolhidos na sela, com água pingando dos robustos porretes de madeira do lado. Até a jovem sacerdotisa e os dois druidas que a atendiam haviam puxado os capuzes dos mantos peludos de lã até os olhos.

Dierna suspirou, desejando poder fazer o mesmo, mas sua avó lhe dissera muitas vezes que a grã-sacerdotisa de Avalon precisava dar o exemplo, e ela mesma cavalgara com as costas eretas até o dia de sua morte. Ainda que quisesse, Dierna não poderia ter ignorado aquela disciplina. Havia vezes, pensou, em que poder traçar sua ascendência por sete gerações, a maior parte delas sacerdotisas, desde a Senhora Sianna, era uma honra da qual não precisava. Mas não teria de suportar o clima por muito mais tempo. O terreno já se elevava e havia mais tráfego na estrada. Estariam em Durnovaria antes do anoitecer. Esperava que a moça que iam buscar valesse a viagem.

Conec, o mais jovem dos druidas, apontou, e ela viu a curva graciosa do aqueduto cortando a floresta.

— É mesmo uma maravilha — concordou —, especialmente quando não há motivo para que o povo de Durnovaria não utilize os poços da cidade para obter sua água. Os magnatas romanos conseguem sua fama construindo estruturas grandiosas em suas cidades; imagino que os príncipes durotriges quiseram imitá-los.

— O príncipe Eiddin Mynoc está mais interessado em melhorar as defesas — disse Lewal, o druida mais velho, um homem robusto, de cabelo cor de areia, que era o curandeiro deles e viera junto para comprar ervas que não conseguiam cultivar em Avalon.

— Bem, ele precisa estar — disse um dos homens libertos. — Com os piratas do canal nos atingindo cada vez mais a cada ano.

— A marinha deveria fazer algo — falou o outro. — Senão, por que pagamos aqueles impostos a Roma todos os anos?

A jovem Erdufylla fez o cavalo se aproximar do de Dierna, como se esperasse que um bando de piratas saltasse do próximo amontoado de árvores.

Quando chegaram ao topo da subida, Dierna conseguia ver a cidade, instalada em um promontório de calcário sobre o rio. O fosso e a muralha continuavam como ela se lembrava, mas agora estavam parcialmente cobertos por um novo muro de alvenaria. O rio corria marrom e silencioso sob a ribanceira, ladeado de lama negra. A maré deveria estar baixa, pensou então, olhando através da garoa para o cinza mais profundo, onde o céu se fundia ao mar. Gaivotas berravam as boas-vindas, volteando sobre suas cabeças e depois afastando-se. Os druidas se endireitaram, e até os cavalos, sentindo o fim da jornada, começaram a dar passadas mais ligeiras.

Dierna soltou o fôlego em um suspiro e somente ali admitiu sua ansiedade. Naquela noite, ao menos, estariam seguros e aquecidos dentro dos novos muros de Eiddin Mynoc. Agora podia permitir-se pensar na garota que era a razão daquela jornada sob a chuva.

***

— Teleri, está ouvindo? A grã-sacerdotisa jantará conosco esta noite. — A voz de Eiddin Mynoc ressoava como um trovão distante.

Teleri piscou, arrancando a mente daquele futuro que se aproximava depressa, no qual as sacerdotisas a levavam para Avalon com elas. No presente estava no escritório de seu pai em Durnovaria, onde ela torcia o vestido como uma criança nervosa.

— Sim, pai — respondeu no latim culto que o príncipe exigira que todos os filhos aprendessem.

— A senhora Dierna está vindo de tão longe para vê-la, filha. Ainda deseja ir com ela? Não quero pressionar sua decisão, mas não será possível mudá-la após ser tomada.

— Sim, pai — disse Teleri novamente, e então, vendo que ele esperava alguma elaboração: — Sim, quero ir.

Parada diante dele, muda como um escravo da cozinha, ela não se admirava que o pai pensasse que estava com medo. O príncipe era um pai indulgente – a maioria das garotas da idade dela já tinham sido casadas sem que ninguém considerasse seus desejos. Mas as sacerdotisas não se casavam. Se desejassem, tomavam amantes nos ritos sagrados e tinham filhos, mas não respondiam a nenhum homem. As sacerdotisas de Avalon possuíam uma magia poderosa. Não era medo que fazia Teleri ficar em silêncio, mas a força da felicidade desenfreada que pulsava através dela ao pensar na colina sagrada.

Desejava aquilo demais. Se começasse a dizer ao pai como realmente se sentia, teria de cantar, gritar e rodopiar pelo escritório do pai como uma louca. Então, baixou os olhos como deve fazer uma moça modesta e murmurou respostas monossilábicas ao questionário exasperado dele.

Estarão aqui esta noite!, pensou, quando o príncipe por fim a dispensou e ela pôde retornar a seus aposentos. A casa, de estrutura romana, voltava-se para dentro, para o átrio, as flores em vasos brilhando na chuva que caía. Sua vida toda fora daquela maneira, pensou, enquanto se apoiava contra um dos pilares da colunata – protegida e cultivada, mas voltada para dentro.

Mas havia uma escada que seguia até o telhado. Seu pai a colocara ali para poder observar a construção de seus novos muros. Prendendo a saia, Teleri a subiu, abriu o alçapão e virou o rosto para o vento. A chuva fez arder a pele; bastaram alguns segundos para que seu cabelo estivesse molhado e a água corresse por seu pescoço para encharcar o vestido. Ela não se importava. Os muros de seu pai brilhavam palidamente através da chuva, mas sobre eles Teleri conseguia ver a mancha acinzentada das colinas.

— Logo verei o que há atrás de vocês — sussurrou. — E então serei livre!

***

A casa na qual o príncipe dos durotriges ficava quando estava em sua cidade tribal tinha modelo romano. Fora decorada por artesãos nativos que tentaram interpretar a própria mitologia em estilo romano e a mobiliaram com desconsideração pela consistência e com conforto em vista. Grossos tapetes nativos de lã listrada cobriam os azulejos frios; uma manta de peles de raposa cobria o sofá. Dierna a olhou ansiosamente, mas sabia que, assim que afundasse em sua maciez, seria difícil se levantar de novo.

Ao menos os escravos do príncipe haviam trazido água morna para que se lavassem, e foi com gratidão que ela despiu os culotes e a túnica com os quais fizera a viagem e vestiu a túnica azul de mangas compridas de uma sacerdotisa de Avalon. Não usava ornamentos, mas suas vestes eram de lã finamente tecida e tingida de um azul particularmente rico e sutil cuja produção era um segredo da Ilha Sagrada.

Pegou o espelho de bronze e prendeu uma mecha que se soltara da coroa de tranças na qual torcera o abundante cabelo, e então puxou a barra da estola sobre a cabeça e colocou as dobras cruzando o peito, para que a ponta solta caísse por suas costas. Tanto as vestes como o penteado eram severos, mas a lã suave se moldava na curva generosa de seus seios e quadris, e seu cabelo, em contraste com o azul profundo e encaracolando-se de modo ainda mais rebelde no ar úmido, brilhava como fogo.

Olhou para Erdufylla, ainda tentando ajustar as dobras da própria estola, e sorriu.

— É melhor irmos. O príncipe não ficará feliz se o fizermos esperar pelo jantar...

A sacerdotisa mais jovem suspirou.

— Eu sei. Mas as outras mulheres estarão usando túnicas bordadas e colares de ouro, e eu me sinto tão *simples* com esta roupa.

— Entendo. Também senti o mesmo na primeira vez em que acompanhei minha avó em suas jornadas fora de Avalon. Ela me disse para não sentir inveja delas; seus objetos finos significam apenas que elas têm homens que podem fazer seus gostos. Você mesma conquistou as roupas que usa. Quando estiver entre elas, porte-se com tanto orgulho que elas é que sentirão que estão arrumadas demais e vão invejá-la.

Com seus traços estreitos e cabelo louro acinzentado, Erdufylla jamais seria bela, mas, enquanto Dierna falava, a jovem se endireitou e, quando a grã-sacerdotisa se moveu em direção à porta, ela a seguiu com o balanço gracioso e deslizante que era o presente de Avalon.

A casa era grande, com quatro alas em torno de um pátio. O príncipe e seus convidados se reuniam em um grande aposento na ala mais distante da rua. Uma parede fora pintada com cenas do casamento do Jovem Deus com a Virgem das Flores contra um fundo laranja queimado, e um mosaico com padrão de nós cobria o chão; escudos e lanças foram colocados em outras paredes, e uma pele de lobo cobria a cadeira em que o príncipe Eiddin Mynoc as aguardava.

Ele era um homem de meia-idade, com muitos fios prateados no cabelo escuro e na barba. O que fora um porte poderoso estava transformando-se em gordura, e apenas um brilho ocasional em seu olhar revelava a sagacidade que herdara da mãe, que fora uma filha de Avalon. Nenhuma de suas irmãs demonstrara nenhum talento que valesse a pena cultivar, mas, de acordo com a mensagem de Eiddin Mynoc, sua filha mais nova, embora bela, era "tão cheia de ataques e fantasias estranhas que bem poderia ir para Avalon".

Dierna olhou em torno do aposento, respondendo às boas-vindas do príncipe com um aceno elegante e precisamente equivalente. Aquilo era outra coisa que sua avó lhe ensinara. Em sua própria esfera, a Senhora de Avalon era o equivalente a um imperador. Os outros convidados – várias matronas vestidas ao estilo romano, um homem corpulento usando uma toga da classe equestre e três jovens musculosos que ela imaginou serem filhos de Eiddin Mynoc – a olhavam com um misto de respeito e curiosidade. A garota que viera encontrar ainda estava se enfeitando ou era tímida demais para enfrentar a companhia?

Uma das mulheres evitou seu olhar de uma forma um tanto enfática e, vendo o peixe de prata que ela usava em uma corrente fina, a sacerdotisa concluiu que ela devia ser cristã. Dierna ouvira que havia muitos deles nas partes do leste do império, mas, embora um grupo de monges vivesse na ilha de Inis Witrin, o equivalente de Avalon que ainda era parte do mundo, no resto da província o número era relativamente baixo. Pareciam ser tão dados a brigas e disputas que era provável que destruíssem a si mesmos muito em breve, sem qualquer assistência do imperador.

— Seus muros, senhor, estão subindo rapidamente — disse o homem de toga. — Aumentaram metade do contorno da cidade desde a última vez em que estive aqui.

— Na próxima vez em que vier, estarão prontos — respondeu Eiddin Mynoc, com orgulho. — Deixe que aqueles lobos do mar rosnem em outro lugar por seus jantares. Não conseguirão nada nas terras dos durotriges.

— São um presente grandioso para seu povo — disse o homem de toga, ignorando-o. Dierna percebeu que o encontrara uma vez antes. Era Gnaeus Claudius Pollio, um dos magistrados veteranos dali.

— É o único presente que os romanos nos permitem dar — murmurou um dos filhos. — Não nos permitem armar nosso povo e levam os soldados que deveriam nos proteger de volta para o outro lado do canal, para lutar as guerras deles.

O irmão dele assentiu vigorosamente.

— Não é justo pegar nossos impostos e não nos dar nada. Ao menos podíamos nos defender antes dos romanos!

— Se o imperador Maximiano não nos ajudar, precisaremos de um imperador nosso — disse o terceiro rapaz.

Ele não falara alto, mas Pollio fixou nele um olhar de desaprovação.

— E quem você elegeria, metido? Você mesmo?

— Não, não — o pai dele disse depressa —, não falamos de traição aqui. É apenas o sangue de seus ancestrais que queima em suas veias. Eles defenderam os durotriges desde antes que Júlio César viesse da Gália. É verdade que, quando o império tem problemas, a Britânia às vezes parece a última província com a qual se importam, mas ainda estamos melhor dentro de suas fronteiras do que brigando entre nós...

— A marinha precisaria nos proteger. O que Maximiano e Constâncio fazem com o dinheiro que lhes enviamos? Juraram acabar com os piratas — murmurou um dos homens mais velhos, balançando a cabeça. — Não têm almirantes que podem comandar uma frota contra homens daqueles?

Dierna, que estivera ouvindo com interesse, se virou irritada ao sentir um puxão na manga. Era a mais ricamente vestida das mulheres, Vitruvia, casada com Pollio.

— Senhora, me disseram que sabe muito sobre ervas e remédios...
— A voz dela se transformou em um sussurro quando começou a descrever as palpitações no coração que a assustavam. Dierna, olhando sob os cosméticos cuidadosos e as joias, reconheceu a ansiedade bastante real da mulher e se forçou a ouvir.

— Houve alguma mudança em seu fluxo mensal? — perguntou. Os homens, ainda discutindo sobre política, não notaram quando as duas se colocaram de lado.

— Ainda sou fértil! — exclamou Vitruvia, as cores no rosto pintado ficando mais fortes.

— Por enquanto — disse Dierna gentilmente —, mas está passando da regência da Mãe para a da Sábia. Essa transformação levará alguns anos para se completar. Enquanto isso, faça uma preparação de agripalma. Tome algumas gotas quando seu coração a perturbar e ficará aliviada.

Um aroma tentador de carne assada exalava do outro cômodo, e de repente ela se lembrou de quanto tempo se passara desde a refeição matinal. Pensara que a filha do príncipe se juntaria a eles no jantar, mas talvez Eiddin Mynoc fosse um pai antiquado que acreditava que moças solteiras devessem ser mantidas em isolamento. Um escravo apareceu na porta para anunciar que o jantar os aguardava.

Enquanto saíam para o corredor, Dierna sentiu algo, uma lufada de ar, talvez, como se uma porta para o exterior tivesse sido aberta mais adiante do salão, e se virou. Nas sombras do outro lado do saguão, algo pálido se movia; ela viu a forma de uma mulher que andava com um passo ligeiro e leve, como se soprada pelo vento. A grã-sacerdotisa parou de modo tão brusco que Erdufylla trombou com ela.

— O que foi?

Dierna não conseguia responder. Parte de sua mente identificara a recém-chegada como uma mulher que acabara de sair da infância, alta e esguia como um salgueiro que se dobrava, com pele pálida, cabelos escuros e algo dos ossos fortes de Eiddin Mynoc na linha das maçãs do rosto e da testa. Mas fora outro sentimento que a silenciara, um que apenas poderia caracterizar como *reconhecimento*.

O coração de Dierna saltou como o da pobre Vitruvia; piscou, por um momento vendo a moça frágil de cabelo claro e fino que estava vestida como sacerdotisa, e então novamente pequena, com reflexos avermelhados nos cachos escuros e braceletes de ouro enrodilhados como serpentes nos braços.

Quem é ela?, perguntou a si mesma, e depois: *Ou quem era ela, e quem era eu, que recebo seu retorno com uma alegria tão angustiada?* Por um instante, ouviu um nome: *Adsartha*...

E então a moça estava diante dela, os olhos escuros se arregalando ao ver as túnicas azuis. Com uma graça fluida ela caiu de joelhos, tomou a ponta que pendia da estola de Dierna e a beijou. A grã-sacerdotisa olhou para aquela cabeça curvada, sem poder se mexer.

— Ah, aqui está ela, minha criança transviada! — Veio a voz de Eiddin Mynoc de trás dela. — Teleri, minha querida, levante-se! O que a Senhora vai pensar de nós?

Ela se chama Teleri... A realidade viva da moça diante dela expulsou os outros nomes e rostos, e Dierna conseguiu respirar novamente.

— Minha filha, você de fato me honra — ela disse em voz baixa —, mas não é hora nem lugar de se ajoelhar para mim.

— Haverá outra, então? — perguntou Teleri, tomando a mão estendida de Dierna e levantando-se. A veneração em seu rosto já dava lugar a um riso encantado.

— É o que deseja? — perguntou Dierna, ainda segurando a mão dela. Um poder profundo demais para ser chamado de impulso trouxe novas palavras a seus lábios. — Falaremos de novo na presença das sacerdotisas, mas eu lhe pergunto agora. É por sua livre vontade, sem força ou coerção de seu pai ou de qualquer um, que busca entrar na sororidade sagrada que vive em Avalon?

Sabia que Erdufylla a olhava estupefata, mas, desde que se tornara grã-sacerdotisa, poucas vezes tivera tanta certeza de algo.

— Juro pela lua, as estrelas e a terra verde — respondeu Teleri avidamente.

— Então, no recebimento sincero que minhas irmãs lhe darão quando retornarmos, eu lhe dou boas-vindas.

Dierna pegou o rosto de Teleri entre as duas mãos e a beijou na testa.

***

Teleri ficou acordada durante muito tempo aquela noite. Quando o jantar havia acabado, Eiddin Mynoc, ressaltando que as sacerdotisas tiveram um dia cansativo na estrada, lhes desejou boa-noite e mandou a filha para a cama. Em sua mente, Teleri sabia que ele estava certo, e que ela mesma deveria ter notado a fadiga delas. Disse a si mesma que poderia falar com elas na jornada de volta a Avalon – teria o resto da vida para conversar com as sacerdotisas. Mas seu coração gritava em frustração por precisar deixá-las.

Teleri esperava ser impressionada pela Senhora de Avalon. Todos ouviram histórias sobre o Tor pontudo que, como o país das fadas, era oculto pelas brumas que só um iniciado podia atravessar. Alguns pensavam que era uma lenda, pois, quando as sacerdotisas saíam pelo mundo, normalmente vinham disfarçadas. Mas as velhas famílias reais das tribos sabiam a verdade, pois muitas de suas filhas tinham passado uma estação ou duas na Ilha Sagrada, e, às vezes, quando a saúde da terra exigia, uma das sacerdotisas era enviada para realizar o Grande Casamento com um chefe nas fogueiras de Beltane. O que ela não esperara era responder como se a grã-sacerdotisa fosse alguém muito amada de muito tempo atrás.

Ela deve pensar que sou uma tola!, Teleri disse a si mesma, virando-se de novo. *Imagino que todos a veneram.* A Senhora de Avalon era descrita como uma figura espetacular em todas as histórias, e era verdade. A senhora Dierna era como o fogo de um farol ardendo contra o céu da meia-noite. Perto daquele brilho, Teleri sentiu-se como um fantasma. Talvez, pensou então, fosse de fato o espírito de alguém que conhecera Dierna em outra vida.

Com aquilo, começou a rir. Logo estaria imaginando a si mesma como Boudicca ou a imperatriz de Roma. *É mais provável*, disse a si mesma, *que tenha sido a serva de Dierna!* E, ainda sorrindo, adormeceu.

Teleri teria viajado de bom grado na manhã seguinte, mas, conforme seu pai observou, não era hospitaleiro mandar de volta o povo de Avalon sem que tivessem ao menos um dia para se recuperar da jornada, e eles, no caso, precisavam de coisas dos mercados de Durnovaria. Teleri se transformou na sombra de Dierna. O momento de intimidade assombrosa que ocorrera quando se encontraram não se repetiu, mas achou surpreendentemente fácil estar na companhia daquela mulher mais velha.

E, aos poucos, Teleri percebeu que sua diferença de idade não era tão grande quanto imaginara. Ela mesma agora tinha dezoito anos, mas a grã-sacerdotisa era apenas dez anos mais velha. Era a responsabilidade e a experiência que faziam a diferença entre elas. Erdufylla lhe dissera que à primeira criança de Dierna, uma filha, ainda estava no útero quando a mãe se tornou grã-sacerdotisa, aos vinte e três anos, e fora mandada para ser criada em outro lugar antes de completar três anos. Pensar nos filhos de Dierna fez Teleri se sentir ela mesma como uma criança. E foi com a antecipação de uma criança que ela adormeceu naquela noite, ansiosa para a partida na manhã seguinte.

Era um amanhecer úmido e chuvoso quando saíram de Durnovaria, deixando a cidade, ainda envolta em sono, atrás deles. A grã-sacerdotisa quis sair cedo, pois o primeiro estágio da jornada seria longo. O homem liberto que abriu os portões ainda estava bocejando e esfregando os olhos. Teleri se perguntava se ele ao menos se lembraria dos viajantes para os quais os abrira. Envoltas em seus mantos escuros, as duas sacerdotisas passaram como sombras, e até os homens de sua escolta pareciam ter absorvido um pouco do anonimato delas.

Teleri estava totalmente acordada; sempre se levantava cedo, e a antecipação a tirara da cama bem antes de ela ser chamada. Nem os céus brilhantes poderiam amortecer seu ânimo. Ela puxou as rédeas para fazer sua égua sair e ouviu os primeiros pássaros saudarem o dia que amanhecia.

Estavam apenas descendo a encosta para o rio quando ouviu um canto de pássaro que não reconheceu. Era outono, época em que muitos pássaros passavam em seu caminho para o sul. Teleri olhou ao redor, imaginando se o canto era de um tipo de ave que ela não tinha visto antes. Disseram que as áreas alagadiças em torno de Avalon eram um reduto para aves aquáticas. Sem dúvida, encontraria muitos pássaros novos lá. O canto soou de novo, e as orelhas de sua égua se levantaram. Teleri sentiu uma pontada de inquietação e puxou o capuz para trás para ver.

Algo se movia entre os salgueiros. Fez a égua voltar e falou com o homem liberto mais próximo, que se endireitou, procurando seu porrete e olhando para onde ela havia apontado. Então ouviram alguém assoviar, os salgueiros estremeceram e, no momento seguinte, a estrada se encheu de homens armados.

— Cuidado! — gritou o mais jovem dos dois druidas, que ia na frente. Uma lança bateu; ela viu o rosto dele mudar, e seu pônei disparou, relinchando, enquanto ele caía. Sua própria égua começou a empinar quando ela começou a virá-la; então, Teleri percebeu que Dierna estava sem proteção e voltou para perto dela.

A estrada estava cheia de homens. Pontas de lanças brilhavam na fraca luz da manhã, e ela vislumbrou o cintilar de uma espada. Os homens libertos atacavam com seus porretes, mas aquelas eram armas ruins contra lâminas afiadas. Um a um, foram arrancados de seus cavalos; o ar ecoava seus gritos. A própria montaria de Teleri disparou com o cheiro de sangue. Um rosto contorcido a olhou maliciosamente, e ela sentiu uma mão calosa em torno de seu tornozelo. Golpeou o homem com seu chicote de montaria e ele caiu.

Dierna havia derrubado as rédeas e levantava os braços, desenhando sinais estranhos no ar. Teleri sentiu os próprios ouvidos zumbirem quando a grã-sacerdotisa começou a cantar; a confusão em torno dela diminuiu. De trás veio um grito de uma voz grossa. Ela se virou, viu uma lança pesada voando na direção de Dierna e bateu na égua para que ela fosse para a frente. Mas era longe demais. Foi Erdufylla, que não ousara sair do lado de Dierna, que fez o movimento convulsivo que colocou seu corpo entre a grã-sacerdotisa e a lança.

Teleri viu a ponta terrível atravessar o peito da mulher e ouviu seu grito ao ser jogada para trás, nos braços de Dierna. Quando os cavalos apavorados empinaram, as duas foram ao chão. Teleri deu um novo golpe com o chicote; um homem xingou, e sua égua foi para baixo enquanto ele tentava pegar as rédeas. Quando Teleri tentou recuar, as rédeas foram arrancadas de sua mão. Ela fuçou sob o manto buscando a faca na cinta e acertou o primeiro homem que tentou pegá-la, mas em um momento alguém a agarrou por trás e a arrancou da sela.

Ela gritou, ainda debatendo-se, mas um golpe a desnorteou. Quando conseguiu pensar de novo, estava deitada na floresta, com pés e mãos amarrados. Em meio às árvores viu os cavalos de seu grupo desaparecendo pela estrada. Os saqueadores que os cavalgavam haviam colocado mantos sobre as cabeças, e ela se perguntou se os guardas no portão notariam que os cavaleiros eram outros. Os dois homens que foram deixados para guardar os prisioneiros, no entanto, não tinham necessidade de esconder seus cabelos loiros.

Piratas!, ela pensou, pesarosamente. *Saxões ou talvez renegados frísios da Bélgica.* As conversas que considerara tão chatas na mesa de jantar do pai de repente adquiriram um significado brutal. Piscando para conter lágrimas de raiva, ela virou o rosto.

Dierna jazia a seu lado. Por um momento, Teleri pensou que a grã-sacerdotisa estava morta; então viu que, como ela, a mulher estava amarrada. Não teriam se dado ao trabalho de amarrar um corpo. Mas Dierna estava quieta demais. A pele clara estava pálida, e Teleri podia ver que um hematoma feio se formava na testa. Em seu pescoço, no entanto, um pulso ainda batia, e seu peito ainda subia e descia, devagar.

Além das sacerdotisas, outros corpos jaziam espalhados onde haviam caído depois de ser arrastados da estrada. O jovem druida estava ali, e os homens libertos, e, com um peso no coração, Teleri também reconheceu Erdufylla. Disse a si mesma que não deveria se surpreender, pois ninguém sobreviveria a um ferimento daqueles. Além de si mesma e de Dierna, de seu grupo, apenas o curandeiro, Lewal, sobrevivera.

Teleri sussurrou o nome dele. Por um instante, pensou que ele não ouvira; então, a cabeça dele se virou.

— Bateram nela? — Ela fez um gesto com a cabeça em direção à sacerdotisa.

Ele balançou a cabeça.

— Acho que levou um coice de um dos cavalos quando caiu, mas não me permitiram examiná-la.

— Ela vai viver? — sussurrou Teleri, ainda mais baixo.

Por um momento, Lewal fechou os olhos.

— Se os deuses forem bons. Com um golpe na cabeça, apenas podemos esperar. Mesmo se estivesse livre, eu não poderia fazer muito além de mantê-la aquecida.

Teleri estremeceu. Não chovia, mas o céu ainda estava cinza e agitado.

— Role para este lado, e farei o mesmo — ela disse baixo. — Talvez o calor de nossos corpos ajude.

— Eu deveria ter pensado nisso... — Uma centelha de luz voltou aos olhos dele. Com cautela, parando sempre que um de seus captores olhava para o lado deles, começaram a se contorcer em direção a Dierna.

O tempo que se seguiu pareceu infinito, mas na verdade apenas duas horas se passaram até que ouvissem a força principal dos saqueadores voltando. Teleri se lembrou de que era costume daqueles animais atacar rapidamente e depois fugir, carregando a pilhagem que pudessem, antes que as vítimas pudessem juntar forças para resistir.

Um guerreiro jogou Teleri a seus pés e começou a sentir a lã fina de seu vestido entre os dedos. Quando começou a apertar os seios abaixo, ela cuspiu nele; ele riu e a deixou em paz, dizendo algo incompreensível.

— Eu falei a eles que você é rica e vai trazer um bom resgate. Aprendi um pouco da língua deles para poder comprar ervas — Lewal disse a Teleri.

Um dos piratas se curvou sobre Dierna, claramente sem saber conciliar suas mãos brancas e as roupas grosseiras de viagem. Depois de um momento, ele deu de ombros e começou a tirar a espada.

— Não! — gritou Teleri. — Ela é *sacerdos, opulenta*. Sacerdotisa! Muito rica!

Alguns daqueles homens deviam saber latim. Ela olhou com desespero para Lewal.

— *Gytha! Rica!* — ele a ecoou.

O saxão olhou incrédulo, mas guardou a lâmina, levantou o corpo inerte de Dierna e a colocou sobre o ombro. Os homens que seguravam Teleri e Lewal os empurraram atrás, e em um momento estavam todos os três amarrados no lombo de cavalos roubados.

Quando enfim pararam, Teleri queria estar inconsciente como a sacerdotisa.

O navio dos saqueadores fora ancorado em uma enseada isolada, e um acampamento temporário fora feito na margem. Tendas rústicas abrigavam a pilhagem perecível; o resto estava empilhado perto das fogueiras. Os cativos foram jogados ao lado de uma pilha de sacos de grãos e, então, pareceram ser esquecidos enquanto os homens começavam a fazer as fogueiras e dividir as comidas que haviam tomado, especialmente o vinho.

— Se tivermos sorte, vão se esquecer de nós — disse Lewal, quando Teleri se perguntou se seriam alimentados — ao menos até amanhã, quando o efeito do vinho terá passado.

Ele se retorceu para cima e pousou as costas da mão contra a testa de Dierna. Ela tinha gemido um pouco ao ser tirada do cavalo, mas, embora a consciência pudesse estar mais próxima, a sacerdotisa ainda não abrira os olhos.

A escuridão caiu. O acampamento começou a assumir a aparência de ordem enquanto os homens se acomodavam ao lado das fogueiras. Havia uma boa mistura de negro e castanho entre as cabeças louras dos saxões e frísios, e o latim grosseiro se mesclava às notas guturais das línguas germânicas. Desertores do exército e escravos fugitivos haviam formado uma causa em comum com os bárbaros. A única exigência para aceitação ali parecia ser a brutalidade e um braço forte para um remo ou uma espada. O aroma de porco assado fez a boca de Teleri salivar; ela virou o rosto e tentou se lembrar de como rezar.

Caíra em um cochilo desconfortável quando o barulho de um passo perto dela a trouxe para uma consciência trêmula. Já começava a se virar quando um chute em sua costela a fez se levantar, olhando. O pirata que a chutara riu. Não era mais limpo que os outros, mas o ouro que usava sobre o colete de peles sugeria que, entre eles, era o chefe. Ele agarrou os ombros de Teleri e a puxou de frente para ele, e, quando ela se retorceu, o homem a segurou forte contra o peito com um braço, imobilizando as mãos presas dela. A outra mão se fechou em seu cabelo. Ele sorriu por um breve momento e então colocou a boca contra a dela.

Quando ele se endireitou, alguns dos homens torciam, enquanto outros franziam o cenho. Teleri buscava ar, mal acreditando no que ele fizera com ela. Então, a mão calosa dele se enfiou sob a gola de seu vestido, apalpando em busca do seio, e suas intenções ficaram bem claras.

— Por favor — ela não podia se afastar, mas agora conseguia virar a cabeça —, se ele me fizer mal, não vão receber recompensa! Por favor, façam com que ele me deixe em paz!

Alguns deles pareceram entender seu latim. Dois ou três se levantaram, e um deles deu um passo em direção a seu captor. Ela não compreendeu o que ele disse, mas era claramente um desafio, pois o chefe parou o que fazia em busca de sua espada. Por um momento, ninguém se moveu. Teleri viu como o olhar pálido dele se moveu de um homem para o outro, viu o combate os deixando quando ninguém sustentou seu olhar, e ouviu a própria condenação sendo selada quando ele começou a rir.

Teleri chutou e se retorceu quando ele a levantou, mas seu captor apenas a apertou mais forte. Enquanto ele a carregava para a pilha de dormir do outro lado da fogueira, ela conseguiu ouvir os outros homens rindo.

***

Por um longo tempo Dierna esteve vagando em um mundo de sonho feito de névoas e sombra. Ela se perguntava se eram os charcos abaixo de Avalon, já que sempre havia nuvens nas fronteiras entre a esfera protegida do Tor Sagrado e o mundo externo. Com esse pensamento, a cena ficou mais clara. Estava de pé em uma das muitas ilhotas, onde alguns salgueiros se prendiam a um montículo sobre os juncos. Havia penas no chão barrento; ela assentiu, sabendo que o ninho do pato-real deveria estar próximo. E, agora, podia ver seus próprios pezinhos nus e as saias encharcadas do vestido. Mas havia algo de que precisava se lembrar. Olhou ansiosamente em torno de si.

— D'rna... espere por mim!

O chamado veio de trás dela. Ela se virou rapidamente, recordando-se agora que havia proibido a irmãzinha de segui-la quando fosse pegar ovos de pássaros, mas a criança havia desobedecido.

— Becca! Estou indo. Não se mexa!

Aos onze anos, Dierna conhecia os charcos bem o suficiente para caminhar por eles sozinha. Buscava ovos frescos para uma das sacerdotisas, que estava doente. Becca tinha apenas seis anos, pequena demais para pular de um tufo a outro; Dierna não queria que a criança a atrasasse. Mas desde que a mãe delas morrera, no ano anterior, a menininha era a sombra de Dierna. Como tinha conseguido chegar tão longe sozinha?

Dierna passou a vau pelas águas escuras, olhando em torno de si. Um pato grasnou a distância, mas nada se movia.

— Becca, onde você está? Bata na água e vou seguir o barulho! — chamou. E, quando conseguisse deixar a irmã novamente em segurança, disse a si mesma, iria dar umas palmadas na bunda dela por desobedecê-la. Não era justo! Não podia ter apenas essas poucas horas para si mesma, sem ter sempre que ficar responsável pela criança?

Do outro lado do próximo tufo ouviu um barulho na água e se retesou, ouvindo, até que soou novamente. Tentou ir mais rápido, calculando mal o passo, e arquejou quando um pé afundou na lama profunda e continuou a descer. Ela se debateu furiosamente, agarrou um galho baixo do salgueiro e se prendeu a ele, escorando o pé que estava no chão sólido e mexendo o outro gentilmente para a frente e para trás até que a lama o soltasse.

Dierna agora estava molhada até a cintura. Tremendo, chamou a irmã novamente. Ouviu uma agitação na água atrás das árvores.

— D'rna, não consigo me mexer — veio a resposta. — Me ajude!

Dierna pensou que, embora já tivesse ficado assustada antes, era um terror novo e diferente que impactava como gelo através de suas veias. Agarrou-se aos juncos, sem se preocupar se cortavam suas mãos, e se impulsionou para a frente, subiu em raízes de árvores e viu grama do outro lado. A névoa estava pesada ali, e não podia ver nada. No entanto, conseguia ouvir o gemido de Becca; empurrou novamente, seguindo o som.

O caminho estava bloqueado por um salgueiro caído. Dierna se empurrou para os galhos, os pés escorregando no tronco que apodrecia abaixo.

— Becca! — gritou. — Onde você está? Me responda!

***

— Me ajude! — O chamado veio novamente.

A luz do fogo dançava nas pálpebras fechadas de Dierna, e ela gemeu. Tinha estado nos charcos. Por que havia uma fogueira? Mas não tinha importância; sua irmã a chamava, e precisava chegar até ela. Prendeu a respiração. Não conseguia se mexer! A lama a prendera também? Ela se retorceu, lutando para se lembrar do próprio corpo, e sentiu a sensação voltando com uma onda de dor.

Alguém ria... Dierna ficou imóvel. Então, sua irmã gritou.

Dierna sentou-se, a cabeça girando, e quando tentou se equilibrar, viu que as mãos estavam presas e caiu de novo. Através de pálpebras semicerradas viu a fogueira, rostos lascivos e o corpo branco de uma mulher que lutava com o homem de colete de peles. Os culotes dele estavam abaixados; os músculos em seu traseiro rosado se flexionavam enquanto ele tentava prender a garota no chão.

A sacerdotisa encarou. Não sabia onde estava, mas entendia o que estava acontecendo ali e, naquele momento, era sua irmã que mais uma vez pedia seu socorro. Com um grunhido de raiva, ela arrebentou as cordas nos pulsos e sentou-se.

Os saqueadores não a viram se mover. Estavam observando a luta, fazendo apostas sobre quanto tempo duraria. Dierna respirou fundo, não buscando calma, mas sim o controle que permitiria que canalizasse sua fúria.

— Briga — sussurrou —, Grande Mãe, me dê sua magia para salvar esta criança!

O que ela podia usar? Mesmo que pudesse lutar contra tantos homens, não havia nenhuma arma a seu alcance; mas havia fogo. Com outra respiração, projetou sua vontade naquelas chamas que ondeavam. O calor queimou sua alma, mas, depois do frio da água em sua memória, aquilo era bem-vindo. Ela abraçou o tormento, se tornou parte dele, levantando até ficar ereta no meio do fogo.

Para os que assistiam, era como se um vento invisível atiçasse as chamas, levando-as à fúria e fazendo com que rodopiassem para cima até que todos podiam ver uma mulher formada de fogo. Por um momento, ela flutuou, faíscas caindo de seus cabelos; então, começou a se mover. Os saqueadores estavam de pé agora. Alguns, dedos fazendo sinal de proteção, começaram a se afastar. Um homem atirou o punhal; ele passou através da figura de fogo e ecoou no chão.

Apenas o homem que tentava estuprar Teleri não notou. Ele tinha prendido as pernas da moça e agora puxava os culotes dela.

— *Deseja o fogo do amor? Receba meu abraço e queime!* — gritou a deusa.

Braços de fogo se estenderam; com um grito, o chefe pulou para longe da moça. Ele gritou de novo ao ver o que o queimava e encolheu o corpo para um lado. O fogo pairou sobre ele, que, atrapalhado por seus próprios culotes abertos, se mexia em uma tentativa de fugir.

Mas, quando ele rolou para longe de sua vítima, aquilo brilhou de novo, prendendo-o como ele prendera a moça. Em um instante seu colete fumegava e seu cabelo estava em chamas. Então ele começou a gritar de verdade, mas seus gritos adiantaram ainda menos que os dela, pois seus homens atravessavam as árvores, tropeçando no equipamento e uns nos outros em sua pressa de fugir.

Não fez diferença para o fogo. Enquanto o homem se movia, ele continuava a arder, e apenas quando seus últimos espasmos acabaram o fogo se afastou em uma chuva de faíscas e desapareceu.

***

— Dierna...

Engasgando, a sacerdotisa voltou ao próprio corpo. Sentiu as mãos soltas queimando com a volta da circulação e mordeu o lábio contra a dor. Lewal cortava as cordas em torno de seus tornozelos; em um breve instante elas foram cortadas, e ela estremeceu enquanto uma sensação formigava em seus membros inferiores.

— Dierna, olhe para mim!

Outro rosto entrou em vista, pálido, emoldurado por um emaranhado de cabelos escuros.

— Becca, você está viva... — ela sussurrou e então piscou. Aquela era uma mulher adulta, o vestido rasgado pendendo de um ombro, os olhos ainda escuros com a memória do horror, o rosto molhado de lágrimas.

— Sou Teleri, Senhora. Não me reconhece?

O olhar de Dierna se moveu para a fogueira e a coisa queimada além dela, e então voltou para o rosto de Teleri.

— Agora me lembro. Pensei que era minha irmã... — Ela estremeceu, vendo novamente as ondas que encresparam a superfície da água escura e algo pálido abaixo. Dierna havia pulado no lago, buscando até que seus dedos se fechassem em um pano e, então, no braço da irmã. Sua respiração ficou mais rápida ao se recordar de puxar, mergulhar, colocar a cabeça da irmã para cima e então agarrar um tronco que flutuava. Seus esforços o prenderam em um banco, e com aquele suporte poderia tentar puxar mais uma vez. — Ela ficou presa na areia movediça. Ouvi seus gritos, mas quando cheguei lá ela tinha sido engolida, e não tive forças para arrastá-la para fora.

Dierna fechou os olhos. Mesmo sabendo que não havia esperança, ficara onde estava, uma mão segurando Becca e a outra, o tronco, até que os homens a encontraram quando foram procurar nos pântanos com tochas.

— Minha Senhora, não chore. — Teleri se curvou sobre ela. — Você teve tempo de me salvar.

— Sim. Deve ser minha irmã agora. — Dierna olhou para ela e conseguiu sorrir. Ela estendeu os braços e Teleri se enlaçou neles. De algum modo, aquilo parecia certo. *Esta eu vou manter em segurança*, pensou. *Não vou perdê-la novamente!*

— Senhora, consegue cavalgar? Precisamos ir embora antes que aquelas bestas retornem! — disse Lewal. — Procure comida e odres. Vou selar três cavalos e soltar os outros...

— Bestas... — ecoou Dierna, enquanto Teleri a ajudava a se levantar. — Não. Nenhum animal é tão cruel com sua própria espécie. O mal pertence aos homens. — Sua cabeça doía, mas ela tinha uma longa prática em conter as reclamações do corpo. — Ajude-me a subir no cavalo e ficarei lá em cima — completou —, mas e quanto a você, pequena? Ele a machucou muito?

Teleri olhou para o monte de carne retorcida que um dia fora um homem e engoliu em seco.

— Tenho hematomas — sussurrou —, mas ainda sou uma donzela.

Em corpo, pensou Dierna, *mas aquele demônio estuprou a alma dela*. Segurando-se no ombro de Teleri, ela se endireitou e estendeu a mão.

— Este não vai mais estuprar mulheres, mas era apenas um de muitos. Que o fogo da Senhora os consuma todos! Por fogo e água eu os amaldiçoo, pelos ventos do céu e pela terra sagrada na qual pisamos. Que o mar se levante contra eles e nenhum porto lhes dê abrigo. Assim como viveram pela espada, que encontrem um inimigo cuja espada vai derrubá-los!

Dierna podia sentir o poder a deixando enquanto a maldição se afastava. Com a certeza de que vinha às vezes na magia, sabia que aquelas palavras seriam ouvidas no Além-Mundo, e, embora talvez jamais soubesse o que acontecera com os saqueadores, o fim deles era certo. Se a Deusa fosse boa, um dia ela encontraria o herói que os puniu e apertaria sua mão. Ela balançou, e Teleri a equilibrou.

— Vamos agora, minha Senhora — disse Lewal. — Vou ajudá-la a montar, e vamos.

Dierna assentiu.

— Vamos para casa, para Avalon...

10

Teleri puxou outro punhado de lã da cesta e o adicionou ao fuso preso à roca em sua mão esquerda. Usou a mão direita para levantar o fio que levava a ele, tirando a tensão; uma torção rápida fez o fuso girar, e seus dedos voltaram a guiar o fio. O sol de começo de primavera que se fortalecia esquentava suas costas e ombros. Aquele canto do pomar de macieiras ficava fora do vento, um lugar favorito para sentar no inverno, mas agora ainda mais belo, quando o sol começava a persuadir os primeiros botões a florir.

— Seu fio é tão regular — suspirou a pequena Lina, alternando seu olhar do fio empelotado enrolado em seu próprio fuso para a fibra suave de Teleri.

— Bem, tenho muita prática — disse Teleri, sorrindo de volta para ela —, embora jamais esperasse precisar desta habilidade aqui. Mas imagino que, enquanto príncipes e sacerdotisas precisem de roupas, alguém precisará fiar, como fazemos agora. As mulheres do salão de meu pai não sabiam falar de nada além de homens e bebês. Ao menos o que é dito sobre os fusos aqui tem algum significado.

Ela olhou para a velha Cigfolla, que havia contado como a Casa das Sacerdotisas se estabelecera em Avalon.

Lina a olhou em dúvida.

— Mas algumas das sacerdotisas têm bebês. Dierna mesmo teve três. São tão lindos. Eu sonho em ter uma criança nos braços.

— Eu não — respondeu Teleri. — Isso é a única coisa que as mulheres com quem eu cresci *podiam* fazer. Talvez seja natural sonhar com o que não se tem.

— Ao menos a escolha é nossa — disse uma das outras garotas. — Quando nossas sacerdotisas viviam na Casa da Floresta, há muito tempo, eram proibidas de se deitarem com homens. Fico feliz que esse costume mudou! — ela acrescentou, fervorosamente, e todas riram. — As sacerdotisas de Avalon podem ter filhos, mas não *precisam* tê-los. Nossos bebês vêm pela vontade da Deusa e pela nossa, não para agradar nenhum homem!

Então não terei nenhum, pensou Teleri, puxando outro punhado de lã.

Pela graça da Deusa e a magia de Dierna, Teleri era ainda virgem, e contente com isso. De qualquer modo, tinha jurado castidade até que completasse seu treinamento e fizesse os votos finais. Ela passara da mais jovem na casa do pai para a mais velha na Casa das Donzelas de Avalon. Até as filhas da realeza, que eram enviadas para um verniz a mais antes de se casarem normalmente, vinham mais jovens. Tinha se perguntado se as outras moças iriam rir de sua ignorância. Ela perdera tanto tempo, e havia tanto a aprender! Mas, depois de sua jornada com Dierna, um pouco do carisma da grã-sacerdotisa pareceu ter passado para ela, e as moças a tratavam como uma irmã mais velha. De qualquer modo, não ficaria com elas por muito tempo. Estava ali havia quase dois anos. Em mais um ano, talvez fizesse seus votos e se tornasse a mais jovem das sacerdotisas.

Sua única tristeza era que via a própria Dierna tão pouco. Assim que voltaram, a majestade e as responsabilidades da grã-sacerdotisa de Avalon a envolveram. Teleri disse a si mesma que deveria ficar grata até mesmo por aquela companhia que teve da Senhora. As outras moças a invejavam por terem compartilhado aquela jornada; não sabiam que mesmo agora, quando tantas luas haviam passado, sonhos em que o chefe saxão a atacava faziam Teleri acordar gemendo de medo.

O fuso pesava com sua carga de lã fiada. Teleri o deixou baixar até que a ponta fosse sustentada por uma pedra chata sobre a qual podia girar, e encompridou o fio entre seus dedos e a haste. Deveria enrolar o fio em uma meada assim que tivesse fiado o resto daquela lã.

A velha Cigfolla, que, apesar das juntas duras, podia fiar mais que qualquer uma delas, puxou um fio fino de linho. A lã que fiavam vinha de suas próprias ovelhas, mas o linho era dado em negócio ou tributo a Avalon. Um pouco dele, pensou Teleri, deveria ter vindo dos depósitos do próprio pai como parte dos presentes que enviara depois que ela viera.

— Fiamos lã para nos aquecer, e linho pesado para vestir — disse Cigfolla. — Mas o que faremos com um fio como este?

O fuso girava e o fio, tão fino que era quase invisível, aumentava de novo.

— Tecer véus para as sacerdotisas usarem, pois é o mais perfeito? — perguntou Lina.

— De fato, mas não porque é melhor, apenas porque o tecido que ele dá é muito fino. Isso não significa que seu próprio trabalho deveria ser menos suave ou uniforme — disse a velha, incisivamente. — A macieira não é mais sagrada que o carvalho, nem o trigo é mais sagrado que a cevada. Cada um tem seu propósito. Algumas de vocês se tornarão sacerdotisas, e outras voltarão para se casarem. Aos olhos da Deusa, todos os caminhos são iguais em honra. Devem se esforçar para fazer qualquer trabalho que Ela lhes dá da melhor forma que puderem. Mesmo se estiverem apenas fiando cânhamo para fazer sacos, ainda devem fazer o melhor que souberem. Entendem?

Uma dúzia de pares de olhos encontraram seu olhar remeloso e desviaram.

— Acham que foram colocadas para fiar porque queremos mantê-las ocupadas? — Cigfolla balançou a cabeça. — Poderíamos negociar tecidos, como fazemos com outras coisas. Mas há uma virtude no tecido feito em Avalon. Fiar é uma magia poderosa, não sabiam? Mais do que lã ou linho vai no fio quando falamos de coisas sagradas enquanto trabalhamos. Olhem para seu próprio trabalho e vejam como as fibras se entrelaçam. Sozinhas, não são mais que mechas no vento, mas juntas ficam fortes. São ainda mais fortes se vocês cantarem enquanto fiam, se sussurrarem um feitiço em cada fio.

— Sábia, qual feitiço a senhora canta no linho que velará a Senhora de Avalon? — perguntou Teleri.

— Neste fio está preso tudo que falamos — respondeu Cigfolla. — Ciclos e estações, voltando e retornando enquanto o fuso espirala. Outras coisas serão adicionadas quando ele for tecido; o passado e o presente, o mundo além das brumas e este solo sagrado, urdidura e tecido entremeando um novo destino.

— E no tingimento? — perguntou Lina.

Cigfolla sorriu.

— O tingimento é o amor da Deusa, que permeia e colore tudo o que fazemos...

— Que Ela nos mantenha em segurança aqui — sussurrou Lina.

— Ela de fato mantém — disse a velha. — Pela maior parte da minha vida a Britânia esteve em paz como um império unido. E sempre prosperamos.

— Os mercados estão cheios, mas as pessoas não têm dinheiro suficiente para comprar — opôs-se Teleri. — Talvez a senhora não veja, vivendo aqui, mas vivi muitos anos escutando os que vieram suplicar no salão de meu pai, que não percebia o que estava acontecendo. As coisas que importamos de outros lugares no império ficam cada vez mais caras, e nosso povo pede salários maiores para poder comprá-las, então, nosso próprio povo precisa subir os preços também.

— Meu pai diz que é tudo culpa de Póstumo, que tentou separar a metade oeste do império — disse Adwen, que faria seus votos com Teleri.

— Mas Póstumo foi derrotado — contrapôs Lina.

— Talvez, mas reunificar o império não parece ter ajudado muito. Os príncipes ainda seguem, e nossos jovens continuam sendo levados para lutar do outro lado do mundo; enquanto isso, ninguém é enviado para defender nossas próprias costas — falou Teleri, inflamada.

— Isso é verdade — disseram as outras em coro. — Os piratas ficam cada vez mais ousados.

Cigfolla adicionou outro punhado de linho e seu fuso voltou a girar.

— O mundo gira como este fuso... O bem e o mal seguem um ao outro, essa é nossa única certeza. Sem mudança, nada poderia crescer. Quando os velhos padrões são repetidos, é em uma nova forma. O rosto da Senhora muda, mas Seu poder permanece; o rei que dá sua vida à terra renasce para fazer o sacrifício novamente. Às vezes eu também fico com medo, mas vi muitos invernos passarem para não acreditar que a primavera sempre chega... — Ela levantou o rosto para o céu, e Teleri a viu cheia de luz.

Sentar-se fiando com outras mulheres não era a vida de liberdade que Teleri imaginara quando implorou ao pai para deixá-la vir para Avalon. *Sempre ansiarei por uma felicidade que está além de meu alcance?*, perguntou-se, então. *Ou, com o tempo, aprenderei a viver contente dentro das brumas que nos cercam?*

***

À medida que a estação avançou, o tempo foi ficando mais quente. Os pântanos que secavam revelavam os gramados, outrora alagados, cuja grama agora crescia grossa e verde. No mundo além de Avalon, as estradas também secavam, e mercadores e viajantes começaram a se deslocar através da terra, carregados de bens e notícias. Às vezes, naquela primavera, parecia haver mais das últimas, pois o clima melhor assinalou o começo da estação de navegação também e, com os navios mercantes, os piratas que os pilhavam também foram para o mar.

Embora Dierna não tivesse saído de Avalon, as notícias chegavam até ela. Mensagens vinham de mulheres que foram treinadas na Ilha Sagrada ou em algum ponto foram ajudadas por ela, de druidas errantes, de uma rede de informantes por toda a Britânia. Suas comunicações não eram tão rápidas como as do governador romano, mas eram muito mais variadas, e as conclusões a que chegavam eram muito diferentes.

Como a lua se encaminhava para a cheia bem antes do solstício de verão, a grã-sacerdotisa se recolheu à clausura na Ilha de Brigantia para meditar. Ficou ali por três dias, sem comer nada, bebendo apenas a água trazida do poço sagrado. Toda a informação que havia reunido precisava ser entendida e analisada, e então, talvez, a Senhora ensinaria o que deveria ser feito.

O primeiro dia era sempre o mais difícil, pois, com frequência, ela se flagrava pensando em todas as tarefas e todas as pessoas que tinha deixado para trás. O conhecimento da velha Cigfolla sobre a condução das coisas em Avalon era mais extenso que o seu, e podia contar com Ildeg, que era só um pouco mais velha que ela, para manter na linha as moças da Casa das Donzelas. Dierna as deixara no comando muitas vezes quando viajava para fora de Avalon.

As sacerdotisas entendiam o que ela fazia, mas e quanto a suas filhas? Como poderia explicar por que não deveriam tentar vê-la mesmo quando não estava longe? Seus rostos enchiam suas visões: sua primeira filha, que era esguia e morena, o que chamavam de criança das fadas, e as gêmeas ruivas e cheias de vida. Ela ansiava pelo peso delas em seus braços. Disse a si mesma que as filhas haviam nascido, como ela mesma, para servir Avalon, e que não era cedo demais para aprenderem o preço. Aquela primeira filha, gerada por um sacerdote druida nos ritos, já fora para longe dela, sendo criada por uma família do sangue de Avalon que construíra seu lar com as pedras espalhadas do velho santuário druida em Mona. As gêmeas, filhas de um chefe que lhe pedira ajuda para restaurar seus campos deteriorados, logo seguiriam. Seu coração doía mais por elas, mas, ao menos, uma teria a companhia da outra.

Dierna balançou a cabeça, reconhecendo os pensamentos como as distrações sem sentido com as quais a mente sempre tentava evitar suas tarefas. Não era bom renegá-los; cada pensamento precisava poder emergir e então ser aliviado em seu jeito. Ela fixou o olhar no bruxulear da lamparina de azeite uma vez mais.

Quando despertou na manhã seguinte, a pequena mulher do brejo que a servia deixara uma cesta com alguns dos cogumelos poderosos que seu povo encontrava nos charcos. Dierna sorriu e, depois de limpá-los bem, fatiou-os finamente e os jogou no pequeno caldeirão, junto com outras ervas que trouxera. Curvando-se sobre o caldeirão, começou a cantar e mexer.

O ato de preparação era em si um encanto e, mesmo antes de beber o líquido, o vapor pungente que rodopiava de sua superfície escura começara a alterar suas percepções. Ela coou o conteúdo do caldeirão em uma taça de prata e a levou para fora.

Uma cerca de espinheiros crescia em volta da cabana em que Dierna mantinha vigília. A lua já tinha subido um quarto de seu caminho sobre o horizonte a leste, sua forma oval brilhando pálida como uma concha, e pássaros retornando planavam e arremetiam no ar. Dierna levantou a taça em saudação.

— A Ti, Senhora da Vida e da Morte, ofereço esta taça, mas sou eu mesma quem ofereço. Se minha morte for pedida, estou em Tuas mãos, mas, se Tu desejas, envia-me em vez disso uma bênção, uma visão do que é e do que precisa ser, e sabedoria para entendê-la...

Sempre ficava aquela incerteza, pois havia apenas uma pequena diferença entre a dose da poção que fazia efeito e a que era fatal, afetada pelo estado dos cogumelos, a saúde de quem bebia e, conforme lhe ensinaram, o desejo dos deuses. Com apenas um pouco de hesitação, ela levou a taça aos lábios e bebeu tudo, fazendo uma careta com o gosto, e colocou o recipiente vazio no chão. Então, enrolou o manto de lã clara sem tingimento em torno de si e se deitou na longa pedra cinza do altar.

Dierna respirou fundo e expirou lentamente, contando, e relaxou seus membros, um de cada vez, até que sentiu que derretia na pedra fria. Sobre ela, o círculo do céu escurecia do luminoso violeta do pôr do sol para cinza. Olhou para cima e viu, entre uma piscada e outra, o cintilar da primeira estrela.

No momento seguinte, uma onda de luz parecia passar pelo céu. Dierna prendeu a respiração; então, forçou-se a se acalmar através de respostas treinadas por anos de prática em suprimir o instinto de lutar ou fugir. Havia visto uma jovem sacerdotisa enlouquecer porque não tinha a força de vontade de se entregar ao tumulto de sentidos que atormentava seu corpo enquanto o espírito do cogumelo tomava conta e, ainda assim, manter o controle da alma.

Agora a luz das estrelas pulsava em arco-íris. Sentiu uma breve vertigem quando os céus pareceram virar do avesso, respirou novamente e direcionou sua consciência para dentro, para o ponto de luz no centro de seu crânio. Rodopios de luz multicolorida faziam o universo espiralar em torno dela, mas o "eu" observador continuava a pulsar com firmeza em seu interior. Formas monstruosas espreitavam das sombras, mas ela as expulsou como havia expulsado os pensamentos intrusos antes.

Então, o tumulto começou a diminuir e sua visão voltou a se focar, até que ela estava mais uma vez consciente de si deitada sobre a pedra, olhando para o céu noturno. Observou os céus com uma atenção prolongada que ninguém em estado normal de consciência poderia ter aguentado.

O luar brilhava no céu a leste, mas Dierna olhou diretamente para uma vastidão estrelada na qual alguém poderia subir para sempre. Não estava ali por seu próprio prazer, no entanto. Com uma visão interior, começou a traçar as grandes constelações que governam os céus. A visão mortal podia distinguir apenas as estrelas em si, espalhadas em confusão aparente pelo céu. Mas o espírito em transe de Dierna também viu as formas espectrais que davam nome às constelações.

Bem acima, a Ursa Maior se arrastava em torno do polo. Conforme a noite progredia, faria o círculo indo a oeste e cairia de novo em direção ao horizonte. A Ursa era a analogia celestial das ilhas do Vale de Avalon – a observação de outras estrelas com as quais ela dividia o céu diria a Dierna quais poderes guiavam o futuro que começava naquele instante.

Seu olhar se moveu para o sul, para a constelação chamada Águia – era, talvez, a águia de Roma? Estava brilhante, mas não tão radiante quanto o dragão espiralado no centro do céu. Perto, a Virgem sentava-se em imaculada majestade. Dierna virou a cabeça, procurando pelo brilho mais firme das estrelas errantes, e conseguiu visualizar, na direção da ponta norte do horizonte a oeste, a cintilação líquida da Senhora do Amor, com o brilho róseo do planeta do deus da guerra a seu lado.

Outra onda de cor brilhou nos céus; Dierna perdeu o fôlego e se forçou a respirar de novo, sabendo que as ervas a levavam para um nível no qual imagem e significado eram o mesmo. O fulgor brilhava daquelas duas luzes até que ela viu o deus em perseguição, a deusa radiante com a rendição que era também uma vitória.

A chave é amor, pensou; *amor será a mágica que ligará o guerreiro à nossa causa...* Seu olhar, movendo-se para o sul ao longo do horizonte, encontrou o planeta do rei celeste. *Mas a soberania está no sul...* Ela piscou, a visão subitamente cheia de imagens de colunas de mármore, pórticos decorados com ouro, procissões e pessoas, mais pessoas do que jamais vira reunidas de uma só vez. Era Roma? Seu olhar oscilou mais; viu a Águia dourada liderando as legiões em direção a um templo branco onde uma figura pequena, drapeada em púrpura, esperava para recebê-las.

Era magnífico, mas alheio. Como um povo como aquele se importaria com as preocupações da Britânia, longe, no fim do império?

Deixe a Águia tomar conta dos seus! É o Dragão que precisamos invocar para guardar seu povo, como fez anteriormente... E, enquanto pensava nisso, o Dragão estrelado se tornou uma serpente de arco-íris que se desenrolava para o norte através do céu.

Aquele esplendor opalino era inebriante, e Dierna foi varrida, apesar de sua disciplina, para um turbilhão de visões que não podia parar ou controlar. Cores se transformaram em nuvens, cruzando um mar fustigado pela tempestade. O vento uivava, de modo que a audição ficava sobrecarregada como a visão. As correntes de força que guiavam seu espírito enquanto viajava sobre a terra se perderam nessa confusão de energias; foi necessária toda sua força para dominar o terror das profundezas e forçar-se a parar de lutar contra a tempestade, a fim de buscar os ritmos subjacentes às suas harmonias dissonantes.

Navios eram jogados sobre a superfície do mar; sendo feitos de tábuas de madeira e cordas de cânhamo e tripulados por criaturas de carne e osso, eram ainda mais vulneráveis que ela à fúria dos elementos. Seu espírito voou em uma rajada de vento em direção ao maior deles, no qual viu homens puxando remos. Jogados e revirados como estavam, não sabiam onde buscar uma costa para refúgio. Entre a tripulação, um homem não se encolhia, pernas escoradas, chacoalhando enquanto o convés virava e balançava. Tinha altura média, de cabeça arredondada e peito largo, com cabelo claro agora emplastrado no crânio pela chuva. Mas, como os outros, ele olhava ansiosamente pelas ondas.

Dierna levou seu espírito para cima, estendendo sentidos espirituais para dentro da tempestade. Viu penhascos em cujos pés ondas espumavam entre pedras afiadas. No entanto, havia águas calmas além deles. Através de véus de chuva, vislumbrou a curva pálida de uma praia e o cintilar de luzes na costa.

Movida inicialmente apenas pela compaixão, buscou o comandante. Mas, ao se aproximar, sentiu a força nele, e um espírito que jamais seria amedrontado. Seria ele o líder que Dierna buscava?

Começou a tragar a energia bruta da tempestade, gerando uma forma espiritual que até olhos mortais poderiam ver. Envolta em branco, caminhava sobre o mar. Um dos marinheiros gritou; em um instante, todos olhavam para aquela direção. Dierna mentalizou o movimento de um braço fantasma, apontando em direção à terra...

***

— Ali... não consegue ver? Ali, olha... — o sentinela gritou de sua posição na proa. — Uma mulher branca, caminhando sobre as ondas!

O vento acertou a água com força, varrendo as ondas e os navios frágeis que as navegavam antes. O esquadrão de Dubris se espalhou. Marcus Aurelius Musaeus Carausius, o almirante, se apoiou contra o cadaste do *Hércules* e tirou a água dos olhos, tentando enxergar.

— Segure firme — veio a voz de Aelius, que capitaneava a nau. — Preste atenção nas rochas, não na espuma do mar!

Uma onda alta como uma casa se levantou a estibordo, descendo suavemente e brilhando quando a lua apareceu por um momento entre as nuvens. O convés da liburna inclinou-se de forma abrupta, remos agitando-se como as patas de um besouro virado, mas do bombordo veio o estralar agourento de madeira sobrecarregada enquanto remos, enfiados profundamente na água, se prendiam e quebravam com a tensão.

— Netuno! — exclamou o capitão enquanto o navio, estremecendo, começou a se endireitar de novo. — Outra rajada como aquela e vamos afundar.

Carausius assentiu. Não esperavam enfrentar uma tempestade assim naquela estação. Haviam saído de Gesoriacum no amanhecer, esperando cruzar o canal no ponto mais estreito e chegar a Dubris ao cair da noite. Mas não contavam com aquele vento saído do Hades. Estavam muito a oeste de onde deveriam estar, e só os deuses poderiam levá-los a aportar em segurança agora. Os deuses ou o espírito que o timoneiro vira. Ele olhou para o mar. Era uma figura branca ou o brilho de luar na onda?

— Senhor. — Uma forma escura cambaleou pelo corredor, e Carausius reconheceu, ainda em sua mão, o *hortator*, o martelo que usava para repicar a batida. — Temos seis remos quebrados e dois homens com braços quebrados, que não conseguirão mais remar.

Os marinheiros murmuravam, uma nota de pânico aguçando as vozes conforme borrifos enxaguavam os bancos.

— Os deuses nos abandonaram!

— Não, nos enviaram um guia!

— Silêncio! — A voz de Carausius cortou o burburinho que começava a crescer. Ele olhou para o capitão. O comando do esquadrão era seu, se algum de seus navios sobrevivesse, mas o *Hércules* pertencia a Aelius.

— Capitão — disse baixo —, os remos não adiantam neste mar, mas vamos precisar de um impulso equilibrado quando ele se acalmar.

Aelius piscou; então, o entendimento veio a seus olhos.

— Diga ao contramestre para mudar os homens dos bancos a estibordo para balancear os números e então descer os remos.

Carausius olhou mais uma vez para o mar e, por um momento, viu o que o oficial na proa tinha visto, a forma de uma mulher envolta em branco. Ela parecia angustiada, e certamente não era por si mesma, pois seus pés mal tocavam as ondas. Com uma súplica desesperada, seus olhos encontraram os dele, e ela se movimentou para o oeste. Então, uma onda que se levantava pareceu atravessá-la, e a imagem desapareceu.

O almirante piscou. Se aquela não era alguma fábula nascida do luar, ele tinha visto um espírito que, com certeza, não era maligno. Na vida, assim como em um jogo de dados, chegava um momento em que um homem precisava apostar tudo em uma só jogada.

— Diga ao timoneiro para ir a bombordo até que fiquemos diante do vento.

— Se o fizermos, vamos para os recifes — disse o capitão.

— Talvez, embora ache que há muito mais a oeste para esse risco. Ainda assim, melhor encalhar do que virar, o que certamente acontecerá se formos atingidos por outra onda dessas.

Carausius fora criado entre margens enlameadas na foz do Reno. Os recifes da Bélgica pareciam amigáveis comparados àquele mar enlouquecido.

O navio ainda pinoteava sob seus pés, mas a mudança de curso trouxera certa previsibilidade a seu movimento. As ondas, agora impulsionadas pelo vento, levavam a embarcação para a frente. A cada vez que a proa deslizava para baixo ele se perguntava se iriam afundar, mas, antes que pudessem naufragar, a onda seguinte levava o navio para cima de novo, com água do mar cascateando da figura de proa e do bronze do aríete abaixo como uma cachoeira.

— Vire um pouco mais a bombordo — disse ao timoneiro. Apenas os deuses sabiam onde eles podiam estar, mas aquele vislumbre da lua o reorientara para as direções, e, se a aparição não havia mentido, encontrariam segurança em algum lugar da costa britânica.

Os arremessos diminuíram um pouco quando começaram a cortar através das ondas, embora de quando em quando uma onda estranha, atravessando as outras, quebrasse no lado. Metade dos marinheiros já caíam fora. O navio precisaria da força de seu homônimo para sobreviver até o amanhecer.

Mas, estranhamente, Carausius não sentia mais medo. Quando era criança, uma velha sábia de seu povo no delta do Reno lera sua sorte nos gravetos e proclamara que ele era destinado à grandeza. Servir como almirante de um esquadrão lhe parecera uma conquista suficiente para um rapaz dos menápios, uma das menores tribos germânicas. Mas, se aquela visão os levasse para a segurança, as implicações não poderiam ser negadas. Homens cujo nascimento não fora melhor que o dele chegaram à púrpura, embora jamais pelo comando no mar.

O almirante observou as ondas. *Quem é você? O que quer de mim?*, gritou seu espírito. Mas a mulher branca havia desaparecido. Ele viu apenas as cristas das ondas, por fim se achatando à medida que a tempestade passava por eles.

***

Dierna voltou à consciência pouco antes do amanhecer. A lua havia se posto e nuvens pesadas vinham do sudeste, borrando as estrelas. A tempestade! Não havia sonhado, então. A tempestade era real e vinha para desafiar a terra. Um vento úmido agitava seu cabelo, e os músculos, endurecidos pela imobilidade, reclamavam. Dierna estremeceu, sentindo-se bastante sozinha. Mas, antes de falar com qualquer um, precisava trazer das profundezas de sua visão as imagens que deveriam guiar suas decisões nos meses por vir. Ela se lembrava claramente dos movimentos das estrelas, mas restavam apenas fragmentos de suas visões finais; havia um navio sendo jogado sobre um mar fustigado pelo vento...

Ela se virou de frente para a tempestade que vinha e levantou as mãos.

— Deusa, mantenha-o em segurança, seja quem for — sussurrou em uma invocação.

***

O sol mal começara a brilhar através das nuvens sobre o canal, cintilando em poças marrons nas margens e nas ondas cinza do mar, quando um pescador de Clausentum, observando madeira jogada pela tempestade, se retesou e observou além da massa obscura da Ilha de Vectis, em direção ao mar.

— Uma vela!

Seu grito foi tomado por outros. O povo se reuniu, apontando para as ondas, onde um quadrado de lona manchada de sal ficava regularmente maior. Mesmo em terra firme fora possível sentir a força do vento da noite anterior. Como qualquer navio poderia ter sobrevivido naquele mar?

— Uma liburna — disse um, vendo os dois homens sentados em cada remo.

— Com um almirante a bordo! — exclamou outro, enquanto um pendão subiu flutuando o mastro.

— Pelas tetas de Anfitrite, é o *Hércules*! — gritou um mercador, um homem grande que jamais deixava o resto deles se esquecer de que ele era um marinheiro de vinte anos. — Servi como seu timoneiro nas últimas duas estações saindo de Dubris antes que meu alistamento terminasse. O próprio Carausius deve estar a bordo!

— O mesmo que venceu aquelas duas embarcações piratas um mês atrás?

— Aquele que se importa em manter moedas em nossas bolsas assim como em encher a sua! Prometo um carneiro a qualquer deus que o tenha salvo — sussurrou o mercador. — A perda dele realmente teria nos prejudicado!

Devagar, a liburna chegou perto e começou a dobrar a curva do Ictis, em direção aos desembarcadouros de Clausentum.

Mercadores e pescadores desceram para a costa, e o povo da vila, acordado pela gritaria, veio atrás deles.

O *Hércules* ficou na costa pela maior parte de uma semana, enquanto carpinteiros enxameavam em torno dele para curar suas feridas. Clausentum era um porto movimentado; e, se os reparos não chegavam aos padrões da frota, de qualquer modo seus artesãos conheciam seu trabalho. Carausius aproveitou a oportunidade para conversar com os magistrados e quaisquer mercadores no porto no momento, buscando encontrar um padrão nos ataques dos piratas. Mas foi notado que, quando não precisavam dele em outro lugar, passava boa parte de seu tempo caminhando sozinho pela costa, e nenhum homem ousava lhe perguntar por que franzia o cenho.

Pouco antes do solstício de verão, Carausius e o recém-consertado *Hércules* partiram, indo mais uma vez para Gesoriacum.

Daquela vez, o mar estava calmo como vidro.

***

Em Avalon, os rituais do solstício de verão eram ancestrais; esses costumes já eram antigos quando os druidas chegaram pela primeira vez àquelas terras. Na base do Tor o gado mugia, farejando a fogueira que os druidas haviam construído para que fossem abençoados. Teleri estava feliz por ter sido encarregada de cantar com as demais moças em torno da outra fogueira, a chama sagrada que fora acesa sobre a colina.

Alisou o vestido branco, admirando a graça com que Dierna jogava incenso nas chamas. Tudo que a grã-sacerdotisa fazia tinha aquela certeza – talvez a palavra que queria fosse "autoridade". Isso vinha, imaginava, de uma vida de prática. Ela mesmo chegara tão tarde ao serviço dos Mistérios que achava difícil de acreditar que um dia seria capaz de se mover de modo que tudo que fizesse parecesse parte de um feitiço.

Abaixo, o gado era levado entre as fogueiras enquanto o povo gritava para os deuses, pedindo bênçãos. Lá em cima, a litania era um reconhecimento de que todas as coisas, tanto a luz como a escuridão, devem passar. A lua cheia minguava e era engolida pela noite, apenas para renascer como uma lasca de luz. O ciclo do sol levava mais tempo, mas ela sabia que aquele momento, o dia mais longo, era o começo de seu declínio. E ainda assim, no meio da escuridão do solstício de inverno, o sol renasceria.

O que mais, se perguntou então, seguia aquele ciclo? O império dos romanos cobria metade da terra. Fora ameaçado muitas vezes, e as Águias sempre voltaram com mais poder. Haveria um momento em que Roma alcançaria a totalidade de seu poder e começaria a declinar? E seria seu povo capaz de reconhecer aquele momento quando chegasse?

Dierna deu um passo para trás da fogueira, curvando-se para que Ceridachos, o mais velho dos druidas e arquidruida da Britânia, começasse o ritual. Era meio-dia do dia mais longo, quando o poder da luz estava no máximo, e era correto e apropriado que os sacerdotes conduzissem aquela cerimônia. Quando a escuridão caísse, as sacerdotisas tomariam suas posições. O velho fez um gesto, as mangas largas flutuando.

— O que existia no começo? Tentem imaginar; um vazio, um nada aberto? Um útero abundante, grávido do mundo? O que se puder imaginar já existia em potencial, e ainda assim não era como nada que se possa imaginar, pois era a Força, era o Vazio. Era, não Era... Uma Unidade eterna, imutável...

Ele fez uma pausa, e Teleri fechou os olhos, balançando com o pensamento daquela imensidão. O druida falou novamente, e agora sua voz tinha o toque do encantamento.

— Mas veio um momento de diferença, uma vibração se agitou na imobilidade...

Fôlego tomado num grito em silêncio,
E tudo antes contido flameja...
Escuridão Divina e Luz Superna,
Surgem poderosos Tempo e Espaço,
Senhor e Senhora, Par Sagrado...
Irmãs, Irmãos, chamai-os para cá!

— Invocamos Lugos! — gritaram os druidas. — Senhor da Luz! — Atrás dele, os jovens começaram a cantarolar.

— Invocamos Rigantona, Grande Rainha! — responderam as sacerdotisas do outro lado do círculo. Teleri abriu a garganta para dar apoio com uma nota que era um terço mais alta que a cantada pelos druidas.

Mais nomes se seguiram. Teleri os ouviu como explosões de iluminação, atordoando os sentidos. Sentia o poder aumentar em torno dos sacerdotes que estavam do outro lado da pedra do altar e, em resposta, sentiu uma energia ganhando força entre as sacerdotisas.

Mais uma vez Dierna deu um passo à frente, levantando as mãos. Enquanto ela falava, Teleri sentia as palavras ressoando em sua própria garganta e sabia que a grã-sacerdotisa falava por todos eles.

Sou o Mar do Espaço e a Noite Primeva,
Sou o útero da Luz e da Treva;
Sou o fluxo disforme, descanso eterno,
Matriz da qual toda matéria se manifesta;
Sou a Mãe Cósmica, o Grande Abismo.
De onde a vida surge e onde vai dormir...

Ceridachos deu um passo adiante para se colocar de frente a ela, do outro lado da pedra do altar. Teleri piscou, pois agora via, no rosto do velho, um jovem e um guerreiro, um pai e um curandeiro, radiante de poder. E, quando ele respondeu às sacerdotisas, ouviu uma multidão de vozes ressoando na dele.

Sou o Vento do Tempo, eterno Dia,
Sou o cajado da vida, o Caminho;

Sou a Palavra de Poder, centelha primeva,
Ato de ignição, o arco do movimento;
Sou o Pai Cósmico, cajado ardente,
Fonte de energia, de Deus a semente!

Dierna estendeu a mão sobre os gravetos colocados em cima da pedra do altar.

— De meu útero...

— Por minha vontade — disse o druida, estendendo o braço, de modo que as mãos não se tocassem de fato. Teleri piscou ao ver, entre as palmas deles, um brilho no ar.

— A Luz da Vida surge! — falaram sacerdotes e sacerdotisas em uníssono, e os gravetos intrincadamente cruzados arderam em chamas de repente.

— Assim queima o Fogo Sagrado! — gritou o druida. — Agora é o triunfo da luz. Neste momento, reclamamos seu poder. Pela união de nossas forças manteremos esta luz acesa nas horas mais escuras, e assim seremos vitoriosos.

— Este fogo será um farol, uma luz para ser vista através das terras — disse Dierna. — Que ela nos invoque um Defensor para manter a Britânia em paz e segurança!

Do fogo, ela pegou um galho em chamas.

— Que assim seja! — responderam os sacerdotes. Ele também pegou um graveto em chamas e o segurou no alto.

Um a um, druidas e sacerdotisas pegaram gravetos da fogueira e se posicionaram, formando filas de cada lado, até que o fogo central estivesse cercado por um círculo de chamas, como se o sol que ardia em glória lá em cima tivesse enviado seus raios para inflamar os que estavam abaixo.

Teleri, olhando para cima, obscureceu os olhos contra o brilho do céu; então, os esfregou ao perceber uma mancha negra que se movia através do azul. Os outros também a viram e apontaram, ficando logo em silêncio, pasmos, quando perceberam que era uma águia voando firme vinda do sul e do mar. Foi chegando cada vez mais perto, até que Teleri pudesse vê-la claramente, como se o pássaro fosse atraído pelas chamas.

Agora estava sobre eles. A águia arremeteu para baixo, circulou três vezes sobre o altar e ascendeu mais uma vez, espiralando em direção aos céus até se unir à luz.

Cega, Teleri fechou os olhos, mas por trás de suas pálpebras a imagem do grande pássaro ainda dançava contra o brilho do sol. A águia voou livre. Por que, então, sentia-se como se ela tivesse escapado da compulsão do fogo apenas para ser aprisionada pelo sol? Deveria ser sua própria fantasia que a fazia pensar assim, disse a si mesma, enquanto seguia as outras moças descendo o Tor, pois, se a liberdade da águia selvagem nas alturas era uma ilusão, o que poderia ser livre de verdade?

Por um instante, então, uma memória anterior a esta vida sugeriu o paradoxo de uma liberdade que só poderia existir como parte de um padrão superior, mas a mente que se conhecia como Teleri não podia compreender isso, e, assim como a águia, tal vislumbre desapareceu dentro de instantes.

11

— Que bom ver você! Quase desistimos quando vimos aquela tempestade. — Maximiano Augusto levantou o rosto de suas tabuletas de cera e sorriu.

Carausius se retesou em posição de atenção, o antebraço batendo no peito em saudação. Não esperava encontrar o imperador júnior em Gesoriacum. Por todo o Ocidente, Maximiano, robusto, grisalho e começando a criar barriga, carregava o império. Quase vinte anos de serviço haviam condicionado Carausius a responder como se o próprio Diocleciano estivesse no ambiente.

— Os deuses me favoreceram — respondeu. — Um de meus navios se perdeu, mas o outro conseguiu voltar para Dubris. Eu mesmo fui levado canal abaixo e fui sortudo por chegar a Clausentum antes de terminar nas rochas ou no mar.

— Realmente foi sortudo, mas os deuses amam um homem que luta mesmo quando parece não haver esperança. Tem sorte, Carausius, e isso é ainda mais raro que habilidade. Ficaríamos tristes em perdê-lo.

Maximiano fez um gesto para que ele se sentasse, e o outro homem no cômodo, mais jovem, também relaxou. Um olhar era suficiente para identificá-lo como do exército comum; a postura ereta, como se usasse uma armadura peitoral sob a túnica, era inconfundível. Era meia cabeça mais alto que o próprio Carausius, com cabelo amarelado que começava a rarear.

— Conhece Constâncio Cloro, imagino — continuou o imperador.

— Apenas pela reputação — disse Carausius.

Constâncio fora popular quando servira na Britânia. Os boatos eram de que ele havia tomado uma mulher nativa como concubina permanente. Desde então, vencera vários ataques na fronteira da Germânia.

Carausius olhou mais cuidadosamente para o outro homem enquanto Constâncio sorria, seu rosto por um momento aberto e incauto como o de um menino. Então, o controle voltou. *Um idealista*, pensou Carausius, *que aprendeu a esconder sua alma*. Homens assim podiam ser amigos úteis ou inimigos perigosos.

E como ele mesmo parecia? Com cabelo desbotado pelos anos no mar, e a pele curtida até o marrom, imaginava não parecer diferente de muitos outros lobos do mar, a não ser que algum reflexo da visão que tivera durante a tempestade ainda restasse em seus olhos.

— Ficará feliz em saber que as cargas dos saqueadores que capturou no mês passado renderam uma boa soma — disse Maximiano. — Segue me dizendo que precisamos de outra base na costa sul... Mais umas poucas vitórias como essa e vai conseguir o dinheiro de que precisa.

Havia uma expectativa estranha em seu sorriso. Carausius franziu o cenho, ciente de algo peculiar no palavreado. Os deuses sabiam que ele pedia aquilo havia muito tempo, mas tivera poucas esperanças de ser ouvido.

— Quem vai comandá-la? — perguntou com cuidado.

— Quem recomenda? — disse o imperador. — A escolha será sua, Carausius, estou lhe dando a frota britânica e os fortes da Costa Saxã.

Ele deve ter então piscado, pois até Constâncio começou a sorrir. Mas Carausius mal o viu; de repente sua visão foi tomada pela imagem da mulher de branco caminhando sobre as ondas.

— Agora, precisaremos coordenar nossas disposições de ambos os lados do canal — disse Maximiano brevemente. — De quais forças gostaria e como as organizaria? Não posso prometer tudo o que me pedir, mas vou tentar...

Carausius respirou fundo, forçando-se a focar o homem diante de si.

— Antes de mais nada, precisamos de uma nova base. Há um bom porto que poderia ser fortificado abaixo de Clausentum. A ilha de Vectis o abriga e poderia ser abastecida por Venta Belgarum. — Enquanto falava, a imagem da mulher se dissipou, para ser substituída por sonhos que chegaram quando ele andava pelo convés da liburna nos longos cruzamentos do canal.

***

Teleri não queria deixar Avalon. Protestou quando Dierna a escolheu como parte de sua escolta para aquela jornada, logo depois do solstício de verão. Mas, quando a viagem os levou a Venta Belgarum, ela não podia mais fingir falta de interesse. A velha capital dos belgas ficava em um vale gentil com verdes campos alagados e nobres grupos de árvores. Depois dos pântanos em torno do Tor, achou a terra rica sob seus pés sólida e confortante. Havia um sentimento de certeza silenciosa ali, de permanência, diferente em qualidade dos ecos ancestrais que ela sentia em Avalon, como se as coisas raramente mudassem. Apesar do movimento de dia de mercado na cidade, achou Venta relaxante.

As sacerdotisas receberam hospitalidade do duúnviro Quintus Julius Cerialis, o mais proeminente dos magistrados locais, que era na verdade descendente da velha casa real, embora não fosse possível saber só de olhar para ele. Corpulento e complacente, Cerialis era mais romano que os romanos. Falava latim por preferência, e Teleri, que fora criada para falar a língua tão bem quanto a britânica, com frequência era requisitada para traduzir para as sacerdotisas mais jovens que tinham vindo com elas, Adwen e Crida. Até Dierna às vezes pedia sua ajuda, pois, embora a grã-sacerdotisa entendesse bem a língua dos romanos, seu domínio das sutilezas do idioma nem sempre era suficiente para ocasiões realmente formais.

Ainda assim, as outras poderiam ter se virado sem ela. De certo todas as garotas que consideravam para treinamento eram fluentes na língua britânica. Às vezes, Teleri ainda se perguntava por que, antes mesmo de fazer seus votos, fora arrancada da paz de Avalon.

O tempo continuava bom e claro. Apesar das tempestades anteriores, aquele ano traria uma boa colheita de fenos e cereais. Claramente, como Cerialis gostava de observar, os deuses e deusas estavam sendo bons. Mas as colinas que abrigavam Venta cortavam o vento, e, conforme a estação ficava mais quente, Teleri ansiava pela brisa do mar refrescante de Durnovaria. Quando Dierna anunciou que desceriam para a costa para os rituais de início da construção do forte naval, Teleri ficou feliz.

Mas aquilo era mais que uma viagem agradável à costa. Quando algumas mulheres questionaram o motivo da grã-sacerdotisa para querer abençoar um forte romano, Dierna as recordou da águia que havia aparecido no ritual do solstício de verão.

— Já fomos inimigos, mas nossa segurança depende dos romanos agora — ela lhes disse, e Teleri, recordando-se dos saxões, concordou com ela.

***

— Ah, agora bate uma brisa! — exclamou Cerialis. — Isso vai refrescar seus rostos rosados, minhas queridas!

Teleri suspirou. Apesar do chapéu largo, o rosto de Cerialis estava vermelho de calor. Talvez o vento o refrescasse também.

Conforme a estrada fez uma curva, Teleri vislumbrou água azul através das árvores. A estrada, nova, corria um pouco além da costa a sudeste de Clausentum, onde tinham passado a noite anterior. Um bom cavaleiro poderia fazer a viagem de Venta em um dia, mas Cerialis obviamente achava que as senhoras precisavam de mimo.

— Acha que esse novo forte vai desencorajar os saxões? — Ela se preparou para o balanço da liteira sobre o cavalo e olhou para ele.

— Decerto, decerto! — ele assentiu, enfaticamente. — Cada muro e cada navio são uma mensagem que diz para aquela escória do mar que a Britânia segue firme. — Ele se endireitou na sela, e por um momento ela achou que fosse fazer uma saudação.

— Discordo — disse o filho dele, Allectus, trazendo a égua para perto. — São os soldados e marinheiros que as tripulam que farão a diferença, pai. Sem homens, navios são apenas madeira apodrecendo, e muros são apenas pedras mofando.

O filho tinha a idade dela ou era um pouco mais jovem, pensou Teleri, tão angular e tenso quanto o pai era roliço e flácido, com rosto estreito e intensos olhos escuros. Tinha a aparência de quem ficara muito doente na infância. Talvez fosse por isso que não entrara no exército.

— Verdade... claro que é verdade... — Cerialis lançou um olhar incerto no rapaz.

Teleri conteve um sorriso. O duúnviro era um bom homem de negócios, mas os rumores diziam que seu filho, embora delicado de corpo, era uma espécie de mago dos números. Era seu brilho que fizera avançar a fortuna da família o bastante para pagar as obras públicas e o entretenimento que um magistrado deveria patrocinar, e Cerialis sabia disso. Allectus era um cuco no ninho de um pombo gordo, ou talvez algo mais nobre, um gavião, pensou Teleri, observando o perfil afilado. De qualquer modo, estava claro que o velho não entendia o filho.

— Bem, esse novo almirante persuadiu os imperadores a reforçar nossas defesas — ela disse animadamente. — Com certeza é um sinal de que esse homem, ao menos, é digno de nossa confiança.

— É verdade. Se os líderes não forem nobres, até o melhor dos homens falhará — assentiu Cerialis, de modo sentencioso.

Ela viu o desdém no olhar de Allectus, disfarçado tão rapidamente que ela mal podia ter certeza de que estivera ali.

— Ou mulheres — ela disse de modo seco. Duvidava que o Exército Romano, com toda sua tradição e disciplina, pudesse competir com o teste imposto às sacerdotisas de Avalon. Seu olhar se moveu para a frente, onde, em outra liteira, Dierna seguia em um cavalo com a pequena Adwen. Teleri conteve sua inveja, sabendo que não valia a pena. Talvez, pensou, a grã-sacerdotisa pedisse sua companhia na volta.

A liteira se inclinou quando desceram em direção à costa. Teleri se endireitou quando saíram de trás das árvores, olhando ao redor. Com certeza o novo almirante tinha bom gosto para terras. O terreno que fora limpo para o forte ficava no canto noroeste de um porto de bom tamanho, e um estreito canal o conectava ao mar. O local oferecia a mesma proteção contra tempestades e piratas, embora fosse difícil acreditar em qualquer um deles em um dia luminoso de verão como aquele.

Claramente seria um forte nobre. As trincheiras para as fundações foram cavadas para os muros em um quadrado com vários acres de extensão, para ser pontuadas por bastiões em forma de U. Era maior, Cerialis teve o cuidado de informá-los, que qualquer outro dos fortes costeiros, até mesmo Rutupiae. Conforme se aproximavam, ele observou os trabalhadores com um orgulho de proprietário. Teleri entendera que tais instalações eram sempre construídas pelos militares, mas podia ver que alguns dos homens que cavavam vestiam roupas diferentes.

— É inteligente por notar, muito inteligente — disse Cerialis, seguindo o olhar dela. — São escravos de minha própria propriedade, enviados para ajudar na construção. Pareceu-me que um forte para proteger Venta seria um tributo mais útil a meu magistrado do que um novo anfiteatro para a cidade.

A curva nos lábios finos de Allectus não era bem um sorriso. Ele desaprovava? Não, pensou Teleri, recordando-se do que ele dissera antes. Era mais provável que ele tivesse sido o responsável por plantar a ideia na mente do pai.

— Foi um plano excelente, e estou certa de que esse novo comandante vai apreciar a assistência — ela falou afetuosamente e viu um vermelho sutil manchar as bochechas pálidas do jovem.

Mas os olhos deles estavam fixos nos construtores. Vários homens andavam para cima e para baixo, supervisionando a tarefa de cavar. Onde, perguntou-se Teleri, estava o almirante? Viu Dierna se endireitar de repente, fazendo sombra nos olhos com a mão. Allectus fora para a frente, tenso como um bom cão de caça. Teleri seguiu o olhar dele. Um dos oficiais, elegante em uma túnica vermelha e um cinto com placas de bronze com detalhes dourados, vinha em direção a eles, seguido por um homem robusto de constituição grande, com uma túnica sem mangas de marinheiro, desbotada pelo sol e pelo mar até que sua cor original não pudesse ser identificada.

Allectus desceu do cavalo para cumprimentá-los, mas foi o segundo homem quem saudou. Os olhos de Teleri se arregalaram. Aquele homem, com o cabelo claro endurecido pelo suor e a pele marrom avermelhada pelo sol, era o herói sobre o qual ouvira tantas histórias? Ele se aproximou com o passo balançado de quem passou muito tempo no mar, e, conforme chegava mais perto, ela notou como seu olhar ia da água para a floresta e os recém-chegados e voltava, mesmo enquanto sorria. Isso a recordou, estranhamente, do modo como Dierna reunia as sacerdotisas antes de começarem uma cerimônia.

A própria Dierna mirava Carausius com um olhar estranho, quase de aprovação. Conforme os romanos foram dar os braços a Allectus, seu olhar mais uma vez foi para as liteiras, e, quando ele olhou para a grã-sacerdotisa, Teleri o viu arregalar os olhos. Então, o momento se perdeu em um balbuciar de apresentações. Quando pensou naquilo depois, a garota teve a impressão de que aquele fora um olhar de reconhecimento. Mas devia ser apenas uma fantasia, pois a própria Dierna dissera que jamais havia encontrado Carausius antes.

***

Além do braço baixo de terra que protegia o porto, o sol se punha. Carausius estava diante das fundações de seu forte com seus oficiais, observando as sacerdotisas que se preparavam para o ritual. Os legionários foram reunidos em formação diante do que um dia seriam os portões, com trabalhadores nativos espalhando-se de ambos os lados atrás deles.

Uma lua antes, quando começaram a cavar, um sacerdote viera do templo de Júpiter Fides em Venta Belgarum e sacrificara um boi, enquanto um arúspice lia os auspícios. Foram encorajadores; mas, na verdade, Carausius não se lembrava de uma ocasião, quando os planos estavam todos feitos e todos os fundos empenhados, em que um arúspice não dera um jeito de encontrar um significado favorável nas entranhas do animal que matara.

Por mil anos e duas vezes mil estas fundações permanecerão para louvar o nome de Roma nesta terra...

Uma profecia excelente, pensou Carausius. E, ainda assim, o sacerdote, homem energético e rotundo, cujo cozinheiro era o melhor de Venta, não fora muito inspirador. Olhando para as sacerdotisas de vestes azuis, Carausius entendeu por que tinha sentido que a cerimônia romana não era suficiente, e por que, quando ouviu que a Senhora de Avalon estava na área, tinha pedido que ela viesse. O forte de Adurni era romano, mas a terra que tinha a intenção de proteger era a Britânia.

Ele havia ficado de pé durante todo o ritual romano, suando na toga sob o sol do meio-dia. Naquela noite, usava uma túnica de linho tingida de vermelho e um manto de lã leve, preso com um broche de ouro. O estilo, parecido o suficiente com as vestes nativas de seu povo nos charcos da Germânia, trazia de volta memórias de um passado ao qual ele renunciara quando jurou servir Roma. O povo de seu pai fizera suas ofertas a Nealênia. A qual deusa, perguntou-se, rezavam aqui?

Uma luz brilhou a oeste. O almirante se virou a tempo de ver a beirada do sol aparecendo por um momento, como um círculo de metal derretido em torno da curva da colina. Conforme desapareceu, uma radiância menor capturou seu olhar. Uma das mulheres havia acendido as tochas. Ela as levantou, e por um momento ele a viu de pé como uma deusa com as mãos cheias de luz. Então, ele piscou e percebeu que era a sacerdotisa mais jovem, que, conforme disseram, era filha de algum rei local. Ele a achara distante e fria, mas agora, com a luz do fogo brilhando em seu cabelo escuro e em sua pele pálida, ela parecia bela.

A grã-sacerdotisa, seus traços um mistério atrás do véu, ficou atrás dela, seguida pelas outras duas, uma levando um galho de sorveira-brava, e a outra, uma vara de macieira com sinos de prata que soavam.

— Agora é a hora entre o dia e a noite, quando caminhamos entre os mundos. — Veio a voz da Senhora Dierna de trás do véu. — Os muros que construem aqui serão feitos de pedra, fortes para repelir as armas dos homens. Mas nós, enquanto andamos, faremos outro tipo de barreira, um escudo de espírito que derrotará os espíritos de seus inimigos. Testemunhem, vocês que servem a Britânia e Roma!

— Sou sua testemunha — disse Carausius.

— E eu. — Veio a voz mais suave de Allectus, atrás dele.

— E eu — disse Cerialis solenemente.

Dierna aceitou o comprometimento deles com uma leve inclinação da cabeça. Assim como, pensou Carausius, uma imperatriz deveria reconhecer um serviço. Imaginava que, em sua própria esfera, a grã-sacerdotisa de Avalon deveria ser semelhante a uma imperatriz. Ela era de fato a mulher de sua visão? E se era, ela o reconhecia também? As maneiras dela com ele tinham sido estranhas; Carausius não sabia dizer se ela gostava dele ou se o aceitava apenas por virtude de sua posição.

Mas as sacerdotisas já começavam a circular, virando para a direita. Ele ouviu ainda mais baixo o som dos sinos de prata.

— Quanto tempo precisamos ficar de pé aqui? — perguntou Cerialis, depois de um tempo. As sacerdotisas haviam chegado perto do canto direito e fizeram uma pausa para ofertar aos espíritos da terra. — Não sei por que ela quis nosso testemunho. Não há nada para ver.

— Nada? — sussurrou Allectus, com a voz trêmula. — Não consegue sentir? Estão cantando para formar um muro de poder. Não consegue ver o brilho no ar por onde passam?

Cerialis tossiu, dando um olhar envergonhado para o almirante, como se para dizer: *Ele é só um rapaz cheio de fantasias*. Mas Carausius vira a Senhora de Avalon caminhando sobre as ondas. Agora nada via, mas lhe parecia que alguns outros sentidos corroboravam as palavras de Allectus.

Esperaram enquanto as sacerdotisas seguiram com seu progresso em sentido horário, em torno da extremidade mais distante do retângulo e, então, voltaram em direção a eles. O longo anoitecer do norte seguia para seu fim, e as cores do pôr do sol se aprofundaram do dourado ao rosa, e do rosa para o púrpura imperial, como se o manto de um imperador tivesse sido desenhado pelo céu. A procissão saudou o canto direito e então foi para o espaço onde ficariam os portões principais.

— Venha, você que defenderá este local contra nossos inimigos! — gritou a Senhora. Por um momento, Carausius não entendeu. Então percebeu que ela apontava para ele e começou a se aproximar. Parou diante dela. O rosto da mulher estava escondido, mas ele podia sentir a intensidade de seu olhar. — O que dará, homem do mar, para manter o povo desta terra em segurança? — A voz dela era baixa, mas tinha um peso de significado que o perturbou.

— Jurei defender o império — ele começou, mas ela balançou a cabeça.

— Esta não é uma questão para a vontade, mas para o coração — ela disse suavemente. — Derramarás o sangue de teu coração, se for necessário, para preservar esta terra?

Esta terra..., pensou ele. Nos anos desde que fora encarregado da frota do canal, pensava, a Britânia tinha conquistado sua afeição, como um soldado se afeiçoa a qualquer posto em que fica estacionado por muito tempo. Mas aquilo não era o que ela lhe pedia.

— Nasci em uma terra do outro lado do mar e fui abençoado em meu nascimento em nome de seus deuses... — ele disse baixo.

— Mas atravessou o mar e recebeu a vida novamente pelo poder da Deusa a quem sirvo — respondeu Dierna. — Lembra?

Ele observou os traços dela, obscurecidos pelo véu, como uma vez os vira através da tempestade.

— *Era* você!

Ela assentiu com seriedade.

— E agora cobro o preço por salvá-lo. Seu sangue o ligará a este solo. Estenda o braço.

Havia certeza absoluta na voz dela, e ele, que com uma palavra podia mandar toda a frota britânica ao mar, obedeceu.

A luz das tochas cintilou na pequena foice em sua mão. Antes que ele pudesse questionar, ela passou a ponta afiada pela parte mais suave do lado interno de seu braço. Ele mordeu o lábio com a picada e observou o sangue escuro brotar do corte e começar a pingar no chão.

— Alimente esta terra como ela o alimentou — sussurrou a Senhora. — Sangue para sangue, alma para alma. Como está obrigado a guardar, ela é obrigada a prover, ligados por serviço e destino... — Ela o olhou subitamente, e sua voz estremeceu ao continuar. — Não se lembra? Seu corpo foi criado pela tribo menápia, que vive do outro lado do mar, mas sua alma é muito mais antiga. *Já fez isto antes!*

Carausius estremeceu e olhou para as manchas negras onde seu sangue alimentara a terra. Com certeza já vira aquilo antes... Respirou fundo, subitamente notando como o aroma das árvores, lançado pelo ar que esfriava, se misturava com o cheiro do mar. Um vislumbre o mostrou em uma colina alta coroada com pedras eretas. Havia inimigos em torno, soldados romanos. O sangue de suas feridas se espalhou pela terra enquanto ele balançava uma espada brilhante...

Então, uma das tochas crepitou e sua consciência foi arrastada de volta ao presente. Mas, agora, entendia que o que sentia pela Britânia era mais do que uma afeição por dever. Agora a defenderia não apenas por ambição, mas por amor.

Dierna fez um gesto para a sacerdotisa mais jovem, a quem chamavam de Teleri, que passou sua tocha para as outras. Ela limpou o braço dele com um pano que estivera enfiado em seu cinto, o rosto sério e atento. Então, atou a ferida com uma faixa de linho branco.

A grã-sacerdotisa desenhou um sigilo sobre o local onde o sangue dele caíra no chão.

— Aos que vêm em paz, este caminho estará sempre aberto — cantou — e sempre defendido contra aqueles que vêm em guerra! — Ela virou o rosto para o leste, levantando os braços, e, como se fosse uma resposta, a lua se ergueu sobre o porto como um espelho de prata.

***

No dia seguinte, Cerialis convidou os oficiais romanos para um banquete na praia. Quando os convidados romanos chegaram, Dierna estava sob um carvalho, observando os servos preparando mesas e bancos. Carausius havia se vestido para honrar o anfitrião, com uma túnica militar branca com uma faixa vermelha, cinto e sandálias de couro tingido de vermelho, ornamentados com placas em relevo e detalhes dourados e insígnias. Hoje era instantaneamente identificado como comandante romano. Mas, na noite anterior, quando abençoaram as fundações de seu forte, ele se parecia com um rei.

O que, ela se perguntou, a cerimônia significara para ele? Carausius não esperava os pedidos dela, mas tinha respondido. Na verdade, não tivera a intenção de comprometê-lo. Mas, quando chegaram aos portões, a imagem do homem do navio e a do homem que assistia da colina se tornaram uma, e soubera que não seriam pedras e argamassa que protegeriam sua terra, mas o sangue daqueles que juraram defendê-la. Agora ele era conhecido da terra e dos deuses, mas será que ele próprio entendia isso?

Era preciso algo mais, algo para fazer com que ele *quisesse* cumprir a obrigação com a qual se comprometera. Sua noite fora assombrada por sonhos de reis sagrados e casamentos reais. Uma imagem subitamente emergiu de tochas contra o céu noturno, e veio uma ideia... *Teleri pode não gostar*, pensou então, *mas vai servir*. Não pensou em se perguntar como ela mesma se sentiria vendo a moça noiva de Carausius.

Um dos escravos de Cerialis lhe ofereceu um cesto de frutas silvestres para domar o apetite até que o banquete fosse servido. Assentindo, ela pegou uma e então tocou a manga do menino.

— Se ainda há tempo de espera, vou andar na costa. Vá ao comandante romano e pergunte se ele pode me acompanhar.

Enquanto Dierna observava o menino ir até os romanos, refletiu que tampouco tinha planejado aquilo; mas aquele impulso com certeza não era dela mesma. Os deuses a vinham guiando desde a visão antes do solstício de verão; se abrisse o espírito para ouvi-los, precisava acreditar que fazia a vontade deles, não a própria.

Não havia nada de errado com as maneiras do almirante. Ele manteve uma distância correta entre os dois enquanto caminhavam lentamente até a beira da água, sem tocá-la, mas próximo o suficiente para equilibrá-la caso tropeçasse nas pedras lisas. Mas seus olhos estavam cautelosos como se fosse na direção de um inimigo.

— Está se perguntando no que se meteu. E não confia em mim — disse ela em voz baixa. — Isso acontece com frequência depois de tais momentos. Quando a excitação diminui, a dúvida se instala. Na manhã seguinte à minha iniciação, eu quis fugir de Avalon. Não tema, nada do que foi feito afeta sua honra.

Ele levantou uma sobrancelha, e por um momento as rochas e planaltos duros de seu rosto se suavizaram. Ela notou a mudança com uma centelha estranha de emoção. *Gostaria de vê-lo rir*, pensou.

— Depende do que, exatamente, jurei...

— Defender a Britânia, até a morte — começou ela, mas ele balançou a cabeça.

— Isso já era minha obrigação. Aquilo foi algo mais. Fez alguma magia para me obrigar?

Deram mais alguns passos enquanto Dierna refletia. Era um bom sinal que ele tivesse consciência do poder que o ritual levantara, mas significava que ela precisava ter cuidado com o que lhe dizia.

— Não sou uma curandeira, mas uma sacerdotisa da Grande Deusa, e vai contra meus juramentos comprometer sua vontade... Ainda assim, acredito que você foi comprometido. Pelos próprios deuses — ela continuou —, antes mesmo que nos encontrássemos em carne e osso.

— Quando a vi através da tempestade? — respondeu Carausius. Novamente seu rosto mudou, não para o riso, mas para algo mais profundo, quase pavor. E, mais uma vez, Dierna sentiu aquela pontada estranha, agora mais aguda, como uma lâmina no coração. No ritual vira o rosto dele sobreposto ao de outro homem, mais jovem, com traços e cabelos romanos. Sabia que naquela vida ele fora um rei sagrado. *Mas quem ela própria tinha sido naquela outra vida, havia tanto tempo?*

— Como pode uma mulher viva caminhar sobre as ondas?

— Meu corpo fica em transe. Foi meu espírito o que você viu, capaz de viajar por disciplinas que são os Mistérios de Avalon.

— Tradições druidas? — perguntou ele, desconfiado.

— Sabedoria que os druidas preservaram, ensinadas pelos que vieram antes, das Terras Submersas do outro lado do mar. O que resta daquele conhecimento é preservado pela minha sororidade sagrada. Ainda há poder em Avalon — completou —, poder que poderia ajudá-lo a defender esta terra. Com nossa ajuda, você poderia saber de imediato quando os saqueadores atacam e navegar para encontrá-los enquanto voltam para casa.

— E como seria essa ajuda? — Os lábios dele se torceram pesarosamente. — Minhas obrigações me levam para cima e para baixo nesta costa, e para lá e para cá no mar. Não pode passar todo o tempo em forma de espírito, me aconselhando!

— É verdade que em meu próprio mundo tenho obrigações tão exigentes quanto as suas. Mas, se uma de minhas pessoas estivesse com você, poderia ajudar em algumas coisas e, quando fosse necessário maior esforço, falar comigo em espírito. O que proponho é uma aliança e, para que ela seja selada, lhe darei uma de minhas sacerdotisas.

Carausius balançou a cabeça.

— O exército não permite que se mantenha uma mulher em nenhuma...

— Ela será sua esposa — interrompeu Dierna. — Não é casado, me disseram.

Ele piscou, e ela viu o rubor escurecer depressa sua pele, avermelhada pelo sol.

— Sou um oficial em serviço... — disse ele, um pouco sem defesa. — Quem tinha em mente para mim?

Internamente, Dierna suspirou de alívio.

— Não está mais acostumado a receber ordens — ela falou, sorrindo para ele — e sei que acham que sou muito autocrática. Mas é em seu bem-estar que penso, além do serviço desta terra. Teleri é a moça que eu poderia lhe dar, a filha de Eiddin Mynoc. Sua posição é alta o bastante para ser considerada uma aliança válida, e ela é linda.

— A que carregava as tochas no ritual da noite passada? — perguntou ele. — Ela é mesmo bela, mas mal trocamos duas palavras.

Dierna balançou a cabeça.

— Não vou obrigá-la a entrar nessa aliança se ela não o desejar. Quando tiver o consentimento de Teleri, falarei com o pai dela, e o mundo pensará que foi arranjado entre você e ele, como é costume.

Teleri poderia lamentar ter de deixar Avalon, pensou a sacerdotisa, mas certamente iria apreciar a oportunidade de se tornar consorte de um homem que havia demonstrado tanto poder. Dierna observou os ombros largos do almirante e suas mãos fortes e inteligentes, com uma aceleração involuntária de pulso, e por um instante desejou que pudesse ir até ele nas fogueiras de Beltane.

Mas Teleri era mais jovem e mais bonita. Dierna faria suas obrigações em Avalon, e Carausius ficaria feliz com Teleri em seus braços.

***

O céu começava a nublar. Teleri limpou a testa com o véu e respirou fundo o ar úmido e quente. O balanço da liteira no cavalo que as levava ao longo do difícil caminho de Venta Belgarum a deixava um pouco enjoada, e o tempo não ajudava. Só ficaria pior, sabia, até que a tensão fosse libertada pela chuva.

Ao menos, na volta ela viajava com Dierna. Ela olhou para a outra mulher, sentada em uma imobilidade equilibrada, olhos fechados como se meditasse. Quando deixaram Portus Adurni, ficara feliz, pois estavam a caminho de Avalon. Mas, quanto mais Dierna mantinha o silêncio, mais tensa Teleri ficava.

Na metade do caminho para Clausentum, desviaram em torno de um grupo de soldados que nivelavam a estrada e colocavam as pedras. A estrada estava coberta de cascalho daquele ponto em diante e, então, viajaram mais suavemente. Como se a mudança de movimento a tivesse acordado, a grã-sacerdotisa por fim se mexeu.

Teleri começou a falar, mas as palavras de Dierna chegaram primeiro.

— Está conosco em Avalon por mais de dois anos. Logo poderá fazer seus votos. Foi feliz aqui?

Teleri a olhou.

— Feliz? — Por fim conseguiu responder. — Avalon é o lar de meu coração. Acho que jamais fui feliz em lugar algum, até que fui ficar com vocês!

Com certeza tinha se irritado às vezes com a disciplina, mas era muito melhor do que ficar engaiolada no salão do pai.

Dierna assentiu, mas havia um olhar lúgubre em seus olhos.

— Estudei o máximo que pude — disse, então, Teleri. — As sacerdotisas não estão contentes comigo?

A aparência sombria da outra mulher se suavizou.

— Estão. Você foi muito bem. — Houve então uma pausa. — Quando abençoamos o forte, o que viu?

Por um momento, Teleri ficou de boca aberta. Então, forçou a mente de volta para o campo iluminado por tochas e estrelas.

— Acho que levantamos poder. Minha pele formigou... — Ela olhou para a outra mulher com incerteza.

— E o que acha do comandante romano Carausius?

— Ele parece forte... competente... e imagino que bondoso — disse lentamente. — Fiquei surpresa quando tirou sangue dele para a bênção.

— Ele também! — Por um momento, Dierna sorriu. — Antes do solstício de verão, quando me afastei para buscar visões, eu o vi. — Teleri sentiu os olhos se arregalarem enquanto a sacerdotisa lhe contava sua história. — Ele é a Águia que vai nos salvar, o Defensor Escolhido — disse Dierna, por fim. — Ofereci a ele uma aliança com Avalon.

Teleri franziu o cenho. Carausius não lhe parecera um herói e, para ela, parecia velho. Mas Dierna continuava.

— A Deusa nos deu essa oportunidade; esse homem, apesar de não ser de nosso sangue, é uma alma antiga. Mas ele mal acordou. Precisa de uma companhia para recordá-lo, e para ser seu contato com Avalon...

Teleri sentiu o enjoo anterior de repente se concentrar em seu estômago. Dierna se aproximou e tomou a mão dela.

— Já aconteceu de uma donzela treinada em Avalon ser dada para um rei ou líder de guerra para prendê-lo aos Mistérios. Quando eu era menina, Eilan, uma princesa dos démetas, que se chamava Helena na língua romana, foi dada a Constâncio Cloro. Mas ele foi transferido da Britânia. Agora, a necessidade de uma aliança como essa retornou.

Teleri engoliu em seco e sussurrou:

— Por que está dizendo isso a *mim*?

— Porque é a mais bela e talentosa de nossas donzelas que ainda não fizeram o juramento, e é de família nobre, o que os romanos vão honrar. É você quem precisa ir com Carausius, como noiva dele.

Teleri se afastou em um espasmo, o próprio pensamento de se deitar com um homem trazendo de volta as memórias das mãos duras do saxão a segurando. Então ela foi tomada pela náusea e segurou a beirada da liteira, puxando as cortinas de lado. Ouviu Dierna pedindo aos escravos que parassem os cavalos. Gradualmente seu estômago esvaziado se acalmou e o mundo voltou ao foco mais uma vez.

— Desça — disse a voz calma da sacerdotisa. — Há um riacho aqui no qual pode se lavar e beber. Vai se sentir melhor.

Teleri permitiu que os escravos a ajudassem a descer da liteira, corando de vergonha ao sentir o olhar curioso das outras sacerdotisas e de Allectus, que liderava a escolta e a olhava preocupado.

— Isso, agora vai ficar bem — disse Dierna, no momento.

Teleri enxugou a boca e se endireitou. A água a reavivara, e era verdade que se sentia melhor no chão sólido. De fato, viu as nuvens que se juntavam, o vermelho das papoulas crescendo na grama e o brilho do riacho com claridade incomum. Uma rajada de vento remexeu o cabelo úmido em sua testa.

— Não posso fazer o que você disse — sussurrou. — Escolhi Avalon porque queria servir a Deusa, e você sabe melhor que qualquer um por que não posso me entregar a nenhum homem. — Dierna não poderia saber o que pedia, fazê-la entrar em tais amarras. Uma esposa era uma escrava, e ela nem conhecia o homem!

Dierna suspirou.

— Quando me escolheram como grã-sacerdotisa, tentei fugir. Estava grávida de minha primeira filha e sabia que jamais seria mãe se aquele destino caísse sobre mim, ao menos não de verdade, pois minha primeira preocupação sempre seria o bem de Avalon. E uma noite estava nos pântanos, chorando, quando as brumas rodopiaram em torno de mim. Depois de um tempo, percebi que havia outros que poderiam cuidar de meus filhos, mas de fato, na época, não havia outra pessoa que pudesse assumir os fardos da Senhora de Avalon. Lamentei as pequenas coisas de que não poderia desfrutar, mas ainda temi a culpa que pesaria sobre mim se me negasse a esse dever, ainda maior do que a que sentia por não ser capaz de dar todo meu amor à minha filha. Acho que a morte seria mais bondosa do que o que senti naquela época.

Ela fez uma pausa e, então, continuou.

— Mas, pouco antes que o sol nascesse, quando eu já não tinha mais lágrimas, um calor me cercou, como os braços de uma mãe. Naquele momento soube que minha filha teria todo o amor de que precisava. A Deusa zelaria por ela, e eu não precisava temer falhar com aqueles que dependiam de mim, porque Ela trabalharia através de mim também. É por isso que posso pedir que faça isso, Teleri, sabendo como vai ser duro. Quando fazemos os votos de Avalon, prometemos servir a Senhora de acordo com a vontade Dela, não a nossa. Não acha que eu preferiria tê-la ao meu lado sempre, crescendo bela como a maçã nova na árvore? — Dierna se esticou uma vez mais, e daquela vez Teleri não se esquivou. — Os augúrios foram claros demais para ser negados. A Britânia precisa desse homem, mas ele está enredado demais nesta vida para se recordar da sabedoria de sua alma. Você deve ser a Deusa para ele, minha querida, deve despertá-lo!

A voz de Dierna ficou presa. Teleri a olhou e entendeu que a mulher mais velha realmente se importava com ela.

— A Senhora é cruel por nos usar assim! — exclamou Teleri. Mas em seu coração ela gritava: *Não me ama o suficiente para me manter perto de você? Não vê o quanto eu desejo ficar?*

— Ela faz o que precisa, para o bem de todos... — sussurrou a sacerdotisa —, e para servi-La precisamos fazer o mesmo.

Teleri então estendeu os braços e tocou o cabelo brilhante da outra mulher, e Dierna a apertou nos braços.

Depois de um tempo, Teleri sentiu umidade em seu rosto e não sabia se era a Senhora que chorava dos céus ou suas próprias lágrimas.

12

O cereal fora arrumado em medas, e o feno, em montes. A paz da colheita pousava sobre toda a terra. Os campos além do Vale de Avalon exibiam um padrão xadrez em tons de dourado. Era um bom augúrio, Dierna disse a si mesma enquanto as brumas se fechavam atrás deles. Casamentos costumavam ser celebrados na primavera ou no começo do verão, mas, com certeza, seria melhor para Carausius tomar a noiva quando o começo do inverno punha fim à estação de saques, e ele teria tempo para conhecê-la antes de precisar sair para lutar uma vez mais. E, se ela mesma se sentia exausta, era porque nas últimas duas luas estivera furiosamente ocupada preparando Teleri para o casamento.

Sem dúvida era por isso que a própria Teleri parecia tão pálida. Ao subirem na carroça coberta que Eiddin Mynoc enviara para levá-las a Durnovaria, Dierna deu um tapinha tranquilizador na jovem. A moça trabalhara duro como todas para completar seu treinamento e aprender a olhar para a água e ver visões.

Era mais fácil, é claro, na lagoa sagrada, mas uma bacia de prata também serviria, se a Vidente aspirasse o suficiente da fumaça sagrada e a água fosse abençoada com o feitiço apropriado. A virtude não estava na água, mas em quem a olhava. Ela mesma aprendera tão bem aquela arte que veria visões em uma poça de lama se fosse necessário, com apenas algumas respirações profundas e sem ervas para ajudá-la. Às vezes acontecia de a Visão vir sem ser chamada, e aqueles vislumbres, impelidos pela necessidade, eram os mais importantes.

Mas Teleri ainda acreditava que o sagrado estava na forma das coisas, então, entre a bagagem que ia com ela, estava um baú com uma bacia de prata antiga, gravada com espirais que atraíam o olhar, e vários jarros de água da lagoa sagrada.

Dierna observava Teleri enquanto ela olhava através da abertura das cortinas de couro, mirando como se seu olhar pudesse furar as brumas que envolviam o Tor. Mas o que se podia ver era apenas a igreja cristã e as cabanas espalhadas que abrigavam os monges que viviam ali. Mais alto na colina, sobre o poço sagrado, estavam as casas da sororidade sagrada; sobre elas, o topo redondo do Tor se mostrava, nu desde os tempos da primeira grã-sacerdotisa, quando os monges derrubaram as pedras. Às vezes era difícil, olhando de fora, acreditar que aqueles que tinham o poder de atravessar as brumas encontrariam no lugar o Grande Muro de Avalon e a Casa das Donzelas, o Caminho Processional e as pedras eretas.

No olho de sua mente, esses lugares eram mais reais que a cena que ela via então. Muitas coisas haviam mudado depois que a Senhora Caillean fizera a magia para separar Avalon do mundo. Fora na época de Sianna que começaram a construir com pedras. Quando a filha de Sianna governava, os muros do Grande Salão estavam subindo, longos como os de uma basílica romana, embora seu teto fosse feito de sapé, não de telhas. Fora a neta de Sianna quem dedicara os primeiros pilares do Caminho Processional. A própria avó de Dierna construíra a nova Casa das Donzelas.

E o que eu construirei?, Dierna então se perguntou. Balançou a cabeça, pois a resposta estava naquela jornada. Suas ancestrais haviam construído em pedra, mas ela, a primeira em muitos anos a voltar a atenção para o mundo externo, estava construindo um edifício invisível no coração dos homens. Ou de um homem. Se sua fundação fosse bem colocada, ele faria um muro de navios e homens para conter os saxões, o que seria mais eficiente do que qualquer barreira de pedra.

Dierna se recostou contra o estofado e deixou as cortinas caírem quando a carroça começou a se mover. Teleri já fechara os olhos, mas suas mãos estavam apertadas com força demais para dormir. A sacerdotisa franziu o cenho, notando pela primeira vez a magreza que os punhos da garota haviam adquirido. Depois de sua primeira explosão, Teleri não fizera nenhuma objeção ao casamento. Na verdade, fizera tudo que lhe pediram tão obedientemente quanto qualquer filha de Avalon. Dierna pensou que Teleri havia se reconciliado com a ideia, mas agora se perguntava se usara a urgência da preparação para evitar questões mais próximas.

— Teleri — falou baixo e viu as pálpebras da garota estremecerem. — Essa arte de ver na lagoa funciona dos dois lados. Você olhará na água a cada noite para visões do que está acontecendo na Britânia. Serão imagens que eu lhe envio ou que, com o tempo, começará a ver por si mesma. Mas a água também pode ser usada para enviar mensagens. Quando está em transe, e se tiver se preparado apropriadamente e sua vontade for forte, também poderá enviar uma mensagem para mim. Se algo acontecer, e tiver necessidade, chame e virei até você.

Teleri respondeu sem abrir os olhos.

— Por dois anos estive em Avalon. A esta altura, esperava ir para minha consagração, não meu casamento. Foi um belo sonho. Mas agora estou sendo expulsa para voltar ao mundo. Você me disse que estou sendo entregue a um bom homem. Meu destino não é pior do que o de qualquer outra moça de linhagem nobre. Será melhor um rompimento total.

Dierna suspirou.

— Como diz, passou dois anos entre as sacerdotisas. Avalon deixou sua marca em você, Teleri, ainda que não use a crescente entre as sobrancelhas. Sua vida jamais será como era, pois você não é mais a mesma. Mesmo se tudo estiver bem, eu ficaria mais aliviada em saber como as coisas estão com você. — Ela esperou, mas a resposta não veio. — Está brava comigo, e talvez tenha razão. Mas jamais se esqueça de que a Deusa está aqui para confortá-la mesmo quando não se voltar para mim.

Com isso, Teleri se endireitou e a olhou.

— Você é a Senhora de Avalon... — ela disse lentamente. — Você é a Deusa para mim. — Então virou o rosto mais uma vez.

Senhora, o que foi que fiz?, pensou Dierna, observando o perfil da moça, puro e inflexível como um baixo-relevo romano. Mas estava feito, ou quase, e a necessidade que impelia aquela traição, se era isso o que era, não havia mudado. *Senhora, você conhece todos os corações. Esta criança não consegue entender que o que Você nos pediu é tão difícil para mim quanto para ela. Envie a ela o conforto que não aceita de mim, Senhora, e o amor...*

***

Carausius puxou a ponta solta da toga para a frente e tentou se lembrar do que Pollio dissera. O homem era um grande proprietário de terras nos territórios dos durotriges, com interesses de mercado em Roma; em suma, um homem com influência e conexões. Mas, então, quase todos que o príncipe Eiddin Mynoc convidara para o casamento da filha eram de família nobre ou poderosos, ou ambos. Vestidos em togas ou vestes de linho bordadas, aquela poderia ser uma reunião aristocrática em qualquer lugar do império. Apenas as sacerdotisas de vestes azuis de pé na porta recordariam alguém de que a Britânia tinha seus próprios deuses e Mistérios.

— Uma aliança excelente — repetiu Pollio. — É claro, ficamos encorajados ao saber que Maximiano havia lhe dado o comando, mas essa conexão com uma de nossas famílias mais importantes sugere um interesse mais pessoal na Britânia.

De repente, ficou fácil prestar atenção. A sacerdotisa oferecera aquele casamento como um modo de aprimorar a comunicação. Havia uma dimensão política em se casar com a filha de um príncipe britânico que ele não tinha desejado? Cleópatra dera todo o Egito a Antônio, mas tudo o que ele queria de Teleri era uma ligação com Avalon. Deveria achar uma maneira de deixar claro ao príncipe Eiddin Mynoc e aos outros que não queria mais nada.

Pollio pegou um bolo frito de uma travessa oferecida por um dos escravos e continuou.

— Estive em Roma. Depois de três séculos, ainda acham que estamos no fim da terra. Quando os tempos ficam difíceis e há pressão nas defesas deles, pensam em nós por último, quando todas as outras necessidades forem atendidas. Não vimos isso quando tiraram as tropas de nossa fronteira para lutar por imperadores em guerra?

— Fiz meu juramento ao imperador — começou Carausius, mas Pollio ainda não tinha terminado.

— Há muitas maneiras de servir. E talvez você não seja tão rápido em perseguir suas ambições em Roma se houver alguém à sua espera aqui, né? Com certeza sua noiva é bela o bastante para manter a atenção de qualquer homem em casa. — O sorriso de Pollio fez o almirante se crispar. — Eu me lembro de quando ela era uma criança desajeitada; certamente melhorou no último ano ou tanto.

Carausius olhou para o outro lado do cômodo, onde Teleri estava com seu pai sob uma guirlanda de trigo e flores secas. Achava difícil imaginá-la como uma adolescente desajeitada. Perfumada, coberta de joias e com um véu vermelho importado das terras orientais do império, estava ainda mais bela que no forte. Mas, embora estivesse vestida como a filha de um rei, seus ornamentos apenas acentuavam sua beleza, que se devia mais ao porte com que ela os usava.

Como se consciente de seu olhar, ela se virou, e por um instante ele vislumbrou as linhas puras de seu rosto através da obscuridade rósea de seu véu, como a estátua de uma deusa em um festival. Ele desviou depressa o olhar. Era um homem de apetites normais, e as mulheres vieram facilmente conforme ele subia de patente. Mas jamais, mesmo quando fora às cortesãs em Roma, dormira com uma mulher de linhagem real, ou que fosse tão bela. Adorá-la seria fácil, pensou. Mas não tinha muita certeza de como se sairia como marido.

— Nervoso? — Aelius, que deixara o *Hércules* para ser reequipado em Clausentum e viera para lhe dar apoio, apertou seu ombro. — Não o culpo! Mas dizem que todos os noivos ficam assim. Não se preocupe. Uma mulher é muito parecida com a outra quando as tochas se apagam. Lembre-se de como pegava um barco no delta do Reno e se sairá bem. Vá devagar e mantenha a sondagem! — Ele começou a rir enquanto Carausius olhava.

Ficou aliviado quando um toque em seu braço lhe deu uma desculpa para se virar. Encontrou o olhar escuro e ardente de um jovem esguio diante dele, mas por um instante não conseguia se recordar de seu nome.

— Senhor, passei muito... tempo pensando desde o último verão — disse o rapaz. — É uma coisa grandiosa o que está fazendo pela Britânia. — Havia um tipo de gagueira, como se a fala não conseguisse acompanhar bem as emoções que a dirigiam.

Allectus, era isso. O menino viera para a inauguração das obras do forte de Portus Adurni com seu pai e acompanhara as sacerdotisas de volta. Carausius assentiu enquanto ele continuou.

— Minha saúde era fraca quando eu era mais novo, então não servi no exército. Mas para conseguir seu propósito será necessário ter dinheiro. Mais, creio, do que o que o imperador lhe dará. Conheço dinheiro, senhor. Se me incluir em sua equipe, eu o servirei de todo o coração!

Carausius franziu o cenho, olhando para o jovem com olho de comandante. Allectus jamais daria um bom guerreiro, mas parecia saudável, e, se as histórias que ouvira a seu respeito fossem verdadeiras, o menino não estava contando vantagem. Certamente falava com sinceridade; o almirante começara a perceber que a proteção que os habitantes da Britânia esperavam dele poderia ir além do resumo que Maximiano lhe dera. Mas proteção era tudo que daria a eles, disse a si mesmo quando vieram à mente as histórias de vários oficiais do exército que se declararam imperadores.

— O que seu pai acha?

Uma luz brilhou nos olhos de Allectus.

— Ele está de acordo. Acho que ficaria muito orgulhoso.

— Muito bem. Pode se juntar à minha equipe e trabalhar conosco neste inverno, extraoficialmente. Se provar sua competência, poderemos pensar em tornar o cargo permanente quando as campanhas começarem na primavera.

— Senhor! — Allectus ensaiou uma saudação pseudomilitar com um entusiasmo que o fez parecer muito mais jovem. Houve um momento embaraçoso quando Allectus lutou contra as emoções.

Carausius ficou com pena dele.

— E minha primeira ordem é que descubra quando os ritos vão começar!

Allectus se endireitou e andou com um passo que obviamente tinha a intenção de ser militar. Carausius se perguntou se fizera a coisa certa ao aceitá-lo. O jovem bretão era uma mistura curiosa de juventude inexperiente e maturidade, incerto e desajeitado na sociedade, mas por tudo que se sabia um homem de negócios inteligente e agressivo. Mas o exército podia encontrar utilidade para homens de vários talentos. Se Allectus provasse ser capaz de aguentar as demandas físicas do serviço e tolerar a disciplina militar, poderia de fato ser muito útil.

Por um momento o almirante franziu o cenho, pensando em seu comando. Haviam planejado o casamento para o fim da estação de navegação, mas o clima permanecera bom por mais tempo do que esperava. Embora aquilo fosse conveniente para os que viajaram para o casamento, algum saxão ousado poderia aproveitar a oportunidade para um último saque antes que as tempestades começassem. E, se os saxões realmente viessem, ele estaria ali em vez de engajado em combate nos fortes do canal, e quando descobrisse sobre um saque, os lobos do mar há muito teriam partido...

Foi algum sentido mais sutil que a audição que o lembrou do presente. Quando levantou os olhos, Dierna estava diante dele.

Respirou fundo e fez um gesto para a multidão no aposento.

— Trabalhou bem, e todos nós fizemos o que pediu. Está contente?

— *Você* está? — Ela o olhou nos olhos no mesmo nível.

— Não conto a batalha até que o dia tenha acabado.

Dierna levantou uma sobrancelha.

— Está com medo?

— Tenho ouvido as estranhas histórias de Avalon desde que a encontrei. Dizem que os romanos venceram os druidas, mas não as sacerdotisas; que são feiticeiras, como as que vivem na ilha de Sena na Armórica, herdeiras de poderes ancestrais. — Ele enfrentara homens que queriam matá-lo, mas era preciso reunir toda sua vontade para segurar o olhar daquela mulher.

— Somos apenas mulheres mortais — disse a sacerdotisa, gentilmente —, embora nosso treinamento seja árduo, e talvez seja verdade que guardamos certos Mistérios que os romanos perderam.

— Sou um cidadão, mas não um romano. — Ele ajeitou a ponta solta da toga no lugar mais uma vez. — Quando eu era menino, as sábias dos menápios ainda moravam nos pântanos da Germânia, onde o Reno deságua no mar setentrional. Tinham seu próprio tipo de sabedoria, mas sinto em você algo mais disciplinado, que me recorda de alguns sacerdotes que encontrei no Egito quando estive lá.

— Talvez... — Ela o olhou com interesse. — Diz-se que aqueles que fugiram das Terras Submersas encontraram abrigos em muitos portos, e os Mistérios do Egito são parecidos com os nossos. *Você se lembra?*

Carausius piscou, incomodado com algo particular em seu tom. Ela havia perguntado algo semelhante em Portus Adurni.

— Lembrar? — perguntou, e ela balançou a cabeça e sorriu.

— Não tem importância. De qualquer maneira, deveria estar pensando em sua noiva hoje...

Ambos voltaram os olhos para Teleri.

— Ela é muito bonita. Mas eu não esperava me casar com ela em uma cerimônia romana tão convencional.

— O pai dela queria ter certeza de que a união seria reconhecida — respondeu Dierna. — Há uns anos uma de nossas mulheres foi dada a um oficial romano, Constâncio, de acordo com nossos próprios ritos, e soubemos que ela, agora, é considerada sua concubina.

— E quais são os ritos de Avalon? — A voz dele era tão baixa quanto a dela.

— Homem e mulher se juntam como sacerdote e sacerdotisa do Senhor e da Senhora. Ele carrega o poder do Cornífero, que traz vida ao campo e ao rebanho, e ela o recebe como Grande Deusa, a Mãe e a Noiva.

Algo no timbre de voz dela mexia com ele. No período de um fôlego, sentiu como se estivesse prestes a se lembrar de algo há muito tempo esquecido, mas de importância vital. Então, ouviu os berros da ovelha sacrificial do lado de fora, e o momento se perdeu.

— Não teria me recusado a participar de um ritual assim — ele disse baixo. — Mas agora é hora dos ritos de Roma. Dê-nos sua bênção, Senhora de Avalon, e faremos o melhor que pudermos.

O arúspice estava na porta, sinalizando para que viessem. Carausius se endireitou, sentindo nos antebraços o arrepio familiar de excitação que vinha quando a espera terminava e começava a batalha. Não era tão diferente, disse a si mesmo, enquanto avançava e os convidados do casamento o seguiam. Aquela era uma celebração, mas ele agora navegava em mares estranhos.

***

Do lado de fora do quarto, a festa ainda continuava. O príncipe, feliz por ter casado sua filha com um homem notável em vez de perdê-la para Avalon, havia comprado uma grande quantidade de vinho gaulês, e os convidados do casamento estavam aproveitando a generosidade ao máximo. Carausius olhou para a noiva e desejou poder fazer o mesmo. Mas um bom comandante não bebia em serviço.

E aquilo era serviço. A mulher que o esperava na grande cama era linda. Ele imaginava que devia ter bom gênio também, e devia ser sábia, já que fora treinada em Avalon. Mas era uma estranha.

Não lhe ocorrera que aquilo pudesse ser um problema. Com certeza havia dormido com cortesãs e mulheres de acampamento sem a necessidade de apresentações. Mas percebia agora que queria mais daquele casamento. Teleri estava deitada com a coberta até o queixo, vigilante como uma corça ameaçada. Carausius sorriu em uma tentativa de tranquilizá-la e tirou a túnica. Ela era sua mulher pela lei romana, mas o costume dos britânicos, como o de seu próprio povo, era o de que o casamento não se consumava até que o banquete acabasse e a noiva fosse deflorada.

— Quer que eu apague a lamparina? — perguntou ele.

Muda, ela assentiu. Carausius sentiu um momento de arrependimento; qual a graça de se casar com uma mulher bonita se não podia olhar para o corpo dela? No entanto, beleza demais poderia intimidá-lo, e uma mulher era bem parecida com outra no escuro. Puxou as cobertas para trás e ouviu a cama gemer ao se deitar ao lado dela, mas Teleri ainda estava em silêncio. Com um suspiro, ele estendeu o braço para tocar o cabelo dela. Sua pele era muito macia. Sem necessidade de pensamento, seus dedos escorregaram do rosto para o pescoço, e dali para a curva firme de seu seio. Ela respirou rápido e então ficou imóvel, estremecendo sob seu toque.

Deveria cortejá-la com palavras de amor? O silêncio dela o irritava, e ele não conseguia pensar no que dizer. Mas se sua mente não estava pronta, seu corpo, reagindo à carne firme que seus dedos exploravam, respondia ansiosamente. Carausius tentou ir devagar, esperar até que ela também estivesse pronta, mas Teleri permaneceu imóvel, aceitando passivamente, quando ele abriu suas coxas. E, então, ele não podia mais segurar. Com um gemido, afundou sobre o corpo dela, apertando seus ombros. Ela gemeu de repente e começou a se debater debaixo dele, mas ele já reivindicava seu prêmio.

Acabou rápido. Então, Teleri se curvou em seu lado da cama, de costas para ele. Carausius ficou deitado por um longo tempo ouvindo a respiração dela, tentando escutar se ela chorava; mas ela não fez nenhum som. Aos poucos, ele começou a relaxar. Disse a si mesmo que não tinha sido um começo tão ruim, e que ficaria melhor quando estivessem mais acostumados. Talvez fosse demais esperar amor, mas, conforme ele e Teleri vivessem juntos, certamente o respeito e a afeição surgiriam, e aquilo era o que a maioria dos casais conheceria.

Carausius não estava acostumado a dividir a cama, e o sono custava a vir. Deitou-se imóvel, revisando disposições de soldados e suprimentos na cabeça e desejando poder acender uma lamparina para trabalhar naquilo. No entanto, não sabia dizer se a mulher dormia e temia acordá-la. Depois de um tempo ele caiu em um sonho inquieto no qual estava em um convés lutando contra inimigos sem rosto.

Quando ouviu a batida, pensou inicialmente que era o som de um esporão, batendo do lado de seu navio. Havia vozes; aos poucos ele começou a entender a palavra.

— Senhora, é a terceira hora. Nada pode ser feito até o amanhecer. Em nome de Juno, é a noite de casamento do almirante! Não pode perturbá-lo agora!

— Se ele ficar bravo, assumo a culpa — respondeu uma voz de mulher. — Vai assumir a responsabilidade de negar a ele notícias das quais ele precisa?

— Notícias? — perguntou o guarda. — Nenhum mensageiro veio...

— Não preciso de mensageiros humanos. — A voz da mulher mudou, e Carausius, já fora da cama e vestindo a túnica, sentiu um calafrio que não fora causado pelo ar da noite. — Duvida de minha palavra?

O pobre guarda, apanhado entre as ordens dele e o poder da sacerdotisa, foi salvo de precisar responder quando Carausius abriu a porta.

— Qual o problema?

Algo tenso no rosto de Dierna relaxou, e ela sorriu. Estava envolta em um manto sobre a túnica de dormir, e o cabelo, solto, caía em torno dos ombros como chamas. Então, sua expressão se tornou sombria novamente.

— Os saxões vieram de novo.

— Como pode saber — ele começou, mas ela só riu.

— Você cumpriu sua parte no contrato. Acha que eu não cumpriria a minha. Sabia que você temia deixar a costa sem proteção, e nesta noite olhei na vasilha da Vidência. Eu lhe disse que passei o outono ensinando Teleri a fazer isso.

Ele respirou fundo, chegando a um despertar completo conforme entendia as implicações das palavras dela.

— E o que viu?

— Uma cidade em chamas, acho que Clausentum, e duas embarcações na costa. Estão levando tempo para saquear, achando que nenhuma ajuda será enviada. Se for rápido, pode pegar a maré da aurora e esperar por eles atrás da Ilha de Vectis, quando voltarem de novo para casa.

Carausius assentiu. O guarda estava de boca aberta, mas voltou ao estado de sentido quando o almirante começou a dar ordens. Carausius segurou um sorriso; então, todas as outras considerações desapareceram na maré de antecipação que o tomou com o prospecto de uma batalha. *Aquilo* era algo que ele sabia fazer.

***

Passaram aquele inverno em Dubris, o forte romano na costa sudeste, nas terras tribais de Cantium. Teleri tinha esperado odiar, pois não era Avalon. Mas, se a vila sobre os penhascos de calcário onde Carausius a colocara era uma jaula, ao menos era confortável, e, embora os homens grandes e louros da tribo dos cantíacos fossem diferentes de seu povo mais alegre do oeste, eram bondosos e a receberam bem. Seu marido estava fora frequentemente, supervisionando a construção do novo forte em Portus Adurni ou melhorias adicionais sendo feitas em Dubris.

Alguns dos saques recuperados dos piratas que Carausius derrotara no dia depois do casamento foram retornados a seus donos. Ele mandara pedir a Roma permissão para vender os itens cujos donos não podiam ser determinados e reverter o dinheiro para a proteção da Costa Saxã.

Mesmo quando Carausius estava em casa, passava a maior parte do tempo com seus oficiais, debruçados sobre mapas, discutindo estratégias. No começo, Teleri ficou aliviada por vê-lo tão pouco. Tivera medo que o toque de um homem traria de volta as memórias da tentativa do saqueador de estuprá-la, mas as disciplinas de Avalon a tinham preparado.

Quando Carausius se deitava com ela, apenas tinha de desconectar a mente do corpo para não sentir nada, nem dor nem pânico. Não percebera que seu marido notava, mas depois de um tempo começou a suspeitar que ele a evitava deliberadamente.

No solstício de inverno, os romanos celebraram a Saturnália. O almirante deu o dia de folga a seus homens e voltou para a vila para um merecido descanso. Na noite do solstício, banquetearam. Era época de alegria e os homens beberam muito. Até mesmo Teleri se permitiu mais do vinho gaulês do que estava acostumada. Em Avalon, celebrariam aquela noite com rituais sagrados para auxiliar o parto do sol recém-nascido de volta ao mundo. Tinha visto os ritos apenas uma vez e ainda se flagrava chorando ao se recordar de sua beleza.

E então ela bebeu e, quando por fim se levantaram da mesa, ficou surpresa ao perceber as pernas bambas sob ela.

— Não consigo andar! — exclamou, indignada. Os homens começaram a rir, e subitamente ela também achou graça. Mas o riso era demais para seu equilíbrio precário. Carausius a pegou quando ela balançou e a levantou nos braços, o rosto perplexo como se estivesse se perguntando como ela viera parar ali.

— Sou sua esposa — assentiu solenemente —, tudo bem ser carregada por você...

O mundo girava de modo zonzo enquanto ele a levava pelo corredor, e ela o apertou com força, sem soltá-lo nem quando ele a colocou na cama.

— Devo chamar sua aia para despi-la? — perguntou ele, tentando soltar os dedos.

— Você me despe — murmurou Teleri —, marido... — Ela olhou para o rosto dele e sorriu. Sabia que não era desejo o que sentia, mas solidão. Entretanto, se ele estivesse com ela, não pensaria em Avalon.

— Você bebeu vinho um pouco demais, sabe disso — ele disse, mas os músculos de seus braços não estavam mais duros como pedra sob os dedos dela.

Ela riu de repente.

— Você também!

— É verdade — respondeu ele em um tom de quem havia feito uma descoberta inesperada.

Ela puxou a túnica dele e Carausius se jogou na cama ao lado dela e então, um tanto desajeitadamente, a beijou. Havia um conforto, pensou ela, em estar perto de outra pessoa. Tinha a intenção de recebê-lo daquela vez, mas, conforme as coisas progrediram, viu-se ficando cada vez mais alheia ao que acontecia. Quando por fim ele se deitou sobre ela, procurou refúgio em imagens aleatórias e viu entre elas, inesperadamente, o rosto de Allectus.

Pela manhã, Teleri acordou com dor de cabeça e a memória confusa. Estava sozinha na cama, mas o manto de Carausius continuava onde caíra no chão. Deitar-se com ele não fora um sonho. Ao menos, pensou, enquanto deixava que sua aia a penteasse, não tinha mais medo dele. Mas, quando se encontraram para o desjejum, ele parecia um pouco envergonhado e inseguro sobre como reagir a ela. Ou talvez fosse apenas uma dor de cabeça também.

Mas, se não piorou o relacionamento deles, o encontro daquela noite também não os aproximou.

Conforme os dias escuros se arrastavam, Carausius trazia seus oficiais superiores para ficar na vila com mais frequência. Teleri ficava constantemente na companhia de Allectus, um ouvido solidário quando as exigências da vida militar o levavam ao limite da persistência.

— O modo como somos financiados é tão ineficiente! — ele exclamou, enquanto caminhavam pelos penhascos. — Os impostos são coletados na Britânia e enviados até Roma; então, apenas uma porção pinga de volta, se o imperador achar que deve. Nenhum mercador pode prosperar desse jeito! Não seria mais sensato calcular quanto será destinado para a defesa da Britânia e reter esse dinheiro dos impostos que são enviados?

Teleri assentiu. Com certeza fazia sentido quando ele explicava. Acostumada com o governo civil, que era em boa parte financiado pelas contribuições de magnatas que serviam como magistrados locais, ela jamais pensara sobre os problemas de defender toda uma província.

— Não podemos pedir doações das pessoas daqui, cujos fortes são protegidos por Carausius?

— Precisaremos fazer isso, a não ser que Maximiano mande mais. — Allectus se virou, com a mão no quadril, para olhar o mar. Teleri tinha a impressão de que a vida militar o melhorara. O olhar intenso não mudara, mas horas de treinamento haviam bronzeado sua pele. Ele também andava mais ereto e tinha mais músculos em sua estrutura magra.

— Emprestei uma parte do dinheiro a juros, com pagamento no começo da estação de navegação, e isso nos trará algum ganho. Mas é preciso ter dinheiro para gerar dinheiro. Pedir contribuições aos magistrados é uma boa ideia — ele lhe deu aquele sorriso que tanto transformava seus traços —, mas é preciso mais do que simples argumentos para arrancar ouro de nosso povo. Podem ser generosos quando o resultado é algo que podem usar para impressionar os vizinhos. Ver benefícios em fortificações para defender as terras de outras tribos vai além da imaginação deles. Você precisa vir comigo, Teleri, e encantá-los para que sejam generosos! Com certeza não vão resistir ao seu sorriso...

Ela corou sem querer, pensando que, apesar das reclamações dele, o exército lhe fizera bem, tanto socialmente como fisicamente. Jamais teria a sagacidade de lhe fazer um elogio daqueles um ano antes.

**

O tempo esquentou, embora as tempestades ainda fustigassem a terra. Carausius mudou seus aposentos para o próprio forte e levou Teleri consigo. A aliança com o príncipe Eiddin Mynoc e a aura de Avalon tinham vantagens em si, mas não eram a principal razão pela qual se casara com Teleri. Agora era hora de saber se o outro propósito secreto para tê-la com ele poderia ser conseguido. Teleri começou a se recolher mais cedo – nenhum problema agora, quando Carausius precisava passar as noites com seus homens. Não sabiam que ela se levantava nas horas escuras antes do amanhecer e sentava-se observando a água na vasilha de prata, limpando a mente e esperando uma palavra de Avalon.

No começo ela achou difícil concentrar-se, mas então passou a considerar aquele tempo sozinha como a melhor parte de seu dia. Naquelas horas quietas, quando o grande forte dormia em torno dela, quase podia se imaginar de volta à Casa das Donzelas. Teleri ocupava a mente refletindo sobre as coisas que aprendera lá e ficava surpresa em descobrir do quanto se lembrava, e como seu entendimento do que lhe fora ensinado parecia ter aumentado.

Em uma noite, perto do fim de Marte, ela se flagrou pensando em Dierna com remorso, em vez da raiva que tantas vezes colorira seus pensamentos antes. E, como se aquela mudança de atitude fosse o movimento de uma pedra que solta a água em uma represa, viu os traços da grã-sacerdotisa formando-se na água.

Dierna arregalou os olhos e Teleri soube que ela também podia vê-la, e sentiu uma pontada inesperada quando percebeu que a outra mulher a olhava com amor e alívio. Os lábios de Dierna se moveram. Teleri não ouviu nada, mas sentiu uma pergunta e sorriu de modo tranquilizador, e fez gestos como se perguntasse como iam em Avalon. Viu Dierna fechar os olhos, franzindo a testa. Então, a imagem se borrou. Por um instante, Teleri vislumbrou Avalon, pacificamente sob as estrelas. Viu a Casa das Donzelas e a moradia das sacerdotisas, os galpões de fiar e tingir e as cozinhas, o barracão onde secavam e processavam as ervas. Ali estavam o pomar de macieiras, o bosque de carvalhos e o brilho do poço sagrado, e, observando acima de tudo, a silhueta pontuda do Tor.

Teleri então fechou os olhos, esforçando-se para imaginar o forte de Dubris e o porto onde os navios de guerra subiam e desciam com a maré. Seu pensamento se moveu para Carausius, de ombros largos, atento, com mais fios brancos no cabelo do que tinha um ano antes. Sem ser buscada, a imagem de Allectus apareceu ao ombro dele, os olhos acesos de empolgação. Mas, no momento seguinte, sua vontade, desacostumada àquele trabalho, cedeu, e ela piscou e viu na vasilha apenas o brilho baço da água e, na janela, a luz pálida do amanhecer.

***

Carausius se endireitou após olhar o mapa da costa, retraindo-se quando os músculos de suas costas protestaram. Quanto tempo, perguntou-se, estivera curvado sobre ele? O mapa era feito de couro, de modo que podia ser enrolado e carregado, ou preso a uma tábua. Fichas de madeira representando navios e suprimentos, fáceis de contar e de mover, estavam arranjadas ao lado de imagens de fortes e cidades. Se ao menos fosse tão fácil movimentar navios e homens. Mas os caprichos do tempo e do coração humano podiam atrapalhar os planos mais lógicos.

O forte estava na quietude das horas entre a meia-noite e o amanhecer, quando todos dormiam, exceto os guardas nas muralhas. E ele mesmo e Allectus. O jovem moveu mais três "sacas de cereal" de madeira da imagem pintada de Dubris para Rutupiae e olhou para seu comandante.

— Acho que teremos o suficiente. — Fez uma marca de contagem em sua placa de ardósia. — Não vamos ficar gordos, mas todos serão alimentados. — Ele tentou sufocar um bocejo.

— E todos precisam dormir — disse Carausius, observando-o com um sorriso. — Até mesmo você e eu. Vá para a cama, Allectus, e durma bem.

— Não estou cansado, de verdade. Os outros fortes...

— Podem esperar até amanhã. Você já fez mais que o bastante por ora.

— Está feliz com meu trabalho, então? — perguntou Allectus. Carausius franziu o cenho, imaginando por que ele precisava perguntar. — No último outono você me contratou extraoficialmente — continuou Allectus. — Os oficiais de sua equipe me conhecem, mas, quando for a outro lugar, eu teria mais autoridade se estivesse de uniforme. É isso — completou, com um súbito acanhamento —, se conquistei meu lugar aqui...

— Allectus! — Carausius apertou seu ombro e o jovem se endireitou, os olhos escuros brilhando como se procurasse conter as lágrimas. Por um momento, o almirante se recordou de Teleri: ambos tinham os belos ossos e a cor morena das tribos que viviam nas terras do oeste. Poderiam ser parentes, em algum ponto da linhagem. — Meu rapaz, ainda tem dúvidas em relação a isso? Mal imagino como eu dava um jeito antes que você estivesse aqui. Mas, se quer um uniforme, é o que terá.

Allectus sorriu cegamente e, curvando-se, beijou a mão do almirante. Carausius soltou o ombro do rapaz, um pouco surpreso por sua intensidade, mas também tocado.

— Vá agora e durma — disse, com gentileza. — Não precisa se esgotar em meu serviço para provar sua lealdade.

Quando Allectus havia saído, Carausius ficou olhando atrás dele, ainda sorrindo. *Se Teleri me desse um filho, ele poderia ter essa aparência*, pensou de repente. Embora ele a tivesse tomado por outras razões, ela era sua esposa. Por que não poderia esperar por um filho, nascido naquela terra, para segui-lo?

Caminhou pelo corredor em direção a seus aposentos com mais entusiasmo que de costume. Teleri havia deixado claro que seus abraços não eram bem-vindos, mas a maioria das mulheres queria ter filhos. E talvez, se ela tivesse, viesse a sentir bondade pelo pai de sua criança.

Mas, quando chegou ao quarto, a cama estava vazia.

Por um momento, Carausius ficou parado olhando, espantado com a profundidade da dor ao pensar que fora traído. Então, a razão se reafirmou. Mesmo se Teleri fosse o tipo de mulher que tem casos de amor, era inteligente demais para fazer isso à noite, quando cada um que dormia era contado e guardas caminhavam pelo local. Suavemente, cruzou o chão e abriu a porta para o quarto interno.

Sobre uma mesa baixa, uma lamparina ardia. A luz brilhava nas bordas da bacia de prata diante dela e na túnica branca de Teleri. A chama ondulou quando ele entrou, mas ela não se mexeu. Mal ousando respirar, Carausius ajoelhou-se ao lado dela.

Os olhos dela estavam fixos na superfície escura da água, e seus lábios se mexiam.

— Dierna... — sussurrou ela, e então ficou quieta, como se estivesse ouvindo.

— Senhora — disse Carausius em uma voz um pouco mais alta que a dela —, deixe sua visão buscar as costas da Britânia. O que vê? — Ele mesmo não poderia afirmar com certeza com quem falava, e, quando Teleri se agitou mais uma vez, ele não sabia quem havia respondido.

— Águas escuras... Vejo um rio, margens baixas, o topo das árvores contra as estrelas. — Ela perdeu o fôlego e balançou. — Uma corrente forte... Ondas cintilam... Remos se levantam brilhando da água...

— São navios de guerra? Quantos? — Carausius perguntou bruscamente. Ela se retorceu, mas então respondeu.

— Seis... indo rio acima...

— Onde? — Desta vez ele manteve a voz baixa, mas não podia controlar sua intensidade. — Que rio? Que cidade?

— Vejo uma ponte... e muros de pedras vermelhas. — A resposta veio lentamente. — Dierna diz... que é Durobrivae! Vá! Precisa ir rápido! — As últimas palavras, embora ditas pela boca de Teleri, soaram tão parecidas com a voz de Dierna que Carausius piscou. Então, a mulher oscilou e ele a pegou nos braços.

Com o pulso disparado, ele levantou Teleri e a carregou para a cama. Embora ele se contorcesse com a necessidade de partir, tomou o cuidado de ajeitar as cobertas em torno dela. Ela não acordou, sua respiração já se aprofundava nos ritmos regulares do sono. Seus traços fechados tinham a serenidade remota de uma vestal, ou de uma criança, e, naquele momento, não conseguia imaginar como algum dia olhara para ela com desejo.

— Minha Senhora, eu lhe agradeço. — Carausius se curvou e beijou a testa dela. Então saiu do quarto, já se esquecendo dela enquanto dava a primeira das ordens que o levaria novamente ao mar.

***

Do ponto de vista militar, a estação que se seguiu obteve bastante sucesso. A visão de Dierna não era sempre verdadeira, e Teleri nem sempre conseguia entender as mensagens dela. Houve vezes também em que Carausius já estava no mar e não podia ser avisado. Mas, como a grã-sacerdotisa prometera, a aliança com Avalon deu ao almirante uma vantagem que lhe permitia, se não destruir o inimigo, ao menos manter um tipo de paridade. Se os romanos nem sempre vinham em resgate antes que os saqueadores acabassem de atacar um povoado, frequentemente chegavam a tempo de vingá-lo. E os mercadores que navegavam dos portos da Britânia ficavam pesados com os butins não reivindicados que Carausius enviava a Roma.

No fim do verão, quando os fardos de feno se empilhavam alto nos campos e a cevada balançava diante da foice do ceifador, Carausius convocou um conselho de líderes britânicos de todos os territórios da Costa Saxã para discutir a futura defesa da Britânia. Com a ajuda de Teleri, fizera mais do que Maximiano esperava dele, mas não era suficiente. Para que a terra ficasse de fato em segurança, ele deveria, de algum modo, persuadir aqueles que viviam na terra firme a ajudá-lo. Reuniram-se na grande basílica em Venta Belgarum, o único lugar da região grande o suficiente para abrigar todos eles.

***

Carausius ficou de pé, torcendo automaticamente as dobras de sua toga para que caíssem na graciosa curva familiar da estatuaria romana. Nos últimos dois anos precisara usar a toga com tanta frequência que já não se irritava com a inconveniência. Mas, enquanto dobrava a ponta solta sobre um braço e levantava a mão para pedir ordem à assembleia, ocorreu-lhe que os movimentos majestosos necessários a quem desejava manter a veste no lugar sem dúvida explicavam bastante do ideal romano de *dignitas*.

— Meus amigos, não tenho o dom da oratória como ensinam em Roma. Sou um soldado. Não estaria aqui se não estivesse encarregado dos deveres do *Dux Tractus Armoricani et Nervicani*, nas costas de ambos os lados do canal, e então, se falar com a rudeza de um soldado, perdoem-me. — Carausius fez uma pausa, olhando para os homens sentados, envoltos em suas togas, nos bancos diante dele. Pelas suas vestes, poderia estar falando ao Senado de Roma, mas aqui e ali via um homem com a pele clara e o cabelo avermelhado do puro sangue celta, ou a intensidade de bons ossos de uma raça ainda mais antiga. — Eu os chamei aqui — ele continuou — para falar sobre a defesa da terra que os gerou, e que se tornou um lar para mim.

— Isso é trabalho do exército — respondeu um homem de um dos bancos de trás. — E você vem fazendo isso bem. O que tem a ver comigo?

— Não tão bem quanto poderia. — Outro se virou para olhá-lo, e então de volta para Carausius com uma carranca. — Não faz dois meses desde que a escória atacou Vigniacis e destruiu minhas oficinas. Onde você estava?

Carausius franziu o cenho, e Allectus, a seu lado, sussurrou:

— O nome dele é Trebellius e é proprietário de uma fundição de bronze. Eles abastecem muitos equipamentos para nossos navios.

— Estava caçando um saqueador que afundou um barco que levava uma de suas cargas, creio — respondeu o almirante suavemente. — De fato seus produtos nos serviram bem, e rezo aos deuses para que logo volte a produzir. Com certeza não pode pensar que eu escolheria arriscar uma indústria de cuja produção eu preciso tão desesperadamente. — Houve um murmúrio de apreciação.

— A frota faz o seu melhor para nós, Trebellius. Não vamos reclamar — disse Pollio, que ajudara a organizar o encontro.

— *Estamos* fazendo nosso melhor — ecoou Carausius —, mas às vezes, como nosso amigo observou, não é o suficiente. Temos um número limitado de navios, e eles não podem estar em todos os lugares. Se pudermos melhorar os fortes que temos e construir mais, e se tivermos navios para servi-los, vocês não teriam de chorar sobre casas saqueadas e muros queimados.

— Muito bem — retrucou um homem de Clausentum —, mas o que espera de nós?

Carausius buscou inspiração na parede coberta por afrescos, onde um Júpiter que tinha uma forte semelhança com Diocleciano oferecia uma guirlanda a um Hércules com o rosto de Maximiano.

— Que cumpram seu dever como pais cívicos e líderes de suas cidades. Estão acostumados a arcar com o custo de trabalhos públicos e construções civis. Peço apenas que usem parte desses recursos para defendê-las. Ajudem-me a construir mais fortes e alimentar meus homens.

— Isso os acertou em cheio — murmurou Allectus enquanto o salão explodiu em controvérsias.

— Uma coisa é construir nossas próprias cidades. — Pollio se levantou por fim como porta-voz. — Fomos criados para isso, e nossos recursos são, quando muito, adequados para a tarefa. Mas nossa defesa é responsabilidade do imperador. Por que outro motivo cobraríamos impostos tão pesados de nosso povo para enviar o dinheiro a Roma? Se pagarmos por nossa própria defesa, ele vai desperdiçar o dinheiro que enviamos com a Síria ou jogar fora em outra campanha contra os godos?

— Deixe os impostos arrecadados na Britânia aqui mesmo, para apoiar nosso governo, e pagaremos com prazer nossa defesa — disse o príncipe Eiddin Mynoc —, mas não é justo pegar tudo e não dar nada em retorno.

As paredes balançaram enquanto a maioria dos outros começou a gritar sua aprovação. Carausius tentou explicar a eles que podia apenas fazer relatórios e recomendações, e que não tinha meios de fazer com que o imperador escutasse, mas não podia ser ouvido.

— O imperador precisa nos ajudar. — Veio o grito. — Se pedir ajuda a Diocleciano, lhe daremos apoio. Mas ele precisa nos ajudar. Qualquer homem que deseja ser chamado de imperador da Britânia precisa merecer o cargo!

***

— O que fará? — perguntou Allectus. Carausius se retraiu, reconhecendo a ansiedade em seus olhos.

Cerialis havia preparado os assentos para o jantar em seu jardim. O anoitecer de fim do verão deitava uma bruma dourada como um véu pelas árvores, e podia-se ouvir o rio batendo suavemente contra os juncos. Parecia um sacrilégio quebrar aquele sonho de paz com uma conversa sobre guerra.

— Vamos enviar uma mensagem a Diocleciano — falou Carausius em voz baixa, como se temesse ser entreouvido, embora apenas Allectus e Aelius estivessem próximos. — É claro que precisamos fazer isso, mas sei como os recursos dele já estão pressionados, e não tenho grandes esperanças de um auxílio de Roma.

Ele esvaziou a taça, esperando que o vinho amortecesse sua dor de cabeça, e a segurou para ser enchida novamente pelo escravo que passava por perto.

— Não entendo como vocês, britânicos, podem ter a visão tão limitada! Não é bom pedir fundos ao imperador. Ele precisa cuidar do império inteiro e, em sua visão, pode haver outros lugares com mais necessidade do que a Britânia.

— Aí está a dificuldade — respondeu Cerialis, de modo sério. — É difícil o bastante para meus conterrâneos olhar além dos muros das próprias cidades, ainda mais além de nossa costa. Da maneira como entendem, já pagaram por proteção e não deveriam precisar pagar mais uma vez...

Carausius fechou os olhos; sua cabeça latejava, como se alguém tentasse parti-la ao meio. De um lado, as reações incutidas nele por vinte anos de uniforme vituperavam contra aqueles provincianos que não entendiam que todas as partes do império dependiam da força do todo. Mas o outro, o ser que nascera quando a sacerdotisa derramou seu sangue no solo, bradava que nada, nem mesmo seu juramento ao imperador, era tão importante quanto a segurança da Britânia.

— Fiz o que pude para levantar dinheiro, mas, pelos meios de que disponho aqui, há pouco mais a ser ganho. — A voz de Allectus parecia vir de uma grande distância.

— Pelos meios de que disponho... — repetiu o almirante, uma ideia surgindo de seu turbilhão interno. Se nem o imperador nem os príncipes britânicos tinham a intenção de ceder, ele teria de encontrar uma terceira via. Levantou-se em um cotovelo, olhando para eles sombriamente.

— Os deuses sabem que tentei seguir as regras! Mas, se meu dever exige que eu as quebre, então é o que terei de fazer. Quando capturamos um navio, até a lei do imperador me permite uma porção da pilhagem. De agora em diante a Britânia receberá uma proporção também. Confio em você, Allectus, para redigir seus relatórios de uma maneira que... obscureça o que está acontecendo.

13

Alto e claro, o assovio do vigia veio flutuando sobre os pântanos. Foi ouvido ao pé do Tor, e um grito trilado levou a mensagem para cima.

Alguém chega. Convoque as brumas e envie a barca que o trará para Avalon!

Dierna envolveu a cabeça e o pescoço em seu longo véu. Uma empolgação inusitada fazia seu coração bater mais forte; parou por um momento, surpresa que fosse assim, e então respirou fundo e saiu das sombras de sua casa para o brilho do dia de verão. Lançou um olhar crítico para as sacerdotisas que a aguardavam.

Crida, vendo o olhar, jogou a cabeça.

— Tem medo que não lhe façamos honra? Por que está sendo tão cuidadosa? É só um romano.

— Não totalmente — respondeu a grã-sacerdotisa. — É um homem de tribo de um povo não tão diferente do nosso, forçado, como tantos de nossos jovens, em um molde romano. E é um homem marcado pelos deuses...

Silenciada, Crida cobriu o próprio rosto com o véu. Dierna assentiu e as conduziu pelo caminho espiralado. À medida que se aproximavam da costa, Ceridachos saiu para encontrá-la, vestido com todos os paramentos de um arquidruida, servido por Lewal, que já havia encontrado o visitante antes.

Ela se perguntava como o Tor pareceria aos olhos do almirante. Com os anos, as primeiras construções de taipa caiada foram substituídas por pedra, mas estas se aninhavam de um lado da colina. Apenas o grande

Caminho Processional, com seus pilares emparelhados, tinha uma majestade tão poderosa quanto os trabalhos de Roma, de uma maneira diferente. E as pedras eretas que coroavam o Tor já eram ancestrais quando Roma era ainda um punhado de cabanas sobre as sete colinas.

A grande barca de Avalon parou na costa sob as macieiras. Fora construída no tempo da mãe de Dierna e era grande o suficiente para carregar homens e cavalos e movida a remos, não a vara, como o barco menor com o qual o povo do brejo deslizava através do junco. Dierna entrou e tomou seu lugar na proa, e com uma palavra sua os barqueiros empurraram e a barca deslizou silenciosamente pelo pântano. Diante deles, uma névoa brilhante cintilava na água, velando as colinas distantes de dourado. Quando chegaram à metade do lago, Dierna se levantou, equilibrando-se com a facilidade da prática, embora naquele dia a água estivesse de fato tão lisa como uma pista de dança.

Ela respirou fundo e ergueu as mãos, os dedos se retorcendo como se fiassem uma trama invisível. Os barqueiros levantaram os remos e a barca flutuou, esperando no portal entre os mundos. O feitiço que invocava as brumas era feito em sua mente, mas se manifestava no mundo externo, ligando um ao outro por movimentos como aquele. Sua respiração reunia poder; ela sentia os músculos da garganta começando a vibrar, embora ainda não houvesse som. Fechando os olhos, ela invocou a Deusa e reuniu todas as suas forças em um poderoso ato da vontade.

Sentiu o balanço dos níveis mudando e resistiu à tentação de olhar, sabendo que o instante entre os tempos era o mais perigoso de todos. Nos anos desde que a Senhora Caillean levantara a barreira de brumas para protegê-los, muitas sacerdotisas aprenderam o feitiço. Mas a cada século houve uma ou duas que foram enviadas para o teste e desapareceram, perdendo-se entre os mundos ao tentar abrir as brumas para voltar.

Então um súbito frio úmido rodopiou em torno dela. Dierna abriu os olhos e viu água acinzentada e uma mancha de árvores, e, enquanto as brumas se partiam, o manto vermelho do homem que esperava por ela na costa. Teleri não estava com ele. Quando se comunicaram através da vasilha da Vidência, a outra mulher parecera perdoá-la. Até aquele momento, Dierna esperava que ela viesse.

Por um instante, seu pensamento voou para o sudeste. *Teleri, ainda a amo. Não entende? Foi a necessidade que a expulsou de Avalon, não eu!*

* * *

E Teleri, caminhando em seu jardim na vila em Dubris, balançou, por um momento tão zonza quanto se estivesse olhando para a vasilha da

Vidência. Cambaleou até um assento de pedra e sentou-se, e atrás de suas pálpebras fechadas viu o lago de Avalon. A imagem quase a deixou doente de saudade.

Carausius está chegando lá agora, disse a si mesma. *Vai sentar-se ao lado de Dierna, e talvez ela permita que ele suba o Tor Sagrado.*

Teleri estivera errada em recusar o convite da grã-sacerdotisa? Desejava retornar a Avalon tanto quanto desejara ir para lá em primeiro lugar. Havia se recusado a voltar, não porque não se importava mais, mas porque se importava demais.

Desejo felicidade a ambos! Seus dedos se apertaram nas dobras do vestido. *Quanto a mim, se um dia voltar para Avalon, viva ou morta, jamais irei embora de novo...*

***

— Contemple o Vale de Avalon — disse Dierna, enquanto a barca passava mais uma vez através das brumas e deslizava sobre a água em direção ao Tor. Carausius piscou e se endireitou, como um homem que saía de um sonho. Os homens da escolta, protestando, tinham sido deixados para trás, para esperarem com os cavalos. Mas a sacerdotisa, acostumada a ler os traços dos homens, vira alívio nos olhos deles e soubera que também ouviram histórias sobre a Ilha Sagrada. Mesmo príncipes das casas reais britânicas raramente tinham permissão para pisar naquele solo. Sempre que havia necessidade, as sacerdotisas iam até eles para abençoar a terra.

Não era porque Carausius era um homem de posição e poder que Dierna lhe fizera o convite, mas porque ela tivera um sonho. Fora um bom presságio para seus propósitos quando viu que, até mesmo naquela estação, quando as demandas sobre o almirante estavam em nível máximo, ele respondera seu chamado. Mas era verdade que, desde que Carausius decidira usar os lucros dos saqueadores capturados para financiar suas operações, no fim do verão anterior, as coisas iam bem. A frota tivera uma estação de extremo sucesso e conseguira muitos prêmios valiosos, cujo valor acelerava o fortalecimento dos navios e da proteção da costa. Talvez o inimigo estivesse cansado demais para causar-lhes problemas.

Sacerdotisas vestidas de azul estavam sob as macieiras, com uma fila de druidas atrás delas. Enquanto a barca se aproximava, começaram a cantar.

— O que estão dizendo? — perguntou Carausius, pois as palavras eram de um antigo dialeto da língua britânica.

— Saúdam o Defensor, o Filho de Mil Reis...

Ele parecia perplexo.

— Isso é muita honra, se dirigido a mim. Meu pai impulsionava uma barca não muito diferente desta através dos canais do delta, onde o Reno deságua no mar setentrional.

— O espírito tem uma realeza que transcende o sangue. Mas falaremos mais sobre isso em outra ocasião — respondeu ela.

A barca atracou e Carausius pisou na margem. Crida se adiantou para lhe oferecer a taça de boas-vindas, feita de cerâmica simples, mas cheia da água limpa do poço sagrado, com gosto de ferro. Dierna ficou feliz em ver que, se o rosto dela mostrava algum ressentimento, estava oculto sob o véu.

Então ela deixou o convidado aos cuidados de Lewal para que fosse alimentado e conhecesse os prédios agrupados ao pé do Tor, enquanto ela levava as sacerdotisas de volta às suas tarefas. Só depois da refeição da noite é que se encontraram novamente.

— A irmandade dos druidas faz seus rituais no Tor durante o dia — disse Dierna, enquanto levava Carausius em direção ao Caminho Processional. — Mas à noite ele pertence às sacerdotisas.

— Os romanos dizem que Hécate governa as horas de escuridão e que as bruxas são suas filhas, que usam sua sombra para esconder os feitos que não ousam praticar durante o dia — respondeu ele.

— Acha que somos feiticeiras? — Os pilares de pedra que protegiam o caminho estavam diante deles. Ela fez uma pausa, olhando de volta para Carausius, e sentiu uma tensão na inclinação de sua cabeça e na linha dos ombros que não estava lá antes. — Bem, pode haver momentos, quando o bem da terra exige, em que isso é verdade. Mas prometo que não desejo lhe fazer nenhum mal, nem usarei nenhuma magia para prender você.

Ele a seguiu entre os pilares e parou subitamente, piscando.

— Talvez não precise... Há aqui magia suficiente para confundir qualquer homem.

Dierna sustentou o olhar perturbado dele.

— Então você *sente*! É um homem corajoso, Carausius. O Tor não vai lhe causar nenhum dano se mantiver a calma. Isso direi. Se minhas visões são verdadeiras, você já andou por este caminho antes...

Ele lançou a ela um olhar pasmo, mas subiu o resto do caminho em silêncio. A lua, a apenas um dia de estar totalmente cheia, havia se erguido sobre as colinas e subia pelo céu do leste. Passaram da escuridão para a luz e de volta para a escuridão enquanto circulavam a colina. Quando chegaram ao topo, a lua estava na metade do céu; as sombras das pedras se alongavam negras e nítidas através do círculo, mas o altar no centro estava todo iluminado, e o recipiente prateado de água sobre ele brilhava como se estivesse aceso por dentro.

— Senhora, por que me trouxe aqui? — As palavras de Carausius eram ásperas, mas sua voz estremecia, e ela sabia que ele tentava controlar a própria consciência que negava.

— Fique imóvel, Carausius — ela disse baixo, indo para o outro lado da pedra do altar. — Acaso não escuta o vento e busca saber o humor do mar quando fica em seu convés? Fique em silêncio e permita que as pedras falem com você. Viu Teleri olhar na vasilha de prata, então sabe que não acontecerá nada de ruim. Agora é sua vez.

— Teleri foi treinada pela senhora como sacerdotisa! — exclamou ele. — Sou um soldado, não um sacerdote. Nada sei sobre assuntos espirituais. Toda honra que conquistei foi usando minha perspicácia e a força de meu braço.

— Sabe mais do que consegue se lembrar! — retrucou Dierna. — Não é do seu feitio admitir o fracasso antes de ter tentado. Olhe na bacia, meu senhor — a voz dela suavizou-se — e me diga o que vê...

Ficaram frente a frente enquanto a lua subia mais, e se o tempo pareceu longo a ele, para Dierna, acostumada com tais vigílias, era um descanso das preocupações do mundo. Conforme a situação se aprofundava, ela sentia cada vez mais que tinha ficado diante daquele homem em um altar antes, em outro tempo e espaço.

Naquele momento, ela observou enquanto Carausius oscilava. Ele cambaleou para a frente, apertando a pedra ao se curvar sobre a vasilha de prata. A cabeça dele afundou como se a água ali a atraísse. Dierna pousou as mãos sobre as dele, equilibrando-se e balanceando o poder que pulsava através dele com o seu próprio. Ela olhou para a vasilha com o olhar sem foco da visão e, conforme as imagens começaram a se formar, soube que ela e Carausius viam a mesma coisa.

O luar brilhava na água; ela olhou para uma ilha cercada por mares prateados. Dierna jamais a vira com olhos despertos, mas reconheceu os círculos alternados de terra e água, os campos abundantes perto do mar e os navios no porto interno e, no centro, uma ilha dentro de uma ilha, disposta em terraços e coroada com templos que brilhavam palidamente sob o luar. Era grande como todo o Vale de Avalon, mas seus contornos, com um traçado maior, eram o do Tor Sagrado. Era uma terra antiga, mãe dos mistérios. Dierna sabia que via a ilha da qual os professores dos druidas fugiram, que agora jazia submersa sob o mar.

A visão se expandiu; agora olhava a terra a partir de um terraço com uma balaustrada de mármore. Um homem estava ao lado dela. Dragões tatuados se enrolavam nos antebraços fortes que apertavam a grade, e o diadema real do sol, o disco agora empalidecido pela lua, brilhava em sua testa. Seu cabelo era escuro, e seus traços, aquilinos, mas ela conhecia o espírito que olhava através de seus olhos.

Ele se virou para ela e seus olhos se arregalaram.

— Coração de Chama!

Sem solicitar e sem esperar, Dierna sentiu a própria necessidade de se levantar em resposta. Ele estendeu os braços para ela, e de repente a visão foi engolida por uma inundação de água que caía sobre eles em uma grande onda.

Com o coração disparado, Dierna lutou com a disciplina de uma vida para recuperar a compostura. Quando ela podia enxergar de novo, Carausius estava de joelhos, apoiado nas mãos, e o conteúdo da vasilha de prata, virada, fora derramado em um fluxo brilhante através da água. Ela foi correndo para o lado dele.

— Respire profundamente — ela sussurrou, apertando os ombros dele até que o estremecimento parasse. — Conte-me o que viu.

— Uma ilha... sob o luar... — Ele se sentou sobre as coxas, esfregando os antebraços, e olhou para ela. — Você estava lá, acho... — Ele balançou a cabeça. — E então houve outras cenas. Eu estava lá! — Ele olhou em torno desenfreadamente. — Houve luta, e alguém tentava destruir as pedras! — Franzindo o cenho, ele a fitou. — Acabou. Não consigo me lembrar mais...

Dierna suspirou, querendo tomá-lo nos braços como abraçara aquele outro, tanto tempo antes. Mas, se ele não sabia, não cabia a ela contar-lhe a ligação entre os dois. Na verdade, nem ela mesma estava certa do significado da visão, apenas da emoção que viera com ela. Havia amado aquele homem em outra vida, talvez em mais de uma, e, recordando o tempo em que se conheceram, entendeu que ainda o amava. Ela era uma sacerdotisa, treinada para controlar tanto o coração como a vontade, e mesmo pelos pais de suas filhas jamais sentiu mais que respeito e a paixão do ritual. Como pudera ter sido tão cega?

— Você foi um rei do mar — disse em voz baixa —, há muito tempo, em uma terra agora morta. A fortaleza da Britânia sempre foi o mar. E, aqui, uma parte daquela tradição sobrevive. Quanto às pedras... — Ela engoliu em seco. — Há muito tempo, um homem chamado Gawen morreu aqui ao defendê-las. Ele também era um rei sagrado. Não sei se você era ele ou se teve uma visão daquela luta apenas porque é um guerreiro. Mas creio que renasceu para servir mais uma vez como o protetor da Britânia.

— Jurei servir o imperador... — disse Carausius em uma voz abalada. — Por que isso me foi mostrado? Não sou um rei.

Dierna encolheu os ombros.

— O título não importa. Apenas a dedicação, e você já fez isso quando deu o sangue para consagrar seu forte. Sua alma é real, senhor do mar, e ligada aos Mistérios. E acho que chegará o dia em que terá de escolher se irá ou não reivindicar seu destino.

Ele ficou de pé, e Dierna sentiu o espírito dele murado contra ela. Com certeza havia força naquele homem, mesmo que não fosse treinada. Ela fizera como a Deusa lhe pedira. Seja qual fosse a escolha dele, deveria aceitá-la. Em silêncio, ela o levou de volta colina abaixo.

Na manhã seguinte, foram avisados de que uma mensagem urgente chegara para Carausius através dos charcos. Dierna fez com que trouxessem o mensageiro à ilha, vendado, e esperou enquanto o almirante tirava o pergaminho de seu estojo de couro.

— São os saqueadores? — perguntou ao ver o rosto dele mudar.

Ele balançou a cabeça, a expressão entre a exasperação e a raiva.

— Não os saxões; isso é dos ladrões em Roma!

Ele olhou mais uma vez para o pergaminho, traduzindo aproximadamente enquanto lia.

— Sou acusado de conspirar com os inimigos de Roma e defraudar o imperador... Dizem que espero deliberadamente para atacar os piratas quando estão voltando para casa para poder tomar a pilhagem! Acaso esses tolos pensam que posso estar em todos os lugares ou ler a mente dos bárbaros? — Ele se virou para o pergaminho e riu sem humor. — É evidente que pensam, pois me acusam de fazer tratados secretos com os saqueadores, dirigindo-os para onde saquear e dividindo o espólio. — Carausius balançou a cabeça. — Não haverá nada de secreto nisso, mesmo se algum dia eu agir contra Roma!

— Mas você gastou o dinheiro na Britânia!

— É verdade, mas acreditarão em mim? Estou sendo convocado a Roma para ser julgado pelo imperador. Mesmo se for inocentado, sem dúvida me enviarão para a outra ponta do império e jamais me deixarão voltar para a Britânia.

— Não vá! — exclamou ela.

Carausius balançou a cabeça.

— Fiz um juramento ao imperador...

— Fez um juramento a esta terra, e outros votos antes disso, de defender os Mistérios. Há outro homem, em todos os exércitos de Diocleciano, capaz de fazer o mesmo?

— Se eu me recusar, serei um rebelde. Isso significará uma guerra civil. — Ele a olhou e seu rosto estava sombrio.

— Quem pode impedi-lo? Maximiano está encrencado com os francos no Reno, e Diocleciano, com os godos no Danuvius. Eles não têm forças para enviar para disciplinar um almirante teimoso que está protegendo a Britânia, independentemente do que pensem acerca de seus métodos. Mas, se chegar a uma guerra, não será a primeira vez. — Ela sustentou o olhar duro dele. — O próprio Diocleciano é filho de escravos cuja glória foi prevista por uma sacerdotisa druida na Gália. Não falo com menos autoridade que ela.

Os olhos dele se arregalaram.

— Não quero ser imperador!

Dierna mostrou os dentes em um sorriso.

— Volte para sua frota, Carausius, e veja se eles o apoiarão. Rezarei aos deuses para que o protejam. Se chegar ao ponto da luta, pode descobrir que não tem escolha além de aceitar os frutos da vitória!

***

Teleri estava dizendo à serva quais vestidos deveriam ser empacotados para a jornada do forte de Dubris à vila quando um legionário apareceu na porta de seus aposentos.

— Senhora, há um mensageiro. Virá atendê-lo?

— Algo aconteceu ao almirante? — Seu coração disparou de repente, e por um momento ela não sabia se era esperança ou medo. No ano anterior, Carausius desafiara os imperadores e montara sua frota, e os saques dos saxões começaram a diminuir. Naquela estação, tinha a intenção de fazer mais.

Carausius saíra navegando três dias antes para guerrear contra os saxões. Se pudesse queimar as vilas deles, talvez não ficassem tão dispostos a saquear a Britânia novamente. Mas, no calor da batalha, até mesmo um comandante poderia ser derrubado. Teleri sentiu-se desleal. Seu marido fora bom para ela, e era o defensor de seu povo. Ficou horrorizada ao perceber quanto se ressentia da obrigação que a mantinha ao lado dele.

— Creio que não — disse o legionário. — Acho que a mensagem é *para* Carausius, não dele. Mas o camarada mal fala latim, e sua língua britânica é um dialeto que nenhum de nós consegue entender.

— Muito bem. — Com uma última palavra de instrução à serva, Teleri seguiu o soldado até a guarita.

O mensageiro, um homem envelhecido que usava a túnica desbotada de um pescador, olhava para os muros de pedra como se pensasse que iriam cair sobre ele e esperava. Quando ela o cumprimentou com o sotaque de Durnovaria, ele se animou.

— Ele é da Armórica — ela murmurou quando ele começou a falar. — O povo deles negocia com o nosso com frequência, e o jeito como eles falam é muito parecido. — Teleri se inclinou para a frente, franzindo o cenho, enquanto ele continuava. O homem ainda falava quando Allectus entrou no cômodo.

— Maximiano está vindo contra nós? — perguntou Allectus em latim, quando a história havia acabado.

— É o que ele diz — respondeu Teleri. — Mas por que os imperadores deveriam agir agora? Pensei que Diocleciano havia aceitado a negação de Carausius das acusações contra ele e o perdoado por não obedecer a ordem de voltar.

— Isso foi no ano passado — disse Allectus, sombriamente —, quando os imperadores estavam lutando no Reno. Mas ouvimos que, nesta primavera, Maximiano fez as pazes com os francos na Bélgica. Achou mesmo que Roma iria tolerar nossa rebeldia para sempre? Imagino que não deveríamos nos surpreender que o imperador júnior tenha usado a trégua para construir navios na Armórica. — Os lábios dele se torceram. — Afinal de contas, construímos nossa própria frota aqui. Apenas desejava que tivéssemos mais tempo para nos prepararmos!

— Mas Carausius não quer lutar contra Maximiano! Ele fez um juramento aos imperadores! — exclamou Teleri.

— O juramento que ele fez com o próprio sangue em Portus Adurni o prende mais profundamente. Você estava lá, ouviu quando ele prometeu defender esta terra.

Quanto mais Allectus permanecia no exército, pensou Teleri, vendo como ele ficava ereto agora, mais melhorava. Carausius podia ser um grande guerreiro, mas foram as habilidades financeiras do jovem que lhe deram os recursos necessários para a guerra. A timidez que fizera Allectus parecer mais jovem fora substituída por orgulho.

— Quer que ele se rebele... — ela disse devagar. — Para se proclamar imperador da Britânia!

— Sim. Eu quero. Os cristãos dizem que um homem não pode servir a dois mestres, e é chegada a hora em que Carausius terá de escolher. — Allectus andou pelo portão aberto e ficou de pé olhando para o mar. — Conforme os negócios melhoram, não são apenas os mercadores que se beneficiam. Talvez você não consiga ver, mas eu sei de onde vem o dinheiro, e para onde vai. Todos prosperam agora. Sabe, nos templos eles rezam para Carausius como se ele já fosse imperador... Que ele então seja o senhor de que precisamos, Maximiano o forçará a escolher!

Balançando a cabeça, Allectus tirou as tabuletas de cera da bolsa em seu lado e se virou para o pescador.

— Pergunte ao homem quantos navios ele viu, e quantos homens eles carregavam. Pergunte a ele de onde esses navios partiram — disse brevemente. — Se não posso ficar ao lado de meu comandante com uma espada na mão, darei a ele o que pode ter mais valor, a informação necessária para que possa preparar sua batalha, e uma frota alerta e preparada para segui-lo. Rápido! O navio que leva esta mensagem precisa pegar a maré!

Romanos lutando contra romanos! O simples pensamento fazia Teleri estremecer. *Deusa, proteja Carausius!*, ela rezou, envergonhada pelo fervor que via nos olhos de Allectus. *E perdoe minhas dúvidas! Nesta noite olharei novamente na bacia de prata. Talvez Dierna também tenha notícias para mim.*

O pescador olhou de um para o outro, tentando entender. Teleri respirou depressa e começou a questioná-lo.

***

Carausius estava de pé no convés do *Órion*, balançando um pouco enquanto a trirreme oscilava nas ondas, com as velas enroladas. A fileira mais baixa dos remadores era suficiente para manter a posição, enquanto os outros descansavam. Os outros navios sob seu comando se posicionavam em três colunas, exceto por uma liburna ligeira que ele enviara na frente para procurar o inimigo. A terra era uma mancha verde a bombordo, colinas baixas e areais que se erguiam em ribanceiras rochosas a oeste. A costa parecia pacífica, mas um encrespar ocasional da água que atravessava a linha das ondas relevava as correntes escondidas ali.

O *Órion* fora finalizado ao longo do inverno, sendo o maior navio sob seu comando. Seu tamanho era uma recordação das grandes trirremes dos tempos antigos, e sua madeira brilhava branca sob o sol. Na proa, um caçador entalhado mirava um inimigo invisível. A imagem era romana, mas fora Dierna quem sugerira o nome para o navio principal. Na constelação com aquele nome havia um poder que lhe daria a vitória, ela disse. Mas o santuário na popa abrigava uma deusa, sua estátua usando capacete e armada com escudo e lança. Os oficiais romanos a chamavam de Minerva, mas aquela escolha também fora guiada pela grã-sacerdotisa, que dissera a Carausius para rezar à deusa Briga, que era honrada em Avalon, na Ilha da Virgem.

— Senhora, é com pesar no coração que a chamo — murmurou Carausius. — Não quero lutar contra Maximiano. Envie-me um presságio para que eu possa ver meu caminho e, se lutarmos, então, pelo bem dos homens corajosos que me seguiram, nos olhe com graça e nos dê a vitória.

Ele jogou outro punhado de cevada sobre o altar e derramou uma libação de vinho. Menecrates, o homem que havia escolhido como capitão do *Órion*, pegou uma pitada de olíbano e a jogou sobre as brasas. O cheiro do mar se misturou agradavelmente com a doçura do incenso que queimava no santuário.

Mas, mesmo enquanto ele rezava, uma parte da mente do almirante calculava, planejava e se preparava para a rixa. A mensagem de Allectus fizera Carausius se apressar de volta do delta do Reno, e, quando chegou a Dubris, os esquadrões de Rutupiae e Adurni esperavam para se juntar a ele. Havia uma notícia de Teleri também. A frota de Maximiano fora enviada e subia o canal. A própria Teleri os vira em visão, três esquadrões com dez navios cada, atulhados de homens. O total sob comando de Carausius era maior, mas suas forças precisavam se espalhar para defender a província, enquanto Maximiano poderia trazer toda sua força contra o forte que escolhesse.

Teleri escreveu que a grã-sacerdotisa prometera convocar os ventos para atrasar o avanço de Maximiano, mas ela só seria capaz de adiar um pouco mais o encontro. Seria suficiente, pensou Carausius, pois o mesmo vento os levava canal abaixo tão rapidamente que no momento passavam por Portus Adurni.

Os números eram desiguais, mas Maximiano precisava se virar com escravos e pescadores recrutados, com uns poucos oficiais tirados das patrulhas do Mediterrâneo e do Reno. O imperador esperava prender o inimigo contra a costa e forçar uma batalha a bordo, onde poderia usar os legionários que levava nos navios.

Os navios da frota britânica, por outro lado, poderiam ganhar em manobras o que faltava em tripulação. Carausius disse a si mesmo para ter cuidado com o excesso de confiança. Embora os saxões que estava acostumado a endireitar fossem bons marinheiros, enquanto guerreiros buscavam glória individual em vez de uma vitória compartilhada. Os homens de Carausius jamais lutaram contra navios sob a disciplina romana. Ainda assim, o inimigo não conhecia o canal, e aquilo em si poderia ser vantagem suficiente naquele dia.

Percebendo que os homens o observavam, ele completou a reza e fechou as portas do santuário. Menecrates pegou o incensário e jogou o carvão de lado. Carausius olhou ao redor e sorriu. Tinha um bom navio, do esporão de bronze que cortava as ondas abaixo da linha-d'água às velas pesadas de linho. E tinha bons homens, oficiais de embarcação cujo treinamento naval fora completado com dois anos de experiência contra piratas, duas dúzias de legionários veteranos, e cento e sessenta e dois remadores livres que se comprometeram com a defesa da Britânia. E os deuses lhe enviaram um dia claro de primavera, com poucos tufos de nuvens e uma luz que seguia o vento, destacando a espuma na beira das ondas de um azul profundo como o do lápis-lazúli. Um belo dia para encontrar a morte satisfeito ou celebrar a vitória.

Sentia falta de Allectus, que havia iluminado mais de um momento lúgubre com sua inteligência arguta e seu humor sardônico. Mas, embora o rapaz tivesse realmente conquistado seu lugar na equipe do almirante, não tinha estômago para o mar.

Gaivotas voavam gritando em torno do mastro, e então partiram em direção à terra, piratas emplumadas mais gananciosas que qualquer saxão. *Sejam pacientes*, pensou o almirante, *logo serão alimentadas*.

O vigia gritou da proa, e Carausius se retesou, usando uma de suas mãos para fazer sombra sobre os olhos enquanto olhava o mar.

— A liburna! — o homem gritou de novo. — Está vindo a toda velocidade...

— Que sinal? — perguntou o almirante, descendo a faixa entre os bancos de remadores de dois em dois e correndo para a frente.

— Inimigo à vista!

Agora Carausius via o mastro oscilante e a espuma branca conforme os remadores cavavam as ondas. O navio foi ficando continuamente maior até se aproximar com um rodopio de remos, como um patinho voltando ao lado da mãe. Sentiu o estômago se contrair. O momento de decisão estava sobre ele.

— Que força? — gritou o almirante, apertando a borda.

— Três esquadrões subindo o canal em formação de cruzeiro, em baixa velocidade.

Carausius sentiu o momento em que os acontecimentos começaram a tomá-lo.

— Estão em preparação para aportar em Portus Adurni, pensando em ficar em alto-mar até o anoitecer e então nos pegar de surpresa. Em vez disso vamos surpreendê-los, rapazes. — Ele se virou para a tripulação. — Icem o escudo!

Enquanto o escudo dourado balançava para cima, refletiu o sol como uma estrela caída. O brilho era um risco, mas, mesmo que um inimigo de olhar sagaz visse o clarão, ficaria confuso para interpretá-lo, se não visse nenhuma vela. Atrás de Carausius, a cobertura que abrigava os remadores estava sendo enrolada em lona. Homens certificavam-se de que suas espadas estavam à mão, e as fileiras de cima e do meio foram aos remos.

O marulhar das ondas contra a lateral do navio parecia alto no súbito silêncio. Uma sombra passou através do convés; Carausius olhou para cima e viu a forma proeminente de uma águia-marinha. O sol estava quase sobre suas cabeças. O pássaro, uma silhueta negra contra o céu, deslizou por eles, inclinou-se em um vislumbre de penas brancas e pretas e circulou o navio, uma, duas vezes, e de novo. Então, com um grito, a águia disparou para o oeste, como se para guiar os britânicos aos inimigos.

— Um presságio! — A exclamação de Menecrates chegou fraca através dos bramidos súbitos nos ouvidos de Carausius. Os deuses haviam respondido; todos os seus pesares desapareceram.

— O próprio Senhor do Céu os entrega em nossas mãos. Avante! A Águia nos mostrou nosso caminho!

O convés brilhava sob seus pés enquanto cento e oito remos se levantaram e, então, entraram no mar. O *Órion* balançou para a frente, rolou um pouco e enfim começou a se mover mais suavemente conforme os remadores encontravam seus ritmos e o movimento os impulsionava através das ondas. Atrás dele seguia a fila de trirremes maiores, mastros alinhados de modo que era difícil saber quantos eram. De cada lado, os navios mais leves mantinham o ritmo, e Carausius se alegrava ao ver como as colunas ficavam em uma formação firme como a boa náutica era capaz de conseguir.

Carausius piscou e protegeu os olhos com a mão. No horizonte, um brilho branco se mostrou de novo, e ele sorriu.

— Venham, belezinhas, venham. Não podem ver nossos números, digam a si mesmos que seremos presa fácil e venham!

O inimigo parecia tê-lo ouvido. Quando o resto da frota de Maximiano ficou à vista, viu as formas das velas se amarfanhando enquanto eram baixadas às pressas, e ondas brancas explodindo em espuma quando os navios mudaram para os remos. A formação em cunha em que vinham navegando se apertou, mas eles não afrouxaram a velocidade. Carausius fez um sinal ao trompetista.

Menecrates gritou uma ordem. O timoneiro do *Órion* se debruçou sobre o leme e o convés se inclinou conforme o grande navio iniciava uma curva suave a estibordo. A linha de mastros atrás dele estremeceu enquanto, um a um, os navios da coluna o seguiram e repetiram a curva. Os remadores do *Órion* continuavam com seus golpes firmes, mas os navios atrás dele ganhavam velocidade, e as embarcações menores, mais ligeiras nas duas colunas externas, brilhavam na água e guinavam de cada lado.

— *Órion* — sussurrou ele —, ali vão seus cães de caça. Que os deuses concedam a eles uma boa caçada! — O comandante romano tentaria uma luta a bordo da maneira tradicional, e os números superiores dariam uma chance para que ganhassem o dia. O objetivo da frota britânica devia ser destruir ou incapacitar o máximo possível de navios inimigos antes do combate corporal.

Aproximavam-se rapidamente. O servo pessoal de Carausius lhe trouxe seu escudo e seu capacete. Os dardos também foram trazidos, e os marinheiros do *Órion* os empilhavam nas partes da frente e de trás do convés, enquanto os atiradores preparavam as pedras. Agora ele podia ver o brilho da armadura do inimigo no convés da trirreme que vinha. Lançou um último olhar em torno. Como almirante, podia planejar estratégias, mas cabia aos capitães individuais julgar, em uma situação que mudava de momento a momento, como executar as ordens que receberam. Agora que o dado fora lançado, pensou Carausius, com um alívio curioso, ele mesmo não era mais importante do que nenhum outro marinheiro.

O *Órion* virou quando uma ordem de Menecrates alterou seu curso para a direção do navio menor que ele selecionara como a primeira presa. O inimigo, vendo o perigo, começou a guinar, e, embora a oportunidade de golpear a proa tenha se perdido, o embalo da trirreme britânica tornou a colisão inevitável. Os remos a bombordo levantaram-se da água enquanto as duas embarcações se aproximaram e o esporão recém-afiado do *Órion* rasgou através dos remos do inimigo, que balançavam, e fez um sulco em seu lado. O navio não fora destruído, mas estava, ao menos por ora, fora de ação. Um dardo acertou o convés e passou batendo; então, os remadores do *Órion* moveram a embarcação, indo de frente para a massa de inimigos.

Gritos e trompetes de ambos os lados avisavam Carausius que os esquadrões em seus flancos começavam a envelopar a formação do inimigo por trás; até mesmo navios leves podiam causar grandes danos ao golpear a popa.

O próximo inimigo, com a atenção voltada ao *Hércules*, percebeu tarde demais a nova ameaça que descia sobre ele. Carausius pulou para a pista e agarrou um dos suportes, preparando-se enquanto o *Órion* acertava o oponente. A madeira estalou e alguns dardos vieram assoviando sobre o lado, mas os homens de Menecrates puxavam os remos para libertar o *Órion* antes que a vítima pudesse se estabelecer na água e segurá-lo. Um marinheiro caiu com um dardo no ombro, mas seus companheiros seguraram as armas, sabendo que o mar o vingaria logo.

Uma explosão de gritos e barulhos de armas se chocando lhe disse que haviam conseguido reter o navio e que se juntavam à batalha, mas o *Órion* avançou para a frente. Os mastros balançavam na água como topos de árvores em uma tempestade. Além deles, ele podia ver os penhascos de pedra que margeavam a costa, agora mais perto.

Uma chuva de pedras lançadas passou por sua cabeça, e o vigia foi nocauteado. Em um momento, um dos marinheiros o colocou em pé novamente, xingando, com sangue saindo de um arranhão na testa. O navio de onde partiram os mísseis estava virando para eles, mas não com rapidez suficiente. Um grito de Menecrates enviou o *Órion* em ataque contra o lado desprotegido dele.

Eles colidiram, remos estilhaçados voando pelo ar como gravetos. Um naco de madeira furou o pescoço de um remador como uma flecha, e ele desmaiou. A proa do *Órion* baixou conforme o peso do inimigo desceu. Fateixas vieram pelo ar, mas os marinheiros conseguiram mandá-las de volta. Por alguns instantes, Carausius temeu que os dois navios fossem ficar presos juntos, mas uma vez mais o *Órion* conseguiu se soltar. A costa ficava cada vez mais perto. Carausius olhou para o sol e percebeu que a maré vespertina devia estar indo para a terra. Ele agarrou o trompetista pelo braço e gritou em seu ouvido.

Dentro de instantes o sinal para parar soou sobre o clamor de homens e navios morrendo. O *Órion* reverteu os remos, afastando-se, e os romanos começaram a festejar. Mas eles não conheciam aquela costa e suas marés.

Conforme os britânicos começaram a ir para trás, os romanos tentaram segui-los, mas as trirremes do inimigo, mais pesadas e menos tripuladas, se moviam devagar. Os romanos gritaram imprecações enquanto os oponentes mais ágeis se reagruparam, esperando enquanto a maré ganhava força e inexoravelmente arrastava seus oponentes na direção da hostil costa britânica. Os capitães romanos perceberam o perigo e começaram a voltar a atenção da batalha contra os homens para a batalha contra o mar. Alguns poucos, já muito próximos para escapar, viraram a proa para a costa, a fim de procurar uma enseada em que pudessem atracar. Os outros, com os remos batendo nas águas agitadas, aos poucos faziam um ângulo para longe da costa, buscando o mar aberto.

Carausius esperou, o cérebro ocupado com cálculos de tempo e distância, conforme o *Órion* mantinha o compasso com seus inimigos, pronto para cortar a escapada deles caso fossem longe demais. Além do despenhadeiro, a costa se curvava em uma baía rasa. Quando o almirante a vislumbrou, falou uma vez mais com o trompetista.

A som da trompa ecoou através das ondas enquanto o *Órion* mais uma vez chamava seus cães de caça ao ataque. Carausius apontou para o maior dos inimigos remanescentes, e o convés mergulhou quando o navio começou a virar. Os remos apareciam cada vez mais rápido, no ritmo total que só podia ser mantido pelo tempo que levava para vencer a última distância que separa dois inimigos.

Carausius agora conseguia distinguir os rostos dos inimigos. Viu um centurião com quem servira no Reno quando não eram muito mais que meninos, e levantou a espada em saudação. O navio inimigo, vendo o perigo, tentou virar; o almirante vislumbrou a ninfa do mar entalhada que ornamentava a proa. Mas ele remava contra a maré, enquanto o *Órion* tinha a força do mar atrás de si. Eles se chocaram com uma batida rasgada que levantou os dois navios, jogando homens na água.

Carausius foi jogado de joelhos, vendo homens armados caírem em torno dele. O impacto os levara até a metade da outra embarcação; não havia necessidade de fateixas para segurá-los desta vez, e não havia força de remos que pudesse soltá-los. Os remadores já abandonavam seus bancos e pegavam armas. Então, uma espada brilhou em sua direção; o almirante ficou de pé, levando o escudo à posição de guarda, e qualquer pensamento que fosse além da necessidade de se defender foi levado.

Os homens com quem lutava eram veteranos, haviam passado por milhares de combates. Eles se recuperaram rapidamente do choque da colisão e começaram a se reagrupar, cortando caminho pelo convés dianteiro do *Órion* com eficiência mortal. Carausius aparou o choque de seus golpes com o escudo e atacou com toda a força. Um golpe de raspão em seu capacete o fez cambalear, mas no momento seguinte um marinheiro e um remador presos em um atraque mortal caíram sobre seu oponente e o jogaram ao mar.

Com uma prece ofegante de agradecimento, Carausius ficou de pé. Corpos se batiam no mar ou jaziam jogados entre os remos. Lutadores atacavam com espada ou enfiavam o pilo onde havia espaço para ficar de pé. A luta se espalhara para o outro navio, mas ele não sabia dizer quem vencia. Respirou rapidamente ao ver o penhasco assomando-se sobre eles.

A sombra da terra cruzou os navios presos, e alguns homens olharam para cima, mas a maioria estava atenta demais à própria luta para ver. E, então, era tarde demais. O bombordo da embarcação romana bateu nas pedras, deslizou para cima em uma onda e baixou com um estalar de madeiras. E a proa do *Órion*, deslocada pelo impacto, gemeu e começou a se soltar.

O navio romano estava acabado, mas sua tripulação ainda podia vencer levando a luta ao *Órion*. Carausius apertou os dentes e reuniu suas últimas forças enquanto mais legionários pulavam da borda do inimigo para seu convés.

Pensara que a batalha estava dura antes, mas agora era dez vezes mais feroz e mais desesperada que qualquer luta contra piratas saxões. O braço da espada de Carausius começou a cansar; o braço do escudo doía com as pancadas dos golpes. Ele sangrava de uma dúzia de cortes; a perda de sangue logo o deixaria mais lento. Haviam flutuado, livres da embarcação romana, e agora estavam à mercê da maré; não havia homem livre para assumir o leme.

Homens mortos jaziam em torno dele, mas um centurião e outro homem que tropeçaram sobre os corpos vinham balançando. Carausius firmou os pés, preparando-se para se defender. Talvez devesse ter se contentado em planejar a batalha e ficado em terra; sem dúvida fora o que Maximiano fizera. Jovens jamais acreditavam que podiam ser mortos, ele se recordou, enquanto um golpe de espada atingia seu capacete, estourando a correia e derrubando-o; nem homens mais velhos, pensou, enquanto forçava o braço exausto a aparar o golpe seguinte.

Ele escorregou no sangue de alguém e caiu sobre um joelho. Olhando sobre o ombro, percebeu que a luta o trouxera de volta ao santuário da Senhora. Ele aspirou e expirou mais lentamente, o desespero dando lugar a uma grande calma. *Senhora, minha vida é sua*, gritou seu espírito.

Uma sombra se levantou sobre ele, e Carausius tentou levantar o escudo, sabendo que não daria tempo. Então, sentiu um tremor nas tábuas; o convés sacudiu, e o golpe que deveria ter aberto sua cabeça saiu torto. Ele vislumbrou o pescoço do homem desprotegido e golpeou; o sangue jorrou em um fluxo vermelho enquanto o romano caía.

Carausius se esforçou para se erguer, apoiando-se em sua espada. Nenhum homem vivo estava de pé em torno dele. Ele se levantou e percebeu que a costa não se movia mais. O próprio solo da Britânia viera salvá-lo; o *Órion* estava encalhado.

A luta havia terminado no convés. Os sobreviventes se endireitaram, e, debaixo do sangue, Carausius os reconheceu como seus próprios homens. Outros navios ainda flutuavam ao largo, e a maioria deles também eram britânicos.

Estou vivo! Ele olhou ao redor, tomado por um grande assombro. *Conseguimos a vitória...* E, no rosto da estátua no santuário, pensou ver um sorriso.

***

Naquela noite, as embarcações britânicas maiores ancoraram nas águas rasas da baía com seus prêmios a reboque, enquanto os navios menores foram para a praia arenosa. Os homens acamparam no prado acima e dividiram as provisões, e, conforme a notícia se espalhou pelas terras, carroças arrastaram-se costa abaixo, trazendo comida e bebida para a celebração.

Haviam entronado o comandante em uma pilha de madeira coberta de mantos tirados dos inimigos. Carausius disse a si mesmo que deveria estar dando ordens e fazendo novos planos, mas a perda de sangue e o vinho que alguém encontrara no esquadrão inimigo fizeram com que se sentisse zonzo. Também se sentia feliz. A noite estava linda, e os homens, seus homens, eram os mais corajosos que qualquer comandante havia liderado. Ele sorriu para todos eles como o sol poente, e eles retornaram sua afeição com louvores que ficavam sempre mais altos conforme o vinho passava de um para outro.

— Agora não vão desdenhar de nós como grosseirões provincianos! — gritou um dos remadores.

— Os navios britânicos são os melhores, e suas tripulações também!

— Não deveríamos receber ordens de algum idiota em Roma — murmurou um dos marinheiros.

— Estas águas pertencem à Britânia, e vamos defendê-las!

— Carausius vai defendê-las! — A costa ecoava seu nome.

— Carausius para imperador — gritou Menecrates, brandindo a espada.

— Imperador, imperador... — Homem após homem, toda a frota se juntou ao grito.

Carausius sentiu-se tomado pela emoção deles. A Águia de Júpiter os havia liderado em batalha, e a Senhora da Britânia o salvara. Não podia mais duvidar, e quando os homens da frota o levantaram em seus escudos para aclamá-lo como imperador, ele levantou os braços, aceitando o amor e a terra deles.

14

Havia vezes, quando o ar engrossava sobre as colinas e névoa rolava para baixo, através das charnecas sob o muro, que Teleri quase podia imaginar estar de volta a Avalon. O fato de que tal pensamento lhe causasse tanta dor sempre a surpreendia. Ali não era o País do Verão, disse a si mesma, enquanto seu pônei a levava pela estrada, mas os pântanos das terras dos brigantes; e ela não era mais uma sacerdotisa de Avalon, e sim a imperadora da Britânia.

O cavaleiro diante dela puxou as rédeas e olhou para trás com ar inquiridor, como se tivesse ouvido seu suspiro. Teleri conseguiu sorrir. Nos dois anos desde que Carausius fora aclamado imperador, Allectus se tornara um bom amigo. Ele não tinha o vigor para longas marchas e não era nenhum marinheiro, mas atrás de uma mesa era uma maravilha, e um imperador, ainda mais do que um comandante, precisava de homens assim em torno de si para sobreviver.

Às vezes ela se impressionava com o fato de Carausius ter mantido a posição por tanto tempo. Quando ele aceitou a aclamação do exército e se proclamou imperador, ela tinha esperado que Roma descesse sobre eles com fogo e espadas antes do fim do ano. Mas parecia que um senhor da Britânia podia se rebelar com mais impunidade que um general de qualquer outra província, ao menos se governasse os mares e tivesse o favorecimento de Avalon. Ainda assim, tinha a impressão de que mesmo Carausius ficara surpreso quando Maximiano, tendo perdido a batalha no mar, respondeu à sua proclamação com uma carta rigidamente formal, dando-lhe boas-vindas como um irmão imperador.

Sem dúvida os romanos tinham suas razões: a paz de Maximiano com os francos não durara; ele ainda tentava impedir seus clãs de invadir a Gália, assim como tentava pacificar os alamanos no Reno e os godos no Danuvius. Havia rumores de problemas na Síria também. Roma não tinha homens para lutar em outro lugar. Desde que a Britânia não ameaçasse o resto do império, os imperadores deveriam pensar que podiam deixá-la por sua conta e defesas. E o próprio Carausius estava aprendendo que havia mais em governar a Britânia do que defender a Costa Saxã.

Teleri lançou um olhar ansioso para a linha cinzenta de alvenaria que ondulava através das colinas. Os pictos corriam livres do outro lado daquela linha, e, apesar de serem tão celtas quanto os brigantes daquele lado do muro, as tribos selvagens de Alba colocaram um terror tão grande no coração de seus primos romanizados como o que os britânicos do sul sentiam dos saxões, e durante um período mais longo.

Teleri puxou o capuz do manto pesado para a frente enquanto a névoa engrossava, contraindo o mundo a um pedaço de estrada cercado por uma mancha acinzentada. A umidade escurecia a areia que cobria a estrada e formava gotas na urze. Ainda que estivessem no meio da tarde, teriam que acender as tochas se aquilo continuasse. O guia deles parou, levantando a mão, e ela parou seu pônei, ouvindo. Era difícil distinguir os sons naquele tempo, mas algo vinha...

Sua escolta se espalhou em torno dela, com as lanças prontas. Podiam lutar, mas seria loucura fugir quando mal podiam enxergar o caminho até mesmo na estrada. Com esforço, ela distinguiu um passo pesado e um retinir rítmicos, regulares demais, com certeza, para o ressoar indisciplinado dos cavaleiros pictos. Ficou mais próximo e alto. Allectus puxou as rédeas para bloquear a estrada à frente dela com o cavalo. Teleri ouviu o som do aço quando ele desembainhou a espada. Perguntou-se o quanto ele sabia usá-la. Sabia que vinha praticando com um dos centuriões, mas ele começara a treinar havia só dois anos. Ainda assim, a determinação dele de ficar entre ela e o perigo a agradou.

Por um momento, nada se moveu. Então formas pareceram se precipitar da escuridão, e um destacamento de legionários saiu da névoa e fez uma parada precisa diante dela.

— Gaius Martinus, optio, do forte de Vindolanda, destacado para acompanhar a imperatriz. — Ele fez uma saudação elegantemente.

— Mas a senhora Teleri tem uma escolta — começou Allectus.

— Estamos aqui para reforço no caminho por Corstopitum — disse o optio, de modo austero. — Na noite passada os pictos atravessaram em Vercovicium. O imperador foi atrás deles, mas nos enviou para certificar-se de que a senhora chegue ao abrigo em segurança. — O homem parecia se ressentir de ter sido escalado para a guarda enquanto seus camaradas ficavam com toda a diversão.

Carausius quisera que ela ficasse em segurança em Eburacum, e então Teleri entendeu o motivo. Sempre pensara que o muro era uma barreira tão intransponível quanto as brumas que cercavam Avalon, mas a fita de pedras parecia frágil contra a extensão das charnecas. Era apenas o trabalho de homens, e o que um grupo de homens construía podia ser rompido por outro.

Quando chegaram a Corstopitum, a escuridão caía e a névoa havia se transformado em uma fina chuva, suficiente para encharcar. A cidade ficava bem situada no banco norte do rio, onde a estrada militar cruzava o velho caminho para Alba. Nos anos anteriores, sua população aumentara com os artesãos trazidos para produzir suprimentos militares e os que gerenciavam os armazéns imperiais. Mas para Teleri, cavalgando pela rua principal em torno da estalagem, com umidade se infiltrando pelo pescoço e coxas doloridas, o lugar parecia triste. Muitas das construções tinham sido abandonadas, e outras precisavam de reparos urgentes.

Mas, ao longo dos anos, cada imperador que viera inspecionar o muro ficara em Corstopitum, e a estalagem oficial era espaçosa e confortável. Se não tinha mosaicos, o chão de tábuas era coberto por tapetes grossos listrados conforme o costume das tribos locais, e havia um charme rústico nas cenas de caça que algum soldado artista pintara na parede. Roupas secas e um braseiro aceso expulsaram o frio gradualmente, e, quando reencontrou Allectus na grande sala de jantar, Teleri havia se recuperado o suficiente para ouvir as preocupações dele com alguma solidariedade.

— O imperador é um homem forte, e nossos deuses o protegem — ela respondeu quando, pela terceira vez, ele se perguntou se Carausius encontrara abrigo. — Um homem acostumado a se equilibrar em um convés que chacoalha em uma tempestade uivante não será perturbado por um pouco de chuva.

Allectus encolheu os ombros e então sorriu para ela; as rugas de preocupação que normalmente o faziam parecer mais velho do que era começavam a desaparecer.

— Ele pode cuidar de si mesmo — repetiu Teleri. — Estou muito feliz que esteja aqui comigo!

— Funcionou bem nossa parceria. — Ele ficou sério, mas o rosto ainda mantinha a aparência de menino que despertara a benevolência em seu coração. — Ele tem a força e o poder de fazer com que os homens o sigam. Eu sou o pensador, que calcula, lembra e antecipa o que o homem de ação não tem tempo para ver. E a senhora é a rainha sagrada. O seu amor é o que faz tudo valer a pena!

Amor? Teleri levantou uma sobrancelha, mas ficou em silêncio, relutante em atrapalhar a fé dele. Havia amado Dierna, e Avalon, e ambas lhe foram tiradas. Carausius vinha à sua cama com mais frequência agora que era imperador e precisava de um herdeiro, mas ela não teve filhos. Talvez um bebê os aproximasse; do modo como as coisas eram, ela aprendera a olhar o marido com respeito, e até com alguma afeição, embora fosse a obrigação o laço primário que os unia.

Será que ela amava a Britânia? O que isso significava? Gostava das terras dos durotriges, onde nascera, mas não tinha visto nada daquelas charnecas do norte para poder amá-las. Talvez, se tivesse podido estudar os Mistérios por tanto tempo quanto Dierna, também tivesse aprendido a amar uma abstração.

Mas era a habilidade de Dierna de se importar com abstrações que enviara Teleri ao exílio. Ela não tinha mais desejo de ser imperatriz da Britânia do que de governar a própria Roma. Para ela, eram lugares igualmente irreais. Também não sonhava mais com liberdade. De repente, perguntou-se se ainda era capaz de se importar profundamente com alguma coisa.

***

A próxima notícia que tiveram de Carausius veio pouco mais de uma hora antes que o próprio imperador chegasse, deitado em uma liteira sobre um cavalo, com um grande corte em sua coxa, onde um cavaleiro picto o pegara desprevenido.

— Consigo lutar bem o suficiente em um navio, mesmo quando as ondas fazem o convés saltar sob meus pés — disse a eles, retraindo-se quando o cirurgião do exército colocou um novo curativo em sua ferida —, mas lutar no lombo de um cavalo é algo totalmente diferente! Conseguimos detê-los, e nem meia dúzia escapou para dizer a seus chefes que o imperador britânico protegerá suas terras tão bem quanto jamais foram protegidas quando pertenciam a Roma.

— Mas, mesmo se pudesse manejar um cavalo tão bem quanto um sármata, não pode estar em todos os lugares, meu senhor. A força do muro está nos homens, mas eles precisam ter algo para defender. O último imperador a fazer uma refortificação foi Severo, e isso foi há duas gerações. Toda esta região precisa de reconstrução, e não temos dinheiro para trazer novas madeiras e pedras.

— Verdade — disse Carausius —, mas a população é menor aqui, e muitas construções foram abandonadas. As pedras das estruturas que demolirmos servirão para fortalecer o resto. Serão menores, mas mais fortes. — Ele mordeu o lábio enquanto o cirurgião amarrava um curativo sobre a ferida. — Como a Britânia... — Concluiu um tanto rápido, com gotas de transpiração na testa.

Allectus balançou a cabeça impacientemente.

— É grave? — ele perguntou, enquanto o cirurgião começava a guardar seus instrumentos. — A ferida causará algum mal duradouro?

O cirurgião, um egípcio que ainda andava envolto em xales e cachecóis depois de décadas longe de seu sol nativo, levantou os ombros e sorriu.

— Ele é um homem forte. Já tratei muitas feridas piores, e os homens conseguiram se recuperar para lutar outro dia.

— Ficarei encarregada de sua enfermaria — disse Teleri. — Quando uma imperatriz dá uma ordem, até um imperador deve obedecer.

O cirurgião assentiu.

— Se ele ficar deitado quieto e deixar o corpo se curar, ficará bem, mas terá uma cicatriz.

— Outra cicatriz, quer dizer... — disse Carausius, pesarosamente.

— É o que merece por se arriscar em uma luta que qualquer comandante de cavalaria com cinco anos de serviço poderia ter liderado! — comentou Allectus, de modo severo.

— Se tivéssemos um — respondeu o imperador. — Esse é o problema. A Britânia é mais próspera agora que os impostos não vão mais para Roma, mas isso apenas a torna mais tentadora para os lobos, venham eles por terra ou por mar. Os homens das tribos do sul foram proibidos de portar armas por tantas gerações que não servem para uma milícia, e a maioria não vai deixar o lar para servir no exército. A mesma coisa aconteceu, me disseram, nos primeiros dias do império em Roma.

— E como eles resolveram o problema? — perguntou Teleri.

— Recrutaram soldados de terras bárbaras recém-conquistadas cujos filhos não haviam se esquecido de que eram lutadores.

— Bem, não imagino que Diocleciano vá permitir que saqueie suas áreas de recrutamento — disse Allectus.

— É verdade. Mas tenho de encontrar homens em algum lugar... — Carausius ficou em silêncio e não protestou quando o cirurgião mandou os outros para fora para que pudesse descansar.

Ele seria um mau paciente quando a dor sumisse, pensou Teleri. Parecia estranhamente desamparado, deitado ali, e ela sentiu uma pontada pouco familiar de compaixão por sua dor.

***

Durante o inverno, enquanto sua ferida cicatrizava, Carausius pensou sobre como poderia equilibrar seus recursos monetários e de mão de obra.

Seu governo tinha prosperado maravilhosamente sob a mão de Allectus, mas o dinheiro fechado em sua tesouraria não ajudava. Precisava usá-lo para comprar homens. As tribos selvagens do norte eram um velho inimigo, inaceitáveis para o povo da Britânia romana mesmo se fossem contratadas por um imperador. Sabia que precisava procurar em outro lugar.

Com cada vez mais frequência Carausius sonhava com as charnecas arenosas e charcos cercados de junco de sua própria terra do outro lado do canal, e com o solo abundante dos campos que foram arrancados do mar. Os homens que fizeram aqueles campos eram sólidos e firmes, mas bons lutadores, e nunca houve terra suficiente para os filhos mais jovens. Certamente, disse a si mesmo, se enviasse uma mensagem, alguns atenderiam a seu chamado.

E quanto aos saxões: a costa deles, a leste da terra dos jutos de frente para o mar do norte, era um lugar tão difícil de se viver quanto a região dos menápios. Quando saíam saqueando, não era apenas pela glória, mas porque a pilhagem que traziam compraria comida para as bocas famintas em casa. Se ele fosse até eles como um compatriota, poderia fechar um tratado e, se comprasse a segurança de suas próprias terras com tributos, não seria o primeiro imperador a usar os impostos recolhidos para comprar seus inimigos.

Faria isso quando voltasse a Londinium. Era a única solução que via.

***

Nos idos do mês de Maia, três velas apareceram na costa sudeste da Britânia. Nos anos anteriores, até o mais humilde pastor aprendera a reconhecer os retalhos de couro das velas de uma embarcação saxã. Alarmes soaram nas vilas, silenciando enquanto os drácares passavam navegando.

Os vigias em Rutupiae, recordando-se de suas ordens, observaram em um silêncio sombrio enquanto os barcos entravam no estuário do Stor e subiam o rio remando. Conforme o dia acabava, chegaram a Durovernum Cantiacorum, a cidade tribal dos cantíacos, com seus muros recém-construídos brilhando rosados na luz do sol que se punha.

Carausius observava do pórtico da basílica enquanto os chefes germânicos marchavam pela avenida principal com seus guerreiros, escoltados de perto por legionários levando tochas, ansiosamente conscientes da responsabilidade que teriam caso tivessem de defender aqueles inimigos ancestrais do ódio dos habitantes da cidade. Se os saxões notaram a tensão, não deram nenhum sinal disso, ou talvez os sorrisos ocasionais enquanto olhavam ao redor indicassem que consideravam o perigo um desafio a ser apreciado.

Mas Carausius tinha enviado seu convite em termos que eles conseguiam entender, e, se tivesse esquecido como falar com eles, os jovens guerreiros menápios que ele trouxera da Germânia Inferior para serem seus guarda-costas estavam ali para ajudá-lo. Para reforçar a mensagem, mandara fazer roupas para si à moda da Germânia: calças longas, apertadas no tornozelo, de lã fina tingida de um dourado profundo, e uma túnica de linho azul muito ornamentada com faixas de brocado grego, com braceletes e um torque de ouro. De seu cinto, brilhando com medalhões dourados, pendia uma espada de cavalaria romana bem usada, para lembrá-los de que ele era um guerreiro. E no topo de todas as roupas havia colocado um manto púrpura imperial, preso com um broche de ouro pesado, para lembrá-los de que ele era um imperador.

Ali, diziam as vestimentas, ele era um chefe de alta posição e poder. Não era um romano astuto que venderia sua honra por ouro, mas sim um rei e um soberano com quem um guerreiro livre poderia fazer uma aliança honrosa. Mas, enquanto observava seus convidados marchando em sua direção, não era no simbolismo das roupas que pensava Carausius, mas em como elas eram muito mais confortáveis que as vestes romanas.

Haviam colocado uma longa mesa para banquete na basílica. Carausius sentou-se na ponta com os chefes germânicos de cada lado. Os homens deles sentaram-se em bancos mais afastados na mesa, onde os escravos os mantinham bem abastecidos de vinho gaulês. Os britânicos estavam acostumados a pensar em todos os piratas como saxões, mas, na verdade, eles eram de várias tribos. O homem alto à direita do imperador era Hlodovic, um franco do mar da mesma estirpe que mesmo agora causava tantos problemas a Maximiano. Perto dele, um homem robusto de barba grisalha era um dos últimos dos hérulos que restavam no norte, que reunira seus guerreiros àqueles que seguiam o líder anglo, Wulfhere. Por fim vinha um frísio austero, chamado Radbod.

— Seu vinho é bom — disse Wulfhere, terminando a taça e segurando-a para que fosse enchida novamente.

— Bebo a vocês — respondeu Carausius, levantando a taça. Tinha tomado a precaução de diminuir a profundidade da própria taça antes, enchendo parte dela com cera. Aprendera a beber muito na marinha, mas a capacidade dos guerreiros germânicos era lendária, e, para conseguir ganhar o respeito deles, era essencial não ficar para trás.

— Beberemos seu vinho com prazer, mas em casa temos ânforas que são tão boas quanto isto — colocou Hlodovic.

— Que foram pagas com sangue — disse Carausius. — É melhor receber um vinho assim como presente e derramar seu sangue em brigas mais nobres.

— É mesmo? — Hlodovic riu. — Seu vinho não vem da Gália? Seus estoques não ficaram menores desde que deixou de ser amigo de Maximiano?

— Pelas últimas estações nossos primos o mantiveram ocupado na Bélgica. — Carausius riu. — Ele não tem navios ou homens para impedir o comércio com a Britânia.

— Vinho é bom — concordou Radbod —, mas ouro é melhor.

— Tenho ouro… para meus amigos. E prata das minas de Mendip. — Carausius fez um sinal, e os escravos começaram a trazer cestos com pães e pratos com ovos e queijo, e ostras, seguidos de pedaços de carne de vitela e de veado.

— E que presentes espera que seus "amigos" lhe deem em troca? — perguntou Hlodovic, cortando outro naco do pernil à sua frente. Sentavam-se à mesa de acordo com o costume bárbaro, mas os chefes, que valorizavam tais coisas tanto quanto qualquer romano, comiam em pratos de prata e bebiam em taças de vidro.

— Deixe que seus jovens busquem a glória em outras costas. As recompensas serão ainda maiores se vocês mesmos forem contra quem nos atacaria por mar.

— Mas o senhor é um nobre guerreiro. Por que deveria se privar de tal desafio? — perguntou Wulfhere, rindo e esvaziando a taça novamente.

— É verdade que prefiro lutar no mar. Mas, agora que sou o grande rei aqui, preciso passar muito tempo no norte, guerreando contra os Povos Pintados de lá.

— E colocaria os lobos para guardar as ovelhas enquanto sai? — Wulfhere abanou a cabeça, divertido.

— Se os lobos forem animais honrados, confiaria mais neles do que em qualquer cachorro — respondeu Carausius. As primeiras carnes servidas tinham sido devoradas e, agora, os guerreiros trabalhavam no javali que fora assado inteiro, com calda de mel e cercado de maçãs.

Wulfhere parou de comer para fitá-lo.

— Ainda que o chamem de imperador, você não é nenhum romano… Carausius sorriu.

— Nasci nos charcos menápios. Mas, agora, pertenço à Britânia.

— Nós lobos estamos famintos, e temos muitos filhotes para alimentar — afirmou Radbod. — Quanto você nos daria?

Conforme as carnes eram substituídas por pratos de frutas cozidas, pães e confeitos doces, a discussão se tornou mais específica. Uma depois da outra, as ânforas de vinho gaulês foram esvaziadas. Carausius igualava seus convidados taça por taça, e esperava que se lembrassem de tudo o que fora dito quando a manhã chegasse.

— Então agora temos uma barganha — disse por fim Hlodovic. — E eu tenho só mais uma coisa a lhe pedir.

— E o que é? — perguntou Carausius, sentindo o vinho cantar em suas veias, ou talvez fosse a vitória.

— Quero que nos conte a história de como derrotou a frota do imperador Maximiano...

***

Carausius ficou de pé lentamente, apoiando-se na mesa até que o mundo parasse de girar, e então, dando cada passo com cuidado consciente, começou a longa jornada em direção à porta. Ele conseguira! Em nome de Júpiter Fides tinha jurado pagar o tributo, e os chefes bárbaros prometeram fidelidade a ele, jurando por Saxnot e Ing e por Woden da Lança. Agora, estavam na mesa com as cabeças acolchoadas nos braços, enquanto seus homens roncavam nas camas que foram espalhadas para eles no chão do salão. Mas ele, Carausius, era o conquistador, na bebida e na negociação, pois era o único que ainda conseguia andar sozinho para fora do salão.

Queria sua própria cama. Não. Era a cama de Teleri que queria. Iria até ela diretamente do campo de batalha e lhe ofereceria sua vitória. Na porta, Aedfrid, o mais jovem de seus menápios, esperava. Ele se apoiou no ombro do jovem, rindo ao perceber que tropeçava nas palavras. No entanto, fora claro o suficiente para que o jovem o guiasse pelos corredores e através da rua para a casa próxima, que pertencia ao principal magistrado da cidade, onde o grupo imperial estava alojado.

— Precisa de ajuda, senhor? — perguntou Aedfrid, enquanto se aproximavam do quarto de dormir. — Devo chamar seu escravo pessoal, ou...

— Não... — Carausius abanou a mão cordialmente. — Sou um marinheiro, sabia? N' marinha eles riem de um homem... não aguenta seu vinho. Vou t'rar minhas roupas. — Ele pisou em falso e esticou o braço para se apoiar na parede. — Talvez m'nha mulher me ajude... — Ele riu novamente.

Balançando a cabeça, o guerreiro abriu a porta dos aposentos do imperador, segurando a tocha de modo que a luz brilhasse além de Carausius pelo chão.

— Teleri! — chamou ele. — Consegui! Venci! — Ele cambaleou em direção à cama, e a tocha bruxuleante mandou suas sombras em ondas distorcidas atrás dele. — Os lobos do mar juraram aliança! — Tinha usado a língua germânica a noite toda e não percebeu que a falava agora.

A roupa de cama ondulou; sob a luz da tocha, ele vislumbrou seu rosto branco e os olhos que se arregalavam. Então, ela gritou.

Carausius deu um passo para trás e sentiu que caía. A última coisa da qual se lembrou, enquanto enfim todo o vinho que bebera no banquete fazia efeito, era o terror nos olhos de Teleri.

***

Pela manhã, o imperador acordou com a cabeça latejante e a boca como o monturo da cozinha. Fez uma careta, esperando que os chefes germânicos estivessem se sentindo pior. Estaria ele ficando velho para que uma noite de bebedeira tivesse o poder de fazê-lo se sentir tão mal? Então abriu os olhos e viu que estava na cama de Teleri. Sozinho.

Ele gemeu alto, e a porta se abriu. Hábil e delicado, seu escravo pessoal o tirou de suas roupas germânicas manchadas de vinho, o banhou e o vestiu com uma túnica limpa.

Carausius encontrou Teleri na sala menor de jantar, onde tomavam o desjejum com frequência. Ela o olhou quando ele entrou, e Carausius parou de brusco, pois o que viu no rosto dela, como vira na noite anterior, era puro medo.

— Peço desculpas — disse rigidamente — por perturbá-la. — Teleri olhou para o prato e não respondeu. — Queria lhe contar sobre a minha vitória. Temos um tratado. Os chefes germânicos enviarão guerreiros.

— Saxões... — ela sibilou, os punhos se fechando nas saias do vestido.

— Frísios, francos e hérulos — ele corrigiu, perguntando-se o que havia de errado com ela. Teleri sabia que eles viriam.

— São todos lobos saxões para mim! Pensei que não teria importância, que já tinha passado tempo suficiente. — Teleri balançou a cabeça, e ele viu que ela chorava.

— Teleri! — ele exclamou, aproximando-se dela.

— Não me toque! — ela gritou, levantando-se tão rapidamente que o banco tombou atrás dela. — Você é um deles! Pensei que fosse um romano, mas é o rosto *dele* que vejo agora, quando olho para você!

— De quem, Teleri? — perguntou Carausius. Sua voz tremia com o esforço que ele fazia para não gritar.

— O saxão... — ela respondeu, tão baixo que ele precisou se esforçar para escutar. — O homem que tentou me estuprar quando eu tinha dezoito anos.

***

O verão seguia e, com ele, um ano mais pacífico na parte sul da província do que seu povo conseguia se lembrar. Os saxões, com os juramentos ainda frescos nos lábios e a bolsas cheias de ouro britânico, voltaram a atenção para outras costas; os irlandeses, no entanto, não tinham tais inibições. Começaram a saquear as terras dos siluros e dos démetas, e o imperador e seus homens foram para o oeste para defendê-las.

Teleri pedira para ficar com o pai, mas o imperador, sabendo do valor que as tribos do oeste davam a suas rainhas, julgou sábio mostrar confiança em sua habilidade de defendê-los ao trazer a mulher com ele. Teleri pensou que talvez ele tivesse esperança de seduzi-la para sua cama uma vez mais se ela fosse. Tinha tentado disciplinar seus sentimentos, mas desde o banquete em Cantiacorum não era capaz de suportar o toque dele. Mesmo quando ele não usava as roupas menápias ou não estava cercado por seu guarda-costas bárbaro, ela o olhava e ainda via um inimigo.

Como imperatriz, tinha seus próprios servos e sua equipe doméstica. Viajava em uma liteira sobre um cavalo com seu pessoal em torno e, se não compartilhasse a cama do marido, era fácil dizer que ficara cansada com a viagem e precisara dormir sozinha. Era esperado que ficassem juntos quando chegassem a Venta Silurum, e seria mais difícil dar explicações. Assim, enquanto se aproximavam da foz do Sabrina, pediu permissão para desviar para o sul até Aquae Sulis e aproveitar as águas de lá. Carausius, talvez esperando que o tempo sanasse a divergência entre eles, concordou.

Na noite anterior ao dia em que os grupos deveriam se separar, descansaram em Corinium, a velha capital dos dóbunos, onde a Fosse Way cruzava a estrada principal para o oeste. A cidade era pequena, mas rica, famosa pela arte dos mosaicistas que baseavam sua indústria ali. A *mansio* era de fato opulenta, pensou Teleri, ao sentar-se em um dos sofás. Com certeza nem mesmo Roma poderia produzir nada mais luxuoso. Foi ainda mais desconcertante, portanto, quando a porta se abriu e Dierna entrou no aposento.

Como sempre, a grã-sacerdotisa dominava seu ambiente, que parecia subitamente exagerado, até mesmo espalhafatoso, atrás da simplicidade clássica de seu vestido azul. Então, Teleri se recordou de que ela mesma agora era uma imperatriz, que precisava ser superior a qualquer sacerdotisa já nascida, e endireitou-se, exigindo saber o que Dierna fazia ali.

— Minha obrigação. Vim falar com seu marido e com você. — A sacerdotisa ajeitou-se em um dos bancos. Teleri lançou a ela um olhar estreito e viu que as mãos da mulher estavam apertadas com força, contradizendo seu ar de calma.

— Ele sabe que você está aqui? — Teleri se recostou mais uma vez, ajustando as dobras da pala vermelha que usava para caírem de modo mais vistoso.

Não houve necessidade de resposta; a porta se abriu de novo e o próprio Carausius entrou, com Allectus atrás. Ela pôde vislumbrar, atrás deles, as figuras altas dos guarda-costas bárbaros e se retesou involuntariamente. Então, a porta fechou a visão para fora.

O imperador parou de brusco, olhando. Saudou Dierna.

— Senhora, é uma honra.

— É verdade — respondeu ela — que honrei você, mas não nos honra com esses trajes bárbaros que usa.

Teleri respirou rapidamente. Isso era mesmo ir direto ao ponto! Carausius olhou para seus culotes germânicos e corou, mas não havia rendição em seus olhos quando olhou para cima de novo.

— Nasci bárbaro — ele disse em voz baixa. — Estes são os trajes da minha juventude, e são confortáveis. E são as roupas de meus aliados.

Os olhos de Dierna acenderam.

— Então rejeita os deuses da Britânia, que o levaram tão alto? Não é vergonha para um porco chafurdar na lama, mas um homem deveria ser mais sábio. Esteve sobre o Tor Sagrado e ouviu o canto das estrelas de verão. Levava dragões em seus braços antes que Atlântida afundasse sob as ondas. Vai renegar a sabedoria que ganhou através de tantas vidas e afundar na lama em que as raças infantes batalham? Você não pertence mais a eles, mas à Britânia!

— De fato. Mas o que é a Britânia? A árvore que abriga as pessoas levanta os braços aos céus — respondeu Carausius lentamente —, mas precisa estar enraizada na terra, caso contrário morrerá. A Britânia é mais que Avalon. Em minhas viagens por esta ilha, vi homens de todos os cantos do império cujos filhos estimam esta terra como sua. Protegerei todos eles, todos os que me foram colocados nas mãos. Não pode me culpar se aproveito qualquer conforto enquanto posso... — O olhar dele buscou Teleri e então se desviou.

— Seu apoio vem dos príncipes da Britânia — exclamou Allectus —, dos homens do velho sangue celta que o tornaram imperador! Dará seus presentes aos escravos?

Carausius se endireitou, o rosto ardendo em vermelho mais uma vez.

— Também me ataca? Pensei que poderia contar com a *sua* lealdade!

— Então talvez seja melhor reconsiderar as suas — disse Allectus amargamente. — Se está determinado a voltar às suas raízes, não pode reclamar quando me lembro de que meus antepassados eram reis entre os belgas!

Carausius o mirou por um longo momento. Seu olhar passou para Dierna e então para Teleri, que precisou desviar o olhar. Por fim, ele suspirou.

— Façam o que julgarem preciso, mas estão errados. Eu me lembro muito bem de quem me tornou imperador. Foram os soldados e os homens da frota que me aclamaram primeiro, não os príncipes britânicos, que já não usam mais armas. A Britânia foi celta um dia, mas não é mais assim. Em Moridunum há homens de muitas raças diferentes derramando seu sangue para defendê-los. Meu lugar é ao lado deles. Eu os deixo debatendo filosofias.

***

A imperatriz da Britânia estava viajando a Aquae Sulis para se banhar nas águas e fazer oferendas à Deusa. Mas Teleri, a mulher, buscava naquelas águas pungentes a cura para sua alma perturbada. Ela se perguntava se encontraria. Dierna decidira ir com ela, e até mesmo uma imperatriz julgou impossível dizer não à Senhora de Avalon. Mas, enquanto a liteira sobre seu cavalo balançava na travessia da ponte de pedras sobre o Avon, Teleri olhou para as colinas cobertas de árvores que se levantavam sobre a cidade e sentiu um começo de paz.

O recinto do templo fora construído em estilo helênico pelo imperador Adriano. Devia ter sido magnífico em sua época, pensou Teleri ao se aproximar do templo. Entretanto, os anos haviam desgastado as pedras e desbotado os afrescos. Tinha a impressão de que aquele lugar se tornara uma extensão da Deusa, amigável e confortável como um vestido que fosse usado até tomar a forma da dona.

No pátio, ela fez uma pausa diante do altar do lado oposto da fonte e jogou uns punhados de incenso na brasa. Podia sentir Dierna a seu lado, o véu que a cobria ocultando seu poder como uma luz atrás de um toldo. As sacerdotisas de Sulis cumprimentaram a Senhora de Avalon como uma colega, mas ela não tinha autoridade naquele culto, e saber aquilo deu a Teleri certa satisfação.

Atravessaram o pátio e subiram os degraus do altar, cuja guardiã Górgona olhava de seu frontão, cercada de ninfas. Dentro, lamparinas lançavam um brilho suave sobre a imagem em tamanho real de Minerva Sulis, seus traços dourados brilhando sob o capacete de bronze. Apesar de seus adornos marciais, sua expressão era calmamente reflexiva.

Senhora, pensou Teleri ao olhar para ela, *pode me ensinar sabedoria? Pode me dar paz?* Sem serem chamadas, vieram memórias dos cantos das sacerdotisas no Tor Sagrado, banhadas na radiância prateada da lua. Ela havia sentido a presença da Deusa então, enchendo-a de luz. Ali sentia apenas um eco de poder, e não sabia dizer se a diferença estava na natureza do tempo ou em sua própria alma.

No segundo dia de visita, ela se banhou nas águas. Todos os outros visitantes tiveram a entrada negada no recinto a fim de dar privacidade à imperatriz e a suas damas. Através da colunata que cercava o grande banho, ela podia ver o pátio e o altar em que adorara no dia anterior. A luz refratava na água e cintilava no teto de madeira; uma névoa de umidade da piscina aquecida no salão ao lado velava suas sombras em mistério. A água estava morna, e era possível se acostumar rapidamente com o odor de enxofre. Teleri se recostou, deixando que a água a apoiasse, e tentou relaxar, mas não conseguia se esquecer da infelicidade que vira nos olhos do marido quando o deixou, e da dor, igual em intensidade, embora causada por motivos diferentes, nos olhos de Allectus. Vê-los em desentendimento partia sua alma.

No momento a sacerdotisa de Sulis as instruía para ir à piscina quente, alimentada, como as outras, da fonte sagrada, mas também aquecida por um hipocausto. Teleri ofegou com o calor, mas Dierna entrava na piscina tão disposta quanto se ali fosse o lago de Avalon; Teleri mordeu o lábio e se forçou a seguir. Por um tempo, então, não conseguiu pensar em nada além das reações de seu corpo. Ela sentiu o coração começar a disparar, e o suor passou a brotar em sua testa.

Bem quando ela pensou que iria desmaiar, a guia a ajudou a sair e a levou ao frigidário, cujas águas frescas mal pareciam frias. Então, com cada nervo formigando e o sangue zunindo nas veias, permitiram que ela voltasse ao grande banho. Os extremos de temperatura a estimularam e a cansaram. Desta vez, achou fácil afundar em um devaneio irracional.

— Este é o útero da Deusa — disse Dierna em voz baixa. — Os romanos a chamam de Minerva, e os que vieram antes deles, de Sulis. Para mim, ela vem como Briga, Senhora desta terra. Quando flutuo nestas águas, volto para minha fonte e sou renovada. Obrigada por permitir que eu a acompanhe.

Teleri se virou para ela, levantando as sobrancelhas. Mas pensou que um comentário tão cortês quanto aquele merecia resposta.

— Não tem de quê. Não posso afirmar meditações tão elevadas, mas há paz aqui.

— Há paz em Avalon também. Sinto muito por tê-la mandado embora de lá. Meu propósito era digno, mas era um destino difícil para quem não o desejava. Eu deveria ter encontrado outro jeito. — Dierna deitou-se meio flutuando na água verde, o cabelo longo espiralando em torno do rosto em cachos cor de bronze, seus seios fartos, com os mamilos escurecidos pela maternidade, quebrando a superfície.

O assombro de Teleri se tornou completo. Havia sacrificado três anos da vida para que, agora, sua mentora sugerisse que, no fim das contas, não fora necessário?

— Você me fez entender que o destino da Britânia dependia de minha cooperação. Que outra maneira poderia existir?

— Foi errado prendê-la pelo casamento como fazem os cidadãos romanos. — Dierna se levantou, a água caindo de seus cabelos. — Não entendi então que Carausius era destinado a ser rei, e que deveria ter se unido a uma rainha sagrada do modo antigo.

— Bem, agora está feito, e não há remédio — começou Teleri, mas a sacerdotisa balançou a cabeça.

— Não é assim. Ligar o imperador aos antigos Mistérios é ainda mais importante agora, quando ele está tentado a seguir outros caminhos. Deve levá-lo a Avalon, Teleri, e realizar o Grande Rito com ele lá.

Teleri se levantou tão rapidamente que a água rolou dela em uma grande onda.

— Não voltarei — sibilou ela. — Pela Deusa desta fonte sagrada, eu juro! Você me expulsou de Avalon, e não voltarei correndo somente porque agora mudou de ideia. Faça a magia que quiser com Carausius, mas a terra vai tremer e o céu cairá antes que eu volte me arrastando para você!

Ela foi para a escada na beira da piscina, onde escravas esperavam com toalhas. Podia sentir o olhar de Dierna sobre ela, mas não olhou para trás.

***

Quando Teleri acordou na manhã seguinte, disseram-lhe que a Senhora de Avalon tinha partido. Por um momento ela sentiu uma pontada de perda e então, ao se recordar do que acontecera entre elas, ficou feliz. Antes da refeição do meio-dia, trompetes anunciaram outra chegada. Era Allectus, e ela estava feliz demais em vê-lo para perguntar por que ele não estava com o imperador. As colinas cobertas de árvores em torno de Aquae Sulis se tornaram uma prisão para ela. Subitamente estava com saudades das colinas sobre Durnovaria e da vista do mar.

— Leve-me para a casa de meu pai, Allectus! — gritou ela. — Leve-me para casa! — O sangue quente subiu e desceu no rosto dele, e ele beijou a mão dela.

15

Naquele inverno, um general no Egito seguiu o exemplo de Carausius e se proclamou imperador. Em resposta, os mestres de Roma elevaram dois de seus generais mais jovens à autoridade e ao título de césar – Galério para ajudar Diocleciano no Oriente, e Constâncio Cloro no Ocidente. A decisão parecia ser boa, pois os egípcios não apenas foram relembrados de onde estava seu dever, mas, com o apoio de Constâncio, Maximiano foi capaz de conter os francos e os alamanos no Reno. Com a paz restaurada no resto do império, os imperadores de Roma por fim estavam livres para lidar com aborrecimentos menores, como a Britânia.

Quando os mares se acalmaram com a chegada de um novo ano, uma liburna com a flâmula de Constâncio hasteada rodeou a Ilha de Tanatus e subiu o estuário do Tamesis em Londinium. Os pergaminhos que carregava continham uma mensagem simples. Diocleciano e Maximiano Augusto conclamavam Carausius a renunciar sua usurpação da província da Britânia e a retornar à sua lealdade, convocando-o a Roma para ser julgado. Caso se recusasse, deveria estar pronto para enfrentar a ira deles, com todo o poder do império atrás.

O imperador da Britânia sentou-se em seu escritório no Palácio do Governador em Londinium, olhando vagamente para a mensagem de Diocleciano. Ele já não precisava mais lê-la – havia memorizado as palavras. Tudo estava silencioso dentro do palácio; do lado de fora, entretanto, vinha um murmúrio como um marulhar de águas, que de tempos em tempos se transformava em uma tempestade.

— O povo está esperando — disse Allectus, sentado mais perto da janela. — Eles têm o direito de ser ouvidos. Deve dizer a eles o que planeja fazer.

— Eu os escuto — respondeu Carausius. — Ouça. O barulho deles é como o rugido do mar. Eu entendo o oceano, mas os homens de Londinium são muito mais volúveis e mais perigosos. Se eu resistir a esta demanda, ficarão a meu lado? Celebraram quando assumi a púrpura. Eu trouxe a eles prosperidade. Mas temo que saudarão meu conquistador com o mesmo entusiasmo se eu cair.

— Talvez — disse Allectus, com firmeza —, mas não vai conquistá-los com indecisão. Querem acreditar que você sabe o que está fazendo; que seus lares e sua subsistência estarão a salvo. Diga a eles que defenderá Londinium e ficarão satisfeitos.

— Quero mais que isso. Quero que seja verdade. — Carausius empurrou a cadeira para trás e começou a andar pelo chão de mosaico. — E não acho que acampar nas ruas de Dubris com meu exército esperando a chegada de Constâncio servirá a esse propósito.

— O que mais você pode fazer? Londinium é o coração da Britânia, de onde flui seu sangue vital; caso contrário, por que teria estabelecido uma casa da moeda aqui? Este lugar precisa ser protegido.

Carausius virou o rosto para ele.

— Toda a terra precisa ser protegida, e o poder marítimo é a chave para defendê-la. Nem mesmo fortalecer os fortes da Costa Saxã é a resposta. Devo levar a batalha até meu inimigo. Ele não pode conseguir colocar em terra nem mesmo um só legionário nestas costas.

— Você irá para a Gália? — perguntou Allectus. — Nosso povo vai pensar que o está abandonando.

— A base marítima de Gesoriacum fica na Gália. Se Constâncio a tomar, nossa defesa dianteira estará perdida e, com ela, os navios e as linhas de suprimento que nos ligam ao império.

— E se você perder?

— Já os venci antes... — Carausius ficou imóvel, fechando os punhos.

— Sua frota tinha acabado de lutar contra os saxões na época, no auge de sua eficiência — observou Allectus. — Agora, metade de seus marinheiros está no norte reforçando os fortes no muro. Vai chamar seus aliados bárbaros?

— Se eu precisar...

— Não pode! — Agora Allectus também estava de pé. — Já deu muito a eles. Se vencer com a ajuda deles, vão querer mais. Sou tão dedicado quanto você a manter a liberdade da Britânia, mas prefiro ser governado por Roma do que pelos lobos saxões!

— Você está sendo governado por um menápio agora! — Carausius podia ouvir a própria voz se elevando e lutou por controle. — Os governantes da Britânia vieram da Gália, da Dalmácia e da Hispânia; as legiões que o defendem têm nomes estrangeiros.

— Pode ser que tenham nascido bárbaros, mas foram civilizados. Reconhecem que esta é uma terra celta. Os saxões só se importam em encher a barriga. Aquele povo jamais se enraizará em solo britânico.

Carausius suspirou, lembrando-se de como a sacerdotisa derramara o sangue dele para alimentar a terra.

— Irei para o sul, onde o povo ainda se lembra de como salvei seus lares, e reunirão homens para navegar comigo até Gesoriacum. Você entende esses mercadores de Londinium, Allectus. Fique aqui e governe em meu lugar enquanto eu estiver fora.

Um rubor rápido e inesperado apareceu e sumiu no rosto amarelado do jovem. Carausius se perguntou o motivo. Com certeza, depois de todo aquele tempo, Allectus deveria saber como o imperador confiava nele. Mas não havia mais tempo para se preocupar com os sentimentos de ninguém. Abriu a porta e chamou seu escrivão, já organizando as ordens que deveriam ser dadas antes que ele pudesse partir.

***

No Tor, o começo do verão costumava ser reservado para tingir as meadas de linho e lã fiadas durante o longo inverno. Era tradição que a Senhora de Avalon também ajudasse no trabalho. A razão dada era que assim ela poderia dar um exemplo às moças, mas Dierna sempre tivera a impressão de que o costume fora mantido porque, quando alguém se tornava grã-sacerdotisa, a tarefa de preparar a tinta e mergulhar os fios se transformava em uma distração de suas outras responsabilidades. Não que o trabalho fosse simples — misturar as tintas corretamente e saber o tempo de imersão para produzir o tom exato de azul exigia experiência e um bom olho. Ildeg era a mestre de tingimento, e Dierna ficava contente em trabalhar sob suas instruções.

Várias meadas de lã já pendiam, pingando, dos galhos do salgueiro atrás dela, ainda levemente tingidos por terem sido usados para o mesmo propósito no ano anterior. Mais distante, na margem do riacho, outros caldeirões fumegavam. Ildeg andava de um para o outro, certificando-se de que tudo era feito de modo correto. A pequena Lina, que ajudava Dierna, trouxe duas meadas e as colocou no tapete e, então, adicionou outro pedaço de madeira ao fogo. Era importante manter o líquido quente sem permitir que fervesse.

Dierna prendeu uma das meadas e a baixou com cuidado na panela. A tinta era de ísatis, um azul que, sob aquela luz, se tornava tão profundo quanto as ondas do mar aberto. Fora para longe da terra apenas uma vez, quando Carausius a levou no canal em seu navio. Ele tinha rido de sua ignorância e dissera que ela precisava entender as águas que protegiam sua amada ilha. Ela olhou no caldeirão e viu novamente o mar, a colher criando as correntes que flutuavam através dele e a espuma branca das ondas.

Carausius poderia estar no mar naquele momento, pensou, lutando sua batalha. Viera a notícia de que ele estava a caminho de Gesoriacum com todos os navios que podia comandar. Mas ele não levara Teleri, e, mesmo se a sacerdotisa tivesse visto algo em visão, não tinha como comunicar o que via sem outra sacerdotisa treinada para receber a mensagem, ou o ritual de preparação e as ervas sagradas para aumentarem seu próprio poder. Não esperara se importar tanto se sabia o que estava acontecendo.

— Tire a lã agora, minha querida, ou ficará escura demais. — A voz de Ildeg trouxe Dierna de volta à consciência do presente. Ela levantou a meada fumegante e a levou para o salgueiro, e Lina saiu para pegar mais.

Dierna respirou fundo, pois a fumaça acre da panela de tingimento podia deixar alguém zonzo, e então mergulhou a próxima meada lentamente no mar azul profundo... Uma folha caiu e flutuou em círculos preguiçosos na superfície. A sacerdotisa começou a levantá-la e então soltou a concha com um grito baixo. Não era uma folha, mas um navio, com mais uma dúzia em torno dele, aparecendo e desaparecendo na corrente que rodopiava. Apertou a beirada da panela, sem consciência do calor que queimava as palmas de suas mãos, e se curvou mais perto, desesperada para ver.

Sua visão era a de um pássaro marinho circulando os navios que batalhavam abaixo. Reconheceu o *Órion* e alguns dos outros. Mesmo se não os tivesse reconhecido pela visão, teria sabido que eram eles pela velocidade e agilidade com que se moviam. Os navios restantes – maiores, mais pesados, e manejados de modo mais desajeitado – deviam ser do inimigo romano. Conseguia ver um longo areal que se estendia atrás deles; a batalha acontecia dentro de um grande porto, onde a superioridade britânica em manejar navios dava pouca vantagem. Como Carausius se permitira cair em uma armadilha assim? A batalha dele contra a frota Armórica de Maximiano fora um teste de suas habilidades náuticas, mas, enquanto um romano após o outro conseguia subir a bordo do navio de suas vítimas, ficava claro que aquela batalha seria vencida por força bruta, não por habilidade.

Fuja!, gritou seu coração. *Não pode vencer aí, precisa se libertar!* Dierna se esticava para baixo; por um momento, viu Carausius claramente, com uma espada ensanguentada na mão. Ele olhou para cima. A teria visto? Então, uma maré vermelha passou por sua visão. O mar se transformava em sangue! Ela deve ter gritado, pois no momento seguinte ouviu vozes chamando seu nome como se viessem de uma grande distância e sentiu mãos suaves que a puxavam.

— Está vermelho... — sussurrou ela. — Há sangue na água...

— Não, Senhora — respondeu Lina —, a tinta na água é azul! Ah, minha Senhora, olhe suas mãos!

Dierna arquejou com o primeiro pulsar de dor. Então, as outras se reuniram em torno dela e, no tumulto de fazer curativos em suas feridas, ninguém pensou em perguntar o que vira.

Na manhã seguinte convocou Adwen para empacotar suas coisas, Lewal e um dos jovens druidas para que a acompanhassem, e os homens dos brejos para levá-los entre as brumas para o mundo externo. Havia algo em seus modos que desafiava questionamentos, mas de qualquer modo não ousava falar de sua visão e entender se de fato fora verdadeira ou uma fantasia gerada por seus medos. Se Carausius fora derrotado, ele mesmo ou a notícia de sua morte chegariam primeiro a Portus Adurni, e era para lá que ela deveria ir. Se ele estivesse vivo, precisaria de sua ajuda. Ela precisava saber.

A jornada levou uma semana de viagem pesada. Quando chegaram a Venta Belgarum, as mãos de Dierna estavam cicatrizando e uma ansiedade fora substituída por outra. Notícias ruins se espalhavam como o vento, e todo o território oeste sabia que uma grande batalha acontecera em Gesoriacum. Por uma noite Dierna se virou insone, ansiosa demais até para procurá-lo nas estradas espirituais, sem saber se Carausius sobrevivera.

Mais notícias chegaram logo pela manhã: o navio principal voltara com o imperador a bordo, mas as embarcações que o seguiam eram lamentavelmente poucas. A frota que colocara medo nos corações dos saxões se perdera, junto com a maior parte dos homens que as tripulavam, e Constâncio Cloro estava reunindo uma força para invadir a Britânia. Em todos os lugares, os homens murmuravam. Homens que haviam se beneficiado sob o regime rebelde temiam perder tudo o que tinham ganhado. Outros davam de ombros, despreocupados com a mudança provável de mestres, ou especulavam sobre as recompensas para quem ajudasse os invasores.

Mas seja lá o que os romanos fizessem a respeito de outros, não haveria misericórdia para Carausius se Constâncio conquistasse ali. O pônei de Dierna jogou a cabeça e saiu galopando conforme ela o impulsionava para a frente.

***

O ar em Portus Adurni parecia pesado, apesar do vento fresco vindo do mar. Dierna pensou que teria sabido que havia problemas mesmo se não tivesse ouvido os rumores. A atmosfera no forte ainda não era de derrota, mas ela quase podia sentir o gosto da apreensão. Era significante que outros oficiais encarregados não tivessem feito objeção quando ela pediu para ver o imperador. Era uma civil, sem assunto em um posto militar naquilo que logo se transformaria em uma zona de guerra. Mas era claro que as forças que Carausius conservara estavam desesperadas o suficiente para receber até mesmo qualquer ajuda nebulosa que uma bruxa nativa pudesse trazer.

Ele estava inclinado sobre uma mesa na qual um mapa da Britânia fora aberto, movendo pedaços de madeira para a frente e para trás enquanto calculava movimentos e disposições. Havia um corte feio em seu rosto e um curativo em uma panturrilha. Dierna ficou parada na porta por um breve momento, tão fraca com o alívio de vê-lo que não podia se mover. Então, embora não tivesse feito nenhum som, ele olhou para cima.

— Teleri? — sussurrou ele. Dierna deu um passo para a frente, virando-se de modo que a luz caísse em cheio sobre ela. Carausius piscou, a esperança que por um momento animara seu rosto dando lugar a outra coisa, talvez medo.

Por que eu deveria me surpreender?, disse a si mesma, fazendo o coração disparado se aquietar. *Eu quis que ele a amasse. Não deveria ter vindo...* Mas ele já se movia em sua direção.

— Senhora — ele disse rispidamente —, veio profetizar boa sorte ou desespero? — O olhar dele havia se firmado, mas ela via que aquela era a calma do homem que se obriga a enfrentar sua ruína. Era aquilo que ela significava para ele? Ela mordeu o lábio, percebendo que era tudo o que se permitira ser.

— Nenhuma das duas coisas. Vim ajudá-lo, se puder.

Ele franziu o cenho, pensativo.

— Veio depressa, se estava em Avalon. Ou Teleri enviou... — Conforme ela balançou a cabeça, viu a tristeza, rapidamente velada, em seus olhos.

— Ela não está aqui com você?

— Está em Durnovaria, com o pai. — Houve um curto silêncio.

Agora era a vez de Dierna franzir o cenho. Ficara claro, em Aquae Sulis, que Teleri estava infeliz. Mas a situação devia ser pior do que pensara. *Ela me culpa por isso*, percebeu então. *É por isso que não queria falar comigo*. Mas não havia nada que pudesse fazer a respeito de Teleri naquele momento. Sufocando sua inquietação, foi para o lado de Carausius e olhou para o mapa.

— Onde acha que Constâncio vai desembarcar, e quais forças pode levar para encontrá-lo?

— A primeira preocupação dele deve ser tomar Londinium — disse Carausius. Ela podia ver que discutir o problema dava certo conforto para ele. Era uma ação, de um tipo, e aquele não era um homem que aceitasse o destino com mansidão, como os padres cristãos ordenavam a seus seguidores. — Ele pode atacar diretamente — continuou ele —, mas desembarcar seria difícil se a cidade for defendida. Constâncio pode tentar ir para Tanatus em vez disso, para então marchar através de Cantium; no entanto, sabe que tenho forte apoio no sudeste. Se eu estivesse no lugar dele, tentaria um ataque de duas pontas e desembarcaria a segunda força em outro lugar, talvez entre aqui e Clausentum. A casa da moeda secundária de Allectus está lá, e seria sábio tomá-la o mais rápido possível.

Enquanto ele falava, movia as fichas coloridas pelo mapa, e por um momento Dierna viu, como se olhasse para o poço sagrado, soldados marchando pela terra. Balançou a cabeça para se livrar da fantasia e se concentrou no mapa novamente.

— E está reunindo suas defesas?

— Allectus está controlando Londinium — respondeu ele. — Deixei o mínimo possível de pessoas no muro, e aquelas forças estão marchando para o sul para reforçar as defesas. Colocarei mais homens ali, e também em Venta. Devemos basear nossas defesas nas cidades. Com exceção dos fortes navais, não teremos forças no sul. Desde os tempos de Cláudio, as lutas foram todas nas costas e na fronteira do norte, e não houve necessidade. Poderia me ajudar, se quiser, indo a Durnovaria e verificando com o príncipe Eiddin Mynoc a possibilidade de formar um grupo de guerra entre seus jovens.

— Mas Teleri...

— Teleri me deixou — ele disse sem rodeios, confirmando os temores dela. — Não peço condolências. Sabe melhor que qualquer um que nosso casamento era apenas o símbolo de uma aliança. Ela nunca me quis, e jamais tive tempo para conquistá-la de verdade. Queria poder tê-la feito feliz, mas não vou segurá-la contra a vontade dela. Ainda assim preciso da aliança, e não posso pedir a ela que a pleiteie por mim.

Seu rosto tinha aquela total ausência de emoções que mascara a dor profunda. Dierna mordeu o lábio, sabendo que era melhor não o insultar com sua compaixão. Havia arranjado o casamento, conforme pensou, para o bem de todos, mas o resultado fora magoar a moça que amava como uma irmã e o homem a quem ela... respeitava? Respeito poderia definir como ela se sentia naquele momento? Disse a si mesma que seus sentimentos não importavam. Havia muito a fazer.

— Eu pedirei, é claro — falou lentamente, perguntando-se se Teleri desejaria falar com ela então. — Mas me sentiria melhor — adicionou — se você colocasse outra pessoa no comando de Londinium. — Ela não tinha certeza do que a incomodava. Seria algo que Allectus dissera em Corinium?

— Um oficial mais experiente? — perguntou Carausius. — Allectus sabe o suficiente para ser guiado nas questões militares pelo comandante do forte. É a população civil que precisa apoiar nossa causa, e Allectus está em excelentes termos com cada mercador em Londinium. Se há alguém capaz de persuadi-los, é ele. Confio nele ainda mais porque não é do exército regular. Um oficial há muito tempo em serviço, diante dos legionários de César, pode se lembrar de que seu primeiro juramento foi feito a Diocleciano. Mas tenho certeza de que Allectus jamais dará a Britânia de volta ao governo romano de bom grado.

— Você está certo — disse Dierna, pensando em linhagens reais —, mas ele é tão leal a você quanto é a esta terra?

Carausius se endireitou, olhando-a, e ela ficou imóvel, consciente de uma súbita tensão entre eles.

— Por que — perguntou ele, de modo cansado — isso deveria ter importância para você?

Dierna ficou em silêncio, incapaz de responder.

— Você não queria um imperador para a Britânia, queria um rei sagrado — continuou ele. — Você me chamou até esta ilha com sua magia e me deu uma noiva real; me persuadiu a esquecer meu juramento de lealdade e minha própria terra. Mas Allectus pertence a este lugar. *Ele* jamais lhe causará repulsa usando as vestes de um bárbaro...

Ele também se recordava de como haviam discutido em Corinium. A tristeza no sorriso dele apertou seu coração, mas no momento seguinte ela reconheceu não apenas dor mas também orgulho nos olhos de Carausius.

— Posso ter nascido bárbaro, minha Senhora, mas não sou estúpido. Acha que não entendi que eu fui apenas uma ferramenta sua para assegurar a defesa da Britânia? Mas uma ferramenta pode quebrar, e, quando isso acontece, o artesão pega outra. Pode me olhar nos olhos e dizer que, se eu falhar, você vai parar de tentar libertar esta terra de Roma?

Dierna sentiu os próprios olhos ardendo inesperadamente com lágrimas, mas não podia desviar o olhar. A paciência dele exigia uma resposta.

— Não... — ela sussurrou, por fim —, mas é porque é a Deusa que empunha as ferramentas, e estou também na mão Dela...

— Então por que chora? — Ele deu um passo em direção a ela. — Dierna! Se estamos comprometidos da mesma maneira, então por que não para de tentar manipular a todos de acordo com suas próprias noções de dever e me diz a verdade?

A verdade..., ela pensou, em desespero. *Eu ao menos a conheço? Ou o dever é tudo que me permito ver?*

— Choro — ela disse, por fim — porque te amo.

Por um momento Carausius ficou completamente imóvel. Ela percebeu a tensão que deixou o corpo dele, e sua cabeça pendendo para o lado.

— Amor... — ele sussurrou, como se jamais tivesse ouvido a palavra.

E por que ele me amaria?, ela se perguntou.

— Não faz diferença — disse Dierna depressa. — Você me perguntou e eu respondi.

— Você é a grã-sacerdotisa de Avalon, tão sagrada quanto uma das vestais em Roma. — Ele olhou para Dierna, e ela se encolheu com a intensidade da emoção subitamente revelada. Não tinha o direito de esperar amor dele, mas não achava que poderia suportar seu ódio. — Dizer que o que sente não significa nada rebaixa tanto a você quanto a mim. — Carausius continuou a fitá-la, como se seus traços fossem um livro escrito em uma língua estranha que ele tentava ler.

— Não falei como grã-sacerdotisa, mas como mulher... — sussurrou ela. Seus olhos se encheram de lágrimas mais uma vez.

— E faz muito tempo desde que ela teve permissão para sentir? — ele perguntou, com uma sombra de humor. — O imperador da Britânia poderia dizer o mesmo.

Para sua visão borrada, os traços dele pareciam se alterar. Ela os vira antes, quando ele e ela buscavam visões na vasilha de prata sobre o Tor. Com uma convicção repentina, pensou: *Amei este homem antes.*

Carausius se endireitou. Lentamente a aura de poder que sempre o fazia parecer o maior homem em qualquer cômodo voltou. O que ela reconhecia não era o poder do imperador que ele se tornara, mas a aura do rei. Ele estivera certo, ela pensou, ao identificar o que ela quisera para a Britânia. Mas o rei sagrado que ela buscava não era Allectus, mas ele mesmo. Ele andou para a porta e disse algo ao guarda do lado de fora. Então, a fechou com firmeza e se voltou para ela.

— Dierna... — ele disse o nome dela mais uma vez.

O coração dela começou a disparar, mas parecia que o poder do movimento voluntário a abandonara. Carausius apertou os ombros dela e se curvou para beijá-la como um homem sedento se curva diante de uma lagoa. Ela suspirou, fechando os olhos, e, conforme ele sentiu que ela se rendia, a apertou com mais força contra si. Dierna estremeceu, de repente tomando dolorosa consciência de tudo o que ele sentia, porque a necessidade dele era a sua. E naquele momento não se importava se ele era um imperador ou um rei, ou apenas um homem.

Depois de um tempo ele a soltou, fuçando nos laços de seu vestido. Dierna não podia protestar: suas mãos eram tão ansiosas sobre o corpo dele quanto as de Carausius no seu. A pequena parte de sua mente ainda não tomada pela paixão observava de modo divertido que ela era tão desajeitada quanto uma virgem. De fato, jamais conhecera um homem a não ser nas uniões cerimoniais dos rituais druidas; jamais tivera um amante por simples prazer. Ela se perguntou vagamente como consumariam a união, pois não havia uma cama no aposento.

Carausius a beijou mais uma vez e ela se apertou nele; seus ossos derretiam, ela flutuava para encontrá-lo como o rio busca o mar. Então, ele a levantou e a deitou sobre o mapa da Britânia que cobria a mesa. Dierna riu baixo, vendo o simbolismo em um só vislumbre e entendendo que a Deusa abençoava mesmo aquela união apressada, pois, sem intenção ou cerimônia, grã-sacerdotisa e imperador celebravam o Grande Rito, afinal.

**

Os muros que Eiddin Mynoc construíra em torno de sua cidade eram altos e fortes. Se desejasse, Teleri poderia andar o dia todo sem jamais olhar o mar. Desde que viera de Aquae Sulis, tinha passado muito tempo caminhando, para o desespero das criadas que seu pai encarregara de atendê-la. E, desde a visita de Dierna, achava impossível ficar quieta.

Às vezes Teleri se perguntava o que a grã-sacerdotisa desejara dizer a ela. Tinha se recusado a vê-la, com medo de que Dierna a persuadisse a voltar para seu marido ou para Avalon. Mas a mulher passara muito tempo falando com o príncipe e talvez não estivesse de fato interessada em Teleri, por fim. De qualquer modo, a sacerdotisa partira, e os irmãos de Teleri e seus amigos praticavam alegremente manobras de cavalaria em seus puros-sangues, aprendendo como adaptar as habilidades da caça ao campo de batalha. Logo também iriam embora, e então não haveria nada para lembrá-la de Carausius e de sua guerra.

Uma gaivota passou baixo em seu caminho, gritando, e ela pulou, os dedos fazendo o sinal para afastar o mal.

— Ah, minha senhora, não deve se render a essas superstições — disse sua criada Julia, que recentemente se tornara cristã. — Aves não são malignas, só os homens.

— A não ser que não fosse uma ave natural, mas uma ilusão do Maligno — disse Beth, sua outra atendente, que riu quando viu Julia fazer o sinal da cruz.

Teleri se virou, a picuinha delas tão sem significado quanto os gritos da ave.

— Vamos ao mercado olhar pratos e vasilhas.

— Mas, senhora, estivemos lá há apenas dois dias — começou Julia.

— Um novo carregamento de peças britânicas é esperado — respondeu Teleri, saindo em um ritmo que não deixou fôlego para que a moça contestasse de novo.

Quando voltaram à casa do pai de Teleri, as criadas carregando com cuidado dois potes marrom-escuros ornados com cenas de caça em relevo, o sol afundava no oeste. A compra dos potes havia distraído Teleri por pouco tempo, mas eles já não a interessavam mais, e, quando as moças perguntaram o que fazer com eles, ela deu de ombros e disse que não se importava se os levassem para a camareira ou para a pilha de lixo.

Teleri foi para seus aposentos e se jogou sobre o sofá, levantando-se em seguida. Estava cansada, mas temia dormir, pois com frequência tinha sonhos perturbadores. Acabara de sentar-se novamente quando um dos escravos da casa veio se curvar à sua porta.

— Senhora, seu pai diz que deveria vir. O senhor Allectus está aqui!

Teleri ficou de pé tão depressa que sentiu tontura e apertou a beira curvada do sofá para se equilibrar. Allectus viera como defensor do imperador ou haveria outro motivo? De repente insegura, puxou a estola que usara para ir ao mercado, manchada com a poeira do dia, e a jogou de lado.

— Mande trazer água para me lavar e diga a Julia para estender a túnica de seda rosa e o véu combinando!

Quando Teleri se juntou ao pai e a seus convidados na sala de jantar, estava composta em aparência, mas não em seu interior. No momento em que se sentou, a conversa voltou para a invasão que se aproximava.

— E sua inteligência indica que os romanos virão logo? — perguntou o príncipe.

— Não creio que Constâncio tenha transporte suficiente para os homens que precisará trazer, e também vai precisar construir mais navios de guerra. Ele derrotou Carausius em Gesoriacum, mas nossos rapazes os atacaram ferozmente.

Allectus deu um gole em seu vinho, o olhar escorregando de lado para Teleri. Ele tinha enrubescido quando ela entrou, mas seu cumprimento fora formal. Ele parecia em forma, pensou ela, a pele bronzeada por cavalgar muito no sol. E parecia mais velho, toda sua suavidade de menino tendo desaparecido.

— E os rapazes que temos aqui — perguntou o príncipe —, eles vão, como você disse, "atacar ferozmente" os romanos também?

— Se estivermos unidos — respondeu Allectus. — Mas tenho ouvido murmúrios conforme viajo por aí. Nosso povo, os homens do velho sangue celta, estão despertando. Escapar do jugo romano é muita coisa, mas alguns dizem que deveríamos ir além e escolher um rei que não seja ele próprio um estrangeiro.

O olhar de Teleri se moveu para o pai, que continuava a descascar a maçã que segurava.

— E como um Grande Rei seria escolhido? — questionou o príncipe. — Se nosso povo fosse capaz de se unir, o César, o primeiro, jamais teria se estabelecido nestas costas. Nossa tragédia é que sempre estivemos mais dispostos a lutar uns com os outros do que com qualquer inimigo estrangeiro.

— Mas e se pudessem entrar em acordo? Há algum sinal para marcar o homem que nossos deuses escolheram? — perguntou Allectus em voz baixa.

— Há muitos augúrios, e muitas interpretações. Quando chegar a hora, um chefe deve julgar pelo que vê...

Teleri olhou, perguntando-se se ela sonhava ou eles. E quanto a Carausius? Mas a conversa já se tornara mais geral, voltando-se para o treinamento de homens e os suprimentos que os alimentavam, e rotas para mover uns ou outros para onde deveriam ir.

A noite estava quente e, quando o jantar acabou, Allectus perguntou a Teleri se ela poderia caminhar com ele no átrio. Andaram em silêncio por um tempo. Então, Allectus parou de súbito.

— Teleri, por que deixou Carausius? Ele foi cruel? Ele a machucou?

Ela balançou a cabeça com exaustão. Havia esperado algo assim.

— Me machucar? Não. Ele nunca se importou o suficiente para isso. Carausius não fez nada, mas, quando olhava para ele, eu via um saxão.

— Jamais o amou?

Ela virou o rosto para ele.

— Nunca. Mas você o amou, Allectus, ou ao menos ele era seu herói! O que quer que eu diga?

— Pensei que ele fosse salvar a Britânia! — exclamou Allectus. — Mas era apenas uma troca de mestres. Sempre estive na sombra dele, e você pertencia a ele...

— Realmente queria dizer o que disse a meu pai ou apenas o testava? — perguntou então Teleri.

Ele soltou o fôlego em um longo suspiro.

— Teleri, eu poderia liderar esta terra. Um governo funciona com dinheiro, e eu o controlo. Descendo dos príncipes belgas e dos siluros, por parte de minha mãe. Isso não é suficiente, eu sei. Mas se você pudesse me amar... eles me seguiriam se concordasse em ser minha rainha.

Ela passou os dedos no tecido do vestido.

— E você me ama ou apenas quer se casar comigo, como *ele* fez, porque vai ajudá-lo a ganhar poder? — Ela ergueu o olhar e viu que Allectus estremecia.

— Teleri — sussurrou ele. — Não sabe o que sinto por você? Assombrou meus sonhos. Mas você era uma sacerdotisa de Avalon quando nos encontramos e, de repente, era a esposa de Carausius. Eu lhe daria meu coração em uma bandeja se isso a agradasse, mas prefiro lhe oferecer a Britânia. Dê-me seu amor e não será uma imperatriz, mas a Grande Rainha.

— E quanto a meu marido?

O olhar dele, que estivera tão luminoso e aberto um instante antes, endureceu.

— Vou argumentar com ele até que concorde...

Mesmo se o imperador abrisse mão dela, não conseguia imaginar Carausius desistindo de seu poder. Mas Allectus se ajoelhava diante dela, e Teleri achou difícil se importar. Ele tomou sua mão e a beijou, e então a virou e pousou os lábios em sua palma.

Um toque tão gentil, ela pensou. Allectus não a impediria se ela se levantasse e saísse. Mas, conforme Teleri olhava sua cabeça baixa, sentia uma onda de pena protetora, e pela primeira vez percebeu que ela também tinha poder. Carausius precisara dela como uma ligação com os britânicos e com Avalon. Aquele homem precisava de seu amor.

Gentilmente, Teleri acariciou os cabelos dele, e, quando ele olhou para cima, ela o aceitou em seus braços.

***

O mensageiro que o príncipe Eiddin Mynoc enviara ao imperador disse que os homens dele deixariam Durnovaria nos idos de Junius. Havia recomendado que um oficial fosse enviado para se encarregar deles em Sorviodunum, onde a estrada principal do sudoeste encontrava as rotas vindas de Aquae Sulis e Glevum.

Poucos dias antes do solstício de verão, Carausius, exasperado com uma semana de conferência com os senadores locais em Venta, decidira ir ele mesmo se encontrar com eles. Ainda usava seus culotes germânicos para cavalgar, mas seus conselheiros o persuadiram a vestir seu guarda-costas menápio com roupas romanas. Agora se pareciam, pensou ao olhar a fila cavalgando atrás de si, com qualquer outro recruta enviado para servir na outra ponta do império.

Os durotriges ainda não estavam em Sorviodunum quando eles chegaram lá, mas o tempo estava claro e brilhante; não era um dia para um homem ficar sentado dentro de casa quando podia estar ao ar livre. O que Carausius queria, pensou enquanto liderava seus homens ao longo da estrada de Durnovaria, era estar no convés de um navio. Teria sido um belo dia para navegar; em vez disso, ele balançava com o movimento do cavalo debaixo de si e fingia que as ondulações da terra eram as ondas do mar.

Era quase meio-dia quando um dos menápios chamou e, olhando para cima, Carausius viu uma nuvem de poeira na estrada. Os últimos anos o haviam ensinado a julgar uma cavalaria, e ele estimou que talvez quarenta cavaleiros vinham, forçando suas montarias mais do que um comandante experiente teria recomendado, provavelmente por causa da exuberância e não da urgência. Ele apertou os lados da própria montaria, e os menápios saíram em um trote atrás dele enquanto se apressavam para encontrar os durotriges.

Com um sorriso ele reconheceu o irmão mais velho de Teleri, mais robusto que ela, embora tivesse o mesmo cabelo escuro. Mas, então, ele já tinha adivinhado quem aqueles cavaleiros deviam ser. Tinham boa aparência, pensou enquanto olhava os outros; seus equipamentos, tremulando e retinindo com ornamentos e pendões, eram mais adequados para desfile do que para o campo, mas eles pareciam enérgicos e determinados. E é claro que cavalgavam bem.

Um dos homens sentava-se em seu cavalo sem a graça fácil dos outros. Carausius fez sombra nos olhos com uma mão, piscando ao reconhecer Allectus. Levou um momento, pois jamais vira o jovem com qualquer coisa além de vestes romanas, enquanto ele agora cavalgava com uma túnica cor de açafrão e um manto vermelho, como o príncipe belga que era.

Parecia que ele mesmo não era o único a sentir a força de suas raízes nativas, agora que lutavam contra Roma, pensou Carausius. Ele sorriu quando os durotriges pararam em um redemoinho de poeira diante dele e acenou.

— Allectus, meu rapaz, o que faz aqui? Pensei que estava em Londinium.

— É meu país e meu povo — respondeu Allectus. — É aqui que eu deveria estar.

Carausius sentiu uma pontada leve de incerteza, mas continuou a sorrir.

— Bem, certamente trouxe os durotriges aqui nas melhores condições. — Ele olhou para trás e seu desconforto aumentou, pois eles não sorriam.

O irmão de Teleri moveu sua montaria um pouco para a frente.

— Pensou que os romanos, ou vocês germanos, deveria dizer, eram os únicos que podiam lutar? Os guerreiros celtas fizeram os muros de Roma tremerem quando seu povo ainda estava saindo do brejo.

Theudibert, um dos menápios de Carausius, rugiu, mas o imperador fez um gesto para que ele se aquietasse.

— Não teria pedido a seu pai para enviá-los se não acreditasse em sua coragem — ele disse calmamente. — A Britânia precisa de todos os seus filhos para lutar por ela agora, aqueles cujos ancestrais lutaram contra o césar, e os filhos das legiões, trazidos da Sarmácia e da Hispânia e de cada canto do império para criar raízes nesta terra. Somos todos bretões agora.

— Não você — disse um dos durotriges. — Você nasceu do outro lado do mar.

— Dei meu sangue pela Britânia — respondeu Carausius. — A própria Senhora de Avalon aceitou minha oferenda. — Mesmo naquele momento, o pensamento em Dierna levantava seu coração. Em Portus Adurni ele dera mais que sangue; naquela noite, tinha derramado sua semente e sua própria vida no abraço dela, e fora renovado.

— A Senhora dos Bretões a rejeita — disse Allectus. Os guerreiros foram para o lado para deixá-lo passar. — A filha de Eiddin Mynoc não é mais sua esposa. A aliança acabou, e nossa lealdade foi retirada.

Carausius se retesou de raiva. Teria o rapaz enlouquecido?

— As tribos criam homens corajosos — ele falou em uma última tentativa de reconciliação —, mas por trezentos anos eles não portaram armas a não ser para caçar. Sem a ajuda das legiões britânicas, serão carne fácil para Constâncio, quando ele chegar.

— As legiões — Allectus riu desdenhosamente — seguirão quem as pagar. Não é essa a história de seu império? E as casas da moeda pertencem a mim. Seja por amor ou por dinheiro, toda a Britânia lutará contra o invasor. Mas eles precisam ser liderados por um homem do sangue antigo.

Uma veia pulsou na testa de Carausius.

— Por você...

Allectus assentiu.

— Poderia ter sido diferente se você tivesse um filho com Teleri, mas ela rejeitou sua semente. Ela outorgou a soberania a mim.

Carausius o fitou sem ver. Sabia que jamais conquistara o amor de Teleri, mas não tinha percebido que ela o odiava. Aquilo doía, pois, ainda que Dierna tivesse lhe mostrado o que significa amar, ele ainda pensava em Teleri com afeição. A parte de sua mente ainda capaz de raciocinar lhe disse que Allectus falava aquelas coisas para feri-lo. E, se Dierna não tivesse se entregado tão completamente, Allectus poderia ter tido êxito. Mas, com a lembrança do amor dela como água viva dentro dele, nenhuma provocação de Allectus poderia abalar sua masculinidade. Era ela, não Teleri, quem dava a soberania.

Mas estava claro que os durotriges acreditavam em Allectus, e ele não podia trair Dierna ao contar para eles sobre o presente que ela lhe dera.

— Estes homens não estão comprometidos — disse lentamente —, mas você, Allectus, me fez um juramento. Como podem confiar em você se me trai?

Allectus deu de ombros.

— Jurei pelos deuses de Roma, os mesmos a quem você jurou servir Diocleciano. Um juramento quebrado merece outro. "Olho por olho", como dizem os cristãos.

Carausius aproximou o cavalo, forçando o outro homem a olhá-lo nos olhos.

— Era mais que um juramento, Allectus, entre nós — ele disse baixo. — Pensei que tinha seu amor.

O jovem chacoalhou depressa a cabeça.

— Amo Teleri mais.

Teleri, pensou Carausius, *não a Britânia*.

— Pode ficar com ela, tem minha bênção — declarou sombriamente —, e que ela lhe dê mais conforto do que jamais me deu. Mas, quanto à Britânia, creio que as legiões terão mais bom senso do que obedecer a um menino sem experiência, ainda que o ouro flua de suas mãos. E pode ser que as outras tribos não estejam tão dispostas a obedecer aos belgas, que as conquistaram antes que os romanos chegassem. Fique à vontade para tentar, Allectus, mas não acho que o povo desta terra o seguirá, e não vou abandonar quem me jurou fidelidade...

Com desdém, fez o cavalo se afastar. Tinha ido para a frente pelo equivalente à medida de cerca de dois cavalos quando um dos menápios gritou um aviso. Carausius começou a virar e, assim, a lança que o irmão de Teleri atirara não o atingiu nas costas, mas no flanco.

Por um momento, tudo o que sentiu foi o impacto. Então, o peso da lança a fez cair. Conforme a arma bateu na estrada, Carausius sentiu um jorro de calor sob as costelas e então, finalmente, a primeira pontada feroz de dor. Ouviu gritos e espadas chocando-se. Um cavalo gritou. Ele piscou, tentando focar o olhar, e viu um de seus guarda-costas ir ao chão.

Ainda não estou morto, disse a si mesmo, *e homens estão morrendo por mim!* Um fôlego profundo lhe permitiu um momento de claridade e, então, ele desembainhou a espada, levando o cavalo na direção de Allectus; mas havia muitos homens entre eles. Uma lâmina brilhou em sua direção; ele a derrubou, atacou, e sentiu o balanço quando sua arma entrou, observando seu inimigo cair. Aquilo fora sorte, pensou, mas sua fúria de batalha aumentava, e a cada momento a sentia mais forte. Seus menápios, ao vê-lo lutando, tomaram coragem e atacaram com a mesma fúria.

O tempo se anuviou. De repente, não havia mais inimigo diante dele. Ouviu cascos de cavalo e viu que os durotriges se reagrupavam em torno de Allectus e iam embora. Balançavam os braços como se discutissem.

— Meu senhor — gritou um dos homens de Carausius. — Está sangrando!

Carausius conseguiu embainhar a espada e apertou a mão no flanco.

— Não é sério — ofegou. — Rasgue uma tira de seu manto para estancar. Eles estavam em maior número, mas arrancamos sangue deles. Se nos retirarmos agora, devem pensar duas vezes antes de nos seguir.

— De volta a Sorviodunum? — perguntou Aedfrid.

O imperador balançou a cabeça. A traição de Allectus abalara todas as suas suposições e, até que se curasse, não ousaria confiar na lealdade de ninguém. Carausius se virou para olhar seu flanco. O sangue abundante da ferida tornava difícil vê-la, mas sentia que era grave. Embora tivesse falado com firmeza, aquilo poderia estar além das habilidades de qualquer cirurgião mais próximo de Londinium. Ele se endireitou na sela, olhando para o oeste, onde as colinas ondeavam para dentro da névoa azul.

— Faça uma atadura em meu flanco — ele disse a Theudibert.

— Senhor, a ferida é muito profunda. Precisamos conseguir ajuda para você.

— Para lá — apontou Carausius. — A única cura para esta ferida está no País do Verão. Vamos voltar como se retornássemos para a cidade e virar assim que estivermos fora de vista. Eles vão perder tempo nos procurando na estrada. Rápido agora, e não vacilem por causa de mim. Se eu não puder me sentar em um cavalo, me amarrem na sela; se eu não puder falar, sigam perguntando pela estrada para Avalon.

16

Dierna arquejou quando uma pontada de agonia atingiu seu flanco. O fio se partiu entre seus dedos e o fuso rolou pela grama.

— Senhora! O que foi? — gritou Lina, a moça designada para servi-la naquele mês. — Foi picada por uma abelha ou furou a mão? — As palavras dela se perderam em um murmúrio de preocupação conforme as outras mulheres vieram correndo.

A sacerdotisa colocou a mão no flanco e respirou fundo, lutando para controlar a dor; não era seu coração que doía. A dor ardente pulsava mais abaixo, sob sua caixa torácica, como se algo tivesse se quebrado ali. E a agonia não era de todo interna. Uma inspeção cuidadosa revelou que a própria pele estava sensível; ainda assim, quando soltaram sua túnica, não era possível ver nenhum ferimento.

Nenhum feitiço ou malevolência poderia atravessar as proteções de Dierna contra sua vontade, e havia apenas uma pessoa viva a quem se abrira tão totalmente que seria capaz de sentir a agonia que *ele* sentia. Ela percebeu que, ao fazer amor, dera a Carausius mais que seu corpo; dera parte de sua alma. Ela enviou seu espírito para fora, pelo caminho do qual a dor viera, e sentiu o anseio dele por ela.

— Ela foi atingida por um elfo — disse a velha Cigfolla seriamente. — Levantem-na com cuidado, minhas filhas. Precisamos levá-la para a cama.

Dierna recuperou o controle da voz.

— Não é... *minha*... dor. Preciso descansar, mas você... Adwen... vá para o poço sagrado. Alguém... está vindo... Veja se a Visão o mostrará a você!

Durante toda a tarde, Dierna ficou deitada na escuridão fresca de seus aposentos, usando toda a disciplina que aprendera para manter um estado de transe que a colocaria além da dor. Aos poucos, a agonia física se tornou suportável, mas o senso de necessidade cresceu. Carausius a procurava, mas chegaria a ela a tempo?

***

O plano era bom, pensou Carausius, puxando as rédeas e aspirando em longos arquejos, mas havia superestimado sua própria resistência. Apesar do curativo, cada passo sacudia seu flanco em uma nova agonia. Quando chegou à escolha entre parar ou perder a consciência, pensou que uma pausa consumiria menos tempo. No entanto, tinha de fazê-lo com uma frequência cada vez maior, e, na parada anterior, a retaguarda viera galopando dizer que os durotriges estavam no rastro deles.

— Vamos parar aqui, senhor, e resistir — disse Theudibert. Carausius balançou a cabeça. A folhagem era grossa demais para manobras, mas não alta o suficiente para cobertura.

— Então deixe que alguns de nós continuem até o vale, onde o chão é macio e vai mostrar bem nossas pegadas — sugeriu o guerreiro —, enquanto você atravessa a urze. Com sorte, vão nos seguir.

O imperador assentiu. Ao menos daquela maneira seria possível salvar alguns de seus homens. Era o único jeito, ele sabia, de conseguir fazer com que qualquer um deles o deixasse. Allectus podia ser falso, mas aqueles homens tinham feito o juramento de um *comitatus* e não teriam a intenção de viver, de bom grado, mais que seu chefe.

— Que Nealênia os abençoe e os proteja. — Ele invocou a própria deusa deles para protegê-los enquanto ribombavam para longe.

— Venha — disse Theudibert —, vamos embora agora, enquanto o barulho deles ainda cobre o nosso.

Theudibert levava suas rédeas, pois tudo o que Carausius conseguia agora era ficar na sela; ele mordeu os lábios para sufocar um grito quando o movimento enviou a dor, em ondas atordoantes, por todo seu corpo.

A cena se repetiu várias vezes durante os dois dias seguintes. Os menápios eram resistentes e acostumados a viagens duras, mas os durotriges conheciam o terreno. Embora subterfúgios pudessem funcionar por um tempo, seus inimigos acabavam sempre por encontrá-los. Carausius podia apenas esperar que, quando chegassem a Avalon, fosse protegido pelo respeito dos bretões pela Ilha Sagrada.

Na tarde do terceiro dia, vindo do leste, chegaram aos pântanos do País do Verão. Àquela altura, Carausius estava fraco demais para sentar-se em um cavalo sozinho e cavalgava amarrado a Theudibert. Os brejos eram um terreno que os menápios entendiam, mas não era bom para os cavalos. Dois homens foram dispensados com suas montarias. Ficando apenas com o animal que Carausius cavalgava, os seis que permaneceram começaram a caminhar pela beirada do lago, procurando a vila do povo do brejo que poderia levá-lo para Avalon.

Não ocorrera a eles que os bretões, familiares com a região, àquela altura já teriam imaginado para onde eles iam e teriam cavalgado adiante, ao longo do cume dos Poldens, para se anteciparem. Carausius, que poderia ter previsto isso, naquele momento estava quase além da capacidade de pensar. Ele não se ergueu até que o choque de uma parada brusca e uma blasfêmia de Theudibert o fez levantar, olhando.

O anoitecer caía. Através das águas imóveis ele viu as cabanas dos moradores dos brejos em suas palafitas. Acima delas, uma ponta de chão sólido se curvava do cume, e ali, com a silhueta contra a luz, uma fila de cavaleiros esperava.

— Vou escondê-lo no charco — anunciou Theudibert, desfazendo o laço da corda que os prendia juntos e prendendo a ponta solta na cintura de seu senhor.

— Não... — disse Carausius roucamente. — Prefiro morrer lutando. Mas mande Aedfrid para aquela vila. Ele precisa pedir a eles que convoquem a Senhora de Avalon.

Momentos antes ele não conseguiria ter se movido, mas agora, com o inimigo diante de si, Carausius se viu capaz de descer do cavalo e desembainhar a espada.

— Isso é bom — disse Theudibert, quando os cavaleiros começaram a vir em direção a eles. — Também estou cansado de fugir. — Ele sorriu e, depois de um instante, Carausius riu de volta.

No final, tudo sempre se resumia a essa terrível simplicidade. Sentira isso antes, no começo de uma batalha, quando todos os planos e preparações se tornavam irrelevantes e ele ficava frente a frente com o inimigo. Ao menos, nas outras vezes, tinha começado a luta sem ferimentos. Desta vez, o máximo que poderia esperar era acertar um ou dois bons golpes antes que o derrubassem.

O barulho das batidas dos cascos ribombava em seus ouvidos. Um cavalo pisou em falso e caiu, mas os outros se assomavam sobre ele com uma velocidade apavorante. Carausius gingou para o lado e atacou quando um cavaleiro passou por ele. A lança de Theudibert rebrilhou e o bretão caiu. Outro cavaleiro estava sobre eles; o imperador deu um passo para trás, cambaleando para manter o equilíbrio na água barrenta, mas o cavalo parou subitamente, desconfiando do terreno. O cavaleiro vindo na direção dele também escorregou e agarrou a crina para manter o equilíbrio; a espada de Carausius o atingiu no flanco.

Os momentos seguintes se passaram em uma série de imagens desconexas. Ele ficou com as costas coladas nas de Theudibert, de forma a se escorar no homem. Carausius sentiu um impacto, e então outro, e soube que fora atingido, mas estava além da dor. Piscou, olhando ao redor, e se perguntou se era a escuridão ou a perda de sangue que tornava a visão uma tarefa tão difícil. Mais cavaleiros vieram até eles; atrás dele, Theudibert fez um som de surpresa, e Carausius balançou conforme seu apoio desapareceu. Um último acesso de fúria fez Carausius reagir, girando a lâmina. Seu golpe atingiu o assassino de Theudibert no pescoço, no momento em que o bretão se curvava para puxar a lança.

Carausius balançou, lutando para levantar a espada, mas não restava ninguém para lutar. Uma dúzia de corpos jaziam em torno dele, gemendo ou mortalmente imóveis. Sobre o cume ouviu os sons da batalha, embora não pudesse vê-los. Então, eles também desapareceram. *Meus menápios corajosos me deram esta última trégua*, pensou. *Não devo desperdiçá-la.*

À sua direita, os salgueiros cresciam em um emaranhado à beira da água. Se ele se escondesse entre seus galhos, ninguém o encontraria. Estava zonzo pela perda de sangue, mas em algum lugar encontrou forças para ir até o abrigo de árvores.

***

Por três dias e três noites Dierna manteve vigília, enquanto seu espírito ansiava pelo homem que amava. No fim do segundo dia, o contato se tornou intermitente, como se ele perdesse e recuperasse a consciência. No terceiro dia, a agonia voltou a despertar, e com ela uma ansiedade que Dierna mal podia suportar. Só pouco depois da meia-noite ela caiu em um sonho inquieto, cheio de pesadelos nos quais ela fugia, perseguida por demônios sem rosto, lutando em um mar sangrento.

Quando Dierna despertou novamente, a luz pálida do dia mais longo contornava sua porta, e ela percebeu que fora acordada por uma batida nela.

— Entre... — sussurrou. Sentou-se, sentindo-se livre da dor pela primeira vez em três dias. Carausius estava morto? Não achava que estivesse, pois ainda havia um peso sobre seu espírito.

A silhueta de Lina estava de pé contra o céu do alvorecer.

— Senhora, um homem do povo do brejo veio até nós. Ele diz que houve uma luta na beira do lago. Um dos guerreiros chegou até a vila deles, balbuciando que precisam encontrar o senhor dele e levá-lo até a Senhora de Avalon...

Dierna ficou de pé, surpresa por estar tão trêmula, e pegou seu manto. Lina já levava o cesto em que mantinha seus suprimentos de curandeira. A sacerdotisa se apoiou no ombro da moça enquanto desciam o caminho, mas, quando chegaram à barca, o ar fresco começava a revigorá-la.

Passaram através das brumas e foram à vila dos homens do brejo, as casas montadas em palafitas entre os juncos. O povo moreno já estava de pé em atividade, e entre eles havia um homem alto de cabelos claros que andava de um lado para outro ao longo da margem, olhando em torno distraidamente.

— *Domina* — ele a saudou em seu latim grosseiro de acampamento. — Os durotriges nos atacaram. Allectus os liderou. Na luta, o senhor Carausius se feriu. Ele nos disse para trazê-lo. E, pelos deuses sagrados, fizemos o que ele pediu.

— Onde está ele? — interrompeu Dierna.

O rapaz balançou a cabeça em desespero.

— Ele me mandou buscar ajuda na vila, mas o povo viu a luta e ficou com medo. Eu entendo — ele olhou em torno para o pequeno povo moreno do brejo —, eles me parecem crianças, embora saiba que são homens. Voltei para o campo de batalha e encontrei apenas os mortos, mas o corpo de meu senhor não estava entre eles. Os pequenos não se moveram nas horas de escuridão por medo de demônios. Desde os primeiros raios de sol estamos procurando, mas Carausius não foi encontrado!

***

O imperador da Britânia jazia metade na terra e metade no lago, observando seu sangue nublar a água de vermelho na luz do novo dia. Jamais soubera que a aurora podia ser tão bela. A noite fora cheia de horrores. Parecia ter lutado por horas, rastejando sobre raízes e chafurdando em uma lama que tentava sugá-lo em seu abraço lodoso. Por um momento julgou estar com febre, mas agora estava frio – frio demais – e não conseguia sentir nem mover os membros inferiores. Não era como esperava encontrar seu fim.

A figura branca de um cisne veio das brumas que se prendiam à água e passou nadando por ele, graciosa como se fosse um sonho. Deitado ali, onde não podia ver as colinas, poderia estar nos brejos de seu próprio país, onde o pai dos rios se ramificava em muitos canais em busca do mar. Em sua terra natal, ele se lembrava, tinham dado homens aos deuses em uma morte tripla. Seus lábios se torceram ironicamente ao perceber que já sofrera dois terços dela, atingido por uma lança em uma dúzia de lugares e meio afogado.

É uma dádiva, pensou. *Fui restaurado a mim mesmo, em vez de morrer em delírio. O mínimo que posso fazer é terminar o trabalho...* Com uma sabedoria de além daquela vida, ele se lembrou que a Deusa jamais morre, mas o Deus dá sua vida pela terra. Agora sabia que já fizera isso antes, transformando-se de vítima de violência insensata a uma oferenda por um ato de vontade, feita na fé de que a Deusa encontraria utilidade para ela.

A corda que o prendia a Theudibert ainda estava amarrada em torno dele. Com dedos desajeitados, ele desatou o nó e a enrolou no pescoço, e então prendeu a outra ponta em torno da raiz de uma árvore. Ficaria ereto pelo maior tempo que pudesse aguentar, pois a manhã era belíssima, mas ele não achava que demoraria muito.

Em algum lugar além das brumas estava a imperatriz de seu coração. Ela saberia, perguntou-se, como ele a amara? *Esta dádiva é para você,* ele pensou*, e para a Deusa a que serve. Nasci do outro lado do mar, mas minha morte pertence à Britânia.* Talvez não tivesse importância. Dierna uma vez lhe dissera que, atrás dos rostos que usavam, todos os deuses eram um. Sua única tristeza era não ter visto o mar uma vez mais.

O sol subiu mais alto, dançando brilhante na água. Aqueles furinhos lantejoulados eram muito parecidos com o brilho do sol no oceano... e então *eram* as ondas, e a cantoria em seus ouvidos era o vento no cordame de um navio, e sua vertigem, as investidas da embarcação que o levava sobre o mar. Então lhe ocorreu que, se todos os deuses eram um, assim também eram as águas, todas o útero da Deusa, o mais antigo dos mares.

Diante dele, uma ilha se levantava do oceano, cingida por penhascos de pedras vermelhas e campos verdes. No centro havia uma colina pontuda; em seu topo, o brilho dourado do teto de um templo desafiava o sol.

Conhecia aquele lugar, e naquele reconhecimento também se reconheceu com a insígnia de um sacerdote na testa e, nos antebraços, os dragões de um rei. Ele deu um passo para a frente, levantando os braços em saudação, sem se preocupar com o corpo que deixara para trás sem vida, amontoado em suas amarras.

Do outro lado da água podia ouvir a voz da mulher que de vida a vida sempre fora sua amada e rainha, chamando-o.

***

Dierna caminhou pela margem do lago, chamando o nome de seu amado. Com certeza agora, quando Carausius estava tão perto, a ligação entre eles a atrairia. Sabia que os outros vinham atrás dela, mas manteve os olhos fechados, seguindo o aroma do espírito entre os mundos. O sucesso, quando veio, foi uma consciência em ambos os níveis de que a outra parte de sua alma estava perto.

Dierna abriu os olhos e viu a forma de um homem, emaranhado nas raízes e metade submerso, tão cheio de lama e pedaços de junco que até parecia ser parte da terra em que jazia. Aedfrid correu além dela, parando de repente ao ver a corda em torno do pescoço de Carausius e fazendo um sinal de reverência antes de estender os braços e, com mãos trêmulas, a desemaranhar e puxar o corpo de seu senhor totalmente para fora da água.

Os homens do brejo falavam horrorizados, mas Aedfrid olhou para Dierna em um apelo.

— Não foi uma morte vergonhosa, entende?

Com a garganta fechando, ela assentiu. *Não poderia ter esperado um pouco mais?*, gritou seu coração. *Não poderia ter ficado para me dizer adeus?*

— Eu o levarei e lhe darei o funeral de um herói — disse o guerreiro, mas Dierna balançou a cabeça.

— Carausius foi escolhido por nossa Deusa como rei. Nesta vida ou em outra, ele está ligado a esta terra. E através dele — ela adicionou, conforme um novo conhecimento lhe veio —, através dele, seu povo também está ligado à Britânia e pertencerá a ela um dia. Envolva-o em meu manto e deite-o na barca. Faremos um túmulo para ele em Avalon.

***

Ao longo daquele dia, o mais longo do ano, a Senhora de Avalon sentou-se no bosque sagrado acima do poço, velando ao lado do corpo do imperador. Conforme o vento mudava, ela podia ouvir trechos do canto dos druidas no Tor. Ildeg estava fazendo o papel de grã-sacerdotisa. Dierna fora treinada para reprimir suas emoções quando havia trabalho a ser feito, mas também aprendera que chegava uma hora em que nem mesmo o treinamento podia subjugar o grito do coração. Um adepto tinha a responsabilidade de saber que aquela hora havia chegado e ficar de lado, para que a magia não desse errado.

E com certeza eu destruiria o círculo se estivesse lá hoje, pensou Dierna, olhando para os traços imóveis de Carausius. *Ainda estou em meus anos férteis, mas me sinto totalmente como a Anciã da Morte agora...*

Haviam lavado Carausius na água do poço sagrado e atado suas terríveis feridas. No momento, uma sepultura estava sendo preparada para ele ao lado da de Gawen, filho de Eilan, que, de acordo com algumas lendas, também era parte romano. Ela o enterraria como um rei da Britânia, mas era uma cama fria para o homem com quem se deitara em júbilo.

Se tivesse coragem, me jogaria na cova com ele e celebraria o Grande Rito como faziam nos tempos ancestrais, quando a rainha seguia seu senhor ao Além-Mundo... Mas não era esposa dele, e aquela dor pesava sobre ela ainda mais que sua perda, fazendo-a amaldiçoar o orgulho que a cegara para a voz do próprio coração; tudo aquilo fora causado por ela, agora via. A decisão que forçara Carausius e Teleri a uma união sem amor e levara à traição de Allectus tinha sido a traição da própria Dierna. Se jamais tivesse se intrometido, Carausius ainda estaria navegando em seu amado mar, e Teleri teria sido feliz como sacerdotisa de Avalon. Dierna se balançou, abraçando os seios, e chorou por todos.

Foi muito mais tarde, quando os sons de folia haviam se dissipado e o longo anoitecer do solstício de verão velava a terra, que a dor que a atingia se fatigou e Dierna se ergueu, piscando e olhando ao redor. Sentia-se esvaziada, como se as lágrimas tivessem levado embora todos os outros sentimentos. Mas um pensamento permaneceu. Embora ela pudesse chorar, havia outras mulheres que se deitariam naquela noite nos braços de seus maridos, os filhos dormindo em paz por perto, porque Carausius defendera a Britânia.

O bater de um tambor, lento como a batida de seu próprio coração, pulsou no ar. Dierna se levantou enquanto a procissão de druidas em vestes brancas descia do Tor. Ela deu um passo para o lado para permitir que eles levantassem o esquife e tomou seu lugar atrás dele quando começaram a se mover novamente. Foram para a beira do lago, onde a barca drapeada de preto esperava para levar o senhor do mar em sua viagem final.

A cova fora feita na Colina da Vigia, a ilha mais remota dentro das brumas, a Passagem para Avalon. Ali não tinha nada de interessante para os que não podiam passar e viam apenas uma vila pobre do povo do brejo amontoada no sopé, assim como não havia nada além de alguns eremitérios cristãos no pé do Tor. Mas, muito tempo antes, outro Defensor de Avalon fora enterrado no mesmo lugar, para que seu espírito pudesse seguir protegendo o vale. Os druidas haviam saudado Carausius com aqueles títulos quando ele viera até ali antes. Era adequado que seu corpo fosse enterrado ao lado do homem para quem a música fora feita.

Quando chegaram à Colina da Vigia, a escuridão havia caído. Tochas circulavam o local do enterro; a luz delas jogava um calor ilusório nos traços dos homens ao lado e brilhava nas túnicas pálidas dos druidas e nas sacerdotisas e seu azul. Mas Dierna estava envolta em negro, e, embora a luz do fogo cintilasse e brilhasse como estrelas cadentes nos pedaços de ouro costurados em seu véu, nenhuma luz podia penetrar sua sombra, pois naquela noite ela era a Senhora da Escuridão...

— O sol nos deixou — a sacerdotisa disse em voz baixa quando o canto cessou. — Neste dia ele reinou supremo, mas agora a noite caiu. Deste momento em diante, o poder da luz diminuirá, até que o frio do solstício de inverno tome conta do mundo. — Até mesmo a luz das tochas parecia enfraquecer conforme ela falava. Os ensinamentos dos Mistérios davam grande importância aos movimentos cíclicos da Natureza; agora, ela os entendia nas profundezas de sua alma. — O espírito deste homem nos deixou. — Sua voz mal estremeceu quando continuou a falar. — Como o sol, ele reinou em esplendor e, como o sol, desceu. Para onde vai o sol quando nos deixa? Dizem que anda pelas terras do sul. Da mesma maneira, este espírito agora viaja para a Terra do Verão. Lamentamos sua perda, mas sabemos que no coração da escuridão do solstício de inverno a luz renascerá. E, assim, damos este corpo de volta à terra da qual ele foi feito, na esperança de que seu espírito radiante um dia volte a tomar a carne e andar entre nós na hora de necessidade da Britânia.

Enquanto deitavam o corpo na cova e começavam a cobri-lo, Dierna podia ouvir alguém chorando, mas seus próprios olhos estavam secos. Suas palavras não haviam lhe dado esperança – ela estava além daquilo. Mas Carausius não desistira da batalha quando o destino se virou contra ele, e ela sabia que tampouco o faria.

— Carausius teve sua vitória no mundo espiritual. No entanto, neste mundo, seu assassino ainda vive e se gaba de seu feito. Foi Allectus quem fez isso. Allectus, a quem ele amava. Allectus, que deve pagar por sua traição! Neste momento, quando as marés de poder começam a virar em direção à desintegração e ao declínio, jogarei minha maldição sobre ele.

Dierna respirou fundo e levantou os braços para o céu.

— Poderes da Noite, eu os convoco não pela magia, mas pelas leis ancestrais da Necessidade, a cair sobre o assassino. Que nenhum dia lhe pareça claro, que nenhum fogo lhe seja quente, que nenhum amor lhe seja verdadeiro, até que tenha expiado seu pecado!

Ela se virou, fazendo um gesto para o lago que marulhava abaixo.

— Poderes do Mar, útero do qual todos nascemos, oceano poderoso em cujas correntes somos todos carregados, que todos os cursos que ele escolher se desviem! Levante-se para engolfar o assassino, ó Mar, afogue-o em suas marés escuras!

Ela se ajoelhou ao lado da cova e enfiou os dedos no solo solto.

— Poderes da Terra, a quem agora entregamos o corpo dele, que o homem que o matou não encontre paz em sua superfície! Que ele duvide de cada passo que dá, e de cada homem de quem depende, e de cada mulher a quem amar, até que o abismo se abra sob seus pés e ele caia.

Dierna ficou de pé novamente, sorrindo de modo sombrio para os rostos chocados em torno dela.

— Sou a Senhora e coloquei sobre Allectus, filho de Cerialis, a maldição de Avalon. Assim disse, e assim será!

***

A roda do ano rolou em direção à colheita, mas, embora o tempo se mantivesse bom, rumores assolavam a terra como uma tempestade de verão. O imperador havia desaparecido. Alguns diziam que estava morto, assassinado por Allectus, mas outros negavam, pois o corpo não fora encontrado. Ele estava se escondendo de seus inimigos, acreditavam. Outros ainda sussurravam que ele fugira pelo mar para se submeter a Roma. Certo era que

Allectus se proclamara grande rei e enviava seus cavaleiros pela Britânia para convocar chefes e comandantes para um grande juramento em Londinium.

As pessoas de Londinium comemoravam. Teleri se encolheu com o som e fechou as cortinas de couro. Estava abafado lá dentro, mas não conseguia tolerar o barulho, ou talvez fosse a pressão de tantos olhos, tantas mentes, todas focadas nela. Não fora assim quando estivera ali antes, com Carausius. Mas, quando se juntara a ele ali, Carausius já fora aceito como imperador. A diferença, imaginava, era que, daquela vez, ela fazia parte da cerimônia. Deveria estar orgulhosa e entusiasmada. Por que, imaginou, sentia-se como uma cativa sendo desfilada como o triunfo de algum conquistador romano?

Ficou melhor quando chegaram à basílica, embora ali também houvesse gente demais. Mesas tinham sido preparadas para o banquete. Os príncipes e magistrados ali sentados a olharam com menos curiosidade e mais cálculo. Teleri tentou ficar de cabeça erguida, mas apertou o braço do pai.

— Do que tem medo? — perguntou o príncipe. — Você já é imperatriz. Se eu tivesse adivinhado, quando você era uma menina desajeitada, que estava criando a Senhora da Britânia, teria pagado um tutor grego para você.

Ela lançou um olhar rápido para ele e, vendo o brilho em seus olhos, tentou sorrir.

Um brilho de cores no final da nave se definiu em figuras. Ela viu Allectus vestindo um manto púrpura sobre uma túnica vermelha, apequenado pelos homens maiores ao seu lado. Os olhos dele brilharam ao vê-la.

— Príncipe Eiddin Mynoc. Seja bem-vindo — ele disse formalmente. — Trouxe sua filha. Agora pergunto se pode concedê-la como esposa.

— Senhor, foi por isso que viemos...

Teleri olhou de um homem para outro. Ninguém perguntaria a *ela*? Mas talvez, disse a si mesma, seu consentimento tivesse sido dado naquela noite em Durnovaria, e o resto – o assassinato de Carausius e tudo que veio depois – fosse apenas resultado dele.

Deu um passo para a frente e Allectus pegou sua mão.

O banquete que se seguiu parecia interminável. Teleri beliscava a comida, ouvindo a conversa sem muito interesse. Houve uma discussão acerca do presente que Allectus tinha dado aos soldados por sua proclamação. Era tradicional para um imperador em ascensão, em especial quando era um usurpador, mas a contribuição de Allectus fora excessivamente generosa até mesmo para aqueles padrões. Os mercadores, por outro lado, pareciam esperar por mais favores. Apenas os chefes do velho sangue celta deram atenção a Teleri, e ela percebeu que o pai estava certo, e que era em parte por causa dela que tinham vindo.

Quando noiva e noivo foram colocados na cama, Allectus tinha bebido bastante. Teleri, preparando-se enquanto ele cambaleava contra ela, percebeu que jamais o vira sem estar sobre total comando de si mesmo. O abraço de seu primeiro marido fora algo a ser suportado. Conforme ajudava Allectus a se despir, começou a se perguntar se seu segundo homem seria capaz de cumprir o dever de um marido.

Teleri colocou Allectus na grande cama e se deitou ao lado dele. Agora que estavam sozinhos, havia coisas que precisava perguntar a ele, particularmente a respeito da morte de Carausius. Não ficara surpresa em sentir culpa quando soube de seu assassinato; do momento em que aceitara o amor de Allectus, tinha entendido, em algum nível, o que ele desejava fazer. O que não havia esperado era a dor.

Mas, quando se voltou para ele, Allectus já roncava. Nas escuras horas da noite ele acordou gritando que Constâncio vinha com um grande exército de homens com lanças ensanguentadas. Soluçando, ele se apertou contra ela, e Teleri o confortou como se fosse uma criança. Ele fora mais feliz quando ainda servia Carausius. E ela, se não era feliz, ao menos mantinha sua honra. Em qual dos três deveria colocar a culpa daquela tragédia? Talvez devesse culpar Dierna, pensou de forma amarga.

Depois de um tempo, Allectus começou a beijá-la, seu abraço tornando-se mais frenético, até que ele a tomou com uma urgência desesperada. Ocasionalmente ele dormiu de novo, mas Teleri ficou deitada por um longo tempo, desperta, na escuridão. Ela, que sonhara com liberdade, tinha escolhido aquela jaula. Mas agora estava feito, e precisava ser suportado.

Conforme Teleri por fim caía em um cochilo agitado, viu-se rezando à Deusa como não fazia desde que era menina e sonhava em escapar do salão do pai.

***

Em Avalon, Dierna também persistia. Sua maldição fora lançada contra Allectus; a realização dela deveria ser deixada para poderes maiores. Mas, por um tempo, pareceu-lhe que aqueles poderes não se importavam. O aniversário da morte de Carausius passou, e o mundo seguiu, desatencioso. A sacerdotisa esperava, mas não sabia dizer pelo quê.

Outro ano se passou. Se a Britânia não estava feliz sob o comando de Allectus, ninguém ousava falar muito alto contra ele. Mas ele continuou seus pagamentos aos bárbaros, e a costa dos saxões permaneceu pacífica. Quanto a Constâncio, embora sua frota tivesse derrotado a de Carausius, havia levado uma surra, e, como o último havia previsto, foram necessários tempo e dinheiro para construir transportes e as galés necessárias para protegê-los ao invadir a ilha.

***

A lua estava alta nos céus. Embora começasse a minguar, ainda brilhava o suficiente para ofuscar as estrelas de verão. O sapé da Casa das Donzelas cintilava, e os pilares do Caminho Processional brilhavam. Dierna respirou fundo o ar fresco da noite. Em torno dela, tudo estava em silêncio. A inquietude que a impedia de dormir devia ser algo do espírito. Algo estava mudando, e as suas reverberações ressoavam nos planos internos.

Outro ano se passara desde que a Britânia rejeitara o senhor que Avalon havia escolhido, e, embora a grã-sacerdotisa não tivesse saído da ilha durante esse tempo, por vezes os rumores os alcançavam. Constâncio por fim começara a invasão. Alguns disseram que tinha aportado perto de Londinium, e que as forças do Grande Rei lutavam contra ele lá. Outros relatos falavam de uma força que aportara em Clausentum e marchava em Calleva. Se Carausius tivesse sobrevivido, estaria usando toda a magia de Avalon para ajudá-lo; mas, agora, decidira jamais interferir de novo nos assuntos do mundo externo.

Dierna estava a ponto de voltar para a cama quando vislumbrou alguém correndo colina acima. Era Lina, que, como parte de seu treinamento, fora encarregada de manter vigília ao lado do poço sagrado. Franzindo o cenho, a grã-sacerdotisa se apressou ao encontro dela.

— Quieta, estou aqui. — Ela passou um braço em torno da moça e a levou para um dos bancos. — Respire fundo, de novo. Está segura agora... — Ela abraçou Lina até que os soluços da garota se transformassem em arquejos trêmulos e o tremor parasse. — Diga-me, filha, o que a assustou?

— O poço. — Lina tomou fôlego, abalada. — O luar brilhava na água, como um espelho. Olhei para ele e, de repente, uma névoa rodopiou em torno de mim e vi homens lutando com espadas. Foi horrível! Tanto sangue! Fiquei feliz por não poder ouvir os gritos deles.

— Eram os romanos? Viu Allectus?

— Acho que sim. Soldados romanos atacavam um acampamento britânico. As tendas estavam em chamas, e era fácil ver com a luz da lua e do fogo. Os romanos estavam completamente armados, mas nosso povo estava dormindo. Alguns deles tiveram tempo de pegar os escudos, mas a maioria não tinha nenhuma peça de armadura. A batalha mais feroz era em torno de um homem magro, moreno, com um diadema de ouro. Ele lutou com coragem, mas não muito bem.

Allectus!, pensou Dierna. *Por fim, minha maldição atingiu o alvo.*

— Os homens da guarda dele foram mortos um a um. Os romanos gritaram para que o rei se rendesse, mas ele se recusou, e então o atingiram com lanças, de novo e de novo, até que finalmente ele caiu.

— Então ele está morto — disse Dierna em voz alta —, e Carausius, vingado. Descanse, meu querido, e você, que o traiu. Em outra vida, talvez, nos encontraremos de novo.

***

Naquele outono, enquanto o imperador Constâncio se deleitava na adulação da capital que reconquistara para Roma, chuvas fustigavam a terra. No Vale de Avalon, nuvens envolviam o Tor e jaziam baixas pelas águas, como se as brumas que as protegiam borrassem o mundo. Apesar dos céus plúmbeos, Dierna sentia-se como se um grande peso tivesse sido levantado de cima dela, e suas sacerdotisas, encorajadas por sua disposição, começaram a falar sobre construir novos muros em torno do cercado de ovelhas e substituir a esfarrapada cobertura de sapé do salão.

Numa manhã pouco depois do equinócio, a moça encarregada das ovelhas veio chorando porque uma delas havia atravessado a cerca temporária e desaparecido. E porque, depois de uma semana de chuva pesada, as nuvens haviam se reduzido a um chuvisco enevoado que poderia logo admitir alguns raios de sol e Dierna desejava o exercício após tantos meses de lassidão, ela se ofereceu para procurar o animal.

Não era fácil. As águas haviam subido com toda a chuva, e alguns locais que costumavam ser secos também tinham virado pântano. Dierna escolheu o caminho cuidadosamente, perguntando-se no que a criatura tola estava pensando ao sair da colina. Mas o chão macio tornava fácil achar as pegadas, e ela seguiu a trilha em torno da colina sobre o poço sagrado e desceu através dos jardins. A trilha continuava, de volta pela margem do rio em direção à colina baixa de Briga, cujo santuário era cercado por macieiras.

Dierna fez uma pausa, franzindo o cenho, pois a colina, normalmente já isolada por cortesia, se tornara uma ilha de verdade. A névoa pendia baixa sobre a água, ainda muito espessa para que se pudesse ver o céu, embora brilhasse sob a luz do sol. Mesmo assim, ela tinha a impressão de que podia ver algo cinza sob as árvores. Sabia onde a trilha deveria estar, embora não pudesse vê-la. Pegando um pedaço de madeira que viera à margem para testar o chão, começou a vadear pela água.

A névoa rodopiava em torno dela, no primeiro passo um véu, mas, no terceiro, uma cortina que escondia tanto o lugar de onde ela viera como seu objetivo. Um pânico antigo a parou, com água enlameada marulhando nos tornozelos. *Esta é minha própria terra!*, disse a si mesma. *Conheço estes caminhos desde que aprendi a andar. Deveria ser capaz de achar meu caminho vendada ou em sonho!* Respirou fundo, invocando as disciplinas que praticara para induzir calma por quase tantos anos quanto vivera em Avalon.

E, conforme o rugido em seus ouvidos cessou, ela escutou um chamado.

— D'rna! Me ajude!

Era fraco devido à distância ou à exaustão, difícil saber qual, pois a névoa abafava o som. Mas Dierna foi para a frente.

— Alguém, por favor... alguém pode ouvir?

Dierna arquejou, a visão escurecida pela memória.

— Becca! — Sua voz falhou. — Continue chamando! Becca, estou indo buscá-la! — Ela tropeçou para a frente, sentindo o caminho com a vara.

— Ah, Deusa, por favor! Tentei tanto encontrar o caminho. — As palavras se tornaram um balbuciar desconexo, mas foi o suficiente para que Dierna se virasse e visse que estava em águas mais profundas. Buscou, com os sentidos além da visão que tivera quando procurara Carausius, e por fim vislumbrou o formato de uma árvore e, presa a suas raízes, a forma de uma mulher.

Ela viu cabelos escuros arrastados, moles como alga, e uma mão fina, suja de lama. O corpo que ela suspendia para o terreno mais alto era leve como o de uma criança. Mas não era uma criança. Dierna aconchegou a mulher no peito e olhou nos olhos de Teleri.

— Pensei... — A mente dela girava em confusão. — Pensei que fosse minha irmã...

O assombro no rosto de Teleri desapareceu, e ela fechou os olhos.

— Estava perdida nas brumas — sussurrou. — Estive perdida desde que me mandou embora. Eu tentava voltar para Avalon.

Dierna a fitou, sem palavras. Quando soubera do casamento de Teleri com Allectus, quis amaldiçoá-la também, mas lhe faltara energia. Parecia que, mesmo sem sua maldição, Teleri fora punida pelos mesmos poderes que derrubaram o assassino de Carausius, embora ainda estivesse viva. A névoa flutuava em torno delas como um véu sufocante. Em todo o mundo, não via nada vivo além de Teleri, ela mesma e a macieira.

— Você atravessou as brumas... — disse Dierna, devagar. — Isso só pode ser feito por uma sacerdotisa ou atravessando o país das fadas.

O pensamento veio lentamente, como se de águas profundas. Podia perdoar aquela mulher, cujo amor fizera Allectus se voltar contra seu mestre? Poderia perdoar a si mesma, por ter estado tão certa de que conhecia a vontade da Deusa que envolvera todos naquela ruína? Dierna suspirou, soltando um fardo que não sabia carregar.

— Não sou quem você procurava... Me perdoe... — Teleri então sussurrou.

— Não é? *Prometo que tratarei cada mulher neste templo como minha irmã, minha mãe e minha filha, como meu próprio sangue...* — A voz da sacerdotisa ganhou forças conforme repetia o juramento de Avalon.

— Dierna... — Teleri olhou para ela, seus olhos escuros parecendo ainda igualmente belos em seu rosto devastado, cheios de lágrimas. Dierna tentou sorrir, mas agora ela mesma chorava, e só podia abraçar forte a outra mulher, balançando-a como uma criança.

Não sabia quanto tempo se passara até que a calma voltasse. Uma nuvem de imobilidade branca as cercava e era fria.

— Parece que estamos presas aqui até que a névoa passe — disse Dierna com uma alegria que contradizia suas palavras. — Mas não vamos morrer de fome, pois ainda há maçãs nesta árvore. — Ela ajeitou Teleri gentilmente contra o tronco e ficou de pé para colher uma. Enquanto fazia isso, viu uma agitação no ar além da ilha, e então, como se fosse precipitada das névoas, a forma de uma mulher manejando uma barca pequena e chata do tipo usado pelo povo do brejo.

Ela ficou imóvel, apertando os olhos para tentar enxergar. A mulher parecia familiar, e ainda assim, conforme a sacerdotisa pensava nas pessoas das vilas dos brejos, não conseguia se lembrar de seu rosto ou de seu nome. Apesar do frio, a estranha estava descalça e envolta apenas em uma pele de veado, com uma guirlanda de bagas brilhantes na testa.

— Olá. — Por fim Dierna encontrou a voz. — Sua barca pode levar duas pessoas perdidas de volta ao Tor?

— Senhora de Avalon que é, e Senhora de Avalon que será, é por isso que estou aqui... — Veio a resposta.

Dierna piscou, e então, por fim entendendo quem viera buscá-las, curvou-se.

Rapidamente, para que a rainha das fadas não sumisse tão depressa quanto havia chegado, Dierna levantou Teleri até o barco e subiu depois dela. Em instantes, a embarcação deslizava para a nuvem. A névoa era muito grossa ali, e brilhante, como às vezes parecia quando alguém a atravessava para alcançar o mundo exterior.

Mas a radiância que as abraçou quando emergiram era a luz limpa de Avalon.

✳

Dierna fala:

Na noite passada, quando a lua ficou cheia pela primeira vez depois do equinócio da primavera, Teleri ascendeu ao cargo da profecia. Fazia muito tempo desde a última vez em que esse tipo de Vidência fora praticado, não acontecia desde os tempos da Senhora Caillean, antes que as sacerdotisas vivessem em Avalon, mas a longa memória dos druidas havia preservado o ritual.

Constantino, filho de Constâncio, agora governa o mundo, e os cristãos, que por um tempo pareceram prestes a ser destruídos por suas próprias desavenças, se uniram por causa das perseguições de Diocleciano e agora reinam como os favoritos de seu sucessor. Os deuses de Roma se contentavam em dividir a devoção do povo da Britânia sem suplantá-los. Mas o deus dos cristãos é um mestre ciumento.

Em Avalon, Teleri ascendeu ao trono, seu cabelo escuro caindo como um véu em torno dela, e as ervas sagradas lhe deram uma visão do que está por vir.

Ela viu Constantino governando em esplendor, para ser sucedido por filhos indignos. Outro, vindo depois, lutou para trazer os velhos deuses de volta e morreu jovem, em uma terra distante. No tempo dele, os bárbaros mais uma vez pilharam a Britânia, e, depois deles, os homens de Eriu. Mas, apesar de tudo, nossa ilha prosperou como jamais fizera, a não ser pelos templos dos velhos deuses, cujas ruínas sem teto repreendiam o céu, espoliados pelos cristãos, que chamaram nossa Deusa de demônio.

Com o tempo, outro general britânico, inspirado por Carausius, se proclamou imperador e navegou com suas legiões para a Gália. Entretanto, foi derrotado, e os homens que ele levara ficaram na Armórica. Agora, onda atrás de onda de bárbaros começava a ser despejada no império da Germânia, marchando, afinal, através dos portões de Roma. A Britânia, abandonada pelas legiões, por fim se declarou independente.

Mais de um século se passou, e os povos pintados desciam do norte, devastando a terra. Teleri então falou sobre um novo senhor, a quem os homens saudavam como Vortigern, o Grande Rei. Tinha o sangue da velha linhagem, como Allectus, mas, como Carausius, trouxe guerreiros saxões do outro lado do mar para proteger seu povo.

Tentei parar o fluxo de visões, para perguntar qual papel, naquele estranho futuro, poderia ter Avalon.

Ela gritou em uma resposta sem palavras, possuída por imagens caóticas demais para serem compreendidas. Então agi rápido para trazê-la de volta a si, pois ela realmente tinha viajado para longe.

Agora Teleri dorme. É minha paz que se partiu, pois, conforme descanso, as imagens que ela viu vivem em minha memória, e, em uma terra que rejeita a Deusa, todos seus trabalhos e toda a sabedoria Dela, temo pelas sacerdotisas que virão depois de nós nesta Ilha Sagrada.

parte 3

Filha de avalon
440-452 d.C.

17

Um raro clima muito congelante fez com que toda a Britânia estivesse presa pelo frio. Apesar de faltar ainda dez dias para o Samhain, a última tempestade tinha drenado toda a cor da terra e deixado uma beirada de gelo em cada sulco, e havia uma intensidade fria no vento. Mesmo nas estradas retas romanas a viagem era traiçoeira. A Ilha de Mona, separada da Britânia por um canal estreito, jazia envolta em uma paz gelada. O povo da ilha não vira estranhos por dias.

Por isso, Viviane ficou ainda mais surpresa quando olhou pela porta do curral e viu um viajante virando no caminho para a fazenda. A grande mula ossuda que o estranho cavalgava estava enlameada até a barriga; o próprio corpo dele estava tão embrulhado em mantos e xales que ela não podia distinguir nada além de seus pés. Ela piscou, por um momento, certa de que o conhecia, embora aquilo com certeza fosse impossível. Curvou-se para levantar o balde pesado de leite e começou a voltar para casa, seus pezinhos esmagando o gelo que se formara nas poças do caminho.

— Pa, há um homem vindo, um forasteiro...

Sua fala tinha a entonação musical do norte, embora ela tivesse nascido em um lugar que chamavam de País do Verão. Seu irmão de criação cochichara um dia que ela era de um lugar que soava ainda mais improvável, uma ilha chamada Avalon que não era de fato parte deste mundo. O pai o calara e ela não havia acreditado, ao menos quando estava acordada, pois como um lugar no meio da terra poderia ser uma ilha? Mas às vezes, em sonhos, ela quase se lembrava, e acordava com um sentimento estranho de perda. Sua mãe de verdade era a Senhora de lá, e isso era tudo o que sabia.

— Que tipo de forasteiro? — Seu pai, Neithen, dobrou o canto da casa, vindo do depósito de lenha, com uma braçada de gravetos.

— Ele parece uma pilha de trapos, todo embrulhado para afastar o frio, mas, até aí, eu e você também. — Ela sorriu para ele.

— Entre, menina — Neithen fez um movimento de espantá-la com a madeira —, antes que o leite congele.

Viviane riu e entrou, mas Neithen permaneceu do lado de fora, observando enquanto a mula cuidadosamente escolhia o melhor lugar para pisar ao longo do caminho. Viviane, colocando o balde no chão e tirando o manto, ouviu vozes e parou para escutar. Bethoc, sua mãe de criação, parou de mexer a panela e escutou também.

— Taliesin! Então é você — ouviram Neithen dizer. — Que ventos o trazem para estes lados?

— Ventos de Avalon, que não esperam que o tempo sorria. — A resposta veio em uma voz de uma beleza ressonante peculiar, mesmo que estivesse rouca pelo resfriado.

— Algo me leva a crer que você não veio até aqui apenas para dar a Viviane os cumprimentos de Samhain da mãe dela! — Ouviram Neithen responder. — Entre, homem, antes que você *morra* de frio. Não quero que digam por aí que o melhor bardo da Britânia congelou na soleira da minha porta. Não... vá, vou colocar seu animal com as minhas vacas.

A porta se abriu, e uma figura alta, esguia sob os mantos, entrou. Viviane deu um passo para trás, encarando enquanto ele começava a tirá-los, espalhando pedacinhos de gelo para derreter sobre as pedras bem esfregadas da lareira. Sob todas as camadas, ele vestia a túnica branca de lã de um druida. O que distorcia sua forma era um estojo de harpa de pele de foca, que ele tirou do ombro e colocou cuidadosamente no chão.

Ele se endireitou, grato. Tinha lindas mãos, ela viu, e um cabelo tão claro que ela não sabia dizer se era dourado ou prateado, com entradas em uma testa alta. Ele teria a mesma aparência, ela pensou, até ficar velho; de fato, ele parecia velho para ela. Então, ele viu Viviane o observando e seus olhos se arregalaram.

— Mas você é só uma criança!

— Já fiz catorze anos, sou adulta o suficiente para me casar! — ela retrucou, esticando-se, e ficou impressionada com a súbita doçura do sorriso que o homem abriu.

— É claro que sim. Tinha me esquecido de que você é igualzinha a sua mãe, que na verdade não é mais alta que meu ombro, só que sempre se lembram dela como sendo alta.

Ele se curvou para a mãe adotiva dela, cuja carranca se suavizou em um tipo de aceitação desolada.

— Uma bênção a esta casa e à mulher dela — ele disse em voz baixa.

— E ao viajante que honra nossa lareira — respondeu Bethoc —, embora não creia que seja uma bênção que traga.

— Nem eu — disse Neithen, entrando no ambiente.

Enquanto ele pendurava seu manto, Bethoc colocou sidra em uma taça de madeira e a ofereceu ao visitante, completando:

— Mas lhe dou as boas-vindas. O jantar logo estará pronto. — Ela se virou para o caldeirão que pendia sobre o fogo, e Viviane começou a tirar as tigelas de madeira entalhada.

— Então — falou Neithen —, qual é sua notícia?

Viviane fez uma pausa para ouvir, ainda com uma tigela na mão. Taliesin suspirou.

— Anara, a filha da Senhora, morreu há uma lua.

Minha irmã, pensou Viviane, e se perguntou se deveria sentir tristeza, já que não se lembrava da garota.

— Era a que se casou com o filho de Vortigern? — perguntou Bethoc, em um tom mais baixo.

O marido dela balançou a cabeça.

— Essa era Idris, mas eu soube que ela também morreu, durante um parto. — Ele se virou de novo para Taliesin. — Sinto muito em saber disso... — Ele esperou, claramente se perguntando por que o bardo teria feito aquela viagem para lhes dizer aquilo.

— A Senhora Ana me enviou para levar Viviane a Avalon... — disse Taliesin.

— Minha casa é aqui! — exclamou Viviane, olhando do pai para o bardo.

O rosto de Taliesin ficou mais melancólico.

— Eu sei. Mas a Senhora Ana precisa de você.

— Pai! Diga a ele que não vai me deixar ir! — gritou ela.

Surpreso, Taliesin olhou para o outro homem.

— Não contou a ela?

— O que ele não me contou? — A voz de Viviane se levantou. — O que ele quer dizer com isso?

Neithen corou e não a olhou nos olhos.

— Que eu não sou seu pai e, portanto, não tenho o direito de mantê-la aqui, uma verdade que esperava que você jamais precisasse saber.

Ela se virou para ele.

— Sou filha de quem então? Você diz que não é meu pai. Agora vai dizer que a Senhora não é minha mãe?

— Ah, ela é sua mãe, com certeza — respondeu Neithen, de modo triste. — Ela deu esta casa para mim e para Bethoc quando me entregou você para criar, com a promessa de que a terra sempre seria nossa, e você, nossa filha, a não ser que por algum acaso suas duas irmãs morressem sem deixar filhas. Se a mais velha, que ela manteve para treinar como sacerdotisa, está morta, então você é a única herdeira dela.

Viviane sentiu o rosto empalidecer.

— E não faz diferença se eu digo que não quero ir?

— A necessidade de Avalon supera todos os nossos desejos — disse Taliesin, de modo gentil. — Sinto muito, Viviane.

Ela se endireitou orgulhosamente, lutando contra as lágrimas.

— Então não vou culpá-lo. Quando devemos partir?

— Eu diria agora, mas minha velha mula precisa de um pouco de descanso, caso contrário irá desabar. Devemos partir ao amanhecer.

— Tão rápido! — Ela balançou a cabeça. — Por que ela não poderia me avisar antes?

— Foi a morte, querida, que não deu aviso. Você já tem idade para começar o treinamento, e logo o tempo tornará impossível qualquer viagem. Se eu não a levar agora, você não poderá ir para Avalon antes da primavera.

Conforme Viviane subia ao sótão para começar a empacotar suas coisas, as lágrimas começaram a cair. Sentia-se órfã. Era claro que o chamado da mãe fora motivado por necessidade, não amor. Avalon era um belo sonho, mas ela não queria deixar o homem e a mulher que foram sua família, ou a ilha rochosa que aprendera a chamar de lar.

***

Taliesin sentou-se ao lado do fogo, com um copo de sidra quente na mão. Dormira bem e, pela primeira vez em dias, sentia-se aquecido. Havia paz na casa. Ana escolhera bem quando deu a filha para ser criada por Neithen, e era uma pena que não pudesse deixá-la ali. A memória lhe trouxe à mente o rosto da Senhora como o vira pela última vez, a testa larga marcada por novas rugas, a boca apertada sobre o queixo pontudo. Uma mulher pequena e feia, alguns poderiam dizer, mas, desde o dia em que Taliesin fora até os druidas, vinte anos antes, ela tinha sido a Deusa para ele.

Ana fora treinada por sua própria mãe, que fora treinada por uma tia, conforme lhe disseram. A herança não era sempre de mãe para filha, mas ao longo dos séculos muitas filhas de Avalon se casaram nas casas da nobreza britânica, e enviaram as próprias filhas de volta para a Ilha Sagrada para que, por sua vez, se tornassem sacerdotisas. Indiretamente, a filha de Ana podia traçar sua ascendência até Sianna, que diziam ter sido a filha da rainha das fadas.

Um movimento capturou seu olhar e ele olhou para cima. Um par de pernas, envolto em culotes e polainas, emergia do sótão. Ele observou conforme a figura estranha, encimada por uma túnica solta, descia a escada e, ao chegar no chão, se virou para olhá-lo, franzindo o cenho desafiadoramente. Taliesin levantou uma sobrancelha, e a careta se transformou em uma ruga de diversão que transformou o rosto de Viviane.

— Essas coisas são de seu irmão de criação?

— Fui ensinada a cavalgar como homem; por que não deveria me vestir como um quando cavalgo? Você parece bravo. Minha mãe não aprovaria?

Os lábios dele se torceram em uma hilaridade logo reprimida.

— Não vai agradá-la. — *Santa Briga*, ele pensou, *ela é exatamente como Ana. Como os próximos anos serão interessantes.*

— Bom. — Viviane sentou-se ao lado dele, com os cotovelos afundados nos joelhos. — Não quero agradá-la. Se ela se opuser, vou dizer a ela que me oponho a ser tirada da minha casa!

Taliesin suspirou.

— Não posso culpá-la.

Foi ruim da parte dela mandá-la embora tão jovem e então chamá-la de volta sem nenhum aviso, como se você fosse uma marionete para ser jogada para lá e para cá de acordo com o espetáculo, ele então pensou, *mas Ana sempre foi muito afeita à própria vontade. E eu também senti a mão dela controlando minhas cordas...*

Ele viu o rosto de Viviane endurecer em choque e percebeu que ela o ouvira. Sem pensar, ele fez um gesto sutil com a mão esquerda; a surpresa dela se desvaneceu e ela se esticou para pegar uma taça. Precisava ser mais cuidadoso. Aquela pequena bem poderia ter todo o talento da mãe, embora ainda não estivesse treinado. E ele jamais fora capaz de esconder qualquer coisa da Senhora de Avalon.

***

O sol baixava um pouco da altura do meio-dia quando eles saíram, Taliesin em sua mula e Viviane em um dos resistentes pequenos pôneis monteses do norte. A água entre a ilha e a terra firme estava congelada, e puderam atravessá-la. Passaram pela vila que crescera perto do forte legionário em Segontium e pegaram a estrada que os romanos construíram através do topo do território dos deceanglos, em direção a Deva.

Viviane jamais havia cavalgado além da Ilha de Mona e, por isso, logo ficou exausta. Entretanto, conseguiu acompanhá-lo sem demonstrar fadiga ou fraqueza; embora o druida, treinado para ignorar as exigências do corpo, mal considerasse que uma garota jovem pudesse achar difícil passar longas horas em uma sela. Embora fosse pequena e de ossos finos, Viviane tinha a constituição resistente do povo moreno do brejo do qual herdara a aparência. Não via a mãe desde que tinha cinco anos, mas estava determinada a não demonstrar nenhuma fraqueza a ela. Não podia deixar de se perguntar quem seu pai de verdade poderia ser, e se ele também vivia em Avalon. Talvez ele fosse amá-la.

E assim ela cavalgou com as lágrimas congelando em seu rosto e deitou-se à noite, quase cansada demais para dormir, com dores em todos os membros. E gradualmente, conforme iam para o sul através do vale do Wye, ela se acostumava com o exercício, embora ainda não gostasse nem de cavalgar nem do pônei que montava. O animal parecia ser possuído por algum demônio da independência – insistia em ir por seu próprio caminho, que não era o mesmo que o dela.

Entre Deva e Glevum, Roma deixara poucas marcas sobre a terra. À noite eles buscavam abrigo com pastores ou com pequenas famílias que se esforçavam para viver das colinas. Eles reverenciavam o druida como um deus visitante, mas recebiam Viviane como se ela fosse um deles. As estradas ficavam melhores conforme os dois se aproximavam das terras mais ao sul, embora o frio ainda fosse feroz, e aqui e ali viam uma vila de teto de telhas cercada por campos largos.

Bem ao norte de Corinium, Taliesin virou na estrada que levava a uma das vilas, um velho local confortável com construções em torno de um pátio.

— Houve um tempo — disse o druida enquanto entravam — em que um sacerdote com o meu chamado seria um hóspede honrado em qualquer casa britânica, e os romanos o tratariam com respeito como um sacerdote de uma fé parecida. Mas, nos dias de hoje, os cristãos envenenaram a mente de tanta gente, chamando todos os outros crentes de adoradores do diabo, mesmo quando seguem deuses bondosos, que viajo disfarçado de bardo errante e me revelo apenas para aqueles que seguem os velhos costumes.

— E que tipo de casa é esta? — perguntou Viviane, quando os cães começaram a latir e as pessoas colocaram as cabeças para fora das portas para ver quem havia chegado.

— Essas pessoas são cristãs, mas não fanáticas. Junius Priscus é um bom homem, que se importa com a saúde de seu povo tanto quanto a de seus animais, mas deixa que eles se preocupem com suas próprias almas. E ele adora ouvir a música da harpa. Seremos bem recebidos aqui.

Um homem robusto com uma franja ruiva saía para cumprimentá-los, cercado por cães. O pônei de Viviane escolheu aquele momento para disparar e, quando ela conseguiu controlá-lo, Priscus os recebia.

Jantaram ao velho estilo romano, os homens reclinados enquanto as mulheres sentavam-se em bancos perto da lareira. A filha do anfitrião, Priscilla, uma criança de oito anos com olhos arregalados que já era quase tão alta quanto Viviane, achou a visitante fascinante e se sentou em um banco a seus pés, oferecendo mais comida assim que ela terminava o que tinha, o que acontecia com frequência, já que, nos dias anteriores, seus anfitriões foram pessoas pobres, e Viviane temia que a comida que dividiam fosse necessária conforme a estação fria continuava. Tinha a impressão agora de que fazia um século desde que comera o suficiente ou estivera de fato aquecida. Comia sem prestar muita atenção nas conversas ao redor, mas no momento sua fome começava a se aliviar, e ela percebeu que a conversa se voltara para o Grande Rei.

— Mas pode realmente dizer que Vortigern se saiu tão mal? — perguntou Taliesin, pousando sua taça de vinho. — Não se lembra de como, quando o bispo Germanus veio de Roma em visita, ficamos tão desesperados que o bispo foi chamado para liderar as tropas contra os pictos, pois havia servido nas legiões antes de entrar para a igreja? Isso foi no mesmo ano em que esta criança nasceu. — Ele sorriu para Viviane e então se virou de novo para seu anfitrião e continuou. — Os saxões que Vortigern assentou no norte mantiveram o povo pintado longe; ao mover os votadinos para a Demetia, e os cornóvios para Dumnonia, ele colocou tribos fortes onde podem nos proteger contra os irlandeses; e o chefe anglo, Hengest, protege a Costa Saxã com seus homens. É somente quando estamos em paz que podemos nos dar ao luxo de brigar entre nós, mas não parece que o sucesso de Vortigern deveria ser punido com uma guerra civil.

— Há muitos saxões — respondeu Priscus. — Vortigern deu Cantium inteira a Hengest para apoiar seu povo, sem a permissão do rei do local. Enquanto o Conselho apoiou Vortigern, eu o aceitei, mas Ambrósio Aureliano é nosso imperador por direito, como foi seu pai antes dele. Lutei por ele em Guollopum. Se um ou o outro tivesse vencido decisivamente, saberíamos onde estamos. Do jeito que as coisas estão, a pobre Britânia deve ficar como a criança que o rei Salomão ofereceu dividir entre duas mães, assassinada para agradar o orgulho delas.

Taliesin balançou a cabeça.

— Bem, creio me lembrar de que a ameaça do rei fez com que as mulheres que brigavam voltassem à razão, e talvez nossos líderes façam o mesmo.

Seu anfitrião suspirou.

— Meu amigo, para isso será necessário mais do que uma ameaça. Será necessário um milagre. — Ele franziu o cenho por mais um momento; então se levantou, sorrindo para sua esposa e as duas meninas. — Mas esta conversa é muito deprimente para uma noite tão fria. Agora que o alimentei, Taliesin, vai nos alegrar com uma canção?

Ficaram por duas noites na vila, e Viviane ficou triste em partir; no entanto, os druidas ensinavam seus sacerdotes a ler o tempo, e Taliesin disse que, se não partissem naquele momento, não chegariam a Avalon antes da neve. A pequena Priscilla se agarrou a ela quando partiram, prometendo jamais esquecê-la, e Viviane, sentindo o bom coração da criança, imaginou se encontraria em Avalon uma companhia de que gostasse tanto.

Apertaram a viagem naquele dia e no seguinte, com algumas horas de sono na cabana de um pastor ao lado da estrada. Viviane falou pouco durante a longa cavalgada, a não ser pela ocasional praga murmurada para o pônei. Passaram outra noite em uma estalagem em Aquae Sulis. Viviane ficou com a impressão de construções esplêndidas que começavam agora a decair, e o ocasional sopro do vapor com cheiro de enxofre. Não havia tempo para passeios, porém, e na manhã seguinte partiram ao longo da estrada de Lindinis.

***

— Vamos chegar a Avalon esta noite? — gritou Viviane, atrás dele. Taliesin se virou; a estrada subia as colinas Mendip, e seus animais haviam desacelerado.

Ele franziu o cenho.

— Em um bom cavalo, teria certeza de que sim, mas estes animais vão em seu próprio ritmo ou em nenhum. Vamos tentar.

Pelo meio da tarde ele sentiu um toque molhado na mão e, olhando para cima, viu que o céu se transformara em nuvens sólidas, que soltavam a primeira neve. Estranhamente, parecia mais quente com a neve, mas o bardo sabia que aquilo era ilusório. A menina não tinha reclamado, mas quando, logo depois que atravessaram a estrada que servia as minas de chumbo, a escuridão começou a cair, ele desceu por uma trilha que levava a um amontoado de prédios cercado por árvores.

— Eles fazem azulejos aqui no verão — disse Taliesin —, mas as fábricas estarão vazias durante esta estação. Se levarmos mais madeira para repor o que gastarmos, não se importarão se dormirmos aqui; já fiz isso antes.

O local tinha o frio úmido do desuso, que resistia ao calor do fogo. Viviane sentou-se perto da chama, tremendo, enquanto o bardo começava a ferver água para fazer mingau.

— Obrigada — ela disse, quando ficou pronto. — É verdade que nunca pedi para vir nesta viagem, mas agradeço por seu cuidado comigo. Meu pai, quero dizer meu pai adotivo, não poderia ter feito mais.

Taliesin lançou um olhar rápido para ela e então começou a colocar mingau em sua própria tigela. A pele cor de oliva dela ficara pálida com o frio, mas centelhas de chama ardiam em seus olhos escuros.

— Você é meu pai? — perguntou então Viviane.

O choque o deixou imóvel por alguns instantes. Sua mente, no entanto, estava em disparada porque, na verdade, ele mesmo se perguntara isso durante aquela longa viagem. Tinha acabado de se tornar sacerdote no festival em que ela fora gerada, fora pela primeira vez como um homem às fogueiras de Beltane. E Ana, embora fosse cinco anos mais velha que ele e já tivesse duas filhas, trazia a beleza da Deusa como uma coroa.

Ele se lembrava de tê-la beijado, e de como o hidromel que ela bebera tinha gosto de mel em seus lábios. Entretanto, todos estavam bêbados naquela noite, encontrando-se e separando-se no êxtase da dança. E de quando em quando um casal se tocava, se apertava e saía para as sombras para se juntar na dança mais antiga de todas. Ele se lembrava de uma mulher gritando em seus braços enquanto ele derramava sua semente e sua alma. Mas, naquela primeira vez, o êxtase o tomara, e ele não conseguia se lembrar do rosto ou do nome dela.

A menina ainda esperava, e ela merecia uma resposta.

— Não deve me perguntar isso. — Ele conseguiu sorrir. — Nenhum homem devoto pode afirmar ser o pai de um filho da Senhora. Até os saxões selvagens sabem disso. Você nasceu da linha real de Avalon, e é isso que eu ou qualquer homem poderia lhe dizer.

— Você jurou dizer a Verdade — ela disse, franzindo a testa. — Não pode me dar a verdade?

— Qualquer homem ficaria orgulhoso em reconhecê-la, Viviane. Você aguentou bem as dificuldades desta jornada. Quando for para as fogueiras de Beltane, talvez entenda por que não posso responder. A verdade é essa, minha criança... É possível que seja minha filha, mas eu não sei.

Viviane levantou a cabeça, e por um longo momento sustentou o olhar dele de modo que Taliesin, apesar de todo seu treinamento, não conseguia desviar os olhos.

— Se um pai foi arrancado de mim — ela disse, por fim —, devo encontrar outro, e não conheço outro homem que gostaria mais de chamar de pai do que você.

Taliesin a fitou, encolhida como um passarinho marrom ao lado da fogueira, e, pela primeira vez desde que se tornara bardo, não conseguiu encontrar as palavras certas para dizer. Seus pensamentos, no entanto, eram tumultuosos. *Ana pode vir a se arrepender de ter me enviado nesta jornada. Esta filha não é nenhuma Anara, para obedecer mansamente, seja pegando água, seja buscando a morte, a pedido de minha Senhora. Mas não me arrependerei – que sacerdotisa esta garota dará para Avalon!*

Viviane ainda esperava.

— Talvez seja melhor se não contarmos nada disso a sua mãe — ele disse, por fim —, mas lhe prometo isto: serei um pai tão bom para você quanto puder.

***

Chegaram ao lago quando o anoitecer caía. Viviane observava a cena sem entusiasmo. A neve do dia anterior formava uma crosta no barro e beirava os juncos, e mais caía. As poças estavam congeladas, e o gelo se estendia pela água azul-acinzentada em lâminas que brilhavam palidamente na luz que esmaecia. Mais longe, ao longo da margem, ela viu algumas cabanas, elevadas em palafitas sobre a lama do brejo. Do outro lado da água podia distinguir uma colina, cujo topo estava envolto em nuvens. Conforme ela olhava, ouviu o som fraco de um sino vir daquela direção.

— É para onde estamos indo?

O rosto de Taliesin se iluminou momentaneamente em um sorriso.

— Espero que não, apesar de que, se não fôssemos do povo de Avalon, Inis Witrin seria a única ilha que veríamos.

Do galho de um salgueiro ele puxou um chifre de vaca cuja superfície era entalhada em espirais, e soprou. O som soou forte e gutural no ar parado. Viviane se perguntou o que deveria acontecer. O bardo olhava na direção das cabanas, e foi ela quem viu o primeiro estremecimento quando o que tomara por uma pilha de vegetação rasteira começou a se mover.

Era uma velha, enrolada em panos de lã, com uma capa esfarrapada de alguma pele cinza sobre tudo. A julgar pelo seu tamanho e pelo olho escuro que era tudo o que Viviane podia ver de seu rosto, devia ser do povo do brejo. Viviane se perguntou por que Taliesin olhava de forma estranha para a mulher, ao mesmo tempo entretido e cauteloso, como um homem que encontra uma víbora em seu caminho.

— Senhor gracioso e jovem senhora, o barco não pode passar num frio desses. Seria de seu agrado descansar em minha casa até uma hora melhor?

— Não, *não* seria do meu agrado — disse Taliesin, decididamente. — Fiz um juramento de trazer essa criança a Avalon o mais rápido possível, e estamos cansados e exaustos. Quer que eu quebre meu juramento?

A mulher riu baixo, e a pele de Viviane se arrepiou, embora pudesse ter sido por causa do frio.

— O lago está congelado. Talvez possam caminhar até lá. — Ela olhou para Viviane. — Se nasceu para ser sacerdotisa, deve ter pressentimentos e saberá aonde é seguro ir. Tem coragem de tentar?

A menina olhou de volta em silêncio. *Tinha* visto coisas, em fragmentos e vislumbres, desde que podia se lembrar, e sabia que, sem treinamento, não deveria confiar em tal Visão. Mas estava alerta o suficiente para sentir significados naquela conversa que não entendia.

— O gelo é traiçoeiro. Parece sólido, mas então racha e nos faz cair — disse o bardo. — Seria uma pena, depois de trazer a menina por toda essa distância, vê-la se afogar...

As palavras pairavam no ar frio, e Viviane pensou ver a velha se retrair, mas devia ter sido uma ilusão, pois no momento seguinte ela se virou, bateu palmas e trinou um chamado em uma língua que a menina não conhecia.

No mesmo momento, pequenos homens morenos envoltos em peles desceram pelas escadas, tão rapidamente que poderia se pensar que tinham observado durante todo aquele tempo. Do abrigo dos juncos puxaram uma barca, longa e baixa o suficiente para acomodar até as montarias, com alguma coisa negra drapeada em torno da proa. O gelo rachou e se estilhaçou conforme eles a empurravam para a frente, e Viviane ficou feliz por não ter ficado tentada a se mostrar. Será que a velha teria permitido que tentasse? Com certeza sabia que o gelo era fino.

Havia mais peles empilhadas dentro da barca. Viviane se aconchegou nelas de modo agradecido, pois, enquanto os barqueiros empurravam com suas varas e a embarcação começava a deslizar da margem, podia sentir os dedos gelados do vento. Ficou surpresa ao ver a velha, que pensara ser da vila, sentada na proa, ereta, como se não sentisse o frio. Ela parecia diferente, de algum modo quase familiar.

Chegaram ao centro do lago. Os homens do brejo haviam trocado as varas por remos e, conforme o vento ficava mais forte, a barca balançava sobre as ondas. Viviane acabara de perceber que, através da neve que caía, podia ver a costa ensombrecida da ilha, com sua igreja redonda feita de pedras cinzentas sombrias, bem claramente, quando os barqueiros levantaram os remos da água.

— Senhora, agora chamará as brumas? — Um deles perguntou na língua britânica.

Por um terrível instante, Viviane pensou que ele falava com *ela*; então, para seu assombro, a velha ficou de pé. Não parecia tão pequena agora, nem tão velha. O rosto da menina deve ter demonstrado seus sentimentos, pois vislumbrou um sorriso zombeteiro no rosto da Senhora conforme ela se virava em direção à ilha. Viviane não via a mãe desde que tinha cinco anos, mas a reconhecia agora. Ela olhou para Taliesin de modo acusatório – ele deveria tê-la avisado!

Mas seu pai, se ele *era* seu pai, olhava para a Senhora, que a cada momento ganhava mais altura e beleza ao levantar os braços. Em um fôlego ela ficou de pé, o corpo arqueado em uma invocação; então, um fio de sílabas estranhas saiu de seus lábios em um chamado claro, e seus braços se curvaram para baixo.

Viviane sentiu nos ossos o tremor que os movia de uma realidade para outra. Mesmo antes que as brumas começassem a brilhar, sabia o que havia acontecido, mas seus olhos ainda se arregalaram em espanto quando elas se partiam, e ela viu a Ilha de Avalon cintilando na última luz de um sol que não estava brilhando no mundo que conhecia. Não havia neve nas pedras do círculo que coroavam o Tor, mas o branco brilhava na costa e pousava como flores nos ramos das macieiras, pois mesmo então Avalon não estava totalmente separada do mundo humano. Para seus olhos deslumbrados, era uma visão de luz, e, em todos os anos que viveu depois, Viviane jamais contemplou algo tão belo.

Os barqueiros, rindo, enfiaram os remos na água e levaram a barca rapidamente para o ponto de desembarque. Tinham sido vistos, e druidas de mantos brancos e garotas e mulheres em tons de lã natural ou o azul das sacerdotisas corriam colina abaixo. A Senhora de Avalon, tirando os panos que a disfarçavam, pisou primeiro na terra e se virou para pegar a mão de Viviane.

— Minha filha, seja bem-vinda a Avalon.

Viviane, prestes a pegar a mão dela, parou de repente, toda a frustração de sua viagem de repente explodindo livremente em palavras.

— Se sou tão bem-vinda, me pergunto por que levou tanto tempo para mandar me buscar; e, se sou sua filha, por que me arrancou, sem uma palavra de aviso, do único lar que conheci?

— Jamais dou razões para o que faço. — A voz da Senhora ficou subitamente fria.

De repente Viviane se lembrou daquele tom de quando era bem pequena; estava pronta para um carinho e, em vez disso, vinha o frio, mais chocante que um golpe.

Então, com mais gentileza, a Senhora completou:

— Minha filha, chegará a hora em que poderá fazer o mesmo. Mas, por enquanto, para seu próprio bem, deverá se submeter à mesma disciplina que qualquer noviça camponesa nesta ilha. Você compreende?

Viviane ficou sem palavras enquanto a Senhora – não conseguia pensar nela como "mãe" – fez um gesto para uma das moças.

— Rowan, leve-a para a Casa das Donzelas e dê a ela o vestido de uma sacerdotisa noviça. Ela deverá fazer o juramento antes da refeição da noite no salão.

A garota era esguia e seus cabelos loiros apareciam sob o xale que enrolara em torno da cabeça e dos ombros. Quando estavam fora da visão da Senhora, ela disse:

— Não fique assustada...

— Não estou assustada. Estou brava! — sibilou Viviane.

— Então por que treme tanto que mal consegue segurar minha mão? — A moça loura riu. — Na verdade, não há nada a temer. A Senhora não morde. Ela nem sequer late muito, se você tiver o cuidado de fazer o que ela diz. Chegará um momento, acredite em mim, em que você ficará feliz por estar aqui.

Viviane balançou a cabeça. *Se minha mãe mostrasse sua raiva, eu poderia acreditar que ela me ama...*, ela pensou.

— E ela sempre nos deixa fazer perguntas. Às vezes ela é impaciente, mas você não deve nunca demonstrar que tem medo dela, isso a deixa muito zangada. E jamais deve deixar que ela a veja chorar.

Comecei bem, então, com minha rebeldia, pensou Viviane. Quando pensou na mãe no caminho até ali, não era daquele modo que imaginava sua reunião.

— Já a tinha visto antes?

— Ela é minha mãe — disse Viviane, apreciando por um momento a consternação da moça. — Mas tenho certeza de que a conhece melhor do que eu. Não a via desde que era muito pequena.

— Eu me pergunto por que ela não nos contou! — exclamou Rowan. — Mas talvez tenha pensado que a trataríamos de modo diferente. Ou talvez porque somos todas, de certa maneira, filhas dela. Há quatro noviças agora — a moça continuou —, você, eu, Fianna e Nella. Dormiremos juntas na Casa das Donzelas.

Chegaram ao prédio. Rowan a ajudou a tirar as roupas manchadas da viagem e a se lavar. Naquele momento, Viviane não lamentava nenhuma roupa no mundo. Teria vestido um saco com felicidade, desde que estivesse limpo e seco. Mas o vestido com que Rowan a vestiu era de lã grossa cor de aveia, e um manto de lã cinza foi preso em torno dos ombros, ambas as peças quentes e macias.

Quando chegaram ao salão, viram que a Senhora também havia se trocado. Todos os traços da velha tinham desaparecido. Ela agora estava com uma túnica e um manto azul-escuros, e uma guirlanda de oliveira-de-outono pousava em sua testa. Dessa vez, quando Viviane olhou naqueles olhos escuros, reconheceu não a mãe de quem se lembrava, mas o rosto que via quando ela mesma olhava em uma lagoa na floresta.

— Donzela, por que veio a Avalon?

— Porque você mandou me buscar — respondeu a moça. Viu os olhos da mãe escurecerem de raiva, mas se lembrou do que Rowan dissera e a enfrentou com audácia. A onda de risos nervosos que começou entre as moças que estavam atrás dela desapareceu ao olhar da Senhora.

— Busca admissão entre as sacerdotisas de Avalon por sua própria vontade? — perguntou a Senhora, severamente, olhando-a nos olhos.

Isso é importante, pensou Viviane. *Ela poderia ordenar que Taliesin fosse até Mona para me trazer, mas não pode me forçar a ficar, nem mesmo ela com todo o seu poder. Precisa de mim e sabe disso.* Por um momento, ficou tentada a recusar.

Por fim, decidiu ficar não pelo amor de sua mãe, nem por medo, nem mesmo pelo pensamento do mundo frio lá fora, mas porque, durante aquela jornada através do lago e antes, viajando com Taliesin, sentidos que estiveram dormentes enquanto ela vivia na fazenda começaram a despertar. Quando sua mãe os trouxe através das brumas, Viviane experimentara a magia que era seu legado e queria mais.

— Por quaisquer razões que eu tenha vindo, desejo ficar, pela minha própria vontade — ela disse com clareza.

— Então a aceito em nome da Deusa. De agora em diante, está consagrada a Avalon. — E, pela primeira vez desde que chegara, sua mãe a tomou nos braços.

O resto da noite foi um borrão para Viviane. As admoestações para considerar todas as mulheres da comunidade como sua família e os nomes pelos quais eram apresentadas a ela; sua própria promessa de permanecer pura. A comida era simples, mas bem preparada, e, exausta como estava, o calor do fogo a deixou meio adormecida antes mesmo que a refeição acabasse. Rindo, as outras moças a levaram consigo à Casa das Donzelas, lhe mostraram uma cama e lhe deram uma camisola de linho que cheirava a lavanda.

Mas ela não adormeceu imediatamente. A cama lhe era estranha, assim como estranhava a respiração das outras moças e a maneira como o prédio rangia ao vento. Como um sonho acordada, tudo o que acontecera desde que Taliesin fora à casa de seus pais adotivos passou em sua memória.

Podia ouvir Rowan se virando na cama ao lado. Ela chamou seu nome baixinho.

— O que foi? Está com frio?

— Não. — *Não no corpo*, pensou Viviane. — Queria lhe perguntar, já que está aqui há algum tempo. O que aconteceu com Anara? Como minha irmã morreu?

Houve um longo silêncio e então, enfim, um suspiro.

— Apenas ouvimos rumores — disse Rowan. — Não sei com certeza. Mas... ela terminou seu treinamento, e a enviaram para além das brumas para voltar sozinha. Mais que isso, talvez nem a Senhora saiba. E você não deve dizer que lhe contei porque, desde então, o nome de Anara não foi mais dito. Apenas ouvi que, quando ela não voltou, foram procurá-la e a encontraram flutuando nos brejos, afogada...

18

A SENHORA DE AVALON CAMINHAVA PELO POMAR SOBRE O poço sagrado. Nos galhos, maçãs verdes e duras começavam a mostrar as primeiras pinceladas de cor. Como as moças sentadas aos pés de Taliesin, pensou, eram pequenas e verdes, mas cresceriam. Podia ouvir as vozes das moças agora, e o tom mais profundo da voz dele ao responder. Atraindo sobre si o encanto que lhe permitiria passar sem ser vista, ela se aproximou.

— Há quatro Tesouros que estão guardados em Avalon desde a chegada dos romanos a esta terra — disse o bardo. — Sabem o que são e por que são considerados sagrados?

As quatro noviças estavam sentadas juntas na grama, suas cabeças tosadas inclinadas conforme ouviam, loura, ruiva, escura e castanha. Seus cabelos tinham sido cortados por conveniência, como era habitual no verão. Viviane protestara, pois seu cabelo fora sua principal beleza, brilhante e grosso como a crina de um cavalo. Mas, se a moça tinha chorado, o fizera apenas quando estava sozinha.

A moça loura, Rowan, levantou a mão.

— Um deles é a Espada dos Mistérios, não é? A lâmina usada por Gawen, que foi um dos reis ancestrais?

— Gawen a usava, mas é muito mais antiga, forjada do fogo do céu... — A voz do bardo assumiu a cadência da poesia enquanto recontava a lenda.

Viviane estava sentada com o rosto enlevado, ouvindo. Ana pensara em dizer a ela que o corte de cabelo não tinha a intenção de ser uma punição. Mas a Senhora de Avalon não explicava suas ações, e ela não faria nenhum favor à criança se a mimasse. Ela perdeu o fôlego quando uma visão do rosto pálido de Anara sob a água, os cabelos embaraçados nos juncos, se sobrepôs ao de Viviane. Mais uma vez disse a si mesma que Anara tinha morrido porque era uma fraca. Para seu próprio bem, Viviane precisava fazer e sofrer o que fosse necessário para se tornar forte.

— E quais são os outros Tesouros? — Taliesin perguntava agora.

— Há uma Lança, creio — disse Fianna, o sol brilhando em seu cabelo cor de outono.

— E um Prato — adicionou Nella, da mesma altura de Viviane, embora fosse mais jovem, com uma cabeleira de cachos castanhos.

— E a Taça — completou Viviane em um sussurro —, que dizem ser o mesmo que o Caldeirão de Ceridwen, e o Graal que Arianrhod mantinha em seu templo de cristal, todo engastado com pérolas.

— São todas essas coisas, pois as contém, e ao mesmo tempo *é* e contém a água sagrada do poço. E, ainda assim, se os olhassem sem preparo, poderiam não parecer diferentes de outras coisas do tipo. Isso serve para nos ensinar que pode existir uma grande santidade até nas coisas do dia a dia. Mas, se os tocassem — ele balançou a cabeça —, isso seria outra coisa, pois é mortal tocar os Mistérios sem preparo. E é por isso que os mantemos escondidos.

— Onde? — perguntou Viviane, aguçando o olhar. Aguçando-o com o quê, perguntou-se a mãe. Seria curiosidade, reverência ou desejo de poder?

— Isso também é um dos Mistérios — respondeu Taliesin — que sabem apenas os iniciados convocados para ser seus guardiães.

Viviane se recostou, apertando o olhar, enquanto ele continuava.

— Para você, é suficiente saber o que são os Tesouros e o que eles significam. Somos ensinados que o Símbolo é nada e a Realidade é tudo. A realidade que esses símbolos contêm é aquela dos quatro elementos dos quais todas as coisas são feitas: Terra, Água, Ar e Fogo.

— Mas você não disse que símbolos são importantes? — perguntou Viviane. — Falamos sobre os elementos, mas não conseguimos realmente entendê-los. Símbolos são o que nossas mentes usam para fazer magia...

Taliesin olhou para a garota com um sorriso de doçura peculiar, e Ana sentiu uma pontada inesperada. *Ela é ávida demais*, disse a si mesma. *Precisa ser testada!*

Ela viu Viviane estremecer e então se virar e, apesar do encanto, a menina viu a mãe ali de pé. Ana retribuiu seu olhar com frieza; depois de um instante, Viviane corou e desviou o olhar.

A Senhora então se virou e voltou depressa através das árvores. *Estou em meu trigésimo sexto ano*, pensou, *e ainda fértil. Posso ter mais filhas. Mas, até que o faça, aquela garota é minha única filha, e a esperança de Avalon.*

***

Viviane estava sentada sobre os calcanhares, esfregando a parte de baixo das costas. Atrás delas, as pedras polidas do caminho fumegavam gentilmente; adiante, as pedras secas aguardavam. Seus joelhos também doíam, e suas mãos estavam vermelhas e rachadas pela imersão constante. Conforme secavam, as pedras que ela tinha acabado de lavar voltavam a se parecer exatamente com as que ainda estavam à sua frente, o que não era surpreendente, já que era a terceira vez que eram lavadas.

A primeira vez era compreensível, já que as vacas haviam escapado do pasto e sujado o caminho. E houve justiça em designar Viviane para a limpeza, já que, na ocasião, era ela quem pastoreava o gado.

Mas a segunda e a terceira vez foram desnecessárias. Não tinha medo de trabalho duro – tinha se acostumado a trabalhar na fazenda do pai de criação –, mas que significado espiritual poderia ter o ato de repetir um trabalho que já fizera bem e com cuidado? Ou pastorear o gado, no caso, algo que ela poderia ter feito em casa?

Queriam que acreditasse que Avalon era agora seu lar, pensou de modo amuado, enquanto mergulhava a escova no balde e a passava cuidadosamente na pedra seguinte. Mas um lar era onde você era amada e bem-vinda... A Senhora deixara muito claro que trouxera a filha a Avalon não por amor, mas por necessidade. E Viviane reagia fazendo o que lhe pediam de modo emburrado e sem alegria.

Poderia ter sido diferente, disse a si mesma, enquanto ia para outra pedra, se estivesse aprendendo magia. Mas aquilo era para estudantes avançadas. As noviças apenas recebiam histórias de criança e o privilégio de agir como servas para a comunidade. E ela não podia nem mesmo fugir! Ocasionalmente uma das moças mais velhas atendia a Senhora quando ela viajava, mas as moças mais jovens jamais deixavam Avalon. Se Viviane tentasse, apenas se perderia nas brumas, para vagar até que se afogasse nos charcos como fizera a irmã.

Talvez, se implorasse, Taliesin a levasse embora. Acreditava que ele a amava. Mas ele era uma criatura da Senhora; iria arriscar a raiva dela por uma filha que bem poderia não ser sua? No período de um ano e três quartos desde que chegara ali, Viviane tinha visto a mãe brava de verdade apenas uma vez, ao descobrir que o Grande Rei deixara de lado a esposa, uma mulher treinada em Avalon, e tomara a filha do saxão Hengest como noiva. Com o verdadeiro alvo fora de alcance em Londinium, não havia escape para a fúria da Senhora pelo insulto que aquele ato representava à Avalon, e a atmosfera na ilha pulsava com tanta tensão que Viviane ficara surpresa ao olhar para cima e ver que o céu ainda era azul. Estava claro que seus professores disseram a verdade sobre um adepto ou adepta precisar controlar suas emoções.

Tenho apenas que esperar mais que ela, Viviane disse a si mesma enquanto ia pouco a pouco para a frente. *Tenho tempo. E, quando chegar à idade da iniciação e me mandarem através das brumas, simplesmente vou embora daqui...*

O sol se punha, tornando as nuvens bandeiras de ouro, e o ar tinha a quietude que vem quando o mundo está entre a noite e o dia. Viviane percebeu que teria de se apressar para acabar antes da hora do jantar, e a água já estava quase acabando. Ficou de pé e começou a descer o caminho, com o balde retinindo a seu lado, para pegar mais.

Uma câmara de pedras ancestral cercava o poço, que só era descoberto para certas cerimônias. Um canal levava a água à Lagoa do Espelho, na qual as sacerdotisas olhavam quando desejavam ver o futuro, e dali o fluxo era desviado por entre as árvores através de uma vala da qual a água podia ser tirada para beber ou para outros propósitos, como esfregar as pedras.

Quando Viviane passou pela Lagoa do Espelho, viu seus passos se retardarem. Como Taliesin a tinha ensinado, era a Realidade, não o símbolo, que importava, e a realidade era que a água na vala era exatamente a mesma que na lagoa. Ela olhou ao redor.

O tempo passava, e não havia ninguém ali para vê-la... Viviane deu um pequeno passo para o lado e se curvou para mergulhar o balde.

A lagoa estava cheia de fogo.

O balde escapou de suas mãos e ressoou nas pedras, mas Viviane caiu de joelhos, olhando. Ela apertou a beira da lagoa, gemendo com as imagens que via ali, incapaz de desviar o olhar.

Uma cidade queimava. Chamas vermelhas lambiam as casas, levantando-se em línguas de ouro quando tomavam alguma nova fonte de combustível, e um grande pilar de fumaça negra manchava o céu. Figuras se moviam, negras contra a claridade, levando bens para fora das casas em chamas. Por um momento ela pensou que as pessoas tentavam salvar suas posses; então viu o brilho de uma espada. Um homem caiu, com sangue jorrando de seu pescoço, e seu assassino riu e jogou a caixa que ele carregava em um cobertor onde já se empilhavam outros fragmentos das vidas das pessoas iguais àquele.

Corpos jaziam nas ruas; em uma janela superior ela viu um rosto, a boca se abrindo em um grito silencioso. Mas os bárbaros louros estavam em todos os lugares, rindo enquanto matavam. As visões recuavam, expandidas, para mostrar uma cena maior; nas estradas que levavam para fora da cidade, pessoas fugiam, algumas com animais para puxar as carroças que carregavam suas posses, outras puxando elas mesmas as carroças, ou arrastando embrulhos, ou, pior ainda, cambaleando para a frente sem nada, até mesmo os olhos esvaziados de sentido pelos horrores vistos.

Tinha visto o nome "Venta" em uma pedra virada, mas as terras amplas que cercavam a cidade eram planas e cheias de charcos; aquela não era a Venta dos siluros. O que via devia estar muito mais longe ao leste, a capital das velhas terras dos icenos. Sua mente se prendeu a tais cálculos, buscando se distanciar do que vira.

No entanto, a visão não a soltava. Viu a grande cidade de Camulodunum com seu portão em chamas, e muitas outras cidades romanas destruídas e ardendo. Aríetes saxões derrubavam muros e destruíam portões. Corvos pulavam de lado enquanto bandos de saqueadores desfilavam pelas ruas desertas e então voltavam para se banquetear novamente nos corpos insepultos. Um cachorro sarnento, com um sorriso triunfante, andava através do fórum carregando na boca uma mão humana cortada.

No interior a destruição era menos completa, mas o terror varreu a terra com suas asas escuras. Ela viu o povo de vilas isoladas enterrando a prata e indo para o oeste, pisando sobre a colheita que amadurecia. Parecia que o mundo todo estava fugindo dos lobos saxões.

Fogo e sangue corriam juntos em rodopios vermelhos enquanto seus olhos se enchiam; ela soluçou, mas não conseguiu desviar o olhar. Aos poucos tomou consciência de que alguém falava, estava falando por um longo tempo.

— Respire profundamente... Assim está bem... O que você vê está distante, não pode feri-la... Aspire e expire, acalme-se, e me diga o que vê...

Viviane soltou a respiração em um suspiro trêmulo, aspirou com mais facilidade e piscou, buscando afastar as lágrimas. A visão ainda a prendia, mas agora era como se visse imagens em um sonho. Sua consciência flutuou para algum lugar fora de seu corpo; percebia, sem se preocupar muito, que alguém lhe fazia perguntas e que sua própria voz respondia.

***

— Imagino que a garota esteja dizendo a verdade, não? Não há possibilidade de que tenha ficado histérica ou inventado isso para chamar a atenção? — perguntou o velho Nectan, arquidruida e chefe dos druidas de Avalon.

Ana sorriu sardonicamente.

— Não se conforte com o pensamento de que estou protegendo minha filha. As sacerdotisas lhe dirão que não a favoreci, e eu a mataria com minhas próprias mãos se achasse que profanou os Mistérios. Mas qual o propósito de inventar uma história assim a não ser que tivesse uma audiência? Viviane estava sozinha até que sua amiga percebeu que ela não tinha vindo para o jantar e decidiu procurá-la. Quando fui chamada, ela estava em um transe profundo, e acho que você vai admitir que eu devo saber a diferença entre uma visão verdadeira e um fingimento.

— Em transe profundo — ecoou Taliesin —, mas ela ainda não tem o treinamento!

— Verdade. E precisei usar todo o meu para trazê-la de volta.

— E depois disso continuou a questioná-la? — perguntou o bardo.

— Quando a Deusa envia uma visão tão súbita e avassaladora, deve ser aceita. Não ousamos recusar o aviso — disse a Senhora, reprimindo sua própria inquietação. — De qualquer modo, o dano foi feito. Tudo o que pudemos fazer foi saber o máximo possível, e cuidar da menina depois...

— Ela vai ficar bem? — perguntou Taliesin. O rosto dele perdera toda a cor, e Ana franziu o cenho. Não tinha percebido que ele gostava tanto da moça.

— Viviane está descansando. Não acho que você precise se preocupar. Ela vem de uma linhagem resistente — disse Ana secamente. — Estará dolorida quando acordar, mas, se ela se lembrar de algo, parecerá distante como um sonho.

Nectan tossiu.

— Muito bem. Se foi uma visão verdadeira, então o que devemos fazer?

— A primeira coisa já fiz, que é enviar um mensageiro a Vortigern. Agora é alto verão, e a garota viu campos prontos para a colheita. Se o aviso vier agora, ele terá um pouco de tempo.

— Se ele o usar — Julia, uma das sacerdotisas mais antigas, disse com desconfiança. — Mas aquela bruxa saxã o lidera pelo seu... — Com a expressão de Ana, ela ficou em silêncio.

— Mesmo se Vortigern reunisse toda sua guarda e cavalgasse contra Hengest, pouco poderia fazer — afirmou Taliesin rapidamente. — O número de bárbaros é grande demais agora. Quais foram as palavras que disse que Viviane gritou no final?

— *As Águias voaram para sempre. Agora o Dragão Branco se levanta e devora a terra...* — sussurrou Ana, estremecendo.

— Este é o desastre que temíamos — falou Talenos, um druida mais jovem, com pesar —, a ruína que esperávamos que jamais chegasse!

— E o que sugere que façamos, além de lamentar e bater no peito como os cristãos? — perguntou Ana acidamente. A situação era tão ruim quanto ele dissera e mais, pensou, lembrando-se do horror nas palavras de Viviane. Sua barriga estava tensa demais para poder comer desde que as ouvira, mas não podia deixá-los ver que estava morrendo de medo.

— O que podemos fazer? — perguntou Elen, a mais velha das sacerdotisas. — Avalon foi separada para ser um refúgio; desde os tempos de Carausius isso foi mantido em segredo. Devemos esperar até que o fogo se consuma em torno de nós. Ao menos estaremos seguros aqui... — Os outros a olharam com desdém e, confusa, ela ficou em silêncio.

— Precisamos rezar para que a Deusa nos ajude — disse Julia.

— Isso não é suficiente. — Taliesin balançou a cabeça. — Se o rei não pode, ou não deseja, se sacrificar pelo povo, então cabe ao Merlim da Britânia fazê-lo.

— Mas não temos... — começou Nectan, suas bochechas avermelhadas empalidecendo, e Ana, apesar da primeira pontada de alarme quando adivinhou para onde Taliesin ia, sentiu uma diversão amarga com o óbvio medo do velho sacerdote de que esperassem que *ele* assumisse o papel.

— Um Merlim — terminou Taliesin. — Nem tivemos um sacerdote para assumir o título desde que os romanos invadiram a Britânia pela primeira vez, quando ele morreu para que Caractacus pudesse lutar.

— O Merlim é um dos mestres, uma alma radiante que se recusou a ascender além de sua esfera para que pudesse continuar a zelar por nós — disse Nectan, acomodando-se de novo em seu banco. — Encarnar de novo iria diminuí-lo. Podemos rezar por sua orientação, mas não devemos pedir que ande entre nós mais uma vez.

— Mesmo se esse for o único modo de nos salvar? — perguntou Taliesin. — Se ele é tão iluminado, então saberá se é certo recusar. Mas com certeza ele não virá se não o pedirmos!

Julia se inclinou para a frente.

— Não funcionou na época de Caractacus. O rei por quem o Merlim morreu foi capturado, e os romanos assassinaram os druidas na Ilha Sagrada.

Nectan assentiu.

— E, embora aquilo fosse um desastre, os romanos que conquistaram são o mesmo povo cuja destruição lamentamos agora! Não é possível que um dia vivamos tão pacificamente com esses saxões como vivemos com Roma?

Todos os outros olharam para ele, que, por sua vez, ficou em silêncio.

Os romanos, pensou Ana, tinham uma civilização, assim como um exército. Os saxões eram pouco melhores que os lobos selvagens das colinas.

— Mesmo se ele nascer amanhã — disse em voz alta —, pode ser tarde demais quando se tornar um homem.

— Há outro meio do qual ouvi falar — falou Taliesin em voz baixa —, quando um homem vivo abre sua alma para deixar o Outro entrar...

— Não! — O medo tornou a voz de Ana um açoite para acertá-lo. — Em nome da Deusa eu proíbo isso! Não quero o Merlim. Quero você, você mesmo, aqui! — Ela sustentou o olhar dele com o seu, invocando todo o seu poder, e, depois de um intervalo agonizante que pareceu continuar para sempre, viu a luz heroica nos olhos acinzentados dele enfraquecer.

— A Senhora de Avalon disse, e eu obedeço — murmurou ele. — Mas lhe direi isto. — Ele olhou para ela. — No fim, haverá um sacrifício.

***

Viviane estava deitada em sua cama na Casa das Donzelas, observando ciscos de poeira dançarem no último raio de sol que atravessava as cortinas da porta. Sentia-se machucada por dentro e por fora. As sacerdotisas mais velhas disseram que isso acontecera porque estava despreparada para a visão. Seu corpo, retesando-se em resistência, havia colocado um músculo contra o outro, e era de espantar que ela não tivesse quebrado nenhum osso. Sua mente fora atraída para aquela outra realidade. Se sua mãe não tivesse aberto sua própria mente para encontrá-la, Viviane poderia ter se perdido.

Para Viviane, aquele era o grande espanto, que sua mãe estivesse disposta a correr tal risco, e que seu próprio espírito tivesse aceitado o toque dela sem medo. Talvez a Senhora tivesse apenas desejado ouvir a visão, disse a parte da mente de Viviane que sempre duvidava. Contudo, havia algo na mente de Ana que sua filha aparentemente reconhecera. Viviane suspeitava que eram mais parecidas do que qualquer uma delas gostaria de admitir. Talvez, pensou sorrindo, fosse por isso que era tão difícil que as duas se dessem bem.

Mas a Senhora de Avalon era uma sacerdotisa treinada. Viviane poderia ter todos os talentos da mãe e mais; mas, a não ser que aprendesse a usá-los, seria um perigo para si mesma e para todos ao redor.

Aquela experiência lhe trouxera seriedade de modo mais efetivo do que qualquer punição que sua mãe pudesse impor. E tinha de admitir que merecera. É verdade que o inverno depois que Viviane chegara tinha sido um dos mais duros na memória; o gelo que fora uma ilusão em Samhain congelara o lago no solstício de inverno, e o povo do brejo trouxera comida para eles em trenós puxados sobre o gelo e a neve. Por um tempo, estiveram todos preocupados demais com a sobrevivência para que pudessem pensar sobre o treinamento. Mas, desde então, Viviane tinha na maior parte feito tudo mecanicamente, quase desafiando a mãe a fazê-la aprender.

A cortina da porta se mexeu, e ela sentiu um cheiro que fez sua boca salivar. Rowan passou entre as camas e, com um sorriso, colocou em um banco a bandeja coberta que carregava.

— Dormiu uma noite inteira e o dia todo. Deve estar com fome!

— Estou — respondeu Viviane, contraindo-se ao se levantar sobre um cotovelo. Rowan puxou o pano, revelando uma tigela de cozido, e Viviane enfiou a colher nele com avidez. Havia pedaços de carne nele, o que a surpreendeu, uma vez que as sacerdotisas em treinamento, na maior parte do tempo, mantinham uma dieta leve para purificar o corpo e aumentar a sensitividade. Sem dúvida seus superiores achavam que mais sensitividade era a última coisa de que ela precisava no momento.

Mas, faminta como estava, descobriu que seu estômago se recusava a aceitar mais que a metade da tigela. Deitou-se com um suspiro.

— Vai dormir agora? — perguntou Rowan. — Devo dizer, parece que apanhou no corpo todo com varas.

— Eu também me sinto assim, e quero descansar, mas tenho medo de ter pesadelos.

O olhar de Rowan se tornou ávido, e ela se curvou para mais perto.

— No salão disseram apenas que você viu algum desastre. O que era? O que viu?

Viviane a mirou, estremecendo, até mesmo a simples pergunta conjurando de volta as imagens de horror. Ouviram vozes do lado de fora da porta, e a outra moça se endireitou. Viviane suspirou de alívio quando a cortina foi puxada para o lado e a Senhora de Avalon entrou.

— Vejo que recebeu cuidados — disse Ana, com frieza, enquanto Rowan fazia uma rápida reverência e saía apressadamente.

— Obrigada... por me trazer de volta — falou Viviane. Houve um silêncio desconfortável, mas ela teve a impressão de que o rosto da mãe tinha um pouco mais de cor do que antes.

— Eu não sou... uma mulher maternal — declarou Ana, com alguma dificuldade —, o que provavelmente é bom, já que devo colocar as obrigações de sacerdotisa à frente das de uma mãe. Como sua sacerdotisa, teria feito o mesmo. Mas estou feliz em ver que está se recuperando.

Viviane piscou. Aquilo não era muito, e com certeza não era o tipo de discurso com que havia sonhado quando, como criança, se perguntava sobre a mãe. Mas Ana lhe dera mais bondade agora do que nos quase dois anos que ela passara ali. Ousaria pedir um pouco mais?

— Estou melhor, mas tenho medo de dormir de novo... Se Taliesin pudesse tocar sua harpa, me daria sonhos melhores.

Por um momento, a mãe pareceu brava. Então, algum novo pensamento pareceu cruzar sua mente, e ela assentiu.

Quando, mais tarde naquela noite, o bardo veio sentar-se ao lado de Viviane, ele também parecia ansioso e exausto. Ela perguntou o que havia de errado, mas ele apenas sorriu e disse que ela tivera problemas o suficiente por um dia e que não iria sobrecarregá-la com os dele. E não havia tristeza na música que ele tirou das cordas brilhantes da harpa; quando o sono a tomou, foi profundo e sem sonhos.

***

O ano que se seguiu provou que Viviane era uma verdadeira profeta, o que lhe conferiu certa reputação entre as sacerdotisas; no entanto, teria preferido aguentar o desdém delas, pois as notícias que começaram a chegar a eles com a colheita, embora isolados pela distância, eram tão ruins quanto possível. Hengest, o saxão, reclamando que Vortigern não tinha feito os pagamentos prometidos, caíra sobre as cidades da Britânia com fogo e espadas. Todo o sul e o leste foram devastados em poucos meses, e refugiados corriam para a região oeste.

Embora fossem numerosos, os saxões não tinham forças para ocupar a ilha inteira. Cantium estava sob o poder de Hengest; os territórios dos trinobantes ao norte do Tamesis eram campos de caça dos saxões do leste; e as terras dos icenos eram firmemente defendidas pelos aliados anglos. Nos outros lugares, os saqueadores atacavam e recuavam. Mas os bretões que fugiam não voltavam aos seus lares, pois como poderiam ganhar a vida quando não havia mercados nos quais vender suas produções e utensílios? As terras conquistadas eram como uma ferida no corpo da Britânia, e os locais próximos ficavam paralisados mesmo antes que a febre os alcançasse.

Mais a oeste, a vida continuava mais ou menos sem ser afetada, a não ser pelo medo. Em Avalon, separada do mundo, as sacerdotisas achavam difícil apreciar sua segurança. De tempos em tempos, algum refugiado que vagava pelos pântanos era encontrado pelo povo pequeno. Os cristãos eram abrigados pelos monges em sua ilha, mas vários outros vieram a Avalon.

O Grande Rei, apesar de sua esposa saxã, não ficou parado. Pouco a pouco, começaram a ouvir como Vortigern havia segurado Londinium, e como seus filhos tentavam levantar o povo e tomar de volta suas terras, convocando homens e apoio das terras intactas da Britânia.

Na primavera do ano seguinte, quando Viviane tinha dezessete anos, um homem do brejo atravessou as brumas com uma mensagem diferente. O filho do grande rei vinha buscar ajuda de Avalon.

***

Na Casa das Donzelas, as moças tinham se amontoado juntas com todos os seus cobertores, pois era o começo da primavera e ainda estava frio.

— Mas você o *viu*? — sussurrou a pequena Mandua, que chegara no verão anterior. — Ele é bonito?

A menina era jovem, mas precoce, e Viviane não achava que ela fosse durar tempo suficiente ali para ser uma sacerdotisa de Avalon. Entretanto, ela também era ainda uma noviça e, embora não fosse a mais alta, era a mais velha de todas. Das garotas que estavam ali quando chegara, apenas sua amiga Rowan permanecia.

— Todos os príncipes são bonitos, assim como todas as princesas são belas — disse Rowan rindo. — É parte do trabalho.

— Não era esse que uma vez se casou com sua irmã? — perguntou Claudia, que fora uma refugiada de uma família de Cantium, embora jamais falasse disso agora.

Viviane balançou a cabeça.

— Minha irmã Idris era esposa de Categirn, o filho mais velho de Vortigern. Este é o mais novo, Vortimer.

Ela o tinha visto quando ele entrou, magro, com o cabelo tão escuro quanto o dela, mas mais alto. Ainda assim, pensara que ele parecia absurdamente jovem para carregar uma espada, até ver seus olhos.

A porta de inverno no fim do salão foi aberta, e todas se viraram.

— Viviane — veio a voz de uma das sacerdotisas mais velhas —, sua mãe quer você. Venha e use seu vestido cerimonial.

Viviane se levantou, imaginando que diabos aquilo poderia significar. Cinco pares de olhos arregalados observaram enquanto ela colocou o manto sobre os ombros, mas ninguém ousou dizer uma palavra. Ainda seria uma donzela, perguntou-se, quando voltasse? Ouvira histórias de magias que exigiam tais oferendas. A ideia a fez estremecer, mas ao menos, se acontecesse, teriam de torná-la sacerdotisa.

A Senhora esperava com os outros no grande salão, já usando as vestes vermelhas da Mãe, enquanto a velha Elen, envolta em negro, era claramente a sacerdotisa escolhida para o papel de Anciã. Nectan também usava negro, e Taliesin estava resplandecente em escarlate. Contudo, ninguém ali combinava com seu branco. *É pelo príncipe que estamos esperando*, pensou, começando a entender.

Sua mãe se virou, embora Viviane não tivesse ouvido nada, e disse a ela para colocar o véu. O príncipe Vortimer entrou, tremendo em uma túnica de lã branca emprestada de um dos jovens druidas. Seu olhar se fixou na Senhora de Avalon, e ele se curvou.

Está assustado? Deveria estar. Viviane sorriu por trás do véu enquanto, sem uma palavra, a Senhora os levou para fora do salão. Mas, conforme começaram a subir o caminho para o Tor, percebeu que também estava assustada.

Naquela noite a lua ainda era uma donzela. Seu arco brilhante já se arqueava para o oeste, enquanto o mundo virava em direção à meia-noite. *Como eu*, pensou Viviane, ao olhar para cima. Ela estremeceu, pois as tochas que haviam colocado de cada lado do altar não emitiam calor, apenas uma luz intermitente. Respirou fundo como fora ensinada, fazendo o corpo ignorar o ar frio.

— Vortimer, filho de Vortigern — a Senhora falava baixo, mas sua voz enchia o círculo —, por que veio até aqui?

Os outros dois sacerdotes foram para a frente, acompanhando o príncipe de modo que ele ficasse de frente para a Senhora, do outro lado da pedra do altar. De seu lugar, no ombro de Ana, Viviane viu os olhos dele se arregalarem e soube que ele não via a mulher pequena e morena que era sua mãe, mas a alta e majestosa grã-sacerdotisa de Avalon.

Vortimer engoliu em seco, mas conseguiu falar com firmeza quando respondeu.

— Venho pela Britânia. Os lobos rasgam seu corpo, e os padres dos cristãos não podem fazer nada além de dizer que sofremos por nossos pecados. Mas não há pecado nas criancinhas queimadas em suas casas ou no bebê cuja cabeça é esmagada contra as pedras. Vi essas coisas, minha Senhora, e ardo para vingá-las. Invoco os velhos deuses, os protetores ancestrais de meu povo, por ajuda!

— Fala bem, mas as dádivas deles não são dadas sem um preço — disse a grã-sacerdotisa. — Nós servimos à Grande Deusa, que não tem nome, e ainda assim é chamada por muitos nomes e, embora não tenha forma, tem muitas faces. Se vem para dedicar sua vida ao serviço Dela, então talvez Ela escute seu chamado.

— Minha mãe foi treinada nesta Ilha Sagrada, e fui criado para amar os velhos costumes. Estou disposto a dar o que for exigido pelo favor de Avalon.

— Até mesmo sua vida? — Elen deu um passo para a frente, e Vortimer engoliu em seco, mas assentiu. O riso da velha mulher era seco como osso.

— Seu sangue pode ser exigido um dia, mas não hoje...

Agora era a vez de Viviane.

— Não é seu sangue que peço — disse em voz baixa —, mas sua alma.

Ele se virou, mirando como se seus olhos ardentes pudessem furar o véu dela.

— Ela pertence a vocês... — Ele piscou de repente. — Sempre pertenceu a vocês. Eu me lembro... Já fiz esta oferenda antes.

— Corpo e espírito devem ser dados — disse Ana severamente. — Se de fato deseja, então ofereça a si mesmo sobre a pedra do altar.

Vortimer tirou sua roupa branca e se deitou, nu e tremendo, sobre a pedra gelada. *Ele pensa que vamos matá-lo*, pensou Viviane, *apesar de minhas palavras*. Ele parecia mais jovem deitado ali, e ela percebeu que ele não poderia ser mais que um ou dois anos mais velho que ela.

Elen e Nectan se moveram para o norte e para o sul, enquanto ela tomava seu lugar no leste e Taliesin ia em direção ao oeste. Cantarolando baixo, a grã-sacerdotisa foi para a beira do círculo e, virando-se em sentido horário, começou a dançar para dentro e para fora das pedras. Uma vez, duas, três, ela teceu o círculo, e, conforme ela passava, Viviane sentia a própria consciência mudando, e sua visão alterada lhe permitiu ver um lampejo de radiância passar através das pedras eretas que pareciam suspensas no ar. Quando ela tinha terminado, voltou para o centro.

Viviane endireitou-se até sua altura máxima, firmando os pés enquanto estendia os braços para o céu, e o círculo se encheu do aroma de flores de macieira enquanto ela invocava os poderes que guardavam o Portal Leste por seus nomes secretos e ancestrais.

A voz da velha Elen ficou mais ressonante conforme o calor do sul enchia o círculo; então, Taliesin invocou o oeste em uma voz musical, e Viviane foi levantada por uma maré de poder. Apenas quando a invocação de Nectan convocou os guardiães do norte ela se sentiu enraizada por completo. Mas o círculo ao qual retornara não estava mais totalmente no mundo. Até Vortimer tinha parado de tremer; de fato, agora estava um tanto quente dentro do círculo.

Ana tinha destampado o frasco de vidro que pendia em seu cinto, e o aroma do óleo pairava pesado no ar. Elen derramou óleo em seus dedos e se curvou sobre os pés de Vortimer para desenhar o sigilo de poder.

— À terra santa eu o prendo — ela sussurrou. — Vivo ou morto, você pertence a esta terra.

A grã-sacerdotisa tomou o óleo e gentilmente untou o falo do príncipe, que corou quando ele endureceu sob o toque dela.

— Reivindico a semente da vida que carrega, que você possa servir a Senhora com todo o seu poder.

Ela ofereceu o frasco a Viviane, que foi até a cabeça dele e começou a desenhar o terceiro sigilo na testa. Ela piscou, e memórias que não eram desta vida lhe mostravam um homem de cabelos louros e olhos tão azuis quanto o mar, e então outro rapaz, com os dragões do rei recém-brasonados nos braços.

— Todos os seus sonhos e aspirações, o espírito sagrado dentro de você, eu consagro a Ela agora... — ela disse em voz baixa, e ficou assombrada ao achar a própria voz tão doce aos seus ouvidos. Ela se perguntou se, naquelas outras vidas, o tinha amado. Levantando o véu, curvou-se e beijou os lábios dele, e por um momento viu uma deusa refletida nos olhos do príncipe.

Ela se moveu para se juntar à mãe e à velha Elen aos pés de Vortimer. Enquanto elas juntavam os braços, sentiu a mudança estonteante e um momento de pânico conforme seu eu anterior caía, e começou a tremer. Tinha visto isso, mas jamais experimentara tal sensação antes.

Então, sua própria consciência foi substituída por aquela Outra, focada nas três figuras que estavam de pé no círculo, mas não eram contidas por ele, cujo ser abraçava o mundo. Estava consciente dos outros rostos da natureza tripla Dela, e ainda assim ela era Uma; embora ela falasse através de três pares de lábios, era em uma voz que Suas palavras vinham para o homem deitado abaixo.

— *Você que busca a Deusa e acredita saber o que pediu, saiba agora que eu jamais serei o que esperava, mas sempre outra, e algo mais...*

Vortimer tinha se erguido e ajoelhava na pedra. Como ele parecia pequeno e frágil.

— *Escuta pela Minha voz, mas é no silêncio que irá Me ouvir; Você deseja Meu amor, mas, quando o receber, então conhecerá o medo. Você Me implora a vitória, mas é na derrota que entenderá Meu poder. Sabendo destas coisas, ainda fará a oferenda? Vai se entregar a Mim?*

— Eu venho de Você — a voz dele oscilou, mas ele continuou —, posso apenas dar-Lhe de volta o que é Seu... Não é para mim que peço isso, mas para o povo da Britânia. — Conforme Vortimer respondia, o brilho dentro do círculo aumentava.

— *Sou a Grande Mãe de todas as coisas vivas* — veio a resposta Dela —, *tenho muitos filhos. Acha que por qualquer ato do homem esta terra pode ser perdida ou que você pode ser separado de Mim?*

Vortimer baixou a cabeça.

— *Você tem grandeza de coração, minha criança, e assim terá seu desejo, por um tempo. Aceito seu serviço, como o aceitei antes. Você foi um rei sagrado e um imperador. Ainda assim, novamente vai preservar a Britânia. O que um homem pode fazer, seu braço realizará, mas ainda não é a hora de os saxões serem conquistados. É de outro nome que as eras se recordarão. Seus trabalhos nesta vida vão apenas preparar o caminho... Isso o contenta?*

— Deve contentar. Senhora, aceito Sua vontade... — ele disse em voz baixa.

— *Descanse, então, pois conforme você Me serviu, manterei minha lealdade a você, e, quando a Britânia precisar, deverá retornar...*

O rosto dele ficou radiante quando a Deusa se esticou para envolvê-lo, e, quando o abraço Dela tinha acabado, o deitou enrodilhado na pedra do altar, dormindo como uma criancinha.

∞ 19 ∞

No fim do verão, o sol brilhava em um céu sem nuvens, tornando a grama dourada. Os druidas cavaram uma lagoa na beira do lago, onde as sacerdotisas iam se banhar. Não havia necessidade de roupas quando o tempo estava tão quente, e as mulheres estendiam panos na grama e se secavam à luz do sol ou se sentavam conversando em bancos sob a sombra do carvalho que se espalhava.

O cabelo de Viviane havia crescido de sua tosa anual, mas uma boa chacoalhada era suficiente para se livrar da umidade. Agora tinha se acostumado a usá-lo curto e, em um dia como aquele, a falta de peso era muito bem-vinda. Estendeu a túnica na grama e se deitou, deixando o sol tostar o resto do corpo até se igualar ao marrom que os braços e pernas já tinham adquirido. Sua mãe estava sentada em um toco de árvore, o corpo na sombra, mas a cabeça inclinada para trás para pegar sol, enquanto Julia penteava seus cabelos.

A Senhora normalmente tinha o cabelo enrolado na cabeça e preso por grampos, mas, quando solto, caía abaixo de seus quadris. Conforme o pente levantava cada madeixa escura, realces avermelhados corriam por elas como ondas de fogo. Através de olhos semicerrados, Viviane observava enquanto a outra mulher se esticava como um gato, com prazer.

Costumava pensar na mãe como pequena e feia, toda carrancas e ângulos, exceto, é claro, quando vestia a beleza da Deusa em ritual. Mas Ana não estava feia naquele momento.

Sentada ali, ela era uma deusa em miniatura, o corpo esculpido em mármore velho, com uma barriga macia marcada pelas cicatrizes prateadas da maternidade e seios altos e firmes. Ela até parecia feliz. Curiosa, Viviane deixou os olhos desfocarem conforme fora ensinada, e viu a aura de Ana incandescente com uma luz rosada. Era mais forte sobre a barriga. Não era de espantar que ela parecesse brilhar mesmo para a visão normal.

Com a pele esfriando com uma suspeita súbita e indignada, Viviane sentou-se. Arrastando a túnica atrás de si, foi até o lado da mãe.

— Seu cabelo é lindo — disse com firmeza. Os olhos de Ana se abriram, mas ela ainda sorria. Definitivamente, algo havia mudado. — Mas, também, teve um longo tempo para deixá-lo crescer. Tornou-se sacerdotisa quando tinha quinze anos, não foi? E teve sua primeira filha no ano seguinte — completou atentamente. — Fiz dezenove anos. Não acha que é hora de minha iniciação, mãe, para que eu possa começar a deixar meu cabelo crescer também?

— Não. — Ana não mudou de posição, mas havia uma nova tensão em seu corpo.

— Por que não? Já sou a noviça mais velha da Casa das Donzelas. Estou destinada a me tornar a virgem mais velha da história de Avalon?

Ana então se sentou, embora a raiva ainda não tivesse tomado seu humor benevolente.

— Sou a Senhora de Avalon, e cabe a mim dizer quando você está pronta!

— Em que lição sou inculta? Em qual tarefa falhei? — gritou Viviane.

— Obediência! — Os olhos escuros arderam, e Viviane sentiu, como a rajada de um vento quente, o poder de sua mãe.

— É mesmo? — Viviane buscou a única arma que lhe restava. — Ou está apenas esperando que eu me torne dispensável, quando você tiver parido a criança que agora carrega?

Viu o rosto da mãe corar e soube que era verdade. Tinha acontecido, supunha, no solstício de verão. Ela se perguntava quem era o pai, ou se ele ao menos sabia.

— Deveria se envergonhar. Em uma idade em que eu deveria torná-la avó, está grávida novamente!

Tivera a intenção de soar desafiadora, mas mesmo ela podia ouvir a petulância, e agora era seu próprio rosto que ardia. Quando Ana começou a rir, Viviane se virou, puxando a túnica, e o riso da mãe a seguiu como uma maldição enquanto corria para longe.

Depois de um verão ativo, Viviane estava rija e em boa forma. Não se importava para onde ia, mas seus pés escolheram um caminho seguro em torno do lago, longe do Tor. O verão havia secado muito do brejo, e logo ela se viu mais longe de Avalon do que estivera desde o dia em que chegara. No entanto, continuou correndo.

Não foi exaustão que a parou, mas névoa, que se levantou de súbito para obscurecer a luz. Viviane desacelerou, o coração disparado. Disse a si mesma que era apenas uma névoa da terra, formada no chão pantanoso pelo calor do dia. Mas névoas assim eram normalmente liberadas quando a noite começava a esfriar o ar e, quando ela viu o sol pela última vez, era apenas a metade da tarde. A luz que via agora era toda prateada, e não tinha direção que ela pudesse ver.

Viviane parou e olhou ao redor. Dizia-se que Avalon fora removida para um lugar parcialmente localizado entre o mundo da humanidade e o das fadas. Os que sabiam o feitiço passavam pelas brumas para chegar à costa humana. Mas de tempos em tempos algo dava errado, e um homem ou mulher se perdia no outro domínio.

Minha mãe teria sido mais sábia, pensou, enquanto o suor secava pegajoso em seu rosto, *em me deixar tentar as brumas na direção do mundo mortal.*

O véu se afinava; ela deu outro passo e então parou de brusco, pois a encosta que se revelou era exuberante e verde, estrelada com flores não familiares. Era um lugar belo, mas não se parecia com nenhuma terra que ela conhecia.

Do outro lado da subida, alguém cantava. Viviane franziu o cenho, pois a voz, embora agradável, tinha alguma dificuldade de manter a melodia. Cuidadosamente partiu as samambaias e olhou para a beira da colina.

Um velho sentava-se, cantando, entre as flores. Tinha uma tonsura na testa como um druida, mas usava uma túnica indefinida de lã escura, e em seu peito pendia uma cruz de madeira. Em seu assombro, ela deve ter feito algum som, pois ele a viu e sorriu.

— Uma bênção para você, bela — ele disse em voz baixa, como se temesse que ela fosse desaparecer.

— O que faz aqui? — ela perguntou, descendo a colina.

— Devo perguntar o mesmo a você — ele disse, observando suas pernas arranhadas e o suor em sua testa. — Pois, embora de fato pareça com o povo das fadas, vejo que é uma moça mortal.

— Pode *vê-los*? — exclamou ela.

— Esta dádiva me foi concedida e, embora meus irmãos de fé me avisem de que essas criaturas são demônios ou ilusões, não consigo acreditar no mal de algo tão belo.

— Então é um monge muito incomum, por tudo que ouvi — disse Viviane, sentando-se ao lado dele.

— Temo que sim, pois não consigo deixar de sentir que nosso próprio Pelágio estava certo quando pregava que um homem poderia ganhar o céu vivendo virtuosamente e em paz com todos. Fui feito padre pelo bispo Agrícola, e tomei o nome de Fortunatus. Ele considerava herética a doutrina de Agostinho, segundo a qual todos nascemos pecadores e podemos esperar pela salvação apenas por um capricho de Deus. Mas pensam diferente em Roma e, por isso, nós na Britânia somos perseguidos. Os irmãos em Inis Witrin me acolheram e me colocaram para manter a capela na Ilha dos Pássaros.

Ele sorriu; então seu olhar se aguçou e ele apontou para além de Viviane.

— Shhh... ali está ela, a bela, você vê?

Lentamente, Viviane virou a cabeça, bem quando o brilho iridescente que emergia do sabugueiro se definiu em uma forma esguia, coroada com flores brancas e vestida com drapeados brilhantes de um azul quase negro.

— Boa mãe, eu a saúdo — murmurou a garota com a cabeça curvada, as mãos se movendo em uma saudação ritual.

— Aqui está uma moça do velho sangue, irmãs. Vamos recebê-la! — Conforme o espírito falava, subitamente o ar estava enxameado por seres brilhantes, vestidos em mil tons. Eles rodopiaram em torno de Viviane por alguns instantes; sua pele formigou com a carícia de mãos imateriais. Então, com um repique de risos, foram embora girando.

— Ah... agora entendo. Você é da *outra* ilha, de Avalon. — Padre Fortunatus assentiu.

Ela assentiu.

— Eu me chamo Viviane.

— Dizem que é uma ilha muito abençoada — ele falou, simplesmente. — Como foi que você se extraviou?

Ela o olhou com desconfiança, e ele a olhou de volta com uma inocência transparente que era desarmante. Jamais usaria nada que dissesse contra ela, sentiu Viviane, ou contra sua mãe. Ele havia perguntado por que se importava com ela.

— Estava brava. Minha mãe está grávida, na idade *dela*, mas ainda tenta me manter uma criança! — Viviane balançou a cabeça; era difícil lembrar agora por que aquilo a deixara tão furiosa.

Padre Fortunatus abriu os olhos.

— Não tenho o direito de aconselhá-la, pois de fato sei pouco sobre as mulheres, mas com certeza uma nova vida é motivo de júbilo, e ainda mais se sua vinda é um tipo de milagre. Ela precisará de sua ajuda para cuidar dessa vida, com certeza. O doce peso de uma criança em seus braços não lhe trará alegria?

Agora era a vez de Viviane se perguntar, pois, em seu ressentimento, não tinha realmente pensado na criança. Pobre pequenino. Quanto tempo a Senhora teria para ser mãe dele? O bebê precisaria dela, mesmo se Ana não precisasse. O padre Fortunatus era uma coisinha velha e engraçada, mas falar com ele a aliviara.

Olhou para cima, imaginando se poderia encontrar o caminho para fora dali, e percebeu que a luz prateada sem direção estava escurecendo em uma púrpura crepuscular com brilhos de luz das fadas.

— Você está certa. É hora de voltar ao mundo — disse o padre.

— Como poderei encontrar o caminho?

— Está vendo aquela pedra? É tão velha que também fica na Ilha dos Pássaros, e, quando piso sobre ela, posso entrar um pouco no mundo das fadas. Há muitos lugares de poder assim, acredito eu, onde os véus entre os mundos se tornam mais finos. Venho aqui após rezar a missa em um domingo para louvar Deus em Sua criação, pois se Ele é o Criador de Tudo, com certeza criou este lugar também, e não conheço nenhum mais belo. É bem-vinda para voltar comigo, moça. Há mulheres santas na Ilha de Brigantia que lhe dariam abrigo...

É a chance que vim desejando, pensou Viviane, *de escapar e fazer meu caminho no mundo*. Mas balançou a cabeça.

— Preciso voltar para minha própria casa. Talvez eu encontre outro lugar onde os véus se afinam.

— Muito bem, mas lembre-se da pedra. Sempre será bem-vinda se precisar de mim. — O velho ficou de pé e estendeu as mãos em bênção, e Viviane, como se ele fosse um dos druidas mais velhos, se curvou para recebê-la.

Deusa, me guie, pensou enquanto ele desaparecia no crepúsculo. *Falei corajosamente, mas não tenho ideia de aonde ir.*

Ficou de pé e fechou os olhos, mentalizando a Ilha de Avalon em descanso no anoitecer púrpura, com a última luz rosada do céu do oeste brilhando nas águas abaixo. E, conforme aquietava seus pensamentos, as primeiras notas musicais começaram a cair em seu silêncio, como uma chuva prateada. A beleza delas era quase sobrenatural. Mas de quando em quando a música titubeava, e naqueles momentos de imperfeição humana ela soube que não era música de elfos o que ouvia, mas a música de um harpista grandioso, quase além da medida da humanidade.

Se o céu do país das fadas nunca ficava completamente brilhante, tampouco chegaria à escuridão total. O crepúsculo púrpura permitia que Viviane enxergasse o caminho, e ela foi pouco a pouco em direção à música. Agora a melodia estava mais alta, soando tão lamentosa que quis chorar. Não eram apenas as harmonias que retorciam a alma, mas o anseio que pulsava através delas. O harpista cantava tristeza, cantava anseio, chamando o andarilho para casa através das colinas...

A neve do inverno é bela e alva...
Perdida, perdida, e lamento...
Derrete e deixa a terra nua e molhada.
Ah, ela pode vir novamente,
mas nunca a mesma duas vezes.

E Viviane, seguindo aquela música, viu-se enfim atravessando um campo onde a névoa da noite começava a sair do chão molhado. À distância, a silhueta familiar do Tor se levantava árida contra o céu. Mas seu olhar estava fixo em algo mais próximo, na figura de Taliesin, que, sentado sobre uma pedra cinza gasta, tocava sua harpa.

A flor que se abre proclama a primavera...
Perdida, perdida, e lamento...
Pois deve cair, os frutos trazer.
Ah, ela pode vir novamente,
mas nunca a mesma duas vezes.

***

Às vezes, quando tocava, as visões que Taliesin conjurava com sua música se tornavam tão vívidas que ele tinha certeza de que poderia tocá-las se levantasse os dedos das cordas. No começo, a moça que vinha em direção dele, sua forma esguia envolta nas névoas do mundo das fadas, parecia alguém do povo deles, a cabeça altiva e o passo tão leve que ele não sabia dizer se ela tocava o chão. Mas, se fosse uma visão, era de Avalon, pois aquele passo deslizante era o de uma sacerdotisa.

Os campos de verão com grãos dourados...

Atordoado, ele a observou, e seus dedos continuaram a se mover sobre as cordas. Ele a conhecia, mas era uma estranha, pois seu coração chamara a criança que amava, e aquela era uma mulher, e bela.

Cortados para o pão antes do frio invernal...

Então, ela chamou seu nome, e aquilo quebrou o feitiço. Ele apenas teve tempo de baixar a harpa antes que ela estivesse em seus braços, soluçando.

— Viviane, minha querida. — Taliesin acariciou as costas dela, consciente de que não era o corpo de uma criança em seus braços. — Estive ansioso por você.

Ela se afastou, olhando para ele.

— Esteve apavorado, pude perceber em sua música. E minha mãe, estava apavorada também? Eu me perguntei se estariam dragando os pântanos atrás de mim agora.

Taliesin pensou no que se passara. A Senhora pouco falara, mas ele reconhecera o medo doente em seus olhos.

— Ela estava amedrontada. Por que fugiu?

— Estava brava — respondeu Viviane. — Não tenha medo. Não farei isso de novo... nem quando a criança nascer. Você sabia? — completou subitamente.

Ela merecia a verdade, ele pensou, e assentiu.

— Aconteceu nas fogueiras do solstício de verão. — Ele viu a compreensão surgir nos olhos dela e se perguntou por que deveria se envergonhar.

— Então desta vez — ela disse em uma voz fina — você se lembrou. E agora não sou mais necessária nem para você nem para ela.

— Viviane, não é assim! — Taliesin quis protestar que sempre seria um pai para ela, em especial agora, quando a mãe dela carregava seu filho, mas naquele momento, quando ela parecia tanto com Ana como ela deveria ser quando jovem, reconheceu que seus sentimentos não eram totalmente paternais e não soube o que dizer.

— Ela não vai me iniciar como sacerdotisa! *O que* eu posso fazer?

Taliesin era um druida, e, por mais confuso que o homem nele estivesse, o sacerdote nele respondeu àquele grito.

— Há uma coisa que pode fazer porque é uma donzela — disse ele —, algo de que precisamos muito. Os Quatro Tesouros estão sob os cuidados dos druidas. A Espada e a Lança podem ser manuseadas por nossos sacerdotes, e o Prato, por uma mulher, mas a Taça precisa ser cuidada por uma donzela. Aceitará esse encargo?

— Minha mãe permitirá isso?

Ele viu a angústia no rosto dela se transformar em assombro.

— Acho que é vontade da Deusa que faça isso, Viviane, e é algo que nem a Senhora de Avalon negará.

Ela sorriu, mas ainda havia tristeza no coração de Taliesin, e em sua mente um novo verso que parecia ser parte de sua canção.

A criança que costumava rir e correr...
Perdida, perdida, e lamento...

Agora sob o sol caminha uma mulher.
Ah, ela pode vir novamente,
mas nunca a mesma duas vezes.

***

Na região oeste, os homens se apressavam para ceifar os campos conforme o ano seguia em direção à colheita, pois os saxões faziam sua própria colheita com espadas sangrentas. Rumores voavam como corvos, crocitando através do interior. Um bando de guerra, sob o comando de Hengest, havia queimado Calleva; outro, liderado por seu irmão Horsa, falhara em tomar Venta Belgarum, mas seguira para atacar ferozmente Sorviodunum. Decerto, se tivessem a vontade de pressionar adiante, iriam para o norte, para a rica coleta de Aquae Sulis e para as colinas Mendip. Mas havia outra trilha, menos usada, que levava direto para o oeste, para Lindinis.

Se os saxões não tinham números para se assentar naquelas terras, tinham guerreiros o suficiente para mutilá-las, para que fossem uma presa fácil para algum ataque posterior. Os bárbaros, diziam, não se importavam com cidades ou oficinas. Assim que tinham bebido todo o vinho pilhado, voltavam a emborcar cerveja. O que queriam era terra – terra fértil, *alta*, que não seria engolida, como sua terra natal fora, pelas ondas salgadas do mar.

O povo do País do Verão assentia e dizia uns aos outros que deveriam estar em segurança nos brejos, mas, em um ano tão seco como aquele, a grama das pastagens fora cortada para feno, e os lugares que boa parte do tempo ficavam escondidos pela água estavam, agora, cobertos por um tapete verde radiante.

Mas Viviane prestava pouca atenção. Não importava o que mais os bárbaros pudessem devorar, era certo que jamais poderiam vir a Avalon. Não ficou perturbada nem quando a gravidez da mãe se tornou aparente, pois Taliesin cumpriu sua palavra, e ao menos ela tinha um propósito seu. Com as outras noviças, tinha estudado a tradição dos Quatro Tesouros, mas agora aprendia que aquilo mal era um começo, embora fosse muito mais do que a maioria das pessoas soubesse. O que precisava agora não era mais conhecimento. Manusear as coisas sagradas exigia sabedoria não da cabeça, mas do coração. Para se tornar Guardiã do Graal, ela mesma precisava ser transformada.

Era, à sua própria maneira, um treinamento tão árduo quanto seu noviciado, embora mais focado. Todos os dias ela se banhava nas águas do poço sagrado. Aquela água sempre tinha sido a bebida das sacerdotisas, mas agora ela comia mais levemente, e sua dieta era feita de frutas, vegetais e apenas um pouco de cereais, sem nem mesmo leite ou queijo. Ficou mais magra e às vezes movia-se atordoada através do mundo, como se caminhasse sob a água; naquela luz cintilante, todas as coisas se tornavam transparentes para ela, e começou a ver ainda mais claramente entre os mundos.

Conforme o treinamento de Viviane progredia, ela entendeu por que encontrar uma donzela para aquela tarefa era um problema. Uma criança não teria a força de corpo e de mente, mas, na maneira costumeira das coisas, uma jovem mulher da sua idade já teria se tornado sacerdotisa e exercido seu direito de ir às fogueiras de Beltane. Não lhe desagradava que as moças mais jovens, que haviam se perguntado que problema atrasara sua iniciação, agora a olhassem com um tipo de fascínio.

Enquanto observava o corpo da mãe se deformar com a gravidez, Viviane andava serena e graciosa, exultando-se em sua própria virgindade. Tinha consciência de que o Graal, como a Deusa, tinha muitas manifestações, mas lhe parecia claro que a mais importante era aquela na qual os druidas o guardavam, como um recipiente radiante de pureza imaculada.

Na noite do equinócio de outono, quando o ano se equilibra no limiar entre o sol e a sombra, os druidas vieram buscá-la. Viviane foi vestida com uma túnica cujo branco era ainda mais impecável que o vestido por eles, e foi levada em uma procissão silenciosa para uma câmara subterrânea. Ali uma espada jazia sobre um altar de pedra, sua bainha rachada e descamando com a idade. Contra a parede inclinava-se uma lança. Ao lado dela, na parede, havia dois nichos. No mais baixo, um prato largo descansava sobre um pano branco. Viviane perdeu o fôlego ao ver pela primeira vez, no superior, o Graal.

Como ele pareceria a olhos não iniciados ela não sabia; talvez uma taça de argila, ou um cálice de prata, ou uma vasilha de vidro brilhando com um mosaico de flores de âmbar. O que Viviane viu foi um recipiente tão claro que não parecia ser feito de cristal, mas de água em si, que desejara tomar a forma de uma vasilha. Com certeza, pensou, seus dedos mortais o atravessariam. Mas tinham lhe dito que deveria pegá-lo, e então foi para a frente.

Ao aproximar-se pôde sentir primeiro pressão e então uma corrente contra a qual era empurrada como se andasse por um riacho. Ou talvez, pensou atordoadamente, fosse uma vibração, pois agora, se não fossem seus ouvidos ressoando, podia ouvir um doce zumbido. Parecia baixo, mas logo sobrepujou todos os outros sons. Ainda mais perto, ela se perguntou se iria dissolver seus ossos.

Com aquilo, Viviane sentiu um tremor de medo. Olhou para trás. Os druidas a observavam com expectativa, desejando que ela continuasse.

Disse a si mesma que os terrores que a atacavam de súbito eram irracionais, mas ainda assim eles vinham.

E se aquilo fosse um plano entre Taliesin e sua mãe para se livrar dela? Verdade ou fantasia, tinha consciência de que tocar o Graal enquanto sentia medo seria mortal. Disse a si mesma que não precisava fazer aquilo. Poderia se virar e ir embora, e viver com a vergonha. Mas se a morte fosse preferível a viver como tinha vivido, então não tinha nada a perder.

Olhou mais uma vez para o Graal e, então, viu um caldeirão que continha o mar do espaço, grávido de estrelas. Uma voz veio daquela escuridão, tão baixa que ela mal podia ouvir, e, no entanto, a sentia em seus ossos.

— *Sou a dissolução de tudo o que passou; de Mim brota tudo o que virá. Abrace-Me, e Minhas águas escuras a levarão embora, pois sou o Caldeirão do Sacrifício. Mas também sou o recipiente do Nascimento, e das Minhas profundezas você pode renascer. Filha, virá até Mim e levará Meu poder para o mundo?*

Viviane sentiu lágrimas rolando por seu rosto, pois naquela voz não ouvira Ana, mas a verdadeira Mãe pela qual sempre ansiara. Pisou no ponto de equilíbrio que fica entre a Escuridão e a Luz e pegou o Graal.

Uma radiância coruscante que era ambos e nenhum pulsava através da câmara. Um dos druidas gritou e saiu correndo do cômodo; outro perdeu os sentidos. Mas os rostos que ali permaneceram estavam abertos e maravilhados, e se iluminaram de alegria conforme a Donzela, sabendo que agora era algo mais que Viviane, levantou o Graal.

Ela passou pelo meio deles e subiu a escada, levando o recipiente sagrado entre as mãos. Com passadas medidas, tomou o caminho que levava ao poço sagrado e ali, onde a água subia incessantemente de suas fontes sagradas, se ajoelhou e deixou que ela enchesse a taça. Do nicho da casa do poço veio um brilho em resposta, onde estava escondido o frasco com o sangue sagrado que padre José deixara sob os cuidados das sacerdotisas. A água da fonte sagrada fluía clara e pura, mas deixava uma mancha sangrenta nas pedras. Quando Viviane o levou cheio novamente, o Graal começou a pulsar com um brilho rosado.

Aquela bela noite brilhava como o amanhecer à meia-noite enquanto continuava pelo caminho que levava ao lago. Ali, ela levantou o Graal mais uma vez e derramou seu conteúdo na água maior, em um fluxo brilhante. Para sua visão alterada, a água do poço levava consigo um brilho que se espalhava em partículas cintilantes, até que todo o lago tinha um resplendor opalescente. Tudo que a água tocava, ela sabia, receberia uma parte da bênção, não apenas em Avalon, mas em todos os mundos.

***

Para Viviane, a cerimônia do Graal deixou uma grande paz atrás de si. Mas, no mundo externo, os saxões ainda vagavam.

Em uma noite, poucas semanas depois, quando os dias haviam começado a escurecer mais cedo com a chegada de Samhain, uma das garotas veio correndo do lago para avisar que um barco se aproximava. Era remado por Garça, um dos homens do brejo que sabia o feitiço para passar através das brumas até Avalon, mas seu passageiro, por suas vestes, era um dos monges de Inis Witrin. Antes que a grã-sacerdotisa pudesse dizer uma palavra, todos que ouviam se apressaram pelo caminho para ver.

O barco deslizou sobre o barro, e, deixando o monge, que estava vendado, sentado na popa, o homem da água atravessou a parte mais rasa até a costa.

— Padre Fortunatus! — exclamou Viviane, apressando-se para a frente. Ana lhe lançou um olhar pasmo, mas não havia tempo para perguntas.

— Garça, por que trouxe este estranho sem minha permissão?

A voz da grã-sacerdotisa açoitou o homem do brejo aos joelhos. Ele se curvou, a testa tocando a lama, enquanto o monge sentava-se virando a cabeça, como se pudesse ver com os ouvidos. Suas mãos não estavam atadas, mas Viviane notou que ele não fez nenhum esforço para remover o pano.

— Senhora, eu o trago para falar por mim! O povo lobo. — Ele balançou a cabeça e ficou em silêncio, estremecendo.

— É dos saxões que ele fala — disse, então, Fortunatus. — Eles saquearam Lindinis e agora vieram para cá. A vila de Garça, que fica na costa sul do lago, já está em chamas. Seu povo se refugiou em nossa abadia, mas, se os saxões forem para lá, como parece ser provável que façam, não podemos nos opor a eles. — Ele fez uma pausa e, então, continuou. — Não culpe este homem, pois foi ideia minha vir até a senhora. Nós da abadia estamos dispostos a ser martirizados por nossa fé, mas pareceu duro que homens, mulheres e criancinhas inocentes devessem morrer. Nós trabalhamos para convertê-los, mas eles ainda têm mais fé nos deuses antigos do que no novo. Não há poder que eu conheça que possa protegê-los, a não ser o poder de Avalon.

— Você é um monge estranho se acredita nisso! — exclamou a grã-sacerdotisa.

— Ele é um monge que pode ver o povo das fadas e tem o favor deles — disse Viviane.

A cabeça dele pendeu para a direção dela, e ele sorriu.

— É você, minha donzela das fadas? Fico feliz em saber que voltou para casa em segurança.

— Ouço seu apelo, mas esta não é uma decisão que possa ser tomada em um instante — disse Ana. — Precisa esperar enquanto debato com meu conselho. Melhor ainda, deixe que Garça o leve de volta para seu lugar. Se decidirmos ir ajudá-lo, não precisaremos de você para mostrar o caminho!

***

O debate no salão de encontros seguiu até a escuridão total.

— Desde o tempo de Carausius, Avalon permaneceu secreta — argumentou Elen. — Antes disso, ouvi dizer que a grã-sacerdotisa às vezes interferia nos assuntos do mundo, e terminou mal. Não acho que devemos mudar uma política que nos serviu tão bem.

Um dos druidas assentiu vigorosamente.

— É verdade, e me parece que esse ataque, pavoroso como é, apenas prova o valor de nosso isolamento.

— Os próprios saxões são pagãos — disse Nectan. — Talvez estejam nos fazendo um favor ao limpar a terra desses cristãos, que chamariam nossa Deusa de demônio e nos matariam todos como adoradores do diabo deles.

— Mas não são apenas os cristãos que eles estão matando! — observou Julia. — Se assassinarem todo o povo do brejo, quem vai tripular os barcos que nos levam para lá e para cá quando precisamos viajar na Britânia?

— Seria vergonhoso abandoná-los, eles que nos servem há tanto tempo e tão bem — colocou um dos druidas mais jovens.

— E os cristãos da abadia são diferentes — disse Mandua timidamente. — A própria Mãe Caillean não era amiga do fundador deles?

— Se não agora, quando usaremos nosso poder? — perguntou o jovem druida. — Por que aprender a fazer magia se não a usamos quando há necessidade?

— Precisamos esperar pelo Libertador que os deuses prometeram — disse Elen. — Ele tomará a Espada e expulsará esses malignos da terra!

— Que ele nasça logo — sussurrou Mandua.

Ainda discutiam quando Viviane, sem conseguir mais controlar sua exasperação, saiu do salão. O padre Fortunatus não lhe dera mais que sua felicitação, mas ela não conseguia tirá-lo da memória. Era certo que nem todos os cristãos deviam ser tão fanáticos quanto diziam, se homens assim estavam entre eles. E ela sabia que ainda havia uma conexão entre Avalon e Inis Witrin. Apesar das proteções das quais as sacerdotisas se gabavam, não podia deixar de imaginar como Avalon poderia ser afetada caso Inis Witrin fosse destruída.

Como acontecia com frequência naqueles dias, Viviane viu que seus passos a tinham levado ao santuário onde os Tesouros estavam guardados.

Tinha o direito de ir e vir como queria, e o druida de vigia saiu de lado para lhe dar passagem.

Por que ele os guarda?, perguntou-se, contemplando o brilho fantasmagórico do poder que vinha através dos panos com os quais estavam velados. Era verdade que usara o Graal para abençoar a terra, mas Avalon já era sagrada. A terra que precisava de bênção estava no mundo externo. Ninguém havia brandido a Espada desde Gawen; ela tampouco sabia quando fora a última vez que alguém usara o Prato ou a Lança. Eles os guardavam para *quem*?

Como se tivesse sentido seu pensamento, da direção do Graal veio um brilho mais forte. *Ele quer isso*, pensou Viviane, maravilhada. *Ele quer trabalhar no mundo!*

Pensou nos últimos dias. Embora as restrições rituais das semanas anteriores ao equinócio tivessem sido relaxadas, ela tinha se acostumado a manter aquela dieta e, com toda a agitação, não comera nada desde o meio-dia naquele dia. Respirando fundo, ela se moveu em direção ao Graal.

— O que está fazendo? — Taliesin estava na porta, com medo brutal em seus olhos. — Não houve preparação, nenhuma cerimônia...

— O que precisa ser feito. Vocês estão todos divididos demais para agir, mas vejo apenas a necessidade e sinto que o Graal deseja responder. Vai negar que tenho o direito?

— Você tem o direito. É a Guardiã. — A resposta foi arrancada dele. — Mas, se entendeu mal os desejos dele, o Graal vai explodi-la...

— É minha própria vida que arrisco, e tenho o direito de fazer isso também... — disse ela em um tom gentil, e viu o rosto dele mudar conforme o humano falível era substituído por algo maior, como ela vira acontecer com ele em ritual e outras vezes antes.

— Como vai passar para a outra ilha?

— Se devo ir para lá, então certamente o Graal tem o poder de me mostrar o caminho.

Ele baixou a cabeça.

— É verdade. Vá para o poço e caminhe três vezes em volta dele, mantendo na mente o lugar aonde iria, e, quando terminar o terceiro circuito, estará lá. Não posso proibi-la, mas a seguirei, se desejar, para cuidar de você.

Viviane assentiu, e então a glória lavou toda a percepção humana conforme ela levou o Graal para a frente.

***

Taliesin entendia que os Poderes de Avalon tinham preservado seus segredos, pois a Donzela que carregava o Graal de seu tesouro não era mais

Viviane. No entanto, ele reteve consciência o suficiente para sentir tanto medo como assombro em total medida conforme passaram entre os mundos. Então, a doce escuridão de Avalon foi substituída pelo cheiro de fumaça, e a música noturna dos grilos, pelos gritos de homens que morriam.

Os homens do Dragão Branco atacavam Inis Witrin. Algumas das construções periféricas já estavam em chamas. O povo moreno do brejo tentou defendê-las, mas todos caíram como crianças diante da força dos saxões. Uma perseguição se espalhara dos eremitérios amontoados em torno da velha igreja até o pomar dos monges e os barracões que tinham construído abaixo do poço.

A Donzela ficou parada diante daquilo, olhando para a cena. O Graal, ainda velado, estava aninhado em seu peito, e seu corpo todo parecia brilhar. Nas profundezas do abrigo do poço, como um reflexo, Taliesin viu um brilho avermelhado. No momento, alguém a viu e gritou. O povo do brejo ficou para trás, mas os saxões, ouvindo a palavra "tesouro", começaram a correr na direção dela, latindo como lobos sobre um rastro.

Os saxões haviam atacado com fogo. Era certo, pensou Taliesin, que o poder da Água deveria combatê-los. Embora o uivo deles o enervasse, conforme atacavam, ele ficou atrás da Donzela, que os encarava com uma serenidade imperturbada. E então, quando podia ver a luz do fogo brilhando nos dentes expostos do primeiro homem, ela tirou o pano do Graal.

— Oh, homens de sangue, contemplem o sangue de sua Mãe! — ela disse em uma voz clara e começou a derramar a água que tirara do poço em Avalon. — Homens gananciosos, recebam o tesouro que desejaram e venham a Mim!

Para Taliesin, era um rio de Luz que se derramava na direção deles, tão brilhante que mal conseguia enxergar. Mas os saxões começaram a se mover desastradamente como se tivessem sido cegados de repente, gritando diante da escuridão. E, então, a água os engolfou, e eles se afogaram.

***

Nos dias que se seguiram houve tantas versões daquele momento quanto houve olhos para ver. Alguns dos monges juraram que o próprio sagrado José havia aparecido, o frasco contendo o sangue do Christos que ele trouxera consigo para a Britânia brilhando em sua mão. Os saxões que sobreviveram juravam que tinham visto a grande rainha do Submundo pouco antes que o rio que circula o mundo se levantasse para varrê-los. Os homens do brejo, dando seus sorrisos secretos, falavam entre si sobre a deusa do poço que uma vez mais viera ajudá-los em sua hora de necessidade.

Foi Taliesin, talvez, quem mais chegou perto da verdade ao informar à grã-sacerdotisa o que acontecera, porque era sábio o suficiente para saber que palavras humanas podiam apenas distorcer a realidade quando algo transcendente passa pelo mundo.

A própria Viviane não conseguia dizer nada a eles. Para ela havia apenas uma memória de glória e do padre Fortunatus enviada pelas mãos de alguém do povo do brejo, uma guirlanda de flores de fada.

20

O inverno passou sossegadamente. O primeiro frio mandara os saqueadores de volta para seus covis no leste, e suas vítimas ataram as feridas e começaram a reconstruir suas casas. Vieram notícias de que os filhos de Vortigern haviam mandado Hengest de volta para a Ilha de Tanatus e o sitiado ali. Pacientemente, o mundo esperava pela primavera; e, em Avalon, todos esperavam pelo nascimento da criança da Senhora.

Depois do saque, Viviane pedira mais uma vez para ser iniciada, mas não ficou surpresa ao ouvir a recusa de sua mãe. Como Ana havia dito, ela precisava ser disciplinada por agir por conta própria. A única coisa que a desculpava era o fato de que tivera sucesso. O conselho jamais teria autorizado algo como aquilo, mas o fracasso teria trazido consigo sua própria punição. O que o próprio Graal tinha aprovado, a grã-sacerdotisa não podia condenar. Ainda assim, não tinha de recompensar a ousadia da filha.

No entanto, Viviane não reclamou dessa vez. Ela e a mãe sabiam que, quando ela desejasse, poderia apenas ir embora. Depois que o bebê nascesse haveria uma decisão, pois se a criança fosse um menino, ou uma menina que poderia suplantá-la, seu nascimento mudaria tudo. E então Viviane, assim como Ana, esperava pela primavera com uma crescente impaciência.

O festival de Briga passou e as flores começaram a cair das macieiras. Conforme a primavera se movia para seu equinócio, os prados, exuberantemente verdes depois das enchentes do inverno, começaram a se adornar com dentes-de-leão, pequenas orquídeas roxas e as primeiras estrelas brancas das cicutas-dos-prados. Nas terras alagadas era possível encontrar umas poucas flores brancas dos ranúnculos aquáticos e o dourado espalhado do malmequer-dos-brejos; nas margens, o íris-amarelo começava a mostrar suas cores, e os primeiros miosótis repousavam como pedaços caídos do céu. O tempo se tornava cada vez mais instável, um dia chuvoso e que começava a demonstrar a existência do frio invernal sendo seguido por outro de sol e uma promessa de verão. Segura no útero da mãe, a criança de Ana continuava a crescer.

***

Com a ajuda de seu cajado, Ana se levantou do banco e recomeçou a subida. Até agora, não teria lhe ocorrido considerar uma "subida" o caminho que as sacerdotisas mais jovens faziam uma dúzia de vezes por dia, mas, em seu estado atual, o banco colocado no meio do caminho entre a margem do lago e o salão de reuniões para o benefício dos membros mais velhos da comunidade era muito bem-vindo. O cajado era menos para apoio do que para equilíbrio, uma forma de impedir que caísse se seu pé virasse em uma pedra que ela não visse.

Olhou para a barriga intumescida com um misto de exasperação e orgulho. Devia parecer um cavalo puxando a carroça. A gravidez, que em uma mulher mais alta teria parecido majestosa, nela era grotesca. Taliesin podia ser magro, mas era um homem alto, e ela suspeitava que aquela criança fosse puxar para ele. Recordou-se de que tivera as primeiras duas filhas sem muitos problemas, e elas eram grandes e belas. O nascimento de Viviane fora fácil, pois era pequena.

Mas, então, pensou ironicamente, *eu não tinha quase quarenta anos*. Aos dezesseis disparava para cima e para baixo do Tor sem pausar para respirar até o dia do parto. Desta vez, embora a euforia da gravidez a tivesse levado de bom humor pelos primeiros dois terços, os últimos três meses tinham deixado bem claro que seu corpo já não tinha mais a resiliência da juventude. *Este deve ser meu último filho...*

Um sentido mais sutil que a audição a fez parar. Olhando para cima, viu a filha observando-a. Como sempre, a visão de Viviane evocava dor e orgulho. Os traços agudos da moça não demonstravam nenhuma emoção, mas Ana sentia a mesma mistura de inveja e desdém que Viviane sentira desde que soubera da criança. Conforme a barriga da mãe crescia, no entanto, a inveja vinha diminuindo.

Agora ela está começando a entender. Se ao menos percebesse que o resto – o trabalho de uma sacerdotisa, especialmente o papel da Senhora de Avalon – traz tanta dor quanto felicidade! Preciso fazer com que entenda isso de alguma maneira!

Com os pensamentos na filha, Ana prestou menos atenção no caminho, e nem mesmo o cajado foi capaz de salvá-la quando seu pé escorregou em um trecho de lama. Tentou virar o corpo de lado enquanto caía, e sentiu o retorcer dos músculos sobrecarregados do braço quando ele levou o primeiro impacto. Mas nada podia impedir que sua barriga distendida tomasse o resto do peso. O fôlego saiu dela em um grunhido quando bateu no chão, e por um momento o choque levou todos os seus sentidos.

Quando pôde enxergar de novo, Viviane estava ajoelhada ao seu lado.

— Você está bem?

Ana mordeu o lábio enquanto um dos pequenos tremores que vinha sentindo em intervalos na última semana tensionou os músculos de seu abdome. Desta vez, no entanto, o tremor se seguiu de uma dor mais profunda, robusta, em seu útero. Soltou o fôlego em um longo suspiro.

— Vou ficar — sussurrou. — Ajude-me a ficar de pé novamente.

Com a ajuda do braço forte de Viviane, ela puxou as pernas sob o corpo e ficou de pé. Conforme o fez, sentiu um fio quente entre as pernas e, olhando para baixo, viu as primeiras gotas das águas de seu útero caindo no chão.

— O que é? — gritou Viviane. — Está sangrando? Ah... — Conectando o que vira com o treinamento no trabalho de parteira que todas as noviças recebiam, olhou para a mãe, um pouco mais pálida do que estava antes, e engoliu em seco.

Ana sorriu com a confusão da moça.

— Exatamente. Começou.

**

Viviane observava fascinada enquanto a barriga da mãe se distorcia com outra contração. Ana parou de andar e apertou a beirada da mesa, aspirando. Não suportava nenhuma roupa, e tiveram de acender fogos em seus aposentos para mantê-la aquecida. Viviane se viu suando em sua túnica fina, mas tanto Julia, a parteira mais experiente delas, como a velha Elen pareciam confortáveis enquanto conversavam ao lado do fogo.

Nas horas desde que o trabalho de parto de Ana começara, mais de uma vez ocorreu a Viviane que aquilo era uma maneira excessivamente improvável para seres humanos virem ao mundo. Era quase mais fácil acreditar nas lendas romanas de nascimentos de ovos de cisne e outros começos incomuns. Observara animais dando à luz quando era criança na fazenda de Neithen, mas aquilo fazia muito tempo, e, embora se lembrasse dos bebês escorregando para fora, molhados e contorcendo-se, o processo em si jamais tinha sido tão visível quanto era agora, quando podia ver os músculos subindo sob a pele nua da mãe.

Ana suspirou e se endireitou, arqueando as costas.

— Quer que eu a esfregue? — perguntou Julia. Ana assentiu e se escorou contra a mesa enquanto a parteira começava sua massagem.

— Como consegue continuar andando? — perguntou Viviane. — Imaginaria que fosse estar cansada. Não seria mais fácil se você se deitasse? — Ela fez um gesto para a cama, onde um pano limpo cobria uma pilha de palha nova.

— Sim — respondeu a mãe —, estou cansada, e não — ela cerrou os dentes, fazendo um gesto para que Julia parasse até que a próxima contração terminasse —, não é mais fácil, ao menos não para mim. O peso do bebê faz com que ela desça mais facilmente quando fico de pé.

— Tem tanta certeza de que é uma menina! — exclamou Viviane. — E se estiver carregando um menino? Talvez seja o Defensor da Britânia que se esforça para vir ao mundo.

— Neste momento — arquejou a mulher em trabalho de parto —, ficaria agradecida por um hermafrodita.

Julia fez um sinal de proteção, e Viviane piscou. Aquela contração era mais forte, e quando acabou, havia suor na testa de Ana.

— Mas talvez esteja certa. Acho... acho que vou descansar um pouquinho. — Ela soltou a mesa e Viviane a ajudou a se deitar. Era claro que naquela posição as contrações eram mais dolorosas, mas, no momento, o fato de estar deitada se tornava vantajoso.

— Há um momento em cada parto... quando alguém gostaria de se esquecer da ideia toda... — Ana fechou os olhos, respirando cuidadosamente, enquanto a próxima contração passava por ela. — As moças chamam por suas mães... Até as sacerdotisas. Ouvi isso com frequência. Eu mesma fiz isso na primeira vez.

Viviane se aproximou e, quando a próxima dor chegou, Ana apertou sua mão. Podia adivinhar, pela força daquele aperto, o que custava à mulher não gritar alto.

— Chegou a esse momento?

Ana assentiu. Viviane a olhou, mordendo os lábios, enquanto os dedos da mãe se afundavam em sua mão mais uma vez. *Ela passou por isso para me trazer ao mundo...* O pensamento era um chamado à realidade. Pelos últimos cinco anos lutara sem remorso com a mãe à espera de, no máximo, conseguir manter sua posição. Mas agora Ana estava nas mãos da Deusa, indefesa para resistir ao poder Dela. Permitir que Viviane a visse naquele momento de vulnerabilidade era a última coisa que a garota teria esperado que ela fizesse.

A contração passou, e Ana deitou-se arfando. Passaram-se momentos sem outra. Talvez fossem como as chuvas que vêm e vão enquanto as nuvens passam em uma tempestade.

Viviane limpou a garganta.

— Por que me quis aqui?

— É parte de seu treinamento ver uma criança nascer...

— A *sua*? Poderia ter tido essa experiência ajudando uma das mulheres do brejo...

Ana balançou a cabeça.

— Elas soltam seus bebês como gatos. Eu mesma fiz isso, nas três primeiras vezes. Dizem que crianças tardias vêm mais rápido, mas acho que meu útero se esqueceu como — suspirou ela. — Quis que você visse... que há coisas que nem mesmo a Senhora de Avalon pode comandar.

— Você não quer nem ao menos me tornar sacerdotisa. Por que isso deveria ter importância para mim? — A mágoa afiou a língua de Viviane.

— Acha que não quis vê-la iniciada? Sim, suponho que posso ver por que você pensaria assim. A razão... — Ela parou de falar, balançando a cabeça. — As exigências da mãe e da sacerdotisa com frequência são difíceis de serem reconciliadas. Esta criança pode ser um menino ou uma menina sem nenhum talento. Como grã-sacerdotisa, meu dever é criar uma sucessora. Não posso arriscá-la até que eu saiba. — Uma nova dor tirou o fôlego dela.

E como uma mãe? Viviane não ousou dizer as palavras.

— Ajude-me a levantar — disse Ana roucamente. — Vai levar mais tempo se eu ficar deitada.

Ela usou o braço de Viviane como apoio para se levantar e, então, apertou o ombro da moça. Viviane tinha o tamanho certo para apoiá-la, como nenhuma das outras poderia. Ana sempre parecera tão imponente, a filha jamais percebera antes como, na verdade, eram tão parecidas.

— Fale comigo... — disse Ana, enquanto andavam pelo quarto, parando quando vinha uma contração. — Conte-me sobre... Mona... e a fazenda.

Viviane a olhou surpresa. Ana jamais parecera se importar com a infância da filha antes. Às vezes se perguntava se ela ao menos se lembrava do nome de Neithen. Mas a mulher que pendia em seu braço, arquejando, não era a mulher que ela odiava, e a pena abriu seu coração e suas memórias. Falou da ilha verde e varrida pelo vento cujas árvores se amontoavam na costa de frente ao continente, e cuja extremidade desafiava o mar cinza. Contou a ela sobre as pedras espalhadas que um dia foram um templo druida, e sobre os ritos que as famílias descendentes dos sobreviventes do massacre de Paulinus ainda praticavam ali. E falou sobre a fazenda de Neithen e do bezerro que salvara.

— Imagino que agora seja uma vaca velha, com muitos bezerros dela.

— Parece uma vida feliz e saudável... Esperava que fosse assim, quando deixei Neithen levá-la. — Conforme a dor passou, ela se endireitou, e começaram a andar de novo, embora mais devagar.

— Vai entregar esta criança para ser criada em outro lugar? — perguntou Viviane.

— Eu deveria... mesmo se for claramente nascida para ser sacerdotisa — disse Ana, com pressa. — Mas nestes dias eu me pergunto se há algum lugar em que ela poderia crescer em segurança.

— Por que ela não deveria ficar? Todos repetiam que eu era muito velha para começar meu treinamento aqui.

— Acho... — disse Ana — que é melhor eu me deitar. — Um pouco de sangue escorria por sua perna. Julia se aproximou e a examinou, observando que o útero estava quatro dedos aberto, o que pareciam pensar que era um bom progresso, embora tudo ainda parecesse um tanto improvável para Viviane.

— É melhor... se a criança tiver alguma experiência no mundo externo. Anara foi criada aqui. Acho que isso, de alguma maneira, a tornou mais fraca. — O olhar dela se voltou para dentro e os músculos de sua mandíbula se retesaram quando cerrou os dentes com uma nova dor.

— O que aconteceu com ela? — sussurrou Viviane, inclinando-se mais perto. — Por que minha irmã morreu?

Por um momento pensou que a mãe não fosse responder. Então, viu uma lágrima escorrendo das pálpebras fechadas.

— Ela era tão linda, minha Anara... não como nós — sussurrou Ana. — O cabelo dela era como um campo de trigo sob o sol. E ela tentava tanto agradar...

Realmente, não como nós!, pensou Viviane, com um humor sombrio, mas ficou em silêncio.

— Ela disse que estava pronta para o teste, e eu quis acreditar nela... Queria que fosse verdade. E então eu a deixei ir. Eu rezo, Viviane — ela apertou o braço da filha — para que você jamais tenha de segurar nos braços o corpo morto de sua própria filha!

— É por isso que atrasou minha iniciação? — perguntou Viviane, pasma. — Porque tinha medo?

— Para as outras eu posso julgar, mas não para você... — Ela gemeu baixo quando a pontada seguinte veio, e então relaxou de novo. — Pensei que soubesse quando Anara estava pronta... Pensei que soubesse.

— Senhora, precisa relaxar. — Julia se curvou sobre ela, olhando para Viviane. — Deixe a garota ir agora, e ficarei com você por um tempo.

— Não... — sussurrou Ana. — Viviane deve ficar também.

Julia franziu o cenho, mas não disse mais nada enquanto começava a massagear suavemente a barriga retesada de Ana. No silêncio que se seguiu, Viviane ouviu uma onda de música e percebeu que na verdade a estava ouvindo por um longo tempo. Nenhum homem tinha permissão de entrar no quarto do parto, mas Taliesin devia estar sentado bem do lado de fora.

Gostaria que ele pudesse estar aqui!, pensou Viviane, com raiva. *Gostaria que todos os homens pudessem ver pelo que passa uma mulher para lhes dar um filho.*

As contrações começaram a se seguir mais rapidamente. Parecia que Ana mal tinha tempo de buscar fôlego antes que seu corpo se contraísse de novo. Elen segurava uma de suas mãos, e Viviane pegou a outra, enquanto Julia examinou mais uma vez entre suas coxas.

— Vai demorar muito? — sussurrou a garota enquanto a mulher em trabalho de parto gemia.

Julia encolheu os ombros.

— Não é assim que essas coisas acontecem. Agora é a hora em que o corpo acaba de abrir o útero e fica pronto para empurrar o bebê para fora. Fique relaxada, minha Senhora — ela disse a Ana, massageando a barriga dela novamente com dedos tremulantes.

— Ah, Deusa... — sussurrou Ana. — Deusa, *por favor*!

Aquilo, pensou Viviane, era intolerável. Inclinou-se para a frente, murmurando não sabia quais palavras de encorajamento e elogios. Os olhos da mãe, dilatados com a dor, se fixaram nos dela e então subitamente pareceram mudar. Por um momento ela parecia jovem; seu cabelo longo, molhado de suor, encurtado em uma massa de cachos.

— Isarma! — sussurrou Ana. — Ajude-me, e a criança!

E como um eco vieram as palavras: *Que o fruto de nossas vidas seja atado e selado por ti, ó Mãe, ó Mulher Eterna, que segura a vida mais recôndita de cada uma de Tuas filhas entre as mãos sobre o coração dela...* E, quando Viviane olhou o rosto branco diante de si, soube que Ana também as tinha ouvido. Naquele momento não eram mais mãe e filha, mas mulheres juntas, almas irmãs presas uma à outra e à Grande Mãe de vida a vida desde antes que os sábios viessem pelo mar.

E com aquela memória veio outro conhecimento, aprendido em outra vida, em um templo cuja tradição sobre nascimentos era mais profundo do que qualquer coisa que as mulheres de Avalon soubessem. Com a mão livre, Viviane desenhou o sigilo da Deusa sobre o útero em trabalho de parto.

Ana se recostou na cama com um grande suspiro, e Viviane, caindo novamente em si com uma subitaneidade vertiginosa, teve um momento de medo puro. Então, os olhos da mãe voltaram a se abrir, ardendo com novo propósito.

— Me... levante! — ela sibilou. — Está na hora!

Julia começou a dar ordens. Ajudaram Ana a passar as pernas pela borda da cama, de modo que, quando Elen e Viviane se ajoelharam na palha para apoiá-la, ela estava agachada. Julia estendeu apressadamente outro pano limpo debaixo e esperou enquanto Ana grunhia e empurrava o bebê. Ela empurrava de novo e de novo; segurá-la era como tentar agarrar alguma grande força da natureza; no entanto, Julia a encorajava, dizendo que agora podia ver a cabeça da criança. Outro empurrão, um bom, a faria sair.

Viviane, sentindo os tremores que pulsavam através do corpo da mãe, se viu invocando a Deusa também em uma prece mais fervorosa que qualquer outra que já fizera. Aspirou e sentiu o calor explodir internamente como se tivesse aspirado fogo. Luzes brilhavam através de cada membro, uma força grande demais para ser contida em qualquer corpo humano; mas, por aquele momento ela *era* a Grande Mãe dando à luz o mundo.

Quando exalou, o poder correu para fora dela com a força de um relâmpago e através do corpo da mulher que segurava, que convulsionava, empurrando o bebê com toda sua força. Julia gritou que a cabeça estava vindo, e Ana empurrou de novo com um grito que deve ter sido ouvido até Inis Witrin, e algo vermelho, molhado e que se retorcia deslizou para as mãos da parteira.

Uma menina... Em um silêncio súbito, ecoante, todas olharam para a nova vida que acabara de entrar no mundo. Então, o bebê virou a cabeça e a quietude foi quebrada por um gemido fraco, choramingado.

— Ah, aqui está uma bela menina — murmurou Julia, limpando o rostinho com um pano macio e levantando-a para deixar o sangue escorrer do cordão. — Elen, apoie a Senhora enquanto Viviane me ajuda aqui.

Viviane fora instruída sobre o que precisava fazer, mas suas mãos tremiam ao amarrar o cordão com duas tiras; então, quando a seção entre elas ficou frouxa, pegou a faca e o cortou.

— Bom. Agora pode segurá-la enquanto me ocupo da placenta. O pano para envolvê-la está na mesa ali.

Viviane mal ousava respirar enquanto a parteira colocava o bebê em seus braços. Sob as manchas de sangue podia-se ver a pele rosada da criança, e os tufos de cabelo que secavam prometiam ser louros. Não era nenhuma criança das fadas, mas uma do povo dourado da raça de reis.

Elen perguntava como o bebê deveria ser chamado.

— Igraine... — murmurou Ana. — O nome dela é Igraine...

Como se em resposta, o bebê abriu os olhos, e o coração de Viviane se perdeu. Mas, conforme fitava aquele vago olhar azul, a Visão desceu sobre ela de repente. Viu uma jovem loura que sabia ser aquela criança crescida, com seu próprio bebê. Mas era um menino robusto, e no momento seguinte o viu também adulto, cavalgando na batalha com uma luz de herói nos olhos e a Espada de Avalon a seu lado.

— O nome dela é Igraine — sua própria voz parecia vir de muito longe — e o Defensor da Britânia virá de seu útero...

***

Taliesin sentou-se ao lado da lareira no grande salão de reuniões, tocando sua harpa. Tinha tocado com frequência na primavera. Os sacerdotes e sacerdotisas sorriam quando o ouviam e diziam que o bardo dava voz à alegria deles, para combinar com a das aves aquáticas em migração trazidas para os charcos em torno de Avalon com o tempo que esquentava. Taliesin sorria e continuava a fazer música, e esperava que não notassem que o sorriso não chegava a seus olhos.

Ele deveria estar feliz. Embora não pudesse reconhecê-la, era pai de uma bela filha, e Ana se recuperava bem.

Mas ela se recuperava lentamente. Embora não tivesse gritado durante o parto, como algumas mulheres fazem, ele estivera sentado perto o suficiente de sua porta para ouvir os sons que ela fizera enquanto o trabalho de parto seguia e seguia. Havia tocado tanto para evitar ouvir o que acontecia como para alegrar quem estava lá dentro. Como faziam esses homens que tinham um filho a cada ano? Como um homem suportava o conhecimento de que uma mulher muito amada arriscava a vida para tirar de seu útero o bebê que ele plantara ali?

Talvez eles não amassem suas mulheres como ele amava a Senhora de Avalon. Ou, talvez, fosse apenas porque não fossem amaldiçoados com os sentidos treinados dos druidas, que permitiam a Taliesin dividir a agonia dela. As pontas dos dedos do harpista ficaram ensanguentadas com a intensidade com que tocara, na tentativa de fazer da música uma barreira contra aquela dor.

E agora ele tinha novas tristezas. Suas memórias do parto de Viviane eram vagas; estivera ocupado com suas tarefas normais, o nascimento fora mais fácil, e ele não sabia se a criança era sua. Mas, seja quem for que a tivesse gerado, Viviane era sua filha agora. E Ana havia, por fim, dado permissão para a iniciação dela. Ele entendia agora por que a grã-sacerdotisa tinha demorado tanto. Ele também viveria com medo até que a moça, sozinha, voltasse em segurança através das brumas mais uma vez.

E então ele tocava, a grande harpa lamentando todas as coisas que passam e que, embora possam voltar, não serão as mesmas. E na música, sua dor e seu medo eram transmutados em harmonia.

***

Viviane caminhava nas margens do lago e olhou pela água para a forma pontuda do Tor, reunindo coragem para o teste que a tornaria uma sacerdotisa de Avalon. Se qualquer coisa tivesse sido necessária para convencê-la de que não estava mais no mundo em que passara os últimos cinco anos, seria aquilo, pois, em vez da coroa familiar do círculo de pedras, viu no topo uma torre construída pela metade. Era dedicada a um deus chamado Mikael, lhe disseram, embora eles o chamassem de *angelos*. Era um Senhor da Luz, que os cristãos invocavam para combater o poder de dragão da deusa da terra que um dia vivera na colina.

E ainda vive, pensou, franzindo a testa, *em Avalon*. Mas, sejam quais fossem as intenções dos construtores, aquela torre fálica parecia menos uma ameaça à terra do que um desafio ao céu, um farol para marcar o fluxo de poder. Aqueles cristãos, que tanto tinham herdado das fés mais antigas, pouco entendiam dos verdadeiros significados delas. Ela imaginava que ficaria feliz se, mesmo naquela forma distorcida, alguns dos Mistérios fossem preservados no mundo.

E aquele seria o único Mistério que jamais veria se não conseguisse voltar para Avalon. O teste e a iniciação eram a mesma coisa, pois era no ato de transformar a realidade de Inis Witrin, que estava no mundo humano, na realidade de Avalon que uma sacerdotisa recebia seu poder.

Viviane voltou o olhar para a terra atrás dela, onde a planície alagada do Brue se estendia em um emaranhado de gramados e pântanos em direção ao estuário do Sabrina. Se respirasse profundamente, imaginava que poderia sentir um toque do cheiro salgado do mar distante.

Continuava a se virar, vendo o traço branco da estrada indo para a frente e para trás em três grandes curvas até os cumes acinzentados das colinas Mendip e, do outro lado, as alturas mais amigáveis dos Poldens. Lindinis estava em algum lugar entre eles e a estrada romana. Ocorreu-lhe que, se escolhesse, poderia seguir em qualquer direção e encontrar uma nova vida lá. Poderia ter feito aquilo antes, mas, agora, também podia escolher voltar. Não tinha nada além da roupa que vestia e a pequena faca em forma de foice em seu cinto, mas sua mãe a tinha, por fim, libertado.

Viviane sentou-se em um tronco desgastado e observou um martim-pescador se lançar e subir como um espírito do céu. A luz do sol brilhava na água e cintilava na madeira gasta do pequeno barco chato que haviam deixado para ela, um barco a vara como os usados pelo povo do brejo. O ar ainda retinha o calor do meio-dia, mas a brisa leve que se agitava no oeste trazia consigo o hálito fresco do mar. Ela sorriu, deixando o sol relaxar os músculos que tinham endurecido com a tensão. Até ter a escolha de ir embora para o mundo ou voltar para Avalon era uma vitória; mas ela já sabia qual seria sua decisão.

Por muitas noites havia sonhado com aquele teste, visualizado cada momento, traçado o que faria. Seria uma vergonha desperdiçar todo aquele planejamento. Mas isso não era o que compelia sua decisão. Ela já não se importava se seria ela ou a pequena Igraine a se tornar grã-sacerdotisa um dia, mas precisava provar à mãe que o sangue antigo corria nela de verdade. O período eufórico após o nascimento havia se dissipado o suficiente para que Viviane soubesse que ela e Ana continuariam a brigar – eram muito parecidas. Mas, agora, eram capazes de se entender melhor.

Embora o propósito de Viviane não tivesse mudado, os motivos por trás dele haviam se alterado desde o nascimento da irmã. Para manter esse novo entendimento, tinha de provar que era uma sacerdotisa. E *queria* voltar, para discutir com a mãe, ver Igraine crescer e ouvir Taliesin cantar.

O que era tudo muito bom, pensou, levantando-se de novo e caminhando ao longo da margem. Mas ela ainda precisava *fazer* aquilo.

Magia, haviam lhe ensinado, *é uma questão de focar a vontade disciplinada. Mas, às vezes, a vontade precisa ser abandonada. O segredo está em saber quando exercer o controle e quando deixá-lo de lado*. O céu estava claro agora, mas, conforme o vento marítimo ficava mais forte, as brumas viriam rolando do Sabrina em uma onda úmida, inexorável como a maré.

Não eram as brumas que precisava transformar, mas ela mesma.

— Senhora da Vida, ajude-me, pois sem Você não posso cruzar até Avalon. Mostre-me o caminho... Faça-me entender — sussurrou, e então, percebendo que não era uma conversa, mas a simples afirmação de um fato: — Sou sua oferenda...

Viviane se acomodou de forma mais confortável no tronco, pousando as mãos abertas sobre os joelhos. O primeiro passo era encontrar seu centro. Inspirou o ar, segurou o fôlego e o soltou lentamente de novo, deixando que ele levasse consigo todos os pensamentos apinhados que a distrairiam de seu propósito ali. Para dentro e para fora, repetia o padrão, contando, conforme a consciência se voltava para dentro e ela descansava em paz eterna.

Quando sua mente estava vazia de todos os pensamentos exceto um, Viviane respirou fundo e enviou sua consciência para baixo, profundamente no chão. Ali, nos charcos, era como enfiar os braços dentro da água, não a fundação sólida na qual alguém se entrelaçava no Tor, mas uma matriz fluida, elusiva, sobre a qual era preciso flutuar. Embora aquelas profundezas pudessem ser instáveis, eram um poço de poder. Viviane o sugou através das raízes que seu espírito havia estendido e o puxou para cima em um fluxo formigante que jorrava do topo de sua cabeça, buscando os céus.

Naquela primeira exaltação, pensou que sua alma fosse deixar o corpo; mas respostas que tinham se tornado instintivas puxavam a energia de volta para baixo, enviando-a para a terra de novo através de sua espinha. De novo ela brotou para cima, e dessa vez ficando em pé, levantando os braços conforme o poder pulsava através dela. Gradualmente, a corrente se tornou uma vibração, uma coluna de energia da terra para o céu, ela se tornando o canal entre eles.

Seus braços baixaram, esticando-se para fora, e com eles seu espírito se expandiu para abarcar tudo dentro do plano horizontal. Sentia tudo em torno dela, lago, charco e gramado, todo o caminho até as colinas e o mar, como sombras de luz em sua visão. A névoa era um véu que se movia através de suas percepções, fria na pele, mas formigando de poder. Com os olhos ainda fechados, voltou-se para encará-la e focou toda sua necessidade em um chamado silencioso.

A névoa rolou em uma grande onda acinzentada, borrando gramado, charco e o lago em si, até que Viviane parecesse a única coisa viva que restava no mundo. Quando abriu os olhos, isso fez pouca diferença. O chão era uma sombra mais escura a seus pés; a água, uma sugestão de movimento adiante. Sentiu seu caminho para a frente até que a forma longa do barco apareceu, vaga, como se a bruma tivesse tirado sua substância, além da cor.

Entretanto, ele parecia sólido o suficiente quando o tocou, mesmo para seus sentidos alterados, e, ao entrar nele e empurrá-lo, pôde sentir o balanço familiar enquanto ele flutuava livre. Em momentos, as massas ensombrecidas da margem haviam desaparecido. Agora não tinha mais nem mesmo a terra sólida como âncora, e nenhum destino era visível a seus olhos mortais. Suas escolhas eram duas: poderia sentar-se ali até o amanhecer, quando o vento vindo da terra soprava as brumas para longe, ou encontrar o caminho entre a névoa até Avalon.

Das profundezas de sua memória, começou a invocar o feitiço. Ele era, haviam lhe ensinado, ligeiramente diferente para cada um que o usava. Às vezes, parecia mudar a cada vez em que era usado. As palavras em si não importavam, mas sim as realidades para as quais elas eram a chave. E não era suficiente apenas dizer o feitiço. As palavras eram apenas um gatilho, algo mnemônico para catalisar a transformação no espírito.

Viviane pensou em uma montanha que vira que se tornava a figura de uma deusa adormecida quando olhada em certa luz. Pensou no Graal, em si uma simples taça até que fosse visto com os olhos do espírito. O que era névoa quando não era névoa? O que, na verdade, era a barreira entre os mundos?

Não há barreira... O pensamento se precipitou em sua consciência.

— O que é a névoa?

Não há névoa... Há apenas ilusão.

Viviane pensou sobre isso. Se as brumas eram apenas ilusão, então o que era a terra que elas escondiam? Seria Avalon uma miragem, ou era a ilha cristã que não era real? Talvez nenhuma delas existisse fora de sua mente, mas, nesse caso, o que era o eu que as imaginara? O pensamento perseguia a ilusão por uma espiral infinita de irracionalidade, a cada volta perdendo coerência enquanto mais limites pelos quais os humanos definiam a existência desapareciam.

Não há Eu...

O pensamento que fora Viviane tremeu ao toque da desintegração. Um vislumbre de compreensão lhe disse que aquela era a escuridão na qual Anara se afogara. Era aquela a resposta verdadeira, nada existia?

Nada... e Tudo...

— Quem é Você? — gritou o espírito de Viviane.

Seu Eu...

Seu eu era nada, um ponto bruxuleante à beira da extinção; e então – no mesmo momento, ou antes, ou depois, pois não havia Tempo ali – ele se tornou o Uno, uma radiância que preenchia todas as realidades. Por um momento eterno, ela participou daquele êxtase.

Então, como uma folha que não era leve o suficiente para flutuar no vento, ela caiu para baixo, para dentro, reintegrando todas as partes que haviam se perdido. Mas a Viviane que voltou a seu corpo não era totalmente a mesma que fora arrebatada. Sua voz voltou conforme se redefinia e cantou as sílabas ondulantes do feitiço de passagem, e, com isso, deu nova definição ao mundo.

Sabia, mesmo antes que as brumas começassem a se partir, o que tinha feito. Era como o momento em que, certa vez, emergira de uma floresta emaranhada, certa de que seguia na direção errada, e então, entre um passo e outro, sentiu a mudança em sua cabeça e soube o caminho.

Mais tarde, quando Viviane se perguntava como tivera sucesso onde Anara falhara, ela pensou que talvez fosse porque sua batalha de cinco anos com a mãe a forçara a construir um ser que podia resistir até mesmo ao toque do Vazio. Mas, para que não imaginasse ser muito sagrada, também entendeu que havia algumas que se perdiam durante seus testes porque já estavam tão próximas do Uno que suas almas separadas se juntavam a ele sem distinção, como uma gota de água se torna uma só coisa com o oceano.

O êxtase daquela união ainda estava próximo o bastante para que Viviane piscasse para afugentar as lágrimas conforme ele desaparecia. Ela se recordou, com uma súbita angústia, de como havia chorado quando a mãe a mandara embora com Neithen. Não havia se permitido lembrar aquele dia até aquele instante.

— Senhora... não me deixe só! — sussurrou, e como um eco veio uma consciência interna: *Jamais a deixei; jamais a deixarei. Enquanto a vida durar, e além, estou aqui...*

Mas a luz interna estava diminuindo, a névoa se tornara um bruxuleio de brilho enquanto se afinava e, no momento seguinte, a luz total do sol atordoou Viviane.

Ela piscou com o brilho da luz na água, nas pedras pálidas das construções e na grama de um verde vívido do Tor, e soube que não havia uma visão mais bela em todos os mundos. Alguém gritou; ela usou uma das mãos para proteger seus olhos do sol e pôde reconhecer o cabelo brilhante de Taliesin. Seus olhos examinaram a encosta, buscando a mãe, e ficou tensa mais uma vez com a velha dor. Taliesin estivera olhando, esperando por sua volta, provavelmente desde o momento em que ela partira. Será que sua mãe não se importava, mesmo agora, se Viviane tivera êxito ou falhara?

E então seu espírito se levantou; abruptamente, soube que a mãe estava escondida porque não admitia para si mesma ou para qualquer um o quanto se importava se sua filha mais velha entre as ainda vivas voltaria para casa, em segurança.

21

— Me pegue no colo! Fivy, me pegue no colo! — Igraine levantou os braços gorduchos e Viviane a levantou até a altura de seu ombro, rindo. Tinham feito esse jogo por todo o jardim; primeiro a criança descia e explorava o seu entorno e depois era levantada para que pudesse ver.

— Ufa. Acho que já está na hora de Fivy colocar você no chão, amor, enquanto ainda tenho costas! — Aos quatro anos, Igraine já tinha quase a metade da altura de Viviane, e não havia dúvida de que fosse filha de Taliesin: embora o cabelo da menininha fosse de um dourado mais avermelhado, o profundo azul de seus olhos era o mesmo.

Igraine balbuciava com a diversão, e desceu trotando o caminho, perseguindo uma borboleta.

Doce Deusa, pensou Viviane, enquanto observava o sol brilhando naqueles cachos, *que beleza essa criança será!*

— Não, querida — gritou subitamente quando Igraine deu uma guinada em direção à cerca de espinheiros —, essas flores não gostam de ser colhidas! — Mas era tarde demais. Igraine já tinha passado a mão nas flores, e pontinhos vermelhos apareciam no arranhão. O rosto dela se avermelhou e ela tomou fôlego para um grito enquanto Viviane a pegava nos braços.

— Calma, calma, querida, a flor malvada mordeu você? Precisa ter cuidado, vê? Aqui, agora vou dar um beijo e vai ficar tudo bem! — O choro começou a diminuir enquanto Viviane a embalava nos braços.

Infelizmente, os pulmões da criança eram tão bem desenvolvidos quanto o resto dela, e todos que podiam escutar, o que era quase todo mundo em Avalon, pareciam correr ao resgate.

— É só um arranhão — começou Viviane, mas a primeira entre os que se aproximavam era sua mãe, e ela de repente se sentiu como a noviça mais jovem, apesar do crescente azul em sua testa.

— Pensei que poderia confiar em *você* para mantê-la segura!

— Ela *está* segura! — exclamou Viviane. — Deixe que ela aprenda a ter cautela com as coisas que não lhe causarão dano real. Não pode mantê-la para sempre acolchoada em penas de ganso!

Ana estendeu os braços e, com relutância, Viviane deixou a menininha ir.

— Pode criar seus filhos de sua própria maneira quando os tiver, mas não diga como criar a minha! — Ana vociferou sobre o ombro enquanto carregava Igraine embora.

Se é uma mãe tão sábia, por que as primeiras duas filhas que você criou estão ambas mortas e somente a que você mandou embora sobreviveu? Vermelha de vergonha, pois tinham atraído uma bela audiência, Viviane engoliu a resposta. Não estava brava o suficiente para dizer a única coisa que sabia que a mãe não seria capaz de perdoar, apenas porque poderia ser verdade.

Tirou a sujeira das saias e fixou um olhar severo em Aelia e Silvia, duas das noviças mais novas.

— Aquela pele de carneiro que estavam raspando está totalmente pelada? Venham, então — continuou lendo a resposta nos olhos baixos delas —, a pele não ficará melhor guardada, e precisamos limpá-la e salgá-la.

Viviane marchou colina abaixo em direção ao galpão de curtume, localizado bem na direção do vento de todas as outras construções, com as duas garotas atrás. Em momentos como aquele, ela se perguntava por que quisera se tornar uma sacerdotisa. Com certeza seu trabalho não mudara. A única diferença era que, agora, ela tinha mais responsabilidades.

Quando se aproximavam do lago, ela viu o barco de um dos homens do brejo sendo impulsionado rapidamente pela água.

— É Garça! — exclamou Aelia. — O que ele pode querer? Parece ter uma pressa terrível!

Lembrando-se do ataque saxão, Viviane parou subitamente; mas não podia ser isso. Vortimer tinha combatido Hengest de volta a Tanatus pela segunda vez dois anos antes. As duas garotas já corriam em direção à margem. Mais devagar, ela as seguiu.

— Senhora! — Mesmo em sua pressa desesperada, Garça lhe fez a saudação completa. Desde que ela levara o Graal para salvá-los, o povo do brejo a honrava da mesma maneira que a Senhora de Avalon, e Viviane não conseguira fazê-los parar.

— O que foi, Garça? Houve algum acidente? Os saxões vieram?

— Nenhum perigo para nós! — Ele se endireitou. — Eles levam o bom sacerdote, padre Sortudo. Homens vieram para levá-lo!

— Alguém está levando o padre Fortunatus? — Viviane franziu a testa. — Mas por quê?

— Dizem que ele tem más ideias que o deus deles não gosta. — Ele balançou a cabeça, obviamente sem poder compreender o problema.

Viviane estava tão confusa quanto ele, embora se recordasse de Fortunatus dizendo que alguns dos cristãos consideravam suas ideias como sendo aquilo que eles chamavam de heresia.

— Venha, Senhora! Eles a escutam!

Viviane duvidava. A fé dele era tocante, mas assustar um bando de saxões parecia algo fácil comparado a lidar com uma briga entre facções cristãs. De algum modo duvidava que os superiores de Fortunatus fossem se impressionar de modo favorável com um testemunho de Avalon.

— Garça, tentarei ajudar. Volte, e vou falar com a Senhora de Avalon. É tudo que posso lhe prometer...

***

Viviane havia esperado que a mãe fosse dispensar a história de Garça com desculpas educadas, mas, para seu assombro, ela pareceu considerá-la motivo de preocupação.

— Somos separados de Inis Witrin, mas ainda há uma conexão — falou Ana, franzindo a testa. — Disseram-me que eles às vezes sonham conosco, e nossos trabalhos são perturbados quando há problemas lá. Se os cristãos fanáticos encherem a ilha de medo e fúria, certamente sentiremos os efeitos em Avalon.

— Mas o que podemos fazer?

— Tenho em mente há algum tempo que Avalon deveria fazer mais sobre os líderes do mundo externo e suas políticas. Nos tempos antigos, a Senhora de Avalon viajava com frequência para aconselhar príncipes. Parecia imprudente fazer isso desde que os saxões chegaram, mas a terra está mais segura agora do que esteve em anos.

— Você irá, Senhora? — perguntou Julia, espantada.

Ana balançou a cabeça.

— Pensei em mandar Viviane. E pelo caminho ela pode fazer perguntas a respeito desse Fortunatus. A experiência será útil.

Viviane a mirou.

— Mas não sei nada de política ou de príncipes...

— Não a mandaria sozinha. Taliesin irá com você. Diga aos romanos que é filha dele. Isso é algo que eles entenderão.

Viviane lançou um olhar rápido para a mãe. Seria aquela a resposta à pergunta que nem ela nem Taliesin jamais ousaram fazer? Ou a Senhora dizia a ela como deveria sentir-se? Fosse qual fosse a razão de Ana, pensou a moça ao sair para se preparar para a viagem, ela havia escolhido a única companhia com quem Viviane teria desejado deixar Avalon.

***

O rastro de Fortunatus os levou a Venta Belgarum, seus muros robustos marcados pelos ataques de bárbaros, embora ainda estivessem de pé. Disseram a eles que o magistrado chefe, um homem chamado Elafius, era o anfitrião do bispo em visita, o mesmo Germanus que fora tão útil contra os pictos dez anos antes. Nesta visita, no entanto, ele parecia ter limitado seus ataques a seus camaradas cristãos. Dois bispos britânicos foram depostos e um número de padres foram presos até que enxergassem os erros que tinham cometido.

— Sem dúvida Fortunatus está entre eles — disse Taliesin, enquanto cavalgavam pelo portão fortificado. — Puxe seu xale para cobrir o cabelo, minha querida. Você é uma virgem modesta de boa família, lembra?

Viviane lançou um olhar rebelde para ele, mas obedeceu. Já perdera a discussão sobre viajar em roupas masculinas, mas tinha jurado que, caso se tornasse Senhora de Avalon um dia, vestiria o que quisesse.

— Conte-me sobre Germanus — disse. — É improvável que ele fale comigo, mas é bom conhecer o inimigo.

— Ele é um seguidor de Martinho, o bispo de Caesarodunum na Gália, a quem agora reverenciam como santo. São Martinho era um homem de posses que doou tudo o que possuía, dividindo até seu manto com um homem pobre que não tinha nenhum. Germanus prega contra a desigualdade de riqueza, o que o torna popular entre o povo.

— Isso não parece tão ruim — observou Viviane, levando o pônei para o lado da mula dele. Estava se acostumando com cidades depois de Lindinis e Durnovaria. Venta, no entanto, era a maior cidade que já tinha visto. Seu pônei se contraía nervosamente com as multidões, e ela também.

— Não, mas é mais fácil dominar a plebe pelo medo do que pela razão. Então, ele diz a eles que vão queimar no inferno a não ser que tenham fé e que o deus deles decida perdoá-los, e é claro que apenas os padres da Igreja Romana têm o poder de dizer se ele o fez. Ele prega que a ocupação de Roma pelos vândalos, e nossos próprios problemas com os saxões, são punições divinas pelos pecados dos ricos. Em tempos incertos como estes, tal filosofia tem um grande apelo.

Viviane assentiu.

— Sim... todos queremos alguém para culpar. E imagino que Pelágio, e os que os seguem, não concordam.

Passavam agora pela rua larga que levava ao fórum. O guardião dissera que os hereges estavam sendo julgados na basílica.

— Pelágio está morto há muitos anos. Seus seguidores são em sua maioria homens da velha cultura romana, bem-educados e acostumados a pensar por si mesmos. Acham mais lógico que um deus recompense benevolência e ações corretas do que fé cega.

— Em outras palavras, acham que o que um homem faz é mais importante do que aquilo em que ele acredita, ao passo que para os padres romanos é o contrário... — observou Viviane secamente, e Taliesin lhe deu um sorriso de apreciação.

O pônei dela recuou quando dois homens passaram além deles. Taliesin se esticou para pegar as rédeas dela e então olhou para a frente, sua estatura maior e montaria mais alta permitindo que visse mais além.

— Algum tipo de perturbação. Talvez devêssemos ficar...

— Não — disse Viviane. — Quero ver. — Mais devagar, continuaram adiante até alcançarem a praça.

Uma multidão se reunia na frente da basílica. Ela podia ouvir um burburinho como o primeiro murmúrio de trovão que precede uma tempestade. Muitos usavam as roupas grosseiras de trabalhadores, mas podia-se perceber outros com vestes que haviam sido muito mais refinadas, embora agora estivessem manchadas e gastas. Refugiados, era mais provável, ávidos para encontrar um bode expiatório em quem colocar a culpa por suas tristezas. Taliesin se curvou para perguntar o que estava acontecendo.

— Hereges! — O homem cuspiu nas pedras do pavimento. — Mas o bispo Germanus dará um jeito neles, isso ele vai, e salvará esta terra de pecados!

— Viemos para o lugar certo — disse Taliesin com firmeza, mas seu rosto era sombrio.

Na hora errada..., pensou Viviane, chocada demais para falar qualquer coisa.

A porta da basílica se abriu, e dois homens vestidos de guardas saíram e tomaram posição, um de cada lado. O burburinho do povo ficou mais forte. Houve um brilho dourado e um padre surgiu, vestindo uma capa bordada sobre uma túnica branca. Deveria ser o próprio bispo, ela pensou, pois tinha um chapéu de formato estranho e carregava uma versão ornada de dourado do cajado de pastor.

— Povo de Venta! — gritou ele, e o burburinho logo se transformou em um silêncio murmurante. — Vocês sofreram profundamente com a espada dos pagãos. Os homens de sangue apresaram como lobos por esta terra. Vocês clamam a Deus, perguntando de joelhos por que deveriam ser punidos.

O cajado do bispo balançou sobre a cabeça deles, que se curvaram, lamentando-se. Germanus os considerou por um momento, e então, de modo mais calmo, continuou.

— Fazem bem em perguntar, ó meus filhos, mas fariam melhor em clamar ao Senhor do Céu por misericórdia, pois Ele faz o que deseja, e é apenas pela misericórdia Dele que vocês vão escapar da danação.

— Reze por nós, Germanus! — gritou uma mulher.

— Farei melhor. Purificarei esta terra. Cada um de vocês nasceu em pecado, e apenas a fé vai salvá-los. Quanto à Britânia, foram os pecados de seus grandes que trouxeram esta praga sobre vocês. Mas os poderosos são rebaixados. Os pagãos foram a foice na mão de Deus. Os que comiam em ricas mesas agora mendigam o pão, e os que usavam vestes de seda andam em trapos. — Ele deu um passo para a frente, varrendo o ar com seu cajado torto.

— É isso! É verdade! Deus, tenha misericórdia por nós todos! — As pessoas batiam no peito, prostrando-se nas pedras duras.

— Eles se gabaram de que seus próprios feitos poderiam salvá-los e disseram que sua riqueza era prova do favor de Deus. Onde está o favor de Deus agora? As heresias sórdidas de Pelágio os extraviaram, mas, pela graça de nosso Pai Celeste, vamos purgá-las!

Parecia que ele mesmo tinha tomado um purgante, pensou Viviane, vendo os olhos salientes de paixão e a saliva que voava de suas mandíbulas. Perguntou-se como alguém podia acreditar naquelas coisas; o povo, no entanto, gritava em um êxtase de concordância. Seu pônei se pressionou contra a mula de Taliesin, como se até o pequeno animal sentisse necessidade de proteção.

A gritaria se intensificou quando mais guardas saíram pela porta, empurrando três homens diante de si. Viviane se retesou, sem querer acreditar que um daqueles prisioneiros que se arrastavam pudesse ser Fortunatus. Mas, como se sentisse esse pensamento, o primeiro homem se endireitou, observando a multidão com um sorriso melancólico. O rosto dele estava machucado, e o cabelo, retorcido, mas ela reconheceu o monge que fora seu amigo. Então, os guardas começaram a empurrá-los escada abaixo.

— Hereges! — gritou o povo. — Demônios! Vocês trouxeram os pagãos para cima de nós!

Se ao menos eles tivessem feito isso, pensou Viviane. Com um exército de pagãos, seria possível varrer aquela turba.

— Apedrejem-nos! — gritou alguém, e em um momento todo o fórum gritava o mesmo. Homens se curvavam para arrancar pedras do pavimento, e Viviane podia vê-los jogando; vislumbrou Fortunatus, com a cabeça ensanguentada; então, a multidão se fechou em torno dele.

Por um longo momento o bispo ficou observando, uma espécie de satisfação chocada estampada em seu rosto. Então, como se ele tivesse lamentavelmente se lembrado de que os cristãos deveriam ser amantes da paz, falou com um dos guardas, e os soldados se enfiaram na confusão, balançando as extremidades sem corte das lanças.

Assim que passou a ser o recipiente da violência, a turba começou a se desintegrar, dispersando-se em nós que se debatiam, arrebanhados pelos guardas. Os clérigos tinham desaparecido de volta para dentro da basílica quando a briga começou. Assim que Viviane conseguiu ver com clareza através do fórum, enfiou os calcanhares nos flancos do pônei.

— Viviane, o que está fazendo? — A mula de Taliesin veio ressoando atrás, mas Viviane já tinha alcançado as formas amontoadas dos que caíram na luta. Alguns começavam a sentar, gemendo, mas três jaziam imóveis, cercados por pedras espalhadas.

Viviane escorregou das costas do animal e se curvou sobre Fortunatus. Sangue fresco cobria as feridas que ele já tinha. Um olho estava fechado pelo inchaço. Frenética, ela procurou pulso, e, quando o tocou, o outro olho se abriu. Gentilmente, ela virou a cabeça dele para que pudesse vê-la.

— Bela senhora... — Ele piscou em confusão. — Mas aqui não é o país das fadas.

— Fortunatus, como se sente?

Ele a olhou por mais um momento e então começou a rir.

— É você... minha donzela da encosta. Mas seu cabelo está comprido... O que faz aqui?

— Vim ajudá-lo. Se ao menos tivesse chegado aqui antes! Mas vamos levá-lo agora e cuidar de seus ferimentos. Tudo ficará bem!

Fortunatus começou a balançar a cabeça, se retraiu e ficou imóvel.

— Eu poderia ter escapado dos homens do bispo — sussurrou. — Pensei em simplesmente ir para o país das fadas. Mas devia obediência a ele.

— Não vou deixá-lo voltar para que eles tentem matá-lo de novo! — exclamou Viviane.

Havia uma grande doçura no sorriso dele.

— Não... agora só tenho mais um pouco para seguir.

De tempos em tempos, um dos pacientes que o povo do brejo levava a Avalon morria; sob o sangue de Fortunatus, Viviane podia reconhecer uma palidez similar, e as marcas, azuladas como apertões, no nariz e na testa. Um homem mais jovem poderia ter sobrevivido aos ferimentos dele, mas o coração de Fortunatus o deixava na mão agora.

— Vai rezar por mim?

Foi a vez de Viviane encará-lo.

— Mas sou pagã. Uma sacerdotisa! — Ela apontou para a crescente em sua testa.

— Temo que eu seja um herege ainda maior do que Germanus sabe — sussurrou Fortunatus —, pois não consigo achar que Deus está confinado nessas caixas em que os homens tentam colocá-Lo. Se Ele é um pai, não pode Ele ser também uma mãe, e, se é assim, a Deusa a quem você serve não é outra maneira como Ele pode ser visto?

A primeira reação de Viviane foi de ultraje. Então, ela se lembrou do momento de União quando voltou através das brumas para Avalon. O poder que sentira então não fora masculino nem feminino.

— Talvez seja assim... — murmurou. — Rezarei para o Uno que está além de todas as diferenças para levá-lo gentilmente para a Luz. — Ela viu a dor correr pelos braços dele; então, a respiração do homem se aliviou.

— Pensei muitas vezes... morrer deve ser como se mudar para o mundo das fadas. Um passo para dentro e para o lado... fora deste mundo.

As lágrimas alfinetavam as pálpebras de Viviane, mas ela assentiu e pegou a mão dele. Os lábios dele se moveram como se o padre tentasse sorrir e, então, o sorriso começou a desaparecer.

Viviane sentou-se ao lado de Fortunatus, sentindo a vida dele se esvair como água de uma vasilha rachada. Pareceu um longo tempo, mas, quando tirou os olhos do corpo esvaziado, Taliesin estava parando o cavalo a seu lado. Ela balançou a cabeça, tentando não chorar.

— Ele está morto, mas não vou deixar que fiquem com seu corpo. Ajude-me a levá-lo embora.

O bardo se virou na sela, fazendo um sinal com os dedos e murmurando um feitiço de confusão. Entendendo a intenção dele, Viviane começou a reforçar o feitiço.

— *Vocês não nos veem... Vocês não nos ouvem... Ninguém estava aqui...*

Que os cristãos pensassem que Fortunatus fora carregado por demônios se quisessem, contanto que não vissem.

Taliesin lançou o velho padre sobre sua própria sela e levantou Viviane de volta para a dela. Então, estendeu o manto sobre o corpo, pegou ambas as rédeas e os levou de volta pela praça.

A ilusão os protegeu até que saíram da cidade. Viviane teria gostado de enterrar o velho em sua própria Ilha Sagrada, ao lado da pedra pela qual ele entrava no mundo das fadas, mas Taliesin conhecia uma capela cristã que, embora agora estivesse abandonada, ainda ficava em solo sagrado. Ali eles o deitaram, com os ritos que os druidas usavam, e Viviane, lembrando-se do momento na névoa em que tinha se unido com a Luz e soubera que toda a Verdade era Uma, pensou que Fortunatus não se importaria.

***

Se a primeira parte da viagem tinha terminado em fracasso, o resto teve mais sucesso, embora Viviane achasse difícil se importar. Foram até Londinium, onde o Grande Rei se esforçava para manter uma fachada de ordem com seus dois filhos fortes atrás dele. Viviane reconheceu Vortimer, o que fora a Avalon, embora ele agora parecesse mais velho. No começo ele pensou que ela fosse sua mãe; Viviane não lhe disse que ela tinha sido a sacerdotisa velada que representou a Donzela em seu ritual. Ele estava um tanto orgulhoso de seus sucessos contra os bárbaros, e ela não duvidou de sua lealdade a Avalon.

Entretanto, seu pai, Vortigern, era outra história: uma raposa velha, agora casado com uma megera saxã ruiva. Tinha governado por muito tempo e sobrevivido a muita coisa, e acolheria qualquer aliança, ela pensou, que fosse ajudá-lo a ficar no poder. Ela falou a ele sobre o bispo Germanus, e sobre como o fanatismo dele estava dividindo a terra, embora tivesse poucas esperanças de que o Grande Rei fosse, ou pudesse, agir contra ele. Mas à mensagem da Senhora de Avalon ele deu ouvidos; pelo bem da Britânia, deveria se encontrar com seu velho rival Ambrósio para discutir cooperação, se um encontro pudesse ser arranjado em um território neutro.

Depois daquilo, o caminho os levou para os bastiões, na região oeste, onde os saxões ainda não tinham chegado. Em Glevum, Ambrósio Aureliano, cujo pai se intitulara imperador e disputara a soberania com Vortigern, reunia homens. Ouviu a mensagem da Senhora com interesse, pois, embora ele mesmo fosse um cristão do tipo racional, respeitava os druidas como filósofo e já tinha encontrado Taliesin antes.

Era um homem alto em seus quarenta anos, moreno e com a aparência de águia dos romanos. No entanto, a maioria de seus guerreiros era jovem; um deles, um camarada louro e magro chamado Uther, não tinha mais do que a idade de Viviane. Taliesin a provocou dizendo que ela conquistara um admirador, mas Viviane ignorou ambos. Comparado ao príncipe Vortimer, Uther era apenas um menino.

Ambrósio ouviu a reclamação dela sobre Germanus com alguma empatia, pois os homens cultos que o bispo gaulês gostava tanto de atacar eram da mesma classe da qual ele tinha vindo. Mas Venta Belgarum estava em uma parte da ilha que já não era leal nem a ele nem a Vortigern e, de qualquer modo, um senhor secular tinha pouco controle sobre clérigos. Sua resposta fora muito mais cortês do que a do Grande Rei, mas Viviane sentiu que suas ações não seriam mais úteis.

Enquanto ela e Taliesin começavam a jornada pela estrada de volta a Avalon, meditou sombriamente sobre amaldiçoar os assassinos de Fortunatus e só foi interrompida pela suspeita de que o velho padre provavelmente os tinha perdoado.

***

Ao persuadir Vortigern e Ambrósio a considerar uma aliança, Viviane havia plantado as sementes da união britânica, mas não foi até o ano seguinte que surgiram os primeiros brotos. Viera a notícia de que os saxões estavam mais uma vez reunindo forças a leste de Cantium, e Vortimer, desta vez determinado a esmagá-los, apelou a Avalon. Desse modo, um pouco antes de Beltane, a Senhora de Avalon partiu da Ilha Sagrada e viajou para o leste com sua filha mais velha, suas sacerdotisas e seu bardo para se encontrar com os príncipes da Britânia.

O local marcado para o conselho era Sorviodunum, uma pequena cidade localizada nas margens de um rio onde a trilha que vinha do norte cruzava a estrada principal saindo de Venta Belgarum. O cruzamento era um lugar agradável, sombreado por árvores, cujo norte se voltava para a ampla extensão da planície. Quando o grupo de Avalon chegou, nos prados planos em torno dele haviam brotado tendas como algum novo tipo de flor da primavera.

— Nós do leste derramamos nosso próprio sangue para defender a Britânia — disse Vortigern, de seu banco sob um carvalho. Ele não era um homem grande, mas ainda era sólido, o cabelo mais grisalho do que quando Viviane o vira antes. — Em minha última campanha, meu filho Categirn trocou sua vida pela do irmão de Hengest no baixio do Rithergabail. Os corpos de nossos homens foram a muralha que manteve os saxões longe dos seus. — Ele fez um gesto para as coberturas de telhas de Sorviodunum, pacíficas sob o sol.

— E toda a Britânia está grata — disse Ambrósio, com voz firme, do outro lado do círculo.

— Vocês estão? — retrucou Vortimer. — Palavras são fáceis de ser ditas, mas não têm o poder de deter os saxões. — Ele também parecia mais velho, não mais o jovem ardente que se dedicou à Deusa, mas um guerreiro experiente. Os traços magros eram os mesmos, no entanto, assim como o orgulho feroz de falcão em seus olhos verdes.

Um herói, pensou Viviane, observando-o de seu lugar, ao lado da mãe. *Ele é o Defensor agora*. Todos sabiam que as sacerdotisas haviam arranjado o encontro, mas não era político admitir isso publicamente. O grupo de Avalon fora colocado na sombra de uma cerca de espinheiros, perto o suficiente para que vissem e escutassem.

— Algo pode detê-los? — perguntou um dos homens mais velhos. — Não importa quantos matamos, a Germânia parece gerar mais...

— Pode ser. Mas, se formos fortes, vão procurar uma presa mais fácil. Deixe que caiam sobre a Gália, como fizeram os francos. Eles *podem* ser expulsos! Em mais uma campanha, conseguiremos fazer isso. É mantê-los longe o que me preocupa agora.

— E deveria — disse Ambrósio. Ele parecia vigilante, como se buscasse um significado mais profundo nas palavras de Vortimer. Vortigern soltou um riso latido. O rumor era o de que ele viera apenas por causa do apelo do filho, e tinha poucas esperanças de que qualquer coisa pudesse ser obtida.

— Sabe tão bem quanto eu o que é necessário — disse o Grande Rei. — Lutei com seu pai por causa dessa mesma questão durante muitos anos. Seja chamado de imperador ou rei, é preciso ter um governante a quem toda a Britânia obedeça. Apenas assim Roma manteve os bárbaros longe por tantos séculos.

— E quer que sigamos *você*? — exclamou um dos homens de Ambrósio. — Entregar o redil ao homem que convidou os lobos a virem?

Vortigern se voltou contra ele, e por um momento Viviane entendeu por que o velho tinha mantido o poder por tantos anos.

— Envio lobos para lutar contra lobos, como os próprios romanos também fizeram tantas vezes. Mas, antes de lidar com Hengest, gastei a voz pedindo ao meu povo para empunhar espadas em sua própria defesa. Implorei a eles, como apelo a vocês agora!

— Não podíamos pagar Hengest, e ele se voltou contra nós — disse Vortimer, de modo mais calmo. — Desde então, o pouco que as hordas deixaram foi usado para lutar contra ele. O que você fez, sentado em suas colinas pacíficas? Para proteger o que recuperamos, precisamos ter homens e precisamos de recursos para mantê-los, não apenas durante esta campanha, mas todos os anos.

— Nossas terras estão maltratadas, mas, com alguns anos de paz, podem se recuperar. — Vortigern retomou o argumento novamente. — E então nossa força unificada seria o suficiente para atravessar os pântanos e florestas, que os anglos protegem, e tomar de volta as terras dos icenos.

Ambrósio ficou sentado em silêncio, mas seu olhar estava em Vortimer. Na natureza das coisas, poderia esperar viver mais que o velho; era o jovem quem poderia se tornar seu verdadeiro rival ou aliado.

— Você ganhou o respeito de todos os homens por sua coragem e suas vitórias — ele disse lentamente —, e com certeza toda a Britânia deve ser grata. Se não fosse por você, o lobo agora estaria também em nossa garganta. Mas os homens querem ter alguma voz sobre quem gasta o dinheiro deles e quem eles seguem. Nosso próprio povo lhe deve lealdade. Os homens do oeste não.

— Mas eles seguirão *você*! — exclamou Vortimer. — Tudo o que peço é que você e seus homens lutem a meu lado!

— Isso pode ser tudo o que me pede, mas seu pai, acho, quer que eu o reconheça como líder — respondeu Ambrósio. Houve um silêncio pesado. — Isso eu farei — disse o príncipe do oeste, então. — Abrirei nossos depósitos e lhe enviarei suprimentos. Mas não posso, conscientemente, cavalgar debaixo do estandarte de Vortigern.

A conferência se desintegrou em um balbucio de disputas. Os olhos de Viviane ardiam com lágrimas de decepção, mas, enquanto piscava para afastá-las, percebeu que Vortimer a olhava com um tipo de esperança desesperada. A sabedoria dos homens o tinha decepcionado. O que restava além de buscar o conselho de Avalon? Ela não se surpreendeu quando ele virou as costas para os outros e foi na direção deles.

***

Por toda sua vida Viviane ouvira falar da Dança dos Gigantes, mas jamais estivera lá. Cavalgando para o norte ao longo do rio, esperava ansiosamente que a primeira mancha escura de pedra emergisse na planície. Mas foi Taliesin, o mais alto entre eles, quem a viu primeiro, apontando para que primeiro Vortimer e depois Viviane e Ana vissem. Viviane ficou grata ao príncipe por criar aquela oportunidade. Quando ele pedira à Senhora de Avalon que previsse o futuro, ela respondera que seria melhor fazer isso extraindo o poder de algum lugar ancestral próximo. Viviane se perguntou se aquilo era verdade ou se Ana simplesmente não desejava fazer um trabalho mágico perto de tantos olhos desfavoráveis.

Decerto uma cavalgada de quase três horas teria de ser suficiente para desencorajar a curiosidade sem propósito. Embora a tarde estivesse quente, Viviane tremia. A imensidão do céu aberto fazia a planície parecer infinita e causava um estranho sentimento de vulnerabilidade, como uma formiga cruzando uma pedra de pavimento. Mas, aos poucos, as manchas escuras ficavam maiores. Agora ela podia distinguir as pedras separadas.

Ela estava familiarizada com o círculo de pedras sobre o Tor, mas aquele era maior, cercado por uma grande vala, as pedras modeladas com precisão, e muitas das que permaneciam de pé tinham lintéis sobre elas, de modo que o efeito era mais de uma construção do que de um bosque sagrado. Muitas pedras haviam caído, mas aquilo pouco fizera para diminuir seu poder. Embora a grama crescesse verde e grossa em torno do círculo, era esparsa e brotava com dificuldade no centro. Viviane ouvira dizer que a neve não caía dentro do círculo nem se grudava às pedras.

Examinando mais de perto, pôde ver pedaços de pedras que apareciam em volta, no solo. Dentro do círculo havia um outro menor formado por pilares, e quatro trílitos mais altos em um semicírculo em torno da pedra do altar. Ela se perguntou para quais realidades era possível passar através daqueles portais escuros. Eles desmontaram e restringiram as patas dos cavalos, uma vez que não havia árvores para amarrá-los na planície. Curiosa, Viviane andou em torno do barranco sobre a vala.

— E o que achou? — perguntou Taliesin, quando voltou.

— É estranho, mas fico pensando em Avalon; ou, na verdade, em Inis Witrin, onde vivem os monges. Os dois lugares não poderiam ser mais diferentes, e, no entanto, o círculo de trílitos é quase do mesmo tamanho do círculo de cabanas amontoadas em torno da igreja que há lá.

— É verdade — disse Taliesin, falando depressa, quase com ansiedade. Ele estava em jejum desde a noite anterior para se preparar para seu papel na magia. — De acordo com nossas tradições, este lugar foi construído pelos homens sábios que vieram pelo mar de Atlântida nos tempos antigos, e acreditamos também que o santo que fundou a comunidade de Inis Witrin era um daqueles adeptos, renascido. Com certeza era um mestre da sabedoria ancestral, que sabia os princípios da proporção e dos números. E há outra razão pela qual você pode sentir a presença de Avalon. — Ele apontou para a direção oeste através da planície. — Uma das linhas de poder corre diretamente através das terras para o poço sagrado.

Viviane assentiu e se virou mais uma vez para observar as terras ao redor. Uma fila de montes marcava os locais de sepultamento de reis ancestrais ao leste, mas além deles havia poucos sinais de humanidade, e apenas poucos grupos de árvores esculpidas pelo vento quebravam a extensão ondulante da grama. Era um lugar solitário e, embora em outros lugares da Britânia as pessoas devessem estar se preparando para celebrar um Beltane alegre, havia ali algo de desolado que seria estranho para sempre à inocência da primavera.

E nenhum de nós sairá daqui inalterado... Ela estremeceu mais uma vez.

O sol estava baixando, e as sombras das pedras raiavam em longas barras negras ao longo da grama. Viviane se afastou delas instintivamente, mas isso a levou para o pilar único de sentinela a noroeste, que guardava a chegada ao círculo. Taliesin havia passado sobre a vala até uma pedra longa que jazia no chão bem adentro. Ele se ajoelhou ao lado dela, o leitão vermelho que trouxeram com eles preso e retorcendo-se em suas mãos, e, enquanto ela observava, puxou sua faca e a enfiou precisamente abaixo do ângulo da mandíbula do animal. O porco deu um tranco com um grito agudo e então ficou em silêncio, arquejando. O bardo o segurou, os lábios se movendo em prece enquanto o sangue vermelho jorrava sobre a superfície esburacada da pedra.

— Tentaremos o modo dos druidas antes — Ana disse em voz baixa a Vortimer. — Ele alimenta seus espíritos e os espíritos desta terra.

Quando o animal havia sangrado até o fim e seu espírito voara, Taliesin puxou uma tira de pele e cortou um pouco da carne. Ele ficou de pé, seu olhar já distante, a mão segurando o bocado de carne que parecia ainda mais avermelhado sob a luz do sol poente.

— Venham — disse Ana em voz baixa, enquanto Taliesin, andando como um homem em um sonho, se movia na direção do círculo de pedras. Viviane se contraiu quando cruzou a vala e passou pelo lugar onde o porco fora sacrificado, pois a sensação, embora menos intensa, era parecida com o que sentira quando abriu as brumas para ir até Avalon.

O druida parou novamente um pouco antes do círculo. Suas mandíbulas trabalhavam, e depois de um momento ele pegou o pedaço de carne da boca e colocou na base de uma das pedras, murmurando uma reza.

— Meu senhor, viemos a um local de poder — disse Ana ao príncipe. — Deve dizer mais uma vez por que nos trouxe aqui.

Vortimer engoliu em seco, mas falou com firmeza.

— Senhora, busco saber quem deve governar a Britânia e quem deve liderar seus guerreiros à vitória.

— Druida, ouviu a pergunta? Pode agora nos dar uma resposta?

O rosto de Taliesin estava virado para eles, mas seus olhos não viam. Com a mesma deliberação onírica, ele passou sob o lintel de pedra e entrou no círculo. O sol estava quase no horizonte, e chamas contornavam as formas negras das pedras. Enquanto Viviane seguia, experimentou outro momento de desorientação. Quando podia focar novamente, teve a impressão de que centelhas dançantes de luz pulsavam no ar. O druida estendeu as mãos para a luz que se extinguia, as virou e murmurou outro encantamento nas palmas.

Ele soltou um longo suspiro, então se enrodilhou contra a pedra chata no centro, o rosto escondido pelas duas mãos.

— O que acontece agora? — sussurrou Vortimer.

— Esperamos — disse a grã-sacerdotisa. — É o sono do transe, do qual o oráculo deve vir.

Esperaram enquanto o céu se desbotava no anoitecer, mas, embora a escuridão caísse, tudo dentro do centro permanecia vagamente visível, como se fossem iluminados por alguma luz que viesse de dentro. As estrelas brilhantes começaram sua marcha pelo céu. No entanto, o tempo tinha pouco significado. Viviane não sabia dizer quanto tempo se passara até que Taliesin murmurou e se mexeu.

— Adormecido, acorde; em nome Dela que dá à luz as estrelas eu o chamo. Fale na língua da humanidade e nos diga o que viu. — Ana se ajoelhou diante dele enquanto Taliesin se endireitava, apoiado pela pedra.

— Serão três reis lutando por poder: a Raposa, que reina agora, e depois dele a Águia e o Dragão Vermelho, que buscarão possuir a terra. — A voz de Taliesin veio lenta e pesada, como se ele ainda estivesse em um sonho.

— Eles destruirão os saxões? — perguntou Vortimer.

— O Falcão fará o Dragão Branco voar, mas só o Dragão Vermelho fará um filho para vir depois dele; é ele quem será chamado de conquistador do Dragão Branco.

— E quanto ao Falcão — começou Vortimer, mas Taliesin o interrompeu.

— Em vida, o Falcão jamais reinará; na morte, ele poderá guardar a Britânia para sempre... — A cabeça do druida pendeu sobre seu peito e sua voz se transformou em um sussurro. — Não tente saber mais.

— Não entendo. — Vortimer sentou-se sobre os calcanhares. — Já sou dedicado à Deusa. O que Ela quer de mim? Isso é demais para saber ou não é o suficiente. Chame a Deusa e deixe que eu escute a vontade Dela.

Viviane o olhou alarmada, querendo avisá-lo para ter cuidado com o que dizia, pois as palavras ditas naquele círculo, naquela noite, tinham poder.

Taliesin se levantou com esforço, balançando a cabeça e piscando como se emergisse de águas profundas.

— Chame a Deusa! — Vortimer agora falava como um príncipe acostumado a comandar, e o druida ainda estava próximo o bastante do transe, de modo que obedeceu sem perguntas.

O corpo de Viviane sacudiu quando as energias bruxuleantes do círculo responderam àquele chamado, mas o foco era na mãe dela. Vortimer arquejou enquanto a pequena figura da grã-sacerdotisa parecia expandir-se subitamente além do tamanho mortal. Um riso baixo ecoou das pedras. Por alguns momentos Ela ficou de pé, esticando os braços e movendo os dedos, como se para testá-los; então Ela se aquietou, olhando do rosto aterrorizado de Viviane para o de Taliesin, cuja consternação mostrava que ele agora percebia o que, sem preparo e sem consulta, tinha feito.

Mas Vortimer, com a esperança ardendo nos olhos, tinha se jogado aos pés Dela.

— Senhora, nos ajude — gritou ele.

— O que você Me dará? — A voz dela era preguiçosa, divertida.

— Minha vida...

— Já ofereceu isso, e de fato vou requisitá-la. Mas ainda não. O que peço nesta noite — ela olhou ao redor e riu uma vez mais — é o sacrifício de uma virgem...

O silêncio horrorizado que se seguiu pareceu longo demais. Taliesin, a mão apertando o punho de sua faca como se temesse que ela fosse fugir, balançou a cabeça.

— Deixe que o sangue da porca Lhe satisfaça, Senhora. A garota Você não terá.

Por um longo momento a Deusa o considerou. Observando-a, Viviane teve a impressão de ver as formas de sombra de corvos voando e entendeu que era a Mãe Negra do caldeirão que tinha vindo para eles naquela noite.

— Vocês juraram Me servir. Todos vocês — ela disse severamente —, e ainda assim não querem me dar a única coisa que peço.

Viviane se viu falando sem ter a intenção, a própria voz trêmula em seus ouvidos.

— Se Você a conseguisse, o que ganharia?

— *Eu* não ganharia nada. Já tenho tudo. — A diversão havia se esgueirado de novo ao tom Dela. — Vocês é que aprenderiam... que é apenas através da morte que a vida pode vir, e às vezes a derrota traz a vitória.

É um teste, pensou Viviane, se recordando da Voz nas brumas. Ela soltou o manto e o deixou cair.

— Druida, como sacerdotisa jurada de Avalon eu lhe ordeno, em nome dos poderes que juramos servir. Amarre-me, para que a carne não recue, e faça como a Deusa manda. — Ela andou para a pedra.

Quando Taliesin, tremendo, pegou o cinto que ela lhe estendia e amarrou seus braços aos seus flancos, Vortimer, por fim, encontrou sua voz.

— Não! Não pode fazer isso!

— Príncipe, obedeceria se eu implorasse que se detivesse em batalha? Esta é minha escolha e minha oferenda. — A voz de Viviane era clara, mas parecia vir de muito longe.

Enlouqueci, ela pensou enquanto Taliesin a levantava sobre a laje. *Os espíritos escuros deste lugar me seduziram.* Ao menos morreria de modo limpo; já tinha visto o druida matar antes. A mulher que era e não era sua mãe observava implacavelmente ao pé da pedra. *Mãe, se na verdade isso é obra sua, eu serei vingada, pois estarei livre, mas terá de suportar essa lembrança quando voltar a si.*

Por um instante, a pedra estava fria; então, começou a ficar quente e acolhedora. Taliesin era uma forma escura contra as estrelas. Ele havia sacado a faca; a luz brilhava em seu gume enquanto o tremor dele se comunicava à lâmina. *Pai, não me decepcione...*, ela pensou e fechou os olhos.

E, naquela escuridão, ela ouviu mais uma vez a Deusa rindo.

— Druida, guarde esta lâmina. É outro tipo de sangue que exijo, e é o príncipe que deve tomar o sacrifício...

Por um momento, Viviane não conseguiu imaginar o que Ela queria dizer. Então, ouviu o retinir de uma faca jogada acertando a pedra. Ela abriu os olhos e viu Taliesin agachado contra um dos menires, chorando. Vortimer estava de pé como se tivesse sido transformado em pedra.

— Tome-a... — a Deusa disse em um tom mais gentil. — Acha que mesmo eu exigiria a vida dela em uma noite de Beltane? O abraço dela o tornará um rei. — Suavemente, Ela foi até o príncipe e o beijou na testa. Então, caminhou para fora do círculo, e depois de alguns momentos Taliesin a seguiu.

Viviane sentou-se.

— Pode me soltar — disse, quando Vortimer ainda não se moveu. — Não vou correr de você.

Ele riu de modo abalado e se ajoelhou diante dela, fuçando no nó. Viviane olhou para a cabeça baixa dele com uma ternura súbita que sabia ser o começo do desejo. Quando a corda por fim caiu, ele pousou a cabeça em seu colo, abraçando suas coxas. Sentiam o calor pulsante entre eles se intensificar; subitamente sem fôlego, ela correu os dedos pelo cabelo escuro dele.

— Venha para mim, meu amado, meu rei... — ela por fim sussurrou, e ele se levantou e se estirou ao lado dela sobre a pedra.

As mãos de Vortimer tornaram-se ousadas, até que ela sentisse que se dissolvia. Então o peso dele a pressionou contra a pedra do altar, e sua consciência se disseminou por todas as linhas de poder que raiavam daquelas pedras. *Isto é a morte...* Uma centelha de pensamento voou. *Isto é vida...* O grito dele a trouxe de volta novamente.

Naquela noite, morreram muitas vezes e renasceram nos braços um do outro.

22

Quando o príncipe Vortimer voltou para o leste, Viviane o acompanhou. Ana parou seu pônei ao lado de Taliesin e os observou partir.

— Depois de tantos anos, você ainda me surpreende — disse o bardo. — Nem discutiu quando ela falou que queria ir.

— Perdi esse direito — respondeu a grã-sacerdotisa, rouca. — Viviane ficará melhor longe, onde estará a salvo de mim.

— Foi a Deusa, não você — começou Taliesin, mas sua voz vacilou.

— Tem tanta certeza? Eu me *lembro*...

— Do *que* você se lembra? — Ele se virou para ela e Ana pôde perceber rugas em seu rosto que não estavam ali antes.

— Eu me ouvi dizendo aquelas palavras e senti *deleite* quando vi você sobre ela com aquela faca, vendo que tinha tanto medo. Em todos esses anos tive certeza de estar fazendo a vontade da Senhora, mas e se estava enganada, e o que falou através de mim era apenas meu próprio orgulho?

— Acha que *eu* fui enganado? — perguntou Taliesin.

— Como posso saber? — ela exclamou, tremendo como se o sol não tivesse mais o poder de aquecê-la.

— Bem... — ele disse devagar. — Preciso crer em você. Naquela noite, meu próprio julgamento estava enevoado pelo medo. De todos nós, acho que apenas Viviane podia enxergar claramente, e, no fim, honrei o direito dela de fazer a oferenda.

— Não pensou em mim? — gritou Ana. — Acha que eu conseguiria viver sabendo que minha própria mão condenou minha filha?

— Ou eu — ele disse em voz bem baixa —, sabendo que ela morreu por minha culpa?

Olharam um para o outro por um longo momento, e Ana entendeu a pergunta nos olhos dele. E, mais uma vez, se recusou a responder. Era melhor que pensasse que a menina era filha dele, mesmo agora.

Nesse momento, ele suspirou.

— Se foi seu verdadeiro eu que quis salvá-la, ou a Deusa que mudou a mente Dela, vamos agradecer por Viviane estar salva e ter uma chance de felicidade. — Ele conseguiu sorrir para ela.

Ana mordeu o lábio, perguntando-se como merecia que aquele homem a amasse. Já não era mais jovem e jamais fora bela. E, agora, seus cursos femininos haviam se tornado tão irregulares que não sabia se ainda era fértil.

— Minha filha se tornou uma mulher, e eu me tornei a Anciã da Morte. Leve-me de volta para Avalon, Taliesin. Leve-me para casa...

***

Durovernum estava quente e lotada, como se metade de Cantium tivesse buscado refúgio entre suas muralhas grossas. Os saxões a tinham atacado várias vezes, mas a cidade jamais caíra. Hoje, abrindo caminho pela multidão no braço de Vortimer, Viviane pensou que, se mais alguma pessoa fosse enfiada ali, poderia explodir.

As pessoas se cutucavam e apontavam Vortimer enquanto eles passavam. Pelos comentários, estava claro que achavam a visão dele tranquilizadora. Viviane apertou o braço dele, e ele sorriu para ela. Quando estavam sozinhos, podia baixar suas defesas e *saber* o que ele sentia por ela. Mas, em meio a uma multidão daquelas, precisava armar escudos mentais tão fortes quanto as muralhas de Durovernum, ou o clamor a teria deixado louca; podia julgar seus sentimentos apenas pelo tom da voz e o olhar dele. Não era de espantar que as pessoas do mundo externo tivessem tantos desentendimentos — ela se perguntou se um dia conheceria de novo a paz de Avalon.

A casa para onde iam ficava na parte sul da cidade, perto do teatro. Pertencia a Ennius Claudianus, um dos comandantes de Vortimer, que dava uma festa. Viviane achara estranho que Vortimer e seus capitães fossem perder tempo com entretenimento praticamente na véspera da batalha, mas, conforme ele explicou, era importante demonstrar ao povo confiança de que a vida que tinham conhecido seguiria em frente.

A escuridão caía, e escravos corriam na frente deles com tochas. Acima, as nuvens brilhavam como se estivessem em chamas. Viviane suspeitava que a cor brilhante fosse devida à fumaça de sapé que queimava já que os saxões marchavam para Londinium, mas o efeito era certamente espetacular. Lembrando-se das muitas fazendas abandonadas no interior pelas quais passaram até chegarem ali, ficou surpresa por ainda haver algo para queimar.

Por que viera? Amava mesmo Vortimer ou apenas fora seduzida pela resposta do próprio corpo a ele? Fora desconfiança da mãe que a fizera partir? Não sabia, mas, enquanto iam para o átrio e ela observava as mulheres romanas com roupas elegantes ao seu redor, Viviane sentiu-se como uma criança vestida com as roupas da mãe. Aquelas pessoas podiam ser britânicas pelo sangue, mas se apegavam desesperadamente ao sonho do império. Flautistas trinavam no jardim e, no átrio, acrobatas saltavam e caíam ao som de um tambor. As comidas e bebidas, disseram-lhe, eram escassas comparadas ao que seria servido em dias melhores, mas o que tinham fora refinadamente preparado. Mesmo com todos os esforços para entorpecer seus sentidos internos, Viviane queria chorar.

— O que foi? — A mão de Vortimer em seu ombro a trouxe de volta de seu devaneio. — Não está bem?

Viviane olhou para cima e balançou a cabeça, sorrindo. Haviam se perguntado se ela sairia grávida daquele primeiro encontro no círculo de pedras, mas, nos dois meses em que ela e o príncipe estiveram juntos, sua menstruação fora regular. Vortimer não tinha filhos; era instinto, imaginava, que um homem que enfrentara a morte quisesse deixar algo atrás de si. Ela tinha esperado um filho também.

— Apenas cansada. Não estou acostumada a dias quentes assim.

— Podemos ir logo — ele disse com um sorriso que fez seu pulso bater mais rápido. Ele olhou ao redor com aquele olhar vigilante que a fazia imaginar.

O dia todo, pensou, ele estivera esperando por algo; quando estivessem sozinhos, ela o faria dizer o que era. Naquela primeira vez em que fizeram amor, na Dança dos Gigantes, tinham se conhecido profundamente. Desde então, quando se deitava com ele em locais que não eram protegidos, suas defesas instintivas a impediam de ter uma união tão completa. Vortimer não tinha reclamado; talvez ele, com sua maior experiência, não considerasse aquilo um problema; talvez, ela pensou com tristeza, fosse assim que as relações entre homem e mulher costumavam ser, e sua própria iniciação fora a anomalia.

Subitamente aflita, botou as mãos no braço dele e desejou que as barreiras sumissem. Sentiu primeiro o calor dos sentimentos dele por ela, uma mistura de paixão e afeição e um tanto de reverência. Então, toda a consciência que havia bloqueado desceu rápido sobre Viviane, e ela *viu*...

Vortimer estava como uma aparição diante dela. Suas mãos lhe diziam que a carne dele ainda era sólida, que aquilo era uma ilusão, mas, para sua Visão, ele desaparecia. Com um arquejo, obrigou-se a desviar os olhos dele, mas pouco adiantou. Dos homens no recinto, mal restava um que não tivesse se transformado em fantasma. Ela olhou em direção à cidade, e lhe vieram imagens das ruas desertas, dos prédios caídos e jardins abandonados.

Não podia suportar aquilo, não veria! Com um último esforço, fechou os olhos e bloqueou toda a visão. Quando recobrou a consciência, estavam do lado de fora e Vortimer a segurava.

— Eu disse a eles que você se sentia mal e que a levaria para casa...

Viviane assentiu. Aquilo era uma explicação tão boa quanto qualquer outra. Não podia permitir que ele suspeitasse do que ela vira.

Naquela noite, estavam nos braços um do outro com as janelas abertas, de modo que podiam observar a lua no quarto crescente que subia pelo céu.

— Viviane, Viviane... — Os dedos de Vortimer acariciavam seu cabelo grosso. — Na primeira vez em que a vi, pensei que fosse uma deusa, e pensei o mesmo quando se entregou a mim. Quando pedi que viesse a Cantium, ainda estava deslumbrado, certo de que você seria meu talismã da vitória. Mas, agora, é com a mulher mortal que me importo. — Ele levou uma madeixa do cabelo dela aos lábios. — Case-se comigo. Quero que fique protegida.

Viviane estremeceu. Ele estava condenado, se não na próxima batalha, então em outra.

— Sou uma sacerdotisa. — Ela voltou à sua antiga resposta, mesmo sem saber se era verdade. — Não posso me casar com nenhum homem, a não ser como nos unimos, no Grande Rito, diante dos deuses.

— Mas aos olhos do mundo... — ele começou, mas ela pousou um dedo sobre seus lábios.

— Sou sua amante. Sei o que dizem. E fico grata por seu cuidado comigo. A igreja teria de abençoar nossa união para que todos me aceitassem, e eu pertenço à Senhora. Não, meu amor, enquanto você viver, não preciso de outra proteção a não ser a Dela, e a sua...

Ele ficou em silêncio por alguns momentos. Então suspirou.

— Esta manhã chegou a notícia de que Hengest está vindo para Londinium. Não creio que consiga tomá-la, e, se não conseguir, vai recuar por Cantium, e estarei esperando. A grande luta para a qual vim me preparando está chegando. Acho que sairemos vitoriosos, mas um homem coloca a vida em risco toda vez que vai para a guerra.

Viviane perdeu o fôlego. Sabia que deveria haver outra batalha, mas não esperava que fosse tão cedo! Forçou a voz a ficar uniforme quando respondeu:

— Se você cair, há algum lugar, acredita, em que seu nome me protegeria? Se você... partisse, eu voltaria para Avalon.

— Avalon... — Ele soltou o ar em um longo suspiro. — Eu me lembro de lá, mas parece um sonho para mim. — Ele tirou a mão do cabelo de Viviane para traçar a curva da bochecha e da testa, acariciou a pele macia do pescoço dela e a pousou sobre o coração. — É como você. Tem ossos de passarinho, eu poderia quebrá-la com uma mão, mas por dentro é forte. Ah, Viviane, você me ama?

Sem palavras, ela se virou nos braços dele e o beijou, e só percebeu que chorava quando ele limpou suas lágrimas. Naquele ponto, parecia, seu amante também não sabia o que dizer, mas seus corpos se comunicavam com uma eloquência além das palavras.

Naquela noite, Viviane sonhou que estava de volta a Avalon, observando a mãe tecer. Mas o teto do galpão de tecer havia ido para cima; as barras do tear se estendiam em suas sombras, sustentando o tecido da tapeçaria. Ela olhou para cima e vislumbrou homens marchando, o lago e o Tor, ela mesma criança cavalgando com Taliesin pela chuva; mas, conforme a tecelã trabalhava, a parte finalizada da tapeçaria se movia para além de sua visão, para a escuridão dos anos esquecidos. No entanto, as imagens eram mais claras embaixo. Viu a Dança dos Gigantes e ela e Vortimer, e exércitos, sempre mais exércitos, marchando pela terra em sangue e fogo.

— Mãe! — gritou. — Por que está fazendo isso? — E a mulher se virou e Viviane viu que era ela mesma que tecia, assim como era ela quem observava, separadas, mas a mesma.

— Os deuses colocaram os fios no tear, mas somos nós que fazemos as figuras — disse a Outra. — Teça com sabedoria, teça bem...

Então ouviu um trovão, e o tear começou a se desmanchar em fragmentos. Viviane tentou pegá-los, mas eles escorregaram por seus dedos. Alguém a chacoalhava. Abriu os olhos e viu Vortimer, e ouviu as batidas na porta.

— Os saxões. Os saxões foram expulsos de Londinium e estão se retirando. Meu senhor, precisa vir...

Viviane fechou os olhos enquanto ele ia abrir a porta. Era a notícia pela qual ele esperava, sabia, e desejava desesperadamente que não tivesse chegado. Em sua memória, viu sua tecelã dos sonhos e ouviu seu aviso. *Teça bem...*

O que aquilo significava? Vortimer ia partir para a guerra e ela não podia impedi-lo. O que poderia fazer?

Vortimer já colocava as roupas. Ela jogou os braços em torno dele, a cabeça contra seu peito; podia sentir a batida do coração dele se acelerar enquanto ele deixava a túnica cair e a abraçava. Havia mais barulho à porta. Vortimer se agitou, e os braços dela se apertaram em torno dele. Ele suspirou, e ela sentiu os lábios dele tocando seus cabelos. Então, muito gentilmente, ele se libertou do abraço dela.

— Vortimer... — Ela estendeu os braços para ele de novo e ele pegou suas mãos. Percebeu que chorava quando ele se esticou para enxugar-lhe as lágrimas.

— Então — a voz dele estremeceu — você me ama... como amo você. Adeus, minha amada! — Ele se afastou dela, pegou a túnica e o cinto e começou a ir para a porta.

Viviane ficou olhando, esperando até ouvir o barulho do trinco atrás dele. Então, caiu de novo na cama que ainda mantinha a marca de seus corpos juntos, chorando como se derramasse as lágrimas de toda uma vida.

Por fim, até seu choro terminou.

Enquanto Viviane deitava-se ouvindo o silêncio, finalmente lhe ocorreu que ainda era uma sacerdotisa. Por que passara todo aquele tempo aprendendo magia se não poderia usá-la para proteger o homem que amava?

Antes que o sol estivesse alto, Viviane havia saído. Não encontrou dificuldades. A estrada atrás de um exército que avançava era a rota mais segura possível, desde que levasse comida. Tinha tomado a precaução de se vestir com uma túnica de rapaz, que conseguiu com um dos jardineiros, e de cortar o cabelo. Depois de tantos anos, tinha se acostumado a usá-lo curto e, se precisasse parecer respeitável depois, sempre poderia cobri-lo com um véu.

Nem mesmo sua montaria era uma tentação, um cavalo castrado ruano que fora julgado lento demais para ser levado para a guerra. Mas, uma vez que conseguiu persuadi-lo a se mover, suas passadas duras cobriam o chão. Naquela noite, ela dormiu à vista das fogueiras do acampamento de Vortimer e, no dia seguinte, sem ser reconhecida e sem que ninguém suspeitasse, se juntou aos cozinheiros do acampamento como um ajudante de cozinha.

No terceiro dia, a vanguarda britânica encontrou um bando de saxões e lutou brevemente com eles. Hengest voltava para o velho bastião em Tanatus. A esperança de Vortimer era impedi-lo e destruí-lo antes que pudesse atravessar o canal até a ilha. Agora se viravam para o leste, indo a toda velocidade.

Montaram acampamento com relutância naquela noite, pois sabiam que o inimigo poderia continuar marchando. Mas são apenas os homens que ultrapassam a força e a razão; os cavalos deveriam descansar se os britânicos quisessem preservar suas vantagens em cavalaria. A estrada que tomaram ficava perto do estuário do Tamesis; o ar marítimo úmido e o desejo de estar nos braços de Vortimer faziam o corpo de Viviane tremer. Mas era melhor que ele pensasse que ela ficara em segurança em Durovernum. Fez a cama em uma pequena subida de onde podia olhar para o brilho suave do couro da tenda em que ele estava. E ali, na escuridão, invocou os velhos deuses da Britânia para guardar o corpo dele e fortalecer seu braço.

Os britânicos se levantaram com a primeira luz do dia e, quando o sol subiu, os guerreiros seguiam seu caminho, deixando o comboio de suprimentos para segui-los da melhor maneira que pudessem. Agora Viviane amaldiçoava o ritmo lento de seu pangaré; sua ligação com Vortimer se tornara forte o suficiente para saber quando eles faziam contato com o inimigo.

Puderam ouvir a batalha antes de vê-la. As orelhas dos cavalos tremularam quando o vento que mudava trouxe explosões de sons, como o rugido de um mar distante; a água mais próxima era o canal que separava Tanatus do resto de Cantium, raso demais para ter ondas. O que ouviam era o clamor dos homens em combate.

As duas forças tinham se encontrado na planície ao lado do canal. Além deles se levantava o forte de Rutupiae, com as costas para o mar. Os campos alagados estavam secos naquela época do ano, e uma névoa fina de poeira se levantou no ar. Corvos circulavam, crocitando em um êxtase de antecipação.

As carroças pararam. Os condutores assistiam à batalha fascinados, apontando quando distinguiam alguma manobra, as vozes baixas e tensas. Viviane fez o cavalo ir um pouco para a frente, esforçando-se para ver. O primeiro ataque devia ter quebrado a linha de escudos dos saxões, e a batalha havia se desintegrado em nós de homens lutando. De tempos em tempos um grupo de cavaleiros combinava um ataque a um grupo maior de inimigos, ou saxões espalhados se reuniam e tentavam reformular suas linhas. Na confusão, era impossível até mesmo adivinhar qual lado estava em vantagem.

Ela estava tão atenta à batalha abaixo que, quando os homens começaram a gritar atrás dela, não prestou atenção, e foi apenas quando uma figura barbada tentou tomar as rédeas de seu cavalo que percebeu que um bando de saxões havia escapado da batalha principal e visto uma maneira de escapar nos cavalos do comboio de bagagens. Foi o cavalo que a salvou, com uma mordida feroz de seus longos dentes. O guerreiro, achando o cavalo mais perigoso que a cavaleira, cambaleou para trás. Foi um erro fatal, pois Viviane, chocada a ponto de agir, enfiou o punhal no pescoço dele. O próprio peso do homem o enfiou na carne enquanto o cavalo se soltava.

Outro homem correu na direção deles. Viviane se agarrou nas crinas enquanto o pangaré golpeava com as patas de trás. Ela soltou as rédeas e o cavalo disparou, mas isso mal importava, já que ela concordava totalmente com seu instinto de fugir. Quando o ruano parou, os flancos subindo e descendo e uma espuma de suor no pescoço, ela tinha se recuperado o suficiente para pensar de novo. O punhal sangrento ainda estava em sua mão. Estremeceu quando se preparou para jogá-lo; então lhe veio um pensamento.

Tinha, naquele sangue, algo do inimigo para trabalhar, e o próprio punhal lhe fora dado por Vortimer, que tivera a arma quando criança. Olhando de volta para a batalha distante, ela pousou a lâmina avermelhada nas palmas e começou a cantar um feitiço.

Viviane cantou agudeza para as espadas dos bretões, para que, como aquele punhal, tirassem a vida de seus inimigos; cantou mais sangue jorrando das feridas dos saxões do que corria o sangue de seu agressor. Cantou para os espíritos da terra, para que a grama se emaranhasse nos pés dos invasores, que o ar sufocasse suas gargantas, que as águas os afogassem, e que fogo na barriga se apagasse para que não tivessem mais vontade de lutar.

Não sabia o que cantava, pois, enquanto o fazia, havia entrado em transe, e seu espírito voava como um corvo sobre o campo de batalha. Viu Vortimer abrindo caminho em direção a um homem grande com tranças grisalhas e um torque de ouro, que girava um grande machado de guerra como se fosse um brinquedo. Gritando, ela desceu sobre a cabeça de Vortimer e mergulhou sobre seu inimigo.

O homem era mais sensível que seus camaradas, ou, na verdade, ela projetara sua aparição na batalha, pois ele se encolheu, falhando no golpe seguinte, e ela viu a fúria de batalha em seus olhos dando lugar à dúvida.

Você está condenado, está condenado, precisa fugir!, gritou ela. Circulou a cabeça dele três vezes e então saiu em direção ao mar.

Vortimer caiu sobre ele. Trocaram golpes, mas o grande saxão agora se defendia. O cavaleiro girou, descendo a espada. O machado girou para encontrá-la com um som ressonante, e, desviado, fez um arco sobre as argolas da cota de malha em torno da perna de Vortimer e afundou no flanco do cavalo. O animal gritou e cambaleou; em um instante estava no chão, prendendo Vortimer na lama; mas, em vez de aproveitar a vantagem, o bárbaro gritou algo em sua língua e começou a correr para a água.

Meia dúzia de embarcações saxãs estavam paradas na água. Os outros guerreiros, vendo seu líder em retirada, o seguiram. Em alguns instantes uma embarcação de guerra se encheu e partiu; homens que não chegaram a tempo chapinhavam indefesos. Os britânicos foram atrás deles, latindo como cães de caça, e a água foi se avermelhando. O segundo navio, carregado quase além de sua capacidade, começou a atravessar a lama em direção à água. O líder saxão ficou na frente do terceiro, segurando os agressores sozinho enquanto seu bando de guerra passava por ele em uma vaga. O barco começou a se mover e, gritando, o içaram a bordo.

Apenas três cargas de navios saxões escaparam daquele campo condenado, mais uns poucos que conseguiram nadar até o outro lado do canal. Os que ficaram foram ceifados em uma colheita sangrenta pelos britânicos. Viviane flutuou acima da batalha, observando até que os homens vieram tirar o cavalo de cima do corpo de seu líder, e viu Vortimer colocado de pé, a exaustão tornando-se exaltação enquanto ele percebia que tinham vencido.

***

Quando Viviane voltou a si, estava deitada na grama. O pangaré ruano pastava complacentemente ali perto. Retesando-se, pois seus músculos doíam como se tivesse lutado também com o corpo, assim como o espírito, ela se endireitou, enfiou o punhal na terra para limpar o sangue e o embainhou. Murmurando agrados em seu tom mais tranquilizante, pois o cavalo começava a olhar de modo desconfiado, conseguiu agarrar as rédeas e se empurrou para o lombo dele mais uma vez.

Uma das poucas coisas que trouxera de Durovernum era um saco cheio de itens de curandeira, sabendo que decerto havia uso para eles depois de uma batalha. Quando o cavalo de Vortimer caiu, ele deve ter se ferido. Frenética para chegar até ele, instou o cavalo morro abaixo.

Quando o alcançou, os vitoriosos haviam se retirado para dentro do forte em Rutupiae. Mesmo então ele estava tão furiosamente ocupado dando ordens que Viviane não conseguiu chegar perto, começando seu trabalho em outros que haviam se ferido com muito mais seriedade.

Para Viviane, o próprio ar do local parecia pesar com história. Não era por acaso que Hengest tornara Tanatus seu bastião. Aquele era o portão para a Britânia. O próprio forte de Rutupiae havia se levantado do forte itinerante feito para proteger a primeira testa de ponte a ser estabelecida quando o césar viera à Britânia. Por um tempo fora o porto principal da província, e o grande monumento cujas ruínas formavam a fundação para a torre de sinalização fora erguido para celebrar sua importância. Agora o comércio que restava entrava por Clausentum ou Dubris, mas as muralhas e valas de Rutupiae haviam sido reconstruídas um século antes, quando Roma fortalecera os outros fortes da Costa Saxã, e ainda estavam em boas condições.

A noite havia caído quando Vortimer finalmente sentou-se e Viviane pôde abordá-lo. Ele tirara a armadura, mas nada fizera a respeito do ferimento. Alguém encontrara o depósito de vinho do forte, e os líderes britânicos já começavam a brindar a vitória.

— Você viu a forma como correram? Chorando como mulheres, se afogando enquanto tentavam subir nas barcas...

— Ah, mas eles mataram um bom número de nossos bons rapazes — disse outro. — Faremos uma canção a eles, assim o faremos, para louvar este dia!

Viviane franziu a testa. Já tinha percebido que Vortimer perdera uma dúzia de seus comandantes, além de muitos homens de menor patente. Talvez fosse por isso que seu rosto, enquanto fitava o fogo, estava tão sombrio. Ainda assim, Hengest fugira e os deixara no campo. Era uma vitória notável. Em silêncio, ela se moveu até ficar ao lado do ombro dele.

— Meu senhor cuidou de todos os outros. Agora é hora de alguém cuidar de sua própria ferida.

— Foi só um arranhão. Há outros bem piores que eu.

Ela não se surpreendeu que ele não a reconhecesse, pois a luz era incerta e ela devia estar horrível usando a túnica solta do escravo do jardim e culotes, sujos e manchados com o sangue dos feridos.

— E fiz o que podia para ajudá-los. Agora é sua vez. Deixe-me ver. — Ela se ajoelhou diante dele, com a cabeça tosada curvada, e pousou a mão em seu joelho.

Talvez a carne dele tivesse reconhecido seu toque, pois ele se retesou, franzindo as sobrancelhas com incerteza.

— Você é tão jovem. Tem experiência para saber... — Ele parou de repente quando ela lhe sorriu.

— Duvida de minha experiência, meu senhor?

— Bom Deus! Viviane! — Ele se contraiu quando ela começou a examinar a ferida feia ao longo de sua coxa.

— Boa Deusa, certamente! — Ela se levantou, já sem rir. — E é em nome Dela que lhe digo isto: se não achar um quarto no qual eu possa cuidar dessa ferida em privado, vou arrancar seus culotes e cuidar dela na frente de todos.

— Consigo pensar em uma série de coisas que preferiria fazer com você em um quarto privado... mas será como quer — ele respondeu no mesmo tom baixo. — Tenho algumas coisas a lhe dizer também. — Ele fez uma careta ao se levantar, pois a ferida tinha endurecido, mas conseguiu andar sem mancar enquanto seguia para os aposentos do tribuno, um dos comandantes que fora morto.

Com cuidado, Viviane ensopou o tecido dos culotes dele até que o sangue seco se dissolvesse o suficiente para que pudesse removê-lo e, então, começou a limpar a ferida. Vortimer estava deitado de lado enquanto ela trabalhava, distraindo-se das dores das ministrações dela com uma análise pungente de todas as razões pelas quais ela fora uma tola por segui-lo. Se fosse um de seus soldados, ela pensou, teria ficado aniquilada. Mas Viviane tinha desenvolvido defesas excelentes vivendo com a mãe, cujas broncas vinham acompanhadas de uma explosão psíquica que realmente podia destruir, e meras palavras tinham pouco poder de feri-la, em especial quando a emoção que as alimentava não era raiva, mas amor.

— É verdade que, se eu fosse sua esposa, poderia ter me ordenado a ficar para trás — ela por fim respondeu. — Não está feliz por não o ter feito? Não são muitos que têm o privilégio de serem tratados por uma sacerdotisa de Avalon.

A ferida em si não era tão ruim, mas fora mais estraçalhada quando o cavalo caíra sobre a perna dele, e havia muita sujeira e outras coisas a ser removidas. Ele continuou a murmurar enquanto ela trabalhava.

— E você cortou seu belo cabelo! — Ele terminou enquanto ela colocava o pano de lado.

— Não poderia ter me passado por um rapaz com ele longo — respondeu ela. — Você é um romano; não gosta de mim assim?

— É nos gregos que está pensando. — Ele corou de modo charmoso. — Espero ter demonstrado a você do que gosto...

Ela sorriu de volta para ele e lhe passou um pedaço de couro.

— Morda isso. Vou jogar vinho na ferida. — Ele saltou quando o álcool ardeu, começando a transpirar na testa. — Continue mordendo o couro enquanto costuro isso. Vai ficar com uma cicatriz interessante...

Ele estava pálido e trêmulo quando ela acabou, mas, além de uns poucos grunhidos, não fizera nenhum som. Ela tomou a cabeça dele entre as mãos e o beijou, e não o soltou até que a pele dele ficasse mais quente. Gentilmente, lavou o resto do corpo dele e conseguiu uma túnica limpa. Quando Ennius Claudianus veio procurar por ele, Vortimer dormia, e ela encontrara uma túnica do tribuno morto longa o bastante para lhe servir como vestido e usara o resto da água para melhorar sua aparência o suficiente para que ele a reconhecesse e aceitasse suas ordens de que o príncipe não deveria ser perturbado.

***

A batalha de Rutupiae fora custosa, mas não havia dúvida de que fora uma vitória. Nem a tarefa sombria de contar os mortos e enterrar seus corpos pôde dissipar totalmente a euforia deles. Hengest se fora não só da terra firme, mas da Britânia. Seus três barcos fugiram mar afora; se para a Germânia ou para a Hel germânica, os britânicos não sabiam, nem se importavam. Fosse qual fosse o destino, era provável que ele ficasse lá, pois, depois de uma derrota tão grande, onde encontraria mais homens tolos o suficiente para segui-los?

— Então acabou? Vencemos? — Viviane balançou a cabeça em espanto. Os saxões tinham sido uma ameaça por tanto tempo.

Vortimer suspirou e mudou de posição no banco, pois a perna ainda doía.

— Vencemos Hengest, e ele era nosso inimigo mais poderoso. Mas a Germânia cria bárbaros como um cadáver cria vermes, e ainda estão famintos. Mais virão um dia, e, se não vierem, ainda temos os pictos e os irlandeses. Não acabou, minha pequena, mas ganhamos uma trégua. — Ele fez um gesto para as novas covas. — O sangue deles nos comprou tempo para reconstruir. Ainda há riqueza no oeste e no sul. Agora, certamente nos ajudarão!

Ela olhou para ele com curiosidade.

— O que deseja fazer?

— Quero ir encontrar Ambrósio. Em nome de Deus, salvei a Britânia, e tanto ele quanto meu pai terão de me escutar agora. Poderia me proclamar imperador sobre a cabeça dos dois, mas não dividirei mais ainda esta terra. Ainda assim, isso me dá espaço para negociação. Meu pai está velho. Se prometer a Ambrósio meu apoio quando ele se for, talvez ele me dê a ajuda de que preciso agora.

Viviane sorriu de volta para ele, exaltada com sua visão. Agora tinha a impressão de que tudo que acontecera desde a união deles na Dança dos Gigantes fora destino, e por fim entendeu o impulso que a fez ir com ele. Ouvira que Carausius, o primeiro a se proclamar senhor da Britânia, fora casado com uma mulher de Avalon. Pois o que poderia ser mais apropriado que o Salvador da Britânia ter uma sacerdotisa como consorte, para protegê-lo e aconselhá-lo?

***

Vortimer ofereceu outra montaria para que Viviane fizesse a jornada, mas ela tinha se afeiçoado ao cavalo ruano e não quis se separar dele. E, apesar da passada dura do animal, ela tinha a impressão de que cavalgava com mais conforto no cavalo ruano do que Vortimer em seu belo garanhão cinza. Ela o tinha encorajado a ficar em Rutupiae até que sua ferida sarasse, mas ele estava convencido de que deveria se encontrar com Ambrósio agora, enquanto a Britânia ainda ecoava com as notícias de sua vitória.

A estadia deles em Londinium foi estragada por uma grande briga entre Vortimer e o pai, que, tendo se preparado para aclamar seu filho como herdeiro aparente, ficou compreensivelmente chateado quando soube das intenções de Vortimer de, conforme ele colocara, jogar fora sua vitória. Ocorreu a Viviane que Vortigern e a mãe dela poderiam se condoer de um modo um tanto confortável de seus filhos desobedientes, mas não o disse. Vortimer sofria ainda mais porque podia entender o ponto de vista do pai. Ele falara com frequência de como Vortigern tinha trabalhado para desfazer o engano que cometera ao convidar os saxões para virem à Britânia. Embora admitindo as culpas do velho, ele honrava o pai, e era dolorido ficar em desacordo com ele. Quando, por fim, tomaram a estrada para Calleva, ele estava pálido e silencioso.

Mas não foi até alcançarem o conforto relativo da *mansio* em Calleva que Viviane percebeu que nem todo o sofrimento de Vortimer era da alma. Quando se despiram para o banho, ela viu que a carne em torno da ferida ficara avermelhada e inchada. Ele jurou que não doía, e ela jurou que era mentira, e o fez prometer que a deixaria tratá-la com compressas quentes.

Naquela noite ele parecia muito mais relaxado, e, quando foram para a cama, ele a puxou para si pela primeira vez desde a batalha.

— Não deveríamos — ela sussurrou, enquanto ele beijava seu pescoço. — Vai machucá-lo...

— Não vou notar. — Os lábios dele encontraram seus seios, e ela arquejou.

— Não acredito em você — ela disse em uma voz abalada, admirada ao perceber como havia se acostumado à vida sexual deles, e quanto sentiria falta disso.

— Então teremos de ser criativos. — Ele se levantou sobre um cotovelo e então se deitou de costas, com uma mão ainda acariciando-a. — Você é uma coisinha tão pequenina. Se conseguiu cavalgar aquele pangaré ruano por todo esse caminho, com certeza pode me cavalgar!

Viviane sentiu que corava até mesmo no escuro, mas a mão andarilha dele despertava uma necessidade que ela não podia negar. Depois daquilo, a intensidade do sexo escalou rapidamente além do poder de controle de ambos. Foi como a primeira vez, quando a união deles se tornara um canal para forças além da humanidade, e, aquela noite, os aposentos de dormir em Calleva também se tornaram solo sagrado.

— Ah, Viviane — ele suspirou, quando a glória partiu e começavam a se recordar que eram apenas mortais. — Como eu te amo. Não me deixe, minha querida. Não me deixe...

— Não deixarei — ela disse ferozmente, beijando-o mais uma vez. E só muito tempo depois se perguntou por que não falou que o amava também.

**

Pela manhã partiram em direção a Glevum, mas, na tarde do segundo dia de viagem, Vortimer ficou febril. Ele se recusou a parar, no entanto, e não permitiu que ela examinasse sua ferida. Conforme a tarde seguia, os homens da escolta deles também começaram a ficar preocupados, e não discutiram quando ela ordenou que virassem para Cunetio em vez de pegar o caminho para o norte na estrada.

Naquela noite a perna estava muito quente e dura. Para Viviane estava claro que, apesar de seu cuidado, alguma sujeira devia ter ficado presa na ferida; depois de molhá-la, cortou os pontos, e uma matéria fétida saiu da abertura. A *mansio* em Cunetio era pequena e malconservada, mas ela fez o melhor que podia para manter Vortimer confortável. Ainda assim, ele dormiu com dificuldade, e ela também, preocupada com quanto tempo seu estoque de ervas duraria e o que faria quando tivesse acabado.

Ela julgou a dor de Vortimer pelo fato de que ele não se opôs a ficar mais um dia. Sua ferida ainda supurava, e, se não estava muito melhor, ao menos não estava pior. Na manhã seguinte, sentou-se ao lado dele na cama e tomou sua mão.

— Não pode cavalgar, e nessas condições não pode ir a Glevum — disse seriamente. — E este não é um bom lugar para cuidar de você. Mas não estamos tão longe de Avalon; eles têm ótimos depósitos de ervas e habilidades maiores que as minhas para usá-las. Se permitir que façamos uma liteira de cavalo para levá-lo a Avalon, tenho certeza de que ficará curado.

Por um longo tempo, pareceu, ele olhou nos olhos dela.

— Quando estávamos na Dança dos Gigantes — disse ele —, eu soube que um de nós seria sacrificado. Não tenho medo. Percebo que já morri pela Britânia antes. — E então, com o olhar alarmado dela, ele sorriu. — Que seja como quer. Eu sempre quis voltar a Avalon...

Dois dias de viagem os levaram a Sorviodunum. Viviane ficou doente, percebendo como estavam perto do círculo de pedras onde sua vida com Vortimer começara, mas, até então, estivera doente de ansiedade nos últimos três dias. Sabia que o balanço da liteira devia machucá-lo, mas todas suas habilidades não eram suficientes para conter a infecção. Vortimer era um homem forte; certamente ficaria curado se conseguissem alcançar Avalon. E assim continuaram e, pouco depois de deixarem a cidade, viraram em uma trilha ancestral que seguia para o oeste através das colinas.

Na segunda noite, acamparam em um topo redondo de colina sobre a estrada. O lugar estava muito coberto de mato, mas, conforme se deslocava procurando madeira para o fogo, Viviane percebia que o cume fora um dia nivelado e cercado de valas e muros de argila para fazer um forte como os homens construíam antigamente. Ela nada disse. Sabia feitiços para aquietar tais espíritos e não queria alarmar os homens.

Estavam ansiosos o suficiente, pois, enquanto estava longe, Vortimer ficara agitado, murmurando sobre batalhas. Pensaram que devia estar revivendo a batalha de Rutupiae, onde sofrera a ferida, mas, quando ela ouviu, escutou outros nomes: os brigantes, padre Paulus, e às vezes ele balbuciava sobre Gesoriacum e Maximiano.

A luz do fogo lhe mostrou como poucos dias de febre o tinham feito emagrecer e, ao descobrir a ferida, ela ficou alarmada ao ver as manchas negras da mortificação raiando na direção dos genitais dele. Ela a limpou e fez o curativo como de costume e não falou de seu temor.

Naquela noite, ficou sentada até tarde, passando uma esponja com água fria da fonte no corpo quente de Vortimer. Se a água tivesse sido tirada do poço sagrado, poderia curá-lo. Sem ter intenção, Viviane pegou no sono, ainda segurando o pano.

Acordou com o grito de Vortimer. Ele estava sentado ereto, balbuciando sobre lanças e inimigos no portão, mas desta vez falava em uma versão arcaica da fala que os homens do brejo usavam. Assustada, ela o chamou, primeiro naquela língua, e depois no idioma deles. O reconhecimento voltou aos olhos de Vortimer, que desmaiou sobre os cobertores, respirando pesadamente. Viviane colocou mais madeira entre o carvão, e a chama subiu mais uma vez.

— Eu os vi... — sussurrou ele. — Homens pintados com colares de ouro e lanças de bronze. Pareciam com você...

— Sim — ela disse baixo. — Este é um lugar dos ancestrais...

Ele olhou para ela com um medo repentino.

— Dizem que em um lugar como este o povo das fadas pode levá-lo...

— Gostaria que levassem. Chegaríamos mais rápido a Avalon.

Vortimer fechou os olhos.

— Acho que jamais chegarei lá. Leve-me de volta a Cantium, Viviane. Se me enterrar naquela costa onde venci a batalha, eu a guardarei, e os saxões jamais se assentarão ali, não importa qual outro porto britânico possam dominar. Vai me prometer isso, minha querida?

— Você não vai morrer, não pode! — ela disse em frenesi, apertando a mão dele. Mas ela estava quente e tão magra que se podiam sentir os ossos.

— Você é a Deusa... mas não seria tão cruel para me manter vivo sentindo tanta dor...

Viviane o olhou, recordando-se daquele primeiro ritual. A Senhora dera a vitória para ele e agora, como Ela tinha prometido, aceitava a oferenda dele. E Viviane, como sacerdotisa da Deusa, fora o meio pelo qual aquela promessa fora feita. Ela quisera ajudar Vortimer, e ela mesma, a escapar da magia para a qual tinha nascido. E tudo o que tinha conseguido fora trazê-lo para esta morte solitária onde os fantasmas de guerreiros ancestrais assombravam as colinas.

— Eu o traí... — sussurrou ela —, mas jamais tive essa intenção. — Viviane apertou o braço dele e sentiu o pulso flutuar freneticamente.

Os olhos de Vortimer se abriram, escurecidos pela dor.

— Foi tudo para nada, então? Toda aquela matança foi em vão? Segure-me, Viviane, ou voltarei a ficar louco. Ao menos deixe-me morrer são!

De repente, ela entendeu que ele a convocava como uma sacerdotisa, e decepcioná-lo seria traí-lo de verdade. Podia *ver* a vida nele oscilando como uma chama que morria. E, embora quisesse se jogar sobre o peito dele, chorando, ela assentiu e se forçou a lembrar de lições que esperava jamais ficar grata por ter aprendido.

Viviane pegou as mãos dele e segurou o olhar de Vortimer até que as respirações de ambos estivessem iguais.

— Fique tranquilo... — sussurrou ela. — Tudo vai correr bem. Quando expira, deixe a dor ir embora... — A energia dele se firmou, mas era baixa, baixa demais. Por um instante ficaram em silêncio; então os olhos dele se arregalaram.

— A dor se foi... minha rainha... — Os olhos dele se fixaram nela, mas Viviane não achava que era ela quem ele via. — Que os deuses zelem por você... até que nos encontremos... mais uma vez.

Automaticamente os lábios dela começaram a se mover em um canto que um dia fora cantado na longínqua Atlântida, no leito de morte de um rei. *Desta vez, ao menos, estou aqui para facilitar sua passagem!*, disse a si mesma, e então se perguntou de qual vida tinha vindo aquele pensamento. Sentiu os dedos dele apertarem os seus. Então ele soltou as mãos dela e da vida em si, suspirando como um homem que, tendo lutado até o fim, vê, além da esperança, sua vitória.

23

— Um é para a deusa, que é tudo. — O sorriso de Igraine era como a luz do sol. A colheita havia passado, e o ano se voltava para o Samhain, mas ali, na margem do lago, a luz era cintilante, rebrilhando nas ondas e no cabelo loiro dela.

— É isso, minha doçura — disse Taliesin, olhando para ela. — E sabe me dizer o que é dois? — Além da água azul a terra amadurecera em todas as cores do outono sob um céu pálido.

— Dois é... *algos*, coisas que Ela se transforma, como o Senhor e a Senhora, ou Escuridão e Luz.

— Isso é *muito* bom, Igraine! — Ele passou o braço em torno dela. Ao menos ele tinha permissão para amar aquela criança.

Seu olhar se voltou para aquela outra filha, que andava ao longo da costa, a cabeça tosada pendida, fazendo uma pausa de quando em quando para olhar para a Colina da Vigia, onde haviam enterrado Vortimer. Quase duas luas tinham se passado desde que o povo do brejo a encontrara com o corpo dele na antiga fortificação e trouxera ambos de volta a Avalon, mas ela ainda sofria. Tinha implorado para que a deixassem levá-lo de volta a Rutupiae, mas era muito perigoso, com o restante das hostes de saxões ainda vagando pela costa. Era por isso que o rosto dela ficara tão magro? E, no entanto, aquela magreza não tinha afetado seu corpo. Quando ela se virou, sua silhueta escura contra a água brilhante, Taliesin pôde ver o belo formato de seus seios...

— E três é quando o Dois tem um bebê — exclamou Igraine, triunfantemente.

Taliesin soltou o fôlego em um longo suspiro. Viviane, cujo peito sempre fora quase tão chato quanto o de um rapaz, tinha forma de mulher agora. Por que não dissera a eles que carregava um filho?

— Eu acertei? — Igraine puxou a manga dele com impaciência.

— De fato acertou... — Aos cinco, ela era tão inteligente quanto qualquer criança que ele conhecera, mas ultimamente parecia precisar ser tranquilizada como não precisava antes.

— Vai dizer à Mama, por favor? E ela ficará feliz comigo? — As palavras soaram longe, com clareza, no ar parado, e Viviane se virou. Os olhos dela encontraram os de Taliesin, e ele viu a tristeza neles se transformar em raiva, como se ela se recordasse da própria infância. Então eles se suavizaram, e ela veio depressa e pegou a menininha nos braços.

— *Eu* estou feliz, Igraine. Quando tinha sua idade, eu não sabia dizer nem metade das minhas lições tão bem.

Aquilo não era bem verdade, pensou o bardo, mas, quando ela tinha quase seis anos, Viviane fora mandada embora com Neithen. Nos anos posteriores, se esquecera e precisara aprender tudo de novo quando voltou a Avalon.

— Agora pode correr pela praia e procurar pedras bonitas. — Taliesin se curvou para beijar a criança. — Mas não saia de vista, nem entre na água.

— Igraine está confusa, e não é de espantar — disse Viviane, após olhá-la. Naquela estação não havia muito perigo; o nível do lago tinha baixado com a seca prolongada, tornando possível praticamente andar através dele. — Ana não tem mais tempo para ela, tem? Eu me lembro como foi quando ela começou a se afastar de mim...

Taliesin balançou a cabeça com a amargura no tom dela.

— Mas ela era tão amorosa quando Igraine era um bebê...

— Algumas mulheres são, me disseram. Gostam de ficar grávidas e adoram criancinhas, mas não parecem saber o que fazer com elas quando começam a ter ideias próprias.

— Você é sábia — ele respondeu, aceitando a verdade na observação dela. — Tenho certeza de que não fará o mesmo erro com a sua...

Viviane ficou ereta, a cor fugindo de seu rosto tão de repente que ele pensou que ela fosse cair.

— Minha criança... — A mão dela fez um gesto instintivo de proteção sobre a barriga.

— Está esperando, eu diria, em torno de Beltane. Minha querida, com certeza você sabia! — Mas ela não sabia. Conforme Taliesin via a cor sumir e voltar ao rosto dela, aquilo ficara claro. Ele se esticou e apertou a mão dela.

— Ora, isso é motivo de júbilo! Imagino que seja de Vortimer.

Viviane assentiu, mas estava chorando, pela primeira vez, ele percebia, desde que trouxera o corpo de seu amante para casa.

***

Em Samhain, quando os mortos voltam para festejar com os vivos e a Deusa completa Seu meio ano de governo e transfere a soberania ao Deus, o povo da Britânia vai de vila em vila em procissão, cantando e cabriolando em fantasias de palha. O povo dos brejos viaja em barcos com tochas cuja luz corre através da água como chama líquida. Na ilha cristã, os monges cantam para repelir os poderes malignos que caminham naquela noite, quando as portas entre os mundos se abrem. De tempos em tempos, algum monge desafortunado vê as luzes na água flutuarem para dentro das névoas e desaparecerem. Os que vislumbram aquilo não falam do que viram. Mas, para o povo do brejo, era um tempo de felicidade; naquela noite, assim como na de Beltane, completavam seu círculo na Ilha de Avalon.

***

A Senhora do Lago estava sentada em um trono de galhos amarrados, coberto com uma pele de cavalo branca, de frente para a fogueira que fizeram no grande prado abaixo do poço sagrado. Logo seria meia-noite, e o povo dançava; a terra pulsava com as pisadas de pés nus e a batida dos tambores. Ela levava os sigilos da égua branca e da lua crescente da Deusa no peito e na testa e nada mais, pois, naquela noite, era a sacerdotisa da Grande Mãe para todos eles.

Ainda não estava na hora do banquete, mas a cerveja de urze tinha fluído livremente. A cerveja não era muito alcoólica, embora pudesse resultar em um atordoamento agradável se fosse bebida o suficiente; mas Ana bebia água da fonte em uma taça de chifre e prata. Como seus ornamentos, ela era muito antiga. Talvez fosse a inebriação dos tambores que a fazia querer rir. Tinha se sentido ancestral ao observar a filha que começava a brilhar com a beleza do começo da gravidez, mas naquela noite ela era jovem de novo.

Olhou para o topo do Tor, onde tochas borboleteavam como luzes das fadas contra o céu escuro. De certo modo, é o que eram, pois dizia-se que aqueles espíritos, que não tinham passado para além dos círculos do mundo nem tinham renascido, poderiam viver por um tempo na terra das fadas. Naquela noite, sacerdotes e sacerdotisas de Avalon faziam de seus corpos uma oferenda, permitindo que os espíritos dos antigos desalojassem os seus próprios e banqueteassem com os vivos, e mesmo os que em qualquer outro momento evitariam fantasmas ou o povo das fadas naquela noite igualmente os recebiam.

Viviane também observava o Tor, com uma intensidade que a mãe achava perturbante. Achava que seu amante voltaria para ela? Ana poderia ter dito a ela que não. Por um ano e um dia, os mortos ficavam na Terra do Verão, para curar a alma; muita dor poderia até atrapalhá-los, e não deviam ser convocados de volta até que aquele tempo passasse. Mas uma alma com questões inacabadas poderia permanecer. Era luto ou culpa por algo que ficara desfeito que assombrava Viviane?

Alguém jogou mais madeira no fogo, e o olhar de Ana seguiu as centelhas que explodiam para cima até que se perdessem nos fogos frios do céu. A meia-noite se aproximava, e sua antecipação cresceu. Então, da vigia do poço veio um grito ululante que atravessou o barulho da dança. As tochas se moviam, descendo o Caminho Processional em torno do Tor. Os tocadores de tambor levantaram as mãos, e o silêncio se espalhou como um feitiço.

Os tambores voltaram a soar, muito baixo, uma batida de coração insistente que pulsava na carne e na terra abaixo. O povo se afastou, acocorando-se ao lado da comida que trouxera para o banquete, enquanto a procissão fantasmagórica se aproximava. Os rostos dos sacerdotes estavam branqueados, e seus corpos, pintados com sinais que já eram ancestrais quando os sacerdotes de Atlântida vieram pelo mar até aquela ilha, pois aquela era uma magia muito antiga. Ana não reconheceu Taliesin entre eles, embora fosse difícil ter certeza. Ninguém sabia antes onde o quinhão do Cornífero cairia, mas o pulso dela se acelerou em antecipação.

Pisando em uníssono, os ancestrais circularam o fogo. O povo começou a chamar nomes, e, conforme o fazia, os rostos brancos anônimos pareciam se alterar e tomar personalidade. Agora uma mulher mais velha gritava em reconhecimento, e um dos dançarinos, coxeando e murmurando como um velho, deixou a linha e se sentou ao lado dela. Uma moça, talvez filha deles, se ajoelhou diante dele, acariciando a barriga enquanto implorava para que reencarnasse em seu útero.

Um a um, os ancestrais se juntaram ao banquete. Viviane, que os observara com uma esperança desesperada no rosto, se virou chorando. Ana balançou a cabeça. Talvez no ano seguinte, se Viviane ainda quisesse, veria Vortimer e poderia mostrar a criança para ele.

Seus lábios se torceram. Ela mesma tinha dado à luz seu primeiro bebê muito mais jovem, mas ainda não parecia certo que sua filha estivesse grávida. Na Dança dos Gigantes, ela se sentira ancestral; sua menstruação parara por várias luas, e estivera pronta para se proclamar uma anciã. Mas, então, ela voltou. Ana agora achava que fora a preocupação que fizera com que parasse. Ainda estava em seu auge.

Uma mulher do brejo se ajoelhou diante dela com uma bandeja, oferecendo tiras de carne ainda fumegante da fogueira. Seu estômago roncou, pois ela tinha ido ao ritual em jejum, mas dispensou a comida com um aceno. Em torno dela, o banquete continuava. Alguns dos ancestrais, satisfeitos, deixavam os corpos que os hospedaram, e os sacerdotes eram levados para lavar a pintura e comer algo. Ana sentiu um formigamento na pele e soube que as marés astrais estavam mudando. Logo os caminhos entre passado e futuro se abririam, ligando os mundos.

Da bolsa em sua cintura pegou três pequenos cogumelos, que lhe foram trazidos por uma das sábias da tribo de Garça. Ainda estavam roliços e frescos; sua boca se contraiu com o gosto amargo, mas mastigou cuidadosamente. Estava na primeira onda de desorientação quando Nectan veio até ela, curvando-se.

— Está na hora; o poço espera. Vamos ver que futuro ele contém...

Ana balançou um pouco ao se levantar, sorrindo com o burburinho que tomava a multidão em uma espécie de mistura de apreensão e curiosidade, e o velho druida a segurou. Juntos foram para o topo da colina. A Lagoa do Espelho estava sob as estrelas, a imagem reversa do Caçador dos Mundos caminhando em suas profundezas, conforme ele montava o céu. A luz do fogo refletida redemoinhava vertiginosamente na superfície. A grã-sacerdotisa fez um gesto para que afastassem as tochas, e, em silêncio, as pessoas se colocaram em torno da lagoa.

Viviane deu um passo à frente para olhar a água, como fizera a cada Samhain desde sua primeira visão na lagoa, mas Ana puxou seu braço.

— Garota estúpida, não pode Ver enquanto está carregando um filho!

Aquilo não era totalmente verdade. Era difícil, pois, quando uma mulher estava grávida, se conectava com mais firmeza ao próprio corpo do que em outras épocas, e as energias que canalizava poderiam ser perigosas para o bebê. Mas, enquanto Ana abria caminho na frente da filha, sabia que não era por isso que a impedira de tomar a tarefa para si.

Ela piscou, forçando os olhos a enxergar normalmente por apenas mais um momento. Era hora de mostrar a todos eles por que ainda era a grã-sacerdotisa de Avalon.

Um pedaço de pele de carneiro fora colocado na beira. Nectan a ajudou a se ajoelhar, e, muito cuidadosamente, pois agora os cogumelos atingiam a potência máxima, Ana apertou a pedra fria. A disciplina da longa prática travava seus músculos. Seu longo cabelo caiu de ambos os lados, bloqueando a visão periférica. Ela mirou na escuridão e seus olhos perderam o foco. Uma respiração profunda a estabilizou; outra, e um calafrio estirou seu corpo; com a terceira respiração, sua consciência flutuou livre.

As ondas na água se tornaram rios e vales. As linhas cruzadas de Ley veiavam a terra de luz. Naquela noite, aqueles caminhos estavam cheios de espíritos que se apressavam em direção às fogueiras bruxuleantes de Samhain.

— Égua Branca, eu lhe imploro, fale conosco. — A voz de Nectan veio flutuando do mundo que ela deixara para trás. — Nos diga o que vê.

— A terra está em paz e os caminhos estão abertos; os mortos estão voltando para casa...

— E quanto ao ano que vem? A chuva e o sol abençoarão nossos campos?

O cinza tomou a visão de Ana e ela tossiu, como se estivesse se afogando.

— Encham seus depósitos e consertem suas casas, pois um inverno chuvoso virá, e todas as terras baixas da Britânia ficarão sob as enchentes... — Em algum lugar de volta naquele outro mundo as pessoas murmuravam infelizes, mas a Visão correu para a frente. — Na primavera, vejo mais tempestades e rios transbordando suas margens para os campos. É um ano duro o que vem para vocês, e uma colheita magra...

Então, houve uma pausa. Ana flutuava em um lugar além do tempo, observando padrões de arco-íris que se formavam e desapareciam.

— Mas teremos paz? — A voz de Nectan a puxou de volta ao mundo. — A Britânia estará a salvo do perigo dos homens?

Ela foi sacudida por um riso repentino.

— Homens vivem nesta ilha. Como ela pode estar a salvo deles?

Outra voz, a de sua filha, interrompeu.

— Os saxões voltarão?

A visão espiralou vertiginosamente, mostrando-lhe os mares acinzentados e as terras além, onde águas pardas de enchente se espalhavam pelos campos baixos. Os lábios de Ana se moveram, mas, tomada pela visão, não ouvia as próprias palavras. Viu homens e gado afogados, e uma colheita pior do que a que previra para a Britânia. Mais estações se passaram, igualmente chuvosas, embora não tão frias. Depois de um tempo, os homens começaram a desmontar seus salões e construir navios de guerra com a madeira. Ela viu exércitos se reunindo, os três barcos em que Hengest fugira multiplicando-se por cem.

— Não. — Ana se ouviu negando a visão, mas não podia escapar dela. — Não quero...

— O que vê? — A voz de Viviane era implacável.

— Cinco invernos se passam e os saxões se reúnem, voando como gansos selvagens sobre o mar. E há muitos, jamais foram tantos! Caem gritando sobre nossas costas...

Ana gemeu, querendo rejeitar, negar o conhecimento que se forçava sobre ela. Tinha de impedir aquele desastre! Haviam sofrido o suficiente; ela faria qualquer coisa para impedir que aquilo acontecesse...

— Ana, basta — Nectan falou de modo penetrante. — Deixe a visão passar; deixe que a escuridão a leve!

Ela soluçou enquanto a voz dele ficava mais baixa, chamando seu nome, acalmando seus medos, guiando-a para casa. Por fim abriu os olhos e caiu, tremendo, nos braços dele.

— Deveria saber que era melhor não fazer aquela última pergunta — disse alguém.

— Deveria? — Ela ouviu a resposta de Viviane. — Isso não é mais do que ela fez comigo...

***

Viviane permaneceu em volta da Lagoa do Espelho enquanto outros ajudavam a mãe a voltar à fogueira. Ficou tentada a olhar, mas a lagoa raramente revelava seus segredos a mais de um vidente por vez, e, de qualquer modo, não ousava arriscar a criança. O filho de Vortimer. Em que tipo de mundo ele nasceria?

Ele havia implorado para ser enterrado na Costa Saxã, mas não permitiram que ela o levasse para lá. E, mesmo no extremo, Vortimer não acreditava que seu espírito poderia guardar mais do que uma pequena parte da Britânia. Na Colina da Vigia, pensou, o poder dele poderia ser amplificado, de modo que ele pudesse zelar por tudo. Mas, se estivesse errada, então ela o traíra até mesmo em seu enterro.

Cinco anos... Se Ana tinha visto a verdade, a grande vitória de Vortimer não trouxera nada além de consertar a Britânia. Mas Viviane não tinha coração para mais lutas; tudo o que queria era entrar em um ninho macio e esperar para dar à luz seu filho.

Quando voltou ao círculo de fogo, viu que a mãe começara a se recuperar do transe e estava novamente sentada em seu trono. *Ela deveria estar na cama*, pensou Viviane, amarga. Ana parecia exausta, mas o povo do brejo se alvoroçava em torno dela como abelhas, e ela revivia a cada momento. *Por que precisa de reconforto?*, perguntou-se Viviane. *Por mais de vinte anos vem sendo a rainha desta colmeia... Mas ao menos posso ir para a cama se quiser,* pensou então. *Ninguém nem vai notar que não estou!*

Ela se virou para tomar o caminho através do pomar e parou subitamente. Alguém, ou algo, observava de pé entre as árvores, bem no limiar bruxuleante entre a luz da fogueira e a sombra. *É uma sombra*, disse a si mesma, mas as mudanças na luz não a alteravam. *É uma árvore.* Mas conhecia cada árvore no pomar, e não deveria haver nada ali. Com o coração disparado, estendeu os sentidos treinados de sacerdotisa para além e sentiu: *Fogo... escuridão... a cobiça de um predador e o terror de sua presa...*

Viviane gemeu, e, como se tivesse ouvido seu gemido, o Outro se agitou. Chifres ramificados emergiram dos galhos, entrançados com folhas vermelhas de outono. Abaixo, a luz do fogo brilhava em uma colcha de retalhos de peles e cintilava em ornamentos de bronze e osso e, conforme Ele deu um passo e saiu das árvores sombreadas, a luz brilhou em pernas musculares. A cabeça com chifres se virou; de órbitas escurecidas veio um brilho vermelho. Viviane ficou imóvel, arregalando os olhos, e uma sabedoria ancestral a avisou para não correr.

Alguém viu a reação dela e apontou. Mais uma vez, toda aquela grande multidão ficou em silêncio. Com uma graça mortal, o Cornífero foi para a frente, levando uma lança que ela tinha visto pela última vez encostada contra a parede ao lado do Graal. Ele fez uma pausa diante de Viviane, e seus ornamentos em movimento retiniram por um instante e ficaram imóveis.

— Tem medo de Mim? — A voz Dele era dura e fria. Ele não soava como ninguém que ela conhecia.

— Sim... — sussurrou ela. A ponta da lança desceu de modo indolente de sua garganta para seu útero.

— Não há razão para ter... ainda. — As lanças se afastaram. De repente, Ele pareceu perder o interesse e seguiu andando.

A força deixou os membros de Viviane, que caiu tremendo no chão. O Cornífero passou entre o povo, ignorando alguns e roçando a lança em outros. Ela viu homens fortes tremerem; uma mulher desmaiou. Outros, no entanto, ficavam mais eretos quando Ele tinha falado com eles, com a luz da batalha nos olhos. Depois de um bom tempo, Ele se colocou diante do trono da Senhora.

Enquanto o sol alto e forte brilhou,
A Terra nossa Mãe muito trabalhou;
Ela abençoou alma e corpo,
Agora é hora de seu repouso.

— Senhora do Verão — continuou ele —, a estação da Luz está terminando. Renuncie a Mim sua soberania. — A fogueira estava baixa; a sombra dele, magnificada monstruosamente pelo ângulo, estendia-se em direção ao trono.

Sem vacilar, a sacerdotisa o encarou, branca e orgulhosa.

— Por seis luas tudo o que vive se rejubilou em meu brilho; por meu poder a terra deu frutos e o gado engordou nas colinas.

O reino do Verão foi farto:
Foi colhido o grão dourado,
As frutas maduras foram guardadas,
A comida do inverno está estocada.

Ela também disse as palavras do ritual, mas falava como uma sacerdotisa, enquanto o Ser sob a máscara do Cornífero era algo mais. Sua resposta não foi rude, mas implacável.

O vento do outono arranca as folhas,
De campos áridos ó feno voa solto.
Do calor do verão ao frio do inverno
Agora você muda, envelhece.
Enquanto vão dormir folha e galho,
O gamo vermelho salta nas matas.
Quando o vento faz o sangue cantar,
Chegou minha hora de reinar.

— Sua colheita está ceifada, seus filhos, crescidos. Está na hora de a escuridão triunfar, e o inverno governar o mundo.

— Não deixarei que o pegue...

— Vou tomá-lo...

Ana ficou de pé e, se não fosse a Deusa, ainda assim se vestia com o encanto da sacerdotisa e parecia tão alta quanto ele.

— Caçador Negro, com Você faço uma barganha... — Houve um murmúrio de surpresa. — Pois agora temos paz, mas Vi que os inimigos da Britânia a atacarão novamente. Eu me ofereço a Você, agora, nesta hora sagrada, quando nossos poderes são iguais, para que possamos fazer uma criança que a salvará de seus inimigos.

Por um momento, Ele a olhou. Então, jogou a cabeça para trás com um rugido de riso.

— Mulher, sou tão inevitável quanto as folhas que caem e o fôlego que falha. Não pode barganhar Comigo. Tomarei o que Me der, mas, quanto ao resultado, este já está escrito nas estrelas e não poderá ser alterado. — A lança foi para a frente e flutuou diante do peito dela.

Conforme Ele se movia, a luz do fogo caiu em cheio sobre o corpo dela, e Viviane viu com pena como seus seios cheios haviam caído e as marcas prateadas da maternidade que apareciam sobre a pele de sua barriga.

— Mãe — ela forçou as palavras a passarem pela dor em sua garganta —, por que está fazendo isso? Não é parte do ritual...

Por um momento Ana a olhou, e Viviane ouviu, como se na memória: *Jamais dou razões para o que faço...* Então seus lábios se retorceram em autodepreciação e ela se virou de novo para o Cornífero.

— Da primavera ao verão — ela disse, dando um passo em direção a ele. — Do verão ao outono. Vida e Luz dou a todos...

A lança girou e a ponta se embainhou no chão.

— Do outono ao inverno — ele respondeu, e as pessoas respiraram com mais facilidade, reconhecendo as palavras familiares. — Do inverno à primavera. Noite e descanso são os presentes que trago.

— Sua ascensão é Meu declínio. — Eles se juntaram. — Tudo o que Você perde é meu. Sempre ansiando, para sempre voltando, na Grande Dança somos Um... — O braço dele passou em torno dela e eles se abraçaram. Quando se separaram, as roupas Dele mudaram e era possível ver que, por baixo delas, Ele era um homem.

Então, o Cornífero levantou a Senhora em Seus braços e a levou embora, e o ar da noite tremeu com Seu riso grave. Em um instante não havia nada além da lança, triunfalmente de pé diante do trono vazio.

Nectan olhou para os rostos chocados diante dele e limpou a garganta, tentando recuperar o ritmo do ritual.

O tempo dourado do verão acabou
Com o minguar do sol;
Após a chuva e a neve do inverno,
A alegria do verão virá novamente!

É solto tudo que estava aprisionado,
O círculo das estações gira!
O poder da mudança libertado
Como quisemos, que seja assim!

Mas o que é que Ana queria?, Viviane se perguntava enquanto olhava na direção das sombras nas quais eles desapareceram. E o que seria feito agora?

***

Conforme o ano seguia para o solstício de inverno, a sensação de medo que havia tomado a comunidade de Avalon desde Samhain começou a se dissipar, pois durante a estação o tempo tornou-se ameno e limpo. As pessoas sussurravam que a oferta da Senhora fora aceita e que os desastres que ela profetizara tinham sido evitados, pois, quando chegou o solstício, Ana tinha certeza de que estava grávida.

Houve muita especulação entre os sacerdotes e sacerdotisas. Com frequência nasciam crianças dos que se retiravam nas celebrações de Beltane ou nas fogueiras do solstício de verão, mas Samhain, apesar dos convites aos ancestrais, não era um festival de fertilidade. Alguns riam e diziam que não havia uma razão ritual que proibisse isso, apenas que naquela estação seria necessário estar em transe ou realmente inflamado pela paixão para gostar de se deitar com um homem no chão frio.

Apenas Viviane ainda se preocupava. Recordava-se de maneira muito vívida do trabalho de parto de Ana para ter Igraine, e aquilo fora há cinco anos. Ana conseguiria sobreviver a outro parto agora? Viviane chegou a sugerir que a mãe usasse as ervas que as sacerdotisas conheciam para tirar a criança, mas, quando Ana a acusou de querer toda a atenção para sua própria criança, tiveram a briga mais violenta em anos, e Viviane não disse mais nada.

Foi pouco antes do festival de Briga, quando o mundo teria de exibir os primeiros sinais de primavera, que sopraram as primeiras tempestades. Por três dias, ventos altos fustigaram o topo das árvores, impulsionando as nuvens diante deles como um exército ao ataque, e, quando os ventos começaram a recuar, deixaram a terra açoitada e desprotegida diante da chuva.

As chuvas continuaram durante a maior parte do mês de Briga e no começo do mês de Marte, em aguaceiros ou chuviscos enevoados, mal permitindo um vislumbre do sol. O nível do lago subia dia após dia, até que ultrapassou sua linha de água normal e começou a alcançar as marcas mais altas deixadas por enchentes antigas.

O sapé dos telhados estava saturado, e a água se derramava pelos lintéis para formar poças no chão. Parecia impossível secar qualquer roupa. O ar estava tão úmido que o musgo brotou sobre as pedras até mesmo dentro do templo. Na maior parte dos dias as nuvens estavam tão baixas que não era possível ver do outro lado do lago. Nos raros momentos em que elas se levantavam, a vista do topo do Tor lhes mostrava um mundo de água cor de estanho que se estendia por todo o caminho até o estuário do Sabrina e o mar. Apenas as ilhas sagradas e o cume dos Poldens ainda levantavam a cabeça sobre a enchente, e, ao norte, as distantes colinas Mendip.

Na ilha de Inis Witrin, os monges deviam estar imaginando se o deus deles decidira enviar um segundo Dilúvio para levar embora a humanidade. Cochichos se espalhavam até mesmo em Avalon. Mas o tempo em que a Senhora poderia se livrar da criança com segurança já passara, e, na verdade, embora todos os outros ficassem cada vez mais amarelados e magros, a Senhora de Avalon florescia, como se sua gravidez lhe concedesse a juventude de novo.

Era Viviane quem sofria naquela primavera chuvosa e mortal. Como sempre, os estoques deles começavam a ficar defasados por volta do equinócio, e naquele ano era pior, pois a água havia estragado parte da comida. Ela comia sua porção, diligente com a criança, mas, embora sua barriga crescesse, os braços e as pernas estavam como palitos, e ela sentia frio o tempo todo.

Depois de Beltane, disseram, seria melhor. Viviane, olhando para o monte duro de sua barriga, só podia concordar, pois seria naquele mês que daria à luz sua criança. Mas, antes que o tempo quente trouxesse a luz do sol, trouxe doença, uma febre baixa com náusea e dores musculares que se transformava facilmente em febre pulmonar nos velhos e doentes, e havia muitos deles, e os levava embora.

Nectan morreu, e os druidas escolheram Taliesin para seu cargo. A velha Elen também se foi, o que não era inesperado, mas todos ficaram abalados quando Julia a seguiu. A pequena Igraine ficou doente e só permitia que a irmã cuidasse dela, e mal tinha saído de perigo quando Viviane começou a sentir ela mesma os primeiros sintomas.

Estava sentada perto de uma lareira que parecia não ter o poder de aquecê-la, pensando em quais remédios de ervas poderia usar sem colocar o filho em risco, quando a porta se abriu e a mãe dela entrou, com gotas de chuva ainda brilhando em seu manto e em seus cabelos. Listras prateadas se tornavam visíveis entre as ondas escuras, mas em Ana pareciam um ornamento, não um sinal da idade. Ela chacoalhou a água do manto e o colocou em um gancho, e se virou para a filha.

— Como está indo, minha filha?

— Sinto dor de cabeça — disse Viviane amargamente — e, se houvesse alguma comida que vale a pena comer, não conseguiria segurá-la.

A mãe, pensou, parecia bem nutrida. Os seios murchos haviam se enchido de novo com a gravidez, e, embora a barriga estivesse arredondada, ainda não chegara àquele estágio desajeitado que Viviane, que se sentia como um caldeirão com pernas, agora aguentava.

— Precisamos ver o que pode ser feito para ajudá-la — começou Ana, mas Viviane balançou a cabeça.

— Não teve tempo quando a Igraine estava doente. Por que iria se preocupar comigo agora?

O rosto de Ana se inflamou, mas ela respondeu em um tom uniforme:

— Ela pediu por você, e eu estava cuidando de Julia. A Deusa sabe que havia trabalho o suficiente para todas nós nesta primavera tenebrosa.

— Bem, não podemos reclamar de que não tivemos aviso. Como deve ser gratificante saber que é um oráculo verdadeiro. — Viviane parou subitamente, assustada ao ouvir o próprio veneno, mas a exaustão tinha minado todo o seu controle.

— É aterrorizante — a mãe explodiu —, como você deveria saber! Mas está doente e não sabe o que diz.

— Ou talvez eu esteja apenas cansada demais para me importar — respondeu Viviane. — Vá embora, mãe, ou tanto eu como você poderemos lamentar minhas palavras.

Ana a encarou por um momento; então sentou-se.

— Viviane, o que deu errado entre nós? Estamos ambas carregando novas vidas e deveríamos estar felizes juntas, não uma tentando despedaçar a outra.

Viviane sentou-se ereta, esfregando a barriga enquanto seu humor começava a se desgastar. Disse a si mesma que as mulheres grávidas se chateavam com facilidade, mas apenas sua mãe tinha o poder de fazê-la ficar tão irracional.

— Juntas? Sou sua filha, não sua irmã. Deveria estar à espera de se tornar avó, não dando à luz outro filho seu. Você me acusa de ciúmes, mas não é o contrário? Assim que soube da minha condição, engravidou o mais rápido que conseguiu.

— Não foi por isso — começou Ana.

— Não acredito em você.

— Sou a Senhora de Avalon e ninguém duvida de minha palavra! Você era uma garota desobediente que jamais deveria ter se tornado sacerdotisa. — Os olhos de Ana se escureceram e ela parecia se expandir conforme cedia à raiva. — O que a faz pensar que será uma mãe decente? Olhe para você! Até na minha idade estou em uma condição melhor. Como espera dar à luz uma criança saudável?

— Não pode dizer isso! Não deve! — gritou Viviane, ouvindo seus piores medos. — Vai me desejar mal agora, tão perto do parto? Ou, quem sabe, já tenha desejado. Não bastou que tivesse todo o cuidado e a energia dos outros? Sugou energia de minha criança para carregar a sua?

— Está louca! Como eu poderia...

— Você é a Senhora de Avalon. Como posso adivinhar quais feitiços você sabe? Mas, desde o momento em que você concebeu, comecei a ficar doente. Você se entregou ao Caçador. Que poderes Ele dá a quem carrega a semente Dele no útero?

— Está me acusando de quebrar meus votos? — O rosto de Ana ficou branco.

— Ah, tenho certeza de que foi feito pela mais nobre das razões. Sacrificaria qualquer um ou qualquer coisa à sua noção da vontade dos deuses! Mas este é meu juramento, mãe. Você não vai *me* sacrificar, e não vai prejudicar meu bebê!

A raiva suspendeu toda a consciência de suas dores. Ana respondia, mas ela não conseguia ouvir. Tremendo de fúria, Viviane pegou o próprio manto do gancho e saiu batendo a porta.

Já tinha fugido antes, mas, agora, Avalon era mesmo uma ilha. Viviane saiu no primeiro barco que encontrou e usou a vara para impulsioná-lo na água. Desajeitada com a gravidez, ficou surpresa com a dificuldade de manter o equilíbrio na barca, mas insistiu. Havia cuidado de pessoas do povo de Garça com frequência no passado, e eles com certeza a acolheriam agora.

Não estava precisamente chovendo, mas a névoa estava baixa nos charcos, e o vento, úmido e frio, esfriou o suor em sua testa. Estava mesmo fora de condições para aquele tipo de esforço, e logo a dor em suas costas estava bem pior. Aos poucos, a raiva que impelira sua fuga se esvaiu, primeiro com a impaciência de chegar à outra margem, e então com o medo. Fazia meses que ela não trabalhava em nenhuma magia. As brumas obedeceriam a seu chamado?

Ficou de pé com cuidado, pois as águas eram fundas demais para a vara e precisaria remar; então, levantou os braços. Era difícil se libertar de um ser que tinha lutado tanto para carregar seu filho, era difícil se libertar da raiva da mãe, mas por um instante Viviane conseguiu e desceu os braços com toda sua força, gritando a Palavra de Poder.

Sentindo o equilíbrio do mundo mudar ao seu redor, Viviane caiu. A barca oscilava furiosamente debaixo dela e havia entrado água, mas não tinha emborcado. Viviane podia sentir a diferença no ar, que, de algum modo, estava mais pesado, e no cheiro úmido e lamacento do vento. Antes que conseguisse se endireitar, uma contração passou por sua barriga, curta, mas severa. Agarrando a beira da barca, ela se dobrou, esperando que passasse. Mas, assim que se endireitou, sentiu outra. Não sentia náusea, e aquilo a surpreendia, mas, quando uma terceira contração passou por sua barriga, a surpresa deu espaço à preocupação. Não podia ser trabalho de parto! Ainda faltava um mês!

Bebês não nasciam em um instante, e ouvira dizer que o primeiro filho, em especial, levava muito tempo. Podia vislumbrar vagamente um amontoado de árvores a distância; pausando a cada contração, remou até a costa. Ao menos, pensou ao chegar lá, não daria à luz no meio do lago. Mas suas dores ainda vinham fortes, e começava a ter uma suspeita infeliz de que a dor nas costas que pensara ser da doença na verdade se tratara de trabalho de parto antecipado.

Ela se lembrou de como as mulheres do pântano que às vezes atendia davam à luz rápido seus bebês, e Viviane era bem parecida com elas. Desejava fervorosamente que estivesse a salvo em uma das vilas deles agora. Ocorreu-lhe que amaldiçoara a si própria de modo muito mais eficiente do que tinha acusado a mãe de fazer, já que sua tolice poderia lhe custar a própria vida ou a da criança.

Jamais, pensou, arquejando quando outra contração a fez dobrar o corpo, *permitirei que a raiva nuble meu julgamento novamente!* Um líquido quente desceu por sua perna; ela percebeu que isso estava acontecendo havia algum tempo.

Viviane conseguiu subir além da lama na costa, embora não houvesse um lugar em que o chão estivesse seco. Quando chegou às árvores, percebeu que não conseguia mais andar. Mas, sob a folhagem grossa de um sabugueiro, havia um lugar que oferecia algum abrigo. Ela estendeu o manto sob ele e se enrodilhou em seu abraço.

E ali, em algum momento entre o meio-dia e o pôr do sol, ela deu à luz a criança de Vortimer. Era uma menina que parecia quase frágil demais para sobreviver; pequenina e perfeita, com cabelo escuro como o dela, soltou vagidos fracos ao sentir o toque do vento. Viviane amarrou o cordão com a renda do vestido e o cortou com a faquinha em forma de foice das sacerdotisas, da qual jamais se separava. Tinha forças suficientes para colocar a criança no peito, aninhada confortavelmente contra seu corpo dentro do vestido, e puxar o manto em torno delas. Então, não conseguiu fazer mais nada.

Protegida pelo sabugueiro, Viviane caiu em um sono exausto. Foi ali, quando o crepúsculo começou a velar os charcos em sombra, que um caçador do povo de Garça a encontrou e a carregou para casa.

24

Viviane sentou-se na ilha de St. Andrew ao lado do túmulo recém-feito sob as aveleiras. O chão estava úmido, mas não encharcado. As tempestades vinham com menos frequência depois do festival do solstício de verão. Aquilo a confortava, ao menos um pouco. Não gostava de pensar que a pequena Eliantha teria de se deitar na chuva fria.

Dali podia ver através do vale até Inis Witrin. Tinha certeza de que localizara o ponto certo, o análogo no mundo dos homens do local onde haviam enterrado Vortimer, na Colina da Vigia de Avalon. A Deusa dissera que o Grande Rito transformaria Vortimer em um rei – mas a coroa que ela dera a ele fora no Além-Mundo. Talvez o pai de Eliantha pudesse mantê-la em segurança lá, já que, neste mundo, a mãe tinha falhado. A filhinha de Viviane vivera apenas três meses, e no fim era pouco maior que Igraine havia sido no dia em que nasceu.

Os seios cheios de Viviane ainda doíam ferozmente, vazando leite enquanto as lágrimas escorriam de seus olhos. Cruzou os braços, abraçando a si mesma sem sucesso. Não tinha se dado ao trabalho de procurar as ervas que secariam o fluxo. Em breve o tempo faria isso para ela; até que esse momento chegasse, acolhia a dor. Imaginava se, com o tempo, suas lágrimas também deixariam de fluir.

Ouviu um passo no caminho e olhou para cima, esperando ver o monge eremita que cuidava da capela naquela colina. Não era nenhum padre

Fortunatus, mas também não era um daqueles que pensavam que todas as mulheres eram armadilhas do demônio; de acordo com seu entendimento, ele tinha sido bom para ela. O sol estava atrás dele, e por um momento ela podia ver apenas uma forma alta contra a luz. Algo nessa visão a fez se recordar do Corníffero e se retesar. Então ele se moveu, e Viviane reconheceu Taliesin.

Ela soltou o fôlego em um longo suspiro.

— Sinto muito por não tê-la visto — ele disse em voz baixa, e Viviane soube que ele dizia a verdade ao olhar para seu rosto esgotado; por isso, se conteve para não perguntar por que ele deveria se importar.

— Disseram que ela era um bebê trazido pelo povo das fadas — falou ela. — Quando Eliantha começou a adoecer, as mulheres da vila de Garça disseram que era porque uma mulher do povo das fadas tinha substituído seu bebê adoentado pelo meu enquanto eu dormia, depois que ela nasceu.

— Acha que é verdade? — ele perguntou em um tom gentil.

— O povo das fadas raramente se reproduz. Não acho que tenham crianças o suficiente, saudáveis ou doentes, para corresponder a todas que morrem nas terras dos homens. Mas a Senhora das Fadas sabia da minha filha. Foi ela que orientou o olhar do caçador que me resgatou. Eu ficara fraca demais para dizer o menor encanto de proteção, e estávamos sozinhas.

Sua própria voz parecia monocórdia a seus ouvidos, e ele a olhou de modo estranho. O povo do brejo tinha temido falar com ela sobre o bebê, mas o que realmente importava? Na verdade, ela não conseguia pensar em nada importante desde que Eliantha se fora.

— Não se torture com esses pensamentos, Viviane. Em um ano como este, muitos bebês que nasceram na segurança de seus lares morreram.

— E quanto a meu novo irmão, o Defensor da Britânia? — ela perguntou amargamente. — Estão brindando sua saúde agora em Avalon? Ou é outra filha, para suplantar Igraine?

Taliesin se encolheu, mas sua expressão não mudou.

— O bebê ainda não nasceu.

Viviane franziu o cenho, contando de volta até Samhain. Se sua filha havia chegado antes, então a de Ana com certeza já passara do tempo.

— Certamente você deveria estar com ela, segurando sua mão. Não há nada que possa fazer por mim...

Ele baixou os olhos.

— Teria vindo vê-la, minha filha, mas o recado que Garça nos levou era de que você queria ficar sozinha.

Ela encolheu os ombros, pois era verdade, embora tivesse precisado dele em alguns momentos, e pensou que, se os druidas eram mesmo tão sábios quanto julgavam ser, ele deveria ter sabido.

— Foi sua mãe que pediu que eu viesse, Viviane...

— O quê, de novo? — Ela começou a rir. — Sou uma mulher adulta agora. Pode dizer a ela que jamais entrarei no jogo dela novamente.

Ele balançou a cabeça.

— Eu me expressei mal. Não é uma ordem que eu a leve, mas sim um pedido, Viviane. — A compostura dele ruiu de repente. — Ela está em trabalho de parto há dois dias inteiros agora!

Bem feito, foi o primeiro pensamento dela, seguido, no instante seguinte, de uma onda de medo. Sua mãe não podia morrer. Ana era a Senhora de Avalon, a mulher mais poderosa da Britânia; como o próprio Tor, amada ou odiada, ela era uma referência, a fundação sobre a qual Viviane construíra sua própria identidade.

Assim falava aquela parte de si mesma que Viviane pensara estar enterrada na pequena sepultura de Eliantha. Mas a parte que havia aprendido tão dolorosamente a pensar como uma sacerdotisa lhe dizia que tudo era muito possível. E estava claro que Taliesin sentia medo.

— Não pude nem manter meu próprio bebê vivo — ela disse, de modo tenso. — O que espera que eu faça?

— Apenas vá vê-la. Ela precisa que você esteja lá. *Eu* preciso de você, Viviane. — Uma espécie de tormento na voz dele a alcançou, e ela o olhou de novo.

— Você era o Cornífero, não era? — ela falou em voz baixa. — Ela está parindo seu filho. — Subitamente se lembrou de como Ele tocara a barriga dela com a lança.

O rosto dele estava escondido nas mãos.

— Eu não me lembro... jamais teria concordado se soubesse.

— *Nenhum homem pode afirmar que teve um filho com a Senhora...* — ela citou em voz baixa. — Não foi sua culpa, Taliesin. Eu vi o Deus e não sabia que a carne que Ele usou era a sua. Levante-se agora e me leve para casa.

***

— Ah, Viviane, estou tão feliz por você ter vindo! — Rowan correu da casa da Senhora e a abraçou um tanto desesperadamente. — Julia não tinha acabado de me ensinar, e não sei o que fazer!

Viviane balançou a cabeça e olhou para a amiga.

— Minha querida, tive ainda menos treinamento que você...

— Mas estava com ela da última vez, e é *filha* dela... — Rowan a olhava com uma intensidade quase ávida, que a fez lembrar do modo como as pessoas por vezes olhavam para a Senhora de Avalon. Aquilo deixava Viviane desconfortável.

— Soube de seu bebê. Sinto muito, Viviane — completou Rowan, um tanto atrasada.

Viviane sentiu toda a expressão saindo de seu rosto. Ela assentiu de modo retesado e passou pela outra garota e pela porta.

O cheiro de sangue e de suor pairava pesadamente nas sombras do quarto. Mas ainda não o de morte – Viviane aprendera bem demais o odor da mortalidade. Perdeu o fôlego conforme os olhos se ajustavam à escuridão e pôde ver a mãe deitada na palha. Claudia, a única outra sacerdotisa que tinha dado à luz mais de uma criança, estava sentada ao lado dela.

— Ela não está andando?

— Andou no primeiro dia, e em boa parte do segundo — respondeu Rowan no mesmo sussurro —, mas não agora. As contrações reduziram e a abertura do útero dela está menor do que antes...

— Viviane. — A voz da mãe, mesmo fraca como estava agora, ainda tinha aquela nota exasperante de ordem.

— Estou aqui. — Viviane conseguiu manter a voz firme, apesar do choque com o rosto devastado e a forma deformada da mãe. — O que quer de mim?

Espantosamente, a resposta foi um fio de risos. Então, Ana suspirou.

— Talvez possamos começar com perdão...

Como a mãe poderia saber que Viviane tinha jurado jamais perdoá-la? Havia um banco baixo ao lado da cama; subitamente consciente da própria exaustão, Viviane sentou-se.

— Sou uma mulher orgulhosa, minha filha. Acho que herdou isso de mim... Lutei para erradicar de você todas as coisas que mais detesto em mim, mas obtive pouco sucesso. — Os lábios dela se torceram com a ironia. — Se eu tivesse segurado meu gênio, poderia ter segurado o seu. Não quis afastá-la.

Seu olhar se voltou para dentro enquanto uma contração atravessou sua barriga, mas Viviane podia ver que era fraca. Quando Ana relaxou de novo, ela se curvou para a frente.

— Mãe, vou perguntar apenas uma vez. Fez magia para tomar força de mim ou da minha filha?

Os olhos de Ana encontraram os dela, e Viviane ficou chocada ao perceber que eles se encheram de lágrimas.

— Diante da Deusa juro que não.

Viviane assentiu. O trabalho de parto de Ana deveria ter começado quando a pequena Eliantha morreu, mas, se houvesse uma conexão, não acreditava que fora feita por vontade da mãe. E não era o lugar nem a hora para culpar a Deusa. Ainda poderiam ter alguma barganha a fazer.

— Então a perdoo. Se sou como você, posso precisar perdoar a mim mesma um dia. — Queria chorar, ou gritar, mas não podia se dar ao luxo de gastar aquela energia. Pensou que a mãe estava exausta demais para sentir muita emoção naquele momento.

Os lábios de Ana se retorceram, mas outra contração vinha. Ela a atravessou bem, mas parecia perceptivelmente mais cansada quando acabou.

— Está pensando no que pode fazer por mim? Não tem o conhecimento; na verdade, duvido que até mesmo Julia pudesse me ajudar agora.

— Há três dias vi minha filhinha morrer, e não havia nada que eu pudesse fazer — disse Viviane, em um fiapo de voz. — Não a deixarei partir sem lutar, Senhora de Avalon!

Houve uma pausa.

— Estou aberta a sugestões — disse Ana, com um sorriso fraco. — Nunca fui fácil com você, e é adequado que mande em mim agora. Mas há mais que minha vida em jogo aqui. Se nada mais funcionar, então precisa me cortar e pegar a criança.

— Ouvi sobre isso entre os romanos, mas esse procedimento mata a mãe! — exclamou Viviane.

Ana encolheu os ombros.

— Dizem que a grã-sacerdotisa sabe sua hora, mas talvez seja uma habilidade que perdemos. A razão me diz que a criança e eu morreremos de qualquer maneira se ela não nascer. Ainda está viva, posso senti-la se mexendo, mas não vai sobreviver se isso durar muito tempo.

Viviane balançou a cabeça em desamparo.

— Isso é o que eu temia quando implorei que se livrasse dela...

— Minha filha, não entende? Eu sabia o que estava arriscando, como você na Dança dos Gigantes, quando se deitou sobre a pedra do altar. Se eu não tivesse entendido o perigo, não teria sido uma oferenda verdadeira.

Viviane baixou a cabeça, lembrando-se de como Vortimer falara antes de sair para a batalha. Por um momento, vislumbrou um sentido para toda aquela dor. Então, a visão da mulher diante dela a trouxe de volta ao presente. Mas pensar em Vortimer lhe dera uma ideia. Ela pegou o rosto de Ana entre as mãos e a olhou nos olhos.

— Muito bem. Mas, se você morrer, morrerá lutando, está ouvindo?

— Sim... Senhora. — Ana fez uma careta quando sentiu sua barriga se contrair mais uma vez.

Viviane ficou de pé e foi até a porta.

— Quero isso aberto, e as janelas também, para que ela tome um pouco de ar. E quanto a você — ela fez um gesto para Taliesin —, traga sua harpa e diga aos outros para pegarem seus tambores. Vamos ver o que isso pode conseguir aqui.

Lutaram pela tarde, cavalgando os ritmos dos tambores. Um pouco antes do pôr do sol, as costas da mulher em trabalho de parto se arquearam e ela fez força, e por um momento Viviane viu a abertura fazer uma crista em torno da curva da cabeça do bebê. Claudia apoiava Ana enquanto ela empurrava, os traços se contorcendo de novo e de novo.

— A cabeça é muito grande! — Rowan olhou para cima com olhos assustados.

— Não consigo mais. — Ana afundou depois do último esforço, com um suspiro derrotado.

— Consegue! — disse Viviane, sombriamente. — Em nome de Briga, este bebê *vai* nascer! — Ela pousou a mão na barriga endurecida e sentiu os músculos que voltavam a se mover. — Agora!

Ana aspirou o ar, e, conforme começou a se esforçar, Viviane desenhou sobre a barriga o sigilo ancestral e então empurrou com toda a força que tinha. O poder passava em choques através de suas mãos, e a mulher em trabalho de parto subia e descia abaixo dela. Sentiu algo ceder, e Ana gritou.

— A cabeça saiu! — gritou Rowan.

— Segure-a! — A barriga de Ana se contorceu de novo, com menos força, e Viviane pressionou novamente. Do canto do olho, viu o resto da criança emergindo, mas sua atenção estava em Ana, que caíra na cama com um gemido.

— Acabou! Você conseguiu. — Ela olhou sobre o ombro. — É uma menina! — Do bebê veio um grito ultrajado.

— Não… o Defensor — grasnou Ana. — Mas… ela terá uma parte… a desempenhar… do mesmo jeito. — Com uma repentina expressão de surpresa, ela buscou fôlego. Um som sufocado de Rowan fez Viviane virar-se. Ainda segurando o bebê, a outra moça olhava para o sangue brilhante que jorrava do útero de Ana.

Viviane praguejou, pegou um pano e o enfiou entre as coxas de Ana. Em poucos instantes ele estava empapado. O bebê continuava a vagir em um protesto furioso enquanto lutavam para estancar o sangramento, mas a mulher na cama não emitia nenhum som.

Depois de um tempo, o sangue se transformou em um gotejamento. Viviane se endireitou e olhou para o rosto branco da mãe. Os olhos de Ana ainda estavam abertos, mas nada viam. Viviane segurou o fôlego em um soluço.

— Mãe… — sussurrou, e não sabia se falava com a Deusa ou com a mulher que jazia tão imóvel à sua frente. — Por quê? Tínhamos vencido! — Mas não houve resposta, e depois de alguns momentos ela se curvou e fechou aqueles olhos que miravam.

O bebê ainda chorava. Movendo-se rigidamente, Viviane amarrou o cordão e o cortou.

— Lave e enfaixe a pequenina — ela disse a Rowan. — Cubra-a. — Ela fez um movimento em direção ao corpo e então se sentou de forma abrupta.

— Boa Deusa — disse Rowan, naquele momento. — Como vamos alimentá-la?

Viviane percebeu que a frente de seu vestido estava molhada e que seus seios pulsavam em resposta ao choro do bebê. Com um suspiro, desatou as amarras no pescoço e estendeu os braços.

O bebê deu cabeçadas frenéticas em seu peito, abrindo a boca, e Viviane deu um gritinho quando ela se fechou em torno de seu mamilo e o leite começou a descer. Mesmo aos três meses, sua própria filha jamais sugara com tanta força. A criança tossiu, perdeu o fôlego e aspirou para gritar, e Viviane rapidamente guiou o mamilo de volta.

— Quieta! Não é sua culpa, pequenina — sussurrou, embora tivesse se perguntado que tipo de alma escolheria encarnar em Samhain. A recém-nascida tinha as cores de Igraine, mas era muito maior, uma criança grande demais para ser parida por uma mulher do tamanho de Ana, mesmo se ela fosse jovem.

Por que aquela criança deveria viver se sua própria filha havia morrido? Suas mãos se apertaram involuntariamente, e o bebê gemeu, mas não desistiu. E aquilo, ela imaginava, era a resposta. Viviane forçou os dedos a se soltarem. Aquela criança era ávida pela vida e sempre seria.

Outras pessoas entraram. Viviane respondeu a perguntas e deu ordens sem ter real consciência do que fazia. No momento embrulhavam o corpo de Ana e o levavam embora, mas Viviane continuou sentada, segurando o bebê que agora dormia em seus braços. Não se mexeu até que Taliesin entrasse. Ele tinha envelhecido desde aquela manhã, pensou sombriamente. Parecia um velho. Mas permitiu que ele a levasse das sombras dos aposentos para o brilho do dia.

***

— Mas Viviane *precisa* concordar — disse Claudia. — Poderíamos ter escolhido Julia como grã-sacerdotisa, mas ela também está morta. Na verdade, jamais discutimos a sucessão. Ana não tinha nem cinquenta anos!

— Podemos confiar em Viviane? Ela fugiu... — lembrou um dos druidas mais jovens.

— Ela voltou — respondeu Taliesin, pesadamente. Ele se perguntava por que discutia, por que deveria tentar forçar a filha, se é que ela era sua filha, a assumir o papel que matara a mãe dela. Seus ouvidos ainda ressoavam com aquele último grito pavoroso.

— Viviane é da linhagem real de Avalon e uma sacerdotisa treinada — disse Talenos. — É claro que vamos escolhê-la. Ela é muito parecida com Ana e já tem vinte e seis anos. Vai servir bem Avalon.

Cara Deusa, é verdade, pensou Taliesin, lembrando-se de como Ana estivera bela quando tivera Igraine, e como Viviane se parecia com ela enquanto tinha em seus braços a pequenina, a quem ele chamara de Morgause. Ao menos ela fora capaz de lutar pela vida da mãe, enquanto ele podia apenas sentar e esperar. E Viviane podia mostrar sua dor. Ele não podia reivindicar a mulher morta como amada ou como amante, mas apenas como sua grã-sacerdotisa. *Ana*, seu coração gritou, *por que me deixou tão cedo?*

— Taliesin — chamou Rowan, e ele olhou para cima e tentou sorrir. O choque e a dor marcavam todos os rostos; as filhas de Ana não eram as únicas que choravam porque a mãe se fora. — Deve dizer a Viviane o quanto precisamos dela. Com certeza ela o escutará.

Por quê?, ele se perguntou. *Para que o fardo possa matá-la também?*

Ele encontrou Viviane no pomar, amamentando o bebê. Imaginava que aquilo não tirava a Visão dela para que adivinhasse o que ele tinha vindo dizer.

— Vou cuidar desta pequenina — ela disse, de modo cansado —, mas precisam escolher outra grã-sacerdotisa para Avalon.

— Acha que é indigna? Esse argumento não me levou a lugar algum quando a escolha dos druidas caiu sobre mim...

Ela olhou para ele e quase riu.

— Taliesin, você é o homem mais nobre que conheço, e sou uma moça imatura. Ainda não estou pronta para tal responsabilidade; não sou adequada para isso; não quero. Isso é razão suficiente para você? — O bebê, caindo de volta ao sono ligeiro da infância, soltou o peito dela, e Viviane se cobriu com o véu.

— Não... e sabe disso. Sua mãe a estava treinando para isso, embora jamais esperasse passar o poder tão cedo. Você é muito parecida com ela, Viviane...

— Mas *não* sou Ana, *pai*. Pense! — ela adicionou subitamente. — Mesmo se não houvesse outra razão, o rito no qual o arquidruida consagra a grã-sacerdotisa é um que não podemos fazer...

Taliesin a fitou, pois de fato se esquecera disso. Ana jamais lhe dissera se ele tinha gerado Viviane, mas, de qualquer maneira, ele fora pai dela desde que ela tinha catorze anos. No momento, porém, não se sentia daquela maneira. Ela era tão parecida com a mãe – por que ela *não* podia ser sua mãe, agora, quando ele precisava tanto dela?

Um gemido que ele não esperava escapou de seus lábios e ele ficou de pé, tremendo. De repente, foi capaz de entender por que Viviane tinha fugido antes.

— Pai, o que é?

Ele levantou a mão como se para se proteger de um golpe, e seus dedos roçaram o cabelo macio dela. Então ele estava em movimento, seus longos passos levando-o depressa entre as árvores.

— Pai, preciso perder você também? — O grito dela o seguiu, e o bebê, acordando, começou a chorar.

Sim, ele pensou desenfreadamente, *e eu preciso me perder, antes que envergonhe a todos nós. Ana não permitiu que eu desse meu corpo ao Merlim, mas preciso invocá-lo agora. Não há outro jeito...*

***

Taliesin jamais recuperaria muito da memória das horas entre aquele momento e o anoitecer. Em algum ponto deve ter entrado em seus aposentos e pegado sua harpa, pois, quando o longo anoitecer do solstício de verão deu lugar à escuridão, ele se viu com o estojo de pele de foca nas mãos, parado aos pés do Tor.

Olhou para aquele cume pontudo, de dentes de pedra, negro contra o brilho da lua que se levantava, e dedicou o espírito aos cuidados dos deuses. Tinha subido tantas vezes que seus pés já conheciam o caminho. Quando chegasse ao topo, se chegasse, a lua estaria no céu. E, quando descesse novamente, se voltasse, não seria o mesmo. Em sua iniciação, o caminho parecera levar não para cima da colina, mas através dela, para aquele lugar além da compreensão humana que estava no coração de todas as realidades. A fumaça das ervas sagradas o tinha ajudado naquele dia. Mas, desde então, dera sua alma à música. Se o poder de sua harpa não o ajudasse a chegar ao lugar que buscava, então não chegaria até lá.

Taliesin ajustou as alças que prendiam a harpa em seu corpo, esticou a mão direita e tirou a primeira música doce das cordas mais baixas, escolhendo o modo que era usado para as magias mais antigas, as harmonias cujo uso, prolongado, tinha o poder de abrir um caminho entre os mundos. Com a mão esquerda ia para cima, soltando as notas em um cintilar de som agradável. Extraiu a música repetidamente, indo devagar adiante, até que de repente vislumbrou, em resposta, um cintilar na grama.

Sentia o caminho sólido sob os pés, mas, quando olhou para baixo, os fantasmas de gramas se enovelavam em torno de suas panturrilhas, e depois joelhos. A harpa cantava seu deleite em uma série de acordes triunfantes enquanto Taliesin entrava no Tor.

A Ilha Sagrada existia em uma realidade que era talvez um nível deslocada da do mundo da humanidade. Morando ali, era fácil esquecer que além de Avalon existiam outros níveis, esferas estranhas. Taliesin andou pelo caminho sagrado em torno da colina, para dentro e novamente em torno. Quando fizera aquele caminho pela primeira vez, fora levado à caverna de cristal escondida no âmago; mas, agora, podia sentir que a trilha se elevava. A esperança elevou seu coração, e seus dedos voaram mais rápido enquanto continuava a andar.

Ficou ainda mais surpreso ao chegar a uma barreira. Sua música vacilou enquanto a luz ao redor aumentava. A barreira brilhava; uma figura estava ali de pé. Taliesin deu um passo para trás, e o Guardião fez o mesmo; ele foi para a frente e o Outro veio em seu encontro; olhou nos olhos dele e viu que *era* e também *não era* ele mesmo.

Taliesin já tinha feito isso antes, em sua primeira iniciação, com os símbolos do espelho e da chama de vela. Isso era a Realidade. Ele ficou quieto, buscando calma.

— *Por que veio até aqui?*

— Busco saber para poder servir...

— *Por quê? Não o tornará melhor que outros homens. Como a vida segue a vida, cada homem e cada mulher por fim chegará à perfeição. Não se iluda pensando que ir adiante o livrará de seus problemas. Se toma o fardo do conhecimento, seu caminho será mais difícil. Não prefere esperar pela iluminação no curso do tempo, como outros homens?*

A Voz era a sua própria? Certamente eram coisas que ele sabia, embora agora pudesse ver que jamais as entendera antes.

— A Lei diz que, se alguém busca com sinceridade, não pode ter a entrada para os Mistérios recusada... Eu me ofereço ao Merlim da Britânia, para que Ele possa salvar esta terra através de mim.

— *Saiba que apenas você pode abrir o portal entre o que está fora e o que está dentro. Mas, antes que possa alcançá-Lo, precisa Me enfrentar...*

Taliesin piscou quando a chama pálida bruxuleou sobre sua cabeça. No espelho, a luz também queimava. Ele mirou, pasmo com o que viu dentro, pois o rosto diante dele brilhava com uma beleza terrível, e agora sabia o que perderia se perseverasse no propósito que o levara até ali.

— Deixe-me passar...

— *Pediu três vezes, e não posso recusar... Está preparado para sofrer pelo privilégio de levar iluminação ao mundo?*

— Estou...

— *Então que a luz do Espírito lhe mostre o caminho.*

Taliesin deu um passo para a frente. Uma radiância faiscava e cintilava ao seu redor conforme ele se tornava um só com a figura no espelho, e então a barreira desapareceu.

Mas não ficou surpreso quando, ao completar a curva seguinte da trilha, encontrou o caminho bloqueado mais uma vez. Agora era uma pilha de rochas e terra que tremia como se fosse desabar a qualquer momento.

— Alto. — Com o comando silvado, um pouco de terra solta caiu. — *Não pode passar. Minha terra vai cobrir seu fogo.*

— O fogo queima no âmago da terra; não vai extinguir minha luz.

— *Passe então, com seu fogo inalterado.*

O que fora sólido se tornou sombra e desapareceu em brumas. Taliesin respirou fundo e seguiu adiante.

Andou em torno da colina, e de novo. A brisa gelada que se movia sempre através dessas passagens se intensificou até se transformar em um vendaval que quase o impedia de ficar em pé.

— *Alto! O vento apaga seu fogo!*

— Sem ele, nenhuma chama pode viver; seu vento apenas nutre minha chama! — De fato, conforme ele falava, uma grande luz brilhou sobre ele; então, diminuiu novamente enquanto o vento sumia.

Ele seguiu adiante, estremecendo conforme o ar se tornava úmido e frio. Agora podia ouvir o som da água que pingava com o mesmo poder implacável que quase tinha afogado o mundo. No inverno anterior, ele aprendera a temer a chuva. A umidade no ar aumentava, e sua chama começou a oscilar.

— Alto... — a Voz era líquida e baixa. — *A água vai extinguir seu fogo, como o Grande Mar da Morte vai engolir a vida que conhece.*

Taliesin se esforçou para respirar quando o ar se tornou névoa em torno dele. No momento seguinte, sua luz desaparecera.

— Que assim seja — ele grasnou, tossindo. — A água apaga o fogo, e a morte reduzirá este corpo a seus elementos. Mas escondido na água está o ar, e esses elementos podem se recombinar para nutrir uma nova chama... — Ele sabia daquilo, embora fosse difícil de acreditar. Lutou para respirar na escuridão, e a água o encheu, e ele afundou em um mar escuro e sem sonhos.

***

Não era como ele havia esperado que fosse. A centelha de consciência que fora Taliesin se perguntava o que acontecera com sua harpa. Não conseguia mais sentir seu corpo. Tinha fracassado. Talvez pela manhã encontrassem seu corpo abandonado no Tor e se perguntassem como um homem podia se afogar em terra seca. Bem, que imaginassem. Ele contemplou o pensamento sem emoção. Flutuava e, gradualmente, naquele lugar além de qualquer manifestação, deixou a vontade, a memória e a própria identidade se dissolverem, e encontrou paz.

Poderia ter ficado ali até o fim da eternidade, a não ser pelas vozes.

— *Filho da terra e do céu estrelado, levante-se...*

— *Por que vai perturbar alguém que deixou o mundo e seus tormentos? Deixe-o descansar, seguro em Meu caldeirão. Ele pertence a Mim...*

Tinha a impressão de que ouvira aquela conversa antes, mas naquela vez fora a voz masculina que trouxera a escuridão.

— *Ele se devotou à causa da Vida; prometeu carregar o fogo sagrado no mundo...*

Isso também tinha ouvido antes. Mas sobre quem discutiam?

— *Taliesin, o Merlim da Britânia o convoca...* — A voz soava como um gongo.

— *Taliesin está morto* — a voz feminina respondeu —, *eu o engoli.*

— *Seu corpo vive e é necessário no mundo.*

Ele ouvia com mais interesse, pois agora lhe ocorrera que uma vez, há muito tempo, tinha se chamado Taliesin.

— Ele se foi — disse a voz masculina. — Eles precisavam de mais do que ele poderia dar. Pegue o corpo que ele deixou para trás e use como quiser. — Houve um longo silêncio e então, surpreendentemente, o riso grave de um homem.

— *Deve retornar também, pois precisarei de suas memórias. Deixe-Me entrar, meu filho, e não tenha medo...*

O vazio em torno dele começou a se encher com uma Presença, imensa e dourada. Taliesin havia se afogado na Escuridão; agora ardia na Luz. A Escuridão o envolvera, mas esse brilho penetrava, com certeza, até seu centro, lentamente. Embora tivesse medo, reconheceu que a aceitação dessa possessão era o que vinha oferecendo e, em um ato final de abnegação, abriu a porta para permitir que o Outro entrasse.

Por um instante viu o rosto do Merlim, e então os dois se tornaram Um.

A passagem em torno dele brilhava com a luz. O Merlim olhou para cima e viu, borrado e brilhante como se olhasse através da água, o primeiro brilho da manhã.

***

Desde o anoitecer, quando Taliesin não viera para a refeição noturna, eles o procuravam. Não estava faltando nenhum dos barcos, o que significava que ele ainda deveria estar na ilha, a não ser, é claro, que estivesse flutuando em algum lugar do lago. Viviane, chorando e praguejando alternadamente, agora entendia como ele devia ter se preocupado quando ela fugiu. Se suas habilidades com a harpa fossem mais que rudimentares, tentaria cantar para que ele voltasse. Mas a harpa de

Taliesin também tinha desaparecido. Era aquilo que lhe dava esperança, pois, mesmo que ele buscasse a morte para si, não teria permitido que o instrumento fosse destruído.

Quando Viviane saiu de novo da casa, após amamentar Morgause antes do amanhecer, as tochas dos que faziam as buscas ainda se moviam pelo pomar, as chamas bruxuleando pálidas no ar que clareava. Logo, pensou, o sol nasceria. Ela se virou para o Tor para checar o céu do oeste e parou subitamente, olhando.

A colina tinha se tornado transparente como vidro, e uma luz que não era o sol brilhava através dela. Enquanto olhava, ela se intensificou, subindo até brilhar do topo do Tor. Aos poucos a colina se tornou opaca sob ela, e, conforme o céu do alvorecer ficava mais claro, o brilho no topo do Tor se modulou de modo que ela pôde primeiro ver uma figura e, depois, distinguir que era a de Taliesin. Mas ele *brilhava...*

Gritando, ela começou a correr na direção do Tor. Não havia tempo para as espirais majestosas do Caminho Processional. Viviane correu para cima, agarrando-se nos tufos quando os pés descalços escorregavam na grama encharcada pelo orvalho. Quando chegou ao topo do Tor, o fôlego veio em arquejos lacerantes. Ela parou no cume, apoiando-se em uma das pedras eretas.

O homem que vira estava de pé no centro do círculo, braços levantados em uma saudação ao sol que nascia. Ela olhou para as costas dele, reprimindo o grito de cumprimento. Aquele não era o homem que ela chamara de "pai". As roupas e a altura eram as de Taliesin, mas sua postura, e ainda mais sutil, sua aura, não eram as mesmas. O brilho no céu a oeste se intensificou, despregando estandartes rosados e dourados. Então ela desviou os olhos, atordoada, enquanto o sol recém-nascido ardia na beirada do mundo.

Quando Viviane conseguiu focar a visão de novo, o homem tinha virado o rosto para ela. Ela piscou, vendo primeiro a silhueta dele, contornada em chamas. Então sua visão se ajustou e ela pôde ver com clareza, pela primeira vez, o que ele havia se tornado.

— Onde está Taliesin?

— Aqui... — A voz também era mais grave. — Conforme ele se ajusta com a minha presença e eu me acostumo a vestir carne novamente, ele vai dominar com mais frequência. Mas nesta hora de Presságio sou eu quem deve governar.

— E para que esta hora é propícia? — ela então perguntou.

— Para a consagração da Senhora de Avalon...

— Não. — Viviane balançou a cabeça e soltou a pedra. — Já recusei.

— Mas eu exijo em nome dos deuses...

— Se os deuses são tão poderosos, por que minha mãe, o homem que eu amava e minha filha estão todos mortos?

— Mortos? — Ele levantou uma sobrancelha. — Não estão mais no corpo, mas deve saber que vai vê-los novamente... assim como os conheceu antes. Não se lembra, *Isarma*?

Um calafrio balançou seu corpo magro ao ouvir o nome pelo qual Ana a chamara quando Igraine nasceu. Ouvindo, vislumbrou, de forma breve e vívida como fragmentos de um sonho, todas as vidas em que estiveram ligados, em cada uma lutando para levar a Luz um pouco mais longe...

— Nesta vida Taliesin foi um pai para você, mas nem sempre foi assim, Viviane. Mas isso não importa agora. Então, pergunto mais uma vez: Filha de Avalon, dará significado a todo o sofrimento que viu e aceitará seu destino?

Viviane o encarou, pensando furiosamente. Ele lhe oferecia um poder além do dos reis. Sua mãe vivera a vida toda segura naquela ilha sem nunca utilizá-lo de verdade. Mas Viviane vira o inimigo. No mundo em que Roma governava, Avalon podia não ser mais que uma lenda, preservando o conhecimento ancestral, mas raramente saindo para guiar as questões dos homens. Agora tudo estava mudando. As legiões tinham partido, e os saxões tinham destruído todas as velhas certezas. Deste caos emergiria uma nação, e por que não deveria ser guiada por Avalon?

— Se eu concordar — ela disse devagar —, então deve me prometer que juntos vamos preparar o caminho para o Defensor, o rei sagrado que colocará os saxões sob seu jugo e reinará para sempre de Avalon! — Tinha a impressão de que aquele sempre fora seu papel, com Vortimer, e antes disso, quando fora grã-sacerdotisa de Avalon em outras vidas, e de que o espírito do Defensor vivera em outros homens. — A este propósito comprometo minha vida, e juro que farei o que for necessário para que essas coisas aconteçam.

O Merlim assentiu, e nos olhos dele ela viu uma tristeza de eras e um júbilo eterno.

— O rei virá — ele ecoou — e reinará para sempre de Avalon...

Viviane soltou o fôlego em um longo suspiro, e foi até ele.

Por um momento ele se limitou a sorrir para ela; então se ajoelhou diante de Viviane, e ela sentiu seus lábios roçarem um pé a cada vez.

— Benditos sejam os pés que a trouxeram aqui; que você se enraíze neste solo sagrado! — Ele colocou as palmas sobre os arcos de seus pés e pressionou com firmeza, e Viviane sentiu a alma saindo pelas solas dos pés e se estender para as profundezas Tor. Quando ela aspirou novamente, seu poder veio correndo de volta para cima, e ela oscilou como uma árvore no vento.

— Bendito seja seu ventre; o Santo Graal e o caldeirão da vida — a voz dele estremeceu —, do qual renascemos. Que traga bênçãos.

— Enquanto ele tocava sua barriga, ela sentiu o beijo dele queimando através do pano de seu vestido. Pensou no Graal e o viu brilhando vermelho como o sangue que jorrara do útero de sua mãe, e então ela era o Graal, e dela a vida fluía sempre para fora, em dor e êxtase.

Ainda estremecia quando ele beijou seus seios, duros e firmes com o leite para a criança.

— Benditos sejam seus seios, que alimentarão todos os seus filhos...

Enquanto o poder fluía para cima, seus seios pulsavam em uma prazerosa dor. Estavam agora cheios para uma criança que não era dela, e entendia que, embora com o tempo pudesse ter outras, sempre, de certo modo, estaria alimentando os que não eram seus filhos na carne, mas em espírito.

O Merlim tomou suas mãos e pousou um beijo em cada palma.

— Benditas sejam suas mãos, com as quais a Deusa fará Sua vontade...

Viviane pensou no aperto da mão de Vortimer relaxando na dela enquanto ele morria. Tinha sido a Deusa para ele então, mas queria dar vida, não morte. Ansiava por tocar o cabelo brilhante de Igraine e a pele sedosa de Morgause. E, ainda assim, ao flexionar os dedos e sentir a força deles, soube que não importava qual fosse o motivo pelos quais seriam convocados – vida ou morte –, eles conseguiriam.

— Benditos sejam seus lábios, que dirão a Palavra de Avalon ao mundo... — Muito gentilmente, ele a beijou. Não era o beijo de um amante, mas a encheu de fogo. Ela balançou, embora estivesse enraizada com firmeza demais para cair. — Minha amada, assim a torno grã-sacerdotisa e Senhora de Avalon, que sua escolha conceda soberania aos reis. — Ele pegou a cabeça dela entre as mãos e beijou a lua crescente em sua testa.

A luz explodiu dentro de seu crânio, e a Visão se abriu; juntos rodopiaram por mil vidas, mil mundos. Ela era Viviane, e era Ana. Era Caillean, invocando as brumas para esconder Avalon; era Dierna, enterrando Carausius na colina sagrada; era cada grã-sacerdotisa que estivera naquele Tor. As memórias despertaram dentro dela e, então, soube que, dali em diante, jamais estaria totalmente sozinha.

E então a consciência se acomodou de volta nos limites de seu crânio. Viviane tinha consciência de seu corpo, e percebeu que podia mexer os pés mais uma vez. E, no entanto, via o homem diante dela com visão dupla, as pedras eretas brilhavam, e cada folha da grama além deles parecia contornada pela luz. Soube então que ela, assim como Taliesin, tinham mudado para sempre.

Agora o sol estava bem acima das colinas a oeste. Dali, Viviane podia olhar para o lago e todas as ilhas sagradas e ver, ainda mais perto, o povo de Avalon, olhando para cima com assombro nos olhos. Taliesin estendeu o braço e ela lhe deu a mão.

Então, o Merlim da Britânia e a Senhora de Avalon desceram do Tor para começar o novo dia.

A rainha das fadas fala:

Uma mulher-criança com meu rosto agora governa em Avalon. Um momento antes, era a mãe dela; um momento depois, talvez a filha de Igraine, que se parece tanto com minha filha Sianna, virá. Houve muitas grã-sacerdotisas desde que a Senhora Caillean morreu e minha filha assumiu os ornamentos da Senhora de Avalon. Algumas delas herdaram por terem herdado o direito de sangue, e algumas porque um espírito ancestral havia renascido.

Sacerdotisa ou rainha, rei ou mago, repetidamente o padrão se altera e se forma de novo. Acham que é o sangue que importa e sonham com dinastias, mas observo a evolução do espírito, que transcende a mortalidade. Essa é a diferença – de vida a vida e era a era eles crescem e mudam, enquanto eu permaneço a mesma eternamente.

Acontece o mesmo com a Ilha Sagrada. Conforme os padres desse novo culto, que renega todos os deuses menos um, aumentam seu controle na Britânia, a Avalon das sacerdotisas se afasta ainda mais do conhecimento da humanidade. E, no entanto, não conseguem estar totalmente separados, como nós do país das fadas descobrimos. O espírito da terra transcende todas as dimensões, e assim acontece com o Espírito que está por trás de todos os deuses deles.

Uma nova era se aproxima, em que Avalon parecerá tão distante para eles quanto o país das fadas é agora. A moça que neste instante reina no Tor usará seus poderes para tentar mudar esse destino, e a que vier depois dela fará o mesmo. Vão fracassar – até o Defensor, quando vier, conquistará apenas por um curto tempo. Como poderia ser diferente, quando as vidas deles são apenas breves momentos da vida do mundo?

São seus sonhos que sobreviverão, posto que um sonho é imortal – como eu sou. E, embora o mundo deva mudar totalmente, uma vez que seus eventos têm reflexos aqui, há locais onde um pouco da luz do Além-Mundo brilha até o mundo dos homens. E aquela luz não se perderá para a humanidade enquanto o homem ainda buscar consolo nesta terra sagrada chamada Avalon.

SOBRE A AUTORA

MARION ZIMMER BRADLEY nasceu no estado de Nova York, Estados Unidos, em 1930. Começou sua destacada carreira como autora em 1961, com seu primeiro romance, *A porta através do espaço*. No ano seguinte, escreveu o primeiro livro da popular série Darkover, *Sword of Aldones* [Espada de Aldones], logo indicado ao Hugo Award. Seu romance *A torre proibida* também foi indicado ao Hugo, e *A herança de Hastur*, ao Nebula Award.

As brumas de Avalon, primeiro livro do aclamado Ciclo de Avalon, foi a obra de maior sucesso da carreira de Bradley. Recebeu o Locus Award em 1984 na categoria Melhor Romance de Fantasia e está entre os mais vendidos da revista Locus há anos.

Bradley morreu em 1999.

Leia também os dois primeios títulos do
Ciclo de Avalon

**Acreditamos
nos livros**

Este livro foi composto em Adobe Garamond Pro e impresso pela Geográfica para a Editora Planeta do Brasil em julho de 2024.